*a testemunha*

# Nora Roberts

A Pousada do Fim do Rio
O Testamento
Traições Legítimas
Três Destinos
Lua de Sangue
Doce Vingança
Segredos
O Amuleto
Santuário
Resgatado pelo Amor
A Villa
Tesouro Secreto
Pecados Sagrados
Virtude Indecente
Bellissima
Mentiras Genuínas
Riquezas Ocultas
Escândalos Privados
Ilusões Honestas
A Testemunha

## Trilogia do Sonho

Um Sonho de Amor
Um Sonho de Vida
Um Sonho de Esperança

## Trilogia do Coração

Diamantes do Sol
Lágrimas da Lua
Coração do Mar

## Trilogia da Magia

Dançando no Ar
Entre o Céu e a Terra
Enfrentando o Fogo

## Trilogia da Gratidão

Arrebatado pelo Mar
Movido pela Maré
Protegido pelo Porto

## Trilogia da Fraternidade

Laços de Fogo
Laços de Gelo
Laços de Pecado

## Trilogia do Círculo

A Cruz de Morrigan
O Baile dos Deuses
O Vale do Silêncio

## Trilogia das Flores

Dália Azul
Rosa Negra
Lírio Vermelho

# Nora Roberts

# a testemunha

2ª edição

*Tradução*
Carolina Selvatici

Rio de Janeiro | 2016

*Copyright* © 2012 *by* Nora Roberts

Título original: *The Witness*

Editoração: FA Studio

Imagem de capa: Design Pics / Natural Selection Robert Cable / Getty Images

Texto revisado segundo o novo
Acordo Ortográfico da Língua Portuguesa

2016
Impresso no Brasil
*Printed in Brazil*

Cip-Brasil. Catalogação na publicação.
Sindicato Nacional dos Editores de Livros, RJ.

| | |
|---|---|
| R549t<br>2ª ed. | Roberts, Nora, 1950-<br>    A testemunha / Nora Roberts; tradução Carolina Selvatici.<br>— 2. ed. — Rio de Janeiro: Bertrand Brasil, 2016.<br>    476 p.; 23 cm.<br><br>    Tradução de: The witness<br>    ISBN 978-85-286-2034-4<br><br>    1. Ficção americana. I. Selvatici, Carolina. II. Título. |
| 15-24702 | CDD: 813<br>CDU: 821.111(73)-3 |

Todos os direitos reservados pela:
EDITORA BERTRAND BRASIL LTDA.
Rua Argentina, 171 — 2º andar — São Cristóvão
20921-380 — Rio de Janeiro — RJ
Tel.: (0xx21) 2585-2070 — Fax: (0xx21) 2585-2087

Não é permitida a reprodução total ou parcial desta obra, por
quaisquer meios, sem a prévia autorização por escrito da Editora.

Atendimento e venda direta ao leitor:
mdireto@record.com.br ou (0xx21) 2585-2002

*Para Laura Reeth,*

*mestre em detalhes*

# *Elizabeth*

O sofrimento infantil é uma flecha afiada, cuja ponta é composta por uma intensa solidão e uma intensa ignorância.

OLIVE SCHREINER

# 1

Junho de 2000

A curta rebeldia adolescente de Elizabeth Fitch começou com uma caixa de tintura para cabelos cor "Preto Puro", uma tesoura e uma carteira de identidade falsa. Mas acabou em sangue.

Durante praticamente todos os seus dezesseis anos, oito meses e vinte e um dias, ela havia seguido as diretrizes de sua mãe. A Dra. Susan L. Fitch dava *diretrizes*, não ordens. Elizabeth cumpria a programação que a mãe criava, comia as refeições elaboradas pela nutricionista e preparadas pela cozinheira e usava as roupas selecionadas pela *personal shopper* –- todas profissionais escolhidas pela mãe.

A Dra. Susan L. Fitch se vestia de maneira conservadora, a apropriada –- na opinião dela — para o cargo de chefe do departamento de cirurgia do Silva Memorial Hospital de Chicago. Ela esperava e ordenava que a filha fizesse o mesmo.

Elizabeth estudava com dedicação, aceitando os programas que a mãe escolhia e sempre se superando nos resultados. No outono, ela voltaria a Harvard para obter o diploma de Medicina. Assim se tornaria médica, como a mãe. Cirurgiã, como a mãe.

Elizabeth –- nunca Liz nem Lizzie nem Beth –- falava fluentemente espanhol, francês e italiano, tinha um conhecimento intermediário de russo e noções rudimentares de japonês. Tocava tanto piano quanto violino. Já viajara pela Europa e pela África. Sabia os nomes de todos os ossos, nervos e músculos do corpo humano e tocava os concertos para piano de Chopin — tanto o número 1 quanto o número 2 — de cor.

Mas nunca saíra com um menino nem fora beijada. Nunca passeara no shopping com um grupo de garotas, participara de uma festa do pijama ou rira com as amigas durante uma pizza ou um sundae de chocolate.

Ela era, aos dezesseis anos, oito meses e vinte e um dias, um produto da programação meticulosa e detalhada da mãe.

Mas isso ia mudar.

Ela observava a mãe fazer as malas. Susan, com o cabelo castanho já enrolado no característico coque banana, pendurou com cuidado outro terninho na organizada capa e checou a programação da conferência médica, organizada por dias e por subgrupos. O papel incluía uma lista com todos os eventos, reuniões, encontros e refeições a que ela devia comparecer, junto com a roupa selecionada, os sapatos, a bolsa e os acessórios.

Ternos de grife. Sapatos italianos, é claro, pensou Elizabeth. Devemos usar bons cortes, bons tecidos. Mas não havia nenhuma cor viva nem chamativa entre os pretos, cinzas e beges. Ela se perguntou como a mãe podia ser tão linda e usar roupas tão sem graça.

Agora que havia passado dois semestres no campus, Elizabeth achava que tinha começado a — talvez — desenvolver um estilo próprio. Na verdade, ela comprara uma calça jeans, um casaco de moletom com capuz e botas de salto alto em Cambridge.

Com dinheiro, para que a compra não aparecesse na conta de cartão de crédito, caso a mãe ou o contador conferissem e questionassem as peças, que, naquele instante, estavam escondidas no quarto da menina.

Usando aquelas roupas, ela se sentia uma pessoa diferente. Tão diferente que havia entrado no McDonald's e pedido seu primeiro Big Mac com batatas fritas grandes e um milk-shake de chocolate.

O prazer de comer a refeição de fast-food fora tão intenso que ela tivera que entrar no banheiro da lanchonete, se fechar em um reservado e chorar um pouco.

As sementes de rebeldia haviam sido plantadas naquele dia. Ou talvez, supôs ela, sempre tivessem estado ali, em repouso, e a gordura e o sal as tivessem despertado.

Ela podia senti-las — de verdade — crescendo em sua barriga.

— Seus planos mudaram, mãe. Não faz sentido que os meus tenham que mudar por causa disso.

Susan levou alguns instantes para encaixar com precisão um par de sapatos na mala Pullman, ajeitando-os com as lindas e experientes mãos de cirurgiã. Mas também faltava cor às unhas, sempre feitas à francesa.

— Elizabeth. — A voz era tão elegante e calma quanto as roupas. — Tive que me esforçar muito para refazer sua programação e conseguir que você fosse admitida no curso de verão deste ano. Você vai cumprir todas as exigências para entrar para a Escola de Medicina de Harvard um semestre antes do planejado.

Pensar naquilo fazia o estômago de Elizabeth doer.

— Você me prometeu três semanas de férias. Íamos passar a próxima semana em Nova York.

— Mas às vezes temos que quebrar algumas promessas. Se não tivesse essa próxima semana de folga, eu não poderia substituir o Dr. Dusecki na conferência.

— Você poderia ter recusado o convite.

— Isso seria egoísta e pouco estratégico.

Susan passou a mão pelo paletó que havia pendurado e deu um passo para trás para conferir a lista.

— Você com certeza é madura o suficiente para entender que exigências de trabalho superam as de lazer e de diversão.

— Se eu sou madura o suficiente para entender isso, por que não sou madura o bastante para tomar as minhas próprias decisões? Eu quero essas férias. Preciso delas.

Susan mal olhou para a filha.

— Uma menina da sua idade e condição física e mental não *precisa* de férias dos estudos e de outras atividades. Além disso, a Sra. Laine já viajou para o cruzeiro de duas semanas que tinha planejado, e eu jamais pediria a ela que adiasse as férias. Ninguém vai estar aqui para fazer a sua comida nem cuidar da casa.

— Eu posso fazer a minha comida e cuidar da casa.

— Elizabeth. — Com muito esforço, o tom de voz de Susan conseguiu subia. — Já está decidido.

— E a minha opinião não conta? Quando vai me deixar desenvolver a minha independência, a minha responsabilidade?

— A independência vem aos poucos, assim como a responsabilidade e a liberdade de escolha. Você ainda precisa de orientação e de controle. Eu mandei para o seu e-mail uma programação atualizada para a próxima semana. O pacote com toda a informação sobre o curso está na sua mesa.

Lembre-se de agradecer pessoalmente ao Dr. Frisco por abrir uma vaga para você no curso de verão.

Enquanto falava, Susan fechou a mala maior e, em seguida, a mala de mão. Depois foi até a penteadeira conferir o cabelo e o batom.

— Você não escuta nada do que eu digo.

No espelho, o olhar de Susan se voltou para a filha. Elizabeth percebeu que era a primeira vez que a mãe a olhava desde que a menina entrara no quarto.

— É claro que escuto. Escutei claramente tudo que você disse.

— Escutar é diferente de ouvir.

— Pode ser verdade, Elizabeth, mas nós já discutimos isso.

— Isso não é uma discussão, é um decreto.

A boca de Susan se enrijeceu levemente, o único sinal de incômodo. Quando se virou, os olhos estavam frios, calmamente azuis.

— Sinto muito que você se sinta assim. Mas sou sua mãe e tenho que fazer o que acho que é melhor para você.

— Na sua opinião, o que é melhor para mim é fazer, pensar e agir como você. Me tornar exatamente o que você decidiu que eu seria antes de fazer a inseminação com um esperma previamente selecionado.

Elizabeth ouviu seu tom de voz subir, mas não pôde controlá-lo. Sentiu a pontada quente de lágrimas surgindo em seus olhos, mas não pôde impedi-las.

— Estou cansada de ser a sua experiência científica. Cansada de ter cada minuto do meu dia organizado, orquestrado e coreografado para suprir as suas expectativas. Quero fazer as minhas próprias escolhas, comprar as minhas próprias roupas e ler os livros que *eu* quero ler. Quero viver minha própria vida, e não a sua.

As sobrancelhas de Susan se ergueram numa expressão de leve interesse.

— Bom. Sua atitude não me surpreende, já que está na idade de se rebelar, mas você escolheu um momento muito inconveniente para me desafiar e argumentar.

— Desculpe. Isso não estava programado.

— O sarcasmo também é típico da sua idade, mas não fica bem em você.

Susan abriu a mala e conferiu o conteúdo.

— Vamos conversar sobre tudo isso quando eu voltar. Vou marcar uma consulta com o Dr. Bristoe.

— Eu não preciso de terapia! Preciso de uma mãe que me *escute* e que preste atenção em como estou me sentindo, porra!

— Esse tipo de linguajar só demonstra falta de maturidade e de inteligência.

Irritada, Elizabeth jogou as mãos para o alto e as deixou cair. Já que não conseguia agir calma e racionalmente como a mãe, agiria de forma *inconsequente*.

— Porra! Porra! Porra!

— Repetir a expressão não vai melhorar nada. Você vai ter o resto do fim de semana para pensar no seu comportamento. As suas refeições estão na geladeira e no freezer, etiquetadas. A lista de roupas que você deve levar está na sua escrivaninha. Quero que esteja no escritório da Srta. Vee, na universidade, às oito da manhã de segunda-feira. A sua participação nesse curso vai garantir a sua vaga na Escola de Medicina de Harvard no outono. Agora leve a minha mala lá para baixo, por favor. O carro vai chegar a qualquer momento.

As sementes da rebeldia brotavam, rompendo o solo árido e crescendo dolorosamente. Pela primeira vez na vida, Elizabeth olhou nos olhos da mãe e disse:

— Não.

Em seguida, saiu do cômodo, irritada, entrou no próprio quarto e bateu a porta. Jogou-se na cama, encarou o teto com olhos enevoados por lágrimas. E esperou.

A qualquer momento, a qualquer momento. A mãe entraria, exigiria desculpas, exigiria obediência. E Elizabeth não cederia.

Elas teriam uma briga, uma briga de verdade, com ameaças de punição e consequências. Talvez gritassem uma com a outra. Talvez se gritassem, a mãe finalmente a ouviria.

Ela não queria ser médica. Não queria passar todas as horas do dia seguindo uma programação. Não queria esconder uma estúpida calça jeans porque ela não se encaixava no código de vestimenta da mãe.

Queria ter amigos, não encontros socializantes. Queria ouvir as músicas que meninas da sua idade ouviam. Queria saber sobre o que sussurravam, riam e conversavam e não se sentir excluída.

Não queria ser um gênio nem um prodígio.

Queria ser normal. Queria ser igual a todo mundo.

Ela enxugou as lágrimas, abraçou o travesseiro e encarou a porta.

A qualquer momento, pensou de novo. A qualquer momento. A mãe tinha que estar irritada. Tinha que entrar no quarto e estabelecer sua autoridade. Tinha que fazer isso.

— Por favor — murmurou Elizabeth quando os segundos se transformaram em minutos. — Não me faça ceder de novo. Por favor, por favor, não me faça desistir.

Ame a sua filha o bastante para ceder. Só dessa vez.

Como os minutos continuavam a se arrastar, Elizabeth se forçou a sair da cama. Ela sabia que a paciência era a melhor arma da mãe. A paciência e a noção de que estava absolutamente certa acabavam com todas as pessoas que enfrentavam Susan. A filha também não era páreo para ela.

Derrotada, Elizabeth saiu do quarto e foi até o da mãe.

A mala, a nécessaire e a capa com os ternos tinham desaparecido. A menina foi até o primeiro andar. Mas, ainda no meio da escada, percebeu que a mãe não estava mais em casa.

— Ela me deixou aqui. Simplesmente foi embora.

Sozinha, Elizabeth olhou para a linda sala de estar. Tudo era perfeito: os tecidos, as cores, os quadros, a arrumação. As antiguidades herdadas por várias gerações de Fitches. Tudo tinha uma elegância calma.

Vazia.

Nada havia mudado, percebeu ela. E nada mudaria.

— Então eu vou mudar.

Ela não se permitiu pensar, questionar nem duvidar. Em vez disso, voltou marchando para o quarto e sacou a tesoura da escrivaninha.

No banheiro, estudou o rosto no espelho. Analisou o cabelo que obtivera através da genética: era ruivo, grosso como o da mãe, mas sem o ondulado suave e bonito. Da mãe também herdara as maçãs do rosto altas e a pele clara, mas ficara com os olhos verdes fundos e a boca larga do pai biológico — seja lá quem fosse.

Era fisicamente atraente, pensou, porque aquilo estava em seu DNA, e a mãe não toleraria nada menos do que isso. Mas não era bonita, não era linda como Susan. Isso, supôs ela, era um problema que nem a mãe conseguiria consertar.

— Aberração! — Elizabeth pressionou a mão contra o espelho, odiando o que via. — Você é uma aberração. Mas, a partir de agora, não é uma covarde.

Respirando fundo, ela puxou um punhado de cabelo e o cortou.

A cada golpe da tesoura, se sentia poderosa. O cabelo era *dela*, a escolha era *dela*. Picando, cortando, deixou as mechas caírem no chão e permitiu que uma imagem se formasse em sua mente. Então, estreitou os olhos, virou a cabeça de lado e diminuiu o ritmo dos movimentos. Na verdade, era apenas geometria e física. Ação e reação.

Sem o cabelo, o peso — físico e metafórico — simplesmente sumiu. A menina no espelho parecia mais leve. Os olhos ficaram maiores, o rosto menos magro, menos apático.

Ela parecia... nova.

Com cuidado, Elizabeth pôs a tesoura na pia e, percebendo que estava ofegante, se esforçou para controlar a respiração.

Tão curto. Hesitando, ela levou uma das mãos ao pescoço e às orelhas expostas, depois sobre a franja, que cortara. Está reta demais, decidiu. Então pegou uma tesourinha de unha e tentou criar um corte novo.

Nada mal. Não está ótimo, admitiu, mas está diferente. Esse era o objetivo. Ela parecia, e se sentia, diferente.

Mas não pronta.

Deixando as mechas cortadas no chão, foi até o quarto e vestiu as roupas compradas em segredo. Precisava de produtos — era assim que as meninas falavam. De produtos para cabelo. E de maquiagem. E de mais roupas.

Ela precisava ir ao shopping.

Aproveitando a animação, foi até o escritório da mãe e pegou as chaves extras do carro. O coração disparou de alegria enquanto ela corria para a garagem. Elizabeth entrou no carro e fechou os olhos por um instante.

— Lá vamos nós — disse, baixinho.

Em seguida, abriu a porta da garagem e deu a ré.

ELA FUROU AS ORELHAS. Pareceu uma atitude corajosa. Os brincos combinavam com a tintura que comprara depois de uma longa e cuidadosa análise. Também comprou cera para cabelo, pois vira uma das meninas da faculdade usar e achava que conseguiria repetir o visual. Pelo menos tentaria.

Comprou duzentos dólares em maquiagem porque não tinha certeza do que usar.

Depois teve que se sentar, pois seus joelhos tremiam. Mas ainda não havia terminado, lembrou a si mesma, observando bandos de adolescentes, grupos de mulheres e famílias passarem. Apenas precisava se controlar.

Ela precisava de roupas. Mas não tinha um plano, uma lista, um objetivo. Comprar por impulso era divertido, mas exaustivo. A irritação que a fizera chegar até ali a havia deixado com uma leve dor de cabeça. Os lóbulos das orelhas doíam um pouco.

A coisa lógica e sensata a fazer era ir para casa e se deitar um pouco. Depois, planejar, fazer a lista das peças que queria comprar.

Mas aquela era a velha Elizabeth. A nova só ia parar para recuperar o fôlego.

A questão era que ela não sabia direito em que loja ou lojas devia procurar. Havia muitas delas e todas as vitrines estavam cheias de *coisas*. Por isso ela deveria andar a esmo e observar as meninas de sua idade. Ir aonde elas fossem.

Elizabeth juntou as sacolas, se ergueu com esforço — e esbarrou em alguém.

— Desculpe — começou.

Então reconheceu a menina.

— Ah. Julie.

— É.

A loura com o cabelo liso perfeito e os olhos cor de chocolate lançou um olhar confuso para Elizabeth.

— Eu conheço você?

— Provavelmente não. Estudamos na mesma escola. Fui monitora da sua aula de espanhol. Elizabeth Fitch.

— Elizabeth, claro. A *nerd*. — Julie estreitou os olhos irritados. — Você está diferente.

— Ah, é...

Envergonhada, Elizabeth levou a mão à cabeça.

— Cortei meu cabelo.

— Legal. Achei que você tivesse se mudado ou alguma coisa assim.

16

— Fui para a faculdade. Voltei para casa para passar as férias.

— Ah, é, você se formou antes. Estranho.

— Acho que é. Você vai para a faculdade no outono?

— Eu devo ir para a Brown.

— É uma universidade maravilhosa.

— É. Bom...

— Está fazendo compras?

— Estou dura.

Julie deu de ombros. Elizabeth analisou a roupa da menina: jeans justo, com o cós muito baixo, camiseta apertada, mostrando o umbigo, uma bolsa gigantesca e sandálias plataforma.

— Só vim ao shopping ver meu namorado. Meu *ex*-namorado, porque acabei de terminar com ele.

— Sinto muito.

— Foda-se ele. Ele trabalha na Gap. A gente ia sair hoje, mas agora ele disse que tem que trabalhar até as dez da noite e que quer sair com os amigos depois. Cansei, então dei um pé na bunda dele.

Elizabeth começou a dizer que ele não deveria ser castigado por honrar suas obrigações, mas Julie continuou falando — e Elizabeth percebeu que a outra menina nunca havia trocado mais de dez palavras com ela desde que tinham se conhecido.

— Então vou para a casa da Tiffany ver se ela quer fazer alguma coisa, porque agora não vou estar namorando nas férias. É um saco. Imagino que você ande com o pessoal da faculdade. — Julie a analisou. — Que vá às festas das fraternidades, com bebida, essas coisas.

— Eu... Tem muitos homens em Harvard.

— Harvard. — Julie virou os olhos. — Algum deles vai vir para Chicago nas férias?

— Eu não saberia dizer.

— Um cara que esteja na faculdade. É disso que eu preciso. Quem quer um perdedor que trabalha no shopping? Preciso de alguém que saiba se divertir, que possa me levar a certos lugares, que possa comprar bebida alcoólica. A gente nunca consegue, a não ser dentro das boates. É lá que eles vão. Só preciso de uma identidade falsa.

— Eu posso fazer uma.

No instante em que disse aquilo, Elizabeth se perguntou de onde as palavras haviam saído. Mas Julie agarrou o braço dela e sorriu como se fossem amigas.

— É sério?

— É. Não é muito difícil fazer uma identidade falsa com as ferramentas certas. Basta um modelo, uma foto, um computador com Photoshop e uma plastificadora.

— *Nerd*. Do que você precisa para fazer uma carteira de motorista que me faça entrar numa boate?

— Como eu disse, de um modelo...

— Não, criatura. O que você quer para fazer uma?

— Eu...

Ela está negociando, percebeu Elizabeth. Uma troca.

— Preciso comprar umas roupas, mas não sei o que devo comprar. Preciso que alguém me ajude.

— Quer companhia para fazer compras?

— É. Preciso de alguém que saiba dessas coisas. Você sabe.

Agora com os olhos brilhando e a voz animada, Julie simplesmente sorriu.

— Essa é a *minha nerd*. E, se eu ajudar você a comprar algumas roupas, você vai fazer a identidade falsa para mim?

— Vou. E também quero ir com você à boate. Então preciso das roupas certas para isso também.

— Você? Numa boate? Você mudou mais do que o seu cabelo, Liz.

Liz. Ela era Liz.

— Preciso de uma foto e vou demorar um tempinho para montar as identidades. Mas acho que consigo aprontar tudo até amanhã. Em que boate vamos entrar?

— A gente devia tentar na mais badalada da cidade. A Warehouse 12. O Brad Pitt foi lá quando estava na cidade.

— Você conhece o Brad Pitt?

— Bem que eu queria. Bom, vamos fazer compras.

Tudo aquilo a deixou zonza — não apenas a maneira com que Julie a guiou até uma loja e arrancou roupas das araras apenas com uma análise rápida, mas *o processo* todo. Uma companheira de compras. Não alguém que pré-selecionava as peças apropriadas e esperava que ela concordasse.

18

Alguém que pegava roupas aleatórias e falava que o objetivo era ficar bonita, na moda ou até sensual.

Ninguém nunca havia sugerido que Elizabeth podia ficar sensual.

Ela se fechou no provador com uma floresta de cores, o brilho de chapinhas e o cintilar de metálicos. Teve que parar e pôr a cabeça entre as pernas para não desmaiar.

Tudo estava acontecendo rápido demais. Era como ser pega por um tsunami. A onda simplesmente a levava.

Os dedos tremiam quando ela tirou a roupa, dobrou tudo com cuidado e olhou para as peças penduradas no pequeno provador.

O que ela devia vestir? O que combinava? Como ela ia saber?

— Encontrei um vestido lindo!

Sem bater, Julie entrou na cabine. Instintivamente, Elizabeth cruzou os braços sobre os seios.

— Você não experimentou nada ainda?

— Não sabia por onde começar.

— Comece com alguma coisa linda — afirmou Julie, enfiando o vestido nas mãos de Elizabeth.

Na verdade, aquilo mais parecia uma túnica, pensou Elizabeth, analisando o comprimento. O vestido era de um vermelho berrante, com um drapeado nas laterais. As alças, muito finas, brilhavam.

— Com o que vou usar isso?

— Com sapatos maravilhosos  Não, primeiro tire o sutiã. Não dá para usar sutiã com esse vestido. O seu corpo é muito bonito — observou Julie.

— Tenho uma boa pré-disposição genética e me mantenho em forma com exercícios diários.

— Entendi.

E o corpo nu — ou quase — era natural, lembrou Elizabeth a si mesma. Só pele, músculos, ossos e nervos.

Ela pôs o sutiã sobre as roupas dobradas e pôs o vestido por cima da cabeça.

— É muito curto — começou.

— Você vai jogar essa calcinha enorme fora e comprar uma fio-dental. *Isso sim* é bom para uma boate.

Elizabeth respirou fundo e se virou para o espelho triplo.

— Nossa.

Quem era aquela? Quem era aquela menina no vestido vermelho curto?

— Eu estou...

— Linda — declarou Julie.

Elizabeth viu um sorriso nascer no próprio rosto.

— Linda.

Ela comprou aquele vestido e mais outros dois. E saias. Comprou blusas que paravam acima da cintura e calças que começavam abaixo dela. Comprou calcinhas fio-dental. E surfou o tsunami até sapatos com saltos prateados que exigiam treinamento para serem usados.

E riu, como qualquer outra adolescente fazendo compras no shopping com uma amiga.

Comprou uma câmera digital, depois observou Julie se maquiar no banheiro. Tirou várias fotos da menina com a porta cinza-claro dos reservados ao fundo.

— Ficou bom?

— É, acho que dá para usar. Quantos anos você deveria ter? Acho que é melhor mantermos uma idade próxima da maioridade. Posso usar todas as informações da sua carteira de motorista. Basta mudar o ano.

— Já fez isso antes?

— Já fiz alguns testes. Li e estudei sobre fraudes e crimes cibernéticos. É interessante. Eu queria...

— Queria o quê?

— Queria estudar crimes digitais, prevenção e investigação com mais seriedade. Eu gostaria de entrar para o FBI.

— É sério? Igual à Dana Scully?

— Não sei quem é.

— Do *Arquivo X*, Liz. Você não assiste TV?

— Tenho apenas uma hora por semana para assistir a programas populares e comerciais.

Julie virou os grandes olhos cor de chocolate.

— Quantos anos você tem, seis? Pelo amor de Deus.

— Minha mãe tem opiniões muito fortes.

— Fala sério, você está na faculdade. Assista ao que você quiser. Bom, vou até a sua casa amanhã à noite. Pode ser às nove? A gente pode pegar um táxi de lá. Mas quero que você me ligue quando terminar a identidade, está bem?

— Está bem.

— Vou ser sincera, terminar com o Darryl foi a melhor coisa que eu fiz. Se não, teria perdido tudo isso. A gente vai se acabar, Liz.

Rindo, Julie fez uma dancinha rápida, rebolando no meio do banheiro.

— De verdade. Tenho que ir. Nove horas. Não me decepcione.

— Não. Pode deixar.

Cansada depois do dia agitado, Elizabeth arrastou as sacolas até o carro. Agora ela sabia sobre o que as meninas conversavam no shopping.

Sobre garotos. Sobre transar. Julie e Darryl tinham transado. Sobre roupas. Sobre música. Ela fizera uma lista de artistas que precisava pesquisar. Sobre atores da TV e do cinema. Sobre outras meninas. Sobre o que as outras meninas estavam vestindo. Sobre com quem as outras meninas tinham transado. E sobre garotos de novo.

Ela sabia que aqueles assuntos eram comuns para a sua faixa etária. Mas não sabia nada sobre eles até aquele dia.

Elizabeth sentia que Julie gostava dela — pelo menos um pouco. Talvez as duas começassem a sair juntas. Talvez ela saísse também com Tiffany, amiga da Julie — que havia transado com Mike Dauber quando ele voltara para casa, nas férias.

Ela conhecia Mike Dauber. Ou melhor, fizera uma aula com ele. E, uma vez, ele lhe passara um bilhete. Ou passara um bilhete para que ela passasse a outra pessoa. Mas era alguma coisa. Era um contato.


EM CASA, ELA PÔS TODAS AS SACOLAS NA CAMA.

Guardou tudo bem à vista dessa vez. E tirou do armário tudo que não gostava — o que era praticamente tudo que possuía — e pôs em caixas para dar à caridade. A partir daquele instante, iria assistir a *Arquivo X* se quisesse e ouvir Christina Aguilera, 'N Sync e Destiny's Child.

E iria mudar de curso na faculdade.

A ideia fez o coração de Elizabeth disparar. Ela iria estudar o que queria. E, quando recebesse o diploma de criminologia e ciência da computação, faria a prova para o FBI.

Tudo havia mudado. Naquele dia.

Determinada, ela sacou a tintura para cabelos da sacola. No banheiro, arrumou tudo e fez o teste de cor recomendado. Enquanto esperava, varreu o cabelo cortado, limpou o armário e a cômoda e pendurou e dobrou as novas roupas com cuidado.

Com fome, foi até a cozinha, esquentou um dos pratos prontos e comeu, enquanto lia no laptop um artigo sobre falsificação de identidades.

Depois de lavar a louça, voltou ao andar de cima. Com uma mistura de nervosismo e animação, preparou a tintura seguindo as instruções e a aplicou. Enquanto a tinta coloria seus cabelos, ela arrumou tudo que iria precisar para fazer as identidades. Abriu o CD de Britney Spears que Julie havia recomendado e o pôs para tocar no laptop.

Quando entrou no chuveiro para lavar a cabeça, aumentou o volume para que pudesse continuar ouvindo a música.

Assustou-se ao ver a água escorrer, preta.

Elizabeth enxaguou o cabelo várias vezes. Por fim, apoiou as mãos na parede do chuveiro. O estômago começava a se revirar de ansiedade e de um certo arrependimento. Quando a água voltou a correr límpida, ela se enxugou e enrolou a cabeça numa toalha.

As mulheres alteram a cor do cabelo há séculos, lembrou Elizabeth a si mesma. Usando frutas, ervas, raízes... Era... um ritual de passagem, decidiu.

Era uma escolha pessoal.

De roupão, ela encarou o espelho.

— Minha escolha — disse, tirando a toalha da cabeça.

Elizabeth encarou a menina de pele clara e grandes olhos verdes, o cabelo curto, negro e espetado, que emoldurava o rosto angular. Erguendo a mão, passou os dedos pelos fios, sentindo sua textura, observando seu movimento.

Depois ajeitou as costas e sorriu.

— Oi. Meu nome é Liz.

# 2

Como Julie a ajudara o dia todo, Elizabeth achou que seria mais justo fazer a carteira falsa para a amiga primeiro. Criar o modelo foi muito simples. Tudo que havia lido dissera que a qualidade do documento dependia mais da qualidade do papel e da plastificação.

Mas aquilo não seria um problema, já que a mãe não acreditava em economia quando o assunto era papelaria.

Com um scanner, ela produziu uma réplica bastante decente da carteira original e, com Photoshop, acrescentou a foto digital e a editou.

O resultado ficou bom, mas não bom o bastante.

Elizabeth levou várias horas e precisou de três tentativas para criar uma identidade que não seria barrada na entrada de uma boate. Na verdade, ela achava que passaria até por uma blitz policial mais rigorosa. Mas esperava que não precisasse passar por isso.

Ela separou a carteira de Julie.

Era muito tarde para ligar para a menina, notou Elizabeth quando olhou para o relógio e descobriu que era quase uma da manhã.

Faria isso de manhã, pensou, antes de começar a fazer a própria carteira.

Primeiro a foto, decidiu. Ela perdeu quase uma hora com a maquiagem nova, copiando com cuidado os gestos que vira Julie fazer no shopping. Escureceu os olhos, iluminou os lábios, pôs cor nas maçãs do rosto.

Não sabia que era tão divertido — nem tão trabalhoso — brincar com todas as cores, pincéis e lápis.

Liz parecia mais velha, pensou, estudando os resultados. Liz parecia bonita e confiante — e normal.

Animada com o sucesso, ela abriu os produtos para cabelo.

Descobriu que era mais difícil mexer com eles, mas achava que, com a prática, aprenderia. No entanto, gostava do cabelo espetado e levemente bagunçado. Aquele preto curto, espetado e brilhante era tão diferente do costumeiro ruivo acastanhado, longo, reto e sem graça...

Liz era nova. Liz podia fazer, e faria, coisas que Elizabeth nunca havia imaginado. Liz ouvia Britney Spears e usava uma calça jeans que mostrava o umbigo. Liz ia com a amiga a boates no sábado à noite, dançava, ria e... flertava com garotos.

— E os garotos flertam com a Liz — murmurou. — Porque a Liz é bonita, divertida e não tem medo de nada.

Depois de calcular e acertar o ângulo e o fundo, ela definiu o timer da câmera nova e tirou várias fotos.

Trabalhou até as três da manhã, percebendo que o processo ficara mais simples no segundo documento. Eram quase quatro horas quando ela guardou todas as ferramentas e equipamentos e removeu a maquiagem com cuidado. Tinha certeza de que não conseguiria dormir. Tinha a cabeça tão cheia, tão ocupada...

Mas apagou no instante em que fechou os olhos.

E, pela primeira vez na vida, com exceção de dias em que estava doente, dormiu pesadamente até o meio-dia. A primeira coisa que fez foi correr até o espelho para ter certeza de que não havia sonhado com tudo aquilo.

A segunda foi ligar para Julie.

— Tudo certo? — perguntou Julie, que atendera no primeiro toque.

— Tudo. Já está tudo pronto.

— E ficou ótimo, não foi? Vai funcionar?

— São falsificações excelentes. Não acho que teremos nenhum problema.

— Genial! Nove horas. Vou pegar um táxi e pedir que ele passe na sua casa; então, esteja pronta! E lembre-se de se vestir para a ocasião, Liz.

— Experimentei um pouco da maquiagem ontem à noite. Vou praticar um pouco com ela e com o meu cabelo hoje à tarde. E vou tentar andar com os sapatos.

— Faça isso mesmo. Vejo você mais tarde. Na hora da festa!

— É, eu vou...

Mas Julie já havia desligado.

Ela passou o dia todo envolvida com o que chamou de Projeto Liz. Vestiu a calça corsário nova e uma blusa, maquiou o rosto e arrumou o cabelo. Andou com os sapatos novos e, quando sentiu que já controlava os movimentos, dançou.

Praticou na frente do espelho, depois de encontrar uma estação de música pop no rádio. Já havia dançado assim antes — sozinha na frente do espelho —, para treinar os passos que vira nos bailes da escola. Nas festas em que ficara triste, num canto, jovem demais, comum demais para que um garoto a notasse.

Os sapatos faziam com que fosse mais difícil se movimentar, mas ela gostava da forma como prejudicavam um pouco seu equilíbrio e a forçavam a soltar os joelhos e os quadris.

Às seis, tirou outra refeição pronta da geladeira e a comeu conferindo o e-mail. Não havia nada, nenhuma notícia da mãe. Ela pensou que haveria — alguma bronca, alguma coisa.

Mas a paciência de Susan não tinha limites. A mãe de Elizabeth sabia muito bem usar o silêncio.

Não iria funcionar daquela vez, determinou Elizabeth. Dessa vez Susan levaria um susto. Ela havia abandonado Elizabeth, mas voltaria para casa e encontraria Liz. E Liz não iria frequentar o curso de verão na universidade. Liz iria alterar a programação e as aulas do semestre seguinte.

Liz não seria uma cirurgiã. Liz iria trabalhar no FBI, com crimes digitais.

Ela se concedeu trinta minutos para pesquisar as universidades com os melhores programas no novo campo de estudo. Talvez tivesse que pedir transferência, o que poderia ser um problema. Apesar de sua faculdade ser paga através de um fundo criado pelos seus avós, talvez eles a cortassem do testamento. Os dois com certeza escutariam a filha, seguiriam as ordens dela.

Caso isso acontecesse, Elizabeth pediria uma bolsa. Seu histórico escolar ajudaria nisso. Ela perderia um semestre, mas conseguiria um emprego. Iria trabalhar. Ganharia o próprio dinheiro e bancaria seu objetivo.

Por fim, ela desligou o computador, lembrando a si mesma que aquela noite seria de diversão, de descoberta. Nada de preocupações nem de planos.

Então subiu para se vestir para sua primeira noite de balada. A primeira noite de verdadeira liberdade.

Como se vestiu cedo demais, Elizabeth teve tempo para pensar, questionar, duvidar. Tinha exagerado na roupa, colocado muito pouca maquiagem, o cabelo estava mal-arrumado. Ninguém a chamaria para dançar, porque ninguém nunca chamava.

Julie tinha 18 anos, era mais velha e mais experiente e sabia se vestir, se comportar em ocasiões sociais, conversar com garotos. Elizabeth com certeza faria ou diria alguma coisa inapropriada. Envergonharia Julie, e Julie nunca mais falaria com ela. O elo tênue da amizade se romperia para sempre.

Elizabeth entrou tanto em pânico que se sentiu febril, enjoada. Sentou-se duas vezes com a cabeça entre os joelhos para lutar contra os surtos de ansiedade, mas ainda assim atendeu à porta quando Julie bateu. Tinha as mãos suadas e o coração disparado.

— Caralho!

— Está tudo errado. Tudo errado. — A dúvida e o medo se transformaram em nojo e tristeza enquanto Julie a encarava. — Desculpe. Pode levar a sua carteira.

— Seu cabelo.

— Não sei o que deu em mim. Só quis tentar...

— Está *genial*! Você está linda. Eu não teria reconhecido você. Nossa, Liz, você parece mesmo ter 21 anos. Está super sensual.

— Estou?

Julie apoiou o punho fechado no quadril.

— Você andou se escondendo.

O coração de Elizabeth estava disparado e doía, quase como uma ferida.

— Então ficou bom? Eu fiquei bem?

— Você ficou ótima.

Julie ergueu uma das mãos e girou o indicador, mas recebeu um olhar confuso como resposta.

— Dê uma voltinha, Liz. Quero ver o pacote completo.

Vermelha de vergonha, quase às lágrimas, Elizabeth deu uma volta.

— É isso aí. Vamos arrasar hoje.

— Você também está linda. Sempre está.

— É muita gentileza sua.

— Gostei do seu vestido.

— É da minha irmã.

Julie deu uma voltinha e fez uma pose para mostrar o vestido frente única, preto e curto.

— Ela vai me matar se descobrir que peguei emprestado.

— É legal? Ter uma irmã?

— Não é ruim ter uma irmã mais velha que usa o mesmo tamanho que eu, apesar de ela ser uma chata a maior parte do tempo. Quero ver a carteira. O taxímetro está rodando, Liz.

— Ah, é.

Liz abriu a bolsa que havia pegado da coleção da mãe e tirou a carteira de motorista falsa de Julie.

— Parece de verdade — disse Julie, depois de analisar o documento com a testa franzida. Ela encarou Elizabeth com olhos escuros e arregalados. — Quer dizer, de verdade *de verdade*.

— Ficaram muito boas. Eu poderia fazer melhor, eu acho, com um equipamento mais sofisticado, mas já está bom para hoje à noite.

— Até a textura parece real — murmurou Julie. — Você tem talento, mulher. Poderia ganhar uma fortuna. Conheço muita gente que pagaria uma bolada por documentos assim.

O pânico tomou Elizabeth mais uma vez.

— Você não pode contar a ninguém. É só para hoje à noite. É ilegal e, se alguém descobrir...

Julie passou o indicador pelo coração e depois pelos lábios.

— Não vão descobrir por mim.

Bom, tirando a Tiffany e a Amber, pensou. Ela lançou um sorriso para Elizabeth, certa de que poderia convencer a nova melhor amiga a fazer mais duas identidades para as amigas mais próximas.

— Vamos nos divertir.

Depois que Elizabeth trancou a porta de casa, Julie pegou a mão da amiga e a puxou até o táxi que as esperava. Ela entrou, deu o nome da boate ao motorista e se virou para Elizabeth.

— Bom, vamos rever nosso plano de ação. O importante é ficar fria.

— Eu deveria ter trazido um casaco?

Julie riu, mas ficou surpresa quando percebeu que Elizabeth estava falando sério.

— Não, quero dizer que a gente deve ficar tranquila, agir como se fosse a boates o tempo todo. Como se isso não fosse nada de mais para a gente. Só outro sábado à noite.

— Quer dizer que a gente tem que ficar calma e se misturar.

— Foi o que eu disse. Quando a gente entrar, vamos pegar uma mesa e pedir Cosmopolitans.

— O que é isso?

— Sabe, igual às personagens de *Sex and the City*.

— Não sei quem são.

— Tudo bem. Está na moda. Temos 21 anos, Liz. Vamos estar numa boate legal. Vamos pedir os drinques da moda.

— Ah. — Elizabeth se aproximou da amiga e baixou a voz. — Os seus pais não vão perceber que você bebeu?

— Eles se separaram no ano passado.

— Ah. Sinto muito.

Julie deu de ombros e olhou pela janela por um instante.

— Acontece. Bom, só vou ver meu pai na quarta-feira, e minha mãe viajou para fazer um retiro com os amigos chatos dela. A Emma saiu e, de qualquer forma, ela não liga. Posso fazer o que eu quiser.

Elizabeth fez que sim com a cabeça. As duas eram iguais. Não havia ninguém que ligasse para elas.

— Vamos tomar Cosmopolitans.

— É isso aí. E, antes de tudo, vamos dar uma geral na boate. Vamos dançar juntas no início. Com isso, vamos conseguir dar uma analisada nos caras. E deixar que eles olhem para a gente.

— É por isso que as mulheres dançam juntas? Sempre quis saber.

— Além disso, é divertido. Muitos garotos não dançam. Está com o seu celular?

— Estou.

— Se a gente se separar, ligue. Se um cara pedir o seu telefone, não dê o de casa. Pode dar o celular, a não ser que sua mãe monitore suas ligações.

— Não. Ninguém me liga.

— Bonita como você está, hoje isso vai mudar. Se não quiser que o cara tenha seu telefone, dê um número falso. Próximo passo. Você está na faculdade mesmo, então tudo certo. Vamos dizer que somos colegas de quarto. Faço artes plásticas. No que você vai se formar mesmo?

— Eu deveria fazer Medicina, mas...

— É melhor assim. Diga a verdade, sempre que possível. Assim não vai se confundir.

— Vou entrar na faculdade de Medicina e depois vou começar a residência. — A ideia já a deprimia. — Mas não quero falar sobre faculdade, a não ser que seja obrigada.

— Homens só querem falar sobre eles mesmos, de qualquer maneira. Nossa, estamos quase chegando.

Julie abriu a bolsa, conferiu o rosto num pequeno espelho e retocou o batom. Elizabeth fez o mesmo.

— Você pode pagar o táxi? Peguei cem dólares da minha mãe, mas, sem isso, vou ficar sem dinheiro.

— É claro.

— Eu vou pagar a volta. É fácil tirar dinheiro do meu pai.

— Não me incomodo em pagar.

Elizabeth viu o preço da corrida e calculou a gorjeta.

— Cara, estou arrepiada. Não acredito que vou entrar na Warehouse 12! É a melhor boate da cidade!

— O que vamos fazer agora? — perguntou Elizabeth quando saíram do táxi.

— Vamos entrar na fila. Eles não deixam todo mundo entrar, sabia? Mesmo que tenham idade para isso.

— Por quê?

— Porque é uma boate famosa, então eles mandam os *nerds* e os bobalhões para casa. Mas sempre deixam as mulheres bonitas entrarem. E a gente está linda demais.

Era uma fila longa e uma noite quente. O trânsito rosnava pela rua, abafando a conversa das pessoas que esperavam. Elizabeth analisou o ambiente: os sons, os cheiros, as imagens. Era sábado à noite, pensou, e ela estava na fila de uma boate cheia de pessoas bonitas. Estava usando um vestido novo — *vermelho* — e sapatos com saltos enormes, que a faziam se sentir alta e poderosa.

Ninguém olhou para ela como se ela não se encaixasse ali.

O homem que conferia as identidades usava terno e sapatos muito encerados. O cabelo preto, preso num rabo de cavalo engomado, deixava o rosto sem moldura. Tinha uma cicatriz na maçã esquerda do rosto. Um diamante brilhava em sua orelha direita.

— Ele é um segurança — sussurrou Elizabeth para Julie. — Fiz uma certa pesquisa. Ele põe as pessoas que causam problemas para fora. Parece muito forte.

— Só temos que passar por ele e entrar.

— Essa boate é da Five Star Entertainment. Os donos são Mikhail e Sergei Volkov. Dizem que eles têm ligação com a máfia russa.

Julie virou os olhos.

— A máfia é italiana. Sabe, igual na *Família Soprano*?

Elizabeth não sabia o que música tinha a ver com a máfia.

— Desde a queda do comunismo na União Soviética, o crime organizado tem crescido na Rússia. Na verdade, já era bastante organizado, e chefiado pela polícia, mas...

— Liz. Chega de aula de história.

— Está bem. Desculpe.

— Só entregue a identidade a ele e continue a conversar comigo.

Julie voltou a erguer o tom de voz quando as duas chegaram perto da porta.

— Dispensar aquele idiota foi a melhor coisa que eu fiz nos últimos meses. Eu contei que ele me ligou três vezes hoje? Até parece, como se eu fosse voltar.

Com um sorriso rápido para o segurança, Julie mostrou a carteira falsa enquanto continuava conversando com Elizabeth.

— Mandei o cara me esquecer. Se ele não consegue ter tempo para mim, alguém vai ter.

— É melhor não se comprometer com uma pessoa, especialmente na nossa idade.

— Isso mesmo. — Julie estendeu a mão para receber o carimbo da boate. — E eu estou pronta para dar uma conferida no resto do material disponível. A primeira rodada é minha.

Julie passou pelo segurança enquanto ele conferia a carteira e carimbava a mão de Elizabeth. O sorriso da amiga era tão largo que Elizabeth achou que ela poderia engolir o homem inteiro.

— Obrigada — disse Elizabeth, quando o segurança carimbou sua mão.

— Divirtam-se.

— Nós somos a diversão — afirmou Julie, agarrando a mão de Elizabeth e puxando-a para dentro da boate.

— Caraca, a gente entrou! — Julie soltou um berro, que foi abafado pela música, e abraçou Elizabeth, dando pulinhos.

Assustada com o abraço, Elizabeth ficou rígida, mas Julie apenas deu outra série de pulinhos.

— Você é um gênio.

— Sou.

Julie riu, os olhos um pouco animados demais.

— Bom... Mesa, Cosmopolitans, pista de dança e arranjar alguém.

Elizabeth torceu para que a música escondesse as batidas de seu coração como fizera com o berro de Julie. Tantas pessoas. Ela não estava acostumada a estar com tantas pessoas num mesmo lugar. Todos dançavam ou conversavam ao som da batida da música, uma inundação que saturava cada poro. As pessoas se acotovelavam na pista de dança, sacudindo-se, girando, suando. Acumulavam-se em volta de mesas ou ao longo do bar de aço inoxidável.

Ela estava determinada a "ficar fria", mas o casaco não seria necessário. Havia calor corporal pulsando em todos os cantos.

Atravessar a multidão — desviar, contornar, esbarrar em outras pessoas — fez o ritmo do coração de Elizabeth chegar a um galope. A ansiedade fechava sua garganta, pressionava seu peito. O fato de Julie estar apertando sua mão era a única coisa que impedia que a menina fugisse dali.

Julie por fim encontrou uma mesa — do tamanho de um prato.

— Finalmente! Meu Deus, parece que *todo mundo* está aqui. Temos que procurar uma mesa mais perto da pista de dança. Isso é genial demais. O DJ está arrasando. — Ela finalmente se concentrou no rosto de Elizabeth. — Você está bem?

— Está muito cheio e quente.

— Bom, está. Quem quer ir a uma boate fria e vazia? Olha, precisamos tomar alguma coisa agora, então eu vou até o bar. Vou pagar, já que você pagou o táxi. Isso vai me dar a chance de dar uma olhada por aí. Dois Cosmopolitans saindo!

Sem a mão de Julie para apoiá-la, Elizabeth juntou as suas. Reconhecia os sinais — ansiedade, claustrofobia —, por isso começou a tentar controlar a respiração. Liz não entrava em pânico só porque havia sido engolida por uma multidão. Ela se obrigou a relaxar, começando pelos dedos dos pés e deixando que a sensação subisse por seu corpo.

Quando chegou à barriga, tinha se acalmado o bastante para assumir o papel de observadora. Os proprietários — e o arquiteto — tinham feito um bom trabalho no depósito, criando um tema urbano e industrial com dutos e canos expostos e velhas paredes de tijolos. O aço inoxidável — no bar, nas mesas, nas cadeiras e nos bancos — refletia a cor brilhante das luzes — que também pulsavam ao ritmo da música.

Escadas de ferro levavam às laterais de um segundo andar, também aberto. As pessoas se apoiavam nas grades ou se espremiam em torno de mais mesas. Provavelmente havia um segundo bar naquele andar, pensou Elizabeth. Bebidas davam lucro.

No andar de baixo, numa plataforma larga, sob as luzes intermitentes, o DJ trabalhava. Outro observador, decidiu Elizabeth. Elevado a uma posição de autoridade, de onde podia ver a multidão. O cabelo longo e escuro voava enquanto ele tocava, mostrando a camiseta estampada com um desenho gráfico. Ela não conseguia ver o desenho à distância, mas era de um laranja violento contra o tecido preto.

Abaixo da plataforma, várias mulheres se moviam sinuosamente, balançando os quadris num convite para o acasalamento.

Mais calma, ela entrou em sintonia com a música. Gostava da batida forte e repetitiva, do ratatá da bateria, do grito grosseiro e metálico da guitarra. E gostava da maneira que cada dançarino escolhia para se movimentar ao som dela: braços erguidos ou dobrados como os de um boxeador, cotovelos abertos, pés plantados no chão ou sendo tirados dele.

— Caramba. Ca-ram-ba.

Antes de se sentar, Julie pôs na mesa dois copos de Martini cheios de um líquido rosado.

— Quase derrubei esses troços no caminho de volta. E isso teria sido uma droga. Custaram oito dólares cada um.

— Bebidas alcoólicas são a maior margem de lucro das boates.

— Imagino que sim. Mas são boas. Bebi um pouco da minha e é *uau*! — Ela riu e se inclinou para frente. — A gente deveria economizar até encontrar caras que paguem bebidas para a gente.

— Por que eles pagariam bebidas para a gente?

— Dã. Somos bonitas e disponíveis. Beba um pouco, Liz. Vamos dançar e nos mostrar.

Obediente, Elizabeth tomou um gole.

— É bom. — Com cuidado, tomou outro. — E muito bonito.

— Quero ficar animada e soltinha! Ah, eu adoro essa música. É hora de rebolar.

Mais uma vez, Julie agarrou a mão de Elizabeth.

Quando a multidão a cercou, Elizabeth fechou os olhos. Concentre-se na música, pensou. Concentre-se na música.

— Ei, você dança bem.

Com cuidado, Elizabeth voltou a abrir os olhos, concentrando-se em Julie.

— O quê?

— Fiquei com medo de você ser desajeitada. Mas você tem rebolado. Sabe dançar — explicou Julie.

— Ah. A música é tribal e criada para estimular. É só uma questão de coordenar braços e quadris. E imitar. Já observei muitas pessoas dançando.

— Beleza, Liz.

Elizabeth gostava de mexer os quadris. O movimento fazia a menina se sentir poderosa, assim como os saltos. Além disso, a maneira como o vestido roçava em sua pele acrescentava um elemento sexual. As luzes tornavam toda aquela situação surreal e a música parecia engolir tudo.

O incômodo em relação à multidão passou; por isso, quando Julie bateu o quadril no dela, Elizabeth riu de verdade.

Elas dançaram e dançaram mais um pouco. De volta à mesa minúscula, beberam os Cosmopolitans e, quando uma garçonete apareceu, Elizabeth pediu outros dois, displicentemente.

— Dançar me deixa com sede — disse.

— Eu já estou bem altinha. E aquele cara ali está olhando para a gente direto. Não, não olhe!

— Como vou ver o homem se não posso olhar?

— Acredite em mim, ele é uma graça. Vou lançar um olhar e jogar meu cabelo daqui a um segundo. Aí você vai virar a sua cadeira de um jeito bem descolado. Ele tem cabelo louro, meio enrolado. Está usando uma camiseta branca apertada, uma jaqueta preta e jeans.

— Ah, eu sei, vi esse cara antes no bar. Ele estava falando com uma mulher. Ela tinha cabelo louro comprido e estava usando um vestido rosa pink com um decote enorme. Ele tem uma argola dourada na orelha esquerda e usa um anel dourado no dedo do meio da mão direita.

— Caramba, você tem olhos nas costas como a minha mãe dizia que tinha? Como você sabe se nem olhou para ele?

— Eu vi esse cara no bar — repetiu Elizabeth. — Notei porque a loura parecia irritada com ele. E me lembro porque tenho memória eidética.

— Isso é fatal?

— Não, não é uma doença. Ah.

Ruborizando um pouco, Elizabeth encolheu os ombros.

— Você estava brincando. É chamada comumente de memória fotográfica, mas não é o nome certo, porque a memória não é só visual.

— Beleza. Prepare-se.

Mas Elizabeth estava mais interessada em Julie — no olhar dela, que incluía a cabeça inclinada, um leve sorriso e um movimento dos olhos sob os cílios. Tudo aquilo foi acompanhado de um balançar rápido da cabeça que ergueu o cabelo da menina e o fez cair de novo nos ombros dela.

Será que aquilo era inato? Ou era um comportamento adquirido? Talvez uma combinação dos dois? De qualquer maneira, Elizabeth achou que poderia imitar o gesto, apesar de não ter mais cabelo longo.

— Mensagem recebida. Ah, ele tem um sorriso lindo. Meu Deus, está vindo para cá. Ele está realmente vindo para cá.

— Mas você queria que ele viesse. Por isso você... mandou a mensagem.

— É, mas... Aposto que ele deve ter uns 24 anos. Aposto. Me acompanhe.

— Com licença.

Elizabeth olhou para o homem junto com Julie, mas não se arriscou a sorrir. Ela precisava treinar antes.

— Queria saber se você poderia me ajudar com uma coisa.

Julie jogou o cabelo de maneira diferente.

— Talvez.

— Estou preocupado com a minha memória porque nunca me esqueço de uma mulher bonita, mas não me lembro de vocês duas. Digam que nunca estiveram aqui.

— É a primeira vez.

— Ah, isso explica tudo.

— Imagino que você venha muito aqui.

— Toda noite. A boate é minha, na verdade — disse o homem, com um sorriso impressionante. — Sou um dos sócios.

— Você é um dos Volkov? — perguntou Elizabeth, sem pensar. Sentiu que estava ficando vermelha enquanto ele voltava os brilhantes olhos azuis para ela.

— Alex Gurevich. Um primo.

— Julie Masters. — Julie ofereceu a mão, que Alex pegou e beijou com estilo. — Esta é minha amiga Liz.

— Bem-vindas à Warehouse 12. Estão se divertindo?

— A música está ótima.

Quando a garçonete chegou com as bebidas, Alex arrancou a conta da bandeja.

— Mulheres bonitas que vêm à minha boate pela primeira vez não podem pagar pelas próprias bebidas.

Sob a mesa, Julie deu um cutucão no pé de Elizabeth enquanto sorria para Alex.

— Então você tem que se juntar à gente.

— Eu adoraria.

Ele murmurou algo para a garçonete.

— Estão visitando Chicago?

— Não, nasci aqui — disse Julie, tomando um longo gole do drinque. — Nós duas nascemos. Viemos para casa nas férias. Estudamos em Harvard.

— Harvard? — A cabeça dele se inclinou, os olhos brilharam. — Lindas e inteligentes. Já estou me apaixonando. Se souberem dançar, estou perdido.

Julie tomou outro gole.

— Vai precisar de um mapa.

Ele riu e estendeu ambas as mãos para as meninas. Julie pegou uma delas e se levantou.

— Vamos, Liz. Vamos mostrar a ele que as alunas de Harvard têm rebolado.

— Ah, mas ele quer dançar com você.

— Com as duas. — Alex manteve a segunda mão estendida. — O que vai fazer de mim o homem mais sortudo do mundo.

Ela começou a recusar, mas, por trás de Alex, Julie lançou um outro olhar, que envolvia virar os olhos, erguer várias vezes a sobrancelha e fazer uma careta. E, por isso, Elizabeth pegou a mão do sócio da boate.

Alex não queria realmente dançar com ela, mas Elizabeth deu-lhe crédito pela educação, já que ele podia tê-la deixado sozinha na mesa. Ela fez o que pôde para se juntar aos dois sem ficar no caminho. Não importava, ela adorava dançar, adorava a música. Adorava o barulho que a cercava, os movimentos, os aromas.

Quando sorriu, não foi algo treinado, apenas uma curva natural de seus lábios. Alex piscou e sorriu de volta, pondo as mãos nos quadris de Julie.

Ele ergueu o queixo, acenando para alguém atrás de Elizabeth.

Enquanto ela ainda se virava para ver quem era, alguém pegou a mão da menina e a fez girar e quase cair do alto dos saltos.

— Como sempre, meu primo está sendo ganancioso. Está com duas mulheres lindas e eu não estou com nenhuma. — A Rússia fluía exoticamente pela voz dele. — A não ser que tenha pena de mim e dance comigo.

— Eu...

— Não diga "não", moça bonita. — Ele a puxou para mais perto para dançar com ela. — Só dance.

Elizabeth só conseguiu encará-lo. Era um homem alto, de corpo rígido e firme, pressionado contra o dela. Onde Alex era claro, ele era escuro: a longa onda do cabelo, olhos que brilhavam quase negros contra a pele escura. Quando sorriu para ela, covinhas cintilaram em suas bochechas O coração de Elizabeth deu uma pirueta.

— Gostei do seu vestido — afirmou ele.

— Obrigada. É novo.

O sorriso dele se alargou.

— E é da minha cor favorita. Meu nome é Ilya.

— Eu... sou a Liz. Sou a Liz. *Priyatno poznakomit'sya.*

— O prazer é todo meu. Você fala russo.

— É. Bom, um pouco. É.

— Uma mulher linda que está usando minha cor favorita e fala russo. É minha noite de sorte.

Não, pensou Liz, enquanto ele levava a mão dela aos lábios, ainda mantendo o corpo junto ao seu. Ah, não. Era a noite de sorte dela. Era a melhor noite de sua vida.

# 3

Eles foram para uma mesa reservada. Tudo aconteceu de forma tão tranquila, tão suave, que pareceu mágico. Tão mágico quanto o lindo drinque rosa que apareceu na frente dela.

Ela era Cinderela no baile, e ainda faltava muito para a meia-noite.

Quando se sentaram, Ilya se manteve próximo, sem tirar os olhos do rosto dela. Ficou com o corpo voltado para o de Elizabeth, como se a multidão e a música não existissem. Tocava nela enquanto falava e cada toque de seus dedos nas mãos, braços ou ombros da menina causava arrepios incríveis.

— E o que você estuda em Harvard?

— Medicina.

Não seria verdade, prometeu a si mesma, mas era verdade suficiente agora.

— Uma médica. Isso leva muitos anos, não é? Que tipo de médica você vai ser?

— Minha mãe quer que eu siga a carreira dela: neurocirurgia.

— Uma cirurgiã de cérebros? É uma grande médica, importante, que mexe na cabeça dos outros. — Ele passou a ponta do indicador pela têmpora dela. — Você deve ser muito inteligente.

— Eu sou. Muito inteligente.

Ele riu como se ela tivesse dito algo engraçado.

— É muito bom conhecer a si mesmo. Você disse que é a sua mãe que quer isso. É o que você quer também?

Ela tomou um gole da bebida e pensou que ele também era muito inteligente. Ou pelo menos astuto.

— Não, na verdade, não.

— E que tipo de médica você quer ser?

— Não quero ser médica.

— Não? Então quer ser o quê?

— Quero trabalhar com crimes digitais no FBI.

— No FBI? — Os seus olhos escuros se arregalaram.

— É. Quero investigar crimes *high-tech*, fraude digital, terrorismo, exploração sexual... É uma área importante, que muda todos os dias, à medida que a tecnologia avança. Quanto mais as pessoas usarem e dependerem dos computadores e da eletrônica, mais os criminosos vão explorar essa dependência. Ladrões, artistas falsos, pedófilos, até terroristas.

— Essa é a sua paixão.

— Eu... Acho que é.

— Então deve seguir isso. Sempre devemos seguir nossas paixões, não é?

Quando a mão dele passou pelo joelho dela, um calor lento e líquido se espalhou pela cintura de Elizabeth.

— Nunca segui. — Aquilo era paixão?, pensou. Aquele calor lento e líquido? — Mas quero começar a seguir.

— Você tem que respeitar a sua mãe, mas ela também tem que respeitar você. Uma mulher adulta. E as mães querem que os filhos sejam felizes.

— Ela não quer que eu desperdice a minha inteligência.

— Mas a inteligência é sua.

— Estou começando a acreditar nisso. Você está na faculdade?

— Já terminei. Agora trabalho no negócio da família. Isso me deixa feliz.

Ele fez sinal para a garçonete, pedindo outra rodada, antes que Elizabeth percebesse que seu copo estava vazio.

— Porque é a sua paixão.

— Exatamente. Eu sigo as minhas paixões. Assim.

Ele ia beijá-la. Ela podia nunca ter sido beijada, mas já se imaginara na situação com frequência suficiente. Descobriu que a imaginação não era sua melhor característica.

Elizabeth sabia que um beijo passava informações biológicas através de feromônios, que o ato estimulava todas as terminações nervosas dos lábios, da língua. Que desencadeava uma reação química muito prazerosa — que explicava por que, com muito poucas exceções, o beijo fazia parte da cultura humana.

Mas *ser beijada*, percebeu ela, era absolutamente diferente de teorizar sobre o beijo.

Os lábios dele eram macios e suaves e passavam com cuidado sobre os dela. A pressão foi aumentando lenta, gradualmente, enquanto a mão dele passava dos quadris para as costelas de Elizabeth. O coração dela disparou quando a língua de Ilya passou por entre seus lábios e preguiçosamente se esfregou em sua língua.

Ela prendeu a respiração por um instante e soltou um gemido involuntário, quase de dor. O mundo virou de cabeça para baixo.

— Doce — murmurou ele.

A vibração das palavras contra os lábios dela, o calor do hálito dele em sua boca fizeram um arrepio subir pelas costas de Elizabeth.

— Muito doce. — Os dentes dele arranharam o lábio inferior dela quando ele se afastou. — Gostei de você.

— Gostei de você também. Gostei de beijar você.

— Então temos que fazer isso de novo enquanto dançamos.

Ele fez com que ela se levantasse e passou os lábios pelos dela mais uma vez.

— Você não está... Qual é a palavra? Acostumada. Essa é a palavra. Não como a maioria das mulheres que vêm aqui dançar, beber e flertar.

— Não tenho muita experiência com nada disso.

Os olhos negros brilharam sob as luzes pulsantes.

— Então os outros homens não têm a mesma sorte que eu.

Elizabeth lançou um olhar para Julie enquanto Ilya a puxava para a pista de dança. Ela viu que a amiga também estava sendo beijada. Não com gentileza nem lentidão, mas Julie parecia gostar. Na verdade, estava participando ativamente, logo...

Então Ilya a puxou para seus braços, fazendo-a dançar de maneira diferente. Ele não se sacudia nem rebolava. Era um movimento leve, acompanhado por um beijo.

Elizabeth parou de pensar em reações químicas e terminações nervosas. Em vez disso, fez o que pôde para participar ativamente. O instinto levou seus braços a envolverem o pescoço dele. Quando sentiu a mudança nele, a ereção pressionar o corpo dela, sabia que era uma reação física normal e até involuntária.

Mas sentiu a emoção mesmo assim. Tinha causado aquela reação. Ele a queria, como ninguém a quisera.

— Você me deixa maluco... — sussurrou ele em seu ouvido. — Seu gosto, seu cheiro...

— São os feromônios.

Ele olhou para ela, as sobrancelhas unidas.

— O quê?

— Nada.

Ela pressionou o rosto contra o ombro dele.

Sabia que o álcool estava afetando suas decisões, mas não ligava. Mesmo sabendo que a razão pela qual não se importava era justamente o álcool, ela ergueu o rosto de novo. E dessa vez começou o beijo.

— A gente devia se sentar — disse Ilya, depois de um longo instante. — Você deixa meus joelhos bambos.

Ele segurou a mão dela enquanto voltavam para a mesa. Ao vê-los, Julie se levantou num pulo. Tinha os olhos brilhantes e o rosto avermelhado. Cambaleou um pouco, riu e pegou a bolsa.

— A gente já volta. Vamos, Liz.

— Aonde?

— Onde mais? Ao banheiro.

— Ah. Com licença.

Julie deu o braço a ela em busca de equilíbrio e de solidariedade.

— Meu Deus do Céu. Dá para acreditar? A gente está com os caras mais bonitos da boate. Cara, eles são gostosos demais. E o seu tem aquele sotaque... Eu queria que o meu tivesse sotaque, mas ele beija muito melhor do que o Darryl. Ele é praticamente dono da boate, sabia, e tem uma casa no lago. Vamos todos sair daqui e ir para lá.

— Para a casa dele? Você acha que a gente deveria fazer isso?

— Ah, deveria.

Julie abriu a porta do banheiro com força e deu uma olhada na fila.

— Típico. E eu estou morrendo de vontade de fazer xixi! Estou tão bêbada! Como é o seu cara? Ele beija bem? Qual é o nome dele mesmo?

— Ilya. É, ele beija muito bem. Gostei muito dele, mas não sei se a gente deveria ir com eles para a casa do Alex.

— Ah, relaxe, Liz. Não pode me decepcionar agora. Eu vou transar com o Alex e não posso ir para lá sozinha. Não no primeiro encontro. Você não precisa transar com o Ilya, se for virgem.

— O sexo é um ato natural e necessário, não só para a procriação, mas, especialmente entre os humanos, para o prazer e a liberação do estresse.

— Falou e disse. — Julie deu um cutucão na amiga com o cotovelo. — Então você não acha que eu sou uma vagabunda por transar com o Alex?

— É uma consequência infeliz da sociedade patriarcal que as mulheres sejam consideradas vagabundas por fazer sexo por prazer, apesar de os homens considerarem isso vital. A virgindade não deveria ser um prêmio a ser recebido ou entregue. O hímen não tem propriedades mágicas nem dá poder nenhum. As mulheres deveriam... Não, tinham que ter direito à gratificação sexual, assim como os homens. Tenham elas ou não o objetivo de procriar ou de estar numa relação monógama.

Uma ruiva magra que passava ajeitou o cabelo e lançou um sorriso encantador para Elizabeth.

— Manda ver, amiga.

Elizabeth se aproximou de Julie enquanto a ruiva saía do banheiro.

— Por que eu deveria mandar em alguém? — sussurrou.

— É só uma expressão. Sabe, Liz, eu imaginei que você fosse uma daquelas que cruza as pernas e não deixa ninguém te tocar abaixo da cintura.

— A falta de experiência não faz de mim uma pudica.

— Entendi. Pensei em largar você aqui depois que a gente entrasse e eu ficasse com alguém, mas você é divertida. Apesar de falar igual a uma professora na maior parte do tempo. Então, bom, me desculpe por pensar nisso.

— Tudo bem. Você não fez nada. E eu sei que não sou igual às suas amigas.

— Ei.

Julie passou um dos braços em torno dos ombros de Elizabeth e deu um leve apertão nela.

— Você é minha amiga agora, está bem?

— Espero que sim. Eu nunca...

— Ai, graças a Deus. — Soltando uma expressão fervorosa, Julie correu, tropeçando, para o reservado disponível. — Então a gente vai para a casa do Alex, não é?

Elizabeth olhou em volta, para o banheiro lotado. As mulheres retocavam o cabelo e a maquiagem ou esperavam na fila, rindo e conversando. Ela devia ser a única virgem do cômodo.

A virgindade não é um prêmio, lembrou a si mesma. Por isso não deveria ser um peso. Ela podia mantê-la ou perdê-la, se quisesse. A escolha era dela. A vida era dela.

— Liz?

— Vamos.

Respirando fundo para se acalmar, Liz andou até o outro reservado disponível.

— Vamos — disse de novo, antes de fechar a porta e os olhos. — Vamos. Juntas.


Na mesa, Ilya ergueu a cerveja.

— Se essas meninas tiverem 21 anos, eu tenho sessenta.

Alex só riu e deu de ombros.

— Têm mais ou menos isso. E a minha está no cio, acredite em mim.

— Ela está bêbada, Alexi.

— E daí? Eu não forcei a menina a beber nada. Quero carne fresca e vou transar hoje de qualquer jeito. Não me diga que não está planejando pegar a morena bonita.

— Ela é uma graça. — Um sorriso surgiu nos lábios de Ilya. — E um pouco inocente. Não está bêbada como a sua. Se ela quiser, vou levá-la pra cama. Gosto do seu jeito de pensar.

Os lábios de Alex se contorceram.

— Ah, fala sério.

— Não, eu gosto mesmo. Isso dá um toque especial. — Ele olhou em volta para as mulheres que passavam. Eram todas iguais demais, todas previsíveis demais. — É um alívio. Essa é a palavra certa.

— A minha está combinando com a sua de ir para a minha casa. Todos nós. Ela disse que só vai se a amiga for. Vocês podem ficar no quarto de visitas.

— Prefiro a minha casa.

— Veja, são as duas ou nenhuma. E eu não passei duas horas paparicando a garota para deixar essa gostosa sair daqui sozinha só porque você não conseguiu se acertar com a amiga dela.

Os olhos de Ilya demonstraram irritação.

— Eu vou me acertar com ela, *dvojurodny brat*.

— E onde você acha que vai se acertar melhor, *primo*? No apartamento vagabundo em que você ainda mora ou na minha casa na beira do lago?

Ilya deu de ombros.

— Prefiro a minha casa, mas tudo bem. Vamos para a sua. Mas sem drogas.

— Ah, pelo amor de Deus.

— Sem drogas.

Ilya se inclinou para a frente e apoiou o indicador na mesa.

— Só faça coisas legais. A gente não conhece essas garotas, mas acho que a minha não aprovaria. Ela disse que quer entrar para o FBI.

— Você está de sacanagem.

— Não. Sem drogas, Alexi, ou eu não vou. E você não vai transar.

— Ótimo. Lá vêm elas.

— Levante. — Ilya deu um chute em Alex por baixo da mesa. — Finja que é um cavalheiro.

Ele se levantou e estendeu a mão para Liz.

— A gente iria adorar sair daqui — anunciou Julie, envolvendo Alex num abraço. — Adoraria conhecer a sua casa.

— Então é isso que vamos fazer. Nada é melhor do que uma festa particular.

— Tudo bem para você? — murmurou Ilya quando o grupo começou a andar até a porta.

— Tudo. A Julie quer muito ir e estamos juntas, então...

— Não, eu não perguntei o que a Julie queria. Perguntei o que você quer.

Ela olhou para ele, sentiu um arrepio. Ele se importava com o que ela queria.

— É. Eu quero ir com você.

— Que ótimo.

Ilya pegou a mão de Elizabeth e a pressionou contra o próprio coração enquanto ziguezagueavam pela multidão.

— Eu quero ficar com você. E você pode me contar mais sobre a Liz. Quero saber tudo sobre você.

— A Julie diz que meninos, ou homens, só querem falar de si mesmos.

Ele riu e pôs o braço em torno da cintura dela.

— Se fosse assim, como iríamos conhecer mulheres fascinantes?

Quando chegaram à porta, um homem de terno se aproximou e cutucou o ombro de Ilya.

— Só um segundo — disse Ilya para Liz enquanto se afastava.

Elizabeth não conseguiu ouvir muita coisa da conversa em russo. Mas pôde ver pelo perfil de Ilya que ele não estava satisfeito com o que havia ouvido.

No entanto, ela teve razoável certeza de que o *chyort voz'mi* que ele soltou era um xingamento. Ilya fez sinal para que o homem esperasse e levou Liz para fora, onde Alex e Julie esperavam.

— Tenho que cuidar de uma coisa. Sinto muito.

— Tudo bem. Eu entendo.

— Isso é bobagem, Ilya. Deixe outra pessoa resolver.

— É trabalho — respondeu Ilya, breve. — Não deve demorar muito. Não mais de uma hora. Vá com o Alexi e sua amiga. Eu vou assim que terminar.

— Ah, mas...

— Vamos, Liz, vai ficar tudo bem. Você pode esperar o Ilya na casa do Alex. Ele tem CDs de vários tipos de música. E uma TV tela plana.

— Pode esperar tranquila. — Ilya se aproximou e deu um beijo longo e profundo em Elizabeth. — Eu já vou. Dirija com cuidado, Alexi. Você está levando uma carga preciosa.

— Então agora estou com duas mulheres lindas. — Sem querer perder a oportunidade, Alex pegou as duas pelos braços. — O Ilya leva tudo muito a sério. Eu gosto de me divertir. Somos jovens demais para ser sérios.

Uma SUV escura deslizou até a calçada. Alex fez um sinal, pegou as chaves que o manobrista jogou para ele e abriu a porta. Encurralada pela educação e pela obrigação, Liz entrou no banco de trás. Ficou olhando para a porta da boate e esticou o pescoço para continuar a observá-la quando Alex saiu com o carro, com Julie cantarolando junto com o rádio.

AQUILO NÃO PARECIA CERTO. Sem Ilya, a animação e a antecipação desapareciam, deixando tudo chato e comum. Por causa do álcool, andar no banco traseiro deixou a menina enjoada. Zonza e repentinamente cansada, ela apoiou a cabeça contra a janela lateral.

Eles não precisavam dela, pensou. Tanto Julie quanto Alex cantavam e riam. Ele dirigia rápido demais, cortando curvas de uma forma que deixava o estômago de Elizabeth embrulhado. Mas ela não se permitiria vomitar. Lutando contra o calor que a tomava, se forçou a respirar lenta e regularmente. Não passaria a vergonha de vomitar no banco traseiro da SUV de Alex.

Elizabeth baixou a janela alguns centímetros e deixou que o ar soprasse em seu rosto. Ela queria se deitar, queria dormir. Tinha bebido demais e aquilo era outra reação química.

Uma reação química muito menos agradável do que a de um beijo.

Ela se concentrou na própria respiração, no ar que passava por seu rosto, nas casas, nos carros, nas ruas. Em tudo, menos em seu estômago revirado e em sua cabeça dolorida.

Enquanto Alex ziguezagueava pela Lake Shore Drive, ela percebeu que estavam relativamente perto de sua casa, em Lincoln Park. Se pudesse voltar para lá, poderia se deitar em seu quarto silencioso, dormir e acabar com a náusea e a tontura. Quando Alex encostou frente a uma casa tradicional antiga, no entanto, ela pensou que, pelo menos, iria poder sair do carro e andar sobre os próprios pés.

— Tem uma vista ótima — dizia Alex, enquanto ele e Julie saíam do carro. — Pensei em comprar um apartamento, mas gosto de privacidade. Tem muito espaço para fazer festas aqui e ninguém reclama se a música estiver alta demais.

Julie tropeçou e riu um pouco alto demais quando Alex a segurou e apertou a bunda dela.

Elizabeth se arrastou atrás deles, sentindo-se uma enorme vela triste.

— Você mora aqui sozinho? — conseguiu dizer.

— Tem muito espaço para os amigos.

Alex destrancou a porta da frente e fez um gesto para que as meninas entrassem.

— Primeiro as damas — disse, dando um tapinha brincalhão na bunda de Elizabeth enquanto a menina entrava na casa.

A moça queria dizer que ele tinha uma linda casa, mas, na verdade, tudo era novo, moderno e brilhoso demais. Os móveis eram quadrados e suas superfícies, brilhantes. Um bar vermelho-vivo, um enorme sofá de couro preto e uma gigantesca TV pendurada na parede dominavam a sala de estar, quando as largas portas de vidro e as janelas com vista para o terraço deveriam ser a atração principal.

— Nossa, adorei. — Julie imediatamente desabou e se esparramou no sofá. — É muito aconchegante.

— Essa é a ideia, querida.

Alex pegou o controle remoto, apertou um botão, e uma música alta preencheu o cômodo.

— Vou pegar uma bebida para você.

— Sabe fazer um Cosmopolitan? — perguntou Julie. — Eu adoro Cosmopolitans.

— Vou preparar.

— Posso tomar uma água? — indagou Elizabeth.

— Ah, Liz, não seja tão chata...

— Estou um pouco desidratada.

E Deus, Deus do Céu, ela precisava de mais ar.

— Tudo bem se eu der uma olhada lá fora? — disse ela, andando até a porta da varanda.

— Claro. *Mi casa es su casa.*

— Quero dançar!

Quando Julie se levantou de supetão e começou a pular pela sala, Elizabeth abriu as portas e fugiu. Ela imaginava que a vista fosse maravilhosa, mas tinha a visão embaçada quando agarrou a cerca e se apoiou nela.

O que estavam fazendo? No que estavam pensando? Aquilo era um erro. Um erro estúpido e irresponsável. Elas tinham que ir embora. Ela tinha que convencer Julie a ir embora.

Mas, mesmo com a música, Elizabeth podia ouvir a risada de Julie, lenta depois de tantos Cosmopolitans.

Talvez bastasse ela se sentar ali fora por alguns minutos para voltar a pensar normalmente e esperar que o estômago se acalmasse. Poderia dizer que a mãe ligara. O que seria mais uma mentira depois de uma noite repleta delas? Ela inventaria uma desculpa — uma desculpa lógica para ir embora. Depois que estivesse com a cabeça no lugar.

— Aí está você.

Ela se virou quando Alex veio até a varanda.

— Um de cada.

Iluminado pela luz baixa, ele carregava um copo de água com gelo numa das mãos e, na outra, um copo de Martini com o lindo líquido rosa — que agora revirava o estômago dela.

— Obrigada. Mas acho que vou ficar só com a água.

— Você tem que dar gás à sua animação, querida — respondeu ele. Mas pôs o drinque de lado. — Não tem que ficar aqui fora sozinha.

Alex mudou o corpo de posição, pressionando as costas dela contra a cerca.

— Nós três podemos nos divertir. Posso cuidar de vocês duas.

— Não acho...

— A gente não sabe se o Ilya vai vir. Trabalho, trabalho, trabalho. Ele só faz trabalhar. Mas você chamou a atenção dele. A minha também. Vamos lá para dentro. A gente vai se divertir.

— Eu acho... que vou esperar o Ilya. Tenho que ir ao banheiro.

— É você quem sai perdendo, meu amor.

Apesar de Alex ter apenas dado de ombros, Elizabeth pensou ter visto algo brilhar nos olhos dele.

— É à esquerda. Perto da cozinha.

— Obrigada.

— Se mudar de ideia... — gritou ele, enquanto ela corria para a porta.

— Julie.

Ela agarrou Julie pelo braço enquanto a amiga tentava dar uma pirueta desequilibrada pela "pista de dança".

— Estou me divertindo tanto... É a melhor noite da minha vida.

— Julie, você já bebeu demais.

Fazendo *shhhh*, Julie fez Elizabeth se afastar.

— Impossível.

— A gente tem que ir embora.

— A gente tem que ficar e *se acabar*!

— O Alex disse que nós duas devíamos ir para cama com ele.

— Eca...

Rindo e fazendo barulho pelo nariz, Julie deu uma nova pirueta.

— Ele só está brincando, Liz. Não banque a *nerd* comigo. O seu cara vai chegar daqui a pouco. Tome outra bebida, relaxe.

— Não quero mais beber. Estou enjoada. Quero ir para casa.

— Não vou para casa. Ninguém liga para mim lá. Vamos, Lizzy! Venha dançar comigo.

— Não consigo.

Liz pressionou uma das mãos contra a barriga, sentindo a pele ficar suada.

— Tenho que...

Incapaz de se controlar, correu para a esquerda e viu Alex apoiado nas portas da varanda, sorrindo para ela.

Gemendo, ela tropeçou pela cozinha e quase caiu no chão enquanto corria para o banheiro.

Arriscou-se ao gastar meio segundo para trancar a porta. Depois, caiu de joelhos em frente à privada. Vomitou uma massa rosada e nojenta e mal conseguiu respirar antes de vomitar de novo. Lágrimas escorriam de seus olhos quando ela se ergueu, usando a pia como apoio. Sem enxergar direito, abriu a torneira de água fria e jogou um pouco na boca e no rosto.

Tremendo, ergueu a cabeça e se viu no espelho. Estava branca como cera. O lápis e rímel marcavam seus olhos como um hematoma. Parte da maquiagem escorria pelas bochechas em lágrimas negras.

A vergonha a tomou, mas uma nova onda de enjoo a fez voltar a cair de joelhos.

O banheiro girava à sua volta. Exausta, ela se encolheu no chão e chorou. Não queria que ninguém a visse daquela maneira.

Queria ir para casa.

Queria morrer.

Ela ficou deitada, tremendo, a bochecha pressionada contra os ladrilhos frios, até achar que era seguro tentar se sentar. O banheiro fedia a vômito e a suor, mas ela não podia sair dali até se limpar.

Fez o melhor que pôde com sabão e água, esfregando o rosto até a pele ficar vermelha e fazendo apenas algumas pausas para se apoiar e lutar contra uma nova onda de enjoo.

Ela agora estava pálida *e* cheia de marcas, os olhos vítreos e avermelhados. Mas as mãos tremiam, por isso tentar reaplicar a maquiagem seria quase pior do que ficar com o rosto limpo.

Teria que engolir a humilhação. Sairia para a varanda, ficaria ao ar livre e esperaria até que Ilya chegasse. Então pediria a ele que a levasse para casa e torceria para que ele entendesse.

Ilya nunca mais iria querer vê-la. Ele nunca mais a beijaria.

Causa e efeito, lembrou a si mesma. Ela havia mentido, várias vezes, e o resultado era a vergonha. Pior, era a imagem do que poderia ter sido mas fora tomado dela.

Baixando a tampa da privada, ela se sentou, agarrando a própria bolsa, preparando-se para o próximo passo. Desanimada, tirou os sapatos. De que importava? Os pés dela doíam. A meia-noite chegara para a Cinderela.

Elizabeth atravessou a cozinha com o máximo de dignidade que pôde reunir. Passou por enormes aparelhos negros e balcões absurdamente brancos. Mas, quando virou a esquina para entrar na sala de estar, viu Alex e Julie, nus, transando no sofá de couro.

Assustada, fascinada, ela ficou paralisada por um instante, observando as tatuagens nas costas e nos ombros de Alex se deformarem com o movimento de seus quadris. Sob o corpo dele, Julie fazia sons guturais.

Envergonhada por estar assistindo, Elizabeth recuou em silêncio e usou a porta da cozinha para chegar à varanda.

Ficaria sentada no escuro, ao ar livre, até que terminassem. Não era pudica. No fim das contas, era só sexo. Mas ela queria, com todas as forças, que estivessem fazendo aquilo atrás da porta fechada de um quarto.

Sentiu que queria mais água para a garganta ferida. E um cobertor, pois sentia frio — além de um vazio e uma enorme fragilidade.

Então apagou, encolhida numa cadeira num canto escuro da varanda.

Ela não entendeu o que a acordou. Vozes, um barulho... Mas despertou, sentindo-se dolorida e com frio. Viu pelo relógio que dormira apenas quinze minutos, mas percebeu que se sentia pior do que antes.

Tinha que ir para casa. Com cuidado, ela andou silenciosamente até a porta para ver se Julie e Alex haviam terminado.

Não viu Julie. Apenas Alex, de cueca preta, e dois homens, inteiramente vestidos.

Mordendo o lábio, esgueirou-se para mais perto. Talvez os estranhos tivessem vindo dizer a Alex que Ilya ia se atrasar. Nossa Senhora, como ela queria que ele a levasse para casa.

Lembrando-se de como estava, manteve-se nas sombras enquanto passava pela porta que Alex deixara aberta.

— Puta que pariu, fale inglês. Eu nasci em Chicago. — Obviamente irritado, Alex foi até o bar e serviu vodca num copo. — O que você quer, Korotkii, que não podia esperar até amanhã?

— Por que esperar até amanhã? Aquela americana é o suficiente para você?

O homem que falava tinha um corpo compacto e atlético. As mangas curtas da camiseta preta ficavam justas em torno dos bíceps. Tatuagens cobriam seus braços. Assim como Alex, ele era louro e bonito. Um parente?, pensou Elizabeth. A semelhança era sutil, mas podia ser vista.

O homem que o acompanhava era maior, mais velho e estava parado como um soldado.

— É, você é mesmo louco pelos ianques. — Alex engoliu toda a vodca num só gole. — Não estou de plantão.

— E você trabalha tanto, não é? — A voz suave de Korotkii fez as palavras soarem diretas. Mas, sob o sotaque intrigante e melodioso, havia algo afiado e rascante. — Dá trabalho roubar do seu tio.

Alex, que jogava o pó branco de um saquinho de plástico sobre um pequeno espelho quadrado do bar, interrompeu:

— Do que você está falando? Não roubo do Sergei.

— Você rouba das boates e do restaurante. Fica com a maior parte dos lucros dos golpes de internet e das prostitutas. De tudo em que põe as mãos. Isso não é roubar do seu tio? Você acha que ele é burro?

Abrindo um sorriso amargo, Alex pegou uma fina ferramenta de metal e começou a bater no pó.

Cocaína, percebeu Elizabeth. Ai, meu Deus, onde ela estava com a cabeça quando foi para lá?

— Sou leal ao Sergei — disse Alex, enquanto separava o pó — e vou falar com ele sobre *esse monte de merda* amanhã.

— Você acha que ele não sabe como você paga pelos Rolex, Armanis, Versaces, por essa casa e todos os seus outros brinquedos? E as suas drogas, Alexi? Acha que ele não sabe que você fez um acordo com a polícia?

A pequena ferramenta fez barulho quando Alex a derrubou.

— Não falo com a polícia.

Ele está mentindo, pensou Elizabeth. Ela podia ver nos olhos dele, ouvir na voz dele.

— Eles prenderam você há dois dias por posse. — O gesto de Korotkii indicando a cocaína era de puro desprezo. — E você fez um acordo com eles, *mudak*. Traiu a sua família pela sua liberdade, pela sua boa vida. Você sabe o que acontece com ladrões e traidores, Alexi?

— Vou falar com o Sergei. Vou explicar tudo. Tive que contar alguma coisa a eles, mas só disse algumas bobagens. Um monte de besteiras. Consegui enrolar os caras.

— Não, Alexi, eles enrolaram você. E você perdeu.

— Vou falar com o Sergei.

Quando Alex recuou, o segundo homem fez um movimento — rápido demais, para seu tamanho — e prendeu os braços dele atrás das costas.

O medo tomou o rosto de Alex, que falou em russo:

— Não faça isso. Yakov, somos primos. Nossas mães são irmãs. Temos o mesmo sangue.

— Você é uma desgraça para a sua mãe, para o seu sangue. De joelhos.

— Não. Não faça isso.

O segundo homem empurrou Alex para o chão.

— Não. Por favor. Somos do mesmo sangue. Me dê uma chance.

— Isso, implore. Implore pela sua vida inútil. Eu deixaria o Yegor acabar com a sua raça, mas o seu tio mandou que eu tivesse piedade, pelo bem da irmã dele.

— Por favor. Tenha piedade.

— Essa é a sua piedade.

Korotkii tirou uma arma da calça, pressionou o cano contra a testa de Alex e atirou.

As pernas de Elizabeth bambearam. Ela caiu de joelhos, tapando a boca para segurar um grito.

Korotkii sussurrou algo enquanto punha a arma na têmpora de Alex e atirava outras duas vezes.

Enquanto matava Alex, a expressão de Korotkii não mudou: manteve-se rígida como uma máscara. No entanto, ficou mais fria quando ele olhou na direção da cozinha.

— Não estou me sentindo bem, Alex. Tenho que me deitar ou talvez a gente devesse... Quem é você?

— Ah, puta que pariu — murmurou Korotkii, antes de dar dois tiros em Julie, parado de onde estava. — Por que a gente não viu que ele estava com essa vagabunda?

O segundo homem andou até Julie e balançou a cabeça.

— Essa eu nunca vi. Muito novinha.

— Ela não vai ficar mais velha.

A visão de Elizabeth ficou embaçada. Era um sonho. Um pesadelo. Causado pela bebida e pelo vômito. Ela acordaria a qualquer instante. Encolhida no escuro, ela olhou para Alex. Quase não havia sangue, notou. Se fosse real, não haveria mais sangue?

Acorde, acorde, acorde.

Mas o medo apenas aumentou quando ela viu Ilya entrar.

Eles iam matá-lo também. Korotkii ia atirar nele. Ela tinha que ajudar. Tinha que...

— Pelo amor de Deus, o que foi que você fez?

— O que mandaram que eu fizesse.

— A ordem era quebrar os braços dele. Além disso, tinha que fazer isso amanhã.

— As ordens mudaram. Nosso informante nos contou uma coisa. Alexi estava ajudando a polícia.

— Porra. Filho da puta.

Elizabeth observou horrorizada Ilya chutar o corpo de Alex uma, duas, três vezes.

É um deles, pensou. Ele é um deles.

Ilya parou, passou a mão pelo cabelo e viu o corpo de Julie.

— Ai, porra. Isso era mesmo necessário?

— Ela viu a gente. Pelo que nos avisaram, a puta dele tinha ido embora com outro homem.

— Foi azar dessa aqui ele estar atrás de carne fresca. Cadê a outra?

— A outra?

Os lindos olhos escuros se tornaram frios.

— Eram duas. Esta e outra. Cabelo preto curto, vestido vermelho.

— Yegor.

Fazendo que sim com a cabeça, o homem sacou uma faca e começou a subir a escada. Ilya fez um gesto e, seguindo a ordem, Korotkii foi até a cozinha, enquanto Ilya andava até a porta da varanda.

— Liz — murmurou ele. — Está tudo bem, Liz. Eu vou cuidar de você.

Ele tirou uma faca da bota, segurou-a atrás das costas e ligou as luzes exteriores.

Quando viu os sapatos da menina, vasculhou a varanda e correu até a cerca.

— Não tem ninguém aqui — afirmou Korotkii da porta.

— Tinha. Encontrem a garota.

# 4

ELA CORREU CEGAMENTE, OS OLHOS ARREGALADOS E BRILHANTES, A respiração ofegante. Não podia soltar o grito preso em sua garganta. Eles poderiam ouvir. E, se ouvissem, eles a pegariam e a matariam.

Como haviam feito com Julie.

Ela lutou contra o instinto de correr para a rua. Podia haver outros deles, outros como Ilya. Como poderia saber se o carro para o qual acenava não era de um deles? Se esmurrasse a porta de uma casa, como poderia saber se um deles não iria atender?

Ela tinha que correr, se afastar o mais rápido possível. Tinha que se esconder.

Escalou todas as cercas que viu. Abriu caminho por todas as cercas-vivas. Quando o chão arranhou e rasgou seus pés descalços, engoliu os gritos de dor. Escondeu-se do luar, correndo, como um rato, pelos cantos mais escuros.

Um cão latiu loucamente quando ela atravessou um jardim correndo.

Não deixe que ouçam, não deixe que cheguem perto.

Não olhe para trás.

Uma dor aguda percorreu a lateral de seu corpo. Por um instante assustador, enquanto se lançava no chão, ela achou que tivesse levado um tiro. Mas continuou deitada, com os joelhos no peito, a respiração árida e ofegante machucando a garganta.

Uma câimbra, apenas uma câimbra. Acompanhada de uma forte onda de náusea. Erguendo-se, ela sentiu que ia vomitar, chorando, tomada por soluços secos.

É uma onda de choque, disse a si mesma, batendo os dentes. Suor e frio, tontura, náusea, pulso rápido. Ela estava em choque e precisava *pensar*.

Para se aquecer, esfregou as mãos rapidamente sobre os braços. Esforçou-se por inspirar e expirar lentamente. Arrastou-se para pegar a bolsa que voara de sua mão quando caíra. Trouxera-a consigo na fuga, por isso tentava se tranquilizar com a ideia de que, de certa forma, *ainda conseguia* pensar.

Tinha que ligar para a polícia. Precisava de ajuda.

— Tire o telefone da bolsa — sussurrou, incentivando a si mesma. — Aperte o botão de discagem rápida. Conte a alguém... Conte a alguém...

— Polícia. Qual é a sua emergência?

— Me ajude. Pode me ajudar?

— Qual é a natureza da sua emergência?

— Ele atirou nos dois. — Lágrimas corriam pelos olhos de Elizabeth e quase abafavam sua voz. — Ele atirou nos dois e eu fugi.

— Senhora, está dizendo que houve um tiroteio?

— Ele matou os dois. Ele matou a Julie. Eu fugi.

— Vou mandar ajuda. Me dê o seu endereço.

— Eu não sei onde estou.

Elizabeth tapou a boca com uma das mãos, tentou não entrar em desespero.

— Eu fugi. Só fugi. Acho que estou perto da Lake Shore Drive. Espere. Pode esperar? Não desligue.

— Estou bem aqui. Qual é o seu nome?

— Elizabeth. Elizabeth Fitch.

— Elizabeth, você está reconhecendo alguma coisa? Um ponto de referência, um endereço?

— Vou encontrar alguma coisa. Estou atrás de uma casa. Uma casa de pedra cinzenta, com pequenas torres.

A menina mancou até a casa. Começou a tremer violentamente quando entrou na área iluminada pelas luzes de segurança.

— Tem uma entrada pavimentada e uma grande garagem. Um deque e um jardim.

— Você consegue andar até a rua?

— Consigo. Dá para ver daqui. Tem postes. Se eu for até um lugar iluminado, eles vão me ver.

— Continue falando. Mantenha o celular ligado, Elizabeth. Estamos usando o GPS para localizar você.

— Estou vendo um endereço. Estou vendo os números.

Ela os leu em voz alta.

— A polícia já está indo. A ajuda já vai chegar, Elizabeth. Você está ferida?

— Não. Não, eu fugi. Estava fora da casa quando eles entraram. Estava na varanda. Eles não sabiam. Não me viram. Atiraram nos dois. Atiraram nos dois. Ele matou a Julie.

— Sinto muito. Onde isso aconteceu?

— Não sei. Não sei o endereço. Era na Lake Shore Drive. A gente não devia ter ido para lá. Não devia ter ido para aquela casa. A Julie morreu.

— Quem é a Julie, Elizabeth?

— Ju... Julie Masters. Minha amiga Julie. Um carro está vindo. Tenho que me esconder.

— É um carro da polícia. É a ajuda.

— Tem certeza? — O pânico esmagava o peito de Elizabeth, deixava-a sem fôlego. Tem certeza?

— Estão dizendo no rádio que estão perto do endereço. Vou pedir que liguem as luzes. Você vai ver.

— É. É. Meu Deus, estou vendo. — Ela começou a andar até o carro, tropeçando. — Obrigada.

— Você vai ficar bem agora, Elizabeth.

Os policiais queriam levá-la para o hospital, mas, como a menina ficou mais ansiosa, levaram-na para a delegacia. Ela se encolheu sob o cobertor que um dos guardas pusera sob seus ombros e continuou a tremer no banco traseiro da patrulha.

Na delegacia, os policiais a levaram para uma sala com uma mesa e várias cadeiras. Um dos guardas ficou com ela, enquanto o outro foi buscar café.

— Conte o que aconteceu.

O policial se apresentara, lembrou Elizabeth. Guarda Blakley. Tinha um rosto duro e olhos cansados, mas dera um cobertor a ela.

— Fui a uma boate. Eu e Julie fomos a uma boate.

— Julie Masters.

— Isso.

— Que boate?

— A Warehouse 12. Eu... — Ela tinha que contar a verdade. Não podia mais mentir. — Eu fiz identidades falsas para a gente.

O rosto do guarda mal registrou a surpresa. Ele continuou a escrever num caderninho.

— Quantos anos você tem?

— Tenho. Vou fazer 16 em setembro.

— Dezesseis — repetiu ele, estudando a menina. Tinha a voz e os olhos calmos. — Onde estão os seus pais?

— Só tenho mãe. Ela está fora da cidade, numa convenção médica.

— Vamos ter que avisar a ela.

Elizabeth apenas fechou os olhos.

— Está bem. É a Dra. Susan L. Fitch. Está hospedada no Westin Peachtree Plaza, em Atlanta.

— Beleza. E você forjou a identificação para entrar na Warehouse 12.

— É, eu sinto muito. Pode me prender, mas tem que encontrar os homens que mataram a Julie.

— Você disse que estava numa casa, não numa boate.

— Conhecemos o Alex na boate. Fomos para a casa dele. Não devíamos ter feito isso. Nós bebemos. Não devíamos ter feito isso também. Fiquei enjoada e fui para o lado de fora porque... — Lágrimas escorreram pelo rosto dela de novo. — Fui para fora e dois homens entraram. Eles atiraram no Alex e, quando a Julie entrou na sala, atiraram nela. Eu fugi.

— Você não sabe onde fica essa casa?

— Eu saberia encontrar. Posso levar vocês ou desenhar um mapa. Mas não vi o endereço. Foi burrice. Eu fui burra. Por favor, não podem deixar a Julie lá.

— Sabe o nome completo desse Alex?

— Eu... sei! — Graças a Deus. — Era Alex, mas o homem que o matou o chamou de Alexi. Alexi Gurevich.

Blakley fez uma pausa. Seus olhos se estreitaram.

— Está me dizendo que estava na casa de Alexi Gurevich e testemunhou um homicídio duplo?

— É. É. É. Por favor.

— Só um minuto.

Ele se levantou enquanto o segundo policial entrava com o café. Blakley murmurou para o companheiro. O que quer que tenha dito fez o policial lançar um olhar rápido para Elizabeth e sair correndo da sala.

— Por causa da sua idade — disse Blakley —, vamos ter que avisar o Serviço de Proteção ao Menor. Um detetive vai vir conversar com você.

— Mas e a Julie? Posso levar vocês até a casa primeiro? Eu deixei minha amiga. Deixei minha amiga lá.

— Sabemos onde Gurevich mora.

Blakley saiu, mas, quinze minutos depois, alguém trouxe uma xícara de sopa de galinha a Elizabeth. Ela não achou que conseguiria comer, mas, no primeiro gole, o estômago sofrido pediu por mais.

Apesar da comida e do café, sentiu que estava sendo tomada pela exaustão. Rendendo-se, apoiou a cabeça na mesa e fechou os olhos.

Do lado de fora, o detetive Sean Riley se aproximou do espelho falso e parou ao lado da parceira.

— Então essa é a testemunha.

— Elizabeth Fitch, dezesseis anos, filha da Dra. Susan L. Fitch, chefe do departamento de cirurgia do Silva Memorial.

Brenda Griffith tomou um longo gole de café. Na polícia havia quinze anos, estava acostumada aos chamados do meio da noite. Mas o café ajudava a diminuir o sono.

— O Serviço de Proteção ao Menor já está vindo.

— Já conferimos a história?

— Gurevich levou uma bala na testa e duas atrás da orelha. Calibre pequeno, de perto. Uma segunda vítima. A identidade diz Julie Masters. Vinte e um anos, mas, de acordo com a testemunha, isso é mentira. Os policiais afirmaram que ela levou dois tiros na cabeça.

— Porra, 16 anos. — Riley, um veterano com vinte anos na polícia, dor crônica nas costas e cabelo castanho ralo, balançou a cabeça. — Ela tem sorte de estar viva.

— E, como está, vamos descobrir o que ela sabe. — Brenda se afastou. — Me deixe guiar a entrevista. Vamos pegar leve. Se metade do que disse no depoimento for verdade, ela teve uma noite e tanto. Lá vem a assistente social.

— Vou pegar uma Coca-Cola ou algo assim para a menina — disse Riley. — Nós dois vamos pegar leve.

Elizabeth acordou com um susto. Então encarou a mulher de rosto bonito e cabelo preto puxado num rabo de cavalo muito justo.

— Desculpe. Não quis assustar você. Sou a detetive Griffith. Esta é a Sra. Petrie, do Serviço de Proteção ao Menor. Meu parceiro já deve chegar. Ele achou que você ia querer um refrigerante.

— Eu dormi. Há quanto tempo... — Elizabeth olhou para o relógio. — Ai, meu Deus. Já é quase de manhã. A Julie...

— Sinto muito pela sua amiga.

— É tudo culpa minha. A gente não devia ter ido. Eu sabia que era errado. Só queria... Forjei duas carteiras de motorista.

— Foi o que eu soube. Posso ver a sua?

— Está bem.

Elizabeth sacou a carteira da bolsa.

Griffith analisou o documento, o virou, ergueu as sobrancelhas e olhou para Elizabeth.

— Está me dizendo que fez isso sozinha?

— É. Eu vinha testando para ver como eram feitas. E a Julie queria ir à Warehouse 12, então fiz duas. Sei que é ilegal. Não tenho desculpa para isso. Vou ser presa?

Griffith olhou para Petrie, depois de volta para Elizabeth.

— Acho que vamos falar disso depois. Você já conhecia Alexi Gurevich antes?

— Não. Ele foi até a nossa mesa. Nós tomamos Cosmopolitans. — Ela pressionou as mãos contra o rosto. — Meu Deus, aquilo tudo aconteceu mesmo? Eu dei uma pesquisada na internet antes de ir. Nunca tinha ido a uma boate. Li alguns artigos que diziam que os proprietários faziam parte da máfia russa. Mas nunca achei... Quando ele se aproximou, depois o Ilya...

— Ilya? Ilya Volkov?

— É. Nós dançamos com os dois e nos sentamos juntos e ele me beijou. Eu nunca tinha beijado ninguém. Queria saber como era. Ele foi muito legal comigo e depois...

Ela se interrompeu. O brilho de medo voltou aos seus olhos quando a porta se abriu.

— Elizabeth, esse é o meu parceiro, o detetive Riley.

— Peguei uma Coca para você. Minha filha não sobrevive sem Coca-Cola de manhã.

— Obrigada. Eu não devia beber... — Elizabeth deu um meio sorriso. — Parece bobagem, não é? Bebi até vomitar. Vi duas pessoas serem assassinadas. E não quero desobedecer as ordens da minha mãe sobre refrigerantes.

Ela abriu a lata e serviu a bebida num copo de plástico.

— Obrigada — repetiu.

— Elizabeth. — Griffith esperou até voltar a ter a atenção de Elizabeth. — Você, Julie, Gurevich e Ilya Volkov saíram da Warehouse 12 e foram para a casa do Gurevich?

— Não. Só nós três. O Ilya teve que cuidar de alguma coisa na boate. Ele também ia. E foi, mais tarde. Depois.

— Ilya Volkov matou Gurevich e Julie?

— Não. Foi um homem chamado Yakov Korotkii. Posso descrevê-lo, ou fazer um desenho, ou trabalhar com um retratista. Eu me lembro do rosto dele. Me lembro muito bem. Tenho memória eidética. Não esqueço. Não esqueço — repetiu ela, erguendo o tom de voz, o corpo tremendo.

— Detetives — começou a Sra. Petrie. — A Elizabeth passou por um trauma grave. Já é o bastante para uma noite.

— Não. Não. Preciso ajudar. Preciso fazer alguma coisa.

— Temos permissão da mãe dela para fazer um interrogatório — declarou Griffith.

— Da minha mãe?

— Ela já foi avisada. Vai chegar amanhã de manhã.

Elizabeth fechou os olhos.

— Está bem.

— Elizabeth. Isso é importante. Como você sabe que o homem que matou Gurevich e Julie foi Yakov Korotkii?

— O Alex o chamou pelo sobrenome enquanto conversavam. A Julie... Ela devia estar no banheiro. Eu dormi por alguns minutos, na varanda. As vozes, do Alex e dos outros dois homens, me acordaram.

— Dois homens.

— O outro era maior e mais forte. Korotkii o chamou de Yegor. Korotkii disse que Alex havia roubado do tio dele. O Alex chamou o tio de Sergei. Ele negou, mas estava mentindo. Dava para ver que ele estava mentindo. O Korotkii... Já viu uma cobra matar um rato? O jeito que ela observa, com paciência... Ela parece gostar dos instantes anteriores ao ataque tanto quanto do ataque em si. Foi a mesma coisa. O Alex, de início, não parecia se importar, como se ele fosse o dono da situação. Mas não era. O Korotkii era. E o Alex ficou com medo quando Korotkii disse que sabia que ele estava cooperando com a polícia. Que o Sergei sabia. Ele implorou. Precisam saber o que eles disseram um para o outro?

— Vamos voltar a isso.

— O homem forte fez Alex ficar de joelhos. Então Korotkii tirou uma arma da calça. Ele devia ter um coldre. Não sei. E deu um tiro no Alex bem aqui.

Elizabeth levou os dedos à testa.

— Ele pôs a arma na testa do Alex e atirou. Não fez muito barulho. Depois deu mais dois tiros. Aqui. Eu quase gritei. Tive que pôr a mão na boca para não gritar. Korotkii chamou o Alex de... É um xingamento muito forte em russo.

— Você fala russo.

— Não fluentemente. Nunca tinha ouvido a expressão antes, mas foi... autoexplicativa. Só mencionei isso porque foi tudo muito rápido. Ele chamou o Alex de um palavrão, apesar de o cara estar morto. Então a Julie entrou na sala, vindo da cozinha. Tem um lavabo perto dali. Ela disse: "Não estou me sentindo bem, Alex. Tenho que me deitar ou talvez a gente devesse..." E foi só. Korotkii se virou e deu um tiro nela. Ela caiu. Eu podia ver que estava morta, mas ele atirou de novo. E soltou um palavrão em russo. Não consegui ouvir direito por um instante. Só ouvia gritos na minha cabeça. Eu não conseguia escutar. Então ouvi a voz do Ilya. Achei que fossem matá-lo também. Eu queria avisar, queria ajudar. E então...

— Calma. — Riley falou com gentileza, usando o que Griffith sabia que não era sua voz suave de interrogatório, mas uma preocupação sincera. — Pode ir no seu ritmo.

— Eles falaram em russo, mas eu entendi tudo, ou quase tudo. O Ilya ficou irritado, mas não muito, com o fato do Alex estar morto.

Ela fechou os olhos, respirou fundo e repetiu, palavra por palavra, a conversa que ouvira.

— É uma descrição muito detalhada — comentou Riley.

— Tenho memória eidética. Eu fugi porque o Ilya sabia que eu tinha ido para a casa. Sabia que ele perguntaria por mim. Sabia que me matariam também. Então fugi. Não prestei atenção em para onde estava correndo. Só corri. Deixei meus sapatos. Não ia conseguir correr com aqueles sapatos por causa do salto, então deixei tudo na varanda. Não pensei. Só reagi. Se tivesse pensado, teria trazido os sapatos comigo. Eles devem ter encontrado. Então agora sabem que eu vi. Sabem que eu ouvi.

— Vamos proteger você, Elizabeth. Eu prometo. — Griffith estendeu a mão e segurou a de Elizabeth. — Vamos manter você num lugar seguro.

Griffith saiu da sala com Riley e pôs as mãos na cabeça.

— Meu Deus do Céu, Riley. Meu São Jerônimo. Você sabe o que a gente conseguiu?

— Uma testemunha ocular que fala russo e tem a memória de um computador. Pegamos o filho da puta do Korotkii e aquele babaca escorregadio do Ilya. E, se Deus quiser, o Sergei também. Se ela aguentar, vai acabar com os Volkov.

— Ela vai aguentar.

Com os olhos duros e brilhantes, Griffith olhou para a porta.

— Temos que falar com a chefia, Riley, e pôr essa menina num lugar seguro. Vamos precisar dos federais.

— Ah, que nada.

— Vamos pedir ajuda ou eles vão levar a menina. Se a gente pedir, vai continuar no caso.

— Droga, eu odeio quando você fala coisas sensatas. Vamos lá. Sabe o que mais eu notei sobre a nossa testemunha?

— O quê?

— Ela ficou quase tão nervosa com o fato de a mãe estar vindo quanto com o resto.

— Acho que ficar de castigo é a menor preocupação dela.

ELIZABETH SE DEIXOU APAGAR. Não importava para onde iam levá-la. Ela só queria dormir. Por isso dormiu no carro com os dois detetives e a Sra. Petrie. Quando o carro parou, saiu sem reclamar, quase sonâmbula, e entrou numa pequena casa de madeira. Aceitou a camiseta e a calça de moletom que a detetive Griffith lhe deu, e até conseguiu se trocar no pequeno quarto com a beliche estreita. Temia seus sonhos, mas se sentia impotente contra a exaustão.

Ela se deitou na cama de cima e usou o cobertor da polícia para se cobrir. Sentiu lágrimas escorrerem pelos cílios enquanto fechava os olhos.

Depois não sentiu mais nada.

Acordou ao meio-dia, sentindo-se seca e vazia.

Não sabia o que ia acontecer. Durante toda a sua vida, ela soubera exatamente o que era esperado dela, quando era esperado. Mas não havia lista nem programação na qual se apoiar agora.

Sentiu vergonha por estar com fome, por querer um café, um banho, uma escova de dente. Coisas rotineiras, comuns. Julie nunca mais sentiria fome nem faria coisas comuns.

Mas Elizabeth se levantou, encolhendo-se um pouco quando os pés doloridos chegaram ao chão. Notou que sentia dores em todo o corpo. E deveria mesmo doer, determinou. Deveria entrar em desespero.

Então se lembrou da mãe. Sua mãe estava voltando, talvez já tivesse voltado. Aquilo, decidiu, seria uma punição maior do que a dor e a fome.

Esperando a punição, ela abriu a porta levemente. E parou para ouvir.

Escutou vozes — apenas um burburinho — e sentiu cheiro de café. Sentiu o próprio cheiro e voltou a se encolher. Ela queria a punição, mas esperava que pudesse tomar um banho antes de recebê-la.

Decidiu sair e andar na direção das vozes.

Então ficou paralisada.

Um estranho estava parado na pequena cozinha branca e amarela. Um homem alto, magro demais, servia café em uma pesada xícara branca. Ele se interrompeu e sorriu para ela. Usava calça jeans, uma camisa branca e um coldre no ombro.

— Bom dia. Ou tarde. Sou o subdelegado federal John Barrow. Está tudo bem, Elizabeth. Estamos aqui para manter você em segurança.

— Um subdelegado federal?

— Isso mesmo. Mais tarde, vamos levar você para uma casa segura.

— A detetive Griffith está aqui?

— Vai vir mais tarde. Ela trouxe umas roupas e outras coisas para você. — Ele fez outra pausa, e Elizabeth apenas o encarou. — Você deu sua chave a ela, disse que ela podia ir até a sua casa pegar roupas e sua escova de dente, esse tipo de coisa.

— É. Eu me lembro.

— Aposto que quer um café e uma aspirina.

— Eu... Eu queria tomar um banho, se não for problema.

— Claro.

O subdelegado sorriu outra vez e pôs a jarra e a xícara de café no balcão. Tinha olhos azuis, mas não como os da mãe de Elizabeth. Os dele eram mais escuros e calorosos.

— Vou pegar a sua mala. Estou aqui com a subdelegada federal Theresa Norton. Quero que você se sinta segura, Elizabeth. Seu apelido é Liz?

Lágrimas queimaram os olhos dela.

— A Julie me chamava de Liz. A Julie me chamava.

— Sinto muito pela sua amiga. Sei que você passou por maus bocados, Liz. A Theresa e eu vamos cuidar de você.

— Vão me matar se me encontrarem. Eu sei disso.

Os olhos azuis calorosos olharam direto nos dela.

— Não vão te encontrar. E eu não vou deixar que te machuquem.

Ela queria acreditar nele. O subdelegado tinha um rosto bonito. Magro, assim como o corpo, era quase o rosto de um professor.

— Por quanto tempo vou ter que ficar escondida?

— Vamos pensar num dia de cada vez. Vou pegar as suas coisas.

Ela ficou parada exatamente onde estava até ele voltar, trazendo uma mala Pullman.

— Por que não preparo um pouco de comida enquanto você toma banho? — sugeriu ele. — Cozinho melhor do que a Terry. Isso não é muita coisa, mas não vou envenenar você.

— Obrigada. Se não for incômodo.

— Não é.

— Desculpe. Não sei onde é o banheiro.

— Por ali — apontou ele. — Depois vire à direita.

Ele a observou sair, pegou o café e olhou para dentro da xícara. Pousou-a de novo quando a parceira entrou na cozinha.

— Ela acordou — disse John. — Cara, Terry, ela mais parece ter 12 anos. Nunca devia ter entrado naquela boate.

— Você viu a carteira que ela forjou. A menina podia ganhar dinheiro com isso.

Baixinha, durona e bonita como uma flor, Terry foi até a cafeteira.

— Como ela está?

— Se segurando num fiapo de força, eu acho. É educada como a sua tia-avó.

— Se eu tivesse uma tia-avó, ela seria uma velha filha da puta.

— Ela não perguntou pela mãe. Falou da Griffith, mas não da mãe. Isso diz alguma coisa. Vou preparar bacon com ovos para ela.

Ele abriu a geladeira e pegou o que precisava.

— Quer que eu ligue para o promotor? Você sabe que ele quer falar com ela o mais rápido possível.

— Vamos dar um tempo para ela pôr alguma coisa no estômago. Mas, é, é melhor que eles se encontrem antes de sairmos daqui. E é melhor ela ter um tempinho antes de perceber que vai morar numa casa como esta por vários meses.

— Talvez anos. Como alguém que é inteligente o bastante para estar em Harvard, ainda por cima aos 16 anos, acabou se misturando com os Volkov?

— Às vezes basta ter 16 anos.

John pôs o bacon na frigideira e o deixou fritar.

— Vou ligar para ele. Vou marcar para daqui a duas horas. Ela vai ter tempo para se vestir, comer e se acertar.

— Confira a hora do voo da mãe dela enquanto isso.

— Pode deixar.

# 5

QUANDO ELIZABETH VOLTOU, USANDO UM JEANS E UMA BLUSA AZUL COM uma faixa de renda na bainha, Barrow havia preparado um prato com bacon, ovos e torrada.

— A detetive Griffith trouxe tudo que você precisava?

— Trouxe. Eu não soube o que fazer com a mala. Você disse que a gente não vai ficar aqui.

— Não se preocupe com isso. Coma enquanto está quente.

Ela olhou para o prato.

— É muita comida.

Bacon? A nutricionista dela teria um ataque cardíaco.

A ideia da reação a fez sorrir.

— Você parece estar com fome.

— Estou. — O sorriso se manteve quando ela olhou para ele. — Eu não devia comer bacon.

— Por quê?

— Carne processada, sódio, gordura animal. Isso não está na minha lista de alimentos aprovados. Minha mãe e minha nutricionista criaram um plano de refeições muito rígido.

— É mesmo? Bom, seria um pecado desperdiçar isso tudo.

— Seria. — O aroma a atraiu até a mesa. — Além de ser um desperdício do seu tempo, já que você preparou isso tudo.

Ela se sentou, pegou uma fatia de bacon e deu uma mordida. Fechou os olhos.

— É gostoso.

— Tudo fica melhor com bacon.

Ele pôs um copo grande de suco e três comprimidos de Tylenol ao lado do prato.

— Tome o remédio e beba isto. Dá para notar que está de ressaca.

O sorriso então se desfez.

— A gente não devia ter bebido.

— Não, não devia. Você sempre faz o que devia?

— Sempre. Quer dizer, até ontem sempre fazia. E, se eu tivesse feito o que devia ontem, a Julie ainda estaria viva.

— Liz, a Julie está morta porque Yakov Korotkii é um assassino, porque os Volkov são pessoas muito ruins. Você e Julie fizeram uma besteira. Ela não merecia morrer por causa disso. E você não é responsável pela morte dela. Tome o Tylenol e beba o suco. Coma.

Ela obedeceu mais por hábito do que por vontade própria. Mas, ah, a comida estava tão gostosa, tão reconfortante...

— Pode me explicar o que vai acontecer agora? Não sei o que vai acontecer, e é mais fácil saber o que esperam que eu faça.

Ele levou uma xícara de café para a mesa e se sentou ao lado dela.

— Grande parte do que vai acontecer depende de você.

— Porque meu depoimento sobre o que aconteceu, o que vi, o que ouvi, será necessário para condenar Yakov Korotkii por assassinato e o outro homem como cúmplice. E Ilya como mandante. Isso também pode implicar Sergei Volkov, mas não tenho certeza disso. Ele deveria ser o alvo mais importante, porque parece que é o chefe, ou um dos chefes, da organização.

John se apoiou nas costas da cadeira.

— Você parece entender bem a situação.

— Eu tenho frequentado uns cursos de justiça criminal e já li muito sobre isso.

— Desde ontem?

— Não. — Ela quase riu, mas a risada ficou presa em sua garganta. — Desde que entrei para a faculdade. Tenho muito interesse nisso.

— Mas você está estudando Medicina.

Ela olhou para o prato e pegou um pouco dos ovos mexidos com cuidado.

— Estou.

Ele se levantou, abriu a geladeira de novo, pegou uma Coca-Cola para si e outra para ela. Então ergueu uma das sobrancelhas, indagando se ela queria.

— Eu não devia... Quero, sim. Adoraria tomar uma Coca.

Ele abriu as duas latas e se sentou. Uma loura baixinha, usando um rabo de cavalo bem-arrumado, entrou.

— Liz, esta é a subdelegada federal Norton. Terry, Liz.

— Como você está, Liz?

— Melhor, obrigada.

— A Liz estava perguntando sobre o processo, mas parece que já entendeu tudo. A Terry entrou em contato com a promotoria. Vai haver uma assistente social presente enquanto estiverem conversando com você, se a sua mãe ainda não tiver chegado. Sua cooperação não é obrigatória, Liz, mas...

— Vocês podem me segurar aqui porque sou considerada uma testemunha importante. Não vai ser necessário. Tenho que cooperar, tenho que testemunhar. Pode me dizer se os Volkov são da máfia russa?

— O que sabemos e podemos provar...

— Quero saber o que vocês acham — interrompeu Elizabeth. — Acho que eu deveria saber qual é a minha situação. Posso ser menor de idade, mas não sou criança. Tenho um Q.I. de 110 e entendo muito bem as coisas. Sei que me comportei de maneira irresponsável, mas não sou boba. Sei que, como testemunhei assassinatos cometidos sob as ordens de um potencial *pakhan*, o chefe, devo ser um alvo. Se eu concordar em testemunhar, Korotkii, ou alguém como ele, vai fazer o possível para me impedir. Mesmo depois que eu testemunhar, e especialmente se o meu depoimento provocar uma condenação, continuarei sendo um alvo. Vão querer vingança.

Ela se interrompeu e tomou um gole de Coca direto da lata. Magnífico.

— Eu estava perturbada ontem à noite. Ou melhor, hoje de manhã. Por causa da bebida, do enjoo e do choque. Não tinha entendido toda a situação. Mas agora entendo. Se os Volkov forem simplesmente homens muito ruins, uma gangue malformada de bandidos e criminosos, vou estar numa situação difícil. Se forem do crime organizado, da máfia vermelha, será muito pior. Eu quero saber.

Ela viu os dois subdelegados trocarem olhares.

— Quando tiver acesso a um computador — acrescentou Elizabeth —, vou poder pesquisar e descobrir a resposta sozinha.

— Aposto que sim — murmurou John. — Achamos... Ah, droga, nós sabemos que os Volkov são do crime organizado. Sabemos que estão envolvidos com tráfico de armas e pessoas, com roubos, drogas, e que são especializados em fraudes digitais. São uma organização muito grande, com muitos negócios legítimos, ou legítimos o bastante, como boates, restaurantes, clubes de *strip-tease* e agências imobiliárias. A polícia já conseguiu prender um ou outro integrante da *bratva*, mas não mexeu na alta hierarquia. Sabemos que Korotkii é o mecânico de Sergei Volkov, o assassino dele. Mas nunca conseguimos acusar o cara de nada.

— Ele gostou de matar o Alex. Sentia muito desprezo por ele. Já a Julie... Matar a Julie o deixou incomodado. Nada mais, nada menos. Desculpe, não vou conseguir comer tudo.

— Tudo bem.

Elizabeth olhou para as próprias mãos por um instante, depois de volta para os olhos de John.

— Não vou conseguir voltar para Harvard. Não vou poder voltar para casa. Se testemunhar, terei que entrar para o Programa de Proteção a Testemunhas. Não é isso que vai acontecer?

— Você está se adiantando um pouco — disse Terry.

— Sempre penso nas coisas com antecedência. Não fiz isso ontem e paguei um preço muito caro. Vou poder frequentar outra universidade, com outro nome?

— Podemos planejar isso — explicou John. — Cuidamos bem das nossas testemunhas, Liz. Pode conferir isso no seu computador também.

— Eu vou conferir. Eles não sabem quem eu sou. Quer dizer, eu só dei meu primeiro nome ao Ilya na boate. Ele só conheceu a Liz. E eu sempre fui chamada de Elizabeth. E eu... Antes de ir para a boate, cortei e pintei meu cabelo. Não sou assim, na verdade.

— Gostei do cabelo — afirmou Terry. — Fica bem em você.

— Sou muito diferente. Noite passada, com a maquiagem, o vestido e o cabelo, fiquei muito diferente do que sou. Talvez exista um jeito de dar o depoimento sem que saibam quem eu sou. Parece uma chance ínfima, mas eu gostaria de acreditar nisso. Pelo menos por enquanto.

Terry se mexeu quando seu celular tocou. Ela o tirou do suporte no cinto.

— Norton. E. Entendido.

Pôs o telefone no lugar.

— Vão trazer sua mãe para cá.

— Está bem.

Levantando-se, Elizabeth levou o prato até a pia.

— Vou lavar a louça.

— Vou ajudar você — disse John.

— Não. Se não se importar, gostaria de ficar um pouco sozinha antes que minha mãe chegue.

— Claro. — Ele pôs a mão no ombro dela. — Vai ficar tudo bem, Liz.

Elizabeth apenas fez que sim com a cabeça e manteve as mãos ocupadas, fora do campo de visão do subdelegado. Não queria que ninguém pudesse ver que tremia.

Quando outros dois subdelegados, vestidos como civis, trouxeram sua mãe até a porta, Elizabeth sentiu que havia se controlado. Ela se levantou quando Susan entrou na sala de estar pouco mobiliada. Um olhar mostrou que o pedido de desculpas que ensaiara estava muito longe de ser adequado.

— Pelo amor de Deus, Elizabeth, o que você fez com o seu cabelo?

— Eu... — Sem saber o que dizer, Elizabeth levou a mão à cabeça. — Sinto muito.

— Tenho certeza de que sente.

— Dra. Fitch, sou o subdelegado federal Barrow e esta é a subdelegada federal Norton. Nós entendemos que esta é uma situação muito difícil. Se puder se sentar, vamos explicar que precauções estamos tomando para proteger a sua filha.

— Isso não será necessário. Já recebi as informações. Se puder nos dar licença, quero conversar com a minha filha a sós.

— Sinto muito, Dra. Fitch, para a proteção de Elizabeth, é necessário que um de nós fique com ela o tempo todo.

Elizabeth olhou para ele e se perguntou por que ele a havia deixado sozinha na cozinha.

— Muito bem. Sente-se, Elizabeth. — Susan se manteve de pé. — Não há uma explicação aceitável, nem uma razão lógica para o seu comportamento. Se os fatos me foram passados de forma correta, você desrespeitou a lei e forjou documentos para entrar em uma boate com outra menor. Lá, vocês consumiram álcool. Isso está certo?

— É, está.

— Vocês pioraram a situação ao se demostrarem ainda mais irresponsáveis e acompanharem um homem que tinham acabado de conhecer até a casa dele. Você teve relações sexuais com esse homem?

— Não.

— É importante que você responda a todas as perguntas de forma sincera, pois pode ter contraído uma doença sexualmente transmissível ou engravidado.

— Não fiz sexo com ninguém.

Susan olhou com frieza para a filha, como se ela fosse uma amostra sob um microscópio.

— Não consigo confiar no que você diz. Vai fazer um exame assim que for possível. Atos têm consequências, Elizabeth, como você sabe muito bem.

— Não fiz sexo com ninguém — repetiu Elizabeth, direta. — A Julie transou com o Alex e agora ela está morta. Me parece que a consequência foi dura demais para o ato.

— Por causa das suas ações, você pôs essa menina e a si mesma em sério risco.

As palavras eram como pedras — batiam nos membros de Elizabeth, quebrando ossos.

— Eu sei. Não sei como posso me desculpar.

— Porque não há desculpa para isso. Uma menina está morta e você está sob proteção policial. E talvez seja julgada...

— Dra. Fitch — interrompeu John. — Posso garantir à senhora e a Elizabeth. Ela não será processada.

— E é o senhor quem decide? — retrucou Susan. Ela voltou a olhar para Elizabeth. — Sei que meninas da sua idade costumam se demonstrar irresponsáveis e desafiar autoridades. Eu permiti isso na conversa que tivemos antes de viajar para Atlanta. Mas esperava um comportamento melhor do que esse fiasco, vindo de alguém com a sua inteligência, a sua criação e a sua vida. Você só não morreu por um capricho da sorte.

— Eu fugi.

— Pelo menos demonstrou ter bom senso nesse caso. Bom, pegue as suas coisas. Vou marcar uma consulta com uma das ginecologistas da equipe para que ela examine você.

— Mas... Eu não posso ir para casa.

— Elizabeth, agora não é hora de demonstrar qualquer tipo de rebeldia.

— Elizabeth está sob a proteção da polícia — começou John. — Ela foi a única testemunha de um duplo homicídio. O homem que cometeu esses assassinatos é suspeito de fazer parte da *bratva* Volkov. É a máfia russa, Dra Fitch, caso a senhora não tenha ficado sabendo.

— Estou ciente do que Elizabeth contou à polícia.

Elizabeth conhecia bem aquele tom: o tom da chefe da cirurgia, que exigia uma conversa séria, não aceitava contra-argumentação e não admitia discussões.

— Também soube que ela não foi vista pelo assassino e que nem ele nem seus associados conhecem o nome dela. Pretendo levar minha filha para casa, onde ela receberá a punição apropriada pelo comportamento displicente que teve.

— A senhora pode pretender o quanto quiser, Dra. Fitch, mas a Liz está sob a proteção da polícia americana.

John falou de forma tão calma, tão direta, que Elizabeth apenas conseguiu encará-lo.

— Ela será retirada desta casa hoje à noite e levada para um lugar considerado mais seguro. A sua casa não é um local seguro, e a segurança dela é a nossa prioridade. Imagino que também seja a sua.

— Tenho recursos para contratar seguranças particulares, caso seja necessário. Já entrei em contato com o meu advogado. Elizabeth não pode ser forçada a testemunhar neste caso.

— Não estão me forçando a nada. Eu concordei em testemunhar.

— Você continua sendo irresponsável. Essa decisão é minha.

Ele a chamara de Liz, pensou Elizabeth. Ele a chamara de Liz e desafiara a diretriz da Dra. Susan L. Fitch — na cara dela. Então ela *seria* Liz. Ela não desmoronaria como Elizabeth.

— Não, não é. — O mundo não acabou quando Elizabeth pronunciou aquelas palavras. — Tenho que testemunhar. Não posso ir para casa.

Uma onda de choque se sobrepôs à raiva fria presente no rosto de Susan.

— Tem alguma ideia das consequências desse seu *ato*? Você não vai poder participar do curso de verão nem estudar em Harvard no outono. Vai atrasar e prejudicar a sua educação e vai pôr a sua vida, sua *vida*, Elizabeth, nas mãos de pessoas que só têm um objetivo: condenar este homem, seja qual for o custo para você.

— A Julie morreu.

— Nada pode mudar isso, mas esta decisão pode mudar a sua vida, seus planos, seu futuro.

— Como eu posso ir para casa, como se nada tivesse acontecido? Como posso voltar à minha vida? E aos *seus* planos, porque eles nunca foram meus. Se o objetivo deles é condenar um assassino, eu vou aceitar isso. O seu objetivo é que eu não faça nada, que eu obedeça, que viva a vida que você estabeleceu para mim. Não posso. Não posso mais fazer isso. Tenho que fazer o que é certo. Essa é a consequência, mãe. E eu tenho que aceitar essa consequência.

— Você só vai tornar o seu erro pior.

— Dra. Fitch — começou John —, o promotor federal vai vir até aqui conversar com a Liz...

— Elizabeth.

— A senhora pode ouvir o que ele tem a dizer. Pode saber que medidas serão tomadas. Pode ter um tempo para pensar. Entendo que seja um choque. Vamos levar a senhora e a sua filha para uma nova residência, onde vão poder pensar nisso, conversar.

— Não tenho qualquer intenção, nem obrigação, de ir a lugar algum com vocês. Você deve recuperar seu bom senso daqui a um ou dois dias — disse Susan a Elizabeth —, depois que entender os limites das suas atuais circunstâncias e o verdadeiro tamanho das consequências de suas atitudes. Vou dizer ao Dr. Frisco que você está doente e que vai fazer trabalhos extras. Pense bem, Elizabeth. Não vai poder voltar atrás.

Ela esperou. Quando Elizabeth não respondeu, apertou os lábios.

— Entre em contato comigo quando estiver pronta para voltar para casa. Subdelegados — disse Susan, andando até a porta.

John chegou antes dela.

— Um instante, doutora. — Ele pegou o rádio. — Barrow. A Dra. Fitch está saindo. Ela terá que ser escoltada até a residência dela.

— Entendido. Tudo certo aqui fora.

— O senhor não aprova a minha decisão neste caso — percebeu Susan.

— A senhora não precisa da minha aprovação nem a quer, mas, não, não aprovo. Nem de longe.

— O senhor está certo. Não preciso da sua aprovação nem a quero.

Susan saiu da casa sem olhar para trás.

Quando John voltou, viu Terry sentada no braço da cadeira de Elizabeth. Tinha uma das mãos pousadas com carinho no ombro da menina.

— As pessoas reagem ao medo e à preocupação de maneiras diferentes — disse ele.

— Ela não está com medo nem preocupada, pelo menos não agora. Agora, ela está irritada e incomodada. Eu entendo isso.

— Ela está errada — afirmou Terry. — Eu sei que ela é sua mãe, mas ela surtou.

— Ela nunca está errada e nunca foi uma mãe. Posso ir para o meu quarto por um instante?

— Claro. Mas, Liz — acrescentou John quando a menina se levantou —, as pessoas sempre erram em algum momento.

— Que vagabunda! — disse Terry baixinho, depois que Elizabeth saiu da sala. — É uma vagabunda sem coração. Veio até aqui, sem descabelar a porra de um fio de cabelo, e tratou a menina como um cachorro num momento desses.

— Ela nem encostou na filha — murmurou John. — Não pôs os braços em volta da menina, não perguntou como ela estava, não disse que estava feliz por ela não estar ferida. Caralho, se a vida dessa menina era assim, o Programa de Proteção a Testemunhas vai ser uma boa.


ELIZABETH PASSOU DUAS HORAS com o promotor federal, o Sr. Pomeroy. Teve que repetir a história, explicar cada passo que dera naquela noite — dessa vez, com diversas interrupções, que exigiam esclarecimentos, faziam a menina voltar a pontos anteriores, ir a momentos posteriores, voltar outra vez. Outras três pessoas estavam com o promotor, todas de ternos escuros. Uma delas fazia anotações, apesar de a entrevista estar sendo gravada.

Os detetives Riley e Griffith também haviam acompanhado o promotor, por isso a casa parecia muito pequena, muito lotada.

Num determinado momento, Pomeroy se recostou na cadeira e franziu a testa.

— Bom, Elizabeth, você admitiu que tomou vários drinques. Quantos? Três, quatro? Mais?

— Um pouco mais de quatro. Não consegui terminar o último. Quando chegamos à casa do Alex, tomei um pouco de água. Ele preparou outro drinque para mim, mas eu não quis. Não estava me sentindo bem.

— E, no fim das contas, você vomitou. E, depois que vomitou, você dormiu na varanda. Com que frequência você bebe?

— Não bebo. O que quero dizer é que já tomei pequenas quantidades de vinho, porque minha mãe acredita que eu devo desenvolver um paladar sofisticado, mas nunca havia tomado um drinque na vida.

— Então essa foi a primeira vez que você tomou esse tipo de bebida, e consumiu quase cinco copos durante a noite, vomitou e dormiu, ou melhor, desmaiou. Mas, ainda assim, diz que pode identificar as pessoas que entraram na casa e atiraram em Alexi Gurevich e Julie Masters? A que distância estava deles?

— A uns três metros. Mas tenho certeza. Vi os dois claramente. Estavam sob a luz.

— Você não estava zonza depois de tomar tantos drinques, de beber até vomitar?

Envergonhada, ela olhou para baixo, para as mãos que estavam unidas sobre seu colo.

— Tenho certeza de que meu tempo de reação e meu bom senso estavam prejudicados. Mas não minha visão nem minha audição.

Pomeroy fez um sinal para um dos homens que o acompanhava. O homem deu um passo a frente e pôs várias fotografias na mesa.

— Você reconhece algum desses homens? — perguntou ele.

— Reconheço.

Ela apontou para a foto do canto direito.

— Este é Yakov Korotkii. Foi ele que atirou no Alex e na Julie. O cabelo dele está mais comprido do que nesta foto.

— Conhece este homem? — perguntou Pomeroy. — Já o havia encontrado antes?

— Nunca fui apresentada a ele. Só o vi ontem à noite, quando ele atirou no Alex e na Julie.

— Está bem.

Pomeroy recolheu as fotos dispostas na mesa e o segundo homem espalhou uma série de outras.

— Você reconhece alguém aqui?

— Este homem. Foi chamado de Yegor. Não sei o sobrenome dele. Ele estava com Korotkii. Segurou o Alex e o fez ficar de joelhos.

— E mais uma vez.

As fotos foram removidas e outras, dispostas.

— Este é o Ilya. — Como seus lábios tremiam, Elizabeth os apertou. — Ilya Volkov. Ele chegou depois... Depois que Julie e Alex foram mortos. Só alguns minutos depois. Estava irritado. Falou em russo.

— Como você sabe que ele estava irritado?

— Eu falo russo, mas não muito bem. Eles disseram... Essa é a tradução. Está bem?

— Está.

Ela respirou fundo e repetiu a conversa.

— Depois eu fugi. Percebi que iam começar a me procurar e que, se me encontrassem, me matariam por causa do que vi. Quando parei de correr, liguei para a polícia.

— Muito bem. Você foi muito bem, Elizabeth. Vamos prender estes homens. Talvez seja necessário que você identifique os três mais uma vez, num reconhecimento. Mas eles não vão poder te ver.

— É, eu sei.

— O seu depoimento vai ajudar a colocar homens muito perigosos atrás das grades. A promotoria americana agradece muito.

— De nada.

Pomeroy sorriu ao ouvir aquilo.

— Vamos nos encontrar de novo. Vamos nos ver muitas vezes nas próximas semanas. Se precisar de alguma coisa, Elizabeth, de qualquer coisa, um dos subdelegados vai levar para você. Também pode entrar em contato direto comigo. Quero que se sinta o mais confortável possível.

Uma tensão, que passara despercebida para a menina, se dispersou quando o promotor saiu da casa.

Assim como Terry fizera mais cedo, Griffith se sentou no braço da cadeira de Elizabeth.

— Ele foi duro com você porque isso vai ser muito difícil. O que você vai fazer e o que a defesa vai dizer para desacreditar o seu depoimento. Não vai ser fácil.

— Eu sei. Vocês ainda vão fazer parte da investigação?

— É uma investigação conjunta porque eu e o Riley exigimos que fosse. Os federais mandam, mas ainda estamos participando. Como você está?

— Estou bem. Todo mundo tem sido muito gentil comigo. Obrigada por ter pegado minhas coisas.

— Não foi nada. Precisa de mais alguma coisa?

— Adoraria ter meu laptop. Devia ter pedido antes, mas não estava pensando direito.

— Não vai poder mandar e-mails, entrar em salas de bate-papo nem postar em redes sociais.

— Não é para isso. Quero estudar e pesquisar. Se pudesse ter meu computador e alguns dos meus livros...

— Vou conferir com a chefia.

Já era uma boa resposta.

Quando a noite caiu, Elizabeth foi posta num carro com John e Terry. Griffith e Riley entraram num segundo carro, atrás deles. Mais subdelegados guiavam o caminho.

Enquanto seguia pela rodovia em alta velocidade, ela percebeu que apenas 24 horas tinham se passado desde que ela pusera o vestido vermelho e os sapatos altos.

E que Julie, com seus olhos brilhantes e sua voz boba, havia se sentado ao lado dela no táxi. Viva.

Tudo havia sido tão diferente.

E, agora, tudo seria diferente mais uma vez.

Eles entraram na garagem de uma casa simples, de dois andares, com um jardim largo e extenso. A garagem estava vazia — não havia ferramentas, caixas nem entulho.

A porta que levava ao interior tinha um cadeado.

O homem que abriu a porta tinha cabelo castanho escuro, com alguns fios grisalhos. Apesar de ser quase tão alto quanto John, ele tinha mais corpo. Usava calça jeans e camiseta polo e carregava arma num coldre na lateral do corpo.

Ele deu um passo para trás para que todos pudessem entrar na cozinha, maior do que a da casa que haviam deixado. Os eletrodomésticos eram mais modernos e o piso, de um ladrilho amarelo-amarronzado.

— Liz, este é o subdelegado federal Cosgrove.

— Bill.

O homem estendeu a mão e abriu um sorriso encorajador para Elizabeth.

— Bem-vinda à sua casa. A subdelegada federal Peski, ou Linda, está conferindo o perímetro. Vamos cuidar de você hoje à noite.

— Ah... Mas...

— Nós vamos voltar amanhã de manhã — explicou John. — Mas vamos ajeitar tudo para você antes de irmos embora.

— Por que não levo você lá para cima e mostro seu quarto? — sugeriu Terry.

Antes que Elizabeth pudesse concordar ou recusar, Terry já havia pegado sua mala e começado a andar até a escada.

— Ela parece mais nova do que imaginei — comentou Bill.

— Está cansada e ainda um pouco abalada. Mas a menina é forte. Ela aguentou duas horas com o Pomeroy sem reclamar. O júri vai adorar essa garota.

— Uma adolescente vai acabar com os Volkov. — Bill balançou a cabeça. — Quem poderia imaginar?


SERGEI VOLKOV ESTAVA NO AUGE. Era um homem rico que nascera na pobreza. Aos dez anos, já era um ladrão talentoso, que conhecia todos os cantos, todos os buracos de seu gueto pobre em Moscou. Matara o primeiro homem aos treze anos, estripando-o com uma baioneta americana que havia roubado de um rival, um esperto menino de dezesseis, depois de ter quebrado seu braço.

Ele ainda guardava a baioneta.

Subira na hierarquia da *bratva* de Moscou e se tornara chefe antes do décimo oitavo aniversário.

A ambição o fizera chegar ainda mais longe, até que, com a ajuda do irmão Mikhail, ele tomara a *bratva* num golpe sangrento e sem piedade, na época em que a União Soviética começava a desmoronar. Sergei viu aquilo como um momento de novas oportunidades e mudanças.

Ele se casara com uma mulher de rosto bonito e gosto pelo luxo. Ela lhe dera duas filhas, e ele ficara impressionado com a profundidade do amor que sentira pelas meninas desde o primeiro instante. Sergei havia chorado quando segurara as filhas pela primeira vez, tomado por uma alegria, uma surpresa e um orgulho enormes.

Mas quando, por fim, segurara seu filho nos braços, não havia chorado. A alegria, a surpresa e o orgulho eram profundos demais para lágrimas.

Os filhos, o amor e a ambição por eles, o fizeram emigrar para os EUA. No novo país, ele podia dar a eles oportunidades, uma vida mais rica.

Além disso, acreditava que era hora de expandir.

Viu a filha mais velha se casar com um advogado e embalou o primeiro neto. E chorou. Criou para a filha mais nova — sua artista, sua sonhadora — uma galeria própria.

Mas o filho — ah, o filho... Um homem de negócios com diploma da Universidade de Chicago — era o seu legado. O menino era inteligente, forte, esperto e frio.

Todas as esperanças e desejos do jovem do gueto de Moscou haviam se realizado em seu filho.

Naquele instante, ele trabalhava no jardim sombreado da propriedade em Gold Coast, esperando que Ilya chegasse. Sergei era um homem duro e bonito, com um cabelo escuro pontuado por mechas brancas e sobrancelhas grossas que protegiam olhos ônix. Mantinha-se rigorosamente em forma e satisfazia a mulher, a amante e uma ou outra prostituta ocasional.

Seus jardins eram outra fonte de orgulho. Ele tinha paisagistas e jardineiros, claro, mas passava várias horas por semana, sempre que podia, cavando a terra e plantando uma nova muda com as próprias mãos.

Se não tivesse se tornado um *pakhan*, Sergei acreditava que podia ter levado a vida feliz e simples de um jardineiro.

Usando um short folgado, as tatuagens de estrela nos joelhos cobertas de terra e adubo, ele continuou a cavar quando ouviu o filho se aproximar.

— Merda de galinha — disse Sergei. — É barata, fácil de conseguir e deixa as plantas muito felizes.

Impressionado, como sempre, com o amor do pai pela terra, Ilya balançou a cabeça.

— E tem cheiro de merda de galinha.

— É um preço pequeno a pagar pelos benefícios. Minhas *hostas* gostam. E está vendo ali? A pulmonária logo vai dar flores. As sombras guardam tantos segredos...

Sergei então olhou para cima e apertou um pouco os olhos.

— Bom. E vocês, acharam a garota?

— Ainda não. Mas vamos achar. Pus um cara em Harvard. Logo vamos saber o nome dela e, a partir disso, vamos pegar a garota.

— Mulheres mentem, Ilya.

— Não acho que ela tenha mentido sobre isso. Ela estuda Medicina lá, mas não queria. A mãe é cirurgiã aqui em Chicago. Também acho que isso é verdade. Estamos procurando a mãe dela.

Ilya se agachou.

— Não vou para a cadeia.

— Não, você não vai. Nem o Yakov. Eu também trabalho por outros caminhos. Mas não estou feliz com o fato de um dos nossos melhores soldados estar agora numa cela.

— Ele não vai falar nada.

— Não é isso que me preocupa. Ele não vai dizer nada, assim como o Yegor também não vai falar. A polícia americana? *Musor.* — Ele menosprezou toda a instituição com um movimento da mão. — Nunca vão fazer ninguém como eles falar. Nem conseguiriam fazer você falar se não tivéssemos conseguido convencer o juiz a estabelecer a fiança. Mas essa menina me preocupa. Fico preocupado, Ilya, com o fato de ela ter testemunhado tudo aquilo e ainda estar viva. Fico preocupado porque o Yakov não percebeu que ela e a outra estavam lá.

— Se eu não tivesse me atrasado, eu estaria lá e teria impedido tudo. E não haveria testemunha nenhuma.

— Foi um problema de comunicação. Mas também já resolvemos isso.

— Você me mandou ficar de olho nele, *papa*. Ficar por perto até a gente poder castigar o Alexi pelo roubo.

Ilya se ergueu e arrancou os óculos escuros.

— Eu mesmo teria cortado a mão dele por roubar da família. Você deu tudo a ele e ele só queria mais. Mais dinheiro, mais drogas, mais mulheres, mais fama. Meu primo. *Suki.* — Ele rosnou a palavra russa para traidor. — Ele cuspiu nos nossos rostos, muitas vezes. Você foi bom com ele, *papa*.

— Ele era filho da prima da sua mãe. Como eu poderia não fazer o melhor que podia? Mesmo assim, eu tinha esperança.

— Você acolheu o Alexi. Ele e o Yakov.

— E o Yakov já se provou merecedor dessa bênção muitas vezes. Já o Alexi... — Sergei deu de ombros. — Merda de galinha — disse com um leve sorriso. — Agora ele vai ser fertilizante. O problema eram as drogas. Ele tinha um fraco por elas. É por isso que sempre fui rígido com você e com as suas irmãs. Drogas são só um negócio. A raiz do problema é esse: pelas drogas, ele roubou da gente. Traiu a gente e o próprio sangue.

— Se eu soubesse, teria ido até lá, ver o Alexi implorar como uma mulher. Ver o cara morrer.

— A informação sobre a prisão, sobre o acordo que o filho da mãe fez com a polícia, só chegou até a gente ontem à noite. Ele tinha que ser eliminado rapidamente. Mandei Yakov e Yegor conferirem a casa dele, ver se ele estava lá. Então talvez ele tenha sido eliminado rápido demais. Erros foram cometidos, como dizem os americanos. Você nunca saía com as prostitutas do Alexi. O gosto dele sempre foi menos refinado do que o seu.

— Era meu trabalho ficar por perto — repetiu Ilya. — E a menina era intrigante. Viva, imaculada. É triste. É um pouco triste. Eu gostava dela.

— Existem muitas outras. Essa já está morta. Agora você vai ficar para jantar. Sua mãe vai ficar feliz, e eu também.

— É claro.

# 6

Duas semanas se passaram, além do início de outra. Elizabeth podia contar nos dedos de uma das mãos o número de vezes que pudera sair da casa. E nunca sozinha.

Ela nunca ficava sozinha.

A menina, que um dia desejara companhia, agora percebia que a falta de solidão era mais sufocante do que as quatro paredes de seu quarto.

Ela tinha o laptop, mas a polícia havia bloqueado o acesso a e-mails e salas de bate-papos. Por tédio e curiosidade, ela hackeara os bloqueios. Não que planejasse entrar em contato com ninguém, mas aquilo lhe dava uma sensação de conquista.

Guardou o pequeno triunfo para si mesma.

Tinha pesadelos e também os mantinha em segredo.

Os policiais traziam livros e CDs para ela. Bastava pedir. Devorar a ficção e a música popular que a mãe desaprovava tanto deveria ter dado a Elizabeth uma verdadeira sensação de liberdade. No entanto, servia apenas para salientar o quanto ela havia perdido, quão pouco ela sabia do mundo real.

A mãe havia cortado o contato com ela.

Toda manhã, John e Terry passavam o turno da noite para Bill e Lynda e vice-versa. Às vezes eles preparavam comida. O café da manhã parecia ser a especialidade de John. Mas, na maioria das vezes, compravam comida pronta. Pizza ou hambúrguer, frango frito ou comida chinesa. Sentindo-se culpada — ou, talvez, tentando se defender —, Elizabeth começou a tentar preparar alguns pratos. Na opinião dela, receitas eram apenas fórmulas. A cozinha era um tipo de laboratório.

E, enquanto experimentava, ela descobriu uma afinidade. Gostava de cortar e mexer, dos aromas, das texturas...

— O que temos para hoje?

Sentada à mesa, Elizabeth olhou para John, que entrava na cozinha.

— Pensei em fazer frango xadrez.

— Parece bom. — Ele se serviu de café. — Minha mulher faz frango xadrez para enganar as crianças e fazer todo mundo comer legumes.

Ela sabia que ele e a mulher, Maddie, tinham dois filhos. Um menino de sete anos, Maxfield, por causa do pintor Maxfield Parrish, e uma menina de cinco anos, Emily, por causa de Emily Brontë.

Ele lhe mostrara fotos que trazia na carteira e contara histórias engraçadas sobre as crianças.

Elizabeth sabia que John estava apenas tentando criar uma amizade com ela. E ele conseguira, mas também a forçara a perceber que ela não tinha histórias engraçadas da infância.

— Eles se preocupam com você? Com o fato de você ser policial?

— O Max e a Em? São pequenos demais para se preocupar. Eles sabem que prendo gente ruim, mas por enquanto é só isso. A Maddie? — Ele se sentou, segurando a xícara de café. — É, um pouco. Faz parte do pacote. É difícil para ela. Eu chego tarde em casa, passo muito tempo fora...

— Você disse que ela é estenógrafa.

— Era até o Max nascer. Aquele dia no tribunal foi o melhor dia da minha vida, apesar de mal conseguir me lembrar do meu nome com ela sentada ali. Era a mulher mais bonita que eu já tinha visto. Não sei como tive a sorte de convencer a Maddie a sair comigo e muito menos a se casar comigo.

— Você fornece a ela uma base sólida — começou Elizabeth. — É atraente fisicamente. É um homem bom e tem uma visão ampla do mundo, além de interesses variados. E o fato de estar numa posição de autoridade e ter uma arma pode ser atraente para uma mulher, se pensarmos visceralmente.

Os olhos dele riram sobre o café.

— Você é única, Liz.

— Queria ser.

— Não diga isso. Você é uma menina forte, inteligente pra caramba, corajosa, bondosa e também tem interesses variados. Tantos que não consigo nem acompanhar. Ciência, leis, saúde e nutrição, música, livros e agora culinária. Quem sabe o que virá depois?

— Pode me ensinar a atirar?

Ele baixou o café.

— De onde você tirou isso?

— Poderia ser um dos meus interesses variados.

— Liz.

— Estou tendo pesadelos.

— Ah, minha querida... — Ele pôs a mão sobre a dela. — Me conte.

— Sonho com aquela noite. É uma reação normal, esperada.

— Mas isso não torna nada mais fácil.

— Não.

Elizabeth olhou para o livro de receitas e se perguntou se seu mundo voltaria a ser simples, como ingredientes e medidas.

— Eu sonho que vou até a delegacia, fazer o reconhecimento. Mas o Korotkii me vê. Sei que ele me vê porque ele sorri. Ele põe a mão nas costas como fez naquela noite. E tudo fica lento quando ele saca a arma. Ninguém reage. Ele atira em mim através do vidro.

— Ele não viu você, Liz.

— Eu sei. É uma resposta racional e lógica. Mas meus pesadelos têm a ver com medo e emoção. Medos e emoções subconscientes. Estou tentando não pensar nisso, me manter ocupada...

— Por que não tenta falar com a sua mãe?

— Por quê?

A genuína confusão da menina o fez segurar um palavrão.

— Você sabe que temos um psicólogo disponível para você. Disse que não queria falar com ninguém, mas...

— Continuo não querendo. Para quê? Eu entendo o que está acontecendo e por quê. Sei que é um processo pelo qual minha mente tem que passar. Mas a questão é que ele me mata. Aqui na casa, porque nos sonhos ele me encontra, ou no reconhecimento, porque ele me vê através do vidro. Tenho medo de que ele me encontre, me veja, me mate. E me sinto desamparada. Não tenho força, não tenho arma. Não sei me defender. Quero poder me defender. Não quero ficar indefesa.

— E você acha que aprender a atirar vai te ajudar a se sentir mais no controle da situação, menos vulnerável?

— Acho que é uma resposta.

— Então vou ensinar você.

Ele sacou a arma, tirou o cartucho e o pousou sobre a mesa.

— Esta é uma Glock 19. É um modelo básico. O cartucho tem 15 balas.

Elizabeth pegou a arma quando ele ofereceu.

— É de polímero. Eu pesquisei.

— É claro que pesquisou.

— Não é tão pesada quanto imaginei que seria. Mas não está carregada, então o peso deve ser menor.

— Vamos deixar sem cartucho por enquanto. Vamos falar sobre segurança.

Ela olhou nos olhos dele.

— Está bem.

Depois de algumas dicas básicas, ele a fez se levantar e ensinou a menina a mirar e a segurar a arma. Então Terry entrou na cozinha.

— Pelo amor de Deus, John.

— Não está carregada — disse Elizabeth, rapidamente.

— Eu repito: pelo amor de Deus.

— Dá uma licencinha para a gente, Liz.

— Ah, está bem.

Mais relutante do que jamais imaginara, ela devolveu a arma a John.

— Vou para o meu quarto.

— Você ficou maluco? — perguntou Terry, no instante em que Elizabeth saiu da cozinha.

— Ela quer aprender a manusear uma arma.

— É, eu quero o George Clooney pelado na minha cama, mas não parti para o sequestro. Ainda.

— Ela está tendo pesadelos, Terry.

— Droga.

Terry abriu a porta da geladeira com um puxão e pegou um refrigerante.

— Sinto muito, John. Essa menina está numa situação de merda. Mas deixar que ela mexa na sua arma não é a solução.

— Ela acha que é. Não quer se sentir indefesa. E quem pode culpar a garota? A gente fica o dia inteiro dizendo que ela está segura, que vamos protegê-la, mas ainda assim ela está indefesa. O que a gente diz não importa. O que ela sente, sim.

— Eu sei, John, eu sei. Entendo que ela esteja com medo e que esteja de saco cheio. Mas não podemos mudar isso. Não de verdade.

— A vida dela nunca vai ser a mesma, Terry, e a gente também não pode se esquecer disso. Não podemos esquecer que ela não é só a testemunha, é uma adolescente. Se ela se sente mais segura com uma arma, vou ensinar a garota a mexer numa. Porque ela merece pelo menos uma boa noite de sono.

— Droga — repetiu Terry. — Está bem, entendi. Mas...

— Mas?

— Estou pensando.

— Ótimo, continue fazendo isso. Vou tentar usar essa mesma desculpa com a nossa chefe. Quero pedir permissão a ela para levar a Liz até o centro de treinamento.

— Esfregue uma lâmpada enquanto fizer isso. Talvez ajude.

John apenas sorriu e, sacando o telefone, andou até outro cômodo.

Terry bufou. Depois de pensar um pouco, pegou outra Coca-Cola e subiu até o quarto de Elizabeth. Então bateu na porta.

— Pode entrar.

— Brincar com armas sempre me deixa com sede.

Terry andou até a cama em que Elizabeth estava sentada e entregou o refrigerante à menina.

— Espero que não esteja irritada com o John. Foi culpa minha.

— Não estou. — Terry se sentou ao lado dela. — Fui pega de surpresa, só isso. O John me contou que você está tendo pesadelos. Está assustada. Posso dizer que não precisa ficar, mas a verdade é que, no seu lugar, eu também ficaria com medo.

— Não posso fazer nada. Nos pesadelos, também não posso fazer nada, e por isso ele me mata. Quero aprender a cuidar de mim mesma. Vocês não vão ficar comigo para sempre. Você, o John, o Bill e a Linda. Ou quem quer que mandem para cá. Um dia, vocês não vão estar por perto e eu tenho que aprender a cuidar de mim mesma. Minha mãe é que não vai.

— Você não sabe...

— Sei, sim. Elizabeth disse com calma, sem emoção, surpresa por se sentir calma e sem emoção. — Quando chegar a hora de vocês me levarem para outro lugar e me darem outra identidade, ela não vai vir comigo. A vida dela é aqui, a carreira dela fica aqui. Vou fazer 17 anos. Posso pedir emancipação se precisar. Vou conseguir. Quando fizer 18 anos, vou receber parte de uma herança. E o resto quando fizer vinte e um. Posso estudar e trabalhar. Já sei cozinhar um pouco. Mas não sei me defender caso alguma coisa aconteça.

— Você é inteligente o bastante e já pesquisou sobre o programa. Nunca perdemos uma testemunha que tenha seguido as nossas regras.

— Afinal, segui as regras de outra pessoa a vida inteira, então estou acostumada.

— Ah, Liz. Droga.

— Foi uma resposta passivo-agressiva — disse Elizabeth com um suspiro. — Sinto muito. Mas a questão é que eles nunca vão parar de me procurar. Eles querem vingança. Eu sei que vocês vão fazer de tudo para evitar que os Volkov me encontrem, mas preciso saber, se o pior acontecer, se eles me encontrarem, que vou conseguir revidar.

— Existem maneiras de revidar sem armas.

— Mas você carrega uma.

— Duas. — Terry deu um tapinha no tornozelo. — Uma arma de apoio aprovada. Se quiser aprender a atirar, o John é o melhor. Mas existem outras maneiras. Posso ensinar defesa pessoal a você. Alguns golpes, pelo menos.

Intrigada, Elizabeth se recostou na cama.

— Vai me ensinar a lutar?

— Eu estava pensando em ensinar movimentos defensivos, mas, é, a lutar.

— Eu gostaria de aprender. Sou boa aluna.

— Vamos ver.

John veio até a porta aberta.

— Cinco da manhã. Esteja pronta. Temos permissão para usar o centro de treinamento.

— Muito obrigada.

— Terry?

— Cinco. Da manhã. Droga. Pode contar comigo.

John passou a levar Elizabeth até o centro de treinamento três vezes por semana, antes de o sol nascer. Ela se acostumou com a sensação de ter uma arma nas mãos — o formato, o peso, o recuo... Ele ensinou a menina a mirar no corpo do oponente, a atirar várias vezes seguidas, a recarregar a arma.

Quando soube que o julgamento havia sido adiado, ela soltou toda sua frustração nos alvos.

Terry começou a lhe ensinar defesa pessoal em dias alternados. Elizabeth aprendeu a usar o peso e o equilíbrio do oponente para sua vantagem, a se soltar, a socar usando todo o peso do braço.

Ainda tinha pesadelos, mas não todas as noites. E, às vezes, nos sonhos, ela vencia.

À medida que o primeiro mês passava, a antiga vida parecia menos sua. Ela morava numa casa simples, de dois andares, com uma cerca elétrica, e dormia sob a vigilância de vários subdelegados federais.

Lynda emprestava-lhe romances e livros de mistério e terror. Quando o verão já estava acabando, a subdelegada cortou o cabelo de Elizabeth — com muito mais habilidade — e mostrou à menina como retocar as raízes. Em noites longas e calmas, Bill a ensinava a jogar pôquer.

E, assim, o tempo se arrastava.

— Eu gostaria de ter um pouco de dinheiro — disse Elizabeth a John.

— Precisa de um empréstimo?

— Não, obrigada. Eu queria pegar o meu dinheiro. Tenho uma poupança e queria sacar um pouco.

— Levar você ao banco seria um risco desnecessário. Se precisar de alguma coisa, podemos comprar para você.

— Minha mãe poderia sacar para mim. É como a arma. É por segurança. — Ela havia pensado bem naquilo. Tivera tempo para pensar bem em tudo. — Acho que tudo vai acontecer muito rápido quando eu finalmente testemunhar e for realocada. Eu gostaria de ter dinheiro, o meu dinheiro, quando isso acontecer. Quero saber que vou poder comprar o que precisar e não me sentir obrigada a pedir.

— Em quanto está pensando?

— Cinco mil.

— Isso é muito dinheiro, Liz.

— Não muito. Vou precisar de um computador novo, além de outras coisas. Quero pensar no amanhã, e não no hoje. Hoje continua sendo hoje.

— É frustrante ter que esperar, eu sei.

— Eles vão adiar o julgamento o máximo que puderem para tentar me encontrar. Ou para que eu perca a coragem. Mas não podem adiar para sempre. Tenho que pensar no resto da minha vida. Onde quer que seja, quem quer que eu seja. Quero voltar para a faculdade. Tenho uma poupança que teria que ser transferida para outra titularidade. Mas existem outros gastos.

— Vou ver o que posso fazer.

Ela sorriu.

— Gosto quando você diz isso. Com a minha mãe, é sempre sim ou não. Ela raramente diz talvez, se é que diz, porque considera a palavra um sinal de indecisão. Você diz que vai ver o que pode fazer, o que não é um talvez nem um sinal de indecisão. Significa que você vai agir. Vai tentar. É muito melhor que um não e quase tão bom quanto um sim.

— Tudo isso... — Ele hesitou por um instante. — Você nunca fala do seu pai. Eu sei que ele não participa da sua vida, mas nessas circunstâncias...

— Não sei quem ele é. Era um doador.

— Um doador?

— É. Quando minha mãe decidiu ter um filho, para ter essa experiência, ela analisou vários doadores e comparou as qualificações deles. Atributos físicos, histórico médico, familiar, inteligência e por aí vai. Ela selecionou o melhor candidato e foi inseminada.

Elizabeth fez uma pausa e olhou para as próprias mãos.

— Eu sei que isso não soa bem.

— Sabe mesmo? — murmurou ele.

— Superei as expectativas dela intelectualmente. Minha saúde sempre foi excelente. Sou fisicamente forte e sã. Mas ela nunca conseguiu ter um relacionamento comigo. Essa parte do processo falhou. Ela sempre me deu o melhor cuidado, a melhor nutrição, a melhor educação possível. Mas não conseguiu me amar.

Aquilo fez o estômago de John revirar, o coração se partir.

— Isso é problema dela.

— É, eu sei. E saber que falhou nesse processo faz com que seja muito difícil para ela sentir ou demonstrar afeição por mim. Pensei, por muito tempo, que a culpa fosse minha. Mas agora sei que não é verdade. Ela me deixou porque teve essa possibilidade, porque fiz uma escolha que permitiu que ela fosse embora. Eu poderia fazer com que minha mãe sentisse orgulho de mim, orgulho do que ela fez através de mim, mas nunca poderia fazer com que ela me amasse.

John não pôde evitar. Puxou Elizabeth para si e fez carinho no cabelo da menina até que ela soltasse um longo suspiro e se apoiasse nele.

— Você vai ficar bem, Liz.

— Quero ficar.

Ele viu os olhos de Terry por sobre a cabeça de Elizabeth. Viu o brilho das lágrimas e da tristeza neles. Foi bom ela ter ouvido, pensou John. Porque agora a menina tinha duas pessoas que gostavam dela e que fariam o que fosse preciso para que ela ficasse bem.

Sergei se reuniu com o irmão, o sobrinho, Ilya e um de seus soldados mais confiáveis. Algumas crianças brincavam na piscina sob o olhar atento das mulheres, enquanto outras estavam sentadas às longas mesas de piquenique, onde uma enorme quantidade de comida já estava servida. Bebidas geladas haviam sido postas em freezers de aço inoxidável, cheios de gelo. No gramado, algumas das crianças mais velhas jogavam bocha e vôlei, enquanto a música tocava sua batida incessante.

Poucas coisas agradavam mais a Sergei do que uma festa barulhenta e lotada de amigos e familiares. Ele controlava a enorme churrasqueira que a filha mais velha e o genro haviam dado a ele de aniversário e apreciava a tradição americana. O Rolex de ouro e o crucifixo pendurado no pescoço brilhavam no sol brutal de verão, e, sobre a camisa e a calça de algodão, ele usava um avental vermelho-vivo, que convidava todos a beijarem o chef.

Enquanto a grelha soltava fumaça, ele virava hambúrgueres gordos, salsichas e longos espetos de legumes temperados com uma marinada secreta.

— A mãe vai para o hospital — dizia o sobrinho de Sergei, Misha. — Ela fica lá muitas horas por dia e costuma ficar à noite também. Janta uma vez por semana com o cara que transa com ela. Quatro vezes por semana, vai a uma academia chique, onde tem um *personal trainer*. Vai ao cabeleireiro arrumar o cabelo e fazer as unhas. Ela vive a vida como se não tivesse filha.

Sergei apenas fez que sim com a cabeça, enquanto passava os legumes para uma bandeja.

— Eu vasculhei a casa dela — disse o soldado. — Conferi o telefone. Ligações para o hospital, para o namorado, para outro médico e para o cabeleireiro. Não havia nenhuma para a polícia, nem para o FBI.

— Ela deve ver a menina — insistiu Mikhail, um homem mais gordo que o irmão, de cabelo praticamente todo grisalho. — É mãe dela.

Mikhail olhou para a piscina, onde a própria esposa estava sentada, rindo com a filha, enquanto os netos brincavam na água.

— Acho que elas não são próximas — afirmou Ilya, tomando um gole de cerveja.

— Uma mãe é sempre uma mãe — insistiu Mikhail. — Ela deve saber onde a filha está.

— Podemos pegar a mãe — sugeriu Misha.— No caminho para o hospital. Podemos... convencer a mulher a dizer onde a filha está.

— Se essa mãe for uma mãe de verdade, não vai dizer. — Sergei começou a passar os hambúrgueres para outra bandeja. — Vai morrer antes. Se ela não for uma mãe de verdade e, pelo que sei, não é, talvez não saiba. Se pegarmos a mãe, eles vão tirar a garota de onde está e colocar mais vigilância. Por isso vamos ficar só observando a mãe que não é mãe de verdade.

— Na casa — lembrou o soldado —, não há nada da filha fora do quarto dela. E também não tem muita coisa lá. O que está lá, está encaixotado. Como se fossem peças velhas.

— Viu? — Sergei fez que sim com a cabeça. — Tenho uma tática diferente, que vai acabar com essa situação e não vai deixar nenhuma pista. Peça ao Yakov para ter um pouco mais de paciência, Misha. Da próxima vez que fizermos uma festa, vai ser para festejar o retorno dele. Mas agora...

— Ele ergueu a bandeja, cheia de hambúrgueres e cachorros quentes — Vamos comer.

À MEDIDA QUE O VERÃO PASSAVA, Elizabeth tentava se lembrar de que, se estivesse em casa, — provavelmente — teria desistido da rebeldia e estaria aturando o curso de verão no hospital. Tirando isso, ela não estaria fazendo nada de diferente do que estava fazendo agora.

Estaria estudando, lendo. Mas agora ela ouvia música e assistia a DVDs ou à TV. Por causa das reprises de *Buffy, a caça-vampiros*, percebeu que tinha começado a aprender gírias contemporâneas.

Quando voltasse à faculdade, talvez soubesse um pouco mais sobre a linguagem, talvez se encaixasse de forma melhor.

Continuando a busca pela manutenção da própria segurança, ela ia ao clube de tiro. Tinha aprendido defesa pessoal e pôquer.

Nada podia trazer Julie de volta e brincar de "e se" era inútil. Fazia mais sentido pensar nas vantagens do confinamento.

Ela nunca seria cirurgiã.

Em algum momento, ganharia uma nova identidade, uma nova vida, e acharia um jeito de aproveitá-la ao máximo. Podia estudar o que quisesse. Tinha a sensação de que entrar para o FBI não era mais uma opção, mas não perguntou. Podia ser bobeira, mas não ter uma resposta definitiva deixava uma ponta de esperança.

Mergulhou na rotina, passou a se sentir confortável com ela.

Seu aniversário não mudou nada. Apenas significava que ela tinha 17 anos. Ela não se sentiu diferente nem pareceu diferente. Naquele ano, não teria um jantar de aniversário — costela de primeira com vegetais assados, seguidos por bolo de cenoura — nem o carro que a mãe prometera. Dependendo de como fosse na faculdade, é claro.

Era apenas outro dia, um dia mais perto do julgamento e do que ela imaginava que seria a liberdade.

Como Terry e John não haviam mencionado seu aniversário, ela imaginou que tinham esquecido. Afinal, por que deveriam se lembrar? Ela se deu um dia de folga do estudo e decidiu fazer um jantar especial — *sem* costela —, como uma celebração pessoal.

Chovia e relampejava muito naquele dia. Ela disse a si mesma que aquilo só tornava a cozinha mais aconchegante. Pensou em assar um bolo, mas achou que era autopiedade demais. E ainda não havia tentando fazer bolos de verdade. Preparar um espaguete e almôndegas já parecia desafio suficiente.

— Nossa, o cheiro está maravilhoso. — Terry parou no meio da cozinha e respirou fundo. — Você quase me faz querer aprender a preparar outras coisas que não sejam macarrão com molho de queijo.

— Eu gosto de cozinhar, especialmente quando é uma coisa nova. Nunca tinha feito almôndegas. Foi divertido.

— Cada um se diverte como pode.

— Posso colocar um pouco do molho e das almôndegas num pote para você levar. Você só teria que colocar o macarrão. Fiz um monte.

— Bom, a Lynda não vem por que está doente. Então quem vai estar aqui é o Bill e o Steve Keegan. Aposto que vão acabar com tudo.

— Ah. Sinto muito pela Lynda não estar se sentindo bem. — A rotina, pensou Elizabeth. Ela sempre levava um susto quando era alterada. — Você conhece o subdelegado Keegan?

— Não muito. O John conhece um pouco. Ele tem cinco anos de experiência, Liz. Não se preocupe.

— Não, não vou me preocupar. É que leva algum tempo para eu me acostumar com outras pessoas, eu acho. Mas não importa. Vou ler depois do jantar e ir cedo para a cama.

— No seu aniversário?

— Ah. — Elizabeth ruborizou um pouco. — Eu não tinha certeza se vocês sabiam.

— Não tem como guardar segredos aqui.

Rindo, Terry se aproximou para sentir o cheiro do molho outra vez.

— Sei que você gosta de ler, mas será que não consegue inventar uma coisa mais divertida para fazer no seu aniversário?

— Na verdade, não.

— Então vai precisar de ajuda.

Ela deu um tapinha no ombro de Elizabeth antes de sair.

Ler era divertido, lembrou Elizabeth. Ela conferiu o relógio e notou que a mudança de turno aconteceria em pouco tempo. O molho podia ficar fervendo até Bill e o outro subdelegado quererem comer, mas ela realmente havia feito muito, então colocaria um pouco num pote para John e Terry.

Seria um presente de aniversário ao contrário, pensou.

— A ajuda chegou.

Elizabeth, que tentava pegar um pote com tampa do armário, se virou.

Terry estava parada, sorrindo, segurando uma caixa embrulhada com um papel de presente rosa brilhante e uma enorme fita branca. Ao lado dela, John segurava um pequeno embrulho e uma caixa de papelão branca.

— Vocês... compraram presentes para mim!

— É claro que compramos. É o seu aniversário. E trouxemos bolo.

— Bolo.

John pôs a caixa na mesa e abriu a tampa.

— De calda dupla de chocolate e cobertura de *buttercream*.

— Eu escolhi — informou Terry. — Feliz aniversário, Liz.

— Obrigada.

O bolo dizia o mesmo, com glacê rosa. Botões de rosa e folhas verde-claro completavam a decoração.

— Não é bolo de cenoura — murmurou Elizabeth.

— Tenho uma objeção religiosa por doces feitos com vegetais — disse Terry.

— Na verdade, é muito bom. Mas isso parece muito melhor. Isso parece... um bolo de aniversário de verdade. É lindo.

— Vamos ter que poupar espaço para ele *e* para o sorvete — lembrou John. — Depois do jantar de aniversário. Íamos pedir pizza, mas você começou a fazer almôndegas, então adaptamos o plano.

Tudo ficou claro, como se o sol tivesse penetrado pela chuva.

— Vocês vão ficar.

— Eu repito, é o seu aniversário. Não vou perder o sorvete e o bolo. Vamos esperar os outros para comer, mas acho que você devia abrir os presentes agora.

— É mesmo? Posso?

— Obviamente, a gênia não entende o poder de um aniversário. Tome. — Terry pôs a caixa nas mãos de Elizabeth. — Abra o meu. Estou doida para ver se você vai gostar.

— Já gostei.

Então ela começou a cortar o durex com cuidado.

— Eu sabia. Ela é uma dessas. Uma dessas — explicou Terry — que leva dez minutos para abrir um presente em vez de rasgar tudo.

— O papel é tão bonito. Eu não esperava...

— Devia esperar — disse John. — Você devia começar a esperar.

— É a melhor surpresa que já vi.

Depois de dobrar o papel, Elizabeth ergueu a tampa. Em seguida, retirou o cardigã fino, esvoaçante na frente, com pequenas violetas espalhadas pelo tecido.

— É lindo. E vem com uma camiseta.

— Não é iguais aos *twin sets* da sua mãe — declarou Terry. — Você pode usar com jeans ou com uma saia, se quiser se arrumar mais. Achei a sua cara.

Ninguém nunca dissera que babados e violetas eram a cara dela.

— Adorei. Realmente adorei. Muito obrigada.

— Minha vez. Me ajudaram um pouco a escolher isto. Então, se não gostar, a culpa é da minha mulher.

— Ela ajudou? Foi muita gentileza dela. Tem que agradecer a ela por mim.

— Você devia ver o que é primeiro.

Animada, agitada, Elizabeth vasculhou o papel de seda até achar a pequena caixa. Os brincos tinham três gotas de prata unidas por uma pequena pérola.

— Nossa, são lindos. São maravilhosos.

— Eu sei que você sempre usa essas bolinhas douradas, mas a Maddie achou que você ia gostar destes aqui.

— Eu gostei, adorei. Só tenho estes dourados. Furei a orelha um dia antes... No dia anterior. Estes são meus primeiros brincos de verdade.

— Feliz aniversário, Liz.

— Vamos, experimente tudo — ordenou Terry. — Você sabe que está morrendo de vontade de fazer isso.

— Estou mesmo. Posso?

— O poder do aniversário. Ande.

— Obrigada.

Aproveitando a empolgação, ela deu um abraço apertado em Terry.

— Muito obrigada.

Depois em John.

— Estou feliz. Tenho 17 anos felizes.

Elizabeth agarrou os presentes e correu para a escada.

— Deu certo. — Terry soltou um longo suspiro. — Ela me deu um abraço. Ela nunca faz isso.

— Ela nunca recebeu abraços. Eu dei o telefone seguro para a mãe dela. De novo. Disse que faríamos um bolinho pelo aniversário da Liz e que poderíamos nos organizar para que ela viesse. Ela recusou. Educadamente.

— Uma vagabunda educada ainda é uma vagabunda. Vou ficar feliz pela Liz quando tudo isso acabar, sabia? E pela gente. Mas vou sentir falta dessa menina.

— Eu também. Vou ligar para a Maddie e dizer que a Liz gostou dos brincos. — Ele olhou para o relógio. — Vou ligar e saber onde estão o Cosgrove e o Keegan. Já deviam ter avisado que estavam vindo.

— Vou pôr a mesa e ver se posso arrumar a casa mais um pouquinho, dar um toque de festa.

Ela tirou pratos e talheres da gaveta e pensou em flores.

— Ô, John? — Por impulso, foi até a sala de estar. — Peça ao Cosgrove para parar e comprar umas flores. Vamos fazer a coisa direito.

John fez que sim com a cabeça e continuou conversando com a esposa.

— É, ela adorou. Está lá em cima experimentando tudo. Ah, ponha as crianças na linha. Eu provavelmente não vou chegar antes de elas irem para a cama.

Terry voltou à cozinha, pensando que deveria experimentar um pouco daquele molho, só para garantir que estava bom. Enquanto pegava uma colher, John gritou.

— Estão chegando agora.

— Entendido.

Pondo uma das mãos na arma por costume, Terry foi até a porta da garagem e esperou o sinal. Três batidas rápidas, três lentas.

— Vocês vão se dar bem. Compramos...

Bill entrou rapidamente.

— Estamos com um problema. Cadê o John?

— Na sala de estar. O que...?

— O Bill acha que fomos seguidos — disse Keegan. — Cadê a testemunha?

— Ela está... — Algo está errado. Algo aconteceu. — Vocês avisaram a delegacia? — disse Terry, sacando o telefone.

A subdelegada quase desviou do primeiro golpe, por isso ele apenas esbarrou em sua têmpora. O sangue escorreu para seu olho quando ela tentou pegar a arma e gritou para John:

— Tem alguém aqui dentro!

A coronha da arma de Keegan bateu violentamente contra a nuca de Terry. Ela caiu, virando uma cadeira e fazendo barulho.

Com a arma na mão, John se encostou na parede da sala de estar. Tinha que subir a escada, chegar até Liz.

— Não atire nele — pediu Keegan baixinho, enquanto guardava a própria arma e pegava a de Terry. — Lembre-se, não queremos nenhuma marca no corpo dele.

Bill fez que sim com a cabeça.

— Eu peguei o cara, John. Peguei o filho da mãe. A Terry está caída! Está ferida! O Keegan está ligando para a delegacia. Proteja a testemunha.

John ouviu a voz de Keegan sobre o barulho da chuva, reportando rapidamente a situação.

E ouviu o rangido de uma tábua do piso.

Então saiu de perto da parede, a arma em punho. Viu Bill se aproximando, viu os olhos do companheiro.

— Largue a arma. Largue!

— A Terry está ferida! Eles vão tentar entrar pela frente.

— Largue a arma agora!

John viu Bill olhar para a esquerda, por isso se virou e deu uma cotovelada antes que Keegan pudesse golpeá-lo. Enquanto se jogava para a direita, Cosgrove atirou. A bala atingiu a lateral do corpo de John, queimando como um tição. Pensando em Elizabeth, ele atirou de volta enquanto corria para os degraus. Outra bala atingiu sua perna, mas ele não diminuiu a velocidade. Viu brevemente que Keegan assumia a posição de tiro, então atirou enquanto corria.

E levou uma terceira bala na barriga.

Sua visão ficou acinzentada, mas, de alguma forma, ele continuou andando. Viu Elizabeth correndo para fora do quarto.

— Entre. Volte lá para dentro!

John deu um pulo para frente, empurrando-a e trancando a porta antes de cair de joelhos.

— Ai, meu Deus...

Elizabeth agarrou a camiseta que tinha acabado de tirar e a usou para aplicar pressão no abdômen do subdelegado.

— O Cosgrove e o Keegan...

— Mas eles são da polícia.

— Alguém chegou até eles. — Os dentes cerrados, John se arriscou a olhar para a ferida na barriga. Sentiu que estava se esvaindo. — Deus do Céu. Talvez eles fossem corruptos desde o início. Terry. Ela está ferida. Talvez esteja morta.

— Não.

— Eles sabem que eu estou aqui com você, que vou atirar em qualquer pessoa que tentar passar por aquela porta. — Contanto que possa segurar a arma, pensou John. — Mas sabem que fui atingido. — Ele agarrou o pulso da menina. — A situação está feia, Liz.

— Você vai ficar bem.

Mas Elizabeth não conseguia parar o sangramento. A camiseta já estava ensopada e o sangue não parava de escorrer, acumulando-se como a chuva.

— Podemos pedir ajuda.

— Perdi meu telefone. O Keegan tem amigos. Tem muitas ligações na polícia. Subiu muito rápido. Não sei quem está envolvido nisso. Não dá para saber. Não é seguro, não é seguro.

— Você tem que ficar parado. Tenho que parar o sangramento.

Pressione, disse ela a si mesma. Pressione mais.

— Eles deviam ter me matado. Estão planejando outra coisa. Não é seguro. Escute. Escute. — Os dedos dele apertaram o pulso dela. — Você tem que sair daqui. Saia pela janela. Escale o lado de fora ou pule. Mas saia. Corra. E se esconda.

— Não vou deixar você aqui.

— Vá embora. Pegue o seu dinheiro. Não pode confiar na polícia, não agora. Tem mais gente envolvida. Tem que ter. Pegue o dinheiro e o que mais precisar. Rápido, droga! Ande logo!

Ela fez tudo para mantê-lo calmo. Mas não o deixaria ali.

Enfiou o dinheiro numa bolsa, junto com algumas peças aleatórias de roupa e o laptop.

— Pronto. Não se preocupe — disse. — Alguém vai vir ajudar a gente.

— Não, não vai. Eu levei um tiro, Liz. Perdi sangue demais. Não vou sobreviver. Não posso proteger você. Tem que fugir. Pegue a minha outra arma. Está no meu tornozelo. Pegue. Se um deles vir você ou for atrás de você, use.

— Não me peça para deixar você aqui. Por favor, por favor.

Ela pressionou o rosto contra o dele. John estava frio. Frio demais.

— Não estou pedindo. Estou mandando. Meu trabalho... Não me faça ser um fracasso. Vá. Agora.

— Vou pedir ajuda.

— Corra. Não pare. Não olhe para trás. Pela janela. Agora.

Ele esperou que ela chegasse até a janela.

— Conte até três — ordenou John, enquanto se arrastava pelo chão. — E vá embora. Vou manter os caras longe de você.

— John.

— Me deixe orgulhoso, Liz. Conte.

Ela contou e saiu pela janela. Agarrou a calha, enquanto a chuva chicoteava seu rosto. Não sabia se a calha aguentaria, não achava que isso importaria. Então ouviu a série de tiros e desceu pela casa como um macaco.

Chame ajuda, disse a si mesma, começando a correr.

Estava a menos de cinquenta metros da casa quando ela explodiu.

# *Brooks*

Acima de tudo: seja verdadeiro consigo mesmo.
Isso deve ser seguido como a noite segue o dia.
Assim não serás falso com homem algum.

WILLIAM SHAKESPEARE

# 7

ARKANSAS, 2012

ÀS VEZES, SER O DELEGADO DE UMA PEQUENA CIDADE ACONCHEGADA entre as Montanhas Ozark era um saco.

Por exemplo, quando era preciso prender um cara que jogava futebol com você no colégio porque ele havia crescido e se tornado um idiota. Brooks acreditava que ser um idiota era um direito, e não um crime, mas, contrariando sua crença, Tybal Crew estava ali dormindo, naquele momento para ver se o efeito do consumo exagerado de uísque Rebel Yell passava.

Brooks às vezes pensava em beber uísque demais — era outro direito que tinha. Mas quando esse benefício invariavelmente fazia com que um homem cambaleasse até sua casa e desse alguns belos murros no rosto da esposa, aquilo se tornava um crime.

E era um saco. Um belo saco.

E a situação ficava ainda pior porque, tão certo quanto as margaridas dariam flores na primavera, Missy Crew — ex-capitã da equipe de *cheerleaders* da Escola de Ensino Médio de Bickford — entraria correndo na delegacia antes do meio-dia e diria que Ty não havia batido nela. Não... Ela tinha batido na porta, esbarrado na parede ou caído da escada.

Conversar com a moça, ter pena, se irritar, jogar charme ou ameaçar o casal não convenceria nenhum dos dois de que precisavam de ajuda. Eles fariam as pazes, como se Ty tivesse ido para a guerra por um ano, e provavelmente iriam para casa e transariam como coelhos.

Dali a uma ou duas semanas, Ty poria as mãos em outra garrafa de Rebel Yell e tudo aconteceria de novo.

Brooks estava sentado na sua mesa preferida do Lindy's Café e Emporium, sofrendo por causa da situação, enquanto tomava o café da manhã.

Ninguém frita ovos, bacon e batata frita como Lindy, mas a gordura e a crocância não conseguiram animar Brooks.

Ele voltara para Bickford seis meses antes para assumir o cargo de delegado e ficar perto do pai, que sofrera um ataque cardíaco. Loren Gleadon — que tentara ensinar a Ty Crew e a praticamente todos os outros alunos do ensino médio os mistérios da Álgebra — se recuperara. E, com o regime de nutrição e exercícios que a mãe de Brooks implantara para o coitado, estava mais saudável do que já havia sido em toda a sua vida.

Mesmo assim, o incidente deixara Brooks abalado e com saudade de casa. Por isso, depois de uma década em Little Rock, uma década na polícia de Little Rock, os últimos cinco anos como detetive, ele pedira demissão e pegara o cargo de delegado, recém-vago.

Na maior parte do tempo, era bom estar em casa. Ele não havia percebido o quanto sentira falta da cidade até retornar. Pensou que provavelmente diria a mesma coisa sobre Little Rock, caso voltasse, mas, por enquanto, Bickford estava ótima para ele. Absolutamente perfeita.

Mesmo quando o trabalho era um saco.

Ele gostava de tomar café uma ou duas vezes por semana no Lindy's, gostava da vista da janela de seu escritório, da regularidade do trabalho. Gostava da cidade, dos artistas, do artesãos, dos tecelões, dos músicos — e até dos iogues, dos videntes e de todas as lojas, restaurantes e hotéis que atraíam turistas.

Os hippies tinham se instalado na região nos anos 1960. Só Deus sabia por que sua mãe, que havia mudado o nome de Mary Ellen para Sunshine e ainda atendia por Sunny, havia descido da Pensilvânia uma década depois e encantado, ou corrompido — dependendo de quem contava a história —, um jovem professor de Matemática do primeiro ano.

Eles haviam trocado juras de amor às margens de um rio e montado uma casa. Alguns anos e dois bebês depois, Sunny havia se curvado à pressão suave mas constante que apenas o pai de Brooks podia exercer, e aceitado legalizar a situação.

Brooks gostava de provocar as irmãs dizendo que era o único Gleason que não havia nascido bastardo. Elas retrucavam que ele também era o único Gleason que tinha que andar armado para trabalhar.

Ele se ajeitou na cadeira, mergulhando naquele novo dia, observando pela janela o que acontecia do lado de fora.

Apesar de ser cedo demais para a maioria das lojas estarem abertas, a Vegetable Garden já havia posto a placa do lado de fora. Ele tentava não preterir ninguém, por isso parava na loja para tomar uma sopa de vez em quando. Mas era um carnívoro declarado e simplesmente não conseguia ver o propósito de algo como tofu disfarçado de carne.

A padaria provavelmente estaria cheia. E o Cup O'Joe com certeza estava com o balcão lotado. Fevereiro mal havia acabado, mas os turistas do norte costumavam visitar a cidade no início do ano, para fugir do inverno frio. As peras de Bradford davam sinais de que logo brotariam. Dali a uma semana, elas fariam seu espetáculo. Narcisos se reuniam em jardineiras nas calçadas, amarelos como pedaços de manteiga.

O escapamento da caminhonete de Sid Firehawk soltou uma baforada de fumaça enquanto ele passava. Suspirando, Brooks lembrou que teria que avisar a Sid — mais uma vez — que ele tinha que trocar a droga do silenciador.

Bêbados espancadores de mulheres e poluidores sonoros, pensou Brooks. Era uma diferença enorme em relação ao departamento de Roubos e Homicídios. Mas, na maior parte do tempo, aquilo lhe agradava. Mesmo quando era um saco.

E quando não era, pensou, esticando-se na cadeira para ver melhor.

Ele podia admitir para si mesmo que havia se instalado naquela cadeira por causa da pequena possibilidade de a moça vir até a cidade.

Abigail Lowery, com seu cabelo castanho escuro, sua bunda excepcional e seu ar de mistério. Lindos olhos verdes de gato, pensou Brooks, apesar de normalmente mantê-los atrás de óculos escuros.

Ela tinha um jeito diferente de andar, sempre com um objetivo. Nunca passeava, caminhava ou vagava. Vinha à cidade apenas uma vez a cada duas semanas, para fazer compras. Sempre aparecia cedo, mas nunca no mesmo dia. Em raras ocasiões, ela entrava em alguma das outras lojas e fazia o que tinha que fazer rapidamente.

Ele gostava disso. Da objetividade, da rapidez. Achava que poderia gostar de mais coisas nela, mas a moça se mantinha tão isolada que fazia um eremita parecer alguém extremamente sociável.

Ela dirigia uma grande SUV preta. Não que dirigisse muito.

Pelo que Brooks sabia pelos entregadores que havia interrogado brevemente, a moça costumava ficar na própria casa, linda como uma foto e sempre muito arrumada.

Ele sabia que ela cultivava tanto uma horta quanto um canteiro de flores na primavera, que tinha a própria estufa e um enorme bulmastife rajado, que chamava de Bert.

Ela era solteira — pelo menos ninguém além de Bert morava com ela — e não usava aliança. Os entregadores diziam que era educada e generosa, e que sempre dava gorjetas no Natal, mas que não gostava de desconhecidos.

A maioria dos moradores da cidade a consideravam estranha.

— Quer que eu complete para você? — Kim, a garçonete, mostrou a jarra de café.

— Seria ótimo, obrigado.

— Deve estar funcionando. Você parecia irritado como um urso quando chegou. Agora está todo sorridente.

Ela deu um tapinha na bochecha do delegado.

A moça tinha um jeito maternal, o que fez Brooks sorrir ainda mais, já que ela era apenas cinco anos mais velha do que ele.

— Meu motor está começando a funcionar.

— Eu diria que *ela* deu a partida. — Kim ergueu o queixo na direção de Abigail, que entrava no mercado da esquina mais próxima. — Ela é bonita, é claro, mas é muito estranha. Mora em Bickford há quase um ano e nunca pisou aqui nem em nenhum outro restaurante. Também quase nunca vai às lojas ou a outros estabelecimentos. Costuma comprar tudo online.

— Foi o que eu soube.

— Não tenho nada contra compras na internet. Eu mesma faço um pouco. Mas temos muitas coisas a oferecer bem aqui. E ela quase nunca fala com ninguém. É sempre educada quando fala, mas quase nunca fala. Passa quase o dia inteiro em casa. Sozinha.

— É quieta, educada, solitária... Deve ser uma serial killer.

— Brooks...

Kim riu, fazendo barulho pelo nariz, e andou até a próxima mesa, balançando a cabeça.

Brooks pôs um pouco de açúcar no café e o mexeu preguiçosamente, ainda olhando para o mercado. Não havia razão, decidiu, para não ir até lá. Ele sabia disfarçar. Talvez comprasse uns refrigerantes para a delegacia ou... Ele pensaria em alguma coisa.

Brooks ergueu um lado do quadril para pegar a carteira, tirou algumas notas e as pôs na mesa.

— Obrigado, Kim. Até logo, Lindy.

O homem magrelo de trança grisalha na altura da cintura soltou um grunhido e acenou com a espátula.

Brooks saiu da cafeteria. Ele tinha a altura do pai e, por causa do regime pós-infarte de Loren, os dois tinham o mesmo corpo magro. A mãe afirmava que o filho tinha o cabelo preto como tinta por causa do guerreiro algonquin que havia capturado sua tataravó — talvez alguns outros "tás" fossem necessários — e feito dela sua esposa.

No entanto, a mãe de Brooks estava sempre falando bobagens — na maioria das vezes, intencionalmente. Os olhos avelã de Brooks às vezes mudavam de tom, tornando-se castanhos, verdes ou azulados. Tinha nariz levemente virado para a esquerda, resultado de uma jogada malpensada no baseball. Sempre que uma mulher indagava sobre seu nariz, ele dizia que o havia quebrado numa briga.

Às vezes Brooks falava bobagens, assim como a mãe.

O mercado chique tinha alimentos chiques com preços chiques. Ele gostava do cheiro das ervas frescas, das cores fortes dos produtos, do brilho dos frascos de óleos especiais e até do cintilar das ferramentas de cozinha desconhecidas.

Para ele, um homem podia se virar muito bem com algumas boas facas, uma espátula e uma escumadeira. Qualquer outra coisa era vontade de se mostrar.

De qualquer forma, quando precisava fazer compras — uma tarefa que absolutamente odiava —, ele ia até o Piggly Wiggly.

Ele imediatamente a viu, selecionando um vidro de um óleo caro e um dos estranhos vinagres.

E, apesar de não ser fácil de ver, ele percebeu que ela trazia uma arma sob a jaqueta.

Brooks continuou andando pelo curto corredor, pensando.

— Srta. Lowery.

Ela virou a cabeça, permitindo que ele desse uma boa olhada nos seus olhos pela primeira vez. Grandes e verdes, como musgo à sombra de uma floresta.

— Oi.

— Sou Brooks Gleason. O delegado.

— É, eu sei.

— Por que não me deixa segurar essa cesta para a senhora? Deve estar pesada.

— Não, obrigada. Está tudo bem.

— Eu nunca sei o que as pessoas fazem com coisas assim. Vinagre de framboesa — acrescentou ele, dando uma batidinha no frasco. — Não combina muito.

Percebendo o olhar vago da moça, Brooks decidiu abrir um de seus melhores sorrisos.

— Framboesa e vinagre. Para mim, isso não combina. Quem pensa em coisas assim?

— Pessoas que cozinham. Se puder me dar licença, eu...

— Sou daqueles caras que gostam de bife e de churrasco.

— Então o senhor nunca vai precisar de vinagre de framboesa. Com licença. Tenho que pagar pelas minhas compras.

Na experiência de Brooks, o sorriso sempre costumava mudar a opinião das mulheres. Mas ele se recusou a desanimar. Simplesmente andou com a moça até o caixa.

— Como estão as coisas lá na velha casa dos Skeeter?

— Estou muito bem, obrigada.

Abigail tirou uma carteira fina da bolsa.

Brooks notou que a moça a segurava num ângulo estranho, que impedia que ele olhasse dentro dela.

— Eu cresci aqui e fui para Little Rock por um tempo. Voltei seis meses depois que a senhora se mudou para cá. O que trouxe a senhora a Bickford?

108

— Meu carro — respondeu Abigail, fazendo o atendente sufocar uma gargalhada.

Ela é durona, decidiu Brooks, mas ele já havia lidado com gente mais seca.

— E é um carro muito bonito. Quis dizer o que fez a senhora vir aqui para as montanhas.

Ela tirou o dinheiro da carteira e entregou ao atendente depois que ele anunciou o valor total.

— Eu gosto da paisagem. E da tranquilidade.

— Não se sente sozinha?

— Gosto da tranquilidade — repetiu ela, pegando o troco.

Brooks se apoiou no balcão. Tinha notado que a moça estava nervosa. Não demonstrava no rosto, nos olhos nem na linguagem corporal. Mas ele podia sentir.

— E o que a senhora faz lá sozinha?

— Vivo. Obrigada — disse Abigail ao atendente quando ele pôs as compras na sacola que ela trouxera.

— De nada, Srta. Lowery. Até a próxima.

Abigail pôs a sacola de compras no ombro, voltou a colocar os óculos escuros e saiu sem dizer mais nada.

— Ela não é de muita conversa, é? — comentou Brooks.

— Não. É sempre muito educada, mas não fala muito.

— Ela sempre paga em dinheiro?

— Ah... Acho que sim, agora que o senhor mencionou.

— Bom. Até mais.

Brooks analisou a questão enquanto andava até o carro. A falta de talento ou de vontade de conversar era uma coisa. Mas a arma era outra questão.

Muitas pessoas que ele conhecia tinham uma arma, mas poucas a escondiam sob a jaqueta quando iam comprar vinagre de framboesa.

Parecia que ele finalmente tinha uma desculpa para ir até a casa de Abigail.

Brooks foi até a delegacia. Ele comandava três guardas que trabalhavam em período integral, em dias alternados, dois guardas que trabalhavam meio período, uma despachante em tempo integral e um de meio período.

Quando o verão e o calor chegassem como um sopro do inferno, ele poria todos em período integral, para ajudar a controlar os ânimos, o vandalismo que surgia com o tédio e os turistas que prestavam mais atenção à paisagem do que à estrada.

— O Ty está um saco.

Ash Hynderman, o guarda mais jovem, estava irritado à sua mesa. Durante o inverno, ele tentara deixar um cavanhaque crescer. Não ficara muito bom, mas ele ainda não havia desistido.

Parecia que ele havia sujado o lábio e o queixo com uma cobertura de caramelo.

— Comprei comida para ele como você pediu. O cara está fedendo mais que uma prostituta barata.

— Como você sabe o cheiro de uma prostituta barata, Ash?

— Tenho imaginação. Vou para casa, está bem, Brooks? Fiz o turno da noite porque o fedorento do Ty dormiu na cela. E aquela cama de armar vagabunda acaba com as costas da gente.

— Tenho que dar uma saída. O Boyd já deve estar chegando. Ele pode cuidar dessa história. A Alma também já deve chegar. Podemos ir assim que os dois chegarem.

— Aonde você vai? Precisa de ajuda?

Brooks percebeu que Ash adoraria que houvesse uma gangue atacando a cidade, atirando em tudo. Só para que ele pudesse ajudar.

— Eu só quero conferir uma coisa. Não vai demorar. Vou estar com o rádio caso algo aconteça. Peça ao Boyd para tentar conversar com a Missy quando ela vier chorando e dizendo que o Ty nunca tocou nela. Não vai funcionar, mas ele precisa tentar.

— A questão, Brooks, é que eu acho que ela gosta.

— Ninguém gosta de levar soco na cara, Ash. Mas as pessoas acabam se acostumando. Os dois acabam. Estou levando o rádio — repetiu ele, saindo.

ABIGAIL LUTOU CONTRA o nervosismo, o mau humor, a irritação pura, ao perceber que teria que interromper uma tarefa de que gostava por causa de um delegado intrometido que não tinha nada melhor para fazer do que incomodá-la.

Ela havia se mudado para aquela linda região das Montanhas Ozark exatamente porque não queria vizinhos, pessoas nem interrupções na rotina que estabelecesse para si mesma.

A moça desceu a rua particular e sinuosa que levava a sua casa na floresta. Tinha levado semanas para definir a localização dos sensores e escolher aparelhos que não disparariam se um coelho ou esquilo se aproximasse da casa. E levara ainda mais tempo para instalá-los e testá-los.

Mas valera a pena. Ela adorava aquela casa de madeira maciça e varandas cobertas. Pensava nela como uma casa de contos de fadas desde a primeira vez que a vira.

Era um erro, ela sabia. Abigail havia abandonado todas as suas paixões, mas se apaixonara por aquele lugar. Era tão maravilhosamente silencioso que ela podia ouvir o rio borbulhar e cantar. Era protegido e isolado pela floresta. E seguro.

Ela mesma cuidara da segurança; não havia confiado em mais ninguém.

Bem, pensou, quando parou o carro. A não ser em Bert.

O enorme cachorro estava na varanda da frente da casa. O corpo alerta, os olhos brilhando. Quando saiu do carro, ela fez um sinal indicando que estava tudo tranquilo. Ele correu até ela, os quase sessenta quilos se sacudindo de alegria.

— Esse é o meu menino. O melhor cachorro do mundo. Tão esperto. Tão esperto. — Abigail fez um carinho rápido no cão antes de pegar a sacola de compras. — Você não vai acreditar na manhã que eu tive.

Ela sacou as chaves do bolso enquanto os dois andavam juntos para a casa, usando uma estreita trilha de pedras.

— Eu estava cuidando da minha vida, fazendo compras, e o delegado entrou no mercado para me interrogar. O que você acha disso?

A moça destrancou dois cadeados e a trava de segurança e entrou para desativar o alarme com um código que trocava a cada três ou cinco dias.

— Foi o que eu achei também. — Ela fechou a porta e a trava. — Foi muita grosseria da parte dele.

Abigail atravessou a sala de estar, mobiliada de forma aconchegante. Adorava relaxar ali, com a lareira acesa e Bert aos seus pés. Ler, assistir a um DVD. Bastava trocar de canal para ter a imagem das câmeras de segurança na enorme tela plana.

Ela foi até a cozinha e a área secundária de escritório, que havia arrumado como uma sala de jantar.

Por costume, conferiu as trancas da porta dos fundos, os marcadores que deixara nas janelas. Mas ali não tinha medo. Acreditava que, por fim, havia encontrado um lugar em que não precisava ter medo. Mesmo assim, era importante manter a vigilância. Por isso, ligou a TV da cozinha e a sintonizou nas câmeras de segurança. Podia guardar as compras — ou o que conseguira comprar antes de ser interrompida — e dar uma conferida no perímetro.

Deu a Bert um dos biscoitos gourmet que mantinha numa lata. Tinha se convencido de que ele sabia a diferença entre aqueles biscoitos e outros mais vagabundos.

Como era seu guarda-costas, o cão merecia o melhor.

— Tenho que trabalhar um pouco. Preciso terminar o trabalho para a Bosto. Depois a gente pode sair e fazer um pouco de exercício. Me dê uma hora e...

Ela foi interrompida, e Bert ficou imediatamente alerta quando o alarme começou a apitar.

— Não estamos esperando nenhuma entrega hoje. — Abigail pôs uma das mãos na arma presa ao coldre na lateral de seu corpo. — Provavelmente foi só alguém que entrou na rua errada. Eu devia instalar um portão, mas a gente recebe tantas entregas...

Ela franziu a testa ao identificar o carro que se aproximava. Então foi até o computador e deu zoom na imagem.

— Ah, pelo amor de Deus. O que ele quer agora?

O tom de voz da dona fez Bert grunhir baixinho.

— Almofada.

O código fez o cachorro se acalmar, mas continuar observando a dona.

— Almofada — repetiu ela, fazendo sinal para que ele a acompanhasse.

Bert era uma maneira ótima de desencorajar visitas.

Abigail desativou o alarme, destrancou a porta da frente e foi até a varanda, enquanto o delegado estacionava atrás da SUV.

Aquilo a deixou irritada. Ele não havia bloqueado a saída, não completamente. Ela podia dar a volta, se precisasse. Mas a intenção do delegado ficara clara, e ela não gostava daquilo.

— Srta. Lowery.

— Delegado Gleason. Aconteceu alguma coisa?

— Bom, é engraçado a senhora perguntar porque essa ia ser a minha pergunta. Mas, antes que eu a faça, permita-me dizer que a senhora tem um cachorro muito grande.

— Tenho mesmo.

O delegado pusera todo peso numa das pernas e tinha os polegares presos nos bolsos da frente, a linguagem corporal relaxada e casual. Mas os olhos, notou Abigail, eram espertos, observadores. Especialistas.

— Ele vai pular no meu pescoço se eu for até aí?

— Não, a não ser que eu mande.

— Eu agradeceria se não fizesse isso. Por que não entramos?

— Para quê?

— Porque seria mais confortável. Mas tudo bem, estamos bem aqui. A casa está bonita. Mais bonita do que antes. — Ele indicou com a cabeça um pedaço de terreno marcado e coberto com plástico preto. — Vai plantar flores ou legumes?

— Flores. Se o senhor só veio aqui perguntar se aconteceu alguma coisa, já posso dizer que não. Não há nenhum problema aqui.

— Então tenho outra pergunta. Por que está andando armada?

Abigail percebeu que havia demonstrado surpresa e desejou estar usando óculos escuros.

— Eu moro sozinha. Não conheço o senhor, que apareceu sem ter sido convidado. Tenho uma arma e um cachorro para me proteger. Tenho as licenças necessárias.

— Isso é bom. A questão é que a senhora estava com a arma quando foi até a cidade comprar o vinagre chique. Não acho que precise de proteção num mercado gourmet.

Inteligente e observador, pensou ela outra vez, xingando a si mesma por não ter levado uma arma menor.

— Tenho licença para levar a arma escondida. Sei dos meus direitos.

— Se não se importa, gostaria de ver a sua licença.

— Eu me importo. Por que as pessoas dizem isso quando sabem muito bem que a pessoa vai se importar?

— Só por educação, eu imagino.

Ele falava de forma simpática, paciente. Ela via aquilo como um talento, uma arma.

— Quero ver a licença, só para garantir. É Abigail, não é?

Ela se virou sem dizer nada e tirou as chaves do bolso. Sentiu que ele a seguia até a varanda.

— Vou trazer até aqui fora.

— Sabe, estou começando a achar estranho o fato de a senhora estar tão decidida a me manter fora da sua casa. O que tem aí dentro? Um laboratório onde prepara anfetaminas, um bordel, um depósito de armas, de explosivos?

— Não tenho nada disso. — Quando ela se virou, o cabelo, uma cortina castanho-dourada na altura dos ombros, voou. — Eu não conheço o senhor.

— Brooks Gleason, delegado.

É, decidiu ela, qualquer pessoa que consegue ser sarcástica de maneira tão agradável, com um sorriso tão fácil, tem talento.

— O seu nome e o seu cargo não mudam o fato de eu não conhecer o senhor.

— Entendi. Mas a senhora tem um cachorro enorme aqui. Ele está me olhando de cara feia porque sabe que a senhora está irritada e eu sou o motivo. E ele deve pesar uns 55 quilos.

— Sessenta.

Books analisou Bert longamente.

— Sou uns treze quilos mais pesado do que ele, mas ele tem dentes afiados e a senhora tem uma arma.

— O senhor também.

Abigail abriu a porta, irritada, e, quando Brooks entrou, ela ergueu a mão.

— Quero que espere aqui. Vou colocar meu cachorro de guarda. Ele vai segurar o senhor se não ficar aqui. Não tem o direito de ficar passeando pela minha casa.

— Está bem.

— Bert. Sentado.

Ela se virou para a escada e começou a subir para o segundo andar.

— Defina "segurar".

Quase sem paciência — o delegado parecia ter mais do que devia —, ela fez uma pausa e retrucou.

— Fique onde está e não vai ter que descobrir.

— Está bem.

Ele suspirou quando ela desapareceu no segundo andar. Brooks e o cachorro se olharam.

— E então, Bert, o que vocês fazem para se divertir? Não vai falar, não é? A casa é bonita.

Com cuidado, Brooks virou apenas a cabeça.

— Sem frescura, sem muitos detalhes.

E uma trava tripla, uma barra de segurança, grades nas janelas e um sistema de alarme profissional.

Quem diabos era Abigail Lowery e do que — ou de quem — ela tinha medo?

A moça desceu com um documento na mão e o entregou a Brooks.

— Uma Glock 19? Não é uma arma para brincadeira.

— Nenhuma é.

— É verdade.

Ele devolveu a licença e olhou nos olhos da moça.

— E é verdade que a senhora não me conhece. Posso dar o nome do meu antigo capitão em Little Rock. Eu fui da polícia de lá por dez anos antes de me mudar de volta para cá. Sou um bom policial, Abigail. Se me disser em que tipo de problema se meteu, posso tentar ajudar.

O delegado Gleason não era o único com talento ali, lembrou a si mesma. Ela manteve o olhar e o tom de voz diretos e tranquilos.

— Não me meti em problema algum. Só estou vivendo a minha vida. Tenho que trabalhar e tenho certeza de que o senhor também tem. Gostaria que fosse embora agora.

— Está bem. Se mudar de ideia... — Ele sacou um cartão e o pôs numa mesa ao lado da porta. — O número do meu celular também está nele. Se quiser ajuda, é só ligar.

— Não preciso de ajuda.

— A senhora tem uma trava e três fechaduras pesadas na sua porta, grades nas janelas e um alarme melhor que o do meu banco. Não acho que tenha isso tudo só para evitar que seu cachorro fuja.

Ele abriu a porta da frente e se virou para olhar para ela.

— A senhora gosta de enigmas?

— Gosto, mas não sei por que isso seria relevante.

— Eu também gosto. Vejo você por aí, Bert.

Brooks fechou a porta.

Abigail trancou a porta e, de olhos fechados, se ajoelhou no chão, pressionando o rosto contra o pescoço forte do cachorro.

# 8

Boyd Fitzwater, um homem grisalho e pançudo, estava à mesa da delegacia. Ele parou de catar milho no teclado do computador quando Brooks entrou.

— Missy Crew veio até aqui. Como era de se imaginar, o olho roxo de ontem à noite foi um acidente. Ela foi criativa dessa vez. Disse que tropeçou no tapete e que o Ty tentou socorrê-la.

— Ela caiu no punho fechado dele.

— Foi o que ela disse. E, como estava meio bêbado, ele calculou errado quando foi tentar pegá-la.

— E o vizinho que ligou para a gente porque ela saiu correndo de casa, seminua, berrando?

— Isso? — Com um sorriso rígido, Boyd balançou a cabeça. — Ela viu um rato. E não era o marido dela. Ela exagerou e o vizinho não devia ter incomodado a gente. E, antes que você pergunte, ela só disse que o Ty bateu nela ontem porque estava confusa. Porque, tecnicamente, ele bateu, mas só estava tentando ajudar depois que ela caiu.

— Você soltou o cara?

— Não podia fazer muita coisa.

— Não, mas essa merda tem que parar. Da próxima vez que a gente for chamado, quero que quem quer que esteja de plantão me ligue. Eu vou cuidar disso.

— Fique à vontade. Eu tentei, Brooks. Até fiz a Alma conversar com a Missy, imaginando que ela escutaria outra mulher.

— É, mas ela não ouviu.

Alma Slope entrou na sala, vindo da cozinha. Tinha as unhas pintadas num azul elétrico, que combinava com o colar de bolinhas que usava. A cabeleira cacheada e dourada havia sido presa com uma flor de seda azul.

Ela tomou um gole do café que tinha nas mãos, deixando uma marca de batom vermelho-vivo na borda. Os olhos verdes pálidos, a única coisa clara em Alma, observavam de trás dos óculos de armação de gatinho, cravejada de cristais.

O rosto da mulher, com sua rede de finas rugas, registrou irritação quando ela apoiou a mão fechada no quadril coberto por uma calça Levis gasta.

Alma dizia ter sessenta anos, mas, como dizia isso desde antes de Brooks ter ido para Little Rock, ele não conseguia nem imaginar a idade real da despachante.

Ele nem tinha certeza se a própria Alma sabia qual era.

— Levei a moça para a cozinha, me sentei e conversei com ela. Fui muito boazinha. Ela começou a chorar, então achei que estava chegando a algum lugar. Mas ela disse que ama o Tybal e que ele só fica assim quando bebe. E para melhorar: que vai ficar tudo bem se ela conseguir engravidar.

— Deus do Céu...

— Ela disse que está tentando muito. Depois que eles tiverem um filho, o Ty vai se acalmar.

— Quero que passem a chamada para mim quando acontecer — repetiu Brooks. — Obrigado por tentar, Alma. Pode ir patrulhar, Boyd. Tenho que cuidar da papelada.

— Eu já vou.

— Quer um café, chefe? — perguntou Alma.

— Adoraria.

— Vou pegar. Não tem muita coisa para fazer. O dia está calmo.

— Que continue assim.

Ele entrou em seu escritório, ligou o computador e pegou a antiga mola da mesa. Depois de andar até a janela, ergueu e baixou as mãos para fazer a mola se mexer. Gostava do som do brinquedo. Achava que aquilo o acalmava, como um cobertor antigo ou pés descalços sobre a grama quente.

Ele se considerava um homem de temperamento tranquilo — e muitos pensavam o mesmo. Alguns inclusive diziam que ele não se irritava. Por isso ficara surpreso com o quanto o incidente com Abigail Lowery havia mexido com ele.

118

O cachorro, por exemplo. Era um bicho lindo, mas ele não tinha dúvidas de que, se tivesse feito o movimento errado ou se ela quisesse, por bobeira, o bicho lindo teria enfiado os dentes nele.

Brooks não se incomodava com situações malresolvidas porque gostava de resolvê-las, de encontrar a resposta ou a solução. Gostava de fazer seu trabalho, de manter a paz. Mas ele não gostava nem um pouco de não saber nada sobre uma mulher armada com um enorme cão de guarda.

Ela não desrespeitou nenhuma lei, pensou. Nenhuma. Ainda.

Certas pessoas são antipáticas por natureza. Ele nunca tinha entendido por que, mas conhecia algumas assim, lidara com elas. Mas havia alguma coisa a mais naquela mulher. Um monte de coisas a mais.

Brooks percebera que a moça tinha uma mistura estranha e interessante de nervosismo e confiança. Era direta e reservada. Tem sotaque do norte, pensou. Pelas suas contas, ela ainda não havia chegado aos trinta. E — exceto por Alma — ele normalmente fazia as contas certas.

Era magra, mas parecia se controlar bem. Era bonita, apesar de não usar maquiagem e vestir roupas simples. Usava botas boas, muito gastas. Não usava joias, esmalte, nenhuma cor viva.

Não olhe para mim. Era isso que ela estava dizendo, na opinião dele. Não me notem.

— O que deixou você tão irritado? — Alma entrou na sala, pôs o café na mesa. — Você está brincando com a mola — acrescentou, quando ele se virou.

— Só estou pensando.

— Tem alguma coisa a ver com a mulher que comprou a velha casa dos Skeeter?

— Está brincando de vidente nesses últimos tempos?

— Deixo isso para a minha filha.

— Como está a Caliope?

A filha de Alma lia tarô, palmas e auras. E fazia parte do pequeno círculo de amigos da mãe de Brooks.

— Ela trabalhou numa festa de noivado na outra noite. Conseguiu outros três clientes por causa disso.

— Que bom para ela.

— É um estilo de vida. Eu soube que você teve uma conversa com a tal da Lowery no mercado gourmet.

— Ela não fala muito. — Brooks se sentou, pegou o café e pôs os pés na mesa. Um convite para Alma se sentar também. — O que você sabe?

— Não muito, o que me incomoda pra caramba. O que eu consegui arrancar de Dean McQueen, já que ele vendeu a propriedade, é que ela entrou em contato com ele por e-mail. Viu a casa online, fez algumas perguntas, agradeceu educadamente. Alguns dias depois, mandou outro e-mail com uma oferta. Não perguntei o preço da casa, mas o Dean me disse que o valor ficou um pouco acima do que ele esperava e que ela pagou em dinheiro.

— Em dinheiro.

— Isso mesmo. À vista. Os Skeeter aproveitaram a oportunidade. Bom, você conhece o Dean. Ele é um vendedor e gosta de se gabar. Disse que não conseguiu arrancar dela mais do que um sim ou um não. Ela transferiu a entrada através de um banco de Kansas City. Veio para cá com o cachorro para fechar o contrato, puxando um trailer alugado. Assinou os papéis e entregou um cheque de um banco em Fairbanks, no Alaska. O Dean quis levar a moça para almoçar, para comemorar, mas ela recusou. Ele quis levar a mulher até a propriedade e mostrar o lugar, mas ela recusou outra vez. A moça simplesmente pegou os documentos, as chaves, agradeceu a todos e pronto.

— É um enigma — murmurou Brooks.

— Sabe essas pessoas que dizem "viva e deixe viver"? Não estão vivendo muito, na minha opinião.

Alma se levantou quando o rádio começou a berrar.

— Seria interessante saber qual é a dela.

— Seria — concordou Brooks.

Enquanto Alma saía para atender o rádio, o telefone tocou.

— Delegacia de Bickford, delegado Gleason.

Por enquanto, deixaria Abigail Lowery de lado.

Ele acertou a papelada, retornou as ligações, fez uma patrulha a pé e ouviu o dono de uma loja de porcelana reclamar do proprietário da loja vizinha, que tinha estacionado mais uma vez na frente de sua entrada para entregas.

E mais uma vez conversou com o homem que causava o problema.

Pegou um sanduíche de presunto com queijo e, enquanto levava o almoço tardio para a própria mesa, começou a resolver o enigma.

Digitou o número da placa do carro de Abigail no sistema e analisou as informações, comendo as batatas fritas que comprara com o sanduíche. Ao ver a data de nascimento, notou que a moça tinha 28 anos. Ou seja, acertara na estimativa. A carteira de motorista não continha restrições. Ela era uma doadora de órgãos com um registro impecável.

Brooks, então, acessou o banco de dados e a ficha criminal da moça.

Que não existia.

Isso deveria ser o bastante, disse a si mesmo. Ela era, de acordo com os dados, uma cidadã que respeitava a lei e que não tinha nem uma multa por excesso de velocidade.

Mas...

Por curiosidade, fez uma pesquisa sobre ela no Google. Viu várias ocorrências para o nome, mas nenhuma delas era a sua Abigail Lowery.

Agora interessado, ele continuou a pesquisar. Tinha o nome, o endereço, a placa do carro e as informações da carteira de motorista da moça. Como sabia que ela tinha porte de armas, começou pela licença.

Quando os dados surgiram, ele se recostou na cadeira.

— Nossa, isso é um arsenal — murmurou.

Além da Glock 19, ela tinha licenças para uma Glock 36, uma Glock 26, uma Beretta .9mm, uma Sig de longa distância, um Colt Defender .9mm, uma Smith & Wesson 1911 e duas Walthers P22s.

Por que a moça precisava de tantas armas? Ele era da polícia, caramba, e, além da arma oficial, tinha apenas outras duas.

— Quem diabos é você?

— Oi, Brooks.

Uma loura arrasa-quarteirão fazia pose à porta. O cabelo de Sylbie caía em ondas brilhantes sobre os ombros de uma camisa branca de renda, levemente presa a uma calça tão justa que parecia formar uma fina camada de tinta sobre as pernas longas. A moça tinha olhos que lembravam os de um tigre: castanhos-amarelados e um pouco ferozes.

No ensino médio, Brooks a quisera mais que a própria vida. E, quando a conseguira, sua vida se transformara numa montanha-russa de felicidade e desespero.

Automaticamente, Brooks acionou a proteção de tela.

— Tudo bem, Sylbie?

— Ah, tudo ótimo. Comecei a trabalhar muito cedo, então resolvi fazer um intervalo.

Valendo-se de suas longas pernas, ela deslizou para dentro da sala e se apoiou no canto da mesa de Brooks, envolta numa nuvem provocativa de perfume.

— Resolvi dar uma passada aqui para ver se você quer sair hoje à noite.

— Tenho muita coisa para fazer.

— Ah, mas se o delegado não pode tirar uma noite de folga, quem pode?

— A lei nunca descansa.

Ela riu e jogou a gloriosa juba para trás.

— Ah, por favor, Brooks. Pensei em comprar uma bela garrafa de vinho. — Ela se inclinou para frente. — E deixar você se aproveitar de mim.

Aquilo não o fazia se sentir muito másculo, mas Brooks tinha que admitir que, nas poucas vezes em que os dois haviam ficado juntos desde a sua volta, ele sentira que ela é que havia se aproveitado dele.

Não que o delegado tivesse se importado com aquilo na hora. Mas depois...

— O convite é muito gentil, Sylbie, mas hoje eu tenho que trabalhar.

— Vá para minha casa depois.

— É melhor não.

— Você está me deixando chateada.

— Não quero fazer isso.

Mas ele também não queria voltar àquela história. Os dois haviam passado por muita coisa desde o ensino médio, quando ela roubara seu coração e o destruíra. Os dois divórcios dela eram histórias muito mais recentes do que a deles.

— Já sei. Você quer bancar o difícil... — começou ela, saindo da mesa.

— Não estou bancando nada.

Ela teria se sentado no colo dele se Brooks não tivesse se levantado.

— Escute, Sylbie.

Como estava voltado para a porta, Brooks viu Abigail entrar na sala e percebeu a imediata reação de vergonha da moça.

— Srta. Lowery — disse, antes que ela pudesse ir embora.

— Desculpe interromper. Eu volto mais tarde.

— Não, está tudo bem. Depois eu falo com você, Sylbie.

— Vou comprar aquele vinho — murmurou Sylbie, lançando seu sorriso lento para ele.

Ela se virou e inclinou a cabeça para analisar Abigail.

— Você é aquela mulher que mora na casa dos Skeeter.

— Sou.

— Todo mundo quer saber o que diabos você faz lá sozinha.

— Não deviam querer.

— As pessoas são curiosas. Isso é natural. Sou Sylbie MacKenna.

— Uma das ceramistas locais. O seu trabalho é muito bonito. Comprei uma das suas tigelas. — Abigail olhou para Brooks de novo. — Posso falar com o senhor mais tarde, delegado Gleason.

— A senhora já veio até aqui. A Sylbie tem que ir embora.

— Tão certinho... Ele não costumava ser assim. — Sylbie lançou um sorriso confiante para Abigail. — Até mais tarde, Brooks.

— Ela é muito atraente — comentou Abigail.

— Sempre foi.

— Desculpe ter interrompido. A mulher, a sua...

— Despachante?

— É. Ela disse que eu podia entrar.

— Tudo bem. Sente-se.

— Posso fechar a porta?

— Claro.

Depois de ter fechado a porta e se sentado na cadeira de visitas, Abigail ficou em silêncio por vários segundos.

— Tem alguma coisa incomodando a senhora? — perguntou Brooks.

— Tem. Percebi que não agi direito nas nossas... conversas hoje de manhã. No mercado e quando o senhor foi até a minha casa. Eu não estava preparada.

— Tem que se preparar para conversar com alguém?

— Não sou uma pessoa sociável, por isso não converso muito, especialmente com pessoas que não conheço. No mercado, fiquei incomodada com o seu interesse pelo que eu estava comprando.

— Meu interesse pelo que a senhora estava comprando era só um jeito de puxar assunto.

— É.

Tudo nela era frio e calculado, pensou. Brooks percebeu que Abigail era o oposto de Sylbie — sempre quente, sempre em movimento.

— Estamos numa cidade pequena, Abigail. É uma cidade turística, cheia de seguidores da Nova Era, velhos hippies, hippies de segunda geração e artistas. Somos amistosos.

— Eu não sou. Desculpe se isso parece grosseria, mas é a verdade. Não sou uma pessoa simpática e me mudei para cá por causa da tranquilidade, da possibilidade de ficar sozinha. Quando o senhor foi até a minha casa, logo depois do mercado, fiquei nervosa e irritada. Tenho minhas razões para ter uma pistola. Não tenho obrigação de contar essas razões. Não fiz nada de errado.

— É bom saber disso.

— Gosto da minha propriedade e do terreno em torno dela. Gosto dessa cidade. Eu me sinto à vontade aqui. Só quero que me deixem em paz.

— O que a Sylbie disse sobre a curiosidade é verdade. É uma coisa natural. Quanto mais misteriosa a senhora for, mais as pessoas vão fazer perguntas.

— Não sou misteriosa.

— A senhora é um mistério ambulante.

Brooks se levantou e deu a volta em torno mesa. Viu a moça se assustar e se manter alerta, mesmo quando se apoiou na parte da frente da escrivaninha.

Ele queria saber quem a havia machucado, de quem ela tinha medo. Mas a afastaria se perguntasse.

— A senhora é uma mulher atraente, que mora sozinha, com um cachorro enorme e perigoso, fora dos limites da cidade. Ninguém sabe de onde a senhora veio, nem por que, nem em que trabalha. E, como estamos no sul, ninguém sabe quem era a sua família. A senhora é do norte, então as pessoas sabem mais ou menos de que latitude veio. Gostamos de pessoas excêntricas aqui, elas combinam com a comunidade. Se as pessoas decidirem que a senhora é excêntrica, vão parar de fazer perguntas.

— Sou excêntrica, se analisarmos minha vida com base em certos padrões. Posso ser mais se todos ficarem satisfeitos com isso.

Ele sorriu para ela. Não pôde evitar.

— A senhora é diferente, com certeza. Com o que trabalha, Abigail? Se não for um mistério nem questão de segurança nacional, deveria poder me dizer. E assim teríamos uma conversa básica.

— Sou programadora e designer de softwares. Também crio sistemas de segurança ou melhoro e reprogramo sistemas existentes, especialmente para empresas.

— É interessante. E não é difícil falar sobre isso.

— Trabalho com questões delicadas, na maior parte do tempo. Tudo que faço é confidencial.

— Entendi. A senhora deve ser bastante inteligente.

— Sou muito inteligente.

— Onde a senhora estudou?

Ela o encarou, fria, calma, contida.

— O senhor está fazendo tantas perguntas que isso não me parece ser uma conversa. Parece um interrogatório.

— É justo. Me faça uma pergunta.

Ela franziu a testa, olhando nos olhos do delegado.

— Não quero fazer nenhuma pergunta.

— Se é tão inteligente assim, vai pensar em uma.

Brooks se levantou, foi até uma pequena geladeira e tirou duas Coca-Colas. Entregou uma a Abigail e abriu a segunda.

— Aconteceu alguma coisa? — perguntou, quando a moça apenas olhou para a lata que tinha entre as mãos.

— Não. Não. Está bem, uma pergunta. Por que o senhor entrou para a polícia?

— Viu? Essa é boa.

Ele apontou para ela, demonstrando aprovação, depois se apoiou na mesa de novo, dando as costas para as colinas que podiam ser vistas da janela.

— Gosto de resolver problemas. Acredito em muitas coisas. Não acredito em muitas coisas também, mas acho que existe um certo e um errado. Bom, nem todo mundo acha que as mesmas coisas são certas ou erradas.

É uma coisa subjetiva. Quando se é policial, às vezes uma situação é preta e branca, às vezes é preciso decidir. Será que nesse caso, que envolve essas pessoas, isso está errado ou é só uma coisa que precisa ser discutida?

— Isso me parece muito confuso.

— Na verdade, não. Policiais solucionam problemas, e a única maneira certa de solucioná-los é usar a cabeça. E o instinto.

— O intelecto é uma base mais precisa do que a emoção. A inteligência lida com fatos. Não podemos confiar nas emoções. São variáveis.

— E humanas. De que adiantariam as leis se elas não fossem humanas?

Ele pousou o próprio refrigerante para pegar o dela. Abriu a lata para a moça e a devolveu.

— Precisa de um copo?

— Ah. Não. Obrigada. — Ela tomou um gole breve. — Delegado Gleason.

— Brooks. Não vai me perguntar como acabei com um nome como Brooks?

— Imagino que seja de algum antepassado seu.

Ele apontou para ela de novo.

— Imaginou errado. Não está curiosa agora?

— Eu... É, um pouco.

— Brooks Robinson.

— Como é?

— Era o que eu temia. Baseball, Abigail. Brooks Robinson foi um dos melhores jogadores de sua época. Minha mãe nasceu em Baltimore, onde ele jogava. Mamãe é fã de baseball. Mesmo depois que veio para cá, no fim dos anos 1970, ela continuou seguindo o campeonato e sempre idolatrou o Baltimore Orioles. Diz ela que, quando viu Brooks ganhar o prêmio de melhor jogador no campeonato de 1970, contra os Cincinnati Reds, ela jurou que, se tivesse um filho, colocaria nele o nome de Brooks.

— Ela deve levar o baseball muito a sério.

— Ah, leva mesmo. De onde Abigail veio?

— É só um nome.

— Eu gosto de Abigail. É um clássico antigo.

— Obrigada. — Ela se levantou. — Tenho que ir. Ainda tenho trabalho para terminar hoje. Desculpe se fui grosseira hoje de manhã e espero que tenha esclarecido as coisas.

— Agradeço por ter vindo. Mantenho o que disse hoje de manhã. Se precisar de alguma coisa, ligue.

— Não vou precisar, mas obrigada pelo refrigerante e pela conversa. — Ela entregou a lata de volta a ele. — Tchau.

Quando a moça saiu, ele olhou para a lata. Pensou em mandá-la para o laboratório, para que as digitais e o DNA fossem analisados. Mas o que esse pensamento sobre ele?

Decidiu que não era certo. Mas levou a lata ao banheiro e jogou o resto do líquido na pia. De volta ao escritório, colocou-a, vazia num saco de provas e o guardou na última gaveta da mesa.

Caso precisasse.

Todo aquele dia havia feito Brooks se sentir inquieto, e aquele não era seu estado de espírito normal. Ele não queria a própria companhia, mas, como dissera a Sylbie que tinha que trabalhar em vez de simplesmente dizer que não queria dormir com ela, obrigado, não teria desculpa se aparecesse no McGrew's Pub para uma cerveja, um jogo de bilhar ou uma conversa.

Então, em vez de ir para casa, ele dirigiu até o fim da rua das lojas, virou à esquerda e estacionou atrás do Prius da mãe, em frente à casa agitada e nunca realmente terminada.

Havia andaimes apoiados na lateral da casa, e ele pôde ver o progresso do mural em que ela trabalhava. Notou que eram imagens de fadas sexys, com cabelos esvoaçantes e asas delicadas. Sob o telhado da frente, homens e mulheres musculosos e de pele escura cavalgavam dragões com escamas iridescentes, feitas de rubi, esmeralda e safira.

Era um trabalho impressionante, pensou. Talvez um pouco estranho para uma casa, um lar, mas toda a cidade sabia onde ficava a casa dos O'Hara Gleason.

Ele subiu na varanda vermelho-cereja e foi até a porta flanqueada por elfos de orelhas pontudas.

Entrou num ambiente de música, aroma e cor. A bagunça e o conforto reinavam, dominados pela arte da mãe e animados pelas flores que o pai levava para casa pelo menos duas vezes por semana.

Tulipas para celebrar a primavera que chegava, percebeu Brooks. Todas as cores do arco-íris estavam dispostas em vasos, tigelas e potes espalhados pela sala. O gato preto que o pai chamava de Chuck estava aconchegado no sofá e mal abriu os olhos para dar cumprimentar Brooks.

— Não, não se levante — disse Brooks, sob a explosão da música de Fergie, que tomava a casa.

Ele andou até os fundos, passando pelo escritório do pai e pela minúscula biblioteca entulhada, e entrou no coração da casa: a cozinha.

Maior cômodo do imóvel, ela era uma mistura de eletrodomésticos brilhantes incrivelmente modernos — o fogão embutido, a adega de porta de vidro — com o charme de vasos de ervas frescas e de um próspero limoeiro cheio de flores. Gotas de cristal de diferentes formatos piscavam nas janelas, captando a luz do sol. Mais sol entrava pela claraboia do teto abobadado, pousando sobre o conjunto de flores, vinhas e frutas que a mãe pintara sobre o amarelo pálido.

Ele podia sentir o cheiro de pão fresco e do que quer que ela estivesse preparando no fogão enquanto cantava junto com Fergie. Ela era muito melhor do que a cantora, pensou Brooks.

Para ele, a mãe podia fazer praticamente tudo.

Sunny estava com o cabelo castanho claro trançado e tinha contas prateadas penduradas nas orelhas. Os pés descalços batiam ao ritmo da música.

Uma tatuagem do símbolo da paz no tornozelo direito anunciava que a mulher era filha dos anos 1960.

— Oi, lindona.

Sunny levou um susto, depois se virou com uma risada, os olhos castanhos calorosos.

— Oi, meu lindo. Não ouvi você entrar.

— Não dá para ouvir nada aqui dentro. Quantas vezes eu vou ter que mandar vocês baixarem o som, crianças?

— A música ajuda no processo criativo — disse ela, pegando o controle remoto e abafando o som de Fergie. — Como você está?

— Tudo bem, nada demais. Cadê o papai?

— Ele tinha uma reunião na escola. Vai chegar daqui a pouco. Você vai ficar para jantar?

— O que está fazendo?

— Minestrone, pão de alecrim e salada de folhas.

— Pode contar comigo.

Brooks abriu a geladeira, tirou uma cerveja e a ofereceu à mãe.

— Bom, se você insiste.

— Insisto.

Ele sacou outra cerveja da geladeira e abriu as duas.

— Bom. — Sunny cutucou na barriga do filho. — O que houve? Eu conheço essa cara.

— Foi você que fez.

— E fiz um belo trabalho. Está com algum problema, querido?

— Na verdade, não. A Sylbie foi até a delegacia hoje.

Sunny tomou um gole de cerveja.

— Hummmm.

— E eu conheço os seus hummms. Ela queria ficar comigo hoje.

— Mas você está aqui na cozinha da sua mãe. Preferiu minestrone a sexo.

— Você faz um ótimo minestrone. Eu menti para ela.

— E você é aquela criatura rara: o policial honesto.

Ele revidou o cutucão.

— Você continua tentando manter o seu desdém por autoridades, aquele da sua época de *flower power*. De qualquer forma, uma coisa é mentir para um suspeito. Faz parte do trabalho. Outra é só mentir. Não gosto de fazer isso.

— Eu sei. Por que fez isso então?

— Para evitar um escândalo, eu acho, o que foi burrice, porque eu só adiei o escândalo. Eu não queria voltar para o ensino médio. Já passei dessa fase, já recebi meu diploma. E ela não me quer. Quer um cara qualquer. O sexo é ótimo, mas o resto é péssimo.

— Então você quer mais do que sexo. — Sunny enxugou uma lágrima imaginária. — Meu menino está crescendo.

— Talvez. Não sei. Mas sei que não quero com a Sylbie. Estou torcendo para que seja do jeito fácil. Que outra pessoa chame a atenção dela e ela perca o interesse por mim.

— Achei que você não quisesse voltar ao ensino médio.

**129**

— É. Eu sei que tenho que resolver a situação, e devia ter resolvido quando ela foi à delegacia hoje. Fico irritado por não ter feito isso. Então vou resolver.

— Ótimo. Ela não é feliz, Brooks. A Sylbie acha que só tem valor porque é bonita e sensual e não vai ser feliz até parar de acreditar nisso. Acho que ela poderia ser feliz e fazer alguém feliz se percebesse que tem mais a oferecer. Lembre-se de que você pode consertar o problema, mas não pode consertar a Sylbie.

— Você está certa. Vou encerrar esse caso.

— Bom, e o que mais? Tem mais alguma coisa aqui. — Ela deu um tapinha na cabeça dele.

— Eu hoje conheci Abigail Lowery oficialmente.

— Nossa, isso é ótimo. Tem que se sentar e me contar todos os detalhes. — Ela se sentou perto do balcão e deu um tapinha no banco a seu lado. — Ando louca para entender aquela lá. Como ela é?

— De início, eu diria grosseira, abrupta e realmente antipática, mas, com um pouco mais de contato, percebi que ela não tem talento para o convívio social.

— Coitadinha.

— A coitadinha leva uma Glock para o mercado.

— Uma arma? Quando as pessoas vão perceber que andar armado é pedir...

Sunny se interrompeu quando o filho bateu com o indicador nos lábios dela.

— Eu sei qual é a sua opinião sobre armas, sobre o controle delas e sobre o que você vê como uma perversão da Segunda Emenda, Sunshine.

Ela bufou e deu de ombros.

— E eu devia falar mais sobre isso. Mas continue.

Brooks contou sobre o mercado, sobre a visita à casa de Abigail, sobre o cachorro, as trancas. Quando chegou ao ponto em que analisava o número de armas legais que a moça possuía, Sunny decidiu que a história pedia uma segunda cerveja.

— Do que ela tem medo?

— Está vendo? Exatamente. É isso que quero saber. E, como delegado da região, é o que eu preciso saber. Mas, para terminar a história, então a Sylbie chegou.

Depois que Brooks contou tudo à mãe, a irritação de Sunshine com as armas diminuiu e ela se concentrou em outro ponto.

— Isso me deixa muito triste.

— O quê?

— Querido, ela é muito solitária. É claro que não tem talento para o convívio social. Ela se fechou numa barricada, sozinha, para se proteger de Deus sabe o quê. Não parece ser uma daquelas pessoas que acham que o mundo vai acabar nem aqueles malucos que acham que têm que se armar para a Revolução ou para o fim do mundo. Você disse que a Abigail é programadora, que trabalha com segurança. Talvez ela tenha descoberto ou inventado alguma coisa. E agora o governo esteja atrás dela.

— Por que é sempre o governo, mãe?

— Porque eu costumo descobrir que é. Ela pode ser uma espiã cibernética ou alguma coisa assim.

— Eu amo você.

Ela estreitou os olhos e deu um leve chute no tornozelo do filho.

— Agora você está usando essas belas palavras para se divertir e desdenhar de mim.

Brooks não conseguiu disfarçar o sorriso.

— Bom, ela não me pareceu uma espiã.

— Bom, eles não podem parecer, não é? Têm que se misturar.

— Nesse caso, ela é uma péssima espiã, porque não se mistura.

— Está bem, talvez ela esteja fugindo de um namorado violento.

— Não encontrei nada sobre casos de violência na ficha dela.

— Algumas mulheres não procuram a polícia. Só fogem.

Brooks pensou em Missy e no último olho roxo da moça.

— E outras ficam com o marido. De uma coisa eu sei: levando em consideração o jeito como ela está armada e cercada, se esse for o caso, não importa do que ela esteja se escondendo, é uma coisa muito ruim. E se essa coisa encontrar essa moça, vai encontrar aqui na cidade. Eu sou responsável por essa cidade; então, quer queira quer não, sou responsável por ela também.

— Eu amo você.

— Está querendo se divertir e desdenhar de mim?

— Não. — Sunny pôs as mãos no rosto do filho. — É só um fato.

# 9

ENQUANTO DESCIA A RUA QUE LEVAVA À CASA DE ABIGAIL LOWERY, SUNNY duvidou que seu filho aprovaria o que estava fazendo. Mas ela tinha o costume de fazer o que bem quisesse, contanto que não machucasse ninguém — a não ser que a pessoa merecesse. De qualquer maneira, a visita do filho à moça, no dia anterior, dava-lhe a desculpa perfeita para ir até a casa.

Ela estacionou, estalando a língua mentalmente para a SUV, um carro consumidor de gasolina em excesso.

Mesmo assim, aprovava a casa, a maneira como o imóvel se aconchegava à paisagem. Podia ver que canteiros estavam sendo preparados para o plantio da primavera. Além disso, a ponta de uma estufa chamou sua atenção e provocou sua inveja.

Era uma bela manhã para uma visita, determinou Sunny. A primavera sussurrava pelo ar, havia folhas de um lindo brilho verde nas árvores e a suspeita de flores selvagens espalhadas pela floresta.

Por segurança, fizera uma torta de mirtilo naquela manhã. Ninguém resistia à torta de mirtilo dela.

Sunny saiu do carro, subiu a escada e bateu na porta.

Quando Abigail a abriu levemente, Sunshine lançou um sorriso para a moça.

— Olá. Sou Sunny O'Hara, a mãe do Brooks.

— Oi.

— Eu soube que o Brooks veio te ver ontem, então achei que devia fazer o mesmo. Pensei: "Poxa, essa moça se mudou para cá há quase um ano e eu ainda não fiz uma visita a ela."

— Obrigada, Senhora O'Hara, mas...

— Sunny. Fiz uma torta de mirtilo para você.

— Ah.

Sunny nunca havia visto ninguém mais impressionada com uma torta na vida.

— Obrigada. Foi muita gentileza sua. Mas, infelizmente, tenho que trabalhar, então...

— Todo mundo pode parar uns minutinhos para comer uma torta. Seu apelido é Abby?

— Não, não, não é.

— Bom, Abigail é um nome doce e tem um charme antigo. Abigail, eu deveria dizer de cara que sou uma mulher que costuma conseguir o que quer. Você vai perceber que é mais fácil me convidar para entrar por alguns minutos agora do que ter me aguentar vindo aqui todos os dias até você fazer isso. Bom, imagino que você tenha uma arma consigo ou por perto. Não aprovo o uso de armas, mas não vou dar uma bronca em você por isso. Ainda.

Sunny abriu outro sorriso, iluminado como seu nome.

— Não estou trazendo armas nem nada perigoso comigo. Com exceção da torta. Tem um monte de calorias nela, mas você é mais magra que um galho, pode comer umas calorias a mais.

— Eu não quero ser grosseira, mas...

— Ah, eu imagino que queira, sim — interrompeu Sunny, com uma alegria considerável. — Quem poderia te culpar? Vamos fazer um acordo. Me convide para entrar e coma um pedaço de torta. Depois pode ser grosseira. Eu não vou me ofender.

Irritada, sem ter alternativa, Abigail tirou a mão da arma fixada embaixo da mesa ao lado da porta.

Ela não duvidava que a mulher fosse mãe de Brooks Gleason. Ela tinha a mesma natureza insistente disfarçada de simpatia, a mesma estrutura óssea.

Sem dizer nada, Abigail abriu a porta e deu um passo para trás.

— Pronto, isso não foi... Ah, que cachorro *lindo*! — Sem um pingo de medo, Sunny jogou a torta nas mãos de Abigail e se agachou. — Oi, garotão. — Ela olhou para cima. — Posso fazer carinho nele? Nós perdemos o Thor seis semanas atrás. Tinha 17 anos. Tivemos que sacrificar o pobrezinho. Estava mais cego que um morcego.

— Eu sinto muito.

— Ah, eu também. Chorei até desidratar. Ainda temos o velho Chuck. É o nosso gato, mas não é a mesma coisa. Vamos pegar outro cachorro, mas ainda não estou pronta para amar daquela forma de novo. Machuca muito quando temos que dizer adeus.

Sem poder fazer nada, Abigail segurou a torta com força.

— *Ami* — disse ao cachorro. — *Ami*, Bert. Pode fazer carinho nele agora.

Bert aceitou o carinho e até grunhiu de alegria.

— *Ami*? Isso é francês. Você é francesa?

— Não, eu falo francês.

— Que coisa. Bert, você fala francês também? Você é tão lindo... Tem olhos cor de avelã. Parecem os do Brooks. Que cachorro bonzinho...

Os olhos de Sunny se encheram de lágrimas. Ela fungou, lutando contra o choro enquanto se levantava.

— Desculpe. Não me recuperei da perda ainda.

— É difícil aceitar a morte.

— É mesmo.

Sunny jogou a trança para trás e soltou um suspiro enquanto olhava em volta.

— Nossa, você é muito arrumadinha, não é?

— Eu... Acho que sim. Prefiro as coisas em ordem.

— Acho que gosto mais da bagunça. Bom, pelo menos nunca mantenho nada arrumado por muito tempo. Tenho um quadro que ficaria muito bom na sua sala de estar. É o que eu faço. Sou pintora.

— Entendi.

— Costumo pintar criaturas míticas ou mitológicas. Fadas, sereias, deuses e deusas, dragões, centauros... Esse tipo de coisa.

— A mitologia é um terreno fértil para artistas e escritores. Ah... Foi a senhora que pintou os murais da casa no fim da rua das lojas?

— Foi. É a nossa casa.

— São muito interessantes. O seu trabalho é muito bom.

— Obrigada. Eu gosto. Que tal um café para acompanhar a torta?

Abigail encarou a torta.

— Sra. O'Hara.

— Sunny.

— Sunny. Eu não sou uma boa companhia.

— Ah, querida, tudo bem. Eu sou.

Por mais estranho e incômodo que aquilo pudesse ser, Abigail percebeu que seria mais fácil — e mais eficaz — simplesmente deixar a mulher ficar alguns minutos. E só.

— Vou fazer o café.

A moça se encaminhou para a cozinha, pensando que era a segunda vez em dois dias que tinha alguém em casa. Mas a mulher não queria fazer nada de mal. A não ser...

— Foi o seu filho que pediu que a senhora viesse?

— Não. Na verdade, ele não vai ficar muito feliz com o fato de eu ter vindo incomodar você. Mas eu... Ah! Adorei a sua cozinha. Olhe só para esse balcão. Eu tenho esse mesmo fogão, mas é um modelo mais velho. E você cultiva os seus temperos. Eu também. Veja só, a gente já achou uma coisa em comum. Eu adoro cozinhar. É como pintar, só que misturamos ervas, temperos e molhos em vez de tintas.

— Penso na culinária como uma ciência. Existe uma fórmula. Se a modificarmos um pouco, podemos criar algo novo ou levemente diferente.

Sunny apenas sorriu.

— Seja como for, você não teria uma cozinha assim se não gostasse de cozinhar e se não fosse boa nisso.

A mulher andou até a janela.

— Estou com inveja da sua estufa. Tenho uma bem pequena que eu e o Loren construímos. Não temos espaço para uma maior. Estou vendo que tem alfaces. Parece uma bela horta.

— Cultivo a maior parte dos meus legumes e temperos.

— Nós também. Vim para cá nos anos 1970 com um grupo de outros espíritos livres. Nós formávamos um tipo de comunidade, uma comunidade artística, digamos assim. E cultivávamos nossos alimentos, fazíamos nossas roupas e vendíamos nosso artesanato. Muitos ainda estão aqui. São velhos hippies.

— A senhora fez parte da contracultura.

— Gosto de pensar que ainda faço.

Enquanto Abigail fazia o café e tirava pratos e xícaras do armário, Sunny analisou o escritório. E ergueu as sobrancelhas ao ver a imagem da entrada, dos fundos e das laterais da casa na tela do computador.

— Isso não é genial? Ninguém nunca vai pegar você de surpresa. Trabalha com sistemas de segurança, não é?

— Trabalho.

— Houve uma época em que ninguém precisava trancar a porta aqui. Se tivesse uma loja e precisasse ir até algum lugar, bastava deixar um bilhete. As pessoas podiam entrar e deixar o dinheiro no balcão se quisessem comprar alguma coisa antes que você voltasse. Às vezes o progresso e as mudanças são coisas boas. Às vezes, não.

— É melhor cuidar da própria segurança.

"Ela não tem talento para o convívio social", dissera Brooks. No entanto, a moça pôs a mesa com pratos bonitos, colocou leite num pequeno jarro, dispôs o açúcar e guardanapos de pano. Ela sabia receber, mesmo quando a companhia era inesperada e não muito bem-vinda.

Sunny se sentou ao balcão. Imaginou que Abigail só tinha dois banquinhos porque eram vendidos em conjunto. Sunny acrescentou leite e muito açúcar ao café, depois deu um tapinha no segundo banco.

— Venha aqui e se sente. Me conte sobre a Abigail.

— Não tenho nada para contar.

— Sempre tem alguma coisa. O que você gosta de fazer?

— Gosto do meu trabalho.

Com uma relutância óbvia, Abigail se sentou.

— Sinto pena de quem não gosta. E além do trabalho?

— Eu trabalho muito.

Quando Sunny apenas ergueu as sobrancelhas, Abigail se esforçou para encontrar algo mais para dizer.

— O Bert precisa se exercitar, então nós caminhamos ou fazemos trilhas. Isso foi uma das coisas que me atraiu nessa casa: ela tem um terreno muito grande. Trabalho na estufa ou no jardim. Isso me satisfaz. Gosto de ler, de ver TV...

— Eu também, mais do que dizem que eu deveria. Mas o que os outros sabem sobre a nossa vida? E você gosta de ficar sozinha.

— Gosto.

— Enquanto meus três filhos eram pequenos, eu costumava pensar que pagaria qualquer preço por algumas horas de solidão.

— Não sabia que seu filho tinha irmãos.

— Duas irmãs mais velhas.

— A senhora é muito jovem para ter filhos dessa idade. Trinta anos, eu imagino.

— Eu tinha 19 anos quando cheguei em Bickford. Tinha perambulado por aí por uns dois anos.

— A senhora... saiu de casa aos 17 anos?

— Um dia depois de me formar no ensino médio. Tinha me dedicado demais à escola para desistir. Mas, depois que terminei, fui embora. — Sunny estalou os dedos. — Eu não me dava bem com os meus pais, o que não era nenhuma surpresa, já que a gente via tudo, tudo mesmo, de maneiras opostas. Ainda vemos, mas fizemos as pazes. Quando vim para cá, conheci um jovem professor. Ele era tímido, gentil e inteligente e tinha lindos olhos cor de avelã. Então eu seduzi o cara.

— Entendi.

— Essa parte foi fácil, eu era muito atraente — disse Sunny, soltando uma risada. — O que não foi fácil foi perceber que eu estava fazendo amor com alguém por quem estava apaixonada. Eu tinha tanta certeza de que não queria aquele tipo de vida! O homem, a casa, as raízes, a família. Mas ele era irresistível. Ele queria se casar comigo. Mas eu disse que não, que não queria nada daquilo.

— O casamento é uma instituição que faz parte da nossa cultura, mas continua sendo apenas um tipo de contrato, tão desnecessário quanto frágil.

— Você deve estar usando as mesmas palavras que eu usava naquela época. Quando soube que estava grávida da Mya, concordei em assumir um tipo de compromisso. Eu seguia a Wicca na época. Fizemos uma linda cerimônia às margens do rio e nos mudamos para uma pequena cabana. Nossa, não devia ter nem metade do tamanho dessa casa. Também não tinha água corrente, mas eu não me incomodava nem um pouco com isso.

Ela suspirou, bebendo o café.

— Eu tive dois filhos lá. Então aquilo passou a me incomodar. Meu marido queria um casamento de verdade, uma casa de verdade. Ele tinha deixado que eu fizesse o que queria por três anos. Percebi que era hora de deixar que ele fizesse o que queria. Então pusemos os bebês no carro, fomos até o juiz de paz e assinamos o contrato. E, com o dinheiro que eu havia ganhado com as minhas pinturas... Eu tinha assinado um contrato bastante lucrativo com uma empresa de cartões. Juntando isso e o dinheiro que ele tinha economizado das aulas, compramos aquela casa caindo aos pedaços, no fim da rua das lojas. Começamos a consertar os problemas e o Brooks nasceu. Nunca me arrependi de nada. Nunca.

Abigail não sabia se podia classificar o resumo da história de vida de uma estranha como uma conversa. Mas era fascinante.

— A senhora tem muita sorte.

— Tenho mesmo. Como está a torta?

Abigail piscou e olhou para baixo. Ela comera quase metade do pedaço enquanto ouvia a história de Sunny.

— Maravilhosa.

— Vou te passar a receita.

— Nunca fiz uma torta. Não sei. Uma torta não me parece uma coisa prática.

— Não há nada de prático numa torta. Vamos trocar: essa receita por uma das suas.

— Não sei do que você gosta.

— Gosto de surpresas.

Depois de pensar um pouco, Abigail foi até o laptop e abriu a pasta de receitas. Ela imprimiu a de frango com páprica.

— Você pode ajustar os temperos a seu gosto.

— Parece ótimo. Acho que, quando estiver voltando para casa, vou dar uma passada no mercado, comprar o que não tenho e experimentar sua receita hoje à noite. Bom, vou escrever a receita da torta para você.

Sunny sacou um caderno e uma caneta da bolsa.

— A senhora sabe de cor?

— Eu faço essa torta há muitos anos. É a favorita do Loren.

— Você sorri quando diz o nome dele.

— É? Estamos casados há 36 anos. Eu conto a partir da cerimônia wicca. Ele ainda me faz feliz.

138

Aquilo, pensou Abigail quando voltou a estar sozinha, era a afirmação mais definitiva e atraente possível sobre um relacionamento. Que a felicidade podia durar.

Ela estudou a receita que tinha nas mãos. Depois passaria tudo para o computador. Juntou os pratos e xícaras disciplinadamente e, surpresa, percebeu que horas eram.

De alguma forma, acabara de passar mais de trinta minutos na própria cozinha, comendo torta, tomando café e tendo uma conversa fascinante com uma estranha.

— Imagino que isso signifique que ela não é mais uma estranha.

Ela não conseguia decidir como aquilo a fazia se sentir, não conseguia decifrar a sensação. Olhou para o computador e para o cachorro.

— Ah, droga. Vamos dar uma caminhada.


— VOCÊ FEZ O QUÊ? — Brooks estava pasmo com a mãe.

— Você me ouviu muito bem. Levei uma torta para a Abigail. Tivemos uma bela conversa comendo torta e tomando café. Gostei dela.

— Mãe...

— Acho que "falta de talento para o convívio social" define bem a moça. Ela não é tímida, só está enferrujada em termos de conversa. Depois que começamos, foi tudo bem. Trocamos receitas.

— Você... — Sentado à sua mesa, Brooks deixou a cabeça cair entre as mãos. — Você ouviu o que disse ontem?

— Claro que ouvi.

— Talvez ela esteja fugindo. Talvez esteja com algum problema. Talvez seja perigoso se esse problema encontrar a moça. E você simplesmente foi até lá com uma torta?

— De mirtilo. Tive que fazer duas, para o seu pai não ficar magoado. Ela tem uma cozinha maravilhosa. E, olhando pela receita que me deu, aposto que é uma ótima cozinheira. E também tem câmeras ou alguma coisa assim por toda a propriedade. Vi pela tela do computador. Ela filma a entrada, os fundos e por aí vai.

— Deus do céu.

— Ela falou francês com o cachorro.

Aquilo fez Brooks voltar a erguer a cabeça.

— O quê?

— Eu fiquei me perguntando por que alguém iria ensinar francês a um cachorro, só isso. Ela é muito educada. Ouve a gente com o corpo inteiro. Alguma coisa nela mexeu comigo. Eu juro que queria fazer carinho nela como fiz no cachorro.

— Você... Você fez carinho naquele bicho monstruoso?

— Ela disse a ele, em francês, que estava tudo bem. Ele foi muito carinhoso. É dedicado a ela. Deu para notar. Nunca ficou mais de um metro longe dela. É um cachorro muito bom e tenho certeza de que é um companheiro ótimo. Mas a moça precisa de um amigo. Bom, tenho que correr até o mercado para comprar umas coisas. Quero experimentar essa receita que ela me deu.

— Mãe, não quero que você vá lá de novo até eu saber mais.

— Brooks.

Ele tinha 32 anos, mas aquele tom de voz, aquele olhar ainda conseguiam fazer seus testículos encolherem.

— Você já é crescidinho, mas ainda não chegou ao ponto de poder mandar em mim. Se quer saber mais sobre ela, por que não vai até lá e banca o simpático, como eu fiz?

— Devo levar uma torta?

— Talvez seja melhor levar uma garrafa de vinho.

ELE ESCOLHEU UM BELO pinot grigio de preço médio. Parecia razoável, simpático, mas não exagerado. E também parecia que ele estava preocupado demais com aquilo, por isso parou de pensar e foi de carro até a casa de Abigail.

A chuva que havia caído na noite anterior fizera mais folhas verdes brotarem. O sol do fim da tarde brilhava através dos galhos verdejantes, se espalhava pela estrada e cintilava na água agitada do pequeno riacho que a atravessava.

Ele seguiu até a entrada da casa de Abigail e percebeu a fumaça saindo em espirais pela chaminé.

Então ele a viu.

Ela estava de pé à porta, o enorme cachorro junto às botas pretas de cano alto. Usava jeans, uma jaqueta de couro preta e uma arma no quadril.

Ele decidiu não pensar demais no fato de a moça estar absurdamente sexy.

Tudo nela era sensual — até a irritação incomodada em seu rosto.

Brooks pegou o vinho e saiu do carro.

— Boa noite.

Ele andou até Abigail como se ela não estivesse armada com uma Glock nem tivesse um cachorro que, provavelmente, enterraria os dentes em sua jugular antes que ele pudesse tirar a própria arma do coldre.

A moça viu a garrafa que o delegado carregava.

— O que é isso?

— Duas coisas, na verdade. Primeiro, é um ótimo vinho. Segundo, é um pedido de desculpas.

— Pelo quê?

— Pela minha mãe. Eu fui jantar na casa deles no outro dia e mencionei que tinha estado aqui. Ela simplesmente tirou proveito disso. Então... Me desculpe pelo incômodo.

— Então você está me incomodando para pedir desculpas por um incômodo.

— Tecnicamente. Mas é um vinho muito bom. Você foi caminhar?

— Por quê?

— Está com lama nas botas. Choveu bastante ontem à noite. Isso deixa as coisas mais verdes, mas também faz tudo ficar enlameado. Sempre carrega uma arma quando sai para passear com o seu cachorro?

Ela sempre carregava uma arma, ponto, mas isso não era da conta dele.

— Eu estava treinando tiro. O vinho não é necessário.

— Vinho nunca é necessário, mas é sempre um bônus.

Ele virou a garrafa para que o lindo líquido cor de palha brilhasse na luz.

— Onde você treina tiro ao alvo?

— Porque você me faz tantas perguntas? Por que vocês não param de vir até aqui com vinho e torta? Qual é o *problema* de vocês? E por que você está sorrindo?

— Que pergunta você quer que eu responda primeiro?

Quando ela simplesmente devolveu um olhar frígido, ele deu de ombros.

— Vou responder em ordem, então. Eu sou um homem naturalmente curioso, e sou policial. Então perguntas fazem parte do meu trabalho. Tirei parte dessa curiosidade da minha mãe, que veio até aqui com a torta porque estava curiosa. E porque ela é uma mulher muito simpática. Já expliquei sobre o vinho. Na minha opinião, não tem nada de errado com a gente. Somos só o que somos. A sua opinião pode ser diferente. Eu estava sorrindo porque tinha me perguntado se um dia veria você irritada. A irritação dá vida ao seu rosto. É bom ver essa vida. Respondi tudo?

Os olhos de Brooks, à luz do sol de fim de tarde, tinham adquirido uma cor âmbar. Ele tinha um sorriso atraente. Essa simpatia e essa tranquilidade são naturais para ele, pensou ela.

— Você se acha muito charmoso.

— É. Isso é provavelmente um defeito, mas quem quer ser perfeito? Já respondi as suas perguntas, mas você não respondeu a minha. Onde pratica tiro ao alvo?

— Por que quer saber?

— Por algumas razões. Primeiro, mais uma vez, porque sou curioso. Segundo, como policial ciente de que você é uma mulher que anda sempre armada, eu gostaria de ver se você sabe lidar com o que carrega.

— Sou excelente atiradora.

— Isso é o que você diz. Eu poderia dizer que danço tango como um argentino, mas, a não ser que demonstrasse, poderia estar mentindo. Ou exagerando.

— Duvido que todo argentino saiba dançar tango.

— Como um que saiba, então.

— Se eu demonstrar que sei atirar, vai me deixar em paz?

— Bom, Abigail, não posso fazer um acordo desse. Talvez eu tenha que voltar. E se uma gangue de extremistas tentar sequestrar você? Ou alienígenas. Temos muitas pessoas aqui que juram que foram levadas por eles. Na verdade, Beau Mugsley diz que é abduzido duas vezes por ano, regularmente.

— Isso é absurdo.

— Não para Beau Mugsley. Não deixe que ele comece a falar sobre sondas anais. Mas vamos esquecer isso. Você é uma mulher intrigante.

— Não quero ser intrigante.

— Viu só? Agora está ainda mais intrigante.

— E, se houver vida inteligente em outros planetas, duvido que eles iriam gastar tempo tentando abduzir alguém que está só cuidando da própria vida.

— Nunca se sabe, não é?

Ela simplesmente não sabia como argumentar com alguém como ele: alguém que não fazia sentido, mas, mesmo assim, era incrivelmente gentil. E, ao levar em conta a tenacidade e a curiosidade policial, ela percebeu que estava encurralada.

— Vou satisfazer a sua preocupação desnecessária sobre a minha capacidade de atirar. Depois você vai embora.

— É um bom lugar para se começar.

Ele notou que ela pôs a mão na cabeça do cachorro antes de se virar.

— Minha mãe disse que seu cachorro fala francês — lembrou Brooks enquanto a acompanhava. — Fiz dois anos de francês no ensino médio, especialmente... Está bem, só porque a professora de francês era bonita. Linda. Não aprendi muita coisa, mas passei dois anos observando a beleza da Srta. Gardner.

— Estudos mostram que homens adolescentes costumam tomar decisões com base no sexo. Muitos nunca deixam de fazer isso.

— Não pode culpar a gente pela formação genética. Nossa, é uma área de treino impressionante.

Ele parou para analisar o centro de treinamento.

Esperava encontrar alguns alvos. Ela tinha três silhuetas presas a polias, fixadas sobre tábuas bem acolchoadas. Proteções para os olhos e os ouvidos ficavam num banco de madeira, junto com cartuchos de munição. Pelo cálculo dele, ela pusera os alvos a quase quinze metros de distância.

— Não tenho um segundo par de protetores de ouvido e de óculos — disse ela, ao colocá-los.

— Tudo bem.

Brooks deu um passo para trás e pressionou as mãos contra os ouvidos enquanto ela assumia a posição de tiro.

Postura de policial, notou ele, que ela assumi com um movimento natural, com prática. Abigail deu seis tiros sem piscar, depois guardou a arma no coldre e puxou o alvo para perto.

— Belo agrupamento de tiros — comentou Brooks.

As seis balas haviam atingido o centro do corpo, num padrão regular, quase perfeito.

— Como pode ver, sou ótima atiradora. Sou perfeitamente capaz de usar uma arma.

— Não há dúvida disso — disse ele, enquanto recolhia os cartuchos usados e os jogava num balde. — Posso tentar também?

Abigail não respondeu, mas tirou os protetores de ouvido e os óculos e os passou para Brooks.

Em seguida, olhou para onde o cachorro estava sentado, esperando pacientemente.

— Almofada.

— Oi?

— Eu estava falando com o meu cachorro. Se não, ele... não iria gostar de ver você sacar a arma.

— A gente não iria querer isso.

Brooks passou o vinho para Abigail e pôs os óculos e os protetores de ouvido.

— Você usa uma Glock 22 — notou ela. — É uma boa arma.

— Faz bem o trabalho.

Ele então assumiu posição, relaxou os ombros e deu seis tiros.

Olhou para o cachorro enquanto guardava a arma. Bert não havia se mexido.

Abigail puxou o alvo e ficou parada um instante, analisando o agrupamento de furos quase igual ao dela.

— Você também é um ótimo atirador.

— Sempre achei que, se ia ter que andar armado, era melhor saber acertar o meu alvo. Tenho mão boa para armas maiores. Minha mãe tem uma objeção hippie por elas. Talvez por isso eu tenha ficado tão bom nisso. É a rebeldia tradicional, eu imagino.

— É. — Abigail olhou para ele. — Você já atirou em alguém?

— Não. E gostaria de continuar dizendo isso. Já saquei minha arma algumas vezes, mas nunca precisei atirar.

— Mas conseguiria atirar?

— Conseguiria.

— Como sabe se nunca atirou?

— Proteger e servir. — Ele olhou para ela. Os olhos de muitas cores estavam sérios. — Proteger vem primeiro. Não posso ter um distintivo se não puder proteger. Mas ficaria feliz se nunca tivesse que atirar em ninguém. — Ele também recolheu seus cartuchos. — Você já atirou?

— Em alguém? Não. Mas também acho que, mesmo se tivesse atirado, se dissesse a verdade, isso só provocaria mais perguntas.

— Você está certa. Você conseguiria atirar?

— Conseguiria. — Ela esperou um instante. — Você não me perguntou como eu sei.

— Não preciso perguntar. Ainda tem daquela torta? E, antes que pergunte por que, vou dizer. Agora que já mostramos um ao outro como somos bons atiradores, acho que deveríamos abrir aquela garrafa, tomar uma taça de vinho e comer um pedaço de torta.

— O vinho foi um plano.

— Em parte, mas, ainda assim, é um vinho ótimo.

Ele tinha o charme da mãe, percebeu ela, e provavelmente o mesmo talento para conseguir o que queria. Não havia por que negar que o achava atraente. Sua reação hormonal ao visual, ao corpo, ao comportamento, até à voz dele? Completamente natural.

— Não vou conseguir comer a torta toda. É demais para uma pessoa só.

— E é um pecado desperdiçar comida.

Ela guardou os protetores e os óculos no banco.

— Está bem. Pode comer a torta e beber o vinho. Mas não vou transar com você.

— Agora você me magoou.

— Não magoei, não. — Decidindo deixar sua opinião clara, ela começou a andar para a casa. — Eu gosto de sexo.

— Viu? A gente não para de perceber que tem coisas em comum. Se isso continuar, vamos ser melhores amigos em uma semana.

— Se eu quisesse amigos, entraria para um clube do livro.

Ela está relaxando, pensou Brooks, encantado com o sarcasmo.

145

— Eu gosto de ler, o que é outra coisa que temos em comum. Mas a gente estava falando de sexo.

— O sexo é uma função física normal e uma experiência agradável.

— Até agora, concordamos em tudo.

Ela tirou as chaves do bolso e destrancou a porta. Já dentro da casa, religou o alarme.

— Talvez você me ache atraente de alguma forma.

— De todas, na verdade.

— E talvez por isso tenha trazido o vinho. Vou tomar uma taça de vinho com você, mas não vamos transar.

— Está bem.

Absolutamente encantado com a moça, ele a seguiu até a cozinha.

— Tem alguma razão especial para isso, além do fato de não termos nem dividido uma torta de mirtilo ainda?

— Você faz perguntas demais. Responder a isso tudo é incômodo e cansativo.

— Droga de curiosidade. Nossa, Abigail, isso foi um sorriso?

— Provavelmente foi uma careta.

— E agora você fez uma piada. Daqui a pouco vai pôr um chapeuzinho de festa e dançar em cima da mesa.

— Você é engraçado. Eu não sou, então sei apreciar alguém que é bem-humorado naturalmente. — Ela tirou a jaqueta, abriu a porta de uma pequena despensa e a pendurou num prego. — Você é atraente e está em forma. Prefiro fazer sexo com pessoas que se mantêm em forma.

Abigail pegou um saca-rolha e começou a abrir a garrafa de forma energética e eficiente, apesar de Brooks ter pensado em fazer isso para ela.

Ah, dane-se, pensou ele, sentando-se.

— Então, até agora, a única coisa que tem contra mim é a minha curiosidade?

— Existem outros problemas. A proximidade, por exemplo, tornaria tudo estranho e problemático quando eu não quisesse mais transar com você.

— O que faz você pensar que vai querer parar de transar comigo?

Abigail pegou duas taças, dois pratos e dois garfos.

— A lei das probabilidades.

— Ah, é. Bom, eu desafio a lei das probabilidades.

— Muitas pessoas acham que podem fazer isso. Mas não conseguem.

Ela serviu o vinho e analisou Brooks enquanto oferecia uma das taças.

— Eu gosto do seu nariz.

— Abigail, você realmente me impressiona. Por que gosta do meu nariz?

— Foi quebrado em algum momento. A falta de simetria dá personalidade e distinção ao seu rosto. Eu gosto disso.

— E, mesmo assim, não vai transar comigo.

Ela sorriu mais uma vez, desta vez um sorriso largo.

— Tenho certeza de que você tem outras opções.

— É verdade. Tenho que distribuir senhas, igual ao correio. — Ele esperou que ela pegasse a torta e a pusesse na mesa. — Quer saber por que não vou transar com você?

Ela ficou surpresa, notou Brooks. Ele atiçara a curiosidade da moça.

— Quero.

— Você é atraente e parece bem... em forma. Tem um jeito de olhar para mim que faz parecer que está analisando meu cérebro. Não sei por que isso é sexy, mas é. Você precisa de ajuda.

— Não quero ajuda nenhuma.

— Eu não disse nada sobre querer. Você precisa de ajuda e eu tenho um fraco por pessoas que precisam de ajuda. Gosto do seu cachorro, apesar de saber que ele é tão perigoso, ou quase tão perigoso, quanto essa Glock no seu quadril. Gosto da maneira como você fala, como se tivesse pouca prática com conversas. Gostaria de sentir a sua boca na minha. Já pensei nisso mais do que posso admitir. Mas...

Com um suspiro exagerado, ele ergueu as mãos e as deixou cair.

— Sempre vou querer fazer perguntas. Então, isso é um problema. E, apesar de ser homem e ficar pronto para transar se uma mulher espirrar na minha direção, normalmente gosto de conhecer a moça primeiro. Jantar, uma conversa, esse tipo de coisa.

— Um encontro. Não gosto de encontros.

— Sabe, ouvir o que você está dizendo não me surpreende. Bom, já fizemos uma atividade juntos: tiro ao alvo. Tivemos uma conversa e demonstramos nossas opiniões. Agora estamos comendo torta e tomando vinho juntos. Se eu forçar um pouco a barra, posso transformar isso num encontro.

O olhar que ela lançou para ele era a definição de "incomodada".

— Não é um encontro.

— Na sua opinião. — Ele fez um gesto com o garfo cheio de torta. — Eu tenho a minha. Isso significa que a única coisa que me impede de transar com você é a minha natureza curiosa. Posso controlar isso. Posso decidir que não é um problema para mim. Aí a única coisa que vai me impedir de transar com você é você não querer.

— Não quero mesmo. Então, se vamos conversar, deveria ser sobre outro assunto. E eu não quis desafiar você — acrescentou ela, quando percebeu o que dissera. — Eu não estava fazendo um desafio sexual.

— Não, eu percebi que não. Mas pareceu que estava. E foi gostoso. Assim como a torta. — Ele pegou outra garfada. — Você montou o sistema de segurança daqui?

Ela pareceu preocupada mais uma vez.

— Montei.

— Pôs câmeras também?

— Pus. Obviamente, não fabrico o equipamento.

— Obviamente. — Ele se esticou para analisar o computador dela. — É uma bela máquina.

— É o meu trabalho.

— Sou bom com o computador. Sei fazer o que tenho que fazer, costumo encontrar o que preciso. Mas meu pai é incrível. Quando tenho um problema, ele resolve. Deve ser o lado *nerd* da matemática dele. Você era uma *nerd* da matemática?

Houve uma época em que era *nerd* em tudo, lembrou ela. Talvez ainda fosse.

— Eu gosto de matemática. É lógica.

— Eu devia ter adivinhado.

Ele a observou de novo, tomou um gole do vinho.

— Gostei da sua casa. Minha mãe quer a sua cozinha.

— Você devia comprar um cachorro para ela.

— Por quê?

— Ela disse que não está pronta para isso, mas ficou claro que está, pelo jeito como agiu e reagiu com Bert. Sua mãe sente falta de ter um cachorro. Ela... Desculpe. — Abigail ficou vermelha. — Eu não devia me meter na vida de vocês.

— Nós nos metemos muito na vida dos outros por aqui. Ela adorava aquele cachorro. Todos nós adorávamos. Ficamos arrasados quando ele teve que ser sacrificado.

Brooks olhou para Bert e resistiu à vontade de fazer carinho no animal — porque gostava de ter uma mão inteira.

— Você realmente acha que ela está pronta para ter outro cachorro?

— Eu não devia ter falado nisso.

— Mas falou. Estou pedindo a sua opinião.

— Então, acho. Senti que ela pensa que estaria sendo desleal se comprasse outro cachorro. Mas se fosse um presente de um dos filhos... Isso seria diferente, não seria?

— Seria. Obrigado. Minha mãe gostou de você.

— E eu gostei dela. Você deveria levar o resto da torta e a assadeira dela. — Abigail se levantou para cobrir o doce.

— "Aqui está o seu chapéu". Por que a pressa?

— Você não estava usando chapéu.

— É uma expressão. Como, por exemplo, feche a porta quando sair.

— Ah. Então, é, você tem que ir embora. Tenho que dar comida ao meu cachorro e trabalhar. Por favor, diga à sua mãe que gostei muito da torta.

— Vou dizer. — Ele se levantou e pegou a assadeira.

— E obrigada pelo vinho. Vou te levar até a porta.

Brooks esperou que ela destrancasse tudo e desligasse o alarme. Depois pôs a torta na mesinha.

— Mande o seu cachorro relaxar.

— Por quê?

— Porque quero pôr minhas mãos em você e vou precisar delas para dirigir depois. Não quero que ele arranque nada meu.

— Não gosto de ser tocada.

— Você gosta de sexo. Um beijo é um meio-termo entre ser tocada e transar. Não está curiosa, Abigail?

— Um pouco.

Ela analisou o rosto dele como um raio-X, depois olhou para o cachorro.

— *Ami* — disse, pondo a mão com cuidado no braço de Brooks. — *Ami*, Bert.

Ainda assim, Abigail enrijeceu quando Brooks tocou na mão dela. A mão com que atirava.

— *Ami* — murmurou ele. — Isso eu gravei. Então vamos ser amistosos um com o outro.

Ele pôs a outra mão no rosto dela e se aproximou. E ela o observou. Aquele olhar direto, fixo nos olhos dele, fez Brooks sentir alguma coisa. Ele fez gestos suaves, ultrapassando um pouco o limite da amizade, mas mantendo-se cuidadoso e gentil. Os lábios se encontraram, os olhares se fixaram.

Brooks pressionou o corpo contra o dela um pouco mais, até uma das mãos da moça chegar ao ombro dele, e deslizar até a nuca, subir até o cabelo. Até a língua dela brincar com a dele e os olhos observadores adquirirem um tom de verde mais escuro.

Brooks então se afastou e soltou a mão de Abigail. Balançando a cabeça, ele pegou a torta.

— Você sabe que vou ter que voltar.

— É um erro.

— Para quem?

— Para nós dois.

— Temos opiniões diferentes, lembra?

Ele se aproximou e, dessa vez rápida e amistosamente, deu outro beijo nela.

— Vou voltar. Até mais, Bert — acrescentou enquanto andava até o carro.

Abigail fechou a porta e a trancou, antes de ouvir o ronco do motor. Então bufou e olhou para o cachorro.

— É um erro — repetiu.

# 10

BROOKS PASSOU A MAIOR PARTE DO DIA ASSUSTANDO UM TRIO DE PRÉ-adolescentes que havia roubado uma loja, lidando com um acidente de trânsito — o que basicamente exigiu evitar que os dois motoristas se batessem —, preenchendo a papelada resultante dos dois casos e ouvindo Sid Firehawk reclamar depois que Brooks o havia, finalmente, multado por causa do silenciador.

Ele decidira passar na padaria, tomar um café chique e comer um cookie, para se recompensar, quando Alma pôs a cabeça para dentro de sua sala. Sinais de paz enormes balançavam nas orelhas da despachante.

— O Grover ligou. Tem uma briga acontecendo na Ozark Art.

— Que tipo de briga?

— Ele só disse que as coisas estavam esquentando e que você devia dar uma passada lá.

— Está bem. Vou até lá. Posso passar na padaria na volta, se quiser alguma coisa.

— Fique longe de mim, demônio.

— Foi só uma sugestão.

Brooks se levantou e pegou a jaqueta.

— Se um cookie de chocolate e macadâmia e um *latte* desnatado aparecerem na minha mesa, não seria minha culpa.

— É verdade.

Enquanto saía, Brooks se perguntou por que a despachante queria um *latte* desnatado se ia comer um cookie. Mas aquilo era um dos mistérios femininos com os quais ele não se preocupava muito.

Olhou para o céu enquanto caminhava. A temperatura parecia se recusar a se manter estável: disparava, despencava e se regularizava, estendendo um tapete de boas-vindas para tornados. Mas o céu mantinha a cor azul desbotada.

Ele foi até a rua das lojas, feliz por ver a multidão de moradores e turistas passeando na tarde de sábado. Passou pelo mercado gourmet, pensou em Abigail e desceu outra quadra até a Ozark Art.

Não viu sinais de briga pela vitrine. Na verdade, não viu Grover, clientes nem ninguém. O sininho tocou quando ele entrou e observou a sala principal e as pinturas na parede, os púlpitos repletos de esculturas, as prateleiras cheias de vidros e porcelanas locais.

O aroma de uma floresta na primavera, vindo de um difusor, se espalhava pelo ar. Aquilo era coisa do Grover, pensou, displicentemente. O cara parecia um gnomo e fazia mágica com perfumes.

Brooks andou até o depósito e o escritório; não viu ninguém no caixa.

Então ouviu o bater de saltos na madeira.

Sylbie, os cabelos soltos, os olhos baixos, saiu da sala dos fundos.

— Ah, aí está você... delegado.

— Qual é o problema, Sylbie?

— Eu vou contar. — Ela estendeu o indicador, jogando o cabelo para trás enquanto abria a porta da sala dos fundos. — Aqui dentro.

— Cadê o Grover?

— Vai voltar daqui a pouco. Alguém tem que cuidar da loja.

Brooks sentiu o alçapão cedendo sob seus pés.

— Sylbie, o Grover ligou para a delegacia e disse que havia uma briga. Que precisava da ajuda da polícia.

— Houve uma briga, mas podemos fazer as pazes. Venha até os fundos. Vamos resolver tudo.

— Vamos resolver tudo aqui.

— Está bem, então.

Ela usava um vestido branco e preto. E de repente não usava mais.

— Pelo amor de Deus, Sylbie.

A moça riu, jogando o cabelo e o perfume mais uma vez para trás, enquanto se encostava ao batente da porta — nua, a não ser por um par de sapatos altos vermelhos que mostravam a ponta de suas unhas, pintadas da mesma cor.

— Você não foi me ver no outro dia, Brooks. Tive que beber o vinho todo sozinha.

— Eu disse que estava ocupado. Ponha a sua roupa de volta.

— Eu não me lembro de ouvir você dizer isso antes.

Ele olhou nos olhos dela, surpreso e um pouco desconcertado por precisar de tão pouco esforço para evitar que desviasse o rosto.

— Estou dizendo agora. Ponha o vestido de volta, Sylbie.

— Venha aqui me fazer colocar.

— Qual é o seu problema? Você fez o Grover ligar para a delegacia e chamar um policial!

— Não qualquer policial, querido. — Ela fez um biquinho. — Eu queria você.

— Cale a boca. — A calma que ele raramente perdia lutou para se livrar da coleira. — Se não puser o vestido de volta em dez segundos, vou prender você.

— Ah... Você quer brincar disso.

— Olhe para mim, droga. Parece que estou brincando?

O tom de voz, o rosto de Brooks finalmente fizeram Sylbie entender. A irritação iluminou os olhos da moça e ela se abaixou, puxando o vestido outra vez.

— Você não pode falar comigo assim.

— Vou fazer mais do que falar com você se fizer isso de novo. Sou o delegado da cidade, Sylbie. Estou trabalhando, caralho.

Ela pôs as alças do vestido no lugar com dois estalos desafiadores.

— Como se acontecesse alguma coisa aqui.

— Vou contar uma coisa que vai acontecer. Vou procurar o Grover e multar o cara por passar trote para a delegacia.

— Não vai.

— Pode acreditar que vou.

Ela deu um passo rápido para frente.

— Não faça isso, Brooks. Ele só ligou porque eu pedi.

— Ótimo, assim ele vai aprender a não fazer mais isso. E você também.

— Por que está agindo assim? — Lágrimas escaparam pela irritação. — Você faz com que eu tenha que me jogar em cima de você e depois fica irritado com isso. Quando a gente estava na escola, você não conseguia tirar as mãos de mim.

— Não estamos mais na escola. Não quero voltar para a escola.

— Você não me quer.

Ele conhecia aquelas lágrimas. Já havia nadado em rios delas. Eram sinceras o bastante.

— Sylbie, você é linda. Provavelmente a mulher mais linda que já vi. É talentosa e, quando se esforça, é uma companhia interessante. Mas eu não te quero como naquela época. Não quero o que a gente tinha naquela época.

— Você não disse isso duas semanas atrás, quando estava em cima de mim, na cama.

— Não, não disse, e sinto muito por isso, Sylbie. — Ele sentia muito pelos dois, na verdade. — Sempre foi bom transar com você, mas a gente nunca combinou muito em relação ao resto.

— E desde quando isso importa, desde que você goze?

— Meu amor, você devia se valorizar mais. Eu acho que você é melhor do que isso.

— Tem alguma coisa errada com você. — A raiva e a vergonha fizeram o rosto de Sylbie ficar vermelho e quente. — Estou me atirando em cima de você. Você devia me querer.

— Se é só isso que você quer, tem vários caras por aí que aceitariam a sua proposta.

— Mas você não.

— Não, eu não.

Eles iam colocar um ponto final naquela história, percebeu Brooks, sentindo um pouco mais do que alívio.

— Não quero mais. Talvez, sem o sexo, a gente passe a gostar mais um do outro. Mas uma coisa eu posso prometer e é melhor você me escutar. Se você armar uma dessas de novo, vai conhecer o interior de uma das celas da delegacia.

O rosto de Sylbie continuou vermelho, mas a expressão se tornou rígida e fria.

— Você mudou, Brooks.

— Olha, eu espero que sim. É melhor você cuidar da loja até o Grover voltar.

Ele começou a andar até a porta, mas olhou para trás.

— É um vestido bonito, Sylbie. Fique com ele.

Quando saiu, viu Grover — gordinho, curvado e careca — fumando um Marlboro, sentado num banco entre a Ozark Art e a loja vizinha.

— Ah, oi, delegado.

— Oi, Grover. Venha comigo.

— Ah...

— Quem passa trote para a delegacia leva uma multa. Vai ter que pagar a sua.

— Mas eu...

— Da próxima vez que uma mulher bonita pedir para você fazer uma coisa idiota, pense.

— Mas ela disse...

— Discuta o que ela disse com a própria Sylbie. Eu estou dizendo que você não pode pedir ajuda da polícia a não ser que precise de ajuda. Não pode desperdiçar meu tempo, nem o tempo do Departamento de Polícia de Bickford. Eu poderia prender você pelo que fez.

O rosto de Grover ficou manchado: lagos rosados nasciam na pele pálida enquanto o homem se levantava, tremendo.

— Prender? Meu Deus! Eu só...

— Nunca mais faça isso. A multa é de dois mil dólares.

Percebendo que a probabilidade era grande, Brooks se preparou para segurar Grover, caso ele desmaiasse.

— E-e-eu...

— Vou reduzir para 25 dólares. É um desconto pela estupidez. Vá à delegacia pagar a multa até o fim do dia ou o valor vai voltar a ser de dois mil. Entendeu?

— Entendi. Sinto muito. Eu só pensei...

— Não, você não pensou. Da próxima vez, vai pensar.

— Eu pago, Grover. — Sylbie saiu da loja. — A culpa é minha. Vou pagar a multa.

— Não me importa quem vai pagar. Só paguem até as cinco.

155

— Você não precisava ter assustado tanto o coitado. — Sylbie se sentou no banco, puxou Grover para perto de si e pôs o braço em torno dos ombros caídos do sócio. — A culpa foi minha.

— Isso é verdade. Paguem a multa e vai ficar tudo certo.

Apesar de ter perdido o apetite pelos cookies, ele atravessou a rua, foi até a padaria e comprou o que Alma pedira. Deixou tudo na mesa dela, seguiu para sua sala e preencheu a queixa.

Ficou em dúvida sobre o que escrever e optou por "alarme falso". Parecia apropriado e não envergonharia ninguém.

Brooks pegou o documento e o pôs ao lado do café de Alma.

— Ou o Grover ou a Sylbie vai vir pagar esta multa. Não pergunte.

— Quando alguém escuta isso, acaba sendo obrigado a perguntar.

— Não quando a outra pessoa acabou de comprar um *latte* e um cookie de chocolate com macadâmia para esse alguém.

Alma bateu as unhas azuis no copo de papelão.

— Então isso é um suborno.

— Se essa é a sua interpretação... Não pergunte, Alma.

Ele viu Ash entrar na delegacia.

— Tive que afugentar uns skatistas do estacionamento perto do rio. De novo. E multei Doyle Parkins por dirigir em alta velocidade. De novo. Certas pessoas nunca aprendem. Você comprou cookies?

— Um cookie — disse Alma. — No singular. Meu.

— Passei pelo treino da liga infantil. Vi o filho dos Draper fazer um *home run*. E comprei uma panela de cozimento a vapor. Um cookie seria a cereja do meu bolo.

Alma sorriu, enquanto dava uma mordida no cookie e virava os olhos de prazer.

— Hummmmmmmm!

— Isso é maldade.

Deixando os dois, Brooks voltou para sua sala e fechou a porta. Passou algum tempo investigando Abigail Lowery — que, descobriu, era mestre em ciência da computação e em engenharia de segurança pelo MIT. Muito impressionante.

Levou algum tempo, mas descobriu que a moça trabalhava como *free-lancer* para uma empresa chamada Global Network.

Por isso, mudou de foco e começou a investigar a empresa.

Descobriu que era uma empresa privada, que havia sido fundada por Cora Fiense, de 33 anos. Não havia fotos disponíveis da mulher, pelo menos nenhuma que Brooks pudesse encontrar. Mas ele conseguiu ler alguns artigos que descreviam a pequena empresa exclusiva, lançada por uma agorafóbica extremamente tímida.

O site da empresa não oferecia nenhuma informação consistente sobre a proprietária nem sobre os empregados — simplesmente dizia que a Global Network oferecia análises e projetos de sistemas de segurança.

Ele recostou na cadeira e se perguntou por que estava insistindo. Pelo que pudera descobrir, Abigail nunca havia feito nada. Ele gostava dela, mas havia uma pulga atrás de sua orelha que não podia ignorar. Uma pulga que dizia que, se continuasse coçando, ele descobriria alguma coisa... diferente.

Brooks acionou a proteção de tela quando ouviu a batida na porta.

— Oi.

— Eu já vou — disse Alma. — Passei as ligações para o seu celular. O Ash vai ficar aqui até as oito. O Boyd está na patrulha.

— Ótimo.

— Sylbie e Grover vieram juntos para pagar a multa.

— Maravilha.

— Não sei se o cookie valeu a pena. Bom, o seu turno acabou dez minutos atrás. Vá para casa.

— Acho que vou fazer isso. Obrigado, Alma.

Ele conferiu o calendário e notou que a reunião mensal com o conselho era na segunda. Que alegria. E ele ainda precisava terminar as revisões e inspeções trimestrais até o fim do mês. Podia ir para casa e fazer parte delas. Sua agenda social não estava apertada mesmo.

A culpa era dele, admitiu. Podia ir até o pub ou ligar para um de seus amigos, ver o que eles iriam fazer. Mas não estava a fim.

A armação de Sylbie o havia deixado levemente deprimido, irritado. E excitado. E a parte da excitação o deixava furioso.

Porque, depois do choque e da irritação, ele ficara tentado. Só um pouco tentado.

Não podia se sentir mal por causa daquilo, pensou, enquanto se levantava e andava até a janela. Um homem teria que estar morto e enterrado para não ficar excitado com Sylbie nua.

Mas aquilo o deixara nervoso e inquieto. E isso porque estava de ótimo humor até chegar à Ozark Art. Agora estava irritado, pensou, porque tinha se privado de uma transa boa e rápida, de um café chique e de um cookie.

Mas Sylbie estava certa. Ele havia mudado. Esperava nunca perder o gosto por uma transa boa e rápida, mas não queria mais a culpa e o vazio que vinham depois de um sexo sem qualquer significado.

Precisava de uma distração. Pensou em ir até a casa de Mya, jantar lá e brincar com as crianças. Nada tirava o sexo da cabeça de um homem de maneira mais direta do que duas crianças bagunceiras brigando pelo Wii ou pelo Playstation.

Brooks desligou o computador e pegou a jaqueta. Deu boa-noite a Ash enquanto saía. Por impulso, correu até o florista e entrou cinco minutos antes do fechamento da loja.

Um buquê de tulipas era um bom pagamento pelo jantar e pela distração, imaginou.

Saiu da cidade e começou a fazer a volta, indo na direção da grande casa barulhenta da irmã, na beira do rio. Não percebeu que havia mudado de ideia até virar para o outro lado.

Abigail havia acendido a lareira. No fogão, uma panela de sopa de massa e feijão a esperava. Tinha assado um belo pão de azeitonas e preparado uma salada mista, que pretendia temperar com um vinagrete de framboesa.

Todo o trabalho que planejara fazer naquele dia fora terminado. Tinha passado noventa minutos levantando peso e fazendo exercícios aeróbicos. Também caminhara com Bert.

Ia se paparicar com um jantar e um filme. Talvez até uma sessão dupla, com pipoca no segundo filme.

Apesar de todas as interrupções, ela tivera uma semana muito boa e produtiva. O valor pago pelo trabalho que havia terminado engordaria sua conta bancária e aumentaria sua paz de espírito.

E no domingo? Ela deixaria o computador desligado. Limparia as armas, trabalharia no jardim e na estufa, talvez fizesse uma trilha. Depois se aconchegaria com o resto da sopa e leria até o fim do dia.

Para ela, aquilo era o fim de semana perfeito.

— Acho que vou ver um filme de ação ou de aventura primeiro. Depois, uma comédia — disse a Bert, enquanto mexia a sopa. — E vou tomar vinho. O delegado estava certo. É muito bom. Não vai ficar frio o bastante para acendermos a lareira por muito mais tempo, então temos que aproveitar. Acho que deveríamos...

Os dois ficaram alertas quando o sistema de segurança apitou.

— Tem alguém chegando — murmurou Abigail, pondo a mão na arma presa a seu quadril.

As sobrancelhas se uniram quando ela viu o carro da polícia descendo a rua.

— Por que ele está aqui de novo?

Ela foi até o computador e deu zoom na imagem para ter certeza de que Brooks estava ao volante, sozinho. Depois de pensar um instante, soltou o coldre. Ele faria mais perguntas se a visse usando a arma em casa numa noite de sábado.

A moça guardou a arma numa gaveta e esperou que o delegado estacionasse. Pelo menos dessa vez ele parou ao lado do carro dela, não atrás.

Abigail andou até a porta, destrancou-a e ergueu a trava. Pôs a mão na pistola sob a mesa enquanto abria a porta alguns centímetros.

E franziu ainda mais a testa quando viu as tulipas.

— Por que está pedindo desculpas dessa vez?

— Não estou. Ah, as flores. É engraçado. Eu ia usar o buquê para subornar minha irmã pra fazer o jantar pra mim e acabei vindo para cá.

Os olhos de Brooks pareciam mais âmbar à luz fraca, e o sorriso casual que ele abriu não foi muito verdadeiro.

— Vai usar flores para me subornar?

— Não tinha pensado nisso. Elas vão fazer você me deixar entrar?

Abigail abriu a porta mais alguns centímetros.

— São muito bonitas. Você devia ir entregá-las à sua irmã.

— Provavelmente, mas quero dar este buquê a você. Tive um dia péssimo. Não começou assim, mas acabou sendo uma merda. Eu ia até a casa da Mya usar a família dela para melhorar meu humor. Depois percebi que não ia funcionar.

— É pouco provável que vir até aqui melhore o seu humor.

— Já melhorou. — Ele abriu um sorriso fácil que quase, quase, chegou a seus olhos. — Alguma coisa está cheirando muito bem, além de você.

— Não sei por que veio até aqui.

— Também não tenho muita certeza. Pode fechar a porta. Mas ainda vai ganhar as flores.

Ela nunca havia ganhado flores. Quase disse isso, mas se controlou.

— Eu ia tomar uma taça do vinho que você trouxe. Agora está me dando flores. Assim, vou ser obrigada a te receber.

— Eu vou aceitar, o que só mostra como meu dia foi ruim.

Ela deu um passo para trás, deixou que ele entrasse e trancou a porta. Quando se virou, ele lhe entregou as flores.

— Obrigada, apesar de ter comprado este buquê para a sua irmã.

— De nada, apesar disso.

— Elas precisam de água.

Brooks seguiu Abigail, e o cheiro da comida, até a cozinha.

— É uma boa noite para uma sopa e o calor da lareira — comentou ele, esperando que pudesse aproveitar um pouco dos dois. — Talvez tenhamos uma geada hoje. Mas amanhã a temperatura vai subir para 20°C. Já enfrentou um tornado?

— Estou preparada para um.

Ela tirou do armário um jarro de porcelana em tons de verde e marrom.

– Isso é de uma das nossas lojas?

— É. Os artistas locais são muito bons.

Abigail pegou um pote de vitaminas para plantas sob a pia e acrescentou uma pequena colher ao jarro, antes de enchê-lo com água. Brooks se sentou, sem dizer nada, enquanto ela arrumava as tulipas.

A moça as pôs no balcão, depois as analisou como ele analisaria um suspeito.

— Pode tomar uma taça de vinho.

— Eu adoraria.

Ela pegou a garrafa, duas taças e serviu o vinho.

— Estou sentindo que você quer me contar sobre o problema que teve. Não sei por que faria isso, já que não faço parte de seu círculo de amigos.

— Talvez seja por isso. E também porque percebi que você causou o problema indiretamente.

— Como eu poderia ter causado?

— Vou contar.

Ele experimentou o vinho, mas ela não tomou da bebida nem se sentou. Brooks deu de ombros.

— Está bem. Tive um encontro estranho e incômodo com uma mulher hoje. No ensino médio, ela era o amor da minha vida. Sabe o que quero dizer?

Abigail viu uma imagem, clara como a luz, do rosto de Ilya Volkov. Ele fora a experiência mais próxima disso que ela já tivera, pensou, e não era nada parecido com um amor.

— Na verdade, não.

— Nunca teve uma paixonite desesperadora?

— Eu fazia as séries em módulos, então era sempre mais nova que o resto da minha turma.

— Mesmo assim. Bom, falando de mim. — Ele ergueu a taça, num brinde, e bebeu um gole do vinho. — Ela foi minha primeira. A primeira nunca deixa de ser especial, não é?

— Você quer dizer que foi a primeira mulher com quem fez sexo. Não tenho nenhuma ligação emocional com meu primeiro parceiro sexual.

— Você é difícil de agradar, Abigail. Quando ela me deu um fora e me trocou por um calouro de faculdade, capitão do time de futebol americano, foi muito difícil. Doeu como se eu tivesse levado um chute no saco.

— Nunca entendi por que as pessoas machucam os ex-parceiros antes de passarem para outros. Sinto muito por ela ter feito isso.

— Eu superei isso, ou achei que tinha superado. Me mudei para Little Rock, passei dez anos lá. Quando voltei, a mulher em questão estava deixando o marido número dois.

— Entendi.

Ele percebeu como aquilo soava, que imagem de Sylbie estava passando. Era apenas a perspectiva dele.

— Ela não é tão má quanto está parecendo, mas eu ainda estou meio irritado, e isso acaba dando outro tom à história. Bom, quando voltei e assumi o cargo de delegado, fiquei muito ocupado. Queria acertar as coisas e meu pai não estava bem.

— Sinto muito. Espero que esteja melhor.

— Está sim, obrigada. Ele está bem. Mas, um tempo atrás, eu e Sylbie revisitamos o passado, por assim dizer.

— Você transou com ela.

— Transei, uma ou duas vezes. E, duas semanas atrás, repetimos a dose. Mas eu não queria estar ali. — Ele analisou o vinho, franzindo a testa. — Acho que não dá para voltar ao passado.

— E por que iria querer voltar se o passado foi um erro?

— Exatamente. Mas, você sabe, é sexo. Eu decidi que tinha que resistir a uma nova performance e que teria que dizer isso a ela. E eu devia ter feito isso logo de cara, em vez de fugir, de evitar a moça. Hoje à tarde, ela... Bom, ela fez o dono da loja em que trabalha me chamar. Oficialmente.

Brooks tinha o mesmo jeito de falar da mãe, percebeu Abigail. Era pessoal, detalhista. Fascinante.

— Ele fez uma denúncia?

— Disse que havia uma briga, que exigia minha intervenção. Em vez disso, ela estava na loja sozinha, achando que a gente ia usar a sala dos fundos.

— Para transar.

— É. Eu tenho quase certeza de que esse era plano, especialmente porque, quando eu não topei, ela tirou o vestido. Ela simplesmente deixou o vestido cair e ficou lá, parada, nua, de sapatos vermelhos — explicou ele, com um gesto de desdém.

— Ela é confiante e tinha certeza de que você ia concordar.

— Confiante em certos aspectos. Mas eu não concordei com nada. Fiquei...

— Você disse que se sentiu estranho e incomodado.

— Foi tudo isso. Não que eu não...

— Você ficou excitado. É natural.

— Foi um reflexo. Mas, no geral, aquilo me irritou. Caraca, eu estava trabalhando, e ela convenceu um besta a me ligar.

Abigail considerou a narrativa um exemplo fascinante da dinâmica humana e da falta de comunicação entre as pessoas.

— Acho que ela não entende o quanto você leva o seu trabalho a sério.

— Não sou mais um adolescente excitado. Sou a porra do delegado da cidade.

A irritação e a culpa tão claramente expressas na frase deixaram Abigail ainda mais interessada na situação.

— Você ainda está irritado com ela, e consigo mesmo, pelo reflexo natural.

— Acho que estou. Tive que ser claro e dizer que não a queria. Em parte por causa do que já disse e, em parte, porque, pelo amor de Deus, ela não demonstrou nem um cisco de respeito por mim nem por ela mesma. E em parte porque eu sabia que ia ter que dar uma bronca no coitado do Grover por ter feito a ligação, que ia ter que assustar o cara para que ele não fizesse isso de novo.

— São muitas partes.

— E tem mais uma. Eu percebi, enquanto olhava para aquela linda mulher nua que eu um dia amei como a gente só ama aos 16 anos, que não queria transar com ela por todas as razões que acabei de explicar. *E porque eu quero você.*

Abigail se virou e mexeu na sopa de novo. Aquele gesto combinava com a situação, pensou, já que ele mexia com ela.

— Eu disse que não ia transar com você. Acha que falei aquilo só para provocar?

— Não. Acho que você sempre fala o que pensa, apesar de manter alguns segredos trancados a chave. Mas também acho que você não teria mencionado isso se não sentisse um pouco de desejo por mim também.

Ela se virou para ele, mas continuou parada do outro lado do balcão.

— Foi um erro você ter vindo aqui, já que ainda está um pouco irritado e, com certeza, levemente excitado por causa do incidente que enfrentou.

— Meu Deus, eu adoro o jeito como você fala. E você está certa, não foi a coisa mais inteligente que já fiz.

— Se eu reconsiderasse...

Ela se interrompeu quando ele ergueu uma das mãos.

— Pode me fazer um favor? Não reconsidere nada ainda. Se você mudar de ideia, eu vou ter dificuldade de dispensar a oportunidade. Se não mudar, bom, só vou ficar deprimido. Mas não vim aqui para transar. É claro, seria difícil dispensar você. Vamos esquecer esse assunto por hoje. Eu adoraria simplesmente comer um pouco de sopa e conversar.

Ela não queria gostar dele, não queria se sentir atraída por um homem — um policial — que conseguia baixar sua guarda, se sentar em sua cozinha e ainda chamar sua atenção para uma história pessoal.

Pela lógica, devia mandá-lo embora. Mas não queria fazer isso. Queria saber o que aconteceria se decidisse fazer uma besteira.

— Eu tinha planejado jantar e ver um filme.

— Eu gosto de filmes.

— Ia assistir a *Flores de Aço.*

Ele soltou um longo suspiro.

— Eu provavelmente mereço isso.

Quando ela sorriu, Brooks sentiu que todo o cômodo havia se iluminado.

— Na verdade, eu ia ver *Duro de Matar 4.0.*

— Eu devia ter trazido mais flores para você.


Brooks descobriu que Abigail era uma ótima cozinheira e que ele gostava muito de vinagre de framboesa. Também percebeu que ela assistia a filmes sob um silêncio intenso — sem conversas paralelas.

Aquilo não o incomodou, especialmente porque o cachorro parecia ter se acostumado o bastante com a presença dele, a ponto de se encolher e dormir aos pés de Abigail. No entanto, Brooks não tinha dúvida de que, se fizesse o movimento errado, em um segundo Bert estaria de pé, alerta, se não com os dentes enterrados em sua perna.

O delegado relaxou. Comida boa, um bom filme, o calor do fogo e uma mulher tranquila. Quando os créditos subiram, ela se levantou para levar a louça para a cozinha.

Como Brooks já esperava, o cachorro acordou e lançou um olhar para ele, como se dissesse: "Estou de olho em você, companheiro."

— Pode deixar que eu lavo.

— Não. Tenho meu jeito de lavar.

— Então vou ajudar você a levar as coisas — afirmou o delegado, empilhando as tigelas antes que ela pudesse recusar. — Você mudou meu humor, Abigail — disse, enquanto andava até a cozinha.

— Que bom que pude ajudar. — Ela pôs os pratos no balcão e se virou para ele. — Agora você tem que ir embora.

Ele teve que rir:

— Está bem. Escute, porque não retribuo a sua ajuda? Quero levar você para jantar.

— Acabamos de jantar.

— Outro dia.

— Não saio para jantar.

— Nunca?

— Normalmente me sinto mais confortável aqui.

— Então vou trazer o jantar. Tenho um talento enorme para pedir pizza.

Ela gostava de pizza.

— Não é necessário.

— Também não era necessário me servir sopa, nem me deixar ver o Bruce Willis. Pense nisso como uma tentativa de chegar a um equilíbrio. Aposto que você gosta de coisas bem equilibradas.

— Não sou boa companhia.

— Você está errada. Eu ligo para combinar.

— Não dei meu telefone a você.

— Abigail. — Ele passou o indicador pela bochecha da moça. Era um gesto tão casualmente íntimo que fez o coração dela disparar. — Sou da polícia.

Ela não podia se esquecer disso, lembrou a si mesma. Não podia se deixar esquecer.

— Vou levar você até a porta.

— Sempre que eu quiser te beijar, vai ter que lembrar ao cachorro que sou amigo?— perguntou Brooks enquanto Abigail abria as trancas.

— Não. Só se eu disser um comando diferente.

— Está bem.

Dessa vez, ele pôs as mãos nos quadris de Abigail e aproximou o corpo de verdade. Tomou os lábios dela enquanto suas mãos passeavam pelo corpo da moça, despertando sensações, atiçando desejos.

165

Ela esqueceu, por um instante. Com o ar frio da noite e o calor dos lábios de Brooks, ela se esqueceu de tudo e se deixou tomar pelo prazer do contato. Deixou-se levar por aquele prazer, deixou o corpo se aconchegar no dele. Abriu os lábios, numa brincadeira de língua e dentes, a deliciosa sensação líquida percorrendo sua barriga.

Ela desejou. Quis a pele dele sob suas mãos, a carne deslizando quente e úmida contra a dela. Quis as mãos, a boca de Brooks em seus seios, em seu corpo. E a penetração forte, rígida.

Ansiou por aquele contato humano primitivo como não se permitira ansiar por quase um ano.

Quando Brooks se afastou, a cabeça e o corpo de Abigail estavam em guerra. Se deixasse seu corpo vencer...

Então ele disse:

— Boa noite, Abigail.

— Boa noite.

— Até mais, Bert.

Ele desceu a escada, e ela ficou feliz por poder sentir o vento frio. Brooks parou, se virou e olhou para ela com os olhos de muitas cores, abrindo o sorriso fácil.

— Vinho, um bom papo, jantar, um filme e um beijo de boa-noite. Com certeza foi um segundo encontro.

— Não...

— Você pode pesquisar a definição. Acho que nós seguimos o roteiro direitinho. Agora estou ansioso pelo terceiro.

Quando ela fechou a porta sem dizer palavra, ele sorriu.

A excitação, pensou, enquanto andava sorrindo até a caminhonete, nem sempre era só um reflexo. Às vezes era um resultado.

# 11

Depois da reunião com o conselho, onde sempre se sentia uma fraude, Brooks foi até o Lindy's Café com Russ Conroy. Era um velho amigo, atual membro do conselho e candidato recém-declarado à eleição para prefeito.

— Prefeito Conroy.

— Esse é o plano. Votem cedo, votem sempre.

Brooks balançou a cabeça. Os dois haviam estudado juntos do jardim de infância até o fim do ensino médio. Tinham jogado baseball juntos — Russ como arremessador e Brooks como rebatedor. Tinham mentido e falado mal de meninas, e depois de mulheres — e, se não Russ não tivesse mentido, tinham perdido a virgindade na mesma semana.

Ele havia sido padrinho do casamento de Russ, três anos antes, e era padrinho da filha dele, Cecily, que nascera um ano e meio depois.

Tinha visto Russ, um ruivo sardento, de dentes grandes demais, passar de faz-tudo reclamão a gerente sério e eficiente no lindo hotel de sua família.

O amigo de todas as horas, dos planos impossíveis e nunca realizados, havia se tornado um homem de negócios astuto, um marido amoroso e um pai dedicado.

Mas Brooks nunca havia pensado que um dia votaria no prefeito Russel Conroy.

— Por que resolveu fazer isso?

— Eu seria um bom prefeito.

Russ abriu a porta da lanchonete e chamou a garçonete enquanto andava até uma mesa.

— Bickford foi boa comigo. Me deu um lar, um emprego e mais: me deu Seline e CeeCee. Quero ter uma chance de ajudar a cidade a crescer e se manter estável, incentivar o turismo aqui e ali.

— Você seria mesmo um bom prefeito.

Brooks se recostou na cadeira enquanto Kim servia café para os dois sem nem perguntar se queriam. Russ começou a bater papo com ela.

Ele provavelmente tinha nascido para aquilo, percebeu Brooks.

— Prefeito Conroy — murmurou ele enquanto erguia sua xícara.

— Delegado Gleason.

— Não é uma loucura? Nós somos adultos. Especialmente você, papai.

— E serei papai pela segunda vez quando setembro chegar.

— De novo? É mesmo?

O orgulho e a alegria surgiram no rosto de Russ.

— Mesmo.

— Parabéns, Russ! Você faz um bom trabalho nesse departamento.

— Vamos guardar segredo por mais um mês, mas a história já está se espalhando. — Ele se inclinou um pouco para frente. No silêncio da manhã de segunda, as orelhas da lanchonete estavam sempre atentas a fofocas. — A Seline tem ficado muito enjoada de manhã. Alguns professores, inclusive o seu pai, perceberam que ela estava, bem, vamos dizer, mais viçosa.

— Ele não me disse nada, e eu estive com ele ontem.

— Ela pediu para ele não contar. O seu pai é um túmulo.

— É mesmo.

— Bom, como sou um velho homem casado, pai de uma criança e de uma barriga, tenho que viver parcimoniosamente. — Russ ergueu e baixou as sobrancelhas várias vezes. — Teve algum encontro emocionante no fim de semana?

— Fui chamado pouco antes das onze para separar uma briga no Beaters. Justin Blake, aparentemente, estava tentando bater em quem quer que entrasse.

— Esse garoto é problemático.

— Além de agressivo, mimado e ainda menor de idade. E eu deveria acrescentar o abuso de substâncias ilegais. O pai dele não gostou do fato de eu ter posto seu primogênito numa cela.

— O Lincoln vem causando problemas desde sempre. E tem dinheiro para bancar isso. Acho estranho que tenham servido bebidas para o garoto no Beaters.

— De acordo com todas as testemunhas que ouvi, não serviram. Ele entrou forçando a barra, já bêbado. Ficou irritado quando não serviram nada a ele e tentaram levá-lo para fora. Bom, no fim, o Blake foi até a delegacia arrastando o advogado junto.

— Pelo jeito, sua noite de sábado não foi muito divertida.

— Nem a maior parte do domingo — acrescentou Brooks. — Mas o garoto pagou fiança e saiu. Vai ter que frequentar o A.A., fazer trabalho comunitário, pagar uma multa e os danos causados. Mal tem 19 anos e já foi expulso de duas faculdades, tem duas prisões por dirigir bêbado e mais multas de trânsito do que eu posso contar. Ele não vai poder dirigir legalmente por um ano, mas isso não vai impedir o moleque de ficar bêbado, fumado, ou de sair para tentar arranjar briga em algum lugar.

— Ah, a juventude...

Com a xícara de café, Brooks indicou Russ e a si mesmo.

— A gente nunca foi burro nem arrogante assim.

— A gente era muito burro. Mas, tudo bem, não tanto. Nunca dirigimos depois que ficamos trêbados com uma cerveja que não devíamos ter bebido nem comprado. — Russ se recostou na cadeira e tirou uma mecha dos cabelos alaranjados da testa. — Você precisa de um sábado de folga, meu filho. Você sabe que a Seline tem uma lista de bons partidos que está doida para apresentar para você.

— Eu mataria você primeiro, e, como delegado, eu sei como me safar de um assassinato.

— Foi só uma sugestão. A não ser que você ainda esteja enrolado com a Sylbie.

— Acabou. De verdade.

— Então...

— Na verdade, andei passando um tempinho com Abigail Lowery.

— É mesmo? — Com os olhos brilhantes, Russ se inclinou para frente mais uma vez. — Conte. É sério.

— Tenho que ir trabalhar.

— Não pode soltar essa frase e não contar o resto.

— Só posso dizer que ela é interessante, misteriosa e sexy sem fazer esforço. Tem um cachorro grande e esperto o bastante para operar um maquinário pesado. E sabe usar uma Glock.

169

— Então por que ela anda passando um tempinho com você?

— Eu não paro de atrapalhar a coitada. Tenho que ir trabalhar. Pague o café e eu voto em você.

— É assim que eu gosto. Escute, vá jantar lá em casa e leve a moça.

— Ainda estou tentando fazer a moça se acostumar a me deixar entrar na casa dela — afirmou Brooks enquanto se levantava. — Sair com ela vai exigir um esforço maior.

No fim da tarde, Brooks fez um intervalo e foi a uma série de lugares completar uma missão. Quando conseguiu terminá-la e chegou na casa dos pais, o pai já havia voltado da escola e estava trabalhando no jardim.

Sunny e Loren mexiam num dos canteiros da frente da casa, plantando mudas de flores coloridas.

Os dois usavam chapéu. O do pai era um boné de beisebol velho, da época em que Brooks ainda jogava. A mãe tinha um chapéu de palha e abas largas, com um arranjo de flores vermelhas preso a uma fita.

Ele adorava a maneira como os dois trabalhavam juntos, lado a lado, com música saindo pelas janelas e portas completamente escancaradas, apesar do frio.

Quando Brooks estacionou, Loren se levantou, esticando as pernas longas. Está com uma cor saudável no rosto, pensou Brooks. O pai tinha um sorriso largo; o cabelo enrolado para fora do boné já estava bem grisalho, mas ainda era cheio.

Um dia, talvez, Brooks parasse de ver a imagem do pai no hospital, antes da cirurgia. Talvez parasse de vê-lo pálido, cinzento, velho e com medo.

A mãe se levantou e pôs as mãos nos quadris. Brooks também se lembrava de ter visto medo em seus olhos. Ela falara muito durante o tempo em que os dois haviam esperado, andando de um lado para o outro e rezando. Mas o medo se mantivera nos olhos dela.

Agora os dois estavam como deveriam estar, pensou Brooks. Sujos de terra, felizes por vê-lo, ainda lado a lado.

Ele saiu do carro, desejando muito não ter cometido um erro enorme, e tirou uma caixa do banco traseiro.

— Olá — começou o pai.

— Olá. Oi, mãe.

— O que trouxe aí?

— Um presente.

Enquanto Brooks falava, o conteúdo da caixa acordou com um latido trêmulo, de ansiedade e alegria.

— Ah. — Sunny pôs as mãos para trás. — Brooks, eu avisei. Não estou pronta para...

— Ele vem com uma política de devolução. Você conhece o Petie do canil? Ele infringiu um pouco as regras para você poder dar uma olhada no filhote antes de arquivar todos os documentos que eu preenchi.

— Brooks, eu não consigo... Ai, meu Deus, olhe só para esse rostinho.

— O Petie disse que ele é uma mistura de pastor com retriever e sabe Deus mais o quê. Mas ele tem uma natureza gentil e é um touro. Foi castrado, essa é a regra, mas é um bichinho muito corajoso.

— Ai, Brooks... Loren, faça alguma coisa.

— A gente devia soltar o cachorrinho, você não acha? — Loren pôs um dos braços em torno dos ombros de Sunny. — Assim vamos poder dar uma boa olhada nele.

— Bela ajuda. Está bem, solte o cachorro. Não é certo ele ter que ficar numa jaula, igual a um criminoso.

— Esse é o problema. — Brooks pôs a caixa no chão, abriu a portinhola e tirou um pacotinho de ganidos, lambidas e latidos. — Ele tem umas dez semanas. Se não achar uma casa em um mês, bom, as cortinas vão se fechar para ele. Ele vai para o céu. Vai ver a luz.

Sunny cruzou os braços deliberadamente.

— Pare.

— Os últimos passos de um cachorro — acrescentou Brooks, fazendo a mãe suspirar e o pai lutar contra o riso. — O que foi?

Brooks pôs o focinho do cachorro no ouvido.

— Tem certeza? Ele quer que eu cante para vocês: "Nobody knows the trouble I've seen..." — cantarolou Brooks, num tom sombrio.

— Ah, me dê esse bichinho aqui logo.

Sunny deu um passo a frente e pegou o cachorro, que tremia com a força do amor à primeira vista enquanto lambia o rosto dela.

— Ah, droga. Droga. Droga — exclamou Sunny três vezes, as palavras suaves e abafadas contra o pelo do filhote.

Ao lado da mulher, Loren fez um sinal de ok para o filho e começou a brincar com as orelhas do cão.

— Ele já jantou?

— Ainda não, mas comprei tudo de que vão precisar. Quer dizer, se a mamãe quiser salvar a vida dele.

— Eu devia ter pelo menos tentado dar umas palmadas em você. — Ela ergueu o cãozinho, fazendo as patas e o rabo do animal balançarem. — Loren, ele vai cavar buracos nos canteiros e fazer cocô no chão. Vai mastigar tudo que esses dentes de leite puderem alcançar.

— Vai mesmo. — Loren estendeu a mão e fez cócegas na barriga do cachorro. — Vai dar muito trabalho.

Sunny pôs o filhote no chão e o abraçou.

— Venha aqui, seu peste.

— Está falando comigo? — perguntou Brooks.

— É a única peste que estou vendo no meu jardim.

Quando o filho estava perto o bastante, ela puxou a orelha dele e o fez se abaixar.

— Obrigada.

Depois apoiou a cabeça no ombro de Brooks e chorou.

— O amor acha um jeito. Eu não achei que fosse conseguir fazer isso de novo, sentir isso de novo. Mas o amor acha um jeito.

Ela fungou e se levantou.

— Vou levar o cachorrinho lá para trás e mostrar onde ele tem que fazer as necessidades. Tirem as coisas dele do carro.

— O que fez você trazer um filhote para ela? — perguntou Loren.

— Na verdade, uma pessoa me deu a ideia e eu achei que era boa.

— Foi uma boa ideia. Vamos pegar as coisas dele.

— Achei melhor comprar coisas novas para não parecer que ele era um substituto. Então trouxe tudo — disse Brooks, enquanto os dois começavam a descarregar o carro. — Brinquedos, cama, ossos, coleira, tigelas, comida... E peguei esses papéis também. Ele tem que ir ao veterinário tomar o resto das vacinas e... — Fechou os dedos, como se fossem uma tesoura. — Vou levar uma cópia para o Petie amanhã.

— Pode deixar. Isso significa muito para ela e para mim. Estava sentindo falta de ter um cachorro. Aposto que ele vai animar o velho Chuck também.

— Talvez ele até consiga tirar aquele gato do sofá algumas vezes por dia.

— Talvez. A sua mãe vai ficar ocupada com aquele filhote por um bom tempo. Que tal eu pôr uns hambúrgueres na grelha?

— Eu acho... Droga — exclamou Brooks quando o rádio apitou. — Delegado Gleason.

— Oi, Brooks, você ainda está na casa dos seus pais?

— Estou, no jardim.

— A Sra. Willowby está dizendo que a casa dela foi invadida de novo — explicou Alma.

— Está bem, estou a dois minutos de lá. Pode deixar que eu mesmo vou.

Brooks desligou e deu de ombros.

— Uma vez por semana, a Sra. Willowby diz que alguém invadiu a casa dela. Se o piso range, a torneira pinga ou o sol ilumina as janelas do jeito errado, ela acha que tem alguém atrás dela. E vou ter que ficar para tomar chá fraco e comer biscoitos velhos depois que revistar a casa.

— Então vou esperar para preparar os hambúrgueres.

— Seria ótimo. Não devo demorar mais de meia hora.

— Não vamos a lugar nenhum.

UMA OU DUAS VEZES POR SEMANA, sempre que o trabalho permitia, Abigail dedicava algumas horas do dia a assuntos pessoais. Pagava as contas que não estavam em débito automático, fazia compras online por necessidade ou apenas por diversão, lia as notícias e alguns blogs diária ou semanalmente e até tinha um tempo diário para jogos.

Como ela havia criado um jogo, e esperava fazer outros um dia, sentia que precisava se manter atualizada com as novas tendências e tecnologias.

Mas uma ou duas vezes por semana, ela hackeava.

Hackeava as contas de banco, os extratos de ações e o calendário do hospital para saber como a mãe estava.

Sabia que a Dra. Susan L. Fitch planejava tirar três semanas de férias em maio e viajar para a Provença. Sabia que hotéis Susan reservara, que avião particular ela e o companheiro dos últimos meses — um tal Walter P. Fennignton III — haviam fretado.

Sabia muita coisa sobre a vida, as atividades e as finanças da mãe.

As duas nunca mais haviam se visto nem se falado — desde a noite em que Susan a havia deixado com Terry e John na primeira casa de proteção à testemunha em Chicago.

Mas, de vez em quando, ela gostava de saber que estava tudo certo, por curiosidade e para ter certeza de que os Volkov não haviam feito represálias.

E por que fariam?, perguntou Abigail a si mesma. Eles tinham gente infiltrada na polícia. E essas pessoas sabiam que Susan Fitch não sabia de nada nem se preocupava em saber nada sobre a filha que concebera de forma tão meticulosa e depois abandonara.

Ela também hackeava a família de John. Imaginava que ele ficaria feliz em saber que a mulher havia voltado a se casar oito anos após sua morte. Ficaria feliz em saber que os filhos estavam bem e eram aparentemente felizes. Abigail sabia onde eles moravam, trabalhavam, estudavam. Assim como sabia que os pais de Terry tinham se mudado para Sarasota.

Havia programado uma busca automática para que qualquer menção feita aos Volkov em qualquer meio de comunicação aparecesse em seu computador. Abigail os acompanhava cuidadosamente. Ilya estava noivo. Planejava se casar no outono. A noiva vinha de uma família rica, ligada a outra *bratva*. Ela considerava o casamento um tipo de fusão, mas imaginava que Ilya estivesse bastante feliz, pois a mulher era muito bonita.

Hackear o computador de Ilya regularmente exigia mais esforço, mais tempo e muita pesquisa. Mas ela não se importava. A cada visita, copiava e fazia o download de todos os arquivos e e-mails dele, guardava tudo e analisava todos os sites que ele havia visitado.

Pessoas como ele acham que são cuidadosas, mas não costumam ser. Ela conhecia os negócios de Ilya quase tão bem quanto ele. Conhecia a vida dele, de sua noiva e de suas namoradas. Sabia como ele gastava dinheiro, onde comprava suas roupas, seus sapatos.

Tudo.

E sabia que os Volkov ainda estavam procurando por ela.

Não era mais prioridade, mas, pelo que pudera apreender, era mais do que uma ponta solta. Elizabeth Fitch era um princípio.

Tinha que ser encontrada e eliminada. Enquanto Sergei Volkov fosse chefe da *bratva*, ela continuaria sendo um alvo. E sabia, com toda certeza, que continuaria sendo um alvo quando Ilya assumisse o cargo oficialmente.

Ela sabia que Yakov Korotkii continuava trabalhando para a *bratva*. Tinha compilado uma lista, à qual acrescentava nomes sempre que podia, de pessoas que podiam ter sido mortas por ele. Sabia — porque também hackeava as agências — que o FBI, a Interpol e outros tinham listas parecidas.

Mas ninguém conseguia prender Korotkii. Talvez por causa da própria Abigail, ele era uma ferramenta muito favorecida e bem protegida.

Abigail também sabia que o FBI continuava a procurar por ela. Ou por Elizabeth Fitch.

Ela continuava sendo uma testemunha do assassinato de Julie Masters e Alexi Gurevich e uma pessoa envolvida na morte de John Barrow e Theresa Norton.

John havia dito a verdade, protegido Elizabeth até o fim. Ela não podia confiar em ninguém. Para os Volkov, ela era um alvo a ser exterminado tanto por orgulho e princípio quanto por um possível depoimento que pudesse dar. Para as autoridades, era a testemunha do assassinato de dois subdelegados federais ou, dependendo do ponto de vista, uma fugitiva que, por desespero, tédio ou loucura, havia incapacitado um subdelegado federal, matado outro e ferido um terceiro, já que Cosgrove havia levado um tiro no quadril durante a confusão.

Alguns diziam que ela havia provocado a explosão para acobertar seus crimes e fugir.

Imaginava que o plano para eliminá-la havia começado a ser posto em ação dias, até semanas, antes de seu aniversário. Keegan e Cosgrove o haviam iniciado.

Ela devia ter morrido na explosão, junto com John e Terry.

A moça quase nunca pensava nos primeiros meses que passara fugindo, no primeiro ano escondida, em todo o medo e a tristeza que sentira. Ela havia encontrado um caminho.

Tinha uma vida agora e pretendia mantê-la.

Com Bert a seus pés, ela entrou nas contas de Ilya. Ele mudava de senha regularmente, atualizava seus procedimentos de segurança, seus *firewalls*. Mas ela passara uma década estudando, desenvolvendo e programando sistemas — suas saídas e entradas. Podia destruir o que quer que ele construísse. E ficava extremamente satisfeita quando conseguia invadir, observar o mundo particular dele, acabar com a privacidade do gângster.

Sua única tristeza era que ele nunca saberia.

Ele nunca teria medo como ela tivera.

Mas ela o fazia pagar por isso.

Sempre que tinha informações suficientes e certeza sobre os dados e sobre a própria segurança, Abigail encontrava uma maneira de passá-los para certa agente do FBI — escolhida depois de uma análise profunda. Ela confiava na mulher e sentia que a conhecia tão bem quanto conhecia a si mesma.

Quem quer que ela fosse naquele momento.

Abigail assinava os relatórios breves e cheios de informações como *tvoi drug*, "seu amigo" em russo. *Tvoi drug* havia gerado muitos arquivos, perfis, buscas e investigações. A maioria das pessoas acreditava que era um homem ligado à *bratva* Volkov.

*Tvoi drug* havia provocado mortes. Abigail também esperava que tivesse salvado vidas. Pelos cálculos dela, sua maior vitória tinha sido reunir informação suficiente para provocar uma batida num depósito no sul de Chicago e destruir a base de prostituição forçada que operava ali.

Naquele dia, ela estava analisando a atividade recente da *bratva*. Códigos, frases crípticas, nomes falsos... Dispensou informações sobre os golpes online mais simples. Se os federais não conseguiam lidar com aquilo sozinhos, não mereciam ajuda nenhuma.

Já no caso da lavagem de dinheiro...

Tirar dinheiro dos Volkov deixava a moça contente. Talvez não fosse a satisfação visceral e profunda que sentira ao saber que ajudara a libertar mais de vinte mulheres da escravidão sexual, mas a redução de fundos fazia com que fosse mais difícil operar os negócios.

É, acabar com a lavagem de dinheiro seria o novo projeto dela. Consideraria um presente de casamento para Ilya.

Abigail começou a juntar pedaços de informações que encontrara em e-mails trocados entre Ilya, o contador e um punhado de outros contatos. Ela sempre ficava impressionada com a quantidade de coisas que as pessoas revelavam digitalmente, com o tamanho de seu descuido. Enquanto trabalhava, pensava em russo, entrincheirava-se na língua. Tanto que, quando o telefone tocou, ela murmurou baixinho um palavrão em russo.

Não estava esperando ligações, mas alguns de seus clientes preferiam falar por telefone e mensagens de texto, não por e-mail. Por isso, olhou para a tela do celular. E franziu a testa.

Brooks conseguira o número do celular dela. Não era muito difícil, mas devia ter exigido certo tempo e esforço.

Por quê?

Com cuidado, ela atendeu.

— Alô.

— Oi, é o Brooks.

— É, eu sei.

— O que você gosta de pôr na pizza?

— Eu... Isso não importa.

— Importa, sim, Abigail. Se não a pizza seria só massa.

Ela supôs que ele estava certo. E desejou que tudo nele não fosse tão atraente e confuso.

— Gosto muito de azeitonas pretas e pimenta.

— Muito bem. Alguma objeção a pepperoni?

— Não.

— Perfeito. Vou passar aí daqui a meia hora.

— Eu não disse para você passar aqui.

— É, eu notei. Você realmente devia começar a fazer isso.

— Estou trabalhando.

— São quase sete horas. Pode fazer um intervalo. Além disso, tenho uma novidade para você.

— Que novidade?

— Vai chegar com a pizza. Daqui a meia hora. Tchau.

Ela baixou o telefone e analisou o aparelho.

Não estava preparada para aquilo. Por que ele sempre tinha que interromper as atividades dela quando não estava preparada? Agora ela teria que parar de trabalhar.

E tinha planejado fazer frango xadrez para o jantar.

Ele iria querer conversar e ela não sabia se tinha mais assunto. Entre ele e a mãe, Abigail havia acabado com todo o seu estoque de assuntos apropriados.

Mesmo assim, ficou curiosa para saber qual era a novidade.

Resignada, ela desligou o computador e, relutantemente, guardou a arma e o coldre na gaveta.

Supôs que ele iria querer beber, então analisou sua balanceada seleção de vinhos e escolheu um bom Chianti.

Então parou e olhou para a garrafa.

Ela ia jantar com ele de novo. Seria a segunda vez em uma semana, sem contar a torta de mirtilo.

Ela estava saindo com o delegado da cidade.

— Ah, pelo amor de Deus! Como é que foi que ele conseguiu isso? Eu não saio com *ninguém*. Não *posso* sair com ninguém.

Ela pôs o vinho na mesa e fez outra coisa que não costumava fazer: andou de um lado para o outro. Precisava encontrar uma solução, uma resolução para aquele... problema. Já tinha entendido que, se apenas se recusasse a encontrá-lo, ele ficaria cada vez mais determinado e desconfiado. Pelo menos, todas as tentativas iniciais haviam falhado.

Ela entendia que era uma questão de conquista. O macho se sentia desafiado, levado a convencer, capturar, se apoderar. Talvez ela devesse transar com ele. Com o sexo, a caça e o desafio acabariam. O interesse dele começaria a diminuir.

Eram razões lógicas.

A decisão também acabaria com a sua ânsia. Depois que ela suprisse suas necessidades físicas e ele cumprisse seu desafio e perdesse o interesse por ela, Abigail não teria razão nenhuma para pensar no delegado em momentos inoportunos. Tudo voltaria ao normal e à rotina.

Ela achou que a teoria era válida.

Os dois transariam e, depois, cada um seguiria a própria vida e a própria programação.

Aliviada, feliz com a decisão, ela foi até o andar de cima, acompanhada de Bert, para garantir que nada em seu quarto e em seu banheiro — ou, na verdade, em todo o segundo andar — chamasse a atenção dele.

Ele não teria por que perguntar sobre o segundo quarto. Além disso, a porta ficava trancada.

Abigail parou por um instante e se perguntou se o fato de estar quebrando precedentes — bons precedentes — e planejando um encontro íntimo com um morador da cidade, em sua própria casa, fazia realmente sentido.

Ela achava que sim. Achava que era capaz de lidar com um único desvio de conduta.

A moça olhou para o computador do quarto quando o alarme apitou e, murmurando, pediu que Bert ficasse calmo.

Brooks era pontual, pensou, vendo-o dirigir até a casa.

Ela gostava de pizza, lembrou enquanto descia a escada. Gostava de sexo. Por isso, ao destrancar a porta, garantiu a si mesma que o plano era seguro e que ambas as partes jogariam o jogo amigavelmente.

# 12

LÁ ESTAVA ELA, PENSOU BROOKS, COM O COMPANHEIRO CANINO AO SEU lado e aqueles olhos tão desconfiados que o faziam ter certeza de que guardavam segredos.

Naquele dia, ela não exalava irritação, mas, mesmo assim, observou cada movimento que Brooks fez enquanto saía da caminhonete com a pizza e seis *long necks*.

Aqueles olhos continuaram observando o delegado enquanto ele subia até a varanda, se aproximava e dava um beijo nela.

— Oi.

— Oi.

Ela deu um passo para trás, deixou que ele entrasse e trancou tudo, seguindo a rotina.

— Você trouxe cerveja. Eu já abri um vinho, mas...

— Também funciona. Vamos pôr isto na geladeira.

Ele passou a caixa de cerveja para ela, depois tirou um osso de brinquedo do bolso.

— Trouxe isto para o Bert, se você não se incomodar.

Ela ficou encantada com o presente. Achou que demonstrava gentileza, mesmo que fizesse parte de um plano.

— Ele não vai aceitar isso de você.

— Dê a ele, então.

Brooks entregou o osso a Abigail e viu o olhar de Bert passar dele para ela e para o osso. Mas o cachorro não mexeu um músculo.

— Foi muita gentileza sua. Ele adora isso.

Ela se virou para o cão e murmurou um comando. O bumbum de Bert bateu no chão.

— Isso não era francês.

— Italiano.

Ela deu o osso a Bert e murmurou outro comando.

— Ele também fala italiano? É um cachorro muito sofisticado. Está sorrindo.

— Cachorros não riem.

— Ah, fala sério, olhe só para os olhos dele. Está sorrindo. Onde quer que eu ponha a pizza?

— É melhor irmos para a cozinha. Você está de bom humor.

— Vou comer pizza com uma mulher bonita que gosta de pimenta, um dos meus sabores favoritos. E ela abriu vinho. Não tenho que trabalhar até as oito da manhã. Seria muita burrice não estar de bom humor.

— Você não é burro. — Ela pegou duas taças de vinho. — E, apesar de o seu trabalho ser muito estressante, você raramente parece estressado. Já notei isso.

— Eu gosto do meu trabalho.

— Mas, se o seu pai não tivesse ficado doente, você ainda estaria em Little Rock.

— É, provavelmente. Mas meu destino era voltar para casa, assumir esse cargo e me instalar aqui.

Ela balançou a cabeça enquanto pegava os pratos. Percebeu que ainda tinha assunto.

— Não existem coisas como destino, predestinação ou sina. A vida é uma série de escolhas e circunstâncias, de ações e reações e de resultados das escolhas de outras pessoas. A doença do seu pai levou você a escolher ficar neste cargo neste momento. Acho que foi uma escolha amorosa e leal, mas não era o seu destino.

Ele mesmo serviu o vinho.

— Eu acredito em escolhas e no destino.

— Como? Não podemos ter escolha e livre-arbítrio e ainda assim estar destinados a alguma coisa.

— É um enigma, não é?

Ele parecia tão à vontade na cozinha dela, no espaço dela, de jeans e camiseta, tênis de cano longo e jaqueta de couro gasta. Será que deveria ficar preocupada com aquilo?

— Por que não comemos na varanda dos fundos? A noite está bonita.

Aquilo a desestabilizou. Ela nunca comia do lado de fora e nunca saía de casa sem uma arma.

— Dá para ver as engrenagens girando. — Ele passou o indicador pela têmpora dela. — Imagino que você tenha ficado presa aqui dentro o dia inteiro. Não acredito que tenha comprado esse lugar e não possa apreciar uma noite agradável de primavera.

Era só outra escolha, pensou Abigail, antes de dizer:

— Está bem.

Ela abriu a gaveta, pegou a arma.

— Mas nunca saio de casa sem minha arma.

— Está bem.

A Glock 19 de novo. Aparentemente era a favorita.

— Eu gostaria que você me contasse do que tem medo.

— Não tenho medo de nada.

Se aquilo era mentira, era pequena. Ela se considerava preparada e segura demais para ter medo de verdade.

— Só prefiro carregar uma arma comigo sempre que saio.

— Está bem. — Ele esperou que ela prendesse o coldre ao corpo e destrancasse a porta da cozinha. — Mas, quando decidir me contar o que é, vou dar um jeito de ajudar você.

— Como sabe que não sou uma criminosa? Uma fugitiva da justiça?

— Você acredita em instinto?

— Claro que acredito. É...

— Não tem que explicar nada. É só o meu instinto.

Ela tinha uma pequena mesa na varanda, com uma única cadeira. Brooks pôs a pizza sobre a mesa, voltou e pegou a cadeira da escrivaninha.

— É muito gostoso aqui: a vista, o clima. Você já começou a plantar o canteiro. — Ele se sentou na cadeira da escrivaninha e deu um gole no vinho. — O que tem na estufa?

— Plantas. Flores, alguns legumes. Tenho algumas pequenas árvores frutíferas. Elas crescem bem no ambiente da estufa.

— Aposto que sim.

Ao sinal da moça, Bert se deitou aos pés dela e começou a roer o osso.

— Ele está sorrindo de novo.

Dessa vez, ela balançou a cabeça, mas também abriu um pequeno sorriso.

— Você tem uma natureza inventiva.

— Talvez ela me ajude a liberar o estresse.

Brooks pegou a pizza que Abigail serviu, equilibrou o prato no colo e, esticando as pernas, se manteve em silêncio.

Ela fez o mesmo.

— Você não vai perguntar — decidiu ele. — Você é muito controlada, Abigail.

— Não entendi.

— Eu disse que tinha uma novidade, mas você não vai perguntar qual é. A maioria das pessoas não esperaria nem três minutos para perguntar.

— Talvez tenha sido só outra tática sua.

— Não dessa vez. — Ele esperou alguns segundos, deu um longo suspiro. — Agora você não vai perguntar porque está brincando comigo.

O sorriso dela brotou mais uma vez. Ele se sentia vitorioso toda vez que fazia aqueles lábios se curvarem.

— Está bem, está bem, já que vai ficar me enchendo o saco, eu vou contar. Segui o seu conselho. Peguei um filhote do canil para a minha mãe.

— Ela ficou feliz?

— Ela chorou, mas foi legal. Minha irmã me mandou uma mensagem dizendo que eu sou um puxa-saco e que minha mãe ainda gosta mais dela. É minha irmã do meio. Ela estava brincando — acrescentou, quando Abigail franziu a testa. — Gostamos de nos provocar. Depois de um intenso debate, durante o qual comi meu hambúrguer e mantive minha boca fechada, os pais felizes decidiram chamar o novo filho de Platão. Acredite em mim, ele vai ser tratado como filho. Meu pai queria Bob ou Sid, mas minha mãe disse que o filhote tinha um ar filosófico e muito inteligente e merecia um nome importante.

— É um bom nome. Nomes com consoantes fortes são mais fáceis de usar quando estamos treinando cachorros. É uma boa novidade. Uma novidade alegre.

— Acho que sim. — Ele sacou o telefone do cinto. — Tirei uma foto dele. — Brooks procurou a foto e a mostrou.

— É muito bonito e tem olhos brilhantes e alertas. — A moça ficou contente ao olhar para eles, ao imaginar o filhote num lar carinhoso. — Você é um bom filho.

— Eles fazem com que seja fácil. E os seus pais?

— Só tenho minha mãe. Mas não somos próximas.

— Sinto muito. Onde ela mora?

— Não nos comunicamos há muito anos.

Assunto proibido, deduziu Brooks. Extremamente proibido.

— Eu acabo me comunicando com os meus pais quase todo dia. Uma das vantagens, ou desvantagens, dependendo do ponto de vista, de se morar numa cidade pequena.

— Acho que, no seu caso, deve ser uma vantagem e um prazer.

— É. Eu não dava valor a isso quando estava crescendo, mas é isso que os adolescentes fazem. Não dão valor. Quando morava em Little Rock, eu ligava, mandava e-mails. E vinha aqui todo mês para ver os dois, minhas irmãs e meus amigos que ainda moram aqui. Mas nunca pensei em voltar.

— Você estava feliz em Little Rock. Gostava do seu trabalho.

— É, estava. Mas, quando meu pai ficou doente, não só senti que tinha que voltar, mas também percebi que queria.

Ele apontou para ela.

— Estava destinado a isso.

Ela deu uma leve balançada de cabeça e abriu o sorriso do qual ele estava começando a gostar.

— Vocês são uma família muito unida.

— Pode-se dizer que sim. Como está a pizza?

— Muito boa. Quando faço as minhas, uso massa integral, mas gosto mais dessa.

— Você faz as suas? Com massa pronta?

— Quando a massa vem pronta, a gente não faz nada.

— Quase tudo que eu faço vem pronto. Você prepara massa de pizza?

— É, quando quero.

— Nem minha mãe faz isso. — Ele pôs outra fatia no prato dela, outra no dele, depois serviu mais vinho nas duas taças. — Talvez você possa me mostrar a sua estufa depois.

— Não cultivo maconha.

Ele riu de forma tão rápida e tão encantada que ela levou um susto.

— Isso não seria interessante? Mas não era nisso que eu estava pensando. Cresci com jardineiros, então me interesso por isso. Sem contar que temos algumas pessoas na região que cultivam maconha, tanto para uso pessoal quanto para complementar a renda. Minha mãe cultivava até começar a ter filhos. E ainda defende a legalização em qualquer discussão.

— A legalização, a inspeção e taxação da maconha acabariam com a necessidade de gastar dinheiro na tentativa de reforçar as leis atuais e geraria muitos lucros.

— Isso também é questão de ponto de vista.

O cachorro se remexeu, se sentou e olhou para Abigail.

— *Allez* — disse ela.

Bert saiu da varanda e foi até uma árvore.

— Voltamos ao francês. Esse cachorro acabou de pedir permissão para ir fazer xixi?

— Ele não sairia da varanda sem a minha permissão.

Ela também se remexeu, tomou um gole de vinho.

— Eu reconsiderei.

— Tarde demais, já está comendo a sua segunda fatia.

— Não a pizza. Reconsiderei transar com você.

Brooks ficou feliz por já ter engolido o pedaço que mastigava. Senão, teria engasgado.

— É mesmo?

— É. Depois de pesar os prós e os contras, decidi que transar com você seria satisfatório para ambos. Você é atraente e agradável. E limpo. Beija muito bem e, apesar de eu ter descoberto que isso nem sempre traz a certeza de que um homem é bom na cama, normalmente é um bom indício. Se você concordar, a gente termina de jantar, eu te mostro a estufa e, depois, subimos e transamos. Tomo anticoncepcionais, mas eu exigiria que você usasse camisinha.

Ele quase ficou sem fala.

— Nossa, que bela oferta.

— Você não aceita? — Ela não cogitara uma recusa. — Eu achei que você me quisesse, fisicamente. Não quer?

Ele pousou o prato na mesa e se levantou. Agitado demais para ligar para o que o cachorro pensaria ou faria, Brooks fez Abigail se levantar com um belo puxão.

Não houve beijo suave dessa vez, nenhuma exploração tranquila. O bombardeio explosivo estourou os sentidos dela. O equilíbrio da moça cambaleou, desapareceu. Ela teve que se agarrar a ele para não cair.

— Espere. Espere.

O tremor na voz dela — ou talvez o rosnar baixinho do cachorro — fez Brooks afrouxar o abraço, sem, contudo, soltá-la.

— *Ami. Ami.* — A mão de Abigail também tremia quando ela a pousou levemente sobre o rosto de Brooks. Então ela fez outro gesto para o cachorro. — *Ami*, Bert. Almofada.

Quando o cachorro se sentou, a moça soltou um suspiro trêmulo.

— Ele achou que você estava me machucando.

— E estava?

— Não. Mas eu gostaria de me sentar.

— Olhe para mim.

Ela respirou fundo de novo, depois ergueu os olhos até os dele.

— Você está irritado.

— Não, não estou. Não sei o que estou, mas não estou irritado.

— Você não me quer.

— Será que tenho que responder a essa pergunta mais uma vez? E, se responder, será que vou precisar de uma ambulância quando seu cachorro acabar comigo?

— Eu... Ah. Ah.

Ele ouviu a humilhação no som que ela emitiu enquanto fechava os olhos e fazia que sim com a cabeça.

— Eu entendi. Fui direta demais, decidida demais. Eu deveria ter esperado você tocar no assunto, ou então, se você não o fizesse, ter sido menos calculista. Eu realmente gostaria de me sentar.

Ele a soltou e se sentou ao lado dela.

— Primeiro, eu estou achando ótimo você estar disposta a ir para a cama comigo. O problema é ter a sensação de que você está vendo isso como uma tarefa que quer riscar da sua lista de afazeres.

Ele estava sendo verdadeiro, pensou ela, tanto em termos de conteúdo quanto no modo de falar.

— Sinto muito. Achei que era o jeito certo de mencionar o assunto. Você não está irritado, mas está pelo menos um pouco ofendido. Sinto muito. — Abigail conseguiu reunir coragem suficiente para olhar para ele. — Eu sei que a abordagem importa para algumas pessoas. Eu sei disso. Tive um comportamento tão ruim quanto o da mulher da Ozark Art.

— Eu não diria isso. E estava torcendo para que você reconsiderasse em algum momento.

— Eu não ia reconsiderar, mas... Eu estava nervosa e lidei mal com a situação.

— Nervosa?

— Não é assim que eu costumo... Não sei como explicar.

— Não sem me contar mais do que gostaria. Tudo bem. Vamos tentar o seguinte: vamos terminar essa taça de vinho e você vai me mostrar a estufa. Vamos ver o que acontece a partir daí.

— Não sou boa em ver o que vai acontecer.

— Eu sou ótimo nisso. Vamos tentar. Se você não gostar do jeito como as coisas estão indo, sempre podemos fazer do seu jeito. Acho que não posso perder.

— Quer dizer que transaria comigo de qualquer maneira.

Ele riu outra vez, estendeu a mão e pegou a dela.

— Que mulher. Vamos ver... Droga. — Ele se interrompeu quando o celular tocou. — Continue pensando nisso. Oi, Ash, qual é o problema?

Ela viu o rosto do delegado mudar enquanto ele ouvia, viu sua expressão se fechar e ficar um pouco rígida.

— Não, você fez bem. Estou indo. Espere aí, está me ouvindo? Espere até eu chegar.

Desligando o telefone, ele disse a Abigail:

— Sinto muito.

— Tudo bem. — Mas ela não olhou para ele enquanto se levantava para pegar os pratos.

— Esse tipo de coisa faz parte do pacote — começou ele.

— Eu entendo isso, é claro. Mas você está de folga.

— Então devo estar usando isso como desculpa? Não. — Com carinho, ele pousou a mão no braço dela. — Não, Abigail. Pedi que quem quer que recebesse um chamado para este problema em particular, um chamado que era inevitável, me ligasse. Estivesse eu de plantão ou não. Preciso controlar essa situação.

— Entendi. Eu realmente entendo.

— Eu gostaria de voltar.

— Você não tem que se sentir...

— Abigail, eu gostaria de voltar, se puder. Se não puder, vou ligar. Não sei direito se vou conseguir.

— Porque você tem que ver o que vai acontecer.

— Exatamente. Tenho que ir. — Ele se abaixou e deu um beijo nela. — Eu preferiria ficar.

Abigail acreditou nele. E a crença aqueceu algo dentro dela enquanto Brooks dava a volta na varanda e ia até o carro.

Então, naquela noite, o trabalho seria um saco, pensou Brooks, enquanto dirigia até a casa de Tybal e Missy Crew. Mas ele havia pensado bem na situação desde a última vez em que Ty bebera demais. Naquela noite, de um jeito ou de outro, Brooks pretendia resolver as coisas.


TODAS AS JANELAS DA CASA dos Crew brilhavam como luzes de Natal. Os vizinhos se reuniam nos gramados, como se violência doméstica fosse um tipo de festa. Ash mantinha todos longe da casa. Música country explodia pela porta escancarada, e o barulho de algo sendo quebrado podia ser ouvido ocasionalmente.

Quando Brooks saiu do carro, Jill Harris, da casa à esquerda, andou até ele.

— Alguém tem que entrar antes que ele destrua o que sobrou na casa.

— A Missy está lá?

— Ela correu para fora, descalça, chorando e com a boca sangrando. Não vou continuar ligando para a polícia se ninguém fizer nada sobre isso.

— Vai dar queixa?

— Tenho que morar ao lado deles. — Com seu um metro e meio de altura, Jill cruzou os braços sobre o cardigã rosa. — Tentei conversar com a Missy sobre isso um dia, enquanto ela estava sentada na minha cozinha, com um saco de ervilhas congeladas sobre um olho roxo. Ela acabou me chamando de vagabunda mal-amada que só se metia na vida dos outros. E parou de falar comigo. Você acha que eu quero que ele venha bater na minha porta numa noite de bebedeira?

— Está bem, Sra. Harris. Venha, Ash.

— Quer que eu mande alguém procurar a Missy?

— Não. Ela está aqui em algum lugar ou foi se esconder na casa da irmã. Ela sabia que a polícia iria vir.

Parte dele se perguntou se ela viria observar o drama. Ele não gostou da pergunta.

— Ela vai esperar a gente tirar o Ty daqui — continuou Brooks. — Depois vai voltar para casa e esperar até de manhã para dizer que escorregou no sabonete ou qualquer merda dessas. Quero que você fique a postos, mas não fale com ele. Não quero que fale nada.

— Posso fazer isso.

Brooks nem teve que bater, pois Missy deixara a porta escancarada quando fugira. Ele parou no último degrau e gritou.

— Não sei se ele está ouvindo — começou Ash.

— Ele vai ouvir. Não vamos entrar. Vamos ficar aqui fora, onde vamos ter muitas testemunhas.

— Do quê?

— Do que vai acontecer depois. Ty! Tem gente na sua porta!

— Estou ocupado!

Brooks viu uma luminária voar pela sala.

— Estou redecorando a casa!

— Estou vendo. Preciso de um minuto do seu tempo.

— Então entre! Venha participar da festa, porra!

— Se eu entrar aí, vou carregar você para a cadeia. Se você sair, só vamos ter uma conversa.

— Pelamor de Deus. Um homem não pode fazer reformas na própria casa?

Ty tropeçou até a porta, grande, os olhos vítreos. O sangue marcava os pontos de seu rosto onde os estilhaços de vidro o haviam atingido, pensou Brooks.

— Oi, Ash. Bom, o que posso fazer por vocês, policiais de merda, hoje?

— Parece que você andou tomando Rebel Yell com muita empolgação — disse Brooks, antes que Ash se esquecesse e respondesse.

— Não tem nenhuma lei contra isso. Estou na porra do meu lar doce lar. Não estou dirigindo. Nem operando máquinas pesadas.

Ele começou a gargalhar. Teve que se abaixar e respirar fundo, pois a risada tirara seu fôlego.

— Cadê a Missy?

— Sei lá, porra. Eu voltei para casa. Não tinha jantar na mesa. Mas tempo para reclamar, ela tinha. Reclamar, reclamar, reclamar, choramingar, choramingar, choramingar. Onde eu estava, o que eu estava fazendo, com quem eu estava...

— Foi aí que você bateu nela?

Ty apertou os olhos.

— Você sabe como ela é desastrada. Quando está reclamando e choramingando, ela não consegue ver direito. A vagabunda burra bateu com a cara na porta. Depois saiu correndo.

Ele fez um gesto, viu os vizinhos.

— Bando de babacas que não têm nada para fazer além de ficar aqui olhando. Estou na minha casa. — Para provar o que dizia, Ty apontou para os próprios pés.

— Redecorando.

— Isso *mesmo*!

— Talvez, se passasse menos tempo redecorando e mais tempo transando com a sua mulher, ela não daria com a cara na parede nem fugiria correndo.

— Vou pegar um pouco de tinta e... O que foi que você disse?

— Você me ouviu.

Atrás de Brooks, Ash arregalou os olhos. Mas o delegado continuou olhando para Tybal.

— Pelo jeito, você não consegue mais fazer esse pirulito que chama de pinto subir.

Ty balançou para frente e para trás, apoiado nas botas tamanho 46, e piscou os olhos vermelhos.

— É melhor você calar essa porra dessa sua boca.

— Por outro lado, quando alguém tem um pinto do tamanho de um picles, de que adianta tentar fazer o bicho ficar duro?

— Saia da minha casa, seu filho da puta.

Ty o empurrou, e aquilo era o bastante. Mas Brooks queria encerrar o caso.

— Isso é o melhor que pode fazer? — Brooks sorriu, irônico. — Está explicado: um cara que não tem pau realmente só poderia empurrar alguém como se fosse uma menininha. Daqui a pouco, vai puxar o meu cabelo e chorar.

Apesar de estar preparado para o soco e de Ty estar trêbado, o golpe foi forte. Brooks sentiu o sabor do sangue enquanto Ash exclamava "Meu Deus do céu!" a seu lado.

Em seguida, com um berro, Ty atacou Brooks.

O delegado deu um passo para o lado, virando o pé apenas o necessário para que Ty tropeçasse e voasse pelo jardim.

— Pronto, você conseguiu. Está preso por bater em um policial.

— Vou matar você.

Levantando-se rapidamente, Ty se aproximou de Brooks e tentou socá-lo outra vez.

— Acrescente "resistência à prisão".

Enquanto desviava dos socos ou bloqueava a maioria deles, Brooks pediu:

— Pode me ajudar a segurar o prisioneiro, Ash?

— Sim, senhor.

Saindo do choque que o deixara de boca escancarada, Ash correu até eles.

— Tire as suas mãos de mim, seu filho da puta babaca.

Ele tentou socar Ash e errou a mira, mas acertou o ombro do guarda.

— Essa é a segunda vez que você bate em um policial. Acho que está claro que vamos acrescentar "perturbação da ordem" à mistura.

Os dois policiais conseguiram derrubar Ty no chão e o algemaram. Quando o carregaram para o carro, Ty lutou e xingou. Brooks analisou os rostos nos gramados vizinhos.

— Vou mandar um guarda vir aqui — disse, erguendo a voz. — Ele vai pegar depoimentos de todos vocês. Não quero frescura, estão me ouvindo?

Digam o que viram. Se alguém não disser, vai ser acusado de obstrução da justiça. Não testem a minha paciência.

Ele pôs uma das mãos na cabeça de Ty, enfiou-o no banco de trás da patrulha, depois passou as costas da mão pelo lábio sangrento.

— Guarda Hynderman, me siga até a delegacia.

— Sim, senhor, delegado.

Brooks ignorou as reclamações de Ty enquanto dirigia até a delegacia. Fez o melhor que pôde para também ignorar a dor na mandíbula. O olhar direto que lançou para Ash fez o policial manter a boca fechada enquanto os dois levavam Ty para uma cela.

— Eu quero um advogado. Vou processar você, seu filho da puta. E depois vou te dar um chute na bunda por ter dito aquela merda toda.

— Que merda toda?

Brooks trancou a porta da cela.

— Aquela merda sobre eu não ter pinto e não conseguir mais transar com a Missy. Filho da puta.

— Nossa, Ty, você deve estar mais bêbado do que parece. Não vejo seu pinto desde as aulas de Educação Física, e posso dizer que não me importava muito com ele na época. Nunca disse nada sobre ele.

— Seu mentiroso babaca, você disse que era do tamanho de um... um... de alguma coisa pequena.

— Você está bêbado e estava com o som nas alturas. Não sabe o que ouviu. Guarda, você me ouviu dizer alguma coisa que ridicularizasse a masculinidade do prisioneiro?

— Eu... Ah. Eu não ouvi nada.

— Vou pedir que o guarda Fitzwater vá até a casa do suspeito e recolha os depoimentos das testemunhas. Escute bem o que vai acontecer agora, Ty. Dessa vez você vai ter que prestar atenção. Pode arranjar um advogado, é claro. Vai precisar de um. Vou acusar você por agressão, por resistir à prisão, por violência doméstica e por perturbação da ordem. Você vai para a cadeia, e não vai ser só por uma noite. Não dessa vez.

— Vá à merda.

— Agressão a um policial? Isso é crime, Ty. E fez isso duas vezes e ainda resistiu à prisão. Pode ficar cinco anos na cadeia.

O rosto vermelho de raiva ficou lívido.

— Vá à merda — disse Ty. Mas sua voz estava trêmula.

— Pense bem nisso. Um advogado pode baixar isso para, não sei, uns dezoito meses, com a condicional. Mas você vai para a cadeia de verdade dessa vez, eu prometo.

— Não pode me mandar para a cadeia. Tenho que trabalhar.

— O que você vem fazendo nos últimos dois anos? Não chamo isso de trabalhar.

Ele pensou em Tybal no centro do campo: pés rápidos, um braço forte como um foguete. Em Ty e Missy brilhando durante todo o ensino médio.

Disse a si mesmo que o que havia feito, o que faria, seria por aquele casal iluminado.

— Pense bem nisso hoje, Ty. Pense que vai passar os próximos um ou dois anos em Little Rock. Ou na oportunidade que eu posso te dar de passar esse tempo em condicional, contanto que você frequente e complete o programa dos Alcoólicos Anônimos e faça terapia para controle da raiva e terapia de casal.

— Não sei do que você está falando. — Ty caiu na cama, pondo a cabeça entre as mãos. — Estou me sentindo mal.

— Você está mal. Pense nisso.

Brooks saiu da sala e trancou a porta para as celas.

— Você provocou o cara.

— Do que está falando, Ash?

— Ah, por favor, delegado. Ele não pode ouvir a gente daqui. Você provocou o cara até que ele te agredisse.

— Ash, vou dizer isso só uma vez. Logo, logo, essa situação não vai só deixar a Missy com o lábio partido ou o olho roxo. Os vizinhos estão cansados de ligar para a gente. Talvez um deles resolva entrar na casa para acabar com a briga. Ou talvez a Missy se canse de apanhar e pegue uma das armas que eles têm em casa. Ou talvez ele se canse de ver a mulher fugindo e bata nela com força suficiente para evitar que ela fuja.

— Ele nunca tinha destruído a casa como fez hoje.

— Não. Está piorando. E eu não quero ser chamado para retirar um ou até dois corpos daquela casa.

— Você pode fazer o que disse? Obrigar o cara a ir para a reabilitação?

— Posso, vou garantir isso. Oficialmente? O que você me ouviu dizer a ele hoje foi o mesmo que sempre me ouve dizer. Perguntei se ele bateu na Missy, onde ela está, qual foi o problema, e por aí vai. Entendeu?

— Entendi.

— Está bem, então. Vou escrever o relatório e pedir para o Boyd ir pegar as declarações das testemunhas e conferir se a Missy voltou para casa.

— Ela vai vir até aqui amanhã, como sempre.

É, vai mesmo, pensou Brooks. Mas, dessa vez, vai ter que fazer uma escolha diferente.

— E eu vou conversar com ela. Você pode ir para casa.

— Não, senhor. Vou ficar aqui hoje.

— Você ficou da outra vez.

— Vou ficar. Você devia pôr gelo na sua boca. Levou um belo soco. Poderia trazer aqueles pãezinhos caramelados da padaria amanhã?

— Claro. Quer café chique também?

— Eles têm aquele com chocolate e chantilly por cima.

— Eu sei qual é. Como está o ombro?

— Não está ruim. Deve ficar meio roxo, mas isso só vai reforçar nosso caso. O Tybal é um cara legal quando não bebe. Acho que, se o que você planejou der certo, ele vai ficar bem.

LEVOU MAIS TEMPO DO que ele esperava, mas as luzes de Abigail ainda estavam acesas quando Brooks voltou à casa dela. Os quatro Motrins que engolira haviam deixando sua mandíbula dormente. O que teria sido ótimo, se a redução da dor na boca não o tivesse despertado para a dor nos outros lugares que Ty conseguira atingir com socos e chutes.

Eu devia ir para casa, disse a si mesmo enquanto saía do carro. Devia ir para casa, tomar um banho de uma hora, tomar dois dedos de uísque e me deitar.

Além disso, a história toda com Ty havia acabado com o seu humor.

Ele apenas pediria para voltar outro dia, já que havia dirigido até a casa dela.

Abigail abriu a porta antes que Brooks batesse e ficou parada, da maneira preparada e rígida de sempre, analisando o rosto dele.

— O que aconteceu?

— É uma longa história.

— Você precisa de gelo — afirmou a moça, dando um passo para trás.

Era a primeira vez, pensou ele, que ela o deixava entrar sem perguntas nem negociações.

— Eu demorei um pouco. Me desculpe.

— Eu fiquei trabalhando.

Ela e o cachorro se viraram e andaram até a cozinha. Abigail abriu o freezer, tirou um pacote de gel e o ofereceu a Brooks.

— As pessoas costumam usar ervilhas congeladas.

— Isso é mais eficiente e provoca menos desperdício.

Ele se sentou e pôs a compressa na mandíbula.

— Costuma levar muitos socos na cara?

— Não. E você?

— Já fazia um tempo. Eu tinha me esquecido do quanto essa porra dói. Você não teria um uísque à mão, teria?

Sem dizer nada, ela se virou para o armário. Tirou uma garrafa de Jameson — e ele quis beijar os pés dela naquele instante — e, num copo baixo, lhe serviu dois dedos da bebida.

— Obrigado.

O primeiro gole aliviou o mau humor de Brooks.

— Tem alguma coisa que você não tenha à mão?

— Coisas que nunca uso.

— É isso aí.

— Quer me contar a longa história?

— Querida, eu sou das Montanhas Ozark. Histórias longas são um estilo de vida aqui.

— Está bem.

Ela tirou um segundo copo do armário, se serviu de uísque e se sentou.

— Meu Deus do Céu, você é muito calma.

— Não muito.

— Mas agora está calma e eu precisava disso. — Ele se recostou na cadeira, ignorando as dores, e tomou um lento gole do uísque. — Bom,

Tybal e Missy. Quando a gente estava na escola, eles eram o casal queridinho de todo mundo. Sabe do que estou falando?

— Eram importantes naquela cultura.

— Eram o rei e a rainha. Ele era o atleta completo. Um *quarterback* com mãos mágicas. Um *center fielder* no baseball com um braço que mais parecia uma espingarda. Ela era capitã das *cheerleaders*, linda como uma boneca. Ele foi para a Arkansas State com um bolsa e ela foi junto. Pelo que eu soube, eles também brilhavam por lá. Até o segundo ano, quando ele ferrou o joelho numa jogada. Todas as possibilidades de ele se tornar profissional foram para o lixo. Ele acabou voltando para casa. Os dois se separaram, voltaram, se separaram, aquelas coisas. Aí eles se casaram.

Brooks tomou outro gole de uísque. Entre a bebida, o Motrin e a calma da mulher, se sentia melhor.

— Ele trabalhou como técnico de futebol americano da escola por um tempo, mas não deu muito certo. Não tinha talento para isso, eu acho. Então foi trabalhar com construções. Missy tentou ser modelo, mas não se saiu bem. Ela trabalha na Flower Pot. Eu acho que eles nunca se prepararam para uma possível perda do brilho, então foi difícil ter que aguentar uma vida normal. Ty começou a lidar com isso através de Rebel Yell.

— Ele ouve rock?

— Não, querida, é um uísque ruim, que não chega nem perto do que você me serviu. O delegado anterior me avisou sobre o problema. Sobre as multas por dirigir bêbado, as brigas nos bares, a VD... Isso é...

— Violência doméstica. Ele fica violento e bate na mulher quando bebe.

— Isso mesmo. E, no último ano, ficou muito mais frequente.

— Por que ele nunca foi preso?

— Ele sempre é, mas acaba com uma advertência ou com serviços comunitários. A Missy não dá queixa quando ele bate nela e nega que isso aconteça. Ela caiu, ela escorregou, bateu de cara na porta...

— Ela permite que ele faça isso.

— Exatamente. E, na verdade, acho que as pessoas fingiam não ver os problemas deles. O tipo de brilho que tinham dura muito tempo numa cidade pequena como esta. Mas eu passei um tempo longe, então talvez veja os dois de forma diferente. Como minhas várias tentativas de fazer ambos frequentarem terapia, reabilitação ou qualquer tipo de aconselhamento falharam, usei outra tática.

— Isso causou o seu ferimento.

— Pode-se dizer que sim. Quando meu guarda ligou para avisar que eles estavam brigando, ou seja, que Ty tinha chegado bêbado em casa e batido na mulher, que acabou fugindo, fiz o Ty ir até a entrada de casa e ficar na frente de catorze pessoas que estavam do lado de fora, assistindo ao show. Ele tinha colocado o som nas alturas, para acompanhar a quebradeira que estava fazendo na casa toda. Isso só me ajudou, já que ninguém, além do Ty e do meu guarda, pôde me ouvir provocando aquele babaca bêbado. Questionei a virilidade e o tamanho do pênis dele. E, se isso não tivesse funcionado, eu estava determinado a sugerir que a coitada da mulher dele podia achar a minha virilidade e o tamanho do meu pênis mais agradáveis.

Respirando fundo, ele balançou a cabeça.

— Não estou feliz por ter feito isso. Ele me deu um soco na frente de um monte de testemunhas e agora corre o risco de ir para a cadeia por um crime ou dois.

— Foi uma boa estratégia. Homens normalmente são muito preocupados com a própria genitália.

Ele engasgou um pouco com o uísque, depois esfregou o rosto com a mão, rindo.

— É verdade. — Então ele ficou sério e tomou outro pequeno gole. — É verdade mesmo.

— O seu método não foi convencional, mas o resultado foi bom. Mas você está triste e está se sentindo mal. Por quê?

— Ele já foi meu amigo. Não o melhor, não o mais próximo, mas um amigo. Eu gostava dos dois e acho que também gostava de ver o brilho deles. Fico triste por ver os dois nesse estado. Fico triste por ajudar a rebaixar os dois a esse ponto.

— Você está errado. Seria responsabilidade deles resolver os problemas que tinham ou procurar ajuda para resolvê-los. Mas, como nenhum dos dois era capaz de fazer isso, eles nunca iriam resolver nada. O que você fez deu a ambos duas escolhas: ele pode ir para a cadeia ou procurar ajuda. É mais provável que, quando estiver sóbrio e enfrentar essas escolhas e essas consequências, ele escolha a ajuda. Como parece ser codependente, ela também vai escolher isso. Eu diria que as suas ações se encaixam bem com a função e o espírito do seu trabalho. E também com os parâmetros da amizade.

Ele deixou de lado o uísque que não havia terminado.

— E eu pensando que devia ter ido para casa por causa do meu mau humor, das minhas dores e dos meus problemas. Estou muito feliz por não ter ido.

Ele estendeu a mão e pegou as dela.

— Me deixe levar você para a cama, Abigail.

Ela olhou nos olhos dele.

— Está bem.

# 13

ESTÁ BEM.

Ele se perguntou por que achava tão doce, tão desarmante, o fato de ela ter sido tão direta.

Está bem.

Brooks se levantou e fez com que Abigail se levantasse.

— Talvez você possa me mostrar o caminho.

— Para o quarto.

— É. Chegando lá, eu vou saber o caminho.

O sorriso brilhou nos olhos dela, em torno de sua boca.

— Eu ficaria decepcionada se isso não fosse verdade.

Ele continuou segurando a mão dela enquanto os dois retornavam para a sala de estar e subiam a escada.

— Espero que não questione minha virilidade por essa pergunta, mas, considerando o que vamos fazer, como o Bert lida com esse processo?

— Ele é muito bem-treinado, então, teoricamente, não vai intervir.

Brooks olhou para o cachorro.

— "Teoricamente" é uma palavra complicada. E, por interferir, você quer dizer que ele não vai pular no meu pescoço?

— Ele não deveria fazer isso.

Na porta do quarto, Brooks fez com que Abigail se virasse e estreitou os olhos para analisar a moça.

— Estou tentando descobrir se você está bancando a engraçadinha.

— O humor sempre ajuda a diminuir a ansiedade, caso ela exista. Não sei dizer. Se Bert achasse que você iria me machucar, ou tentar me machucar, a resposta dele seria me proteger, parar você. Mas ele já viu você me tocar e eu já disse a ele que você é um amigo, que ele pode ficar calmo. Ele viu que eu trouxe você até aqui, que estou tocando em você.

Ela pôs a mão no peito de Brooks, depois olhou para o cachorro e deu uma ordem a ele.

— Que língua é essa? — perguntou Brooks, quando o cão andou até uma enorme cama, deu três voltas e se deitou, soltando um suspiro.

— Farsi.

— É sério? Você e Bert falam farsi?

— Não muito bem, mas continuo estudando. Pedi que ele se deitasse. Não quero mandá-lo para fora do quarto. Ele não entenderia.

— Está bem. Isso na sua cama é um urso de pelúcia?

— Cachorros andam em matilhas.

— Hum, e o urso de pelúcia é a matilha do Bert?

— Isso o deixa mais calmo. Eu gostaria de tirar a colcha da cama.

— Posso ajudar.

— Não. Eu tenho o meu...

— Jeito de fazer. Está bem.

Ele andou pelo quarto e parou para analisar o computador, similar ao do primeiro andar.

— Isso te deixa curioso. Ela dobrou o edredom simples sobre o banco acolchoado ao pé da cama. — Eu trabalho com isso. Acredito de verdade em segurança e me sinto obrigada a usar e testar produtos e sistemas.

— Acho que é verdade. Mas não é só isso. — Ele se virou e observou com prazer a moça tirar uma camisinha da cômoda e colocá-la na mesinha de cabeceira. — Mas não precisamos falar sobre isso agora. Tudo bem se eu puser minha arma nesta mesa?

— Tudo. Devo me despir?

— Não. Eu tenho o *meu* jeito de fazer isso.

Depois de tirar a arma e pousá-la sobre a mesa, ele foi até ela e passou a mão pelo cabelo, pelo rosto, pelo ombro da moça.

— Gosto de descobrir sozinho o que tem aqui embaixo.

Ele a beijou, testando, provocando, os dedos ainda acariciando o rosto, descendo até a cintura, subindo pelas costas. Foi cuidadoso, já que podia sentir que ela se segurava, se restringia.

— Você tem mãos ágeis.

— Ainda não fiz nada de mais com você.

— Mas vai fazer. E eu quero ver isso — disse ela, enquanto começava a desabotoar a camisa dele. — Você não usa uniforme como os seus guardas.

— Perdi o costume. Não quis me acostumar de novo.

— Gosto disso. Você demonstra a sua autoridade de outra forma.

Abigail abriu a camisa de Brooks e passou as mãos pelo peito dele.

— Você está em ótima forma.

— Obrigado.

Ela ergueu o olhar até os olhos dele.

— Eu também.

— Eu notei.

— Sou muito forte para o meu tamanho e tenho uma resistência incrível.

— Você é muito sexy, mas é muito estranha.

Ele tirou a camiseta dela e a jogou longe.

— Eu...

— Shh.

Brooks pôs os lábios nos dela enquanto a empurrava para a cama.

O cachorro não fez barulho nenhum, mas o delegado pôde sentir, enquanto se deitava sobre Abigail, o olhar vigilante em suas costas.

A pele da moça era macia, quente e suave. Os músculos dos braços e os ombros eram firmes. E, apesar de sua boca responder à dele avidamente, os olhos permaneciam tão vigilantes quanto os do cachorro.

— Feche os olhos — murmurou ele, mordiscando o pescoço dela.

— Eu gosto de ver — repetiu ela.

— Feche os olhos por um instante e sinta.

Esperou até que ela fizesse o que pedira, então fechou os seus. E se deixou mergulhar, só um pouco mais.

Ela sentiu. Terminações nervosas, pontos de pressão, texturas, tudo era mais erótico com os olhos fechados. Um benefício em troca do controle.

Estava segura, lembrou a si mesma. Era capaz. E precisava daquilo.

— Não pense. — Ele arrastou os dentes pela base do rosto dela. — Só sinta.

Ela não sabia se conseguia não pensar. Mas, já que ele parecia preferir assim, se manteve em silêncio e tentou deixar a mente relaxar.

Diferente. Tudo era diferente ali, com ele. Ela queria analisar por que, mas era tão agradável apenas sentir...

Só daquela vez, disse a si mesma.

Abigail relaxou um pouco sob o corpo de Brooks. Apenas o suficiente. Ele deslizou os lábios pelo bojo sutil do seio dela, por sobre o sutiã simples. Então passou a língua sob o algodão e ouviu a moça prender a respiração. Decidiu se manter ali, excitando Abigail, enquanto suas mãos passeavam.

Ela abrira parcialmente uma das janelas, permitindo que a brisa da noite entrasse no quarto trazendo o aroma da floresta, a música regular do rio.

O luar brilhava em vagos raios de luz.

Ele abriu o botão da calça dela, baixou-a alguns centímetros e sentiu uma pequena cicatriz na ponta do seu quadril.

Não teve pressa; tomou tempo para descobrir a moça: os ângulos e as curvas, o aroma simples e fresco da pele dela, o modo como os músculos de sua barriga estremeciam quando os lábios dele a tocavam.

A resposta dela também foi simples: a entrega, o toque, o erguer fluido das pernas e quadris enquanto ele continuava a despi-la.

Então.

Ela explodiu sob ele, erguendo-se, um chicotear das pernas longas, firmes, uma torção do corpo compacto. De repente, estava sobre ele. A boca prendeu a dele, deixando a languidez sonhadora de Brooks em pedaços e os queimando, transformando-os em cinzas. A respiração dela se tornava ofegante enquanto passava os dentes pelo ombro dele e deslizava para baixo, leve e letal como uma cobra, mordiscando o peito de Brooks enquanto puxava-lhe o cinto.

Ele se ergueu para trazer a boca de Abigail de volta para a sua, para se alimentar do calor que irradiava dela. Agora com urgência, urgência e fome.

Ela se arqueou para trás, firme como um arco, e pressionou o rosto dele contra seus seios.

— Eu preciso...

Ele a ouviu gemer quando ela se sentou sobre ele e o cavalgou até ele cravar os dedos nos quadris dela para não implodir.

— Eu preciso...

Abigail era uma mistura louca de desejo e movimento. Preso em sua tempestade, ele se deixou levar, enquanto os dois se devastavam.

Era demais, mas não o bastante, pensou ela, freneticamente, enquanto todos aqueles desejos lhe cravavam as garras. A moça sentia que tinha que tomar, ter, antes que aquele prazer terrível a deixasse em pedaços. O corpo dele, tão forte, tão firme, incitava tantas vontades; a boca e as mãos dele, tantas sensações. Ele podia levá-la àquele instante de alívio e liberação.

Desesperada, ela pegou a camisinha e a abriu.

— Deixe — sussurrou, impressionada com o fato de suas mãos não estarem firmes enquanto colocava a camisinha em Brooks.

Ela se ergueu sobre ele. À luz suave do quarto, ele podia ver a intensidade dos olhos, o brilho da pele dela. Então a moça deixou que ele a penetrasse. Por um instante, tudo parou. As imagens, os sons, os movimentos. Os olhos impetuosos se mantiveram concentrados nos dele enquanto os dois corpos se uniam.

O olho do furacão, pensou ele. Então ela o varreu para longe.

Abigail se movia como se sua vida dependesse daquilo, com uma velocidade urgente, concentrada. Ele correu com ela, seguindo cada golpe enlouquecido, o coração tamborilando naquele ritmo frenético.

Quando ela soltou um gemido misturado a um grito, os olhos fascinantes se fecharam, o corpo impressionante se curvou e os braços se ergueram e se fecharam atrás da cabeça da moça — a imagem perfeita do prazer máximo, incontrolável.

Os olhos se abriram imediatamente quando ele a puxou e rolou para cima dela. A boca de Abigail cedeu, suave e inchada, quando ele a tomou, quando ele engoliu o grito surpreso e rápido que ela soltara ao sentir a penetração.

Ele a dominou, excitando-a de novo, agradando a si mesmo sem piedade, enquanto ela estremecia, enquanto ela se agarrava a ele. Brooks sentiu o orgasmo rasgá-la, sentiu as unhas dela se cravarem em suas costas. E deixou que o próprio gozo o deixasse em pedaços.

Ele levou um segundo — ou dois — para notar que caíra sobre ela, a respiração ofegante como a de um maratonista que acabara de atravessar a linha de chegada.

Então rolou para o lado, caindo de costas, esperando que, se tivesse um ataque cardíaco, ela soubesse fazer reanimação.

Conseguiu soltar um cru e reverente:

— Uau.

Olhando para o lado, ele viu que Bert ainda estava em sua cama, mas agora estava de pé, encarando-o.

— Não sei se o seu cachorro está curioso ou só com ciúme, mas talvez seja melhor você dizer a ele que está bem.

Abigail deu a Bert a ordem para descansar. O cão voltou a se deitar, mas continuou olhando para a cama.

— Você está bem? — perguntou Brooks quando Abigail ficou calada.

— Estou. Faz muito tempo que não transo. Acho que apressei você.

— Na minha opinião, acho que o *timing* foi perfeito. Caramba, você tem um corpo e tanto, Abigail. Tão perfeito quanto possível.

— Eu gostei muito do seu. É muito proporcional e tem um tônus muscular excelente.

Aquilo o fez querer soltar uma gargalhada, por isso ele se virou para dar um beijo na moça. Mas o sorriso de Brooks se apagou quando ele olhou para os olhos de Abigail. Um homem que crescera com a mãe e duas irmãs sabia quando lágrimas femininas estavam prestes a ser derramadas.

— O que houve?

— Nada. O sexo foi excelente. Obrigada.

— Pelo amor de Deus, Abigail.

— Estou com sede — disse ela, rápida. — Você quer água?

Brooks pôs a mão no braço da moça quando ela começou a se levantar da cama.

— Abigail.

— Preciso de um segundo sozinha e de água.

Ela saiu andando sem colocar nenhuma peça de roupa. Aquilo o surpreendeu, já que imaginara que a moça era tímida nesse quesito. Por outro lado, a mulher era um enigma em todos os aspectos.

— Você conhece os segredos dela — afirmou ele para Bert. — É uma pena que não possa falar.

Apesar de ter garrafas de água guardadas no segundo andar, ela andou até a cozinha. Precisava de alguns segundos consigo mesma.

204

Abigail entendia que o sexo e os momentos posteriores eram instantes de vulnerabilidade para o corpo e para a mente. Ela sempre se orgulhara de poder participar ativamente e de recobrar o controle e o bom senso rapidamente. Na verdade, imediatamente.

Então por que estava abalada e... Ela não tinha certeza absoluta do que sentia. Talvez fosse porque ela o conhecia de forma mais pessoal do que os outros que escolhera como companheiros de cama. Mas só tinha certeza de que a experiência havia sido diferente de tudo que já sentira.

Por que estava chorando? Se estivesse sozinha, ela teria se encolhido na cama e chorado até que aquela sensação inexplicável se dissipasse.

Não estava sendo racional nem inteligente. O sexo tinha sido muito, muito bom. Ele também havia gostado. Ela gostava da companhia dele e talvez aquilo fizesse parte do problema. Mas Abigail estava *tão* cansada de se preocupar...

— É só uma coisa que eu faço — murmurou, antes de tirar duas garrafas de água da geladeira.

Ela remoeu aquilo enquanto subia até o segundo andar, onde Brooks estava sentado, recostado na cabeceira, observando-a.

— Não sei como agir.

Ela cuspiu a verdade — pronto! — e entregou a garrafa de água a ele.

— Está querendo estabelecer algum padrão?

— O normal.

— O normal. — Brooks fez que sim com a cabeça, torceu a tampa da garrafa e tomou alguns goles de água. — Está bem, posso ajudar com isso. Volte para a cama.

— Eu gostaria de transar com você de novo, mas...

— Quer que eu mostre o que é normal?

— Quero.

— Então volte para a cama.

— Está bem.

Ela se deitou ao lado dele e tentou não deixar que o corpo enrijecesse quando ele a puxou para si. Mas, em vez de começar uma nova transa, Brooks a abraçou, de forma que a cabeça dela repousasse no seu ombro e o corpo dela se aconchegasse ao seu.

— Isso é o normal, de acordo com os meus padrões. Ou seria, se você relaxasse.

— Isso é bom.

Ela lera livros e assistira a filmes. Sabia que aquele tipo de posição era costumeira. Mas nunca havia experimentado aquilo. Nunca quisera.

— É confortável, e o seu corpo está quente.

— Depois do calor que a gente gerou, achou que só vou esfriar depois de uma semana morto.

— É uma piada e um elogio. — Ela ergueu a cabeça para olhar para ele e sorriu. — Então, rá-rá, obrigada.

— Lá vem você, sendo engraçadinha de novo. — Ele pegou a mão dela e a pôs sobre o próprio coração. — E eu estou fraco demais para rir. Você me virou do avesso, Abigail. Isso é outro elogio — completou, quando ela não respondeu.

— Tenho que pensar em um para você.

— Bom, se tem que pensar em um...

— Eu não quis dizer... — Ela olhou para cima outra vez, assustada, e viu o brilho nos olhos dele. — Você estava brincando.

— Bom, essa é a parte, na minha noção de normal, em que a gente diz um ao outro como foi maravilhoso. Você, especialmente, me diz isso.

— Porque o ego de um homem costuma estar ligado à performance sexual dele.

— É basicamente isso. Coisas como dizer que viu a luz ou que a Terra tremeu são clichês por alguma razão.

— A Terra está sempre se movendo, então isso não é um elogio. Seria melhor dizer que a Terra parou, apesar de isso ser impossível. E, se fosse possível, causaria um desastre.

— Ainda assim vou aceitar como elogio.

A mão de Brooks subia e descia pelas costas da moça, da maneira como ela às vezes acariciava Bert. Não era de se admirar que o cachorro gostasse tanto. O coração dela desacelerou, acompanhando o ritmo da carícia, e tudo dentro dela relaxou.

O normal, pensou Abigail, era tão gostoso quanto ela sempre imaginara.

— Me diga uma coisa — pediu ele. — Só uma coisa sobre você. Não precisa ser importante — acrescentou quando ela ficou tensa. — Não precisa ser um segredo. Qualquer coisa. Pode ser a sua cor favorita.

— Não tenho uma cor favorita porque são muitas. A não ser que esteja falando de cores primárias.

— Está bem, cores são complicadas demais. Quando você era criança, o que queria ser quando crescesse? Eu digo primeiro. Queria ser um mutante.

— Queria ser mutante? Isso é muito estranho.

— Não mutante. Um mutante. O Wolverine. Dos X-Men.

— Ah, eu sei quem são. Os super-heróis dos quadrinhos e do cinema.

— Isso mesmo.

— Mas você podia ser o Wolverine mesmo que ele já existisse e fosse um personagem ficcional?

— Eu tinha dez anos, Abigail.

— Ah.

— E você?

— Eu ia ser médica.

— Ia? — Ele esperou um instante. — Você não queria ser médica.

— Não.

— Então não respondeu à minha pergunta. O que você queria ser?

— Eu ia ser médica e achava que tinha que ser; então, aos dez anos, não pensava em ser outra coisa. Não é uma boa resposta. A sua foi melhor.

— Isso não é uma competição. De qualquer forma, você pode ser a Tempestade. Ela é gostosa.

— A personagem da Halle Berry nos filmes. Ela é muito bonita. E controla o clima. Mas o Wolverine não faz sexo com ela. Ele é apaixonado pela Jean Grey, que fica dividida pelo que sente por Ciclope e por Wolverine.

— Você conhece bem a dinâmica dos relacionamentos dos X-Men.

— Eu vi o filme.

— Quantas vezes?

— Uma, há muitos anos. Foi interessante ver que o Wolverine não se lembrava de seu passado. Os instintos protetores relutantes em relação à Vampira também davam mais dimensões a ele. É um bom personagem para um menino imitar. Os roteiristas criaram uma vida complicada para a Vampira, já que a mutação dela faz com que seja impossível que toque a pele de outra pessoa. A cena dela com o namorado no início do filme é muito triste.

— Você se lembra de muitos detalhes para ter visto o filme uma vez só.

— Tenho memória eidética. Às vezes leio livros ou vejo filmes pela segunda ou terceira vez, mas não porque não me lembro deles.

Ele se virou para olhar para ela.

— Pronto, você me contou uma coisa. Então mantém tudo guardado aqui. — Ele bateu com o indicador na têmpora dela. — Por que a sua cabeça não é maior?

Ela riu, depois se interrompeu, em dúvida.

— Foi uma piada?

— Foi.

Ele tirou uma mecha de cabelo do rosto dela e beijou o ponto em que os fios tocavam a bochecha da moça.

— Já fez panquecas?

— Já.

— Ótimo, porque vai se lembrar da receita.

— Está com fome? Quer panquecas?

— Quando a gente acordar.

Ele deslizou as mãos pelo corpo dela, acariciando os mamilos da moça com os polegares.

— Você quer ficar aqui, dormir aqui hoje?

— Se não fizer isso, como vou comer as panquecas que você vai fazer para mim?

— Não durmo com ninguém. Nunca dormi uma noite com um homem.

As mãos dele hesitaram por uma fração de segundo, depois continuaram a deslizar.

— Então você não sabe se ronca.

— Eu não ronco!

— Eu vou confirmar isso.

Havia muitas razões para ela não poder — não dever — permitir aquilo. Mas ele começou a beijá-la, a tocá-la, a excitá-la de novo.

Ela diria não a ele. Depois.

ABIGAIL ACORDOU POUCO antes do amanhecer e ficou paralisada. Podia ouvir Brooks respirando — lenta, regularmente. Era um som diferente, mais suave do que o de Bert. Bert roncava. Um pouco.

Ela apagara, realmente apagara, depois que eles haviam feito sexo pela segunda vez. Não mandara Brooks embora, mas queria ter feito isso. Não conferira a casa e os monitores uma última vez. Não pusera a arma na mesa de cabeceira a seu lado.

Ela simplesmente se ajeitara naquela posição normal e confortável e, de alguma forma, caíra no sono enquanto conversavam.

Aquilo tinha sido não apenas rude, grosseiro, decidiu, mas assustador. Como ela podia ter baixado a guarda daquela maneira com ele? Com qualquer pessoa?

O que ela iria fazer agora? Tinha uma rotina que não incluía um convidado.

Tinha que deixar Bert sair, dar comida ao cachorro, conferir os monitores, as mensagens e os e-mails de trabalho.

O que ela ia fazer agora?

Supôs que ia fazer panquecas.

Quando a moça saiu da cama, a respiração do cão mudou. Ela viu os olhos dele se abrirem à meia-luz, o rabo se empinar como sempre fazia de manhã.

Abigail sussurrou o comando em alemão para que o cão se levantasse e pegou seu roupão enquanto Bert se preguiçava. Juntos, os dois saíram silenciosamente do quarto e desceram a escada.

Quando a porta se fechou, Brooks abriu os olhos e sorriu. Devia ter imaginado que ela acordava cedo. Ele não se importaria em dormir mais uma hora, mas, considerando a situação, podia se forçar a sair da cama.

Ou talvez pudesse convencer Abigail a voltar para ela, depois que a moça deixasse o cão sair para fazer suas necessidades matinais. Ele rolou para fora da cama e foi até o banheiro. Como sempre, no instante em que esvaziou a bexiga, pensou em café. Depois esfregou a língua sobre os dentes.

Não se sentiu à vontade para fuxicar o banheiro e ver se ela tinha uma escova de dente extra, mas não viu problema em procurar o tubo de pasta de dente.

Abriu a gaveta da pequena penteadeira e viu um rolo de pasta de dentes perfeitamente enrolado, junto a uma Sig.

Quem diabos mantinha uma arma semiautomática junto à pasta de dente e ao fio dental? E uma arma carregada, notou, depois de conferir.

Ela lhe contara uma coisa na noite anterior, lembrou a si mesmo. Ele simplesmente teria que convencê-la a contar mais.

Brooks esfregou, com o dedo, a pasta nos dentes, depois voltou para pegar a calça. Quando chegou ao primeiro andar, sentiu cheiro de café fresco e ouviu o murmúrio do jornal da manhã.

Ela estava ao lado do balcão, mexendo o que ele esperava que fosse massa para panqueca numa tigela azul-escura.

— Bom dia.

— Bom dia. Fiz café.

— Eu senti o cheiro nos meus sonhos. Você não ronca.

— Eu disse que não... — Ela se interrompeu quando os lábios dele encontraram os dela.

— Só estava verificando — explicou ele, enquanto pegava uma das canecas que ela dispusera. — Peguei um pouco de pasta de dente emprestado. — Ao servir o café, viu o olhar dela chegar ao dele. — Quer me contar por que tem uma Sig na gaveta do banheiro?

— Não. Tenho licença para ela.

— Eu sei, eu conferi. Você tem várias licenças. Tem açúcar? Ah, está bem aqui.

Ele pegou a colher que a moça pusera ao lado da xícara e acrescentou duas porções generosas de açúcar à xícara.

— E eu poderia continuar conferindo uma coisa aqui e outra coisa ali. Sou bom em pesquisa. Mas não vou fazer isso. Não vou pesquisar mais nada a não ser que te avise primeiro.

— Você não vai mais pesquisar só enquanto eu fizer sexo com você.

Os olhos dele se acenderam, verdes com toques de dourado, enquanto ele baixava a xícara.

— Não insulte a mim nem a si mesma. Não vou mais pesquisar porque não vou fazer nada pelas suas costas, porque nós somos... Sei lá o que somos agora. Eu gostaria de dormir com você de novo, mas isso não é uma exigência. Quero continuar saindo com você porque a gente se dá bem, na cama e fora dela. Isso não é verdade?

— É.

— Não gosto de mentir. Não que nunca tenha mentindo e não vá mentir no trabalho. Mas, fora da delegacia, não minto. Não vou mentir para você, Abigail, e pesquisar sobre você sem que você saiba me parece um tipo de mentira.

— Por que eu deveria acreditar em você?

— Isso depende de você. Eu só posso afirmar que não vou fazer isso. Esse café está muito bom, e não é só porque não fui eu que fiz. É panqueca?

— É.

— Agora você ficou ainda mais bonita do que estava dez segundos atrás. Vou encontrar outra arma quando eu pegar os pratos e talheres para pôr na mesa?

— Vai.

— Você é a mulher mais interessante que eu conheço.

Ele abriu o armário de onde vira a moça tirar os pratos para a pizza.

— Achei que você fosse parar.

— Parar o quê?

— Depois que fizéssemos sexo, achei que você fosse parar de querer estar aqui, de perguntar.

Ele abriu a gaveta de talheres e viu a Glock.

— Você pode ter se esquecido, mas a Terra parou de se mover.

Ele pegou os talheres enquanto ela passava a massa para a chapa.

— Não é só sexo, Abigail. Seria mais fácil se fosse. Mas tem alguma... outra coisa. Não sei ainda que porcaria é, mas tem alguma coisa. Então nós vamos levando, vamos ver o que acontece.

— Eu não sei fazer isso. Eu já te disse.

Brooks pegou sua xícara e foi beijar a bochecha da moça.

— Na minha opinião, você está se saindo otimamente bem. Onde fica a calda?

# *Abigail*

O que é a personalidade, além da determinação do incidente?
O que é o incidente, além da ilustração da personalidade?

HENRY JAMES

# 14

Acordar com Brooks, preparar o café da manhã e lidar com a mudança da rotina atrasou toda a programação de Abigail. O delegado tomara café com calma. Parecia ter sempre algo para dizer e não parava de confundir a cabeça dela. Quando ele fora embora, ela já estava mais de uma hora atrasada, sem contar o tempo que havia perdido na noite anterior.

Agora, em vez de ir ao mercado assim que ele abrisse, ela precisava terminar a pesquisa e a documentação sobre a operação de lavagem de dinheiro dos Volkov, que tinha centros de Chicago a Atlantic City. Se não entregasse as informações para o contato no FBI em dois dias, eles perderiam a maior entrega do mês.

Essas coisas exigiam tempo, pensou, enquanto se sentava para trabalhar. Tempo para reunir, decifrar, correlacionar e enviar. A informação tinha que ser pura e absolutamente precisa.

Talvez, dessa vez, alguma coisa incriminasse Ilya. Talvez dessa vez ele pagasse. Mas ela se contentava com o que fizera das outras vezes: queria causar-lhe problemas, frustração, perda de homens e de dinheiro.

Nos sonhos de Abigail, seu trabalho levava os Volkov à ruína, expunha a família, os deixava sem proteção. Korotkii, Ilya, todos eles passavam o resto da vida na cadeia. Keegan e Cosgrove eram descobertos, caíam em desgraça e eram condenados.

E, quando ela deixava a fantasia correr solta, de alguma forma, todos ficavam sabendo que ela era a responsável por fazê-los pagar.

Mesmo assim, não era o bastante. Julie ainda teria morrido aos dezoito anos. John e Terry ainda teriam sido assassinados tentando mantê-la segura.

Era melhor ser realista e fazer o que pudesse para reduzir os lucros e acabar com a rotina e o equilíbrio da *bratva*.

Abigail trabalhou até a tarde, até ficar satisfeita. Decidiu que era melhor se afastar por uma ou duas horas e voltar para conferir os dados uma última vez antes de enviá-los.

Iria ao mercado, apesar de ser a hora errada do dia. Era simplesmente a hora errada. Depois, viria para casa e levaria Bert para passear e fazer alguns exercícios.

Então ela voltaria a conferir as informações e programaria a série de transmissões que levaria os dados ao e-mail do contato na polícia. Depois disso, faria alguns exercícios pesados também, já que precisaria dessa descarga física depois que terminasse a tarefa.

Com a noite livre, ela trabalharia algumas horas no vírus que havia começado a desenvolver um ano e meio antes.

Abigail trocou de arma, pegando uma Glock mais compacta e cobrindo-a com o casaco. Logo a temperatura subiria demais para manter a jaqueta e seria necessário usar um coldre preso ao tornozelo.

Enquanto conferia e reativava o alarme e punha Bert para ficar de guarda do lado de fora, ela pensou em comprar outra arma. Podia se papari-car fazendo uma pesquisa entre as lojas naquela noite.

A ideia a relaxou, e ela percebeu que era agradável dirigir até a cidade à luz da tarde, observar a maneira como aquela luz brincava com as folhas frágeis, recém-nascidas.

De relance, viu o drapeado elegante das cardamines, o amarelo forte dos lírios absorvendo a luz irregular do sol às margens do rio, pouco antes da água cair, numa pequena cachoeira rápida, sobre as rochas. Entre aquelas frágeis folhas verdes, ameixas selvagens acrescentavam cor e drama.

Tudo parecia tão fresco, novo, cheio de esperança. A primavera fazia tudo renascer, pensou, era um novo começo. Era a primeira primavera que passava naquele novo lugar, aquele lugar que ela tanto queria que fosse sua casa.

Doze anos. Já não era o bastante? Será que ela não podia ficar ali? Plantar uma horta e cuidar dela, vê-la crescer e colher seus frutos. Trabalhar, pagar sua dívida — e simplesmente viver?

Por que eles a encontrariam ali, naquelas colinas, em meio a tanta calma? Como, um dia, iriam ligar Abigail Lowery à jovem que fora tão boba, tão descuidada — um alvo tão fácil?

Contanto que se mantivesse preparada, vigilante e chamasse pouca atenção, ou seja, fosse invisível, ela poderia criar um lar e uma vida ali.

Ficaria segura. Contanto que se mantivesse em segurança, poderia continuar a prejudicar os Volkov e a pagar sua dívida.

Ela gostava tanto da cidade, pensou, enquanto entrava na rua das lojas. Adorava as ruas bonitinhas e as lojas sempre cheias, a cor que perpassava vasos e barris cheios de narcisos amarelos e tulipas da cor de pirulitos. Os turistas davam ainda mais movimento, estranhos passando pelas ruas. Muitos costumavam voltar para novas férias ou para uma visita curta. Buscavam a calma, a paisagem, as trilhas, os produtos locais. Não boates e a agitação urbana — o tipo de entretenimento que atraía homens como Ilya.

A confiança da moça se manteve alta, já que ela nunca vira o mafioso nem nenhum de seus homens ali, pescando nos rios, andando nas trilhas.

E, com certeza, se alguém do FBI, ou até da polícia de Chicago, visitasse a cidade, ela não seria reconhecida. Não estava no ambiente em que a haviam encontrado, era doze anos mais velha e mantinha o cabelo numa cor e num estilo diferentes.

Se procurassem, talvez a encontrassem. Mas não havia motivo para procurar por Elizabeth Fitch aqui, numa pequena cidade turística das Montanhas Ozark.

E, se um dia precisasse, saberia fugir, se transformar, se enterrar em outro lugar.

Mas não seria hoje, prometeu a si mesma, enquanto estacionava perto do mercado. E todos os dias que não fossem "aquele dia" seriam um presente.

Ela saiu do carro e acionou o alarme para trancá-lo. Enquanto ouvia a tranca se fechar, viu Brooks atravessar a rua em sua direção.

Abigail não sabia o que fazer com o aumento do ritmo de seu coração, com o breve farfalhar de... alguma coisa em sua barriga. Ele andava como se tivesse todo o tempo do mundo, pensou, e mesmo assim conseguia percorrer um caminho rapidamente. Estava ao seu lado antes mesmo que ela pudesse decidir o que fazer ou dizer.

— Ou eu tenho o *timing* perfeito ou tenho muita sorte.

Ele pegou a mão dela — estava sempre tocando-a -- e simplesmente envolveu a moça com seu sorriso.

— Tenho que ir ao mercado.

— É, eu imaginei. Mas venha caminhar comigo primeiro. Você é exatamente o que eu preciso.

— Para quê?

— Em geral. Foi uma manhã difícil e eu ainda não consegui abstrair tudo.

— Preciso de comida.

— Tem alguma coisa marcada para depois?

— Alguma coisa marcada? — As pessoas estavam olhando para eles. Abigail podia sentir os olhares em sua nuca. — Não.

— Ótimo. Vamos caminhar até o parque. Vou tirar meia hora de intervalo. Você não costuma fazer compras tão tarde.

— Eu gosto das manhãs.

Ela teria que se misturar mais, percebeu. Uma rotina nunca devia ser notada.

— Fez alguma coisa interessante hoje de manhã?

De alguma forma, os dois já estavam caminhando, e ele ainda segurava a mão dela. O que ela devia fazer?

— Desculpe, o quê?

— Hoje de manhã. Você fez alguma coisa interessante?

Ela pensou na lavagem de dinheiro, na máfia russa, no FBI.

— Nada de mais.

— Agora você tem que me perguntar o que eu fiz.

— Ah. Está bem. O que você fez?

— Passei muito tempo ouvindo gritos e levando esporros. Como eu esperava, a Missy apareceu dizendo que tinha tropeçado e que queria que eu soltasse o Ty. Não ficou feliz com as acusações contra ele, nem com as consequências que elas trarão. Agora que está sóbrio, o Ty está lidando melhor com a situação do que ela, na verdade.

Quando Brooks ergueu a mão para acenar para alguém do outro lado da rua, Abigail se segurou para não fugir correndo.

Daquele jeito, ela *jamais* se manteria invisível.

— Depois que parou de berrar comigo — continuou Brooks ––, ela chorou muito. Quando deixei que conversassem, os dois choraram muito. Depois disso, ela procurou e encontrou um advogado, um cara que sempre foi um babaca. Foi quando as broncas começaram. Ele acha que estou ultrapassando minha obrigação como autoridade ao oferecer a reabilitação e a terapia em vez de um julgamento e um possível período na cadeia.

— Você não tem autoridade para estabelecer um acordo.

— Você dois estão certos, então informei ao babaca que tudo bem. Que o Ty podia ficar na cadeia até ir a julgamento, ter uma audiência de fiança e etc. E que ele podia acabar passando os próximos anos na cadeia... Como está, Sra. Harris? — gritou ele para uma pequena mulher que regava um canteiro com vários bulbos do lado de fora da Read More Books.

— Indo, Brooks. E você?

— Não posso reclamar. Onde eu estava? — perguntou a Abigail.

Ela podia sentir os olhos da pequena mulher enquanto continuava andando pela calçada, de mãos dadas com Brooks.

— Você disse ao advogado babaca que Ty podia acabar passando os próximos anos na cadeia. Eu realmente tenho que...

— Isso mesmo. Então, nesse instante, a Missy e o Ty começaram a berrar um com o outro. Eu realmente não entendo pessoas que ficam juntas apesar de sentirem raiva e desprezo um pelo outro, a ponto de se chamarem por aqueles palavrões. Mas o Ty acabou irritado o bastante para se voltar contra mim e jurar que vai terminar o que começou na noite anterior, ou seja, acabar com a minha raça.

— Tudo isso me parece dramático e angustiante.

— Não posso negar. A ameaça do Ty não agradou ao babaca, já que aquilo fazia com que a alegação que ele ia inventar, de que o Ty não era senhor de si ou seja lá o que fosse, tinha ido para o espaço. O advogado ficou ainda menos contente quando o Ty pôs as mãos para fora da cela e agarrou o pescoço dele... Oi, Caliope. Suas rosas estão lindas.

Uma mulher que usava uma longa saia colorida, um enorme chapéu de palha e luvas de jardinagem floridas acenou do jardim.

— Eu sabia que você ia dizer isso.

Ele riu.

— É a filha da Alma. Ela prevê o futuro.

Abigail começou a explicar que duvidava que a senhora com as lindas roseiras tivesse alguma habilidade premonitória, mas Brooks já havia recomeçado sua história.

— Devo admitir que meus reflexos ficaram um pouco lentos depois de tantos gritos e broncas. Demorei para tirar o babaca das mãos de Ty.

A cabeça de Abigail girava um pouco, mas ela conseguiu acompanhar o bastante.

— Você deixou o prisioneiro bater no advogado e achou aquilo satisfatório, pois gostaria de ter batido nele também.

Brooks balançou o braço dela e sorriu.

— Sei que isso me faz parecer um idiota, mas é a pura verdade. O babaca foi embora no mesmo instante. E o Ty sugeriu, em altos brados enquanto o advogado ia embora, algumas formas de autogratificação que não acredito que possam ser realizadas pelo babaca. Missy saiu correndo atrás do advogado, gritando e chorando. E, por causa de todo esse drama e todo esse escândalo, estou tirando meia hora de folga com uma mulher bonita.

— Acho que existem pessoas que pensam que as regras, ou a lei, não se aplicam a elas porque são pobres ou ricas, tristes, doentes ou arrependidas. Ou porque têm qualquer justificativa que se encaixe em sua vida pessoal e nas circunstâncias em que estão.

— É verdade.

— Mas o sistema legal costuma dar crédito a esse comportamento, ao fazer acordos com pessoas que não respeitam as regras nem a lei exatamente por essas razões.

— Isso também é verdade, mas a lei e o sistema têm que respirar.

— Não entendi.

— As leis exigem certa folga, certa flexibilidade, para que o fator humano e as circunstâncias sejam levados em conta.

Ao ouvir o barulho de uma buzina, Brooks olhou para o outro lado da rua e acenou para um homem com uma enorme barba preta, que dirigia uma picape enferrujada.

— O homem que rouba um pão — continuou ele, sem perder o ritmo — porque está morrendo de fome não pode ser tratado da mesma maneira que alguém que rouba o mesmo pão para vender.

— Talvez. Mas, se a lei fosse mais uniforme, aqueles que roubam pelo lucro teriam menos chance de repetir o crime.

Ele sorriu para ela, fazendo Abigail se perguntar se havia dito algo charmoso ou uma grande bobagem.

— Já pensou em ser policial?

— Na verdade, não. Eu realmente deveria voltar e...

— Brooks! Traga essa menina aqui.

Assustada, Abigail se virou e encarou a casa pintada com dragões, sereias e fadas. E viu a mãe de Brooks descendo de um andaime. A mulher usava um macacão e tênis sujos de tinta. Um lenço vermelho-vivo cobria seu cabelo.

No instante em que Sunny chegou ao chão, o filhote, que começara a ganir e dançar ao som da voz dela, pulou tão alto que deu uma cambalhota no ar antes de cair, esparramado, no chão.

A mulher riu e pegou o cachorro no colo enquanto soltava a coleira.

— Venha! — gritou ela de novo. — Venha apresentar a Abigail ao seu irmãozinho.

— É o filho favorito dela agora — explicou Brooks. — Vamos até lá.

— Eu realmente devia voltar para o mercado.

— Será que já não ouvi gritos e broncas suficientes para um dia? — Ele lançou um olhar de dor para Abigail. — Tenha pena de mim, por favor.

Ela não podia ser invisível se as pessoas a notassem, pensou, mas seria pior se ficasse óbvio que ela queria ser invisível. Queria que Brooks soltasse a sua mão — o gesto parecia íntimo demais —, mas, apesar disso, atravessou a rua até o jardim da casa que considerava mágica.

— Eu estava torcendo para você vir me visitar — disse Sunny a Abigail.

— Na verdade, eu ia...

— Eu convenci a Abigail a dar uma caminhada antes de ir ao mercado.

— Não tem por que ficar em casa num dia desses. Este é o Platão.

— Ele é lindo.

— E uma peste. Eu adoro pestinhas — afirmou Sunny, esfregando o nariz no focinho do filhote e, em seguida, no de Brooks. — E ele é muito esperto.

— Eu ou o cachorro?

Sunny riu e deu um tapinha na bochecha de Brooks.

— Os dois. Este aqui se senta quando eu mando, mas não fica quieto. Vejam. Platão, sente.

Sunny pôs o cachorro no chão e pousou uma das mãos nas costas do animal. Com a mão livre, procurou um biscoito para cachorro no bolso.

— Sente-se. Viu? É um gênio!

Quando o bumbum do cão tocou a grama, ela o deixou engolir o biscoito.

Mas, dois segundos depois, ele já estava de pé, pulando, se sacudindo e arranhando os tornozelos de Abigail.

— Estamos trabalhando a educação dele.

— Ele ainda é um bebê.

Incapaz de resistir, Abigail se agachou, sorrindo enquanto Platão tentava subir em seus joelhos, rindo enquanto ele pulava para dar lambidas.

— Ele tem olhos alegres. — Ela segurou o focinho do cão com gentileza quando ele tentou mordiscá-la. — Nada disso. É, você é muito lindo e feliz.

Como se tivesse ficado emocionado com o elogio, Platão se deitou e rolou para mostrar a barriga.

— E tem bom gosto — notou Sunny, enquanto Abigail esfregava a barriga do cão. — Meus dois meninos têm. Hoje você também está com um olhar alegre, Abigail.

— Eu gosto de cachorros. — A moça olhou para a casa e mudou o foco. — A sua casa é tão interessante e colorida... Deve ser recompensador poder compartilhar a sua arte com as pessoas que passam por aqui.

— Isso me tira das ruas e não me deixa causar problemas. Na maior parte do tempo.

— É maravilhosa. Desde que mudei para cá, eu observo o que você fez e continua fazendo. Adoro o fato de as pinturas não fazerem sentido.

Quando Sunny riu, Abigail sentiu um calor subir até sua nuca.

— Não é bem isso. Eu quis...

— Eu sei exatamente o que quis dizer, e você está absolutamente certa. Também gosto disso. Vamos entrar. Fiz chá de pêssego gelado hoje de manhã e tenho aqueles biscoitos de gengibre com cobertura de limão que você gosta, Brooks.

— Eu adoraria comer um biscoito.

Estendendo o braço, ele passou a mão pelo cabelo de Abigail.

— Muito obrigada, mas eu preciso ir ao mercado e voltar para casa, para o meu próprio cachorro. — Enquanto se levantava, Abigail pegou o filhote no colo e entregou o corpo que se debatia a Sunny. — Foi ótimo ver a senhora de novo e conhecer o Platão.

Ela andou o mais rápido que podia, tentado estabelecer o limite entre estar ocupada e fugir.

Eles a haviam encantado, seduzido. O homem, a mãe, até o cachorrinho. Ela tinha se deixado levar. Conversas, convites, tortas, sexo.

Várias pessoas viram Brooks e ela caminhando. De mãos dadas. Falando com a mãe dele. E as pessoas falariam sobre isso. Sobre ela.

Só porque ela não fazia parte de uma rede social não significava que não sabia como essas redes funcionavam.

Não poderia ser a mulher comum, quase nunca notada, que *morava em* Bickford se ela *se tornasse parte de* Bickford através de Brooks.

Por que ele não se comportava como o macho padrão a que ela estava habituada? Os dois haviam feito sexo. Ele a havia conquistado. Agora podia passar para o próximo desafio.

Quando alguém agarrou o seu braço, ela reagiu sem pensar. O puro instinto a fez girar e socar a cintura e o quadril do oponente, antes de preparar um *jab*.

Brooks segurou a mão dela um centímetro antes de o soco atingi-lo. Teve que se proteger, se afastar.

— Calma. — Ele mal conseguira bloquear o *jab*. — Você tem ótimos reflexos, Xena.

— Sinto muito. — A simples ida ao mercado agora parecia um pesadelo. — Você me assustou.

— No mínimo. Por sorte, meus reflexos também são muito bons. Se não, estaria com outro roxo na cara.

— Me desculpe. — A voz soou rígida. — Você veio por trás e me agarrou.

— Entendi. — Como se quisesse acalmá-la, ele passou a mão pelo cabelo da moça. — Linda, um dia, você vai ter que me contar quem te machucou.

— Não fale comigo assim. Isso não está certo. Você fez sexo.

— Eu acho que fomos nós, e é, fizemos. Por que não me diz como isso deveria funcionar?

— Você deveria se afastar. — Agitada, Abigail passou a mão pelo cabelo, olhou em volta. — Não posso discutir isso agora, aqui. Não entendo por que temos que conversar sobre isso. Você não devia mais estar interessado em mim.

— Para alguém tão inteligente, você pode ser burra como uma porta. Transei com você porque estou interessado. E, desde que a gente dormiu junto, estou mais interessado ainda.

— Por quê? Não, não responda. Você sempre tem as respostas certas. Você me deixa confusa. Não quero me sentir assim.

— Assim como?

— Eu não sei! Tenho que ir ao mercado e preciso ir pra casa, terminar meu trabalho e...

— Você precisa respirar fundo. — Brooks pôs as mãos nos ombros da moça. — Respire fundo, Abigail.

— Eu preciso respirar fundo.

Ela fechou os olhos, lutando contra o ataque de pânico. Meu Deus, meu Deus, por que ela não havia ficado em casa?

— Ótimo. Respire fundo outra vez. Calma, isso. Pronto. Agora, escute o que vamos fazer.

— Não me diga o que vamos fazer. Não deveria ser *nós*.

— É, mas aparentemente é. Posso dar uma sugestão? Por que não vamos até o meu escritório? Você pode se sentar, tomar um copo de água...

Ela balançou a cabeça.

— Tenho que ir ao mercado.

— Está bem, vá até o mercado. Mais tarde, lá pelas seis, seis e meia, eu vou até a sua casa. Vou levar alguns bifes e preparar para você. Nós vamos jantar e ver se a gente pode resolver essa situação.

— Não precisamos jantar nem resolver nada. Só tenho que...

Com muita calma, muito cuidado, ele pôs os lábios sobre os dela. E, quando se afastou, ela estremeceu.

— Acho que é isso que você não quer sentir. Mas você sente e eu também. Então vamos resolver isso.

— Você não vai sumir.

— Vamos ver o que acontece. Se for preciso, eu vou sumir. Não vou te machucar, Abigail, e vou fazer o que puder para não deixar você triste. Mas, quando duas pessoas sentem alguma coisa, elas têm que respeitar isso o bastante para tentar entender o que estão sentindo.

— Você não entende.

— Não, linda, não entendo. Mas quero entender. Vou te levar até o mercado.

— Não quero que me leve até lá. Quero ficar sozinha.

— Está bem. Vejo você hoje à noite.

Mais uma conversa, disse ela a si mesma, enquanto fugia correndo. Mais uma conversa em que se manteria calma e racional. Ela simplesmente explicaria que não estava interessada em uma relação, nem disposta a ter uma. O trabalho a mantinha ocupada demais para que pudesse se distrair com jantares, com companhia e visitas que dormiam na casa dela.

Ela seria firme. Ele seria sensível.

O que quer que aquilo fosse acabaria, amigavelmente. Nunca devia ter começado.

E tudo voltaria a ser tranquilo outra vez.

Assim que chegasse em casa, ela ensaiaria o que diria e como diria.

Estaria preparada.


ELA ADIOU O ENSAIO, lembrando a si mesma qual era e sempre seria a sua prioridade: o trabalho. Compartimentalizar as situações acabou sendo mais difícil do que havia imaginado, mas revisou as informações com cuidado e fez alguns ajustes. Por fim, escreveu o e-mail:

*Algumas informações que você pode achar úteis. Obrigado pela atenção e por qualquer ação que considere apropriada.*

*Tvoi drug*

Usando o sistema que já havia criado para a mensagem, Abigail a fez passar por vários locais e fechou a conta temporária. Como sempre, imaginou que teria gostado de entrar em contato com a agente do FBI, de trocar opiniões e informações, mas tinha que se contentar com as informações que obtinha de alguns relatórios ou arquivos que hackeava.

Depois de apagar a conta, ela pôs uma cópia das informações numa pasta e codificou tudo.

— Vamos caminhar — disse a Bert. — Vou ensaiar o que preciso dizer ao Brooks enquanto estivermos caminhando. Amanhã, tudo vai voltar a ser do jeito que deve. Nós também temos que trabalhar para pagar as contas, não é?

Enquanto Abigail punha as chaves no bolso, Bert esfregou o corpo contra a perna dela.

— Conheci outro cachorro hoje. É uma graça. Acho que você ia gostar dele.

Quando ela saiu, Bert ficou para trás.

— Acho que você ia gostar de ter um amigo. No ano que vem, vou pegar um filhote. Você vai me ajudar a treinar o cachorrinho e ele vai ser uma boa companhia para nós dois. Nós só precisamos disso, não é? Só precisamos disso.

Os dois deram a volta na casa para examinar a horta.

— Ela precisa de cuidado. E já está na hora de começarmos a plantar mais flores. Já passou da hora. Eu me distraí, mas vamos voltar à programação. Preciso trabalhar mais no vírus. Um dia, Bert, quando for a hora e eu tiver aperfeiçoado tudo, vamos infectar os Volkov como uma praga.

Ela suspirou.

— Mas não posso pensar nisso agora. Tenho que pensar nesta situação.

Ela abriu o casaco enquanto entravam na floresta e, por alguns segundos, pôs a mão sobre a coronha da arma.

As ameixas selvagens nasciam, pétalas cheirosas entre o suave brilho verde. O salgueiro que alguém plantara alguns anos antes mergulhava os dedos folhosos na água agitada do rio. Violetas selvagens se espalhavam, formando um vivo tapete roxo.

Em meio ao silêncio, aos aromas, às cores, ela se acalmou enquanto andava pela luz e pelas sombras.

Tremendo de ansiedade, Bert lançou um olhar para ela. Ao vê-la concordar, deslizou alegremente pela margem do rio e foi pular na água. Aquilo a fez rir, como sempre — ver um cão enorme brincar como uma criança numa piscina.

Abigail o deixou na água enquanto observava a floresta. Pássaros cantavam. O fundo musical era acompanhado pelo ratatá de um pica-pau procurando seu almoço. Ao passar pelos brotos de folhas, o sol lançava uma luz sonhadora.

Ela sabia que o cenário se iluminaria à medida que os dois caminhassem, que a vista se abriria para as colinas. Abigail adorava observar a vista do ponto mais alto, estudar a subida e a queda do terreno. E, ali, à luz fraca e à sombra, com o chamado das aves e o murmúrio do rio, o barulho do cachorro... Ali, pensou, ela se sentia em casa.

Ia comprar um banco. É, entraria numa loja online e encontraria algo de madeira, orgânico. Uma coisa que parecesse ter crescido ali. É claro, bancos não cresciam em lugar nenhum, mas algo que criasse aquela ilusão. Então ela poderia se sentar onde o mundo se abria para as colinas, enquanto o cachorro brincava no riacho. Talvez um dia se sentisse segura o bastante para levar um livro. Ela se sentaria em seu banco na floresta, com vista para as colinas, e leria enquanto Bert brincava.

Mas tinha que parar de pensar no futuro. Tinha que lidar com o agora, ou melhor, com aquela noite.

— Está bem.

Abigail fez sinal para o cachorro e se manteve afastada enquanto ele corria e se sacudia, lançando uma tempestade de água no ar.

— "Brooks" — começou ela, enquanto os dois caminhavam —, "apesar de te achar atraente e de ter gostado de fazer sexo com você, não estou em posição de iniciar um relacionamento..." Não, "não estou disposta a começar um relacionamento". Isso é mais firme. "Não estou disposta a começar um relacionamento." Ele vai perguntar por quê. Esse é o padrão dele, então tenho que ter uma resposta pronta. "Meu trabalho é prioridade e ele não só exige muito tempo, mas também a minha concentração."

Ela repetiu tudo, experimentando vários tons de voz.

— Isso deveria bastar, mas ele é tenaz. Eu deveria dizer algo sobre apreciar o interesse dele. Não quero deixá-lo irritado, chateado, nem ferir o orgulho dele. "Aprecio o seu interesse. É lisonjeiro." Lisonjeiro é bom. Isso.

Abigail respirou fundo, aliviada por não estar mais em pânico.

— Isso — repetiu. — Eu poderia dizer: "Fiquei lisonjeada com o seu interesse." E fiquei mesmo. É mais fácil soar sincera quando se é sincera. "Fiquei lisonjeada com o seu interesse e gostei das nossas conversas?" Será que eu deveria mencionar o sexo de novo? Deus. Deus do Céu! Como as pessoas fazem isso? Por que fazem? É tudo tão complicado e envolve tantas preocupações...

Ela ergueu o rosto para o sol, inspirando o calor e a luz enquanto saía da sombra das árvores. E, olhando para as colinas, começou a pensar. Tantas pessoas moravam nelas, com tantas conexões, tantas relações inter-pessoais... Pais, filhos, irmãos, amigos, amantes, professores, empregados, vizinhos...

Como elas conseguiam? Como se misturavam, se relacionavam e lidavam com todas aquelas necessidades e dinâmicas? Todas aquelas expec-tativas e sentimentos?

Era mais fácil morar isolada e sozinha, com a própria programação, os próprios objetivos, satisfazendo as próprias expectativas e necessidades, sem ter a exigência constante de acrescentar outras pessoas à mistura.

Era o que a mãe dela havia feito, e Susan Fitch certamente tinha sido bem-sucedida em todas as áreas. Claro, a filha fora uma decepção, mas, por outro lado, era isso que acontecia quando outra pessoa era incorporada à sua vida.

— Não sou a minha mãe — murmurou Abigail, pondo a mão na cabeça de Bert. — Não quero ser. Mas, mesmo se quisesse relacionamentos e complicações, não posso ter isso. Não é possível. Então vamos tentar de novo. "Apesar de te achar atraente" — começou.

Ela ensaiou o conteúdo, o tom, a estrutura da frase, até a linguagem corporal, por quase uma hora, aperfeiçoando tudo enquanto voltava para casa com Bert.

Imaginando que a discussão e o jantar seriam civilizados, abriu uma garrafa de Shiraz. E tomou meia taça para estabilizar as emoções. Às seis e meia, teve que se obrigar a não ficar andando de um lado para o outro nem se servir de outra meia taça de vinho.

Quando ele chegou, às seis e quarenta e cinco, ela já tivera tempo para ficar nervosa de novo. Abigail repetiu o discurso que preparara, repassan-do-o na cabeça, usando-o para se acalmar enquanto andava até a porta.

# 15

Era realmente agradável olhar para ele, pensou. Levaria algum tempo para que a reação química que sentia perto dele se dissipasse.

— Desculpe o atraso. — Com a sacola de compras embaixo do braço, ele andou até a varanda. — Aconteceram algumas coisas.

— Tudo bem.

— Oi, Bert. — Casualmente, Brooks esfregou a mão na cabeça de Bert enquanto entrava na casa. Depois, se virou e deu um beijo em Abigail. — Como você está?

— Bem, obrigada. Vou levar a sacola para a cozinha.

— Pode deixar. — Ele indicou com a cabeça o vinho sobre o balcão enquanto pousava a sacola. — Que beleza.

— Você disse bifes. Isso deve cair bem com carne vermelha.

— Ótimo, porque trouxe uns belos filés aqui.

— Você não disse o que queria comer com os bifes, então eu não sabia o que preparar.

— Nada. Eu já trouxe.

Ele sacou da sacola duas batatas enormes e um saco de folhas misturadas.

— O que é isso? — Abigail bateu no saco.

— Salada. É um saco de salada.

— Saco de salada. — Apesar do nervosismo, ela sorriu. — Tenho muitos vegetais frescos para fazer salada.

— Que você vai ter que picar e tal. A beleza do saco de salada é que já vem pronto. Por que não se senta? Vou pôr as batatas para cozinhar.

Ela achou que não deveria se sentar. Não havia praticado falar sentada.

— Quer ter a discussão antes do jantar?

— Só vamos discutir uma vez?

— Oi?

Ele olhou para ela enquanto punha as batatas na pia para lavá-las.

— Só vamos ter uma discussão? Que tal conversamos antes do jantar, durante e até depois?

— Bom, é claro. Mas a discussão sobre a situação. Vamos falar disso agora ou você prefere esperar até o jantar?

— Que situação?

— Eu e você... Essa ligação social. Essa relação interpessoal.

Brooks pôs as batatas no balcão e, com um sorriso tão caloroso que fez alguma coisa dentro de Abigail doer, pegou o rosto da moça entre as mãos.

— Relação interpessoal... Estou ficando louco por você.

Ele a beijou, com força, por muito tempo, até a dor dentro dela se espalhar.

— Você poderia servir um pouco do vinho para mim?

— Eu... Posso. Não, quer dizer, não me importo de servir o vinho. Temos que discutir...

— Olha, com esse "discutir", parece que vamos falar de política. — Ele franziu a testa para o fogão por um instante, depois o pôs na temperatura certa para assar as batatas. — Vamos só conversar.

— Está bem. Temos que conversar.

— Sobre nossa ligação social e nossa relação interpessoal.

Por reflexo, ela ajeitou as coisas.

— Você está fazendo piada do que eu disse.

— Um pouco. Isto vai demorar. Talvez a gente possa se sentar. Posso acender a lareira para a gente.

Aconchegante demais, pensou ela.

— Brooks.

— Então você consegue falar.

— O quê?

— Meu nome. É a primeira vez que você me chama pelo meu nome.

Não podia ser verdade. Podia?

— Você está me confundindo. Eu nem comecei e você já está me confundindo.

— Você está preocupada com o que está acontecendo entre a gente. É isso?

Aliviada por poder começar, ela respirou fundo.

— Apesar de te achar atraente e de ter gostado de fazer sexo com você, não estou disposta a começar um relacionamento.

— Você já começou.

— Eu... O quê?

— Isto é um relacionamento, Abigail, então você já está envolvida em um.

— Eu não pretendia fazer isso. Não estou disposta a continuar envolvida em um relacionamento.

— Por quê?

— Fico lisonjeada com o seu interesse e gostei das nossas conversas. No entanto, meu trabalho exige uma quantidade muito grande de tempo e minha total concentração. Prefiro não ser distraída e acho que você precisa de uma companhia mais agradável e mais socialmente disponível.

Ele tomou um gole de vinho.

— Você ensaiou isso? — Brooks apontou para ela. — Ensaiou.

Cada centímetro do corpo de Abigail ficou rígido de vergonha.

— Não entendo por que o fato de eu querer ter certeza de que articularia minha opinião e meus pensamentos de forma clara é divertido para você.

O tom gélido na voz dela não diminuiu o sorriso dele.

— Acho que você teria que estar na minha posição para entender.

— Isso é só um jeito de dizer que você tem outra opinião, o que é a sua resposta para muitas coisas.

— É, isso é importante para mim. Abigail, eu acho que você teve que ensaiar esse seu discursinho porque a maior parte dele é um monte de merda.

— Se você é incapaz de ter uma discussão racional, deveria ir embora.

Com a taça de vinho na mão, o corpo apoiado no balcão, ele se manteve tão relaxado quanto ela estava rígida.

— Você não estava planejando ter uma discussão. Você ia pronunciar o seu discurso e me mandar embora. Se quiser que eu vá embora, Abigail, então acho que vai ter que me dizer o que está incomodando você, do que você tem medo e como está se sentindo.

— Eu disse que não estava interessada.

— Mas você não está dizendo a verdade. Não quero estar com uma mulher que não quer estar comigo. Então, se esse for o caso, me diga, tenha cortesia e respeito suficientes para me explicar. Eu vou fritar os bifes, vamos ter uma refeição decente e eu vou embora. Isso é o mais justo que posso imaginar.

— Eu já falei. Meu trabalho...

— Abigail.

Havia um mundo de paciência naquela palavra, o que a irritou profundamente.

— Por que nada funciona da maneira que deveria com você? Por que não pode me responder de forma lógica? Não posso ter uma discussão com alguém que se recusa a ser racional!

— Sei que isso vai irritar você, mas, na minha opinião, estou sendo tão racional quanto qualquer outra pessoa seria.

— Então pare.

— De ser racional?

Ela ergueu os braços.

— Eu não consigo pensar!

— Me responda uma coisa: você sente alguma coisa por mim?

— Eu não quero sentir.

— Eu vou aceitar isso com um sim. Por que você não quer sentir isso?

— Não sei o que fazer com o que sinto. Com você. Com isto. Só quero voltar a ter tranquilidade. Só quero a minha rotina. Acho que isso é razoável. — A voz dela tendeu para o pânico mais uma vez, e ela não pôde evitar que seu tom subisse. — Nada é tranquilo quando você está aqui. Tudo sai da programação e é imprevisível. Eu nem consigo ir ao supermercado porque, de repente, tenho que caminhar com você e falar com a sua mãe e brincar com um filhote e sua mãe me oferece chá de pêssego gelado. Só quero que me deixem em paz, sozinha. Eu sei ficar sozinha.

— Vamos lá para fora.

— Eu não quero ir lá para fora!

— Linda, você está tremendo e está com dificuldade de respirar. Vamos parar um pouco, ir lá para fora e nos acalmar.

— Não cuide de mim! Eu cuido de mim mesma desde os 17 anos. Não preciso de ninguém.

Brooks destrancou a porta dos fundos.

— Vamos, Bert. — E, pegando a mão de Abigail, ele a puxou para fora. — Se isso é verdade, já passou muito da hora de você ter alguém que cuide de você de vez em quando e que se importe com você. Agora, respire, porra.

— Não me xingue.

— Respire, e não vou ter que fazer isso.

Ela se afastou dele e se apoiou na viga da varanda. Lágrimas vieram junto com o ar, então ela pressionou o rosto contra a madeira.

— Se me quer de joelhos por você, é assim que vai conseguir. — Esfregando o rosto com ambas as mãos, Brooks tentou se recompor. — Abigail, se eu deixo você tão infeliz assim, juro que vou te deixar em paz. Mas eu queria muito que você me deixasse ajudar.

— Você não pode me ajudar.

— Como é que você sabe?

Ela virou o rosto para ele.

— Por que você se importa comigo?

— Eu acho que, se não entende por que alguém se importaria com você, não teve muita interação social nem muitas relações interpessoais.

— Está rindo de mim de novo.

— Agora, não estou, não.

Ele não tocou na moça, mas sua voz era um carinho gentil sobre nervos em pandarecos.

— Eu sinto alguma coisa por você. Não sei direito o que é, mas gosto de sentir.

Ela balançou a cabeça.

— É só uma reação química.

— Foi o que você disse. Eu estudei química no ensino médio, mas era péssimo aluno. Sou eu que estou te deixando triste assim?

Abigail quis dizer que sim, pois sabia que Brooks iria embora e ficaria longe. Mas não pôde mentir enquanto ele olhava em seus olhos.

— Não. Fico feliz quando estou com você. Não quero ficar feliz por sua causa.

— Então ficar feliz está deixando você triste.

— Eu sei que isso não parece racional, mas é a verdade. Desculpe por me comportar daquele jeito.

— Não peça desculpas.

Brooks pôs a mão no bolso e tirou um lenço estampado azul dobrado.

— Tome.

Desprezando a si mesma, ela enxugou o nariz.

— Obrigada.

— Vou fazer uma pergunta agora. Se não estiver pronta para responder, me diga. Mas não minta para mim. Isso tem a ver com um marido, um ex-marido, um namorado ou coisa parecida, que machucou você?

— Não. Não. Nunca tive ninguém assim. Ninguém nunca me machucou.

— Você foi muito ferida. Está dizendo que ninguém nunca te machucou, fisicamente?

— Estou. — Mais calma, ela enxugou os olhos com o tecido macio e gasto, depois olhou para a estufa. — Sei cuidar de mim. Nunca tive maridos, namorados nem relacionamentos.

— Você tem um agora. Um relacionamento. — Aproximando-se, ele pegou o queixo da moça com uma das mãos e enxugou as lágrimas, que já secavam, com a outra. — Você vai ter que fazer esse seu cabeção lidar com isso.

— Não sou igual às outras pessoas, Brooks.

— Você é singular. Por que não deveria ser?

— Você não entende.

— Então me ajude a entender.

Quanto ela podia contar a ele? Se ele entendesse apenas o suficiente, talvez pudesse acabar com tudo.

— Quero o meu vinho.

— Vou pegar.

Antes que Abigail pudesse retrucar, Brooks entrou na casa. Ela usou aquele instante sozinha para acertar a cabeça. Disse a si mesma que não adiantava querer mais tempo para se preparar.

234

— Não quero que você faça as coisas por mim — começou ela, quando ele saiu, trazendo as duas taças. — É importante que eu faça as coisas sozinha.

— O vinho? É sério? — Brooks levou a própria taça para a escada e se sentou. — A cortesia também é importante. Gestos simples. Minha mãe é uma mulher muito capaz e independente, mas eu teria pegado a taça de vinho dela. Pelo que já vi, pelo que sei, você é extremamente capaz e independente. Mas isso não significa que não possa te fazer um favor.

— Isso é bobagem. — Um pouco perdida, ela olhou para a bandana e ficou mexendo no tecido. — Odeio bancar a boba. E não era isso que eu ia dizer, de qualquer maneira.

— Por que você não se senta aqui e diz o que ia dizer?

Abigail hesitou, mas fez um sinal para Bert dizendo que o cachorro podia ir para o jardim e se sentou.

— Sou capaz de muitas coisas, mas não acho que seja capaz de manter um relacionamento.

— Porque...

— Quando minha mãe decidiu que queria ter um filho, ela pesquisou doadores.

— Então ela não estava namorando ninguém.

— Não. Ninguém com quem ela quisesse procriar.

Procriar, pensou Brooks. Era uma palavra bastante definitiva.

— Ela havia chegado num momento da vida em que queria um filho. Isso não está correto — decidiu Abigail. — Ela queria um descendente e tinha exigências muito específicas e detalhadas para o doador. Minha mãe é uma mulher muito inteligente e, naturalmente, ela queria produzir uma... descendência inteligente. Ela exigiu inteligência e boa saúde, inclusive na família próxima. Tinha também exigências físicas em termos de aparência, tipo corporal e força.

— Entendi.

— Quando determinou o doador, ela marcou a data da concepção, através de inseminação artificial, de forma que não tivesse que alterar sua programação pessoal e profissional. Naturalmente, ela se consultou com os melhores especialistas em obstetrícia e eu nasci em uma cesariana já programada. Eu era muito saudável e tinha o peso e o tamanho apropriados.

Ela, é claro, havia contratado uma enfermeira; então eu recebi o melhor cuidado e fui testada e examinada regularmente para que ela tivesse certeza de que meu desenvolvimento estava firme.

A canção do pássaro, tão alegre, pareceu deslocada, assim como a espiral repentina de um beija-flor na direção de um vaso de cravos vermelhos.

— Você sabe tudo isso porque descobriu ou porque ela contou?

— Ela me contou. Eu sempre soube. Saber disso fez parte da minha educação. Minha educação e minha saúde física eram prioridade. Minha mãe é extremamente bonita e ficou um pouco decepcionada pois, apesar de meus traços serem bastante agradáveis e de minha cor ser boa, eu não atingi o nível de aparência que ela esperava. Mas compensei em inteligência, habilidades motoras e memória. No geral, ela ficou satisfeita.

— Nossa...

Abigail se encolheu quando ele pôs um dos braços em volta dos ombros dela.

— Não sinta pena de mim.

— Você vai ter que engolir essa.

— Estou contando isso para que você entenda a minha formação genética. Minha mãe, apesar de ter ficado satisfeita comigo de forma geral, nunca me amou nem quis me amar. Ela nunca aceitou o fato de eu ter objetivos, desejos ou planos próprios. Os planos dela para mim também eram muito específicos e detalhados. Por muito tempo, achei que ela não me amava porque faltava alguma coisa em mim. Mas acabei percebendo que ela simplesmente não sabia amar. Ela não tem capacidade nem aptidão para amar, nem talento para demonstrar afeição. Levando em conta minha genética e o ambiente em que cresci, também não tenho essa capacidade. Talvez não tenha prática em relacionamentos, mas sei que emoções e afeição são necessidades primárias no desenvolvimento e na manutenção deles.

Que monte de merda, pensou Brooks. Mas decidiu estruturar a resposta com mais cuidado.

— Me deixe ver se eu entendi. Como a sua mãe é fria, egoísta e parece ter tanta compaixão quanto uma pulga, você está geneticamente predestinada a ser igual a ela?

— Você foi muito duro.

— Posso ser mais.

— Não precisa. Quando pensamos em genética e ambiente, o que costumamos chamar de natureza e criação...

— Eu sei muito bem o que é isso.

— Você está irritado.

— Irritado é eufemismo. Mas não é com você. Vou perguntar outra coisa. Se você é tão geneticamente incapaz de amar e de ser afetuosa, como é que ama esse cachorro e ele também ama você? E não tente dizer que foi o treinamento.

— Nós precisamos um do outro.

— A necessidade faz parte do amor. Se ele se machucasse ou ficasse doente e não pudesse mais agir como cão de guarda, você se livraria dele?

— É claro que não.

— Porque isso seria um gesto frio, egoísta e mau, e você não é nada disso. E porque você ama o bicho.

— É um cachorro, não uma pessoa. Existem pessoas que têm sentimentos fortes por animais e não têm os mesmos sentimentos por outras pessoas.

— Você sente alguma coisa por mim.

Sem resposta, Abigail encarou o vinho.

— E o seu pai?

— O doador.

— Está bem, e o doador? Se ela nunca contou quem era, você descobriu. É inteligente demais para deixar isso passar.

— Ela não quis me dar o nome nem certos detalhes dele. Mas, quando tinha 12 anos, eu... acessei a informação.

— Ela mantinha um arquivo.

— Minha conclusão foi, ou é, que ela achava importante saber sobre a saúde dele, sobre quais problemas ele poderia desenvolver. Então, é, ela mantinha arquivos. Eu hackeei tudo.

— Aos 12 anos.

— Sempre me interessei por computadores. Ele é físico. É muito respeitado e bem-sucedido. Tinha cerca de vinte anos quando doou o esperma. Era muito mais novo do que minha mãe na época.

— Ele sabe sobre você?

— Não. Nunca falei com ele.

— Podia ter entrado em contato.

— Por quê? Por que eu atrapalharia a vida, a família dele? Temos uma relação biológica e nada mais.

— Ele tem uma família.

— Tem, ele se casou aos trinta e um anos. Quando acessei as informações, ele tinha um filho e estava esperando outro. Tem três filhos agora. Não sou nenhum deles. Sou o resultado de uma doação.

— E ele ainda está casado?

— Está.

— Então ele consegue desenvolver e manter uma relação. E você tem os genes dele também.

Por um instante, um longo instante, ela observou o voo de um beija-flor — o forte azul-safira — até que ele voasse para longe.

— Por que você iria querer ficar com alguém cujo talento e aptidão para relações pessoais são tão diminutos?

— Talvez eu queira ver essas coisas se desenvolverem, ser parte disso. E tem outra questão: estou gamado em você. Junte as duas coisas.

— Existem outras razões pelas quais eu não deveria deixar isso continuar. Não posso contar quais são.

— Ainda. Eu sei que você está fugindo de alguma coisa e que essa coisa assusta você o bastante para precisar desse cachorro, de toda essa segurança, de todas aquelas armas. Seja lá o que for, fez você se trancar, literal e metaforicamente. Quando você confiar em mim o bastante, quando descobrir que precisar de ajuda não é o mesmo que ser fraca e dependente, vai me contar. Mas, por enquanto, eu vou acender a churrasqueira.

Ela se levantou logo depois dele.

— Quanto do seu interesse por mim tem a ver com querer descobrir os meus segredos?

Ela precisava de sinceridade. Talvez mais do que a maioria. Então ele daria sinceridade a ela.

— Começou por causa disso. E eu ainda me pergunto sobre certas coisas, porque um policial sempre se pergunta. Mas sinceramente? Depois que você se abriu um pouquinho, Abigail, eu passei a ser seu. Sou seu — repetiu ele, tomando a mão da moça e a pressionando contra o próprio coração.

Ela olhou para a própria mão, sentiu a batida forte, regular. E se deixou levar, deixou o rosto pousar ali. Quando os braços dele a envolveram, Abigail fechou os olhos com força, e as emoções surgiram, rápidas e intensas. Ser abraçada daquela maneira, numa noite fria de primavera, por alguém que gostava dela...

Era quase um milagre, mesmo para alguém que não acreditava neles.

— Eu ainda não sei o que fazer com isto, com você. Com nada disso.

— Vamos ver o que acontece.

— Posso tentar. Quer ficar aqui hoje?

Ele pressionou os lábios contra o topo da testa dela.

— Achei que você nunca fosse perguntar.

Ela deu um passo para trás, se acalmou olhando nos olhos dele.

— Vou fazer um molho para o saco de salada.

E viu aquele brilho rápido de bom humor iluminar o rosto dele.

— Isso seria ótimo.

Quando Abigail entrou, Brooks foi até a churrasqueira e tirou a capa. Ah, ele era dela, pensou, mais do que devia admitir. Mas acreditava que se acostumaria com a situação, assim como acreditava que descobrir aqueles segredos, de mansinho, pouco a pouco, valeria o esforço.

Em Chicago, a apenas duas quadras da boate em que Ilya havia conhecido Elizabeth Fitch numa noite de verão, ele passeava pelo apartamento vagabundo que abrigava uma das operações de fraude digital mais lucrativas da família. Costumava supervisionar aquelas atividades, então, apesar de sua presença provocar certo nervosismo, o trabalho continuava tranquilamente.

Vários operadores trabalhavam em computadores, lançando *spams* que anunciavam ofertas para trabalho em casa, farmácias canadenses, encontros online e downloads grátis. Alguns geravam taxas, cobradas por operadores de telefone que enganavam pessoas inocentes ou desesperadas o bastante para ligar. Outros simplesmente roubavam os dados de cartões de crédito, que se transformavam em lucros rápidos ou em roubo de identidade.

Ali, as despesas eram pequenas e o lucro, regular e alto.

Ele havia criado pessoalmente uma variação do costumeiro esquema nigeriano, que continuava a ser o golpe mais lucrativo deles.

Aquilo dava muito orgulho a Ilya.

Ele gostava do trabalho e considerava aquilo um exercício intelectual. Os negócios iam bem, tinham se expandido desde o ano anterior. Nem os muitos avisos online nem as matérias nos jornais noturnos domavam a fome da natureza humana por dinheiro fácil.

E as únicas armas necessárias para sacar dinheiro das carteiras dos bobos eram um computador e um telefone.

Ele aceitava a violência, infligia-a sempre que precisava, ordenava quando era uma garantia. Mas preferia crimes sem sangue.

Considerava-se um homem de negócios que logo teria uma esposa e criaria uma família própria. Ensinaria os filhos a serem homens de negócios e a deixarem o sangue para outras pessoas. Homens como Korotkii sempre seriam úteis, mas ele tinha planos maiores para os filhos que teria.

Gostava de ouvir os telefones tocarem e os "operadores" lerem o *script* preparado, improvisando quando necessário. "Claro, você pode ganhar dinheiro em casa! Aumente o seu salário, estabeleça os seus horários de trabalho. Por uma pequena taxa, vamos fornecer todo o material de que o senhor precisa."

É claro que eles não providenciavam nada de útil, mas a taxa era sempre depositada. O valor ficava sempre pouco abaixo de quarenta dólares. Era realmente um pequeno preço a pagar por uma boa lição.

Ele falou rapidamente com o supervisor, anotou o lucro do dia e andou até a porta.

Também gostava do suspiro de alívio que ouvia sempre que saía do apartamento.

Nascera para o poder e o usava com tanta naturalidade quanto seus ternos Versace.

Saiu do prédio e foi até o carro que o esperava. Entrou no banco de trás e não disse nada ao motorista. Enquanto a SUV se afastava da calçada, mandou uma mensagem para a amante. Esperava que ela estivesse pronta para ele dali a duas horas. Depois mandou uma mensagem de texto para a noiva. Ele ia se atrasar, mas achava que a reunião e outros negócios terminariam até meia-noite.

O carro estacionou novamente, do lado de fora de um restaurante, fechado para uma festa particular.

O pai insistia naquele encontro ao vivo todos os meses, mas, na opinião de Ilya, as coisas seriam muito mais eficientes se fossem resolvidas através de conferências por telefone.

Mesmo assim, Ilya via o valor das relações pessoais e sabia que haveria boa comida, boa vodca e a companhia de outros homens.

Dentro do restaurante, ele entregou o sobretudo de caxemira para a *hostess* morena, bonita e vesga. Quando tivesse tempo, gostaria de transar com a mulher sem que ela tirasse os óculos de armação preta e grossa.

O pai já estava sentado com muitos outros à grande mesa posta no salão principal. O sorriso de Sergei se alargou quando viu o filho.

— Venha, sente-se, sente-se. Você está atrasado.

— Eu tinha negócios a resolver.

Ilya se abaixou e beijou primeiro o rosto do pai, depois o do tio.

— Trouxe a contabilidade da operação da rua 51. Queria passar para você hoje. Vai ficar contente.

— Muito bem.

Sergei serviu vodca no copo de Ilya antes de erguer o próprio copo. Aos setenta anos, o pai se mantinha robusto, um homem que aproveitava ao máximo os prazeres e recompensas da vida.

— À família — brindou ele. — Aos amigos e aos bons negócios.

Eles conversaram sobre negócios enquanto comiam. A comida desses encontros era sempre a tradicional russa. Ilya tomava *borscht* enquanto ouvia os relatórios dos soldados e informantes de confiança. Por respeito, fazia perguntas apenas quando via o pai assentir com a cabeça. Enquanto comia cordeiro grelhado, Ilya falou sobre os negócios que supervisionava pessoalmente.

Problemas foram discutidos: a prisão de um soldado por tráfico de drogas, uma prostituta que merecia punição, o interrogatório e a dispensa de um possível informante.

— Misha vai falar — anunciou Sergei — sobre a questão dos nossos informantes na polícia.

Ilya empurrou o prato para o lado. Se comesse demais, não ia aproveitar a amante direito. Ele olhou para o primo enquanto bebia vinho.

— O Pickto disse que ainda não conseguiu descobrir como as informações sobre alguns dos nossos negócios estão sendo passadas para o FBI.

— Então por que estamos pagando esse cara? — exigiu saber Sergei.

— É, tio, foi o que perguntei a ele. Em algumas ocasiões, ele avisou a gente a tempo e conseguimos tomar medidas para proteger nossos interesses, mas agora não está conseguindo identificar o contato dentro do FBI nem os métodos de repasse de informações. Ele suspeita de três pessoas, mas parece que o nome está cercado de cuidados. Pediu mais tempo e recursos.

— Mais dinheiro.

— Segundo ele, é para subornar outras pessoas.

Misha, agora pai de quatro filhos, continuou comendo com gosto. Ilya sabia que o primo não tinha uma amante para satisfazer.

— Não questiono a lealdade dele, mas começo a achar que ele e os dois outros que temos no FBI não têm cacife suficiente para suprir as nossas necessidades.

— Vamos investigar essas três pessoas. Ilya, você e Misha vão cuidar desse negócio. Quem quer que seja esse agente, quem quer que seja o informante, vamos acabar com isso. Está me custando dinheiro, homens e tempo. E me ofende.

Então Sergei também empurrou o prato para o lado.

— Isso me leva a velhos assuntos. Não me esqueci de Elizabeth Fitch.

— Ela não entrou em contato com a mãe — começou Ilya. — Nem com a polícia, pelo que já soubemos. Se ainda estiver viva, vive com medo. Não é uma ameaça.

— Enquanto estiver viva, é uma ameaça. E, mais uma vez, um insulto. Aquele Keegan. Pagamos e ele é útil. Mas não consegue encontrar a garota. Os outros também não conseguem. É uma mulher. — Ele bateu o punho na mesa. — Como podemos manter nosso orgulho se formos derrotados por uma mulher?

— Não vamos parar de procurar — garantiu Ilya.

— Não, nunca vamos. É uma questão de honra. Yakov?

— Diga, tio.

Os anos haviam sido bons com Korotkii, assim como acontece com todos os homens que trabalham naquilo que lhes satisfaz.

— Fale com o Keegan. Lembre a ele por que isso é importante. E fale com o Pickto também. O dinheiro é uma motivação, claro. Mas o medo também é. Deixe os dois com medo.

— Claro, tio.

— Ótimo. Isso é ótimo. Agora. — Sergei bateu as mãos. — Vamos à sobremesa.

# 16

ERA FÁCIL, QUASE NATURAL. ELA SE PERGUNTOU SE HAVIA ULTRAPASSADO alguma fronteira e agora vivia a vida normal que sempre quisera. Não sabia se iria durar, então cada instante daquela vida normal, fácil e natural brilhava de forma preciosa, como um diamante.

Ele ficava com ela quase todas as noites. Às vezes ela cozinhava, às vezes ele trazia comida. Os dois se sentavam na varanda ou caminhavam até o local favorito dela, com vista para as colinas. Ele a ajudava com o jardim e até lhe ensinou a jogar copo d'água com o baralho numa noite chuvosa — quando fingiu irritação depois depois de ela ganhar todas as partidas.

Ele a fazia rir.

Quando tocava nela, no escuro, todas as preocupações, todas as dúvidas que fermentavam dentro da moça simplesmente sumiam. Sempre que ela acordava ao lado dele na cama, a surpresa alegre por vê-lo ali se mantinha por horas.

Abigail passou a saber coisas sobre as pessoas da cidade, a construir imagens a partir de histórias engraçadas ou de comentários distraídos que Brooks fazia. O caixa do mercado ganhava todos os concursos de comer tortas feitos nos feriados de Quatro de Julho. O gerente do banco era, nas horas vagas, um mágico amador que animava festas infantis. O melhor e mais antigo amigo de Brooks estava esperando o segundo filho.

Brooks às vezes era chamado à noite e, por duas vezes, teve que atender a chamados de madrugada. Sempre que ela ficava sozinha, a casa parecia diferente. Não como ficava durante o dia, quando o trabalho e a rotina fluíam, mas como se alguma coisa essencial estivesse faltando.

Sempre que aquilo acontecia, ela tentava ignorar a sensação incômoda de que, quando tudo acabasse, nada voltaria a ser totalmente equilibrado e completo. Por isso se concentrava no instante, na hora, no dia, na noite.

Estava tentando relaxar e ver o que ia acontecer.

Juntos, os dois analisavam o canteiro que tinham acabado de terminar. Ela cultivara a maioria das plantas na estufa; então vê-las no devido lugar, como imaginara, a deixava feliz.

Ter ajuda, percebeu, não diminuía nem um pouco o prazer da tarefa.

Ela gostava de se sentir um pouco suja, suada e cansada e de saber que a lasanha de espinafre que havia montado mais cedo só precisava ser posta no forno.

— Está muito atraente.

— Está lindo — corrigiu ele.

— Está lindo. Mas vai ficar melhor daqui a algumas semanas. É bom ter ajuda.

Ele abriu um sorriso para ela.

— É mesmo?

— É. Quer uma cerveja?

— Estou de plantão. É melhor, não. Mas adoraria uma Coca-Cola.

— Está bem.

Tão simples, pensou Abigail, enquanto entrava em casa. Ela gostava de preparar bebidas e refeições para ele. Cozinhar para outra pessoa e não só para si, descobrira, era extremamente satisfatório. Tão prazeroso quanto os momentos em que ele sugeria levar uma pizza ou comida chinesa para casa ou quando dizia que faria alguns hambúrgueres na churrasqueira.

Ela achara que, com ele, tudo pareceria cheio demais — a casa, a vida, a rotina —, mas, de alguma forma, tudo ficara maior. Temera que o trabalho — o oficial e o pessoal — sofresse caso alguém tomasse seu tempo e espaço, mas as duas semanas anteriores haviam sido muito produtivas. Agora as pequenas tarefas tomavam menos tempo, já que ele se oferecia para ajudar ou simplesmente as fazia.

Não estavam morando juntos, lembrou a si mesma enquanto servia o refrigerante num copo com gelo. Ela não chegaria a esse ponto. Mas ele já tinha uma nécessaire no banheiro e algumas roupas no armário.

Abigail gostava de olhar para elas quando Brooks não estava por perto. Só de olhar para a camisa, o barbeador, um par de meias...

Os objetos serviam como uma prova concreta de que ele estava na vida dela.

Ou na vida que ela estava tentando construir.

Abigail olhou para fora da janela quando ouviu o latido do cachorro, seguido pela risada de Brooks.

Bert corria atrás da bola de tênis amarela como se o mundo inteiro dependesse daquilo. A brincadeira não só era divertida, mas também um ótimo exercício. Mesmo assim, era estranho ver o cachorro responder de forma tão fácil ao homem.

*Ami*, pensou ela.

É, os dois haviam se tornado amigos.

Ela pegou um copo de água gelada e o levou para fora, junto com a Coca-Cola.

— Obrigado. Esse cachorro iria até o Texas atrás de uma bola se eu conseguisse jogar com mais força.

— Ele gosta de correr e isso faz bem a ele. O Bert gosta quando você joga a bola porque consegue jogar mais longe do que eu.

— Ele está me forçando a fazer exercícios. Se continuar assim, não vou precisar ir ao treino no sábado.

O telefone tocou e a deixou aliviada. Ele não pediria de novo, não a pressionaria. Mas Abigail sabia que Brooks gostaria que ela fosse ao parque no sábado, vê-lo jogar *softball*.

Ela não estava pronta — e não sabia se um dia estaria — para encarar todas as pessoas que iriam até lá, que falariam com ela ou sobre ela.

Abigail pegou a bola de tênis babada e rasgada e a jogou para Bert.

Ouviu Brooks dizer:

— Já estou indo. — Ele prendeu o telefone no cinto. — Droga.

— Algum problema?

— Moleque rico e mimado se droga, destrói a suíte de um hotel e soca o gerente.

— Ah. É o seu amigo, Russ Conroy?

— É. E Justin Blake é o moleque rico e mimado. Ele tentou brigar com o segurança do hotel e estão segurando o babaca lá até eu chegar. Sinto muito.

— É o seu trabalho.

— Esse caso vai demorar um pouco, já que envolve um idiota violento e causador de problemas, um pai irritante, permissivo e influente e o advogado sofredor que usa sapatos Gucci e bebe uísque Chivas Regal graças ao comportamento do garoto. Talvez eu não volte hoje à noite.

— Tudo bem.

— É claro que não se importa. Não vai perder a lasanha.

— Vou guardar um pouco para você. Ela fica bem-conservada.

— Obrigado. De qualquer forma, eu ligo para você. Tenho que tomar um banho antes de ir para lá.

Ele pegou as mãos dela, se aproximou para beijá-la.

— Vou sentir sua falta.

Ela gostava da ideia de que ele sentiria sua falta — pelo menos um pouco. Ter alguém que sentia saudade dela era outra experiência nova.

O cachorro subiu a escada trotando quando Brooks entrou na casa, depois ficou parado, arfando um pouco, a bola ainda na boca, os olhos na porta.

— Ele vai voltar se puder — disse Abigail. — Temos que ficar bem sem ele. É importante que a gente fique bem.

Enquanto voltava a jogar a bola, a moça resolveu que faria apenas uma salada para o jantar. Comer lasanha sozinha parecia solitário demais.

O HOTEL DAS OZARKS ficava numa pequena colina, perto dos limites da cidade. O imóvel vitoriano de quatro andares havia sido construído por um exitoso traficante de bebidas ainda nos anos 1920, como uma casa de campo. O sucesso do homem acabara repentinamente, poucos dias antes da liberação do consumo de bebidas alcoólicas nos EUA, vítima de um tiro de rifle disparado por um rival no momento em que fora para a varanda, acompanhado de um charuto cubano e de um copo de uísque.

A viúva nunca voltara à casa, que durante alguns anos, ficara abandonada. O filho mais velho, apreciador de apostas em cavalos, a vendera no instante em que a herdara.

O avô de Russ a havia reformado praticamente sozinho e abrira um hotel na primavera de 1948. Apesar de não ser um imenso sucesso na época de Cecil Conroy, ele se manteve. Quando a comunidade de artistas começou se formar nos anos 1970 e 1980, o local passou a exibir muitas telas — e uma delas teve a boa sorte de chamar a atenção de um rico colecionador de Nova York.

Inspirado pelo quadro, o colecionador e alguns de seus amigos e sócios começaram a usar o hotel em suas férias para realizar encontros de negócios, comparecer a encontros secretos ou para dar festas.

Por causa disso, na virada do século, ganhara uma reforma, um spa e uma piscina interna.

O quarto andar oferecia um serviço de mordomo 24 horas e tinha a suíte mais prestigiosa do imóvel.

Brooks estava parado exatamente nessa suíte, com Russ ao seu lado. O cômodo tinha paredes levemente douradas, antiguidades brilhantes e reluzentes obras de arte locais.

Cacos de vidro refletiam a luz sobre o piso polido de carvalho. Vinham do candelabro, agora destruído. O vaso de vidro marrom que fora arremessado contra a TV de tela plana de sessenta polegadas estava despedaçado sobre o tapete tecido a mão, que exibia manchas do conteúdo de uma das três garrafas de vinho tinto vazias. Os vestígios de uma luminária Tiffany brilhavam entre os cacos de louça, a comida desperdiçada, as saboneteiras cheias de guimbas de cigarro e os DVDs de filmes pornôs espalhados pela suíte.

A seda azul e dourada do sofá tinha marcas de cigarro — olhos feios no tecido fino.

— E você devia ver o quarto — comentou Russ, apesar do lábio cortado e inchado. — Filhos da puta.

— Sinto muito por tudo isso, Russ.

— A banheira principal, de hidromassagem, está manchada com vinho, com urina. Um deles arrancou a torneira do lugar. E nem me fale da privada.

— Vamos precisar de fotos da suíte antes e depois. Você já conseguiu estimar o valor dos danos, só para eu ter uma ideia?

— Mais de 75 mil dólares, provavelmente quase cem mil. Caramba, eu não sei, Brooks. Pode ser que seja mais, depois que a gente analisar o que está por baixo do que estamos vendo. E o cheiro...

— Quantas pessoas se hospedaram aqui?

— Três. E tinha meninas entrando e saindo. Fizeram a reserva no nome do pai do Justin e usaram o cartão dele quando chegaram. O Justin e uma menina. Isso foi na noite passada. Em algum momento, ainda à noite...

Tenho que conferir direito no vídeo de segurança... Os outros dois meninos, os que sempre andam com ele, Chad Cartwright e Doyle Parsins, chegaram com mais duas outras garotas. Justin pediu que a recepção deixasse os dois subirem. Não é proibido receber visitas no quarto. Eles ficaram a noite toda. A recepção e a segurança receberam algumas reclamações dos outros hóspedes por causa do barulho. O máximo que posso dizer é que as meninas foram embora hoje à tarde e que os três garotos passaram o dia inteiro fumando maconha, fazendo pedidos ao serviço de quarto e assistindo a filmes pornô. Às seis, começamos a receber reclamações de novo, por causa de gritos, de coisas quebrando, de risadas altas, de uma bateção. Eles fizeram uma barricada atrás da porta e não queriam abrir para o gerente do andar. Eu vim até aqui. Cara, dava para sentir o cheiro de maconha no saguão.

Brooks apenas concordou com a cabeça, deixou Russ desabafar. As mãos do amigo ainda tremiam com o que Brooks sabia ser raiva e tristeza.

— Eu disse para aquele babaquinha que, se ele não abrisse a porta, eu ia chamar a polícia e o pai dele. Nada contra o medo e o respeito que você inspira, Brooks, mas acho que foi a ameaça de chamar o velho dele — e os dos outros — que fez com que eu conseguisse entrar. Aí aquele *filho de uma puta* me deu uma risada irônica. Riu e me mandou sair dali. Que o quarto estava pago. Dava para ver o que eles tinham feito ou pelo menos parte do estrago. Vi os outros dois esparramados no chão. Fiquei irritado demais para deixar passar. Sabe o que quero dizer.

— Sei.

— Pedi que o gerente do andar chamasse a segurança. Foi então que aquele babaca me deu um soco.

Com cuidado, ele passou a ponta do indicador sobre o lábio machucado.

— A Carolee... Você conhece a Carolee.

— Conheço.

— Ela pegou o *walkie-talkie*, chamou o Ben e pediu que ele trouxesse dois carregadores de malas, dos grandalhões. Ela sabe o que faz. Eu ficava segurando o babaca contra a porta e os outros dois estavam tão doidões que se mijavam de rir. Aí o Justin fingiu transar com a porta, abriu um sorriso ridículo para a Carolee e disse que ela devia entrar, que eles iam fodê-la tanto que ela ia ficar mais animada.

— Deus do Céu...

Lutando para se acalmar, Russ pressionou os olhos com a ponta dos dedos.

— Ele não parava de falar merda, Brooks. O Ben e os outros vieram correndo. Foi aí que ele começou a se debater, a tentar bater em todo mundo, a gritar. A Carolee ligou para a delegacia e o Boyd veio muito rápido. Chamou o Ash para ajudar e todos nós achamos que você devia ser avisado.

— Acharam certo. Ele provavelmente roubou o cartão do pai, mas os pais dele vão apoiar o moleque, dizer que deixaram o garoto usar o dinheiro. Não posso provar o contrário, mas os danos causados aqui, a violência...

Brooks percebeu que precisava se acalmar um pouco.

— Vou pedir que o Boyd venha com a Alma. Ela tira boas fotos. Vai documentar tudo isso e o Boyd vai fazer uma busca oficial por substâncias ilegais. Quero que a Alma, você e a Carolee estejam aqui. Mesmo que tenham fumado e cheirado tudo que tinham, vai haver vestígios. E, pelo amor de Deus, dá para ver os baseados junto com os cigarros nas saboneteiras. O pai dele não vai conseguir tirar aquele babaquinha dessa. Não se você der queixa.

— Pode apostar que vou.

— Ótimo. Vou levar todos para a delegacia agora. Se deixar a Carolee no comando, pode vir comigo. Você dá um depoimento oficial e presta queixa. Chame o pessoal do seu seguro e faça um belo inventário e uma análise dos danos.

Russ fez que sim com a cabeça. A vermelhidão do seu rosto começava a se tornar palidez de doença, o que não era tão melhor assim.

— Já liguei para lá.

— Está bem, então. Precisa de um tempinho?

— Não.

Russ cobriu o rosto com as mãos e o esfregou com força.

— Caralho, estou me sentindo enjoado. Tenho que contar aos meus pais. Estou muito irritado com o que fizeram, mas não preciso de tempo.

— Então vamos começar.

Brooks pensou que poderia ter escrito aquela peça em três atos. Justin Blake dá um de seus pitis, as autoridades são chamadas e levam o babaquinha arrogante para a cadeia. Antes que digam que ele tem o direito de ficar calado, Lincoln Blake entra, arrastando um advogado.

Enquanto Brooks ia ao hotel, observava a maior parte dos danos, falava com Russ e dirigia até a delegacia, Lincoln Blake já havia chegado com o advogado.

Blake se levantou.

Tinha uma figura imponente, o peito largo num terno bem cortado, o pescoço de touro preso em uma gravata listrada. Frios olhos azuis observavam sobre um nariz reto.

Usava o cabelo grisalho num corte militar, apesar de os boatos dizerem que Blake havia escapado do recrutamento, na época em que as pessoas estavam sendo recrutadas.

— Russel, soube que meu filho e os amigos dele foram responsáveis por alguns danos no seu hotel. Garanto que, se for verdade, vamos cuidar disso. Não se preocupe.

— Sr. Blake, apesar de não soar sincero no momento, peço desculpas pela grosseria. Não quero falar com o senhor. Brooks, eu vou ficar na sua sala, se não for problema.

— Fique à vontade.

— Calma, Russell... — começou Blake, mas Russ não deu ouvidos e deixou o cômodo.

O rosto de Blake ficou rígido.

— Um dono de hotel deveria saber que certa porcentagem do lucro deve ser usada na manutenção, em caso de danos e uso excessivo.

— Sr. Blake, eu também não gostaria muito de falar com o senhor agora.

Como Brooks era mais alto do que ele, Blake não podia encará-lo com desprezo. Mas a vontade ficou clara.

— O senhor é um empregado pago pela cidade e não vai durar um ano no cargo se mantiver esse comportamento.

— Eu vou correr esse risco. Imagino que o senhor tenha vindo me dizer que o Justin tinha permissão de usar o seu cartão de crédito para alugar a suíte do hotel, pagar pelo serviço de quarto e pelas outras várias taxas.

— É claro.

— Então isso é problema seu. O resto é meu.

— Quero que meu filho seja liberado imediatamente. Vamos pagar quaisquer danos causados, naturalmente.

— Então o senhor deve ser informado de que esses danos são de quase cem mil dólares, se não mais. É. — Brooks concordou com a cabeça quando os olhos de Blake se arregalaram e seu rosto ficou vermelho. — Eles fizeram um espetáculo num dos quartos.

— Se Russell Conroy ou o pai dele, que eu sempre respeitei, imaginaram por um segundo que podem aumentar o valor para me explorar...

— Dois dos meus policiais estão no hotel agora, documentando os danos. O agente do seguro também está a caminho. Eu acabei de chegar de lá e vi por mim mesmo. Meus policiais também estão fazendo uma busca por substâncias ilegais, já que o lugar fedia a maconha. Não sei onde o seu filho e os amigos dele conseguiram o vinho tinto, o conhaque, a cerveja e as outras várias bebidas, cujos frascos estavam espalhados por toda a suíte, mas todos são menores de idade. Além disso, seu filho agrediu o Russ... E não adianta o senhor berrar comigo dessa vez — lembrou Brooks. — Ele bateu no Russ, na frente de testemunhas. Também agrediu o segurança, na frente de testemunhas.

— Quero falar com o meu filho. Agora.

— Não. Eu vou falar com ele. O advogado pode ir comigo para conversar com o garoto. Mas, apesar de ser menor de idade e não poder beber, já tem idade para ser julgado. Não faz muito sentido, mas é a lei. O senhor vai falar com ele quando eu acabar. E, Sr. Blake, o senhor não pode subornar os Conroy, como fez com todos os outros. Eles não podem ser comprados. Dessa vez, o Justin vai pagar pelo que fez.

— Você pega muito pesado, Gleason. Se fizer isso dessa vez, vai ficar sem o seu emprego.

— Como eu disse, vou correr o risco. Agora, eu imagino que o Justin tenha pedido um advogado. Vou conferir. Enquanto isso, ninguém fala com ele.

Brooks andou até Jeff Noelle, um dos policiais de meio-período, que estava fazendo o melhor que podia para permanecer invisível.

— Ele pediu um advogado, Jeff? Você sabe?

— Pediu, sim, senhor. Estava gritando sobre um advogado quando o Ash e o Boyd o trouxeram para cá. Ficava berrando com os outros dois prisioneiros para que ficassem de bico calado.

— Está bem, então. — Brooks andou de volta até Blake. — Você tem um cliente, Harry.

— Eu gostaria de falar com o meu cliente em particular agora.

— Claro. Jeff, leve o Sr. Darnell até o cliente dele.

— Sim, senhor, delegado.

Ignorando Blake, Brooks foi para sua sala e fechou a porta.

— O Justin pediu um advogado, como esperado. Eles vão confabular, depois vou falar com ele. Quer café?

— Não. Peguei água. Acho que meu estômago não aguenta outra coisa.

— Vou tomar seu depoimento oficial. Vamos fazer isso direitinho, Russ, seguindo todos os passos. Devo avisar que o Blake vai tentar pressionar você e sua família com um suborno, para deixar o garoto escapar.

Um vermelho vivo, quase tão forte quanto o de seu cabelo, subiu até as bochechas de Russ.

— Não tem dinheiro no mundo que pague o que aquele moleque fez. Minha mãe comprou aquele candelabro em Waterford, na Irlanda, e mandou que trouxessem para cá só para decorar aquela suíte. Era o orgulho e a alegria dela. Só por isso, Brooks...

— Eu sei. Vou gravar esta conversa.

— Está bem. — Russ fechou os olhos por um instante, assentindo. — Está bem.

Quando terminaram, Brooks analisou o rosto do amigo longamente. A cor raivosa havia empalidecido tanto que as sardas começavam a chamar a atenção, manchas na brancura doente de seu rosto.

— Eu ia pedir para o Jeff te levar para casa, mas acho que você vai querer voltar para o hotel.

— Tenho que voltar.

— Eu sei. Ele vai te levar. Eu vou demorar aqui. Passo na sua casa quando acabar, se quiser.

— Eu agradeço, Brooks. Se puder, me ligue para avisar como você acha que as coisas vão ficar.

— Vou ligar e depois vou até onde você estiver. Não quero que ninguém arrume a bagunça ainda, está bem?

— Quanto tempo você acha... Deixe para lá. — Russ ergueu uma das mãos. — Tudo bem.

— Eu pedi ao Boyd que cercasse a cena do crime. Sei que não é isso que você queria, mas quanto mais rígidos formos nessa situação, mais chances teremos de conseguir resolver isso se os Blake decidirem levar o caso a julgamento.

— Faça o que tiver que fazer.

— Mais uma coisa. — Brooks abriu uma gaveta e tirou uma câmera digital. — Diga "merda".

Russ deu uma risadinha, suspirou. Depois fez uma careta para a câmera.

— Merda.

Quando Brooks saiu da sala, notou que Blake não estava mais na delegacia. Provavelmente tinha ido encher o saco do prefeito ou congestionar as torres de celular com ligações para o representante estadual, para o governador.

— É um pecado — disse Alma, entregando um envelope a Brooks. — Tirei um montão de fotos, do jeito que você pediu. Quase fiquei de coração partido.

— Isso não vai partir. — Boyd ergueu três sacos de provas. — Temos maconha, cocaína e um pouco de oxicodona para completar.

— Isso vai funcionar. Você registrou tudo?

— Fiz tudo da forma mais oficial possível. Levamos a câmera de vídeo, como você mandou, e o Ash filmou enquanto eu fiz a busca. Não dava para documentar mais.

— Bom trabalho, pessoal. O Harry ainda está lá na cela?

— Ele não saiu.

— Vou até lá. Vou começar com o líder do grupo. Boyd, vá falar com Chad Cartwright e, Ash, com Doyle Parsins. Lembrem-se de repetir os direitos deles, entenderam? E gravem tudo. Se algum deles falar "advogado", parem.

— Não pediram nem advogado nem ligação ainda — informou Ash. — Da última vez que vi, os dois estavam desmaiados lá atrás.

— Então acordem os dois.

Brooks entrou na pequena sala de conferências. Bateu e escancarou a porta.

— Já está na hora de termos uma conversa, Justin.

Justin continuou esparramado na cadeira, um braço jogado descuidadamente sobre o encosto. Ele apenas sorriu.

— Delegado, se eu puder conversar por um momento com o senhor. — Harry se levantou e murmurou algo para Justin que fez o garoto dar de ombros.

O advogado saiu e fechou a porta. Era uma cabeça mais baixo do que Brooks e cerca de quinze anos mais velho. No passado, Harry havia treinado a equipe de baseball infantil de Brooks, levando o time à vitória do campeonato.

— Brooks, eu sei que esses três meninos fizeram um belo estrago na suíte do hotel e sei que são menores de idade bebendo. Mas a verdade é que eles vão pagar pelos danos, se realmente houve algum, e meu cliente tem direito a um avaliador independente no caso. Nós dois sabemos que a bebida não vai dar em nada. Ele vai levar um tapinha na mão, vai ter que frequentar algumas reuniões. E quanto a alegação de agressão, o Justin me disse que o Russ estava irritado, é claro, e que os dois se empurraram um pouco. Bom...

Brooks tirou da pasta uma foto do lábio partido e inchado de Russ.

— Isso parece um empurrãozinho para você?

Harry olhou para a foto, depois apenas suspirou e passou as mãos pelo cabelo castanho e curto.

— Você não se cansa de fazer esse joguinho?

Harry balançou a mão, balançou a cabeça.

— Tenho que fazer o meu trabalho, Brooks.

— Você sabe que há dias em que eu acho o meu trabalho terrível?! Mas o seu consegue ser pior.

Brooks abriu a porta. Pegou um gravador e o pôs sobre a mesa.

Notou que a noite havia tirado certo brilho do visual de príncipe encantado de Justin. Ótimo, pensou Brooks, olhando para aqueles olhos vermelhos e arrogantes.

— Já ouviu os seus direitos, Justin?

— Já. Tenho o direito de mandar você se foder.

— Justin — avisou Harry.

— Liberdade de expressão.

— Eu tenho o mesmo direito. Quero que olhe para isto, doutor.

Brooks jogou as fotos na mesa enquanto se sentava.

Enquanto Harry as estudava, Brooks analisava o garoto.

255

Justin Blake, filho único de Lincoln e Genny Blake, havia nascido numa família com dinheiro, prestígio e belos rostos. Os traços esculpidos a mão, os lábios carnudos, os olhos azuis fervorosos e o cabelo grosso e louro garantiam que ele pudesse escolher as garotas que quisesse no ensino médio.

Ele tivera o potencial para se tornar uma boa pessoa, pensou Brooks — e talvez ainda o tivesse —, mas, até ali, o dinheiro, o prestígio e o rosto bonito haviam se traduzido em arrogância, um temperamento horrível e um desrespeito violento contra qualquer tipo de autoridade.

— Justin Blake, o senhor será processado por destruição de propriedade, vandalismo, por ter comprado bebida ilegalmente e por três agressões.

— Grandes coisas, porra.

— Bom, talvez seja. Assim como vai ser a acusação por posse de drogas. Temos a maconha, a cocaína e a oxicodona que você e seus amigos babacas levaram para a suíte.

Justin apenas sorriu, irônico.

— Não sei do que está falando.

— Já temos as suas digitais no nosso arquivo. Eu aposto que vamos encontrá-las no saco de maconha, no de pó e talvez até nas pílulas. Você está em condicional e uma das exigências é que não use drogas, não beba nem cause problemas. Você conseguiu o impossível.

— Meu pai vai me tirar daqui em uma hora. Se o Harry quiser continuou ganhando o dinheirão que ele ganha, vai ter que resolver tudo ainda hoje.

— Não e não. Não dessa vez. Russell Conroy acabou de prestar queixa oficialmente. Meus policiais entrevistaram as testemunhas. Temos, como você pode ver, documentação do caos que você provocou. Temos as drogas, o álcool e logo vamos pegar as moças com quem vocês se divertiram ontem à noite. Eu acho que seria a cereja do bolo se uma delas fosse menor de idade, porque aí eu acrescentaria estupro e contribuição para a delinquência de uma menor nas suas acusações. Mas, mesmo sem a cereja, você não vai sair em condicional e receber serviço comunitário dessa vez. Vai para a cadeia.

Justin simplesmente ergueu o dedo médio.

— Uma hora.

— Está violando sua condicional. E olhe só para a hora! Já passou das oito. Tarde demais para uma audiência de fiança. Vai se hospedar em uma de nossas celas até as dez da manhã. Então iremos até o juiz conversar sobre isso.

— Foda-se.

— Delegado Gleason — começou Harry —, os pais do meu cliente são membros respeitados da comunidade. Acredito que possamos soltar Justin por uma noite, sob a supervisão deles, sem problemas.

Brooks ergueu o olhar até o dele, duro como granito.

— Isso não vai acontecer. Ele vai ficar. Talvez eu não consiga evitar que o juiz conceda a fiança amanhã, mas até lá, ele é meu.

— Você não é nada. É só um policialzinho de merda que está tentando bancar o durão. Meu pai pode comprar e vender você dezenas de vezes com um trocado do dinheiro dele. Não pode fazer nada comigo.

— É uma pena você medir o seu valor pelo tamanho da conta do seu pai. Mas eu não me importo com a sua criança interior. O que eu posso fazer é dizer o seguinte: posso prender e processar você, coisa que já fiz. Posso manter você preso até o momento em que um juiz diga algo diferente. Caso queira levar o caso ao tribunal, também posso testemunhar no seu julgamento e detalhar todo o seu comportamento violento, inútil e destrutivo. E acredite, vou fazer isso.

— Eu gostaria de outro momento a sós com o meu cliente.

— Já teve mais de meia hora com ele.

— Brooks, preciso de um momento com o meu cliente.

— Está bem, então. Quando terminar, ele vai para uma cela.

Brooks saiu. Levou menos de dez segundos para que a gritaria começasse. Ele sabia que era mesquinho da sua parte e, para piorar, pouco profissional, mas fez muito bem ao seu coração ouvir Justin dar escândalo como uma criança de dois anos.

# 17

NA CASA SILENCIOSA, COM O CÃO RONCANDO A SEUS PÉS, ABIGAIL analisava os arquivos do FBI que hackeara. Ficou satisfeita ao ver que a agente especial Elyse Garrison havia seguido a pista que ela enviara e construíra um caso. Os 5,6 milhões que a operação do FBI havia confiscado eram uma bela e sólida quantia, suficiente para machucar, na opinião de Abigail. Assim como as seis prisões.

Com certeza não era o bastante para tirar os Volkov do páreo, mas aquilo os irritaria e os faria vasculhar ainda mais a própria organização, tentando encontrar a fonte das denúncias.

Satisfeita, fechou os arquivos e disse a si mesma que devia ir dormir. Era quase meia-noite e ela havia conseguido dois outros serviços para aquela semana. Precisava estar descansada para começar a trabalhar de manhã.

Mas não estava cansada. Estava, na verdade, inquieta. E o que estava fazendo, ao se esconder sob o trabalho e a pesquisa, era esperar o telefone tocar.

Quantas vezes, pensou, ela havia lido um livro ou assistido a um filme em que ficara desconcertada com uma mulher que esperava um homem ligar? Ficara com a impressão de que mulheres que faziam aquilo não só não tinham autoestima mas também eram burras.

Agora ela podia apenas ficar desconcertada consigo mesma.

Não estava gostando da sensação, da mistura de nervosismo e ansiedade. Era leve, claro, mas *presente*.

Nem queria aquele relacionamento, lembrou a si mesma, e certamente não queria estar naquela posição desconfortável e pouco atraente em que se encontrava.

Não exigia ligações, nem companhia para o jantar, nem conversas... nem nada daquilo. Todas aquelas coisas interferiam em sua rotina, atrapalhavam sua programação e, mais importante, só iriam levar a complicações que ela não podia ter.

Mesmo assim, ela admitia que era bom ter aquelas coisas, esquecer, mesmo que apenas por minutos, e simplesmente *ser* Abigail.

A Abigail pela qual Brooks se sentia atraído, com a qual gostava de estar.

Mas aquilo não era cair na mesma armadilha em que se jogara anos antes? Não estava tentando convencer a si mesma de que podia ser quem não era, de que podia ter o que não podia ter?

Seria bom, seria muito melhor se ele não ligasse. Ela poderia começar a se reajustar, a voltar à vida que tinha antes de Brooks.

Faria um chá de ervas, iria para a cama e leria até dormir. Aquilo era sensato. Aquela era quem ela era.

No segundo em que Abigail se levantou, o cachorro acordou. Ele a seguiu até a cozinha e, quando a viu encher a chaleira de água, se sentou para esperar.

Pondo a chaleira no fogão, ela pensou: um bom cão, uma casa confortável e segura e um trabalho satisfatório. Aquelas eram as únicas coisas que exigia para se sentir contente. E o contentamento era tudo que exigia.

No entanto, quando o alarme soou, não sentiu a costumeira tensão; em vez disso, foi tomada por uma rápida onda de esperança. Irritada com a reação, ela se virou para o monitor para observar Brooks dirigindo até a casa.

A moça achou que ele estava abusando ao ir até a casa dela à meia-noite. Arrependeu-se de não ter desligado as luzes e ido para a cama. Se tivesse feito isso, pelo menos o delegado não teria motivo para pensar que ela estava esperando por ele.

Diria que estava indo dormir e que estava cansada demais para companhia. Simples e, mais uma vez, sensato, pensou, enquanto andava até a porta.

Abigail abriu a porta enquanto Brooks saía do carro. Ao brilho forte das luzes de segurança, viu camadas de exaustão, raiva e tristeza no rosto e nos movimentos do delegado.

— Desculpe. — Ele ficou parado por um instante ao pé da escada da varanda, banhada pela luz forte. — Eu devia ter ligado mais cedo. Devia ter ido para casa.

— Mas não foi.

— Não. As coisas ficaram complicadas. — Ele passou a mão com força pelo cabelo. — E quando percebi que era tarde, eu já estava aqui. Você ainda está acordada.

— Estou. — A determinação dela foi destruída enquanto estudava o rosto de Brooks. — Eu estou fazendo chá. Quer um pouco?

— Parece ótimo. — Ele subiu a escada. — Desculpe por não ter avisado que ia demorar tanto.

— Você tinha que trabalhar. Eu também estava trabalhando.

Sem dizer nada, ele pôs os braços em volta dela, pressionou o rosto contra o cabelo dela. Não por prazer, percebeu Abigail. Ela levou alguns segundos para decifrar o tom do abraço. Brooks buscava conforto. Viera até ela em busca de conforto, e ninguém nunca tinha feito isso.

Ela começou a dar uma série de tapinhas nas costas dele — calma, calma —, mas se interrompeu. Fechando os olhos, tentou imaginar o que ela iria querer na situação. Então esfregou as costas dele, fazendo pequenos círculos leves, até ouvi-lo suspirar.

— A chaleira está no fogo — disse Abigail, quando ouviu a água assobiar.

— É.

Mas Brooks continuou abraçando a moça por mais um segundo, antes de se afastar.

— Você devia entrar. Tenho que trancar a porta.

— Eu tranco.

— Não, eu... — Ela não se sentiria realmente segura se não trancasse sozinha.

— Tudo bem. Vou cuidar da chaleira.

Quando terminou de trancar a porta, ela o viu jogar a água quente na chaleira baixa em que já pusera as folhas de chá.

— Erva-cidreira, não é? Minha mãe faz a mesma coisa às vezes.

— É relaxante.

— Eu preciso de relaxamento.

Ela pegou outra xícara e outro pires.

— O seu amigo está bem?

— Não muito.

— Ah. — Imediatamente envergonhada pela irritação posterior, Abigail se virou para Brooks. — Ele se machucou?

— Fisicamente, só levou um soco na cara, mas ele já tinha levado outros antes. E provavelmente vai acontecer de novo.

Em silêncio, ela arrumou as xícaras, a chaleira, o açucareiro e as colheres na mesa.

— Você deveria se sentar. Parece muito cansado. Vamos ter que dividir a peneira depois que o chá ficar pronto. Só tenho uma.

— Tudo bem.

Em dúvida, ela se manteve de pé enquanto ele se sentava.

— Você quer comer? Tenho a lasanha. Posso esquentar.

— Não. Não, mas obrigado.

— Você está muito triste — soltou ela.

— Acho que em parte, estou. Também estou muito irritado. Tenho que conseguir esquecer os dois antes de lidar com o caso amanhã.

— Quer me contar ou devo mudar de assunto?

Ele sorriu um pouco.

— Você devia se sentar, Abigail, e tomar o seu chá.

— Não sei se sou boa nisso — disse ela, sentando-se.

— Em beber chá?

— Em confortar alguém. Ou em fazer alguém relaxar. Como você está triste e irritado, eu deveria fazer ambas as coisas.

Brooks pôs a mão sobre a dela por um instante e depois serviu o chá.

— Vamos descobrir. A família do Russ é dona do hotel há três gerações. Para eles, aquilo não é só um negócio, não é só um jeito de ganhar dinheiro.

— É uma parte essencial da história da família e o lugar deles na comunidade.

— É. Eles têm muito orgulho e amor por aquilo. Justin Blake... Já ouviu falar dos Blake?

— Já. São uma família muito rica e influente da região.

— O Justin é um babaca mimado, um criador de problemas irresponsável, com uma série de advertências por dirigir bêbado. Ele teria uma ficha tão comprida quanto a minha perna se o pai dele não usasse o dinheiro ou a influência ou a força política que tem para tirar o garoto das enrascadas. O moleque não tem respeito nenhum pela lei nem por nada.

— Mas, se permitem que ele se comporte de maneira errada e saia impune, ele realmente não tem motivo para desenvolver nada disso. Desculpe — disse ela, rápida. — Eu deveria estar ouvindo.

— Nada de "eu deveria". Bom, a última do Justin. Ele e dois outros retardados alugaram a melhor suíte do hotel e acabaram com ela. Destruíram tudo.

— Por quê?

— Por diversão, por tédio, porque podiam. Pode escolher a sua razão preferida. — Brooks deu de ombros, depois esfregou o rosto com as mãos. — Quando os outros hóspedes começaram a reclamar do barulho, o Russ foi até lá para tentar conversar com eles. O Justin bateu nele, tentou bater nos seguranças e foi preso. Mas dessa vez ele não vai conseguir se safar. Parece que o valor dos danos vai ficar em cem mil dólares. Talvez mais.

— É muito dinheiro.

— É, é mesmo, e o Russ e os pais dele não vão ceder quando Lincoln Blake forçar a barra. Eu tive que enfrentar pai e filho hoje.

— Você também não vai ceder.

— Não, não vou. Justin e os amigos vão passar a noite de hoje na cadeia. Amanhã vão pagar a fiança e ser liberados; o Blake vai conseguir isso. E o Justin tem duas escolhas: pode fazer um acordo e ir para a cadeia ou ir a julgamento e ir para a cadeia. Mas vai ser preso dessa vez. E, de qualquer maneira, os Blake vão ter que pagar cada centavo dos danos. Caraca, estou muito irritado.

Ele se levantou com raiva e, batendo os pés, foi até a janela.

— Eu devia ter ido para casa.

— Você não estaria irritado em casa?

— Estaria irritado em qualquer lugar. Aquele babaca gordo, metido, fumador de charuto acha que pode ameaçar meu emprego e que, com isso, vou recuar!

— O pai?

— É, o pai.

— Ele pode fazer você ser demitido?

— Se puder, eles que fiquem com o emprego. Não quero continuar se não puder fazer o meu trabalho. Não adianta estar ali se um retardado metido puder fazer a porra que quiser e eu tiver que ignorar isso.

— Dinheiro é poder — disse Abigail, baixinho —, mas não é o único poder.

— É, vamos ver. Depois de tratar com o advogado dos Blake, fui falar com o Russ, que estava com os pais e com a mulher, Seline. Ela chorou. A Sra. Conroy. Aquela mulher engraçada e gentil, que sempre tinha biscoitos de manteiga de amendoim num pote, simplesmente não aguentou e chorou. Eu devia ter dado um jeito de pôr aquele filhinho da puta na cadeia antes que chegasse a esse ponto.

— Não adianta culpar a si mesmo pelo que essa pessoa fez nem pelo que o pai dele tem conseguido fazer, especialmente porque a rotina foi estabelecida muito antes de você se tornar delegado. A coisa racional a se fazer agora é prender o menino, coisa que você fez, e reunir provas para ajudar o promotor a obter um veredito de culpado. Nossa, acho que fui muito seca — percebeu ela.

Brooks voltou a se sentar e pegou o chá.

— Mas funcionou bem. Conheço a lógica da coisa, Abigail.

— Mas o seu amigo e a família dele sofreram com isso. É emocional, financeiro, físico e criminoso. As pessoas deveriam pagar pelo que fazem. Deveria haver consequências. Deveria haver justiça. — O punho da moça se fechou sobre a mesa por um instante antes que ela se obrigasse a relaxar. — É difícil não se sentir triste, com raiva e até sem esperança quando coisas ruins acontecem, porque o medo, a influência e o dinheiro costumam superar a justiça.

Ele se inclinou para frente, pondo a mão sobre a dela.

— Quem machucou você?

Ela balançou a cabeça, não disse nada.

— Está bem, ainda não.

— O que você vai fazer amanhã?

— Tenho uma reunião às sete e meia com o promotor para repassar o caso. Vamos ter a abertura do processo e uma audiência para o estabelecimento da fiança. Imagino que vão soltar o Justin e os outros até o julgamento. Não acho que ele vá aceitar um acordo logo de cara. Talvez quando o julgamento se aproximar, talvez se os advogados não meterem os pés pelas mãos. Os Conroy estão irritados o bastante para, inclusive, abrir um processo civil. Não vou desestimular ninguém a fazer isso. É hora de os Blake serem pressionados.

— Então você sabe o que tem que fazer e como fazer. Eles são violentos?

— O garoto gosta de destruir coisas.

— Eu queria saber se eles poderiam tentar machucar você ou a família do seu amigo. Usar a violência como intimidação.

— Não tenho certeza, mas acho que não. O dinheiro é a arma preferida do Blake.

Abigail pensou por um instante.

— Não acredito que eles consigam causar sua demissão.

— Não?

— Objetivamente, a sua família é um pilar da comunidade. É apreciada e respeitada. Você também é apreciado e respeitado por si só. Suponho que, por ser uma família de negócios há várias gerações, com uma propriedade essencial para a comunidade, seu amigo e a família dele também sejam valorizados. A propriedade deles foi danificada por um comportamento descuidado e egoísta, por isso a solidariedade e o ultraje vão estar do lado deles. Essas coisas também são armas. Elucubrando a partir do que me contou hoje, eu concluo que as pessoas têm medo, mas não gostam muito dos Blake. Provavelmente há muitos integrantes da comunidade que ficariam felizes com o fato de o filho deles ser punido por seus atos.

— Elucubrando. Como você consegue usar palavras como essas e ainda assim fazer com que eu me sinta muito melhor?

— Eu fiz?

Dessa vez ele pôs a mão sobre a dela e a deixou ali.

— Você estava certa sobre a tristeza. Eu estava triste, irritado e frustrado e acho que deveria acrescentar uma boa pitada de autopiedade aí. Agora só estou entristecido e um pouco irritado. Ainda quero acabar com a raça de algumas pessoas. Legalmente.

— Isso é bom?

— É muito bom. — Ele apertou a mão dela. — Eu deveria ir embora.

— Eu queria que você ficasse.

264

Ele entrelaçou os dedos nos dela.

— Graças a Deus.

— A gente devia ir para cama.

— Duas cabeças, um só pensamento.

— Está tarde — disse ela, erguendo-se para reunir as coisas do chá. — Você está cansado. E eu acho que ainda está um pouco triste. O sexo libera endorfinas, então, pensando no curto prazo, você iria se sentir... — Ela se interrompeu quando, ao se virar percebeu que ele sorria.

— Estou meio apaixonando por você — disse Brooks — e acho que em breve estarei completamente.

Algo dentro de Abigail explodiu como a luz do sol, antes de ser levado por uma onda de pânico.

— Não faça isso.

— Não acho que seja uma coisa que se faça ou não. É uma coisa que acontece.

— É a combinação de atração sexual e física com a novidade e a tensão entre interesses mútuos e conflitos de interesse. As pessoas costumam confundir reações hormonais e certas compatibilidades com o que acham que é amor.

Ele continuou sorrindo enquanto se levantava, mas algo no brilho de seus olhos a fez dar um passo cuidadoso para trás.

Brooks pôs as mãos nos ombros de Abigail, baixou a cabeça para pousar os lábios sobre os dela e pediu:

— Fique quieta. — E a beijou novamente. — Não quero que você me diga o que eu sinto ou não sinto. Senão vou ficar irritado de novo. Não iríamos querer isso, não é?

— Não, mas...

— Fique quieta — repetiu ele, com os lábios sussurrando contra os dela. — Linda Abigail, tão cheia de suspeitas e inteligência. E nervosismo.

— Não estou nervosa.

— Nervosismo — disse ele de novo, passando os polegares pelas laterais dos seios da moça enquanto a boca continuava a brincar com a dela. Esfregando, roçando, arranhando. — Você fica nervosa quando não tem certeza do que vem depois, quando não entendeu todos os passos ou quando tem que fazer um pequeno desvio. Eu gosto disso.

— Por quê?

— E gosto dos "por quê?".

Ele puxou a blusa da moça para cima e viu a surpresa — e um pouco de nervosismo — brilhar nos olhos de Abigail.

— Eu gosto de saber que você não ainda não processou tudo isso. — As mãos dele deslizaram pelas laterais do corpo dela, por sobre os seios, descendo... — Ação e reação, não é? Eu gosto das suas reações.

Havia certo nervosismo, admitiu ela. Os nervos pareciam deslizar por sua pele, sob ela, enrolar-se em sua barriga, se espremer em torno de seu coração, aumentando o ritmo das batidas. Tudo dentro de seu corpo parecia amolecer e enrijecer, se soltar e se confundir. Como ela podia acompanhar?

— A gente devia subir.

Sentiu os lábios dele se curvarem sobre a sua garganta, os dedos passarem pelas suas costas.

— Por quê? — murmurou Brooks, antes de abrir o fecho do sutiã da moça. — Eu gosto da sua cozinha. — Ele mexeu os pés, tirando os sapatos. — É quente. E eficiente. Adoro a sua pele nas minhas mãos, Abigail.

Ela mergulhou de cabeça no beijo, uma queda sem fôlego que a deixou zonza e fraca. Sedução. Apesar de nunca ter se deixado seduzir — não era necessário —, sua mente reconheceu a sensação. E seu corpo se rendeu a ela.

Ansiando pelo toque da pele dele, pelos músculos, pelos ossos, ela pôs as mãos embaixo da camisa de Brooks e encontrou o calor, a solidez, a maciez. Levou um susto quando ele a ergueu para que se sentasse no balcão da cozinha. E, antes que o choque fosse realmente processado, a boca de Brooks se fechou sobre o seio dela.

Tão quente, tão úmido, tão forte... Ela soltou um aturdido gritinho de prazer. Mais tarde ela pensaria que o orgasmo que a havia tomado era resultado tanto do choque quanto da sensação. Porém, naquele instante, ele a pegou desprevenida, deixando-a trêmula e sem defesas.

— Brooks.

Abigail queria pedir que ele esperasse, que esperasse até que ela se controlasse, mas a boca do delegado estava sobre a dela de novo, dominando-a de forma tão rápida e profunda que ela só pôde estremecer e ceder.

A moça nunca fora tomada antes, percebeu ele. Não daquela maneira, entregando-se completamente, não sem poupar alguma pequena parte de si que a permitisse manter o controle.

E, Deus do Céu, como queria tomá-la, como queria destruir aquele controle inato e fascinante.

Ele abriu o zíper de Abigail e, erguendo-a levemente, tirou a calça jeans que usava. Sem dar tempo para que ela se recuperasse, pôs a boca sobre a dela outra vez, engolindo o protesto instintivo da moça. Ele a acariciou, brincando gentilmente. Ela já estava excitada, já estava molhada, já se equilibrava no limite do prazer. Ele queria que ela aproveitasse a sensação, resistindo até que fosse sobrepujada e derrotada.

Ele queria observá-la quando isso acontecesse.

O ar, tão doce e espesso, a deixava embriagada a cada inspiração. O prazer que ele provocava em seu corpo era tão completo, tão absoluto que ela parecia presa, mergulhada, encharcada dele. Brooks prendeu o seio dela entre os dentes, levando-a a um delicioso ponto, a fronteira entre prazer e dor, enquanto a acariciava e aumentava a excitação.

Quando Abigail achou que não aguentaria mais, que não conseguia mais se conter, tudo ficou claro e livre. Ela se ouviu gemer — um som gutural muito longo — enquanto sua cabeça caía pesadamente no ombro dele.

Queria se enrolar nele, se curvar dentro dele, mas Brooks fez com que a moça o envolvesse com as pernas trêmulas. Então a penetrou.

Um novo choque, um novo prazer. Rígido e rápido e furioso. Uma inundação crescente que criava a força selvagem de uma onda. Ele a arrastou pelas águas, a afogou, até que a onda violenta a jogou para a superfície. Abigail só pôde flutuar, destruída, até que ele se juntasse a ela.

Então, gradualmente, começou a sentir o coração dele batendo contra o seu, a respiração ofegante soando em seu ouvido. Sentiu a superfície macia do balcão sob ela, o brilho das luzes da cozinha contra as pálpebras fechadas.

Ele a surpreendeu outra vez quando a tirou do balcão e a carregou em seus braços.

— Você não tem que...

— Fique quieta — repetiu ele, enquanto a carregava para a cama.

267

ELA FOI A PRIMEIRA A DESCER de manhã. Só pôde parar e encarar a cena. Tinha deixado as luzes acesas, um desperdício descuidado de energia. Mas não conseguiu se preocupar muito com isso. Havia roupas espalhadas pelo chão, tanto as dela quanto as dele.

Abigail analisou o balcão com um tipo de admiração impressionada. Nunca havia entendido o apelo pelo sexo em lugares estranhos ou pouco comuns. Para que fazer isso quando uma cama ou um sofá eram muito mais confortáveis e favoráveis? Mas ela às vezes gostava de sexo no chuveiro.

Obviamente, aquela opinião fora formada sem conhecimento de causa. No entanto, agora ela se perguntava quanto tempo levaria para voltar a fazer tarefas simples na cozinha com serenidade.

Ligou a cafeteira, depois juntou as roupas e as dobrou com cuidado. Quando Brooks desceu — nu —, ela já havia arrumado a cozinha e começado a preparar o café da manhã.

— Acho que eu deixei minhas roupas aqui. — Obviamente achando aquilo tudo muito divertido, ele pegou a calça que ela havia dobrado e a vestiu. — Você não precisava ter levantado tão cedo nem ter feito café.

— Eu gosto de me levantar cedo e não me importo de fazer o café. Você tem um dia difícil pela frente. Vai se sentir melhor se comer direito. É só uma omelete e algumas torradas.

Quando ela se virou, ele já havia vestido a camisa e estava olhando para ela. Apenas olhando para ela com aqueles olhos inteligentes, mutáveis.

— Eu queria que você não me olhasse assim.

— Assim como?

— Eu... — Ela se virou para servir o café. — Não sei.

Brooks se aproximou de Abigail por trás, passou os braços pela cintura da moça e deu um beijo na lateral do pescoço dela.

— Passei pela terceira base e estou chegando na quarta — murmurou.

— Está usando expressões de beisebol. Não estamos jogando. Não sei o que isso significa.

Ele a virou e a beijou suavemente.

— Sabe, sim. Não tem que entrar em pânico por causa disso. — Massageou os ombros dela, tensos. — Vamos com calma. Que tipo de omelete está fazendo?

— Três queijos com um pouco de espinafre e pimentão.

— Parece ótimo. Vou fazer as torradas.

Ele se movimentava com facilidade pela cozinha dela, como se pertencesse ao lugar. O pânico coçou a garganta de Abigail de novo.

— Não... — Como as pessoas falavam aquilo? — Não fui feita para isso.

— Para quê?

— Para nada disso.

— Eu fui. — Ele pôs o pão na torradeira e se apoiou no balcão. — Não tinha certeza disso antes de você. Mas fui feito para tudo isso. E, na minha opinião, você também foi. Então, vamos ver.

— Não sou quem você pensa que eu sou.

Ele a analisou, assentindo lentamente com a cabeça.

— Talvez não em todos os detalhes. Talvez não. Mas estou olhando para você, Abigail. Estou ouvindo você e, na parte que importa, você é quem eu acho que é.

— Eu nem... — Ela quase disse a ele que aquele não era seu verdadeiro nome. Como podia estar tão envolvida, como podia ser tão descuidada? — Eu nem contei nada a você.

— Eu sei que não era isso que você ia dizer. Sou bom em interpretar as pessoas. Faz parte do trabalho. Sei que você tem medo de alguma coisa ou de alguém. Sei que levou uma ou duas bordoadas sérias na vida e fez o que pôde para se proteger. Não posso culpar você por isso.

A luz entrou pela janela às costas dele, criando uma nuvem em torno do cabelo de Brooks. Um cabelo escuro, ainda despenteado por causa da noite, das mãos dela.

— Não sei o que dizer.

— Você tem muitos segredos escondidos nos seus olhos, muito peso nos seus ombros. Eu vou continuar acreditando que um dia você vai dividir esses segredos e esse peso comigo. E, quando isso acontecer, vamos pensar no resto.

Ela apenas balançou a cabeça e se virou para pôr a omelete nos pratos.

— Nós não deveríamos estar conversando sobre isso, especialmente hoje. Você vai se atrasar para a reunião e eu tenho dois novos serviços.

— Parabéns. Por que não trago comida para o jantar hoje?

— Tenho a lasanha.

— Melhor ainda.

Ela pôs os pratos na mesa quando as torradas pularam, depois se sentou, irritada.

— Eu não convidei você.

— Já passamos dessa fase.

— Não sei passar dessa fase.

Ele levou as torradas para a mesa e pôs uma fatia no prato dela enquanto se sentava.

— Parece ótimo.

— Você muda de assunto, ou melhor, concorda em vez de discutir. Porque tem certeza de que vai conseguir o que quer no fim das contas.

— Você também é boa em interpretar pessoas. — Brooks comeu um pedaço do omelete. — Está uma delícia. Poderia ganhar dinheiro com isso.

— Você é frustrante.

— Eu sei, mas compenso tudo porque sou muito lindo.

Ela não queria sorrir, mas não pôde evitar.

— Não é tão lindo assim.

Ele riu e comeu seu café da manhã.

Quando Brooks foi embora, Abigail pensou nas possibilidades que tinha.

Não podia contar nada a ele, é claro, mas, hipoteticamente, quais seriam os prováveis resultados se contasse?

Ela era procurada pelo envolvimento nos assassinatos de dois subdelegados federais. Como oficial de polícia, ele seria obrigado a denunciá-la. Era muito pouco provável que ela conseguisse se manter viva para testemunhar. Os Volkov encontrariam um jeito de encontrá-la e eliminá-la, provavelmente através de um de seus infiltrados na polícia.

No entanto, mais uma vez hipoteticamente, se Brooks acreditasse nela e acreditasse que a vida dela seria ameaçada caso cumprisse seu dever de policial, ele se sentiria menos disposto a cumprir seu dever.

Tentou imaginar como seria conversar com ele sobre John e Terry, sobre Julie, e sobre tudo que havia acontecido desde aquelas noites horríveis. Simplesmente não conseguia imaginar, não conseguia teorizar sobre como se sentiria ao conversar com ele ou com qualquer pessoa, ao dividir o peso.

Era bondoso, pensou, e dedicado à justiça, a fazer o que era certo pelas razões certas. De muitas formas — básicas, vitais —, ele lembrava John.

Se contasse a Brooks, se ele acreditasse nela, talvez, como John, fosse levado a protegê-la, a ajudá-la. Mas aquilo não colocaria a vida dele em risco?

Era outro motivo para manter o próprio conselho, para continuar a vida que tinha havia doze anos.

No entanto, tudo já havia mudado, lembrou a si mesma. Tudo deixara de ser como era. Ele havia feito aquilo; ela permitira.

Como o equilíbrio que sempre mantivera já não existia, se contasse a ele, teria que estar preparada para ir embora, para fugir outra vez, para mudar de nome de novo — acreditasse ele ou não na história.

Logo, seguindo a lógica, a razão, ela não podia contar nada. Tinha que esperar que o relacionamento deles diminuísse gradualmente de intensidade até que o equilíbrio fosse recuperado. Até que a vida dela voltasse a ser o que era.

As conclusões da moça deveriam tê-la deixado mais confiante, mais calma, mais certa. Em vez disso, deixaram-na infeliz e inquieta.

# 18

A manhã de Brooks foi basicamente como ele havia imaginado, com alguns bônus para os mocinhos da história.

Ele imaginara que Justin e seus amigos idiotas conseguiriam ser liberados depois de pagar fiança e havia calculado que o juiz estabeleceria um valor alto o bastante para afetá-los. Mas o homem estabeleceu um valor que os afetou muito.

Harry fez objeções, é claro — ele tinha que fazer seu trabalho —, mas o juiz manteve a decisão. Os Conroy podiam não ter bolsos do tamanho dos Blake, mas eram tão respeitados quanto a família infratora e muito mais apreciados por todos.

Brooks viu que Justin havia atirado o pau no gato errado daquela vez.

De seu lugar no tribunal, ele viu Blake fumegar, Justin rosnar e os outros dois envolvidos manterem as cabeças e olhos baixos, enquanto seus pais se mantinham sentados, imóveis.

Teve que lutar para não abrir um sorriso de um quilômetro de largura quando o juiz concordou com o pedido do promotor e exigiu que os três acusados entregassem seus passaportes.

— Isso é um insulto! — Blake se levantou num pulo ao ouvir a decisão do juiz. Brooks fez uma dancinha da vitória mentalmente. — Não vou tolerar a insinuação de que meu filho fugiria dessas acusações absurdas. Queremos uma chance de provar a inocência dele no tribunal!

— Mas vocês vão ter. — O juiz Reingold, que jogava golfe com Blake todo domingo, bateu o martelo. — E você vai demonstrar respeito a este tribunal, Lincoln. Sente-se e fique quieto, ou vou mandar que retirem você da sala.

— Quem você acha que é para me ameaçar? Eu ajudei você a vestir essa túnica.

Por trás dos óculos de armação metálica, os olhos de Reingold brilharam.

— E, enquanto eu a estiver usando, você vai demonstrar respeito. Sente-se e fique quieto. Senão, tão certo quanto Deus fez a Terra, eu vou multar você por desacato.

Blake empurrou Harry para o lado quando o advogado tentou intervir.

— Eu vou mostrar para você o que é desacato.

— Acabou de mostrar. — Reingold bateu o martelo mais uma vez. — Multa de quinhentos dólares. Meirinho, retire o Sr. Blake da sala antes que ele consiga aumentar a multa para mil.

Com o rosto vermelho e os dentes cerrados, Blake se virou e saiu batendo os pés, sem precisar de escolta. Mas ele tomou um instante para fazer uma pequena pausa e escaldar Brooks com um olhar incendiário.

Brooks acompanhou o resto dos procedimentos legais e viu as instruções e os avisos serem dados e a programação, estabelecida. Esperou até que Justin e os amigos fossem levados de volta para as celas, onde esperariam até que a fiança fosse paga.

Mais do que satisfeito, teve que controlar sua alegria ao andar até Russ e os pais dele. Tinha certeza de que a presença da família Conroy — o lábio ferido de Russ, as lágrimas que a Sra. Conroy lutava para não derramar — havia influenciado a decisão de Reingold.

— O idiota do Blake piorou a situação dele e daqueles meninos retardados. — Seline, os olhos negros brilhando de raiva apesar do temperamento calmo, mantinha um braço protetor em torno dos ombros da sogra. — Eu *adorei*. Só queria que ele tivesse aberto a boca mais uma vez para que tivesse que pagar mais.

— Eu não achei que o Stan ia enfrentar o Lincoln. — Mick Conroy indicou o púlpito com a cabeça. — Devo dizer que me sinto melhor por causa disso. Vou levar sua mãe para casa — disse a Russ.

— Quer que eu vá também?

Hilly, os olhos ainda tristes, o cabelo ruivo que transmitira ao filho preso num rabo de cavalo desarrumado, balançou a cabeça e deu um beijo na bochecha de Russ.

— Vamos ficar bem. Brooks. — Ela também beijou a bochecha do delegado. — Obrigada.

— Não precisa agradecer.

— Ela ainda está triste — murmurou Seline, quando os sogros se afastaram. — Não consegue ter raiva. Quero que ela fique irritada. Vai se sentir melhor quando ficar.

— Você está irritada o suficiente por todos nós.

Seline abriu um sorrisinho.

— Eu sei. Tenho que ir para a escola. As crianças já devem ter traumatizado a substituta da manhã.

Ela deu um abraço apertado em Brooks, virou-se para Russ e o abraçou por um longo minuto.

— Não se preocupe tanto, meu amor.

— Vou pagar um café para você — afirmou Brooks quando ficou sozinho com Russ.

— Eu deveria voltar para o hotel.

— Tire alguns minutinhos, relaxe.

— Ia ser bom. Está bem. Encontro você lá.

No instante em que Brooks entrou na lanchonete, Kim pegou uma jarra de café e andou na direção dele. Apontou para uma mesa, virou a xícara posta sobre ela e serviu o café.

— Bom — disse.

— Só café, obrigado.

Ela cutucou o ombro dele.

— Como vou manter meu status de Rainha das Novidades se você não me contar a fofoca? Quer que eu seja rebaixada?

— Não, claro que não. Isso não pode acontecer. Eles vão sair se pagarem a fiança.

A boca da garçonete se contorceu, feroz.

— Eu devia saber que Stan Reingold apoiaria Lincoln Blake.

— Bom, eu não diria isso, Kim. Eu já esperava que eles fossem liberados. Mas não esperava que o juiz estabelecesse um valor tão alto para a fiança. E posso garantir que o Blake também não esperava.

— Já é alguma coisa.

— E ele vai confiscar os passaportes dos meninos até o julgamento.

— Nossa. — Apertando os lábios, ela assentiu com a cabeça, satisfeita. — Retiro tudo que disse. Isso deve ter feito o Blake soltar fogo pelas ventas.

— É, eu diria que ele levou uma lambada. Falou demais e o juiz lhe aplicou uma multa de quinhentos dólares por desacato.

A garçonete deu um tapa no ombro de Brooks.

— Está de sacanagem comigo.

— Juro por Deus.

— Retiro tudo que disse outra vez. Da próxima vez que Stan Reingold vier aqui, vou dar torta de graça para ele. Está ouvindo isso, Lindy? — berrou ela para o homem na cozinha. — Stan Reingold multou Lincoln Blake em quinhentos dólares por desacato.

Com a espátula apoiada no quadril, Lindy se virou.

— O filho da puta desacata todo mundo. Já era hora de pagar por isso. O café é por minha conta, Brooks. — Lindy ergueu o queixo para a porta. — E o dele também.

Kim viu Russ entrar e então virou uma segunda xícara.

— Sente-se bem aqui, querido. — Ela ficou na ponta dos pés para dar um beijo no rosto do dono do hotel. — E não vamos cobrar pelo café nem por mais nada que você queira. Diga aos seus pais que todas as pessoas decentes desta cidade sentem muito pelo que aconteceu. Vamos apoiar os dois cem por cento.

— Vou dizer. Obrigado, Kim. Isso significa muito.

— Você parece cansado. Que tal uma bela fatia daquela torta de maçã francesa para dar uma animada?

— Não consigo comer agora. Talvez na próxima.

— Vou deixar vocês conversarem, então. Mas, se quiser alguma coisa, grite.

Brooks fingiu ficar irritado.

— Ela não me ofereceu torta.

Russ conseguiu abrir um leve sorriso.

— Ela não está com pena de você. Sabia da história dos passaportes?

— Eu sabia que íamos pedir, mas não achei que o Reingold fosse concordar. Ele me surpreendeu. Acho que espero pouco dele.

— Ele já tinha deixado o moleque escapar várias vezes antes.

— É, já, e acho que está sentindo o peso dessas decisões anteriores. Ele pode ser parceiro do Blake no golfe, mas não pode e acho que não vai deixar esse tipo de coisa passar. Acho que o Meritíssimo ficou realmente puto da vida hoje. E acho que o Blake não vai deixar o Harry convencer o moleque a aceitar um acordo. Ele quer o julgamento porque acredita que ele e a família são importantes demais para se curvar à lei. O garoto vai se ferrar, Russ, e talvez se ferre mais do que eu esperava. Mas não fico triste por isso.

— Também não posso dizer que fico.

Brooks se inclinou na direção do amigo.

— Eu queria conversar rapidinho com você, porque tenho certeza absoluta de que o Blake vai fazer de tudo para te subornar ou te pressionar a retirar a queixa de agressão. Ele acha que, se conseguir livrar o filho dessa parte, o resto é só dinheiro. Vai pagar o que for preciso e depois tentar manipular as coisas para que o moleque só tenha que cumprir serviço comunitário e frequentar umas reuniões do AA. Quer fazer com que o Justin cumpra a sentença em liberdade.

A boca ferida de Russ ficou rígida como uma pedra.

— Isso não vai acontecer, Brooks. Você viu meu pai hoje de manhã? Ele parece dez anos mais velho. Eu não dou a mínima para o soco e, se não fosse pelo resto, até deixaria passar. Mas não vou esquecer essa história só para aquele filho da puta se safar dessa.

— Ótimo. Se o Blake vier atrás de você, me avise. Vou ameaçar o cara com uma acusação de assédio e uma medida cautelar.

Russ se recostou na cadeira e o sorriso se abriu com mais facilidade.

— Qual deles você realmente quer pegar?

— Acho que os dois juntos. Ambos precisam de uma bela palmada. Não sei se o Justin nasceu babaca, mas o pai com certeza ajudou o moleque a se tornar um idiota. — Brooks mexeu o café, mas percebeu que não queria tomá-lo. — Não vi a mãe dele no tribunal.

— Soube que a Sra. Blake está envergonhada e exausta. Cansou disso tudo. E que o Blake mandou que ela ficasse quieta. Ele manda naquela casa.

— Pode ser, mas não manda na cidade.

— E você manda, delegado?

— Eu protejo e sirvo — disse Brooks, olhando pela janela. — Os Blake vão aprender o que isso significa. E você, Sr. Prefeito?

— Talvez seja mais difícil ganhar a eleição se o Blake estiver apoiando quem quer que seja meu oponente, mas eu estou firme nessa.

— Novos tempos. — Brooks ergueu a xícara num brinde. — Bons tempos.

— Você está muito alegrinho hoje, meu querido. Isso só tem a ver com a decisão do Reingold?

— Isso me não fez mal nenhum, mas estou me apaixonando por uma mulher linda e fascinante. É sério.

— Foi rápido.

— Está no sangue. Meu pai e minha mãe mal se olharam e pronto. Ela me pegou, Russ. Bem aqui. — Ele bateu com o punho fechado no coração.

— Tem certeza de que ela não foi bem mais embaixo?

— Lá também. Mas, caraca, Russ, ela é perfeita para mim. Eu penso nela e pronto. Olho para ela e... Juro que poderia ficar olhando horas para ela. Dias.

Brooks soltou uma risada envergonhada, acompanhada de certa surpresa.

— Já era. Fui laçado.

— Se você não levar a moça para jantar lá em casa, a Seline vai fazer da minha vida um inferno.

— Vou tentar. Acho que as mulheres da minha família vão fazer a mesma exigência. A Abigail precisa de um certo tempo para se acostumar. Tem alguma coisa ali — acrescentou Brooks. — Alguma coisa que aconteceu antes. Ela ainda não está pronta para me contar. Estou tentando fazer com que ela confie em mim.

— Então ela ainda não percebeu que você vai continuar cutucando, cavoucando e remoendo até saber o que quer?

— Meu charme deixou a moça cega.

— Quanto tempo você acha que isso vai durar?

— Tenho um certo tempo para gastar. Ela precisa de ajuda. Mas não sabe disso, ou não está pronta para aceitar. Ainda.


ABIGAIL PASSOU A MANHÃ feliz em seu computador, reprojetando e personalizando o sistema de segurança de uma firma de advogados de Rochester. Ficou particularmente feliz com o resultado, já que havia conseguido o serviço através de uma indicação e quase o perdera, pois o sócio majoritário da empresa hesitara diante da sua recusa em conhecê-lo pessoalmente encontrar com ele.

Ela acreditava que ele e os outros sócios ficariam muito satisfeitos com o sistema e as sugestões que fizera. E se não ficassem? Era o preço que a moça pagava por fazer negócios em seus termos.

Para deixar a mente descansar, ela diminuiu a marcha e foi trabalhar no jardim.

Queria criar um jardim que atraísse borboletas no canto sul da casa. Já havia lido sobre aquilo e pesquisado a melhor maneira de atingir o objetivo. Com Bert a seu lado, ela reuniu as ferramentas e carregou o carrinho de mão. Ficou feliz ao ver que a horta que havia plantado estava indo bem, ao sentir o aroma das ervas que absorviam a luz do sol. O riacho estreito borbulhava e pássaros cantavam no mesmo ritmo. Uma brisa fresca dançava através das árvores, cada vez mais cheias de folhas, e flores selvagens surgiam, como pequenos fantasmas.

Ela estava feliz, percebeu, enquanto marcava o canteiro com barbante e estacas. Muito feliz. Com a primavera, com o trabalho, com a casa. Com Brooks.

Será que realmente havia sido feliz antes? Com certeza tivera momentos de felicidade — pelo menos durante a infância, no breve período em Harvard, até em alguns momentos depois que tudo mudara completamente.

Mas não conseguia se lembrar de se sentir daquela maneira. Nervosa. Brooks estava certo sobre o nervosismo e ela não sabia se gostava do fato de ele estar certo. Mas, perpassando o nervosismo, havia um tipo de leveza com a qual não sabia lidar.

Depois de ligar a máquina para preparar a terra, cantarolou junto com o zumbido mecânico, com o riacho borbulhante, com os cantos dos pássaros. Não, ela não entendia bem, mas, se pudesse, guardaria aqueles momentos, abraçaria aquele sentimento com força — muita força — para sempre.

Tinha um trabalho satisfatório, tinha a jardinagem, da qual gostava mais do que havia imaginado. Tinha um homem que respeitava e de quem gostava — mais do que já havia imaginado. E que viria jantar, conversar, rir, *estar* com ela.

Aquilo não iria durar, mas para que ficar ansiosa, para que se sentir *infeliz*? Abrace isso com força, lembrou a si mesma, enquanto punha adubo na terra. Por enquanto.

Levou o carrinho de mão de volta para a estufa e passeou pelo aroma de terra fértil e úmida, pelos botões de flores, por plantas fortes e vivas, selecionando as que havia cultivado para aquele projeto em particular.

Um bom trabalho físico para aquela tarde quente. Aquilo também a deixava feliz. Quem poderia imaginar que ela tivesse tanta capacidade de ser feliz?

Com a Glock presa a seu quadril e o cachorro trotando atrás dela, Abigail fez quatro viagens até a estufa, antes de começar a realizar o projeto que havia elaborado em noites frias de inverno.

As lobélias e equináceas e as cristas-de-galo de aroma doce se misturaram às leves lantanas, às fluidas verbenas, aos charmosos ásteres, aos elegantes lírios orientais que trariam o néctar. Girassóis, malvas e asclépias seriam as plantas hospedeiras, onde as borboletas adultas poriam seus ovos e as jovens lagartas se alimentariam.

Ela organizou, reorganizou, agrupou e reagrupou tudo, gradualmente se afastando do projeto inicial, mais matemático, quando percebeu que algo menos rígido e exato agradava mais a seus olhos.

Só para garantir, sacou o telefone e tirou fotos de vários ângulos antes de pegar a espátula e cavar o primeiro buraco.

Uma hora depois, antes de entrar e pegar gelo para o chá que havia deixado no sol, a moça deu um passo para trás e conferiu o progresso que fizera.

— Vai ficar lindo — disse a Bert. — E vamos poder sentar na varanda e observar as borboletas. Acho que vai atrair beija-flores também. Vou adorar ver o jardim crescer e florescer, as borboletas e os pássaros. Estamos fincando raízes, Bert. E quando mais profundas ficam, mais eu as quero.

Abigail fechou os olhos e ergueu o rosto para o sol.

Ah, ela amava o barulho do ar, seu aroma. Amava o ritmo do trabalho e o prazer que encontrava ali, os momentos calmos, os agitados. Amava a sensação do cachorro apoiado em sua perna e o sabor do chá frio em sua boca.

Ela amava Brooks.

Seus olhos se abriram de repente.

Não, não, simplesmente se empolgara com aqueles momentos felizes. Com a euforia de ter tudo como sempre desejou. E a tudo isso se juntava o que ele dissera naquela manhã, a maneira como olhara para ela.

Ação e reação, disse a si mesma. Nada mais.

Mas e se houvesse algo mais?

O alarme tocou, fazendo-a enrijecer as costas e os ombros enquanto punha a mão na coronha da Glock.

Não estava esperando nenhuma entrega.

Andou rapidamente até o monitor que pusera na varanda. Reconheceu do carro antes mesmo que pudesse ver a motorista. Era a mãe de Brooks — meu Deus do Céu — com outras duas mulheres.

Elas conversavam e riam, enquanto Sunny dirigia até a casa.

Antes que Abigail pudesse decidir o que fazer, o carro fez a última curva. Sunny deu dois leves e empolgados apertões na buzina quando avistou Abigail.

— Oi! — gritou Sunny da janela do carro antes que as três saíssem.

A mulher no banco da frente tinha que ser irmã de Brooks, pensou Abigail. A cor, a estrutura óssea e o formato dos olhos e da boca eram parecidos demais para que não fossem frutos de herança genética.

— Veja só isto! Um jardim para borboletas.

— É, passei a tarde trabalhando nele.

— Bom, vai ficar maravilhoso — afirmou Sunny. — Sinta só o cheiro da crista-de-galo! O Platão está no carro. Você acha que o Bert gostaria de conhecer o meu filhote?

— Eu... Eu acho que sim.

— A mamãe está tão ocupada apresentando os cachorros que nem se preocupa com os humanos. Eu sou a Mya, irmã do Brooks, e esta é a nossa irmã do meio, Sybill.

— É um prazer conhecer as duas — conseguiu dizer Abigail, enquanto sua mão era agarrada e apertada.

— Nós tiramos o dia de folga — disse Mya, sorrindo. Era uma mulher magra e alta, que mantinha o cabelo preto num corte Joãozinho. — Do trabalho, das crianças e dos homens. Tivemos um belo almoço pomposo, entre mulheres e agora vamos voltar à cidade para fazer compras.

— Achamos que talvez você quisesse vir junto — sugeriu Sybill.

— Ir junto? — Assustada, impressionada, com um dos olhos em Bert, Abigail tentava acompanhar a conversa.

— Fazer compras — repetiu Mya. — Depois disso, estávamos pensando em tomar margaritas.

O filhote pulou, rolou, ganiu, ou seja, ficou maluco com Bert. O cachorro se manteve sentado, tremendo, o olhar voltado para Abigail.

— *Ami. Jouer.*

Bert se levantou no mesmo instante, baixou a cabeça, balançou o rabo e, dando início à brincadeira, pulou em cima de Platão.

— Que gracinha! — declarou Sunny.

— Ele não vai machucar o filhote.

— Querida, dá para ver. Aquele meninão é manso como um cordeirinho, e Deus sabe que o Platão precisa correr um pouco. Ele ficou no carro ou na coleira a tarde inteira. Minhas meninas se apresentaram?

— Já.

— Estamos tentando convencer a Abigail a guardar a espátula e vir com a gente fazer compras e tomar margaritas. — Sybill lançou para Abigail um sorriso caloroso e fácil, que mostrava pequenas covinhas.

— Obrigada pelo convite. — Abigail ouviu a rigidez em sua voz comparada à tranquilidade da outra mulher. — Mas eu realmente preciso acabar de plantar. Comecei a montar o jardim mais tarde do que havia planejado.

— Bom, está lindo. — Sybill andou até ele para ver de perto. — Eu não herdei o dedo verde do meu pai e da minha mãe, então estou com inveja.

— Foi muita gentileza sua vir até aqui me chamar.

— Foi — concordou Mya —, mas, na verdade, o que a Syb e eu queríamos mesmo era ver de perto a mulher que deixou o Brooks nas nuvens.

— Ah.

— Nunca imaginei que meu irmão fosse ficar tão caído por uma mulher como você.

— Ah — foi tudo que Abigail pôde dizer outra vez.

— Qualquer coisa que passa pela cabeça da Mya — começou Sunny, passando um braço em torno da cintura da filha — simplesmente sai pela boca.

— Eu sei ser cuidadosa e diplomata, mas não é o meu estado natural. De qualquer forma, foi um elogio. É uma coisa boa.

— Obrigada?

Mya riu.

— De nada. O Brooks costumava se fixar muito na beleza, mas não necessariamente exigia substância. Mas aqui está você: bonita, natural, forte e esperta o bastante para morar sozinha, inteligente o bastante para plantar um jardim bem projetado... Eu tenho o dedo verde, percebo essas coisas. E, além disso, tem um negócio próprio, pelo que soube. E imagino que saiba cuidar de si mesma, já que está com uma arma enorme no quadril.

— Sei, sim.

— Já atirou em alguém?

— Mya. Deixe minha irmã para lá — pediu Sybill. — Ela é a mais velha e a que tem a maior boca. Tem certeza de que não quer vir com a gente?

— Eu realmente tenho que terminar o jardim, mas obrigada.

— Vamos fazer um almoço no domingo à tarde — anunciou Sunny. — O Brooks vai levar você.

— Ah, obrigada, mas...

— Não é nada demais. É só um churrasco. E tenho alguns íris amarelos que preciso separar. Vou dar uma mudas para você. Eles vão gostar daquele ponto ensolarado perto do riacho. Vou buscar o cachorro. A gente se vê no domingo.

— Já faz algum tempo que você e o Brooks estão juntos — comentou Mya.

— Acho que sim.

— Sabe como ele vai insistindo, sempre simpático, até conseguir o que quer?

— Sei.

Mya piscou e sorriu.

— Ele faz isso naturalmente. A gente se vê no domingo.

— Não se preocupe. — Sybill surpreendeu Abigail ao tomar a mão dela, enquanto a irmã ia ajudar a mãe a pegar o filhote. — Vai ficar tudo bem. O seu cachorro fica incomodado com crianças por perto?

— Ele não machuca ninguém. — A não ser que eu peça, pensou Abigail.

— Então traga o bicho com você. Vai se sentir mais à vontade com ele por perto. Somos pessoas muito simpáticas e dispostas a gostar de qualquer pessoa que deixe o Brooks feliz. Você vai ficar bem — afirmou Sybill, dando um apertão na mão de Abigail antes voltar para o carro.

As mulheres riram e conversaram, acenaram e buzinaram. Em choque, Abigail ficou parada ao lado do cachorro. Feliz e educadamente, ergueu a mão enquanto as representantes femininas do clã O'Hara-Gleason iam embora.

Parecia que havia sido atropelada por um caminhão feito de flores, pensou Abigail. Na verdade, não sentira dor — tudo fora lindo e doce. Mas ainda assim ficara no chão.

Não iria ao almoço, claro. Seria impossível por muitas razões. Talvez escrevesse um bilhete educado para a mãe de Brooks.

Abigail voltou a pôr as luvas de jardinagem. Queria terminar o canteiro. Além disso, usara aquilo como desculpa, então tinha que terminar o serviço.

Nunca fora convidada para fazer compras e tomar margaritas. Por isso, enquanto cavava, se perguntou como seria. Sabia que as pessoas faziam compras mesmo quando não precisavam de nada. Não entendia o atrativo, mas sabia que outras pessoas entendiam.

Pensou naquele dia, tão longínquo, no shopping com Julie. Em como havia sido divertido, no quanto fora entusiasmante e libertador experimentar roupas e sapatos com uma amiga.

É claro, elas não tinham sido amigas. Não de verdade. Todo o relacionamento fora gerado pelo acaso, por circunstâncias e necessidades mútuas.

E terminara em tragédia.

Ela sabia, logicamente, que sua inofensiva rebelião ao comprar roupas e sapatos não havia causado a tragédia. Mesmo a falsificação das identidades e a presença na boate não tinham desencadeado os problemas que viriam a acontecer depois.

Os Volkov e Yakov Korotkii eram os responsáveis por tudo aquilo.

Mesmo assim, como não ligar as duas coisas, não sentir o peso e a culpa apesar de todo aquele tempo? A briga com a mãe provocara uma reação em cadeia que havia culminado na explosão da casa em que estava escondida. Abigail não era totalmente responsável, mas fora um dos elos daquela cadeia.

No entanto, enquanto plantava, tentava descobrir como seria andar de carro com mulheres que riam, faziam compras desnecessárias, tomavam margaritas e fofocavam.

E fazer essas perguntas tirou um pouco do prazer dos sons e aromas de sua solidão.

Ela plantou todas as flores, e ainda outras, trabalhou a tarde inteira até o cair da noite, carregando sacos de estrume para o canteiro. Suja, suada, mas satisfeita, ela ligou os regadores, e então o alarme tocou novamente.

Dessa vez, viu Brooks chegando.

Percebeu que tinha perdido a noção do tempo. Planejara entrar e colocar a lasanha no forno antes que ele chegasse. Além disso, queria pelo menos ter tomado um banho.

— Nossa, olhe só para isso. — Ele saiu, um buquê de íris roxas em uma das mãos. — As minhas parecem flores vagabundas agora.

— São lindas. É a segunda vez que você me traz flores. Você foi a única pessoa que já fez isso.

Brooks fez uma promessa silenciosa de trazer flores mais vezes. Ele as entregou e sacou um osso para Bert.

— Não me esqueci de você, garotão. Você deve ter trabalhado a tarde toda para montar esse canteiro.

— Não foi tanto assim, mas levou algum tempo. Eu quero borboletas.

— E vai conseguir. Está lindo, Abigail. Você também.

— Estou suja — respondeu ela, afastando-se quando ele se inclinou para beijá-la.

— Eu não me importo. Sabe que eu teria ajudado você com as flores. Sou bom nisso.

— Eu comecei a montar o canteiro e acabei não vendo o tempo passar.

— Por que não pega um vinho para a gente? Podemos sentar aqui fora e admirar o seu trabalho.

— Tenho que tomar um banho e pôr a lasanha no forno.

— Então vá tomar seu banho. Eu coloco a comida no forno e pego o vinho. Pelo que estou vendo, hoje você trabalhou mais do que eu. Pode deixar. — Ele pegou as flores de volta. — Vou pôr na água para você. O que foi? — perguntou quando ela ficou parada, olhando.

— Nada. Eu... Não vou demorar.

Ela não sabe o que fazer quando alguém oferece ajuda, concluiu Brooks. Mas tinha aceitado, pensou, enquanto entrava e enchia o vaso de água. E sem argumentar nem dar desculpas. Era um passo a mais.

Pôs as flores no balcão, imaginando que a moça mudaria o arranjo depois, provavelmente quando ele não estivesse por perto. Depois diminuiu a temperatura do forno e pôs a travessa.

Levou o vinho e duas taças para a varanda e, depois de servir a bebida, carregou a própria taça até um canto, apoiou-se numa das vigas e analisou as flores.

Ele sabia o bastante sobre jardinagem para ter certeza de que o trabalho levara horas. Sabia o bastante sobre a arte da jardinagem para ter certeza de que ela tinha bom gosto para cores, texturas e fluxos.

E sabia o bastante sobre pessoas para ter certeza de que o canteiro era outra marca de posse, de estabelecimento. Era a casa dela, arrumada do jeito dela.

Um bom sinal.

Quando Abigail saiu, Brooks olhou para a moça. O cabelo úmido se enrolava um pouco em torno do rosto. Ela exclama um aroma fresco como o da própria primavera.

— É a minha primeira primavera desde que voltei à região — disse ele, pegando a segunda taça e oferecendo a ela. — Gosto de ver tudo voltando à vida. As colinas ficando verdes, as flores selvagens brotando, os rios correndo por todo canto. A luz, as sombras, o sol nos campos recém-plantados. Tudo volta a ser novo por outra estação. E sei que não há nenhum outro lugar em que gostaria estar. Isso aqui voltou a ser a minha casa, e agora é para sempre.

— Eu sinto a mesma coisa. É a primeira vez que me sinto assim. Estou gostando.

— Que bom. Olho para você, Abigail, com esse aroma de primavera, suas flores brotando ou querendo brotar, os olhos tão sérios, tão linda, e sinto a mesma coisa. Não há nenhum outro lugar. Nenhuma outra pessoa.

— Não sei o que fazer com o que eu sinto. E tenho medo de como minha vida vai ser se tudo isso mudar e eu nunca mais me sentir assim.

— Como você se sente?

— Alegre. Muito feliz. E assustada e confusa.

— Vamos nos concentrar no alegre até você se sentir tranquila e segura.

Ela pousou a taça, foi até ele e o abraçou.

— Talvez eu nunca me sinta.

— Você veio aqui para fora sem a sua arma.

— Você está com a sua.

Ele sorriu, apertando o rosto contra o cabelo dela.

— Isso já é alguma coisa. É confiança, e é um bom começo.

Ela não sabia, não podia analisar tudo que sentia.

— Nós podemos nos sentar na escada e você pode me contar o que aconteceu hoje de manhã.

— Podemos. — Ele ergueu o rosto da moça e a beijou levemente. — Porque estou achando isso tudo ótimo.

# 19

Brooks contou tudo a Abigail, enquanto o sol se escondia e o novo canteiro era molhado pelo espirrar dos regadores.

Ela sempre achara a Justiça fascinante: os detalhes dos processos, a falta de lógica — e, na opinião dela, a parcialidade — introduzida nas regras, pelo fator humano códigos e procedimentos... A justiça parecia clara para ela, mas as leis que a buscavam, que a reforçavam, eram obscuras e escorregadias.

— Não entendo por que eles têm que ser liberados. Só porque tem dinheiro?

— São inocentes até que a culpa seja provada.

— Mas eles *são* culpados — insistiu ela —, e isso já foi provado. Eles alugaram o quarto e causaram os danos. Justin Blake agrediu o seu amigo na frente de testemunhas.

— Eles têm direito a um julgamento.

Abigail balançou a cabeça.

— Mas agora estão livres para intimidar as testemunhas e os demais envolvidos com dinheiro ou força, para fugir e para adiar a conclusão do caso. Seus amigos sofreram uma perda e as pessoas que a causaram estão livres para viver suas vidas e fazer seus negócios. O sistema legal é muito falho.

— Pode ser, mas, sem ele, o caos se instalaria.

Pela experiência de Abigail, o caos era parte do sistema.

— Consequências, punições, a justiça deveria ser rápida e constante, sem possíveis saídas como dinheiro, advogados espertos e decisões ilógicas.

— Imagino que a maioria das multidões pensa isso quando pega uma corda.

Ela franziu a testa.

— Você prende pessoas que desrespeitam a lei. E quando faz isso, tem consciência de que elas desrespeitavam. Devia ficar frustrado, e até irritado, quando elas se safassem por uma idiossincrasia legal ou por uma falha humana.

— Prefiro ver um homem culpado ser libertado a ver um inocente sendo preso. Às vezes existem razões para desrespeitar a lei. Não estou falando dos três babacas que prendi, mas em geral.

Obviamente relaxado, Brooks esticou as pernas e fez carinho com o pé em Bert.

— Nem sempre as coisas são pretas ou brancas, certas ou erradas. Se não pensarmos nas alternativas e nas circunstâncias, não fazemos justiça.

— Você acredita nisso. — Os músculos da barriga dela tremeram, se contorceram. — Que existem razões para desrespeitar a lei.

— Claro que existem. Defesa pessoal, defesa dos outros. Por exemplo, uma coisa simples como ultrapassar o limite de velocidade. A sua mulher está em trabalho de parto? Então não vou multar você por ter desrespeitado o limite de velocidade a caminho do hospital.

— Você consideraria as circunstâncias.

— Claro. Quando eu ainda era recruta, fomos chamados por uma agressão. O cara foi até um bar e acabou com a raça do tio. Vamos chamar esse tio de Tio Harry. Bom, prendemos o cara pela agressão, mas acabamos descobrindo que o Tio Harry estava mexendo com a filha do cara, de 12 anos. Claro, ele devia ter chamado a polícia e o Serviço de Proteção ao Menor, mas estava realmente errado por querer acabar com a raça do Tio Harry? Eu acho que não. É preciso analisar todo o contexto, pesar as circunstâncias. É isso que o tribunal deve fazer.

— O ponto de vista é importante — murmurou ela.

— É. O ponto de vista é importante. — Ele passou o indicador pelo braço dela. — Você já desrespeitou a lei, Abigail?

Ela sabia que a pergunta abriria uma porta. Mas e se aquela porta a deixasse presa em algum lugar?

— Nunca recebi uma multa, mas já excedi o limite de velocidade. Vou conferir a lasanha.

Quando Brooks entrou, alguns minutos depois, Abigail estava, fatiando tomates no balcão.

— Colhi uns tomates e manjericão da estufa mais cedo.

— Você se manteve ocupada.

— Gosto de me manter ocupada. Terminei o serviço mais cedo do que tinha planejado, então me dei um tempo para montar o canteiro. E recebi uma visita.

— É mesmo?

— Da sua mãe e das suas irmãs.

Ele, que ia servir mais vinho a ela, se interrompeu.

— Como é que é?

— Elas estavam aqui perto. Comeram o que a sua irmã Mya chamou de "belo almoço pomposo" e iam fazer compras e tomar margaritas. Me convidaram para ir com elas.

— Hum.

— A Mya me explicou que, na verdade, elas tinham vindo dar uma olhada em mim. Gostei da sinceridade dela, mas, na hora, foi um pouco incômodo.

Brooks produziu um som que poderia ser uma risada.

— Ela sabe ser muito incômoda.

— O Platão também estava no carro. O Bert gostou de brincar com ele.

— Aposto que sim.

— Riram muito.

— O Bert e o Platão?

— Não. — A ideia fez Abigail rir. — Sua mãe e suas irmãs. Elas parecem muito felizes. Parecem amigas e parentes.

— Eu diria que são mesmo. Todos somos.

— A sua outra irmã, a Sybill, é bondosa e gentil. Você tem características das suas duas irmãs. E também é muito parecido com elas fisicamente, especialmente com a Mya.

— A Mya contou alguma história vergonhosa sobre mim?

— Não, mas eu teria achado interessante. Acho que ela estava mais curiosa sobre mim. Disse que, quando o assunto eram mulheres, relacionamentos... — Abigail fez uma pausa para intercalar fatias de mozarela de búfala e tomate. — Disse que, antigamente, você se fixava na beleza e não necessariamente exigia substância.

Brooks observou a moça falar, enquanto aperfeiçoava a arrumação do prato.

— Aposto que está repetindo as mesmas palavras que ela usou.

— A paráfrase pode dar outro tom e até outro significado a uma frase.

— Concordo.

— É verdade?

Brooks parou para pensar. Por fim, deu de ombros.

— Acho que é, agora que parei para pensar nisso.

— Acho que devo considerar isso um elogio. — Mas ela também devia considerar o fator "novidade", que mencionara de manhã. Novidades perdiam a graça.

— O engraçado é que elas estavam em três e você era só uma. E ainda assim aceitaram um "não" como resposta.

— Eu estava óbvia e profundamente envolvida com o jardim. — Abigail pegou a taça de vinho e bebeu um gole. — Mas a sua mãe me convidou para um churrasco na casa dela, no domingo.

Brooks riu e ergueu o copo num brinde.

— Viu? Não aceitaram "não" como resposta.

Abigail não havia pensado naquilo. Viu que Brooks estava certo.

— A sua mãe pareceu ignorar minha desculpa para recusar o convite. Achei que seria melhor escrever um bilhete educado para ela depois.

— Por quê? Ela faz uma salada de batata ótima.

— Já tenho um compromisso com o jardim no domingo.

— Medrosa.

— O que isso tem a ver com o churrasco?

— Você está com medo de ir.

Ele riu, fazendo a moça enrugar ainda mais a testa e se irritar.

— Não precisa ser grosseiro.

— Às vezes ser sincero é ser grosseiro. Olha, você não tem motivo para ficar nervosa com a ideia de ficar no meu quintal e comer salada de batata. Vai se divertir.

— Não, não vou porque vou ter abandonado meus compromissos. E não sei como me comportar num churrasco. Não sei conversar com um monte de pessoas que não conheço, nem com as que mal conheço, nem lidar com a curiosidade que todos vão ter sobre mim porque eu e você estamos transando.

— São muitos "eu não sei" — decidiu Brooks —, mas eu vou te ajudar com tudo. Posso te ajudar a terminar o que ia fazer no jardim antes do domingo. Você vai se sair bem na parte da conversa, mas vou ficar do seu lado até que se sinta à vontade. E eles podem até estar curiosos, mas também estão inclinados a gostar de você porque eu e a minha mãe já gostamos. Além disso, vou fazer uma promessa.

Brooks fez uma pausa e esperou que ela olhasse para ele.

— Que promessa?

— Vamos ficar lá uma hora. Se você não estiver se divertindo, vou arranjar uma desculpa. Vou dizer que recebi um chamado urgente e vamos embora.

— Você mentiria para a sua família?

— Mentiria. E eles saberiam que eu estaria mentindo, mas entenderiam.

Pronto, pensou ela, mais uma das complicações que se misturavam aos deveres sociais e às relações interpessoais.

— Acho que é melhor evitar tudo isso e mandar um bilhete pedindo desculpas.

— Ela simplesmente vai vir até aqui te buscar.

Aquilo fez Abigail parar de fatiar de novo.

— Claro que não.

— Juro por Deus. Ela vai pensar que você é tímida ou teimosa demais. Se decidir que é timidez, vai convencer você com o carinho de uma mãe. Se decidir que é teimosia, vai te empurrar daqui até a casa dela.

— Não sou tímida nem teimosa.

— Você é os dois e ainda tem uma certa covardia na mistura.

Abigail bateu a faca na tábua com um pouco mais de força do que o necessário.

— Você não devia me insultar enquanto estou preparando uma refeição para você.

— Não acho que "tímida" e "teimosa" sejam insultos. E todo mundo é um pouco covarde, dependendo das circunstâncias.

— Quais são as suas circunstâncias?

— Você está mudando de assunto, mas eu vou contar. Visitas semestrais ao dentista, aranhas-lobo e karaokês.

— Karaokês. Isso é engraçado.

— Não quando eu canto. Bom, acredite em mim. Me dê uma hora. Uma hora não vai machucar ninguém.

— Vou pensar.

— Ótimo. Sei que vou repetir o que disse ontem à noite, mas isso está com um cheiro maravilhoso.

— Espero que a noite de hoje seja mais calma e tranquila do que a ontem.

E foi, até pouco depois das duas da manhã.

Quando o alarme tocou, Abigail rolou para fora da cama, pegando a arma na mesinha de cabeceira antes mesmo que seus pés tocassem o chão.

— Calma. — A voz de Brooks se manteve extremamente tranquila. — Calma, Abigail. Você também — disse ao cachorro, que estava a postos aos pés da moça e emitia um grunhido gutural.

— Tem alguém aqui.

— Pode deixar. Não, não acenda as luzes. Se alguém tiver vindo fazer alguma coisa de ruim, é melhor que não saiba que estamos aqui.

— Não estou reconhecendo o carro — explicou ela, quando se virou para o monitor.

— Eu estou. Merda. — O suspiro foi mais de cansaço do que de irritação. — É de Doyle Parsins. Devem ser o Justin, o Doyle e o Chad. Vou vestir minha calça. Eu cuido disso.

— Só há duas pessoas no carro.

Brooks pôs rapidamente a calça, pegou a camisa e a vestiu enquanto andava até o monitor.

— Ou o Chad teve o bom senso de ficar em casa ou eles deixaram o moleque em outro ponto para que entrasse pelos fundos. Como não acho que sejam tão espertos assim, acredito que o Chad tenha deixado os outros dois na mão.

Firme, Brooks pôs uma das mãos no ombro da moça.

— Eles não vieram atrás de você, Abigail. Relaxe.

— Não posso relaxar quando alguém entra na minha propriedade às duas da manhã. Não é razoável esperar que eu relaxe.

— É verdade. — Ele pegou os braços dela e começou a esfregá-los levemente. — Só estou dizendo que eles vieram encher o meu saco. Não o seu. Provavelmente vieram até aqui... Viu? Estão se afastando da casa. Vão tentar cortar meus pneus ou pichar alguma obscenidade no meu carro. Imaginaram que eu teria uma bela surpresa de manhã. Caraca, estão mais fumados do que uma chaminé. Os dois.

— Se estão sob efeito de drogas, provavelmente não serão racionais.

— A racionalidade não é o forte do Justin, esteja ele drogado ou sóbrio.

E ir até a casa de Abigail mostrava a Brooks que o jovem estava ficando pior, assim como ocorrera com Tybal.

Observando os dois, ele abotoou a camisa.

— Ligue para a delegacia. O Ash está de plantão hoje. Explique a situação a ele. Eu vou lá fora resolver isso.

Brooks pegou a arma e calçou as botas, para o caso de ter que correr atrás dos moleques.

— Você e Bert ficam aqui dentro.

— Não preciso nem quero ser protegida de uma dupla de delinquentes.

— Abigail, sou eu quem tenho o distintivo. — Seu tom de voz não aceitava argumentação. — E foi comigo que eles vieram brincar. Não vai adiantar de nada fazer com que fiquem irritados com você. Ligue para a delegacia e espere por mim.

Ele desceu a escada com calma, aproveitando as luzes de segurança do exterior da casa. O flagrante seria mais claro e mais duro se ele pegasse os dois fazendo alguma coisa, não só andando pela propriedade e abafando risadas bêbadas e/ou drogadas.

Abigail conseguiria o seu tipo de justiça agora, pensou, já que os dois teriam que ficar na cadeia até o julgamento.

Brooks parou para observar os moleques pela janela e, como imaginara, viu os dois se agacharem ao lado do carro dele. Justin abriu uma bolsa e jogou uma lata de spray para Doyle.

Ele deixou que começassem a pichação. O carro iria precisar de uma pintura nova, mas a prova seria indiscutível.

Então foi até a porta da frente, abriu as trancas e saiu.

— Oi, meninos. O que traz vocês aqui?

Doyle soltou a lata de tinta e caiu de bunda no chão.

— Desculpem a interrupção da excursãozinha de vocês, mas os dois retardados invadiram uma propriedade particular. E, é claro, vamos acrescentar vandalismo às acusações. Como vocês acabaram de vandalizar uma propriedade policial, acho que a situação vai ficar meio complicada. E eu aposto que vou encontrar drogas ou álcool no carro e no sangue dos dois. Então, resumindo, vocês estão bastante fodidos.

Brooks balançou a cabeça quando Doyle tentou se levantar.

— Fuja, Doyle, e vou acrescentar resistência à prisão. Eu sei onde você mora, idiota; então fique aqui. Justin, é melhor me mostrar as suas mãos.

— Quer ver as minhas mãos? — Justin enfiou a faca que segurava num dos pneus traseiros da patrulha e se levantou num pulo. — O ar vai sair de você da próxima vez, idiota.

— Vamos ver se eu entendi direito. Você tem uma faca. Eu tenho uma arma. Está vendo isso? — Brooks a sacou casualmente. — E eu sou o idiota? Justin, você é muito, muito burro. Agora jogue essa faca no chão, depois dê uma olhada para o seu amigo, que é um pouco mais inteligente. Viu como ele está deitado no chão com as mãos atrás da cabeça? Faça isso.

Com a ajuda das luzes, Brooks percebeu que Justin tinha as pupilas do tamanho de agulhas.

— Não vai atirar em mim. Não tem coragem para isso.

— Eu acho que ele tem. — Com a Glock favorita na mão, Abigail saiu pela lateral da casa. — Mas, se ele não atirar, eu atiro.

— Está se escondendo atrás de uma mulher agora, Gleason?

Brooks mudou levemente de posição. Não apenas para proteger Abigail caso Justin fosse burro o bastante para atacá-los com a faca, mas também porque não podia garantir que a moça não atiraria no idiota.

— Parece que estou me escondendo?

— Eu adoraria atirar nele — disse Abigail, amigável. — Ele invadiu a minha propriedade e está armado; então acho que é o meu direito. Eu poderia dar um tiro na perna dele. Sou muito boa de mira, como você sabe.

— Abigail. — Dividido entre o riso e a preocupação, Brooks deu um passo para frente. — Solte a arma, Justin, antes que a situação fique feia.

— Você não vai me pôr na cadeia.

— Hoje você não está dando uma dentro — afirmou Brooks.

Justin deu um pulo para frente.

— Não atire no moleque, pelo amor de Deus — gritou Brooks.

Ele bloqueou a faca com o braço esquerdo e ergueu o cotovelo direito, enfiando-o no nariz de Justin. Ouviu aquele som gratificante um segundo antes de o sangue espirrar. Quando a faca caiu, simplesmente agarrou Justin pelo colarinho e o puxou para frente, fazendo-o cair de joelhos.

Sem paciência, jogou Justin no chão e pisou em cima do pescoço do rapaz.

— Abigail, pode me fazer o favor de subir e pegar minhas algemas?

— Já peguei.

Brooks ergueu as sobrancelhas quando ela as tirou do bolso traseiro.

— Você foi esperta. Jogue para cá.

Brooks pegou as algemas e se ajoelhou para puxar os braços de Justin para trás.

— Doyle, continue deitado ou a Srta. Lowery vai atirar na sua perna.

— Sim, senhor. Eu não sabia que ele ia fazer isso, eu juro. A gente só ia pichar o carro. Juro por Deus.

— Fique quieto, Doyle. Você está doidão demais para falar. — Brooks ergueu o olhar ao ouvir a sirene. — Ai, cacete, por que ele está com a sirene ligada?

— Eu vi a faca quando estava relatando a situação. Seu guarda ficou muito preocupado.

— Está bem. Droga. Justin, você atacou um policial com uma faca. Isso é agressão por arma branca a um oficial. O promotor pode até tratar como tentativa de homicídio se eu contar sobre a provocação. Você se ferrou, moleque, e não precisava ser assim. Está preso por invasão, vandalismo, dano à propriedade da polícia e agressão por arma branca a um oficial. Tem o direito de ficar calado.

— Você quebrou a porra do meu nariz! Eu vou matar você!

— Faça um favor a si mesmo e aceite o direito de ficar calado. — Brooks terminava de enunciar os direitos a Justin quando viu as luzes dos faróis de Ash. — Doyle, cadê o Chad?

— Ele não quis vir. Disse que já estava com problemas demais e que o pai ia acabar com a raça dele caso se metesse em outros.

— Que bom. Um brilho de sanidade.

Brooks se levantou quando viu Ash sair do carro batendo a porta.

— Delegado! Você está bem? Cara, você está sangrando.

— O quê? Onde? Merda. — Brooks olhou para baixo e sentiu nojo. — É sangue do nariz do Justin. Droga, eu gostava desta camisa.

— Você devia deixar de molho em água fria e sal.

Tanto Brooks quanto o delegado olharam para onde Abigail estava parada, o cachorro alerta a seu lado.

— Senhora — disse Ash.

Sirenes gritaram de novo.

— Que droga, Ash!

— Deve ser o Boyd. Quando a Srta. Lowery avisou que tinha visto uma faca e que só havia dois homens sendo que esse grupinho quase sempre anda em três, achei melhor chamar o Boyd para me dar cobertura. Tem certeza de que ele não cortou você?

— Tenho. Mas ele foi burro o bastante para tentar, então vai ser acusado de agressão a um oficial. Acho que você e o Boyd podem levar os dois para a delegacia. Eu já vou.

— Tudo bem, delegado. Desculpe o incômodo, Srta. Lowery.

— Não foi o senhor que o causou, guarda Hyderman.

Brooks foi até Abigail.

— Por que você não leva o Bert lá para dentro? Eu vou entrar daqui a alguns minutos.

— Está bem.

Ela fez sinal para o cachorro e voltou para dentro de casa.

Na cozinha, a moça recompensou Bert com um dos biscoitos favoritos do cachorro, depois fez café. Pensou por um instante e decidiu servir uma porção de biscoitos, dessa vez para humanos, num prato.

Parecia a coisa certa a se fazer. Ela se sentou à mesa e observou Brooks e os outros pelo monitor. O menino que o delegado havia chamado de Doyle chorava um pouco, mas ela percebeu que não conseguia sentir pena. Justin continuava irritado e parecia rosnar como um cão raivoso, lançando um olhar maléfico. Tinha os olhos inchados e cheios de hematomas por causa do nariz quebrado.

296

Quando os prisioneiros foram postos no banco traseiro do carro de Ash, Brooks falou com os guardas. Depois disse algo que fez os dois rirem.

Ele está tentando diminuir a tensão, deduziu a moça. Aquilo era um sinal de que Brooks era um bom líder. Ela se levantou para destrancar a porta da frente, mas viu o delegado andar até os fundos, como ela fizera. Por isso, voltou à mesa e serviu o café, acrescentando açúcar como ele gostava.

Brooks entrou e viu o prato.

— Biscoitos?

— Achei que você ia querer comer alguma coisa.

— É uma boa. Tenho que ir à delegacia resolver isso.

— Claro.

Ele pegou o café e um biscoito.

— Acho que não preciso perguntar se você está bem. Ficou firme como uma rocha durante toda a situação.

— Ele é um garoto estúpido e violento, mas não chegamos a correr perigo de verdade. Você podia ter se ferido, e eu teria ficado bastante chateada. Ele estava certo?

— Quem? E sobre o quê?

— Justin Blake, quando disse que você não atiraria nele.

Mordendo o biscoito, Brooks se recostou na cadeira, com sua costumeira tranquilidade.

— Em parte. Se tivesse que atirar, atiraria, mas não foi necessário. Melhor assim. Você teria atirado nele?

— Teria. — Ela não hesitou. — Talvez tivesse dúvidas, já que ele é jovem e burro, mas, sim, atiraria. Se tivesse machucado você, eu teria atirado. Mas você tem reflexos excelentes. Além do mais, ele sinalizou que ia fazer aquilo e, quando fez, foi muito lento, imagino eu, por causa do álcool ou das drogas. Você não teve medo nenhum.

— Você me obedeceu no início. Pedi que ficasse aqui dentro.

— E eu respondi que não precisava nem queria ser protegida. É a minha propriedade e eu estava armada.

— Como sempre. — Ele deu outra mordida no biscoito.

— Além disso, apesar de não ter visto nada no monitor, eu queria ter certeza de que não havia um terceiro homem, que poderia ter te atacado por trás.

— Eu agradeço.

— Você devia pôr essa camisa de molho antes que fique manchada.

— Tenho outra na delegacia. Abigail, vou precisar que você dê um depoimento. Pode ir até a delegacia ou posso mandar um dos meus homens vir falar com você aqui.

— Ah, é claro. Eu não poderia prestar o depoimento a você por causa das circunstâncias.

— Não.

— Acho que prefiro ir até lá. Posso fazer isso agora.

— Pode ser de manhã.

— Se eu for agora, essa história vai acabar. Prefiro que acabe logo. Vou me trocar e ir até lá.

— Posso te esperar.

— Não, tudo bem. Você deveria ir agora e fazer o que tem que fazer.

— É. Você está lidando com isso tão bem que me faz pensar que já lidou com esse tipo de problema antes. Espero que, um dia, confie em mim o bastante para me contar sobre isso.

Querendo senti-lo, ela pegou os pulsos dele por um instante.

— Se eu pudesse contar para alguém, seria para você.

— Está bem, então.

Ele pousou a xícara, segurou levemente o rosto da moça e a beijou.

— Obrigado pela ajuda. E pelo biscoito.

— De nada.


Trinta minutos depois de Brooks, Abigail entrou na delegacia. O guarda mais velho — Boyd Fitzwater, lembrou ela — imediatamente se levantou e foi recebê-la.

— Srta. Lowery, que bom que a senhora veio. O delegado está no escritório dele, falando com o promotor e com os outros responsáveis. Vou tomar o seu depoimento.

— Está bem.

— Quer um café ou uma bebida gelada?

— Não, obrigada.

— Podemos nos sentar bem aqui. Ninguém vai nos incomodar. O Ash está com o paramédico que chamamos para cuidar do nariz do filho do Blake. — Ele sorriu ao dizer: — Está mesmo quebrado.

— Tenho certeza de que um nariz quebrado é melhor do que uma bala. Acho que o delegado Gleason podia muito bem ter disparado a arma quando Justin o atacou com uma faca.

— Não posso discordar. Mas vamos começar do início... Vou gravar seu depoimento para termos tudo certinho. Também vou fazer anotações. Tudo bem?

— É claro.

— Está bem, então. — Boyd ligou o gravador, leu a data, a hora e o nome de todos os envolvidos. — Srta. Lowery, por que a senhorita não me conta o que aconteceu hoje de madrugada?

— Às duas e sete, meu alarme de perímetro registrou uma invasão.

Ela falava de forma clara, precisa.

— Como o delegado Gleason havia mencionado, Justin Blake costuma andar com outros dois indivíduos. Eu quis mencionou de que realmente não havia um terceiro homem, que poderia ter circundado a casa. Meus alarmes não registraram nada, mas achei melhor confirmar. Depois que falei com o guarda Hyderman pelo telefone, peguei meu cachorro e saí pelos fundos da casa. Meu cachorro não demonstrou sinal de ter detectado ninguém nos arredores, por isso continuei andando até a frente da casa, onde vi o delegado Gleason e os dois invasores. Um deles, identificado como Doyle Parsins, já estava no chão. Justin Blake continuava agachado ao lado do pneu esquerdo traseiro da patrulha do delegado Gleason.

— A senhorita ouviu alguém dizer alguma coisa?

— Ah, ouvi, claramente. A noite estava silenciosa. O delegado Gleason disse a Justin: "É melhor me mostrar as suas mãos." Eu preciso acrescentar que, nesse momento, a arma do delegado Gleason estava no coldre. Justin respondeu: "Quer ver as minhas mãos?" e enfiou a faca que segurava na mão direita no pneu esquerdo traseiro.

Ela continuou falando, repetindo o que acontecera palavra por palavra, movimento a movimento. Boyd a interrompeu uma ou duas vezes para esclarecer alguns detalhes.

— É uma descrição muito detalhada.

— Tenho memória eidética. Costumam chamar de "fotográfica" — acrescentou ela, apesar de sempre se irritar com o fato de ter que explicar a ideia com tão pouca precisão.

— Isso ajuda muito, Srta. Lowery.

— Espero que sim. Ele teria matado o Brooks se pudesse.

Apesar de já ter estendido a mão para desligar o gravador, Boyd se interrompeu e voltou a se recostar na cadeira.

— Oi?

— Justin Blake. Ele teria esfaqueado e matado o delegado Gleason e o matado, se pudesse. A intenção dele era muito clara, assim como a raiva e, para mim, o medo. É o que ele sabe fazer. Ferir ou eliminar aqueles que entram no caminho dele, que interferem. Existem pessoas que simplesmente acreditam que seus desejos e necessidades estão acima de tudo e de todos.

Ela já havia visto um assassinato, pensou. O garoto não lembrava o frio Korotkii. Faltava-lhe eficiência e crueldade. Mas a fazia pensar em Ilya, na raiva quente estampada no rosto de Ilya enquanto xingava e chutava o primo morto.

— Acho que ele nunca matou ninguém, nem nunca feriu ninguém seriamente. Se já tivesse feito isso, teria demonstrado mais habilidade nesse caso. Mas, se isso não tivesse acontecido hoje, teria acontecido com outra pessoa, em outra noite. Com alguém que não teria o treinamento, os reflexos e a serenidade do delegado Gleason. Haveria muito mais sangue para limpar, não só o de um nariz quebrado.

— É verdade.

— Sinto muito. Essa situação me deixou mais chateada do que eu esperava. Minha opinião não é relevante. Se não precisarem de mais nada, gostaria de ir para casa.

— Posso pedir que alguém leve a senhorita.

— Não, eu posso dirigir sozinha. Obrigada, policial, o senhor foi muito gentil.

Ela já caminhava em direção à porta quando Brooks chamou seu nome. Ele atravessou a sala e pôs uma das mãos no braço da moça.

— Eu já volto — disse a Boyd, antes de levar Abigail para fora.

— Você está bem?

— Estou. Já disse isso.

— É, mas também disse ao Boyd que ficou mais chateada do que esperava.

— Fiquei, mas isso não quer dizer que eu não esteja bem. Só estou cansada. Acho que vou para casa dormir um pouco mais.

— Ótimo. Eu ligo ou passo lá mais tarde, só para ver como você está.

— Não pode se preocupar comigo agora. Não preciso disso. — E também não quero, pensou. Assim como não quero que Justin Blake me faça lembrar de Ilya Volkov. — Você pôs sua camisa de molho na água fria com sal?

— Não, joguei fora. Ia ver sangue no tecido mesmo que não estivesse mais ali. Deixei de gostar tanto dela.

Abigail pensou numa linda blusa manchada de sangue.

— Eu entendo. Você também está cansado. — Ela tocou no rosto de Brooks. — Espero que possa dormir um pouco.

— Eu ia adorar. Dirija com cuidado, Abigail.

Brooks deu um beijo na testa dela, outro nos lábios, e abriu a porta do carro para a moça.

— O que você disse no depoimento é verdade. Era só questão de tempo até o Justin puxar uma faca, uma arma ou um bastão para outra pessoa. Até ele causar um ferimento sério em alguém.

— Eu sei.

— Não tem mais que se preocupar com ele.

— Então não vou me preocupar.

Rendendo-se à emoção, ela deu um abraço apertado em Brooks.

— Estou feliz por você ter bons reflexos.

Então entrou no carro e foi embora.

# 20

POUCO DEPOIS DAS TRÊS DA TARDE, ABIGAIL VIU UM MERCEDES SEDÃ escuro entrar na estrada que levava para sua casa. O visual do carro fez com que um rápido arrepio subisse por sua coluna. Ela não reconhecia o veículo, o motorista — um homem de trinta e muitos ou quarenta e poucos anos, ombros largos, cabelos curtos e escuros — nem o passageiro — outro homem de cinquenta anos, cabelos grisalhos escuros e rosto largo.

Ela digitou a placa em seu sistema, lembrando a si mesma que estava preparada para qualquer coisa. A busca rápida nos registros do departamento de veículos mostrou que Lincoln Blake era o proprietário do carro. Seus ombros relaxaram.

Uma interrupção incômoda, mas não uma ameaça.

Blake parecia rico, notou ela, quando o homem saiu do veículo. Na verdade, ele parecia *deliberadamente rico* no terno de corte perfeito e nos sapatos finos. O segundo homem também usava terno e carregava uma pasta.

Abigail percebeu uma leve saliência no quadril direito do segundo homem, perturbando o corte do paletó. Ele carregava uma arma.

Bem, pensou ela, eu também.

A moça considerou a possibilidade de ignorar a batida na porta. Não tinha obrigação nenhuma de atender, de falar com o pai do menino que tentara matar Brooks. Mas, depois de tudo que ouvira e entendera sobre Blake, percebeu que ele não iria simplesmente embora. Além disso, estava um pouco curiosa.

Com Bert ao seu lado, Abigail abriu a porta.

— Srta. Lowery. — Blake ofereceu um sorriso largo e a mão. — Desculpe a intromissão. Sou Lincoln Blake, um dos seus vizinhos.

— A sua casa fica a quilômetros daqui. Na verdade, do outro lado de Bickford; logo, o senhor não vive perto o bastante da minha propriedade para ser considerado um vizinho.

— Somos todos vizinhos aqui — disse Blake, jovial. — Este é o meu assistente pessoal, Mark. Eu gostaria de pedir desculpas pela invasão involuntária do meu filho à sua propriedade ontem à noite. Podemos entrar e conversar sobre a situação?

— Não.

Ela nunca conseguia entender por que as pessoas ficavam tão surpresas, e até irritadas, quando faziam uma pergunta e a resposta era negativa.

— Bom, Srta. Lowery, eu vim até aqui pedir desculpas, porque entendo que meu filho causou um inconveniente. Mas acredito que podemos resolver tudo. Ajudaria muito se pudéssemos ficar à vontade enquanto conversamos.

— Eu estou à vontade. Obrigada pelo pedido de desculpas, Sr. Blake, apesar de ele não valer, já que foi o seu filho, e não o senhor, que entrou sem permissão no meio da noite na minha propriedade e tentou esfaquear o delegado Gleason. Acredito que a polícia já esteja resolvendo tudo e que nós não tenhamos nada a discutir nesse momento.

— Bom, foi exatamente por isso que vim. E não gosto de conversar através de uma porta.

— E eu não gosto de ter estranhos na minha casa. Gostaria que fosse embora. Pode discutir isso com a polícia.

— Ainda não terminei. — Ele ergueu o indicador para ela. — Pelo que sei, a senhorita tem *relações amistosas* com Brooks Gleason e...

— Sim, temos relações amistosas. Ele não estaria aqui às duas da manhã quando o seu filho e o amigo dele entraram ilegalmente na minha propriedade com o objetivo de pichar o carro do delegado Gleason se não tivéssemos essas relações. No entanto, minha relação com o delegado Gleason não altera os fatos.

— Um fato é que a senhora não mora aqui há muito tempo. Não está totalmente ciente da minha posição nesta comunidade nem da história por trás dela.

Ela se perguntou, sinceramente, por que ele achava que aquilo seria relevante, mas não se deu ao trabalho de enunciar a pergunta.

— Conheço bem a sua posição, mas nem ela nem a sua história alteram o fato que aconteceu ontem à noite. Foi muito incômodo ser acordada daquela maneira e testemunhar o seu filho atacar o delegado Gleason com uma faca.

— Fato. — Blake bateu com o indicador na palma da mão aberta. — Era de madrugada; logo, estava escuro. Não tenho dúvidas de que Brooks Gleason provocou meu filho, ameaçou o garoto. O Justin estava simplesmente se defendendo.

— O senhor está errado — respondeu Abigail, com calma. — Minhas luzes de segurança estavam ligadas. Tenho uma visão excelente e estava a menos de três metros durante a tentativa de agressão. O delegado Gleason pediu claramente para o seu filho mostrar as mãos e, quando o seu filho o fez, foi, primeiro, para furar o pneu da patrulha e, segundo, para ameaçar Brooks com uma faca.

— Meu filho...

— Eu ainda não terminei de corrigir os seus erros — lembrou ela, assustando Blake e o fazendo manter um silêncio momentâneo. — Só então, quando o seu filho o ameaçou verbal e gestualmente, Brooks sacou a arma. E mesmo assim o seu filho não largou a faca. Em vez disso, e apesar de ter visto que eu também estava armada, o seu filho atacou Brooks. Na minha opinião, o delegado Gleason teria todas as justificativas possíveis para atirar no seu filho naquele momento, mas ele preferiu desarmar o menino, correndo um risco maior ainda.

— Ninguém conhece você aqui. Você é uma mulher estranha e solitária, sem passado nem história na comunidade. Se e quando contar essa história ridícula no tribunal, meus advogados vão acabar com o seu testemunho e humilhar você.

— Eu acho que não, mas tenho certeza de que os seus advogados vão fazer o trabalho deles. Se isso for tudo, gostaria que fosse embora.

— Espere aí um minuto. — Blake deu um passo para frente e Bert estremeceu e grunhiu.

— O senhor está incomodando o meu cachorro — afirmou Abigail, fria. — E, se o seu assistente tentar sacar uma arma, vou mandar que meu cachorro ataque. Posso garantir que ele se move mais rápido do que o seu assistente. Eu também estou armada, como pode ver claramente. E sou ótima atiradora. Não gosto quando estranhos vêm à minha casa, tentando me intimidar e me ameaçar. E não gosto de homens que criam jovens violentos e irritados.

Como Sergei Volkov, pensou ela.

— Não gosto do senhor, Sr. Blake, e vou pedir que vá embora pela última vez.

— Vim aqui fazer um acordo com a senhorita, pedir desculpas e oferecer uma compensação pelo inconveniente.

— Compensação?

— Dez mil dólares. Um pedido de desculpas generoso por um contratempo, um mal-entendido.

— Certamente seria — concordou Abigail.

— Pode ficar com o dinheiro se der a sua palavra de que isso foi, na verdade, um grande mal-entendido.

— O senhor está propondo que eu aceite dez mil dólares em dinheiro para mentir sobre o que aconteceu aqui hoje de manhã?

— Não seja teimosa. Estou propondo que aceite o dinheiro que meu assistente trouxe como um pedido de desculpas e simplesmente concorde que o que aconteceu aqui foi um grande mal-entendido. Também posso dar a minha palavra de que meu filho nunca mais vai pôr o pé na sua propriedade.

— Primeiro, a sua palavra não pode regular o comportamento do seu filho. Segundo, o seu filho, e não o senhor, me deve um pedido de desculpas pelo que aconteceu hoje de manhã. E, por último, o que o senhor está me propondo é suborno, está sugerindo que eu minta em troca de dinheiro. Acredito que tentar subornar uma testemunha de investigação criminal também seja um crime. Por isso, a solução mais simples e, certamente, a melhor para mim é dizer não, obrigada. E adeus.

Ela deu um passo para trás e fechou a porta com as trancas.

Blake chegou a esmurrar a porta. Aquilo não a surpreendia, percebeu Abigail. O filho havia herdado o mesmo temperamento instável e a mesma ilusão de poder do pai. Com a mão pousada na coronha da arma, a moça andou de volta até o monitor da cozinha e viu o assistente tentar acalmar o patrão.

Ela não queria chamar a polícia. Aquilo geraria apenas mais problemas, mais interrupções, mais comportamentos ridículos.

A situação a abalara um pouco, não havia vergonha em admitir. Mas a moça se mantivera firme diante da intimidação, das ameaças. Não sentira pânico, pensou, nenhuma vontade de fugir.

Ela não acreditava em destino, em nada que fosse definido. Mas, se acreditasse, talvez devesse pensar que estava destinada a passar por aquelas duas experiências, a se lembrar de Ilya e agora de Sergei, para provar a si mesma que podia enfrentá-los.

Não fugiria de novo. Se acreditasse no destino.

— Vamos dar dois minutos para que ele recupere a compostura e vá embora. Se não for, vamos sair de novo.

Mas, dessa vez, determinou ela, a arma estaria em sua mão, não no coldre.

Como levara a promessa ao pé da letra, a moça deu a partida no cronômetro e continuou a observar o homem pelo monitor.

A pressão dele deve estar num nível perigoso, pensou Abigail, já que o rosto de Blake havia escurecido e seus olhos quase saltavam das órbitas. Ela podia ver o arfar do peito estufado enquanto ele gritava com o assistente.

Torceu para que não tivesse que chamar uma ambulância nem as autoridades.

Tudo que queria fazer era terminar o trabalho e passar algum tempo cuidando do jardim. Não tinha nada a ver com os problemas daquele homem.

Quando o cronômetro chegou a um minuto e 42 segundos, Blake decidiu voltar para o carro e bater a porta. Abigail soltou um pequeno suspiro de alívio quando o assistente deu a volta e foi embora.

Todos aqueles anos, pensou ela. Seria ironia mais uma vez ser testemunha de um crime e mais uma vez estar sujeita a ameaças e intimidações?

Não, não acreditava em destino. No entanto... realmente parecia que o destino havia decidido criar uma reviravolta em sua vida, fazê-la voltar ao ponto em que começara.

Era algo a se pensar.

Abigail olhou para o computador e soltou outro suspiro.

— Acho melhor darmos uma volta — disse a Bert. — Estou irritada demais para trabalhar agora.

O humor da moça melhorou ao ar livre. Ela se acalmou enquanto andava pelas árvores, analisava o progresso das flores silvestres e pensava outra vez em montar uma área particular com vista para as colinas. Logo começaria a procurar o banco certo.

Percebeu que se sentiu... feliz quando recebeu uma mensagem de Brooks.

*Que tal se eu levar comida chinesa? Não cozinhe. Você deve estar cansada.*

Ela pensou e respondeu a mensagem.

*Não estou cansada, mas gosto de comida chinesa. Obrigada.*

Segundos depois, recebeu outro SMS.

*De nada.*

Aquilo a fez rir e melhorou ainda mais seu humor. Como já estava ali, fez uma hora de exercícios com Bert, antes de voltar para casa e continuar trabalhando com a cabeça tranquila.

Abigail perdeu a noção do tempo, algo raro para ela, e já estava preparada para se irritar quando o alarme apitou outra vez. Se aquele homem desagradável tivesse voltado, não seria tão educada, decidiu.

Mas o humor voltou a mudar quando ela viu o carro de Brooks. Ao conferir a hora, percebeu que tinha trabalhado até depois das seis.

Não ia conseguir trabalhar no jardim, pensou, pondo a culpa pela falta de tempo naquele homem desagradável e seu assistente impassível.

Desligou o computador e foi até a porta, feliz com a ideia de jantar com Brooks.

A felicidade se tornou preocupação quando ela viu o rosto do delegado.

— Você não dormiu.

— Muita coisa aconteceu.

— Parece muito cansado. Me dê isso. Você trouxe muita comida para duas pessoas.

— Sabe o que dizem sobre comida chinesa.

— Não é verdade. Quando comemos direito, não ficamos com fome uma hora depois. Vejo que você trouxe *pijin* para acompanhar.

— Trouxe?

— Cerveja chinesa — explicou ela, enquanto o levava para dentro de casa. — Os moradores dos vilarejos chineses produzem cerveja desde 7.000 a.C.

— Não acho que a Zhujiang que eu comprei seja tão velha.

— Isso foi uma piada. A cerveja chinesa — não a que você comprou — era usada em rituais. Foi só no século XVII que a cerveja moderna foi introduzida na China.

— Bom saber.

— Você também está soando cansado. Devia se sentar e tomar uma cerveja. Eu dormi mais duas horas e caminhei por uma hora. Estou descansada. Vou cuidar da comida.

— Eu pedi um monte de coisas. Não sabia o que você queria, na verdade.

— Não sou fresca para comida. — Ela abriu as caixas. — Sinto muito por você ter tido um dia difícil. Pode me contar, se quiser.

— Advogados, brigas, acusações, ameaças... — Ele abriu uma cerveja e se sentou ao balcão. — Papelada, reuniões... Você não tem que colocar tudo em tigelas. A beleza da comida chinesa é que podemos comer na caixinha.

— Se tivermos pressa. Mas é menos relaxante. — Ela acreditava que ele estivesse precisando relaxar. — Posso preparar o seu prato se você me disser o que quer.

— Qualquer coisa. Também não tenho frescura com isso.

— A gente devia caminhar depois do jantar. E então você tomaria um banho quente e tentaria dormir. Sempre parece muito tenso e quase nunca está.

— Acho que estou apenas irritado por ter advogados me enchendo o saco e tentando intimidar a mim e aos meus homens.

— É, ele é um homem muito irritante. — Abigail pegou um punhado de arroz e pôs uma concha de porco agridoce sobre ele, antes de acrescentar ao prato um bolinho, camarões fritos e um pouco de macarrão. — Tive que andar uma hora para me acalmar depois que ele foi embora.

— Foi embora? Daqui? O Blake veio até aqui?

— Hoje à tarde, com o assistente. Supostamente para se desculpar pela invasão "involuntária" do filho. Mas era só uma armadilha, e maldisfarçada. Não ficou nada feliz quando eu não permiti que entrasse para discutir a situação.

— Aposto que não ficou mesmo. Ele não gosta de ser contrariado. Foi bom você não ter aberto a porta.

— Eu abri, mas não o convidei para entrar. — Ela decidiu que iria tomar a cerveja direto da garrafa, como Brooks. — Você sabia que o assistente dele anda armado?

— Sabia. Está me dizendo que ele ameaçou você com uma arma?

— Não. Não, não fique irritado. — Ela queria acalmá-lo e havia conseguido o contrário. — É claro que não. Eu só notei o corte do terno e a linguagem corporal dele quando Bert grunhiu.

Brooks tomou um longo gole de cerveja.

— Por que não me conta o que ele disse e fez?

— Você está chateado — murmurou ela. — Eu não devia ter falado nisso.

— Devia, sim.

— Não foi nada de importante. Ele disse que tinha vindo pedir desculpas, depois ficou muito irritado quando me recusei a convidá-lo a entrar. Afirmou que o que havia acontecido era um mal-entendido e insinuou que você tinha inventado tudo. Eu neguei as acusações, já que fui testemunha. Ele afirmou que eu não entendia a posição dele na comunidade e que meu relacionamento com você me tornava uma testemunha suspeita. Não com essas palavras, mas era esse o significado. Você quer que eu repita a conversa exata?

— Por enquanto, não. O resumo está ótimo.

— O resumo. Está bem. Blake ficou incomodado e irritado quando pedi que ele fosse embora e avisei que, se o assistente sacasse a arma, eu soltaria Bert em cima dele e meu cachorro o desarmaria tranquilamente. E também lembrei aos dois que estava armada.

— Caramba.

— E estava. Claramente. Mas me pareceu melhor indicar o óbvio. O Sr. Blake reiterou que havia vindo se desculpar e acrescentou que poderia me oferecer uma compensação. Dez mil dólares se eu concordasse em dizer que tudo havia sido um grande mal-entendido. Aquilo me irritou.

— Quantas vezes você pediu que ele fosse embora?

— Três. Não me dei ao trabalho de pedir de novo. Simplesmente disse adeus e fechei a porta. Ele esmurrou minha porta por quase dois minutos depois disso. É um homem muito grosseiro. Então o assistente o convenceu a voltar para o carro.

Brooks se afastou do balcão e começou a andar pela cozinha.

— Por que você não me ligou?

— Porque não houve necessidade. Foi fácil lidar com ele. Foi irritante, mas fácil. Eu...

Abigail se interrompeu quando Brooks se virou para ela. A raiva controlada no rosto dele fez com que a garganta da moça se fechasse.

— Está bem, vamos lá. Dois homens que você não conhece vêm até a sua porta. Um deles está armado. Eles se recusam a ir embora mesmo depois que você pede várias vezes. Qual é a coisa lógica a se fazer?

— Fechar a porta. Foi o que fiz.

— Não, Abigail. A coisa lógica era fechar a porta e chamar a polícia.

— Não concordo. Sinto muito se isso te deixa irritado, mas eu não concordo. Eles foram embora.

Decidiu evitar mais problemas e não mencionou que se propusera a sair outra vez, com a arma em punho, após dois minutos.

Mais tarde, ela se perguntaria se a preocupação seria motivada pelas complicações presentes nas relações interpessoais.

— Eu estava armada, Brooks, e o Bert estava alerta. Eu não corria perigo. Na verdade, o Blake ficou tão agitado que eu achei que teria que ligar para você e para uma ambulância se ele não tivesse ido embora.

— Quer dar queixa?

— Não. Você está irritado comigo. Não quero que fique irritado comigo. Fiz o que achei melhor no momento, naquelas circunstâncias. Se o seu ego foi ameaçado porque não liguei pedindo ajuda...

— Talvez um pouco. Está bem, eu confesso. E não vou dizer que não é um alívio saber que estou com uma mulher que consegue cuidar de si mesma. Mas eu conheço o Blake. Ele tentou te intimidar.

— É, tentou. Mas não conseguiu.

— Tentar já é o bastante. E tentou te subornar.

— Eu disse a ele que tentar subornar a testemunha de um crime era ilegal.

— Aposto que disse. — Brooks passou a mão com força pelo cabelo e se sentou outra vez. — Você não conhece o cara. Não sabe o tipo de inimigo que fez hoje. E, acredite em mim, você fez um.

— Eu acho que sei — respondeu ela, baixinho. — Acho que sei muito bem. Mas o fato de ele ter se tornado um inimigo é culpa minha, não sua.

— Talvez não. Mas é o que é.

— Você vai tirar satisfação com o Blake.

— É óbvio que vou.

— Isso não vai só piorar a animosidade?

— Talvez. Mas, se eu não questionar o que aconteceu, ele vai achar que você é meu ponto fraco. Vai voltar e tentar de novo, imaginando que você não falou nada e que só quer um valor maior.

— Deixei minha posição muito clara.

— Quando você souber com que tipo de pessoa está lidando, vai perceber que isso não importa.

Doze anos fugindo, pensou ela. É, Abigail conhecia aquele tipo de gente.

— Você está certo, mas era importante para mim deixar minha posição clara.

— Está bem, está certo. Agora eu vou pedir uma coisa: se ele voltar, não abra a porta. Me ligue.

— Devo subjugar meu ego ao seu?

— Não. Talvez. Merda, não sei responder. Isso não me importa.

Ela abriu um leve sorriso.

— Isso seria outra discussão.

Brooks respirou fundo e Abigail notou que ele estava tentando se acalmar.

-- Quero que você faça isso porque, se ele voltar, vai ser muito mais invasivo. Quero que você faça isso porque preciso que ele entenda que terei que agir se ele tentar te assediar. Pedi o mesmo ao Russ e à família dele. Pedi que os meus policiais dissessem isso às famílias deles.

Ela assentiu, sentiu-se menos incomodada.

— Entendi.

— Ele está fora de si, Abigail. Já percebeu que o dinheiro e a posição que tem não vão resolver a situação. O filho dele está atrás das grades e provavelmente vai ficar lá por muito tempo.

— Ele ama o filho.

— Sinceramente, eu não sei se ama. Mas sei que o ego dele foi ferido. Ninguém vai pôr o menino dele na cadeia. Ninguém vai sujar o sobrenome dos Blake. Ele vai usar tudo que tem para lutar contra isso; e, se isso significa forçar a barra com você, ele vai forçar.

— Não tenho medo dele. E não ter medo dele também é importante para mim.

— Eu sei disso. Não quero que fique com medo, mas quero que você me ligue se ele voltar, se ele tentar falar com você na rua, se ele ou qualquer pessoa ligada a ele entrar em contato com você de qualquer maneira. Você é uma testemunha e está sob a minha proteção, cacete.

— Não diga isso. — O coração dela literalmente parou de bater por um segundo. — Não quero estar sob a proteção de ninguém.

— Mas está, sim.

— Não. Não, não. — O pânico surgiu, rápido e quente. — Vou ligar se ele vier de novo, porque não é ético tentar me convencer a mentir e é ilegal me subornar. Mas não quero nem preciso de proteção.

— Calma.

— Sou responsável por mim mesma. Não posso ficar com você se não entender isso, se não concordar com a ideia de que sou responsável por mim mesma.

Abigail dera vários passos para trás. O cachorro havia se postado diante dela.

— Abigail, você pode ser, e é, pelo que sei, capaz de lidar com a maior parte das coisas que te acontecem. Mas tenho o dever de proteger todas as pessoas que estão sob a minha jurisdição. Isso inclui você. E não me agrada ver você usando meus sentimentos como arma para fazer o que quer.

— Não estou fazendo isso.

— Está, sim, porra.

— Não estou... — Ela se interrompeu, buscando calma e lógica. — Não era isso que eu queria fazer. Me desculpe.

— Fodam-se as suas desculpas. Nunca mais use os meus sentimentos como arma.

— Você ficou irritado comigo. Eu não queria usar os seus sentimentos. Não mesmo. Só sou desajeitada nesse tipo de situação. Nunca estive nesse tipo de situação. Não sei o que fazer, o que dizer, nem como dizer. Eu só não quero que você se sinta particularmente responsável por mim. Não sei como explicar o quanto isso me deixa incomodada.

— Por que você não tenta?

— Você está irritado, cansado e o seu jantar esfriou. — Ela ficou impressionada por sentir lágrimas correndo por suas bochechas. — Nunca quis que nada disso acontecesse. Não achei que você fosse ficar tão chateado com a história do Blake. Não estou fazendo a coisa certa, mas também não sei qual é. Não queria chorar. Eu sei que lágrimas são outra arma, mas também não queria que fossem.

— Eu sei que não queria.

— Eu... vou esquentar a comida.

— Tudo bem. — Ele se levantou, pegou um garfo da gaveta e voltou a se sentar. — Tudo bem — repetiu, depois de comer um pouco.

— Você devia usar os palitinhos.

— Nunca consegui.

— Posso te ensinar.

— Outro dia a gente vê isso. Sente-se e coma.

— Eu... Você ainda está irritado. Está tentando se acalmar porque eu chorei. Então lágrimas são mesmo uma arma.

— É, eu estou irritado e tentando me acalmar porque você está chorando e está obviamente abalada com coisas que não me conta ou acha que não pode me contar. Estou tentando me acalmar porque amo você.

As lágrimas que ela quase conseguira conter voltaram — numa inundação tão quente e rápida quanto o pânico. Soluçando, ela tropeçou até a porta, brigou com as trancas até abri-las e correu para fora.

— Abigail.

— Não. Não. Não sei o que fazer. Preciso pensar, preciso de um pouco de *calma*. Você devia ir embora até eu poder falar racionalmente.

— Você acha que eu te deixaria aqui sozinha, abalada desse jeito? Acabei de dizer que amo você, mas parece que parti seu coração.

Ela se virou, o punho fechado sobre o coração, os olhos encharcados de lágrimas e emoção.

— Ninguém nunca me disse isso. Na minha vida inteira, ninguém nunca disse essas palavras para mim.

— Então eu prometo aqui e agora que você vai ouvir isso de mim todos os dias.

— Não. Não, não prometa. Não. Eu não sei o que estou sentindo. Como posso saber se não estou apenas ouvindo essas palavras? É devastador ouvi-las, é desesperador olhar para você e ver que está sendo sincero. Ou achar que está sendo sincero. Como posso ter certeza?

— Você não pode ter certeza de tudo. Às vezes tem que confiar no outro. Às vezes só tem que sentir.

— Eu quero esse amor. — Ela manteve a mão fechada sobre o coração, como se tudo aquilo fosse voar para longe no instante em que abrisse os dedos. — Eu quero esse amor mais do que tudo.

— Então fique com ele. Está bem aqui.

— Não é certo. Não é justo com você. Você não entende. Não pode entender.

— Abigail.

— Esse nem é o meu nome!

Ela tapou a boca com uma das mãos e começou a arquejar. Brooks apenas se aproximou e limpou as lágrimas do rosto dela.

— Eu sei.

Toda a cor do rosto de Abigail desapareceu. Ela deu um passo para trás e agarrou a cerca da varanda.

— Como você descobriu?

— Você está se escondendo de alguma coisa. De alguém. Talvez dos dois. E é inteligente demais para fugir e manter o seu verdadeiro nome. Eu gosto da Abigail, mas desde o início sei que ela não é você. E um nome não é o que importa aqui. O que importa é que você confie em mim o bastante para me contar tudo. E parece que estamos chegando lá.

— Alguém mais sabe?

— Você está morrendo de medo. Não gosto disso. Não sei por que outra pessoa deveria saber. Já deixou alguém se aproximar tanto quanto eu?

— Não. Nunca.

— Olhe para mim. — Ele falava baixinho enquanto andava até ela. — Me escute.

— Estou ouvindo.

— Eu nunca vou decepcionar você. Você vai acabar acreditando nisso e vamos partir daí. Agora vamos voltar um pouquinho e tentar de novo. Eu amo você. — Ele a abraçou e a beijou suavemente, até que a moça parasse de tremer. — Viu? Não foi tão difícil assim. Você me ama. Eu vejo e sinto isso. Por que não tenta me dizer as palavras?

— Não sei. Quero saber.

— Tente dizer e veja como se sente. Não vou fazer você prometer nada.

— Eu... Eu amo você. Meu Deus... — Ela fechou os olhos. — Parece real.

— Diga de novo e me dê um beijo.

— Eu amo você.

Ela não mergulhou lentamente, apenas se jogou. Estava faminta por aquela ideia, por aquele presente, por aquela luz. O amor. Ser amada, dar amor.

Nunca acreditara no amor. Nunca acreditara em milagres.

Mas o amor existia. E ali estava o milagre concedido a ela.

— Não sei o que fazer agora.

— Você está indo bem.

Ela respirou fundo, expirou. Até aquilo parecia diferente. Mais livre. Mais completo.

— Eu quero esquentar a comida. Quero ensinar você a usar palitinhos e jantar com você. Podemos fazer isso? Podemos só ficar juntos por um tempo?

— Claro que podemos. — Se ela precisava de um tempo, ele daria. — Mas não vou prometer nada quanto aos palitinhos.

— Você mudou tudo.

— Para o bem ou o para o mal?

Abigail ficou parada por um segundo.

— Não sei. Mas mudou tudo.

# 21

LIDAR COM A COMIDA, COM A SIMPLICIDADE E A ROTINA, A ACALMOU. Ele não a pressionou a dizer mais nada. Aquilo, percebeu ela, era o talento e a arma de Brooks. Ele sabia esperar. Sabia mudar de tom, dar espaço, ajudá-la a relaxar para que seus pensamentos não ficassem amarrados em nós de tensão.

Ela rira com a falta de coordenação de Brooks ao usar os palitinhos, mas suspeitava de que pelo menos em parte fosse proposital.

Desde que ele entrara em sua vida, Abigail rira mais do que nos 28 anos anteriores.

Só por isso, já devia valer o risco.

Poderia se recusar a dar mais informações, poderia pedir mais tempo. Ele não a pressionaria. Ela, então, poderia pesquisar outra cidade, outra identidade, fazer planos para fugir novamente.

Mas, se fugisse de novo, nunca saberia o que poderia ter acontecido. Nunca mais sentiria o que sentia ali, com ele. Nunca mais tentaria.

Podia — na verdade, iria — encontrar contentamento, segurança. Ela já havia encontrado antes. Mas nunca tivera amor.

Tinha que escolher entre tomar o caminho da racionalidade — ir embora, manter-se segura — e arriscar tudo: a segurança, a liberdade e até a própria vida por amor.

— Vamos dar uma caminhada? — perguntou ela.

— Claro.

— Eu sei que você está cansado — começou ela, quando saíram da casa. — Eu devia esperar para falar sobre... tudo.

— Posso esperar até amanhã.

— Não sei se vou ter coragem amanhã.

— Então me diga do que você tem medo.

— De tantas coisas... Mas sabe do que tenho mais medo? De que você não sinta mais a mesma coisa por mim depois que eu contar tudo.

Brooks se abaixou, pegou um graveto e o arremessou. Bert olhou para Abigail, viu o sinal feito pela dona e correu atrás do galho.

— O amor não pode ser ligado e desligado como um interruptor.

— Eu não sei. Nunca amei ninguém. Tenho medo de perder esse amor, de perder você. De perder isto. Tudo isto. Você é um homem correto, mas é mais do que isso: segue um código de regras. Eu conheci um homem parecido com você, mais parecido do que percebi de início. Ele morreu me protegendo.

— De quem?

— É complicado.

— Está bem. Ele amava você?

— Não do jeito que você que está imaginando. Não era nada romântico nem sexual. Era o dever dele. Mas ele também tinha carinho por mim. Foi a primeira pessoa que me amou. — Ela pressionou a mão contra o coração. — Não pelo que eu representava ou realizava, nem pelo que esperavam que eu fosse. Mas por quem eu era.

— Você disse que não sabia quem era seu pai, então não era seu pai. Um policial? Dever. Você estava no Programa de Proteção a Testemunhas, Abigail?

A mão dela estremeceu. Será que ele havia visto ou apenas sentido aquilo? Brooks a pegou, a aqueceu e fez a moça se acalmar.

— Eu estava sendo protegida. Teria ganhado uma nova identidade, uma nova vida, mas... deu tudo errado.

— Há quanto tempo?

— Eu tinha 16 anos.

— Dezesseis?

— Fiz 17 naquele dia... — O sangue de John em suas mãos. — Não estou contando da maneira que deveria. Nunca imaginei que contaria isso a alguém.

— Por que não me conta do começo?

— Não sei exatamente onde tudo começou. Talvez tenha sido quando percebi que não queria ser médica. Tive certeza disso no primeiro semestre da escola de formação.

— Depois que as coisas deram muito errado?

— Não. Eu já tinha terminado a escola de formação para a faculdade de Medicina na época. Se tivesse continuado, pela programação da minha mãe, teria entrado para a faculdade no outono seguinte.

— Você disse que tinha 16 anos.

— Disse. Sou muito inteligente. Fiz cursos de adiantamento durante toda a escola. No primeiro semestre em Harvard, eu morei com uma família que ela escolheu. Eram muito rígidos. Ela pagava para que fossem. Depois fiz um semestre morando sozinha, num dormitório, mas com supervisão cuidadosa. Acho que minha rebelião começou no dia em que comprei minha primeira calça jeans e meu primeiro moletom. Foi emocionante.

— Espere. Você tinha 16 anos, estudava em Harvard na escola de formação para a faculdade de Medicina e comprou sua primeira calça jeans?

— Minha mãe comprava ou supervisionava a compra de todas minhas roupas. — Como aquilo ainda parecia algo enorme para ela, Abigail sorriu. — Era horrível. Você nunca teria olhado para mim. Eu queria muito ser como as outras meninas. Queria falar ao telefone e mandar mensagens sobre garotos. Queria me vestir como as meninas da minha idade. E, meu Deus, meu Deus, como eu não queria ser médica. Queria fazer concurso para o FBI e trabalhar na unidade contra crimes digitais.

— Eu devia ter imaginado — murmurou ele.

— Eu monitorava cursos, estudava em casa... Se ela soubesse... Não sei o que ela teria feito.

Abigail parou no ponto da trilha em que queria pôr um banco. Perguntou a si mesma se um dia conseguiria comprar um. Mas agora era tarde demais para interromper a história.

— Ela tinha me prometido férias de verão fora da faculdade. Uma viagem, uma semana em Nova York, depois na praia. Havia prometido, e aquilo tinha me dado forças para aguentar o semestre anterior. Mas então ela conseguiu que eu participasse do curso de verão de um dos colegas dela. Eu estudaria muito e faria muitos experimentos. Aquilo ajudaria a compor o meu currículo, aceleraria a obtenção do meu diploma. Mas eu, pela primeira vez na vida, desafiei minha mãe.

— Já não era sem tempo.

—- Talvez, mas isso deu início a uma série de eventos horríveis. Ela estava fazendo as malas. Ia substituir outro colega numa conferência importante. Ficaria fora uma semana. Então nós discutimos. Não, isso não está certo.

Incomodada consigo mesma, Abigail balançou a cabeça. Em momentos como aquele, a precisão era vital.

— Ela não discutiu. A única coisa que importava era o que ela queria, e não tinha dúvidas de que eu seguiria a programação. Concluiu que meu comportamento, minhas exigências e minha atitude eram normais para minha idade. Tenho certeza de que anotou tudo aquilo nas minhas fichas. E simplesmente foi embora. A cozinheira tinha tirado duas semanas de folga, então fiquei sozinha em casa. Foi embora sem falar nada enquanto eu estava chorando no meu quarto. Não sei por que fiquei tão chocada quando ela fez aquilo, mas fiquei sinceramente chocada. Depois fiquei irritada e meio alvoroçada. Então peguei a chave do carro dela e fui até o shopping.

— O shopping?

— Parece bobo, não é? Meu primeiro instante de liberdade e... fui ao shopping. É que eu sonhava em passear pelo shopping com um grupo de amigas, rindo e conversando sobre meninos, ajudando outras meninas a experimentar roupas. Foi aí que encontrei com a Julie. Tínhamos estudado juntas na escola por um tempo. Ela era um ou dois anos mais velha e muito popular, muito bonita. Acho que ela só falou comigo naquele dia porque tinha terminado com o namorado e estava sem dinheiro. Mas tudo aconteceu a partir daí.

Abigail contou sobre as compras e sobre como se sentira. Sobre a tintura no cabelo e sobre o plano de fabricar identidades falsas para ir a uma boate.

— É muita rebeldia adolescente para um dia.

— Acho que estava acumulada.

— Aposto que sim. Você conseguiu fazer identidades decentes aos 16 anos?

— Não só decentes, mas excelentes. Eu estava muito interessada em crimes digitais. Achava que faria carreira como investigadora.

— Eu não ficaria surpreso.

— Obrigada pelo elogio. Isso já foi tão importante... Naquele dia, no shopping, tirei uma foto da Julie e depois uma minha. Cortei meu cabelo e o pintei de preto. Muito preto. Comprei maquiagem e apliquei do jeito que Julie me ensinou. Além disso eu já tinha observado as outras meninas da faculdade, então sabia aplicar.

— Está bem, me dê um segundo. Estou tentando imaginar você com o cabelo curto e preto. — Ele a analisou, estreitando os olhos. — Meio gótica, cheia de charme.

— Não tenho certeza, mas fiquei muito diferente do jeito que minha mãe queria que eu ficasse. Acho que era essa a questão.

— Tenho certeza de que era. E a outra questão é você tinha esse direito. Todo adolescente tem.

— Talvez seja verdade. Eu devia ter parado por aí. As roupas, o cabelo e maquiagem deviam ter sido o suficiente. O curso no qual minha mãe tinha me inscrito começava naquela segunda, e eu tinha decidido não ir. Ela teria ficado furiosa, e isso já deveria bastar. Mas não parei por aí.

— Você estava empolgada — comentou ele. — Falsificou as carteiras de motorista e entrou numa boate.

— Foi. A Julie escolheu a boate. Eu não sabia nada sobre o assunto, mas pesquisei a que ela tinha escolhido, então sabia que pertencia a uma família ligada à máfia russa. Os Volkov.

— Já ouvi falar sobre eles. Não costumávamos lidar com os russos em Little Rock. Só com alguns membros das máfias italiana e irlandesa.

— Sergei Volkov era, ou melhor, ainda é, o *pakhan*, o chefe da *bratva* Volkov. Ele e o irmão eram donos da boate. Eu soube depois que ela era gerenciada pelo filho de Sergei, Ilya. O primo dele, Alexi, trabalhava lá e bancava o dono. Na verdade, ele bebia, usava drogas e conquistava mulheres lá. Mas também só fiquei sabendo disso depois. Eu não sabia nem entendia nada daquilo quando conhecemos o Alexi. Eu e Julie bebemos Cosmopolitans. Era um drinque popular na época por causa da série *Sex and the City*. Bebemos e dançamos. Foi a melhor noite da minha vida. Então Alexi Gurevich foi até a nossa mesa.

Abigail falou sobre tudo: o visual, os sons do clube. Como Ilya surgira, como olhara para ela, conversara com ela. Como ela fora beijada, pela primeira vez na vida, por um gângster russo.

— Éramos tão novinhas e tão bobas — continuou ela. — Eu não queria ir para a casa do Alexi, mas não sabia como *não* ir. Estava me sentindo enjoada, e, quando o Ilya teve que ficar na boate, tudo ficou pior. A casa do Alexi não era muito longe da casa da minha mãe, na verdade. Eu queria ir simplesmente para casa e me deitar. Nunca tinha ficado bêbada. Já tinha deixado de ser agradável.

— Acontece.

— Você já... quando era adolescente?

— O Russ e eu ficamos bêbados e vomitamos várias vezes antes de termos idade para beber e várias vezes depois.

— Foi a minha primeira e única vez. Nunca mais tomei um Cosmopolitan. Olhar para eles já me deixa meio enjoada. — E com um pouco de medo, admitiu para si mesma. — O Alexi tinha uma linda casa com vista para o rio. Mas os móveis eram planejados demais. Conscientemente na moda demais. Ele preparou mais drinques, pôs uma música para tocar, mas eu estava enjoada e usei o banheiro próximo da cozinha para vomitar. Passei mais mal do que já havia passado na vida. Tudo que eu queria fazer...

— Era se encolher no chão e morrer?

— É. É. — Ela riu um pouco. — Imagino que seja uma coisa que muitas pessoas sintam pelo menos uma vez na vida. Eu ainda não estava me sentindo bem quando saí, mas vi... Julie e Alexi transando no sofá. Fiquei fascinada e horrorizada ao mesmo tempo, e muito envergonhada. Passei pela cozinha e fui até a varanda. Me sentia melhor ao ar livre. Me sentei numa cadeira e dormi. E então as vozes me acordaram.

— Você está com frio.

Como ela havia começado a tremer, Brooks pôs um dos braços em torno de seus ombros dela.

— Eu estava frio naquela noite por causa da proximidade com o rio ou do enjoo ou... do que aconteceu depois. Parece um pouco com o que estou sentindo agora. Quero andar de volta para casa. Talvez seja mais fácil contar enquanto estivermos andando.

— Está bem.

— Eu estava planejando colocar um banco aqui, alguma coisa orgânica. Alguma coisa que aparente ter crescido aqui. Gosto da vista e é tudo tão silencioso, com o rio borbulhando e os pássaros. Está vendo como o Bert gosta de brincar na água? Parece que é tudo meu. Que bobeira.

— Não é bobeira.

Que bobeira, repetiu ela em sua cabeça.

— Naquela noite, eu olhei através do vidro das portas de correr e vi dois homens com o Alexi. Não vi a Julie. Estavam falando em russo no início, mas eu tinha estudado russo. Gosto de línguas e tenho dom para elas. Entendi tudo. O nome, o homem dele era Korotkii. Yakov Korotkii acusou Alexi de roubar dinheiro da família. Discutiram e, no início, Alexi foi muito arrogante. Mas aquilo não durou. Eles disseram que Alexi tinha se tornado informante da polícia por ter sido preso por posse de drogas. O outro homem, um cara grande, forçou Alexi a se ajoelhar, e ele ficou com medo. Tentou negociar, ameaçar, implorar. Pode segurar a minha mão?

Brooks pegou a mão da moça e deu um leve apertão.

— Pare quando precisar.

— Tenho que terminar. Korotkii atirou nele uma vez, depois duas vezes na têmpora. Atirou no Alexi como se estivesse ligando um carro ou colocando uma camisa. Era uma coisa comum. Então a Julie apareceu. Não estava vestida e tinha vomitado. Ela mal falou, mal viu, mas Korotkii atirou nela, como um reflexo, como se mata um mosquito. Meu Deus. Meu Deus.

— Calma, pronto. Apoie-se em mim.

Ele soltou a mão dela, mas apenas para envolver Abigail com um dos braços, abraçá-la enquanto caminhavam.

— Mas ele ficou irritado, o Korotkii, porque não sabia que ela estava lá, porque as informações que tinham recebido não a incluíam. Nem a mim. Eles não sabiam sobre mim, que estava encolhida do lado de fora da porta de correr, paralisada. Paralisada.

Não devia ter saído de casa, pensou Abigail. Suas pernas não pareciam estáveis e o estômago começava a se revirar. Queria poder se sentar, queria não ver, ouvir e sentir tudo com tanta clareza — ainda.

— Já chega — murmurou Brooks. — Vamos voltar lá para dentro.

— O Ilya chegou. Ele tinha me beijado. Era tão lindo e tinha me beijado, feito eu me sentir como se fosse real. Acho que eu nunca tinha me sentido real. A não ser quando comprei a calça jeans e o moletom e, depois quando pintei o cabelo. E naquele momento, quando Ilya me beijou. Isso não é relevante.

— É, sim.

— Ele chegou e estava irritado. Não porque o primo tinha sido assassinado, mas porque Korotkii devia matar o Alexi na noite seguinte. E eu percebi que o homem, o primeiro homem que havia me beijado, ia me matar. Ele sabia que eu estava ali e que iam me encontrar e me matar. Xingou o Alexi, chutou o primo, chutou várias vezes. Alexi já estava morto, mas o Ilya estava com tanta raiva que mesmo assim o chutou.

"Vi isso em Justin Blake ontem à noite. Vi o que vi no Ilya. É mais assustador do que uma arma."

Ela sentiu o cheiro do jardim — apenas um leve toque dos temperos e da doçura — no ar. Aquilo a acalmou tanto quanto o braço de Brooks em torno dela.

— Então fugi. Tinha tirado meus sapatos novos, mas não pensei naquilo. Fugi sem pensar em para onde iria. Só por puro medo, corri, certa de que me pegariam, e me pegariam porque eu tinha desafiado minha mãe, feito o que queria, e porque Julie estava morta. Ela só tinha 18 anos.

— Tudo bem. Está tudo bem agora.

— Não está, de jeito nenhum. Isso não é tudo. Eu caí e minha bolsa voou da minha mão. Eu não tinha notado que ainda estava comigo. Meu telefone estava na bolsa. Eu liguei para a polícia. Eles vieram, os policiais, e me encontraram. Eu contei o que tinha acontecido. Falei com dois detetives. Foram gentis comigo, os detetives Griffith e Riley. Me ajudaram.

— Certo, me dê suas chaves.

— Minhas chaves?

— Vamos entrar. Preciso das suas chaves.

Ela as tirou do bolso e as entregou a ele.

— Eles me levaram para uma casa, uma casa segura. Ficaram lá comigo. Depois o John chegou. O subdelegado federal John Barrow e a subdelegada federal Theresa Norton. Você se parece com ele, com o John. É paciente, perceptivo e bondoso.

— Vamos nos sentar. Vou acender a lareira e fazer um chá para você.

— Não estamos na época de acender lareiras.

— Eu quero o calor do fogo. Está bem?

— Claro. — Ela se sentou, obediente. — Estou me sentindo um pouco estranha.

— Fique sentada aqui e descanse um pouco até eu acabar.

— Eles ligaram para a minha mãe. Ela voltou. Não queria que eu testemunhasse nem que ficasse na casa segura que os subdelegados tinham preparado nem que fosse para o programa de proteção a testemunhas.

— Ela estava preocupada com você — disse Brooks, enquanto ajeitava a madeira.

— Não. Ela queria que eu começasse o curso de verão, voltasse para Harvard e fosse a neurocirurgiã mais nova do Silva Memorial Hospital de Chicago. Eu tinha acabado com os planos dela e ela tinha se esforçado tanto, por tanto tempo... Quando não quis ir com ela, ela foi embora, assim como no dia em que tudo tinha começado. Nunca mais nos falamos.

Brooks se sentou nos próprios calcanhares.

— Ela não merece uma palavra, nem uma palavra sua.

Ele acendeu um fósforo, pôs fogo no papel que amassara e observou o fogo aumentar, pegar na madeira. Sentia-se daquela maneira, percebeu, pronto para pegar fogo. Era a última coisa da qual ela precisava.

— Vou fazer o chá. Descanse um pouquinho.

— Quero contar tudo.

— Vai contar, mas pode fazer um intervalo agora.

— Você vai ligar para o Serviço de Delegados? Para o FBI?

— Abigail. — Ele pegou o rosto dela. — Vou fazer chá. Confie em mim.

Brooks queria socar alguma coisa, fazê-la em pedaços; esmurrar algo duro com o punho fechado para que se machucasse. O abuso que ela havia sofrido era tão grande que podia ser comparado a uma criança encontrada com hematomas e fraturas por uma mãe capaz de abandoná-la assim, traumatizada e morta de medo.

Pôs a chaleira no fogo. Ela precisava se aquecer, se sentir segura e calma de novo. Ele precisava saber o que a moça ainda contaria, mas desejava deixar aquilo de lado, afastar tudo dos dois.

Mesmo assim, enquanto a água esquentava, sacou um bloquinho e escreveu os nomes que ela dissera. Depois voltou a guardá-lo e fez chá para Abigail.

Ela estava sentada no sofá, muito rígida, muito pálida e rígida, os olhos tristes.

— Obrigada.

Ele se sentou ao lado dela.

— Preciso dizer algumas coisas antes que você continue.

Ela olhou fixamente para o chá, preparada.

— Tudo bem.

— Nada disso foi culpa sua.

Os lábios de Abigail tremeram antes que pudesse firmá-los.

— Tenho certa responsabilidade. Eu era jovem, claro, mas ninguém me forçou a fazer as carteiras nem a ir à boate.

— Isso é muita bobagem, porque nenhuma dessas coisas torna você responsável pelo que aconteceu depois. Sua mãe é um monstro.

A cabeça dela se ergueu rapidamente e os olhos tristes se arregalaram.

— Minha... Que... Ela...

— É pior. Ela é a porra de um robô e tentou fazer voce ser um também. Disse a você desde o início que tinha te "criado" para suprir as expectativas dela. Então você só é inteligente, bonita e saudável graças a ela. Mais bobagem.

— Minha formação genética...

— Quietinha! Não terminei. Ela fazia você se vestir como ela queria, estudar o que ela queria, e aposto que fazia você se relacionar com as pessoas que ela escolhia, ler o que ela escolhia, comer só o que ela decretava. Estou errado?

Abigail só pôde balançar a cabeça.

— Ela pode nunca ter levantado a mão para você, pode ter mantido você vestida, bem-alimentada e com um belo teto sobre a cabeça, mas, meu amor, você sofreu abusos pelos primeiros 16 anos da sua vida. Muitas outras crianças teriam fugido ou feito coisa pior. Você cortou o cabelo e entrou numa boate. Se quiser culpar alguma outra pessoa que não o atirador e o chefe dele, culpe a sua mãe.

325

— Mas...

— Já fez terapia?

— Não sou maluca.

— Não, não é. Só estou perguntando.

— Fiz terapia desde que comecei a falar até quando saí de casa. Ela contratou um dos melhores terapeutas infantis de Chicago.

— Então você nunca teve escolha sobre isso também.

— Não — respondeu Abigail, com um suspiro. — Não, escolhas não estavam na programação dela.

Brooks pegou o rosto dela e a beijou nos lábios.

— Você é um milagre, Abigail. O fato de ter saído de um ambiente tão frio, tão calculista e ser quem e o que você é... Lembre-se disso. Pode me contar o resto quando estiver pronta.

— Pode me dar outro beijo?

— Não precisa pedir de novo.

Ele mais uma vez tomou o rosto dela entre as mãos e se aproximou para pôr os lábios carinhosamente sobre os dela. A moça então curvou os dedos em torno dos pulsos dele, para segurá-lo, segurá-lo ali por mais um instante.

Não tinha certeza de que ele iria querer beijá-la depois que contasse toda a história.

Abigail contou sobre John, sobre Terry, sobre a casa, a rotina, os atrasos legais. Estava enrolando um pouco, admitiu. Contou que Bill Cosgrove a havia ensinado pôquer e que Dinda cortara o seu cabelo.

— Foi, de uma maneira horrível, a melhor época da minha vida. Eu via TV, ouvia música, estudava, cozinhava, aprendia, tinha pessoas com quem conversar. O John e a Terry... Eu sei que era o trabalho deles, mas foram quase uma família para mim. Então meu aniversário chegou. Não achei que eles soubessem nem que fariam alguma cosia. Mas me trouxeram presentes e um bolo. O John me deu um par de brincos. Eu tinha furado a orelha naquele dia no shopping, com a Julie; e ele me deu o meu primeiro par de brincos. E a Terry me deu uma blusa. Era tão linda. Fui até o meu quarto experimentar tudo. Estava tão feliz...

Ela fez uma pausa por um instante, tentando pensar em como explicaria para ele o que realmente nunca explicara para si mesma.

— Não era como o dia no shopping. A felicidade não era alimentada por rebeldia, por uma novidade e por uma mentira. Era profunda, forte. Eu sabia que ia usar a blusa e os brincos no dia em que testemunhasse. Que, apesar de não poder trazer a Julie de volta, eu ajudaria a fazer justiça em nome dela. E, quando tudo aquilo acabasse, eu me tornaria quem queria ser. Seja lá qual fosse o nome que me dessem, estaria livre para ser eu mesma.

"E então... Não sei tudo que aconteceu. Só posso especular. Já montei as situações de muitas maneiras. A mais lógica é que Bill Cosgrove e o agente que substituiu a Lynda naquela noite — o nome dele é Keegan — entraram pela cozinha, como sempre. Acho que a Terry estava sozinha e o John estava na sala. Ela deve ter sentido ou suspeitado de alguma coisa. Não sei do que nem por quê. Eles mataram a Terry ou, naquele momento, a deixaram desacordada. Mas antes ela conseguiu gritar para o John, então ele ficou alerta. Mas não conseguiu chegar até mim, não conseguiu subir a escada sem se expor." "Eu ouvi o tiro. Tudo aconteceu tão rápido... Corri para fora do quarto e vi o John. Quando ele chegou até mim, tinha levado vários tiros. Estava sangrando na perna e na barriga. Me empurrou para dentro do quarto e caiu. Eu não consegui estancar o sangramento.

Ela olhou para as próprias mãos.

— Eu não consegui. Sabia o que fazer, mas não pude ajudar. Ele não tinha muito tempo. Não havia muito tempo. Ele me disse para fugir. Para pegar o que podia e jogar pela janela. Eu não podia confiar na polícia. Se tinham comprado o Cosgrove e o outro, provavelmente havia mais alguém. Os Volkov. Eu não queria deixar o John daquele jeito. Mas saí pela janela com o dinheiro que tinha, meu laptop, algumas roupas e a arma que estava presa no tornozelo dele. Tentei pedir ajuda. Talvez, se tivéssemos ajuda, ele não morreria. Eu não sabia se a Terry estava viva ou morta. Mal tinha andado uma quadra quando a casa explodiu. Acho que tinham planejado explodir tudo, comigo ainda lá dentro. Teriam dominado a Terry e o John, montado alguma cena e explodido a casa.

— Para onde você foi?

— Para casa. Minha mãe estaria no trabalho e a cozinheira já teria ido embora. Eu ainda tinha a minha chave. Fui para casa me esconder até minha mãe chegar em casa. E descobri que ela tinha encaixotado minhas coisas. Algumas já tinham sido dadas. Não sei por que aquilo me chateou tanto, considerando todo o resto.

— Eu sei.

— Bom. Abri o cofre dela e peguei dinheiro. Dez mil dólares. Foi errado, mas roubei a minha mãe e fui embora. Nunca mais voltei. Andei, tentando pensar. Caíra uma tempestade, mas, naquele momento, era apenas chuva. O tempo estava chuvoso e escuro. Sabia que o John e a Terry estavam mortos, e a última coisa que ele me pediu foi que eu fugisse. Vi uma caminhonete com a placa de Indiana do lado de fora de um café. Entrei na caçamba, embaixo da lona. Dormi em algum ponto da viagem e, quando acordei, estava em Terre Haute. Encontrei um hotel, paguei em dinheiro. Fui até uma farmácia e comprei uma tintura cor vermelho vivo. Voltei a ter o cabelo laranja, mas fiquei diferente. Dormi de novo, por um bom tempo. Depois liguei a TV. E então vi uma matéria na CNN sobre o John e a Terry, sobre a casa. Sobre mim. Achavam que eu estava na casa. Estavam procurando nossos corpos. Eu quase liguei para a polícia. Tinha o cartão da detetive Griffith, mas fiquei com medo. Decidi esperar e comprei um celular pré-pago, caso precisasse. Esperei por mais um dia; comia no quarto, mal saía dali, vendo as notícias, tentando saber mais através da internet.

Ela fez uma pausa, respirou fundo.

— Então descobri mais. Não achavam que eu estava na casa. Sabiam que eu não estava. Alguns especulavam que alguém tivesse me sequestrado, e outros, que eu tinha surtado, matado John e Terry e explodido a casa. Cosgrove e Keegan tinham um ao outro para confirmar a história de como tinham chegado apenas segundos depois. E Cosgrove estava ferido.

— O John conseguiu acertar o cara? E a balística?

— Foi tudo certo. Eles disseram que as luzes estavam desligadas e que eles não podiam ter certeza de quem estava atirando, mas que Keegan tirou Cosgrove de lá. A casa explodiu enquanto ele ligava para a polícia. Então eu fugi. Peguei um ônibus para Indianápolis. Comprei comida, fiquei em outro hotel, fiz uma nova carteira de motorista e, com ela e parte do dinheiro, comprei um carro de um ferro-velho e fui para Nashville. Lá, servi mesas por três meses. Depois mudei meu cabelo e minha identidade de novo e fui embora.

Ela respirou fundo de novamente.

— Pouca coisa aparecia no noticiário e eu não conseguia hackear os arquivos do Serviço de Delegados e do FBI. Entrei para o MIT com uma identidade e um histórico falsos e assisti a aulas de ciência da computação e todo o resto que parecesse útil. Fiquei amiga de um menino lá. Ele sabia muito sobre hackear. Mais do que eu. Aprendi com ele. Dormimos juntos e então eu o deixei. Acho que ele gostava um pouco de mim, mas fui embora deixando apenas um bilhete curto, depois de aprender tudo que ele podia me ensinar. Me mudava a cada poucos meses, no máximo um ano. Trocava de identidade, mudava o visual. Os detalhes não são importantes.

Ela fez outra pausa.

— Sou procurada no caso do assassinato de dois subdelegados federais.

Ele não disse nada, apenas se levantou e andou até a janela.

E o mundo desmoronou para Abigail. Ele acabaria tudo com ela, pensou. Tudo estaria acabado agora.

— Você continuou acompanhado Cosgrove e Keegan com o passar dos anos?

— Continuei. Keegan foi promovido várias vezes.

— Ótimo. Você sabe onde estão, o que estão fazendo. Isso vai poupar trabalho e tempo.

— Não entendi.

Ele se virou para ela.

— Você não acha que vamos deixar esses dois babacas escaparem depois de assassinarem dois bons policiais e botarem a culpa em você, não é? Por terem feito você fugir desde o dia em que fez 17 anos? Por terem feito tudo isso para que outro assassino e seus amigos, também assassinos ladrões filhos da puta, pudessem se safar da morte de uma menina inocente?

Ela apenas o encarou.

— Você acredita em mim.

— Caralho, é óbvio que acredito em você. Acreditaria mesmo que não estivesse apaixonado por você. É óbvio que você está dizendo a verdade.

— Você ainda me ama.

— Me escute. — Ele andou pisando forte até ela e a puxou até que a moça se levantasse. — Eu espero... Não, eu exijo mais respeito de você. Não sou um desses retardados fracos e babacas que fogem quando tudo não está exatamente perfeito. Eu amava você uma hora atrás. Amo você agora. Vou continuar amando você; então, acostume-se e pare de esperar que eu te decepcione. Isso me insulta e está me irritando.

— Sinto muito.

— Ótimo. Deveria sentir mesmo. — Ele a puxou com força para beijá-la e, em seguida, a soltou. — Onde você aprendeu a atirar?

— O John me ensinou, no início. Depois eu morei um tempo no Arizona e fiz aulas com um senhor. Ele iria cheio de teorias da conspiração e era um sobrevivencialista. Era interessante, porém não muito estável. Mas gostava de mim e sabia de muitas coisas. Passei algum tempo em várias universidades, usando nomes falsos. Precisava aprender.

— O que você tem lá em cima, no quarto trancado?

— Vou mostrar.

Ela o levou até o segundo andar, abriu a fechadura tripla.

— É um quarto do pânico — disse, enquanto abria a porta.

E a porra de um arsenal, notou ele. Armas, espingardas, facas. Prateleiras cheias de comida, garrafas de água, um computador tão elaborado quanto o do andar de baixo, um banheiro químico, roupas, perucas, tinta para cabelo, baterias... Ele via e se perguntava. Lanternas, comida para cachorro, livros, um diabo de um arpão, ferramentas.

— Você montou tudo isso?

— Montei. Precisava aprender, como disse. Então aprendi. Tenho várias identidades e passaportes aqui, num cofre. Dinheiro, cartões de crédito e o papel que preciso para fazer ainda mais carteiras de motoristas, se precisar. É contra a lei.

— É. Vou prender você depois. Está bem, você sabe se proteger e pensa no futuro. Está nessa há quanto tempo?

— Doze anos.

— É tempo suficiente. Hora de parar de fugir.

— Eu quero parar. Hoje, eu achei...

— O quê?

— Não é racional.

— Droga, Abigail. — Apesar de tudo, ele teve que rir. — Seja irracional.

— Parecia um círculo. Ver Ilya em Justin Blake, ver o que eu penso de Sergei Volkov em Lincoln Blake. Ver tanto do que eu admirava no John em você. E perceber que eu podia enfrentar os Blake, que podia fazer a coisa certa e não entrar em pânico nem fugir. Pareceu que eu podia parar com as fugas, mas não tenho certeza.

— Você pode. Quero outra cerveja. Quero pensar. Vamos pensar nisso e resolver tudo.

— Brooks...

— Cerveja, pensar, resolver. Você não está mais sozinha, Abigail. Vai ter que se acostumar com isso também. Qual é o seu nome verdadeiro, afinal?

Ela respirou fundo.

— Elizabeth. — A voz dela pareceu enferrujada ao pronunciar as palavras. — Elizabeth Fitch.

Ele inclinou a cabeça.

— Você não tem cara de Elizabeth.

— Por certo tempo, fui a Liz.

— É, dá para ver. Prefiro a Abigail, mas consigo ver a Liz. Então. — Ele deu um passo para frente, pegou a mão dela. — Prazer, Liz.

# 22

TUDO AQUILO A HAVIA DEIXADO EXAUSTA, PERCEBEU BROOKS, ENQUANTO tomava uma cerveja e pensava. Contar a história e, imaginou, o alívio que aquilo trazia. Ela se encolhera num canto do sofá, de cabeça baixa. E, por isso, ele permanecia silêncio, deixando a moça viajar, enquanto o fogo se apagava e a brisa fazia as janelas baterem.

Tem uma tempestade se aproximando, pensou.

Doze anos fugindo. Ela fizera 17 anos e não tinha, ou achara que não tinha, nada nem ninguém em que pudesse confiar além de si mesma.

Ele se imaginou aos 17 anos, pensou em sua maior preocupação ou problema na época. Desejava ter um bastão de beisebol mais poderoso, uma luva mais rápida, lembrou, que o levasse à fantasia de se tornar um jogador famoso da liga principal.

E desejava — ansiava — por Sylbie.

E aquilo, concluiu, era basicamente tudo.

Certo estresse com os trabalhos escolares, brigas com a desejada Sylbie, irritação com exigências e regras parentais. Mas tivera pais, uma família, um lar, amigos, estrutura.

Não podia imaginar como havia sido para ela: ter 17 anos e temer constantemente por sua vida. Testemunhar um assassinato a sangue frio, ver o homem que lhe dera uma noção de segurança, e até de família, sangrar até a morte e tentar até o fim obedecer o pedido que ele fizera ao morrer.

John Barrow dissera que ela devia fugir e, sem dúvida, salvara a vida dela com a ordem. E ela nunca parara de fazer isso.

Ele se virou, analisou a moça dormindo. Era hora de parar de fugir, pensou. Hora de confiar em alguém que pudesse ajudar, hora de resolver a situação.

Sergei e Ilya Volkov, Yakov Korotkii, Alexi Gurevich.

Ele precisava fazer uma pesquisa sobre os envolvidos, ou usar a de Abigail. Imaginou que tudo que podia ser descoberto sobre eles estaria nos arquivos dela. E na cabeça da moça.

O mesmo para os subdelegados Cosgrove e Keenan.

Um policial corrupto merecia ficar na mesma cela que aqueles que tinha prendido, na opinião de Brooks. Um policial que matava outro por lucro ou vantagem própria? Havia um lugar especial no Inferno reservado para esse tipo. E ele queria ajudar a pôr Cosgrove e Keegan bem ali lugar.

Tinha algumas ideias, claro, certas ideias de como fazer isso. Queria analisá-los um pouco, fazer a pesquisa, deixar que tudo se acalmasse. Depois de doze anos, alguns dias, ou até semanas, de estudo e planejamento não fariam mal. E ele imaginava que ela iria precisar daquele tempo para se ajustar à nova situação. Teria que convencê-la a deixá-lo fazer o que era necessário, depois que decidisse exatamente como agiria.

Por enquanto, achou que a melhor coisa seria levá-la para a cama. Seria bom para os dois dormir um pouco.

Ele se levantou, começou a erguê-la. E então ela o acertou bem no saco.

Quando o cotovelo da moça atingiu a sua laringe, Brooks podia jurar que os testículos haviam subido para a garganta. Ele sentiu os olhos se agitarem para cima e para baixo, enquanto caía como uma pedra. Sem ar.

— Meu Deus, meu Deus! Brooks! Me desculpe!

Como o único som que podia emitir era um ganido, ele soltou um ao tentar falar. Ficaria parado por um instante, talvez para sempre.

— Eu devo ter caído no sono. Você me assustou. — Ela tentou virá-lo para si, tirou o cabelo do rosto dele. O cachorro o lambeu, com pena. — Está respirando? Está respirando? Está.

Brooks tossiu e sentiu a garganta queimar. A dor na virilha era quase insuportável.

— Merda — conseguiu dizer, tossindo de novo.

— Vou pegar água e gelo. Respire fundo, devagar.

Ela devia ter pedido que o cachorro ficasse com ele, então Bert se deitou e olhou nos olhos de Brooks.

— Que merda é essa?

Quando Brooks conseguiu dizer aquilo, sibilando, Bert lambeu o rosto dele de novo.

O delegado conseguiu engolir em seco, depois rolar com cuidado e ficar de quatro. Ficou ali parado por mais um instante, se perguntando se completaria o ciclo e vomitaria. Conseguira se sentar no chão e ainda manter o conteúdo do estômago intacto quando Abigail voltou correndo com uma compressa fria e um copo de água.

— Não ponha isso no meu saco. Já está ruim o suficiente.

Ele pegou a água e, apesar de os primeiros goles terem descido quase como lâminas quebradas por sua garganta, a aspereza diminuiu lentamente.

— Que merda foi essa? — repetiu Brooks.

— Foi um reflexo. Sinto muito. Você está muito pálido. Sinto muito mesmo. Eu dormi e voltei àquele dia na casa do Alexi. O Ilya me encontrava e... Acho que, quando você encostou em mim, pensei que fosse o Ilya; então, reagi.

— Eu vi. Coitado do cara se ele tentar pegar você. Talvez a gente nunca tenha filhos.

— Um golpe desse tipo na genitália não afeta a fertilidade — começou ela, antes de afastar o olhar e ficar consideravelmente pálida também. — Eu sinto muito mesmo — repetiu.

— Vou sobreviver. Da próxima vez que carregar você para a cama, vou usar um protetor. Acho que você vai ter que me carregar.

— Vou ajudar você.

Ela o beijou gentilmente na bochecha.

— Eu diria que não é aí que está doendo, mas, se você me beijar onde dói e eu tiver a reação que sempre tenho, vou morrer. — Ele fez um gesto para que ela se afastasse e se levantou. — Não está tão ruim assim.

Mas ele pigarreou e se encolheu.

— Vou ajudar você a subir a escada.

— Pode deixar. Só vou... dar uma conferida nas coisas. Só por garantia.

— Está bem. Vou deixar o Bert sair antes de subir.

Quando ela subiu, ele estava de cueca, mas analisava o monitor do quarto.

— Está tudo...? Ééééé...

— Está. Você tem uma bela mira, matadora.

— É uma região particularmente vulnerável em um homem.

— Posso garantir. Um dia vou querer que você me mostre como esse seu sistema funciona. Como você troca de câmera, como dá zoom, como afasta a imagem e por aí.

— É muito simples. Quer que eu mostre agora?

— Amanhã está bom. Imagino que você tenha muitas informações sobre os Volkov e os subdelegados. Quero rever todas elas.

— Está bem.

Ele sentiu o tom de voz.

— O que foi?

— Não te contei tudo.

— Agora seria uma boa hora para isso.

— Eu gostaria de tomar um banho antes.

— Está bem.

E analisar os próprios pensamentos, concluiu ele.

Ela tirou uma camisola da gaveta.

— Não vou demorar — disse, antes de entrar no banheiro.

Ele se perguntou o que mais poderia haver enquanto ouvia a água correr. Decidiu que não adiantava especular. Em vez disso, tirou a colcha da cama e diminuiu as luzes.

Quando saiu, ela tirou duas garrafas de água da geladeira. Ofereceu uma a ele e se sentou na beira da cama.

— Acho que, se fosse você, eu me perguntaria por que nunca tentei falar com as autoridades e contar tudo o que havia acontecido.

— Você não sabia em quem confiar.

— É verdade, pelo menos no início. E estava com medo. Por muito tempo tive pesadelos, *flashbacks*, ataques de pânico... Ainda tenho ataques de pânico ocasionais. Bom, você já viu isso. E, acima de tudo, apesar de ter levado tempo para entender, eu achava que tinha que fazer o que John me pedira. Ele morreu me protegendo. Tudo aconteceu muito rápido, de forma muito violenta, e ele foi insistente, incisivo. Percebo hoje que nós dois estávamos concentrados naquele instante. E, naquele instante, minha sobrevivência dependia da fuga.

— Se você não tivesse fugido, teria morrido. É óbvio.

— É, eu nunca questionei isso. Naquelas primeiras semanas, eu estava em pânico. "Fuja, fique longe, escondida. Se os Volkov me encontrarem vão me matar. Se as autoridades me encontrarem e estiverem envolvidas com os Volkov, vão me matar. Se não estiverem, talvez me prendam por assassinato." Por isso fugi, me escondi, como te contei.

— Ninguém pode culpar você por isso.

— Talvez não. Eu era jovem e estava traumatizada. Não importa quão inteligente eu seja: com 17 anos, ainda era imatura, pouco decidida. Mas, depois que certo tempo se passou, comecei a pensar com mais clareza, a pensar para além daquele instante. Deveria haver outras pessoas como John e Terry. Outras pessoas que acreditariam em mim, que me ouviriam e fariam o que pudessem para me proteger. Como eu poderia continuar fugindo, me escondendo? Como eu podia ficar sem fazer nada se era a única que tinha visto o assassinato da Julie, que sabia a verdade sobre como John e Terry haviam morrido? Então hackeei as bases de dados do FBI e do Serviço de Delegados.

— Você... Você consegue fazer isso?

— Faço isso sempre, mas aprendi grande parte da técnica no primeiro ou nos dois primeiros anos em que me escondi. Uma parte com o menino que mencionei e outra sozinha. Queria saber tudo que podia sobre Cosgrove e Keegan, e também sobre Lynda Peski. Ela tinha dito que estava doente naquele dia. Era verdade? Ela era outra infiltrada dos Volkov? Os registros médicos dela mostraram que foi tratada por infecção intestinal, então...

— Você acessou os registros médicos dela?

— Desrespeitei muitas regras. Você mesmo disse que às vezes é necessário desrespeitar regras.

Ele esfregou a testa.

— É, eu disse. Vamos deixar isso para lá. Você tinha cerca de dezenove ou vinte anos e conseguia hackear arquivos de agências governamentais?

— Eu teria sido uma boa investigadora de crimes digitais.

— É uma perda para a Justiça.

— Eu acreditava, e ainda acredito, que Lynda Peski não fez parte do plano. Mesmo agora não posso ter certeza, mas não há nada que indique

que ela não fosse uma boa policial. Hoje está aposentada e tem dois filhos. Acho que o Cosgrove pôs alguma coisa na comida dela para deixar a moça doente naquele dia. Mas não posso provar e não me senti segura o suficiente para entrar em contato com ela. Eu acreditava, e ainda acredito, que os detetives Griffith e Riley são policiais bons e honestos. Mas hesitei, porque são da polícia de Chicago, e não federal, e a polícia federal costuma assumir investigações da polícia local. Além disso, fiquei com medo de pôr a vida deles em perigo. Parecia mais produtivo e seguro pesquisar e estudar. Ao mesmo tempo, eu precisava de dinheiro. Tinha 15 mil quando fugi, mas precisei gastar com voos, criação de documentos, viagens, roupas, entre outras coisas. Como meu maior talento era mexer com computadores, trabalhei com programação. Desenvolvi alguns softwares e os vendi. Foi lucrativo.

— É mesmo?

— É, e desenvolvi um jogo para computador. Na verdade, três jogos conectados. Foi ainda mais lucrativo.

— Que jogo?

— Chama-se Street Wars. Minha pesquisa indicou que a maioria dos jogadores são homens que gostam de jogos de batalha ou de guerra. Eu...

— Eu jogava esse jogo. — Com os olhos apertados, ele apontou para ela. — Russ e eu costumávamos fazer maratonas sempre que eu vinha de Little Rock. É sangrento e brutal. E muito legal.

— Meu público-alvo gosta de coisas brutais e sangrentas nos jogos. Fazer três deles também era essencial. Se o primeiro ganha popularidade, o público-alvo vai esperar, e pagar, a sequência. Consegui vender o pacote na hora, por um bom valor. Parecia menos complicado, nas minhas circunstâncias, do que um contrato baseado em direitos autorais.

— Você é rica?

— Sou. Tenho muito dinheiro, e ainda junto mais com o meu negócio de segurança atual.

Ele sorriu para ela.

— Gosto da ideia de ter uma namorada rica.

— Nunca fui namorada de ninguém.

— Bom, agora você é a minha. Porque você é rica.

Ele a fez sorrir.

— Você disse que me amava antes de saber que eu era rica. É menos estressante e complicado se mudar, conseguir um transporte particular e, se necessário, adquirir e equipar uma nova casa, quando se tem dinheiro. E eu não queria roubar.

— Você podia ter roubado?

— Podia, claro. Acessei a conta do Cosgrove e do Keegan e encontrei o que acredito serem pagamentos dos Volkov. Eu poderia ter tirado fundos deles. Até dos próprios Volkov.

— Espere. — Ele ergueu a mão, deu a volta na mesa. — Você hackeou a rede dos Volkov?

— Hackeei. Vou explicar. Separei o dinheiro que ganhei em várias contas, sob várias identificações. Me senti mais segura assim, com menos medo, já que tinha dinheiro e informações. Queria mais tempo. Comecei a estudar uma agente específica do FBI. Queria seguir a moça, revisar os arquivos e relatórios dela, as avaliações que recebera por pelo menos um ano, antes de entrar em contato. Tinha me mudado para Nova York. Me sentia segura lá. Tantas pessoas, todas tão ocupadas... Ocupadas demais para prestar atenção em mim. E, naquela época, eu já conseguia trabalhar de casa praticamente sempre.

Ela parou um tanto para pensar, um tanto melancólica.

— Eu tinha uma casa ótima no SoHo. Foi lá que pensei em adotar um cachorro. Por segurança e pela companhia. Eu já havia começado meu negócio de sistemas de segurança e, na época, lidava cara a cara com os clientes. Eu ia até eles, avaliava o sistema e suas necessidades.

— Quando foi isso?

— Me mudei para Nova York seis anos atrás. Eu tinha 23 anos, mas minha identidade dizia que tinha 26. Ser mais velha é melhor nesses casos. Comecei um negócio bem pequeno, criando e instalando sistemas de segurança em casas e pequenos negócios, além de redes para empresas. Aquilo me dava bastante tempo para pesquisar. E, com a pesquisa, encontrei a agente que achei que seria ideal. Eu queria o que queria aos dezesseis anos. Amigos, relacionamentos, uma vida normal. E queria fazer a coisa certa. Por Julie, por John e Terry.

"Fiquei em Nova York por mais de um ano. Foi o maior tempo que fiquei em um lugar. Pensei em comprar uma casa no campo porque percebi

338

que, apesar de gostar do conforto da cidade, eu preferia a calma do interior. Mas me sentia segura lá, no SoHo. Todas aquelas pessoas, o ritmo agitado... E consegui um grande negócio, de uma firma de advocacia. Já tinha feito um sistema pessoal para um dos sócios, e ele me recomendou. Mais seis meses, disse a mim mesma. Eu ficaria em Nova York, terminaria o serviço e continuaria minha pesquisa. Então, se me sentisse absolutamente segura sobre a agente, entraria em contato e começaria o processo."

— O que aconteceu?

— Eu estava quase lá, quase pronta. Tinha terminado aquele contrato e haviam me dado outro, com um dos clientes da firma. Minha primeira grande corporação. Era um bom trabalho, animador, desafiador. Eu acreditava firmemente que minha vida ia começar de novo. Então, um dia, eu saía do prédio do cliente. Na rua Houston, no centro. Estava pensando em como iria para casa, me trocaria, iria ao mercado e compraria uma boa garrafa de vinho para comemorar. Estava pensando que os seis meses que havia estabelecido para entrar em contato com a agente estavam quase no fim. Estava pensando em comprar um cachorro, em onde eu iria querer morar quando pudesse viver de novo. Estava pensando em tudo, menos nos Volkov. E ele apareceu.

— Quem?

— Ilya. Ilya Volkov e outro homem. Era um primo dele, como descobri depois. Eles saíram do carro no exato momento em que eu me dirigi para a calçada, tentando pegar um táxi. Quase esbarrei nele. Entre todas aquelas pessoas, naquela cidade, eu quase esbarrei no homem de quem estava fugindo havia quase oito anos. Ele olhou direto para mim, e fiquei paralisada, como havia ficado na varanda, naquela noite. Ilya começou a sorrir, como um homem faz sempre que uma mulher o encara, eu imagino. Então ele me reconheceu e o sorriso se desfez.

— Ele reconheceu você? Tem certeza?

— Ele sabia meu nome. "Liz, olhe só para você." Assim, simplesmente. Tentou me pegar e quase agarrou o meu braço. Os dedos dele esbarraram na minha jaqueta, antes de eu me afastar e sair correndo. Ele correu atrás de mim. Ouvi Ilya gritando em russo. Ouvi o carro se afastar da calçada. Pensei: "Ele vai atirar nas minhas costas ou me pegar e me arrastar para o carro."

Ela pressionou a mão contra o peito e fez um movimento de círculo na altura do coração quando seus batimentos aceleraram, como naquele dia em Nova York.

— Corri para a rua. Foi uma loucura. Quase fui atropelada. Mas não me importava. Qualquer coisa seria melhor. Perdi meus sapatos. Parecia aquela noite de novo: eu corria de pés descalços. Mas estava mais esperta. Entrei em pânico no início, mas estava mais preparada. Conhecia as ruas. Eu as analisei e corri para onde havia trânsito, de forma que o motorista não conseguiria dar a volta. Não sei quanto tempo corri até de perceber que tinha me safado. Entrei num ônibus, depois peguei um táxi.

Está quente demais agora, pensou ela, atravessando o quarto para abrir a janela.

— Eu não estava calçada, mas ninguém parecia se importar nem notar. São as vantagens de uma cidade grande.

— Devo ser um garoto do interior, já que isso não me parece uma vantagem.

— Foi naquele dia. Quando cheguei em casa, peguei minha mala. Teria que fugir de novo com apenas aquilo, mas me acalmei e separei tudo de que precisava. Não tinha certeza de quanto tempo teria. Se ele tivesse visto o prédio do qual eu havia saído, se conseguisse descobrir o nome que eu estava usando, encontraria meu endereço. Eu tinha um carro, com outro nome, numa garagem. Valia o gasto, havia considerado. E aquilo acabou sendo verdade. Chamei um motorista e pedi que me levasse à garagem. Talvez pudessem me seguir até lá, mas levaria muito tempo. Até lá eu teria ido embora, teria comprado outro carro e estaria com outra identidade.

— Para onde você foi?

— Viajei durante semanas. Ficava em hotéis de beira de estrada, pagando com dinheiro. Acompanhei o e-mail de Ilya. Soube que demoraram vários dias para me localizar. E que não haviam conseguido me encontrar depois que eu tinha saído da minha casa. Ninguém tinha me visto sair nem prestado atenção nisso. Mas eu aprendi uma lição: me tornara descuidada. Tinha me permitido planejar uma vida normal e até, de certa forma, vivido uma. Eles nunca parariam de me procurar, e eu tinha que aceitar o fato. E fazer tudo o que pudesse para conseguir justiça por John, Terry e Julie de outra maneira.

"Eu estou dentro da rede dos Volkov. Tenho acesso a e-mails, arquivos e até mensagens de texto. Quando descubro alguma coisa que parece importante, passo as informações anonimamente para a agente do FBI que analisei e descobri que é correta. Não sei por quanto tempo vai continuar sendo seguro usar a moça como contato. Se os empregados dos Volkov descobrirem quem ela é, podem eliminá-la. Acho, logicamente, que tentariam usar a moça para descobrir quem é a fonte das informações antes de eliminá-la. Mas isso pode ser pior. Podem torturar a agente, e ela não poderia dizer nada porque não sabe. Eu continuaria segura, mas ela não. Nem você, se decidir se envolver.

— Na minha opinião, você teria sido uma boa policial, seja contra crimes digitais ou não. Mas eu sou policial. Você é só a namorada rica de um policial.

— Não brinque com isso. Se ligarem você a mim, vão te matar. E não só você. Vão matar a sua família. Sua mãe, seu pai, suas irmãs e os filhos delas. Todos de quem você gosta.

— Eu sei cuidar da minha família, Abigail. Acho que vamos manter o Abigail por enquanto. — Ele passou a mão pelo cabelo dela. — Vou ter que me acostumar com Liz quando tudo acabar.

— Isso nunca vai acabar.

— Você está errada. Quero que me prometa uma coisa. — Para manter os olhos dela no nível dos seus, ele pôs a mão embaixo do queixo da moça. — Quero a sua palavra. Você não vai fugir de mim. Não vai fugir achando que está fazendo o melhor para mim e para a minha família.

— Não quero fazer uma promessa que posso não respeitar.

— A sua palavra. Vou confiar na sua palavra e você vai confiar na minha. Me prometa isso e eu vou prometer que não vou fazer nada sem que você saiba de tudo e aprove. Não é uma promessa fácil para mim, mas vou fazer.

— Não vai fazer nada a não ser que eu concorde?

— Essa é a minha promessa. Agora eu quero a sua. Não vai fugir.

— E se me encontrarem, como Ilya me encontrou em Nova York?

— Se tiver que fugir, vai fugir até mim.

— Você é igual ao John. Eles mataram o John.

— Porque ele não sabia o que ia acontecer. Se você olhar nos meus olhos e me disser que está seriamente preocupada com a possibilidade de a máfia russa se infiltrar no Departamento de Polícia de Bickford, a gente pode pegar o Bert e tudo o mais que precisar e ir embora hoje. É só dizer para onde.

— Não acho isso.

— Ótimo. Então me prometa.

— Você não vai fazer nada sem me contar. Eu não vou fugir sem te dizer.

— Já é o bastante, eu acho. Foi o suficiente para uma noite. Vamos dormir um pouco. Vou pensar nessa história. Tenho mais perguntas, mas podem esperar. E, depois que tiver pensado um pouco nisso, vamos conversar sobre o que vamos fazer. "Nós." Você não está mais sozinha. Não vai mais ficar sozinha.

Ele a puxou para a cama, abraçando-a depois de desligar a luz.

— Pronto. Agora está tudo certo. Talvez eu tenha mais uma pergunta ainda hoje.

— Está bem.

— Você hackeou o sistema da delegacia?

Abigail suspirou e, no escuro, não viu Brooks sorrir ao ouvir o som.

— Achei que era importante saber detalhes sobre a polícia local. A segurança da rede de vocês não é muito boa.

— Talvez eu devesse sugerir ao conselho que contratasse você para corrigir isso.

— Sou muito cara. Mas, com base nas circunstâncias, posso te oferecer um bom desconto na minha tarifa costumeira. — Ela suspirou de novo. — Eu faria um sistema de segurança para o seu computador pessoal de graça.

— Caramba. — Ele teve que rir. — Você entrou no meu e-mail pessoal e tudo?

— Desculpe. Você não parava de vir até aqui e de fazer perguntas. Fez uma pesquisa sobre mim. Bom, descobriu as informações que eu mesma gerei, mas fiquei muito incomodada.

— Imagino que sim.

— Você deveria ter cuidado e não chamar o prefeito atual de burro, mesmo num e-mail para um amigo íntimo. Não pode saber quem vai acessar seu e-mail pessoal.

— Ele é um burro, mas vou me lembrar disso. — Brooks virou a cabeça e beijou a testa dela. — Eu amo você.

Ela pressionou o rosto contra a lateral do pescoço dele.

— Isso soa ótimo na cama, no escuro, quando tudo está em silêncio.

— Porque é verdade. E ainda será verdade de manhã.

Ela fechou os olhos, abraçou as palavras como ele a abraçava. E desejou que, de manhã, ele as dissesse de novo.

# Elizabeth

Que a justiça seja feita,
Mesmo que o céu desabe.

LORD MANSFIELD

# 23

ROLAND BABBET SE HOSPEDOU NO HOTEL DAS OZARKS NUMA MANHÃ DE primavera quente e abafada, próxima de agosto. No quarto, com uma vista incrível para as montanhas, ele pôs o laptop na velha e lustrosa escrivaninha. Gostava das comodidades: o wi-fi gratuito, a TV de tela plana, os móveis cuidadosamente selecionados (pelo que ele imaginava) e o chuveiro forte.

Na maior parte do tempo, ficava em hotéis vagabundos de beira de estrada, com chuveiros pinga-pinga e sabonetes finos e ruins, ou em seu próprio carro, quando a conveniência o levava a urinar em potes de vidro, que esvaziava periodicamente.

Aquela era a vida de um detetive particular.

Ele gostava de tudo, até dos hotéis vagabundos e dos vidros de urina. Dois anos como policial haviam mostrado que não lidava bem com regras e códigos. Mas tinha sido um ótimo policial e acabara na firma de investigações Stuben-Pryce. Nos quase dez anos em que trabalhara na empresa, ele se provara confiável, inventivo e determinado. Eram qualidades apreciadas pela firma.

Também gostava dos bônus e esperava ganhar mais um naquele caso.

Ele desfez as malas: calças e bermudas cargo, camisetas, moletons, botas de caminhada. Tinha escolhido um guarda-roupa que combinasse com o disfarce de fotógrafo *freelancer*, permitindo que passeasse pela cidade e pelos arredores, tirasse fotos e conversasse com os moradores.

Não gostava do cliente. Roland considerava Lincoln Blake um idiota de primeira classe e o bendito fruto de Blake, um furúnculo dolorido na bunda da sociedade.

Mas trabalho era trabalho, e Blake dava muito dinheiro à empresa, por ser um idiota intrometido, agressivo e cheio de planos maldosos. Quando o chefe aprovava, Roland fazia. Especialmente porque tinha um filho estudando em escola particular, outro que começaria no semestre seguinte e — surpresa — um terceiro a caminho.

Ele amava a família, e o salário da Stuben-Pryce, além dos bônus, garantia-lhes um bom padrão de vida e pagava pela pesada hipoteca do novo apartamento de quatro quartos no lado oeste de Little Rock.

Então, idiota ou não, o cliente era o rei. Se Blake queria saber tudo que se podia saber — especialmente as coisas ruins — sobre uma tal de Abigail Lowery, Roland descobriria tudo que fosse possível. E faria o mesmo com Brooks Gleason, o delegado de Bickford e, de acordo com o cliente, amante de Lowery.

O cliente dizia que os dois, junto com os Conroy — os proprietários do hotel com a bela vista e as comodidades — haviam armado para o filho dele, pretendendo extorquir dinheiro dos Blake. Havia negado com convicção, em altos brados, que o filho fosse responsável pelos enormes danos na suíte mais chique do hotel, como os donos haviam afirmado, que agredira Russell Conroy ou que atacara o delegado com uma faca.

Roland, um homem esperto, acreditava com firmeza, mas em silêncio, que o furúnculo havia feito aquilo tudo e muito mais. Mas faria seu trabalho e ganharia seu salário. E pagaria suas contas.

Ele conferiu a câmera, o gravador, o bloquinho e as chaves mestras. Depois ligou para a esposa para avisar que tinha chegado são e salvo.

Disse que gostaria que ela estivesse presente; foi sincero. O quarto tinha uma cama com dossel. A gravidez transformava Jen numa guru do sexo.

Enquanto se arrumava para passear pela cidade pela primeira vez, prometeu a si mesmo que voltaria à cidade com Jen, depois que o bebê nascesse e enquanto os pais dela ainda estivessem encantados o bastante para cuidar de três crianças durante um fim de semana prolongado.

Pôs a bolsa da câmera no ombro e pendurou a Nikon no pescoço com uma fita decorada com símbolos da paz. Trajando bermudas cargo, mocassins e uma camiseta da banda R.E.M., botou os óculos escuros e conferiu sua imagem no espelho.

De propósito, não tinha se barbeado naquela manhã, porque achou que a barba rala ajudava no look. Gostava das personalidades que assumia e, quando possível, fazia com que fossem parecidas com a sua. Era mais natural e fácil.

Ele se considerava um cara simpático. Podia conversar com qualquer pessoa sobre qualquer coisa, algo tão vital quanto seu computador. Não era feio, pensou, enquanto acrescentava um boné do Greenpeace ao visual.

No entanto, estava começando a se preocupar com a careca. Seu irmão, que tinha apenas dois anos a mais que os trinta e quatro de Roland, já exibia uma área sem cabelos do tamanho de um punho fechado, no topo da cabeça.

Pensou rapidamente em comprar um remédio contra a calvície enquanto saía do quarto. Por que não tomar algumas medidas preventivas?

Tinha se hospedado num quarto do último andar, apesar de a recepcionista ter oferecido outro, devido ao barulho de obras. Mas ele havia abstraído o aviso e a situação inconveniente. Assim, conseguiria dar uma olhada na suíte que o filho do cliente não havia destruído, se você acredita em idiotas de primeira classe.

Ele desceu o corredor; notou a porta, bem fechada, com uma placa que pedia desculpas pela inconveniência devido a obras não planejadas. O barulho, levemente abafado, parecia mais de reforma do que de reparos.

Conferiria o quarto depois, quando os pedreiros e os funcionários do hotel não estivessem por perto.

Enquanto isso, preferiu usar a escada, já que também estava levemente preocupado com a pancinha de meia-idade que crescia, e saiu para o calor.

É uma bela cidadezinha, pensou. Jen iria gostar das lojas, da arte. Compraria alguma coisa para ela e para as crianças, inclusive para a surpresa ainda sem nome, antes que fosse embora.

Muitos turistas, notou. Um cara com uma câmera se misturava bem. Sendo assim, tirou algumas fotos do hotel com foco nas janelas da suíte em questão, onde as cortinas estavam bem fechadas.

Tinha bom olho para fotos. Achava que, quando chegasse a hora de se aposentar da investigação particular, tentaria se tornar fotógrafo por working hobby. Passeou pela propriedade, focando imagens, tirando fotos. Uma janela interessante, um close das flores num meio barril de uísque. Para outras pessoas, ele aparentaria estar passeando, sem um destino específico.

Mas tinha os endereços importantes na cabeça. A casa de Lowery exigiria o carro, mas poderia ir a pé ao apartamento do delegado e á casa em que os pais dele ainda moravam. Começando a entender o lugar e as pessoas, Roland pensou e decidiu passar algum tempo analisando as janelas do apartamento de Brooks Gleason, sobre uma lanchonete agitada.

As cortinas estão abertas, notou. Não há nada para ver ali. Deu a volta e tirou algumas fotos de vasos de flores enquanto estudava a porta dos fundos.

Boas trancas, mas nada de mais, caso achasse necessário investigar um pouco a casa. Mas evitaria, se fosse possível.

Com o mapa da cidade nas mãos, uma cortesia do hotel, ele continuou andando pela calçada.

E parou, absolutamente encantado e impressionado com a casa-mural. Confirmou o endereço e viu que era realmente a casa dos pais do delegado. As informações que já havia reunido diziam que a mãe dele era artista e o pai, professor de ensino médio.

Teve que supor que a mulher com o lenço colorido sobre o cabelo, parada sobre um andaime, vestindo um macacão manchado de tinta, era a mãe do investigado.

Preso à base do andaime, um cachorrinho tinha se encolhido à sombra e dormia.

Movido tanto por interesse próprio quanto pela investigação, Roland tirou algumas fotos e se aproximou. Quando chegou à extremidade do jardim, o filhote acordou e ganiu freneticamente.

E a mulher olhou para baixo, inclinando a cabeça.

— Posso ajudar?

— Desculpe interromper. Estava dando uma volta e... Isto é incrível. A senhora pintou tudo isto?

— Pintei. Está de visita?

— Vim passar alguns dias na cidade. Sou fotógrafo e vou passar umas semanas nas Ozarks. Quero fazer uma exposição.

— Por aqui, não faltam coisas interessantes. Está bem, Platão, já estou indo.

Ela desceu do andaime de forma ágil e soltou o cachorro, que imediatamente correu para cheirar Roland.

— Bom menino. — Ele se abaixou para fazer carinho no cachorro. — Acho que eu acordei o coitado.

— É um cão de guarda feroz, como pode ver. Sunny O'Hara — acrescentou ela, estendendo uma mão coberta de tinta.

— Roland Babbett. Eu poderia tirar algumas fotos da sua casa? É maravilhosa.

— Fique à vontade. De onde você é, Roland?

— De Little Rock.

— Meu filho morou muito tempo lá. Era detetive de polícia. Brooks Gleason.

— Não posso dizer que me lembro do nome. Mas também sempre tento ficar longe de problemas.

Ela sorriu junto com ele.

— Isso é bom, porque ele é o delegado daqui agora.

— Parece uma cidade tranquila. Espero que ele não fique muito ocupado.

— Bom, tem sempre uma coisa ou outra. Onde você está hospedado?

— Estou esbanjando, porque vou acampar na maior parte da viagem. Estou no Hotel das Ozarks.

— Não poderia ter escolhido melhor. É uma das joias mais brilhantes do baú de tesouros que é Bickford. Tivemos alguns problemas por lá uns dias atrás, infelizmente. Um dos problemáticos da cidade e dois dos amiguinhos dele acabaram com a suíte Ozarks.

— Foi isso o que aconteceu? Estou naquele andar e me disseram que haveria um pouco de barulho. Que alguns reparos estão sendo feitos.

— Muitos. É melhor ficar em outro andar.

— Ah, eu não me importo. Consigo dormir com qualquer barulho. — Casual e simpaticamente, ele soltou a câmera. — Mas fico triste por saber que houve um problema. É um lindo hotel. A arquitetura, os móveis... Parece uma casa familiar, mas com melhorias. Por que destruíram o hotel?

— Acho que algumas pessoas gostam de quebrar coisas.

— Isso é uma pena. Imagino que até as cidades pequenas tenham gente que causa problemas. Vou tentar ficar longe desse menino enquanto estiver por aqui.

351

— Ele está na cadeia e deve ficar lá por um bom tempo. Você vai ver que a maioria dos moradores daqui é amistosa. Dependemos dos turistas e de artistas, como o senhor. Tem uma bela câmera aí.

— Meu bebê. — Ele bateu na máquina. Queria muito as fotos, quase tanto quanto as informações que a mulher fornecia com tamanha facilidade. — Ainda uso filme de vez em quando, mas agora prefiro o digital.

— Se tiver alguma coisa que queira vender, pode levar para a Galeria da Rua das Lojas. Eles compram muitas fotos da região.

— Obrigado pela dica. Algumas vendas vão me permitir comer mais cachorros-quentes e latas de feijão nas próximas semanas.

Roland conversou com Sunny por mais alguns minutos, depois andou de volta para o centro da cidade. Se Sunny O'Hara era confiável, pensou ele, o cliente não ia ficar feliz com o relatório.

Entrou na lanchonete. Lanchonetes e garçonetes costumavam ser boas fontes de informação. Roland escolheu uma mesa com uma bela vista da porta e pousou a câmera com cuidado.

Estava tentado a tirar uma foto da garçonete. Ele realmente adorava saturar-se do personagem, e ela tinha um rosto interessante.

— Café, por favor.

— Que tal uma torta para acompanhar? A de cereja está especialmente deliciosa hoje.

— Torta de cereja? — Ele pensou na pancinha crescente. Faria outras cinquenta abdominais naquela noite. — Acho que não posso recusar.

— Quer quente? Com sorvete de baunilha?

Está bem, outras setenta abdominais.

— Sim, senhora. Não conheço ninguém forte o bastante para dizer "não" para isso. Se estiver tão boa quanto parece, vou vir visitar vocês todos os dias em que estiver na cidade.

— Está. O senhor veio fazer uma visita? — perguntou ela, usando quase o mesmo tom amigável de Sunny.

Passou à garçonete as mesmas informações e até mostrou algumas fotos que havia tirado da casa-mural.

— Nunca sabemos o que ela vai pintar. As fotos ficaram muito bonitas.

— Obrigado.

— Vou fazer o seu pedido.

Ele pôs açúcar no café enquanto esperava, analisando seu guia como um bom turista. Ela trouxe uma fatia generosa de torta com sorvete derretendo lentamente sobre a crosta dourada.

— Parece boa. — Roland tirou uma garfada. — Mas o gosto é ainda melhor. Obrigado, Kim.

— Aproveite.

Ela olhou para trás, assim como ele, quando Brooks entrou.

— Oi, delegado.

Quando a garçonete acenou para a mesa diretamente em frente a ele, Roland decidiu dobrar a gorjeta dela.

— Só café.

— Você ainda não viu a torta de cereja *à la mode*. Eu soube de fonte segura que ninguém consegue dizer "não" para ela.

Ela piscou para Roland enquanto falava, e ele fez um brinde com uma garfada de torta.

— Seria um desperdício neste momento. Advogados.

— Bom, meu amor, isso pede duas bolas de sorvete com a torta.

— Da próxima. Só vim tomar um bom café e ter um pouco de folga para revisar minhas anotações.

— Está bem. São os advogados do Blake? — perguntou a garçonete, enquanto servia o café.

— Outros. O Harry foi demitido e, cá entre nós, acho que está fazendo uma dança da alegria por causa disso. O Blake contratou uma firma do norte.

— Advogados ianques? — A boca de Kim se contorceu com desprezo. — Eu não deveria ficar surpresa.

— Ternos Armani e pastas Louis Vuitton, pelo menos de acordo com o que o Big John Simpson, que me ajuda com as pesquisas, conseguiu descobrir. Tem artifícios e mais artifícios para ganhar. Querem mudar o local do julgamento logo de cara. O juiz não gostou deles, o que já é uma boa.

— Eles querem tirar o Blake daqui, levar para longe das pessoas que sabem que aquele moleque é um safado idiota.

— Não posso culpar ninguém por isso. Mas, seja aqui ou em Plutão, fatos são fatos. O problema é que fatos nem sempre são o suficiente num tribunal.

Dando um passo para trás, ela colocou as mãos nos quadris.

— Você não acha que ele vai se livrar, acha? Não depois do que ele fez.

— Não vou pensar nisso porque, se ele se safar dessa, na próxima, meu instinto me diz que ele vai matar alguém.

— Nossa Senhora, Brooks.

— Desculpe. — Brooks esfregou os olhos cansados. — Eu deveria ter deixado meu mau humor no escritório.

— Fique sentado bem aí e tome o seu café. E não deixe esse peso todo ficar nas suas costas. — Ela se abaixou e deu um beijo no topo da cabeça do delegado. — Você fez o seu trabalho e todo mundo sabe disso. Não pode fazer mais do que o seu trabalho.

— Parece que eu deveria. Bom... Só quero café.

— Berre se precisar de alguma coisa.

Balançando a cabeça, ela se afastou, enchendo a xícara de Roland no caminho.

Roland ficou sentado, pensando. Nada do que o policial havia dito pareceu falso. Ele mesmo desprezava "aquele safado idiota". Mas, como a esperta e maravilhosa Kim dissera, não se pode fazer mais do que o próprio trabalho.

E o dele era descobrir alguma coisa que deixasse o cliente em vantagem.

Quase engasgou com a torta quando a visão apareceu.

Sabia que as pequenas cidades do sul podiam produzir belezas, e, em sua opinião, as mulheres do sul tinham um jeito de cultivar a própria beleza como se fossem rosas de estufa. Talvez fosse o clima, o ar, a chance de usar todos aqueles vestidos finos de verão que a visão estava usando. Talvez fosse o ritmo mais lento ou algum segredo que as mães passassem para as filhas.

Seja lá o que fosse, funcionava.

Ele amava a esposa e nunca, nos doze anos em que estavam juntos — mais de dez de casados —, a havia traído. Mas um homem tinha o direito de fantasiar um pouco quando provavelmente a mulher mais sexy já criada por Deus cruzava seu caminho.

Ela rebolou diretamente para a mesa de Gleason e se sentou, deslizando como manteiga derretida numa torrada quente.

354

— Não é uma boa hora, Sylbie.

No mundo de Roland, sempre era uma boa hora para Sylbie.

— Só tenho uma pergunta. Não estou tentando conseguir você de volta nem nada assim. Aprendi minha lição em março.

— Eu agradeço, mas é uma hora ruim mesmo assim.

— Você parece tenso, cansado e desanimado. Sinto muito. Já fomos amigos.

Quando ele não respondeu, ela olhou para fora da lanchonete, soltou um suspiro que fez os seios fartos se erguerem e caírem.

— Acho que não éramos amigos, e talvez isso seja culpa minha. Andei pensando muito desde que você me humilhou para o meu próprio bem.

— Não quero falar sobre isso.

— É fácil para você dizer, já que não era você parado lá, pelado.

Roland sentiu que estava ficando excitado e pediu desculpas silenciosas para a esposa.

— Foi um erro, e parte dele é culpa minha por não ter conversado com você. Eu sinto muito. Você também. Vamos esquecer isso.

— Não vou conseguir esquecer até saber.

— Saber o quê?

— Por que ela e não eu? É só isso. Preciso saber por que você quer ficar com Abigail Lowery e não quer ficar comigo. Não negue, todo mundo sabe que você está com ela.

Roland também queria saber, e não apenas pelo cliente. Ele vira a foto de Lowery e ela era atraente, claro. Uma graça, até bonita de uma maneira serena. Mas comparada à maravilhosa Sylbie? Ela não era nenhuma torta de cereja *à la mode*.

— Não sei o que dizer.

— Só me diga a verdade. Ela é melhor do que eu na cama?

— Pelo amor de Deus.

— Não era isso que queria perguntar. — Com um gesto impaciente, ela jogou o glorioso cabelo para trás. — Eu não ia perguntar isso, apesar de estar pensando no assunto. Só me diga alguma coisa, por favor, para eu poder entender.

— Ela me faz feliz. Quando estou com ela, sinto que estou onde deveria estar, onde eu queria estar. E tudo que importa faz sentido. Não sei por que uma pessoa se apaixona pela outra, Sylbie. Elas simplesmente se apaixonam.

— Você está apaixonado por ela.

— Estou apaixonado por ela.

Por alguns segundos, Sylbie olhou fixamente para a mesa.

— Posso tomar um gole do seu café?

— Claro.

Ela tomou o café, fez uma careta e pousou a xícara na mesa.

— Você sempre toma café doce demais.

— É um mau hábito.

— Você me amava?

— Eu queria você. Houve uma época em que te desejei tanto que parecia que iria morrer de fome se não a tivesse. Da primeira vez, a gente era novo demais para saber. Da segunda? Talvez nós dois estivéssemos tentando saber. Eu não conseguia fazer você feliz. Você não podia me fazer feliz. E nada que realmente importava fazia sentido.

— O sexo fazia.

Ele riu um pouco.

— Está bem, você está certa nisso. Mas sexo, mesmo um bom sexo, não pode ser o começo, o fim e todo o resto numa relação.

— Achei que tivesse percebido isso depois do meu primeiro divórcio, mas acho que não. E o segundo... Nunca quis ser o tipo de mulher com dois divórcios nas costas.

Ela se virou para olhar pela larga janela.

— Mas sou.

— Talvez você devesse encarar como dois casamentos. Sempre achei que as pessoas que tentam se casar mais de uma vez são otimistas.

— Otimistas. — Com uma leve risada, ela empurrou o café do delegado para longe. — Soa melhor que idiota.

— Você não é uma idiota, Sylbie.

— Estou meio que envolvida com o Grover.

— Você... Ah. — Brooks pegou o café e tomou um gole. — Bom.

— Eu sei. Ele não é do tipo que eu costumo querer. Não é bonito e é meio pançudo. Mas é muito doce. Você também era, mas eu não percebi. Estou percebendo a doçura dele. Não estamos dormindo juntos ainda, mas me sinto bem quando estou com ele. Me sinto melhor comigo mesma. Acho que somos amigos de uma maneira que eu e você nunca fomos.

— Isso é bom.

— Ele me faz feliz, e eu não esperava isso. Acho que vou descobrir se posso continuar feliz.

— Espero que possa.

— Eu também. — Ela se levantou. — Não sei se estou pronta para dizer que espero que seja feliz com Abigail Lowery, mas estou quase lá.

— Já é um começo.

— Vejo você por aí.

Ela saiu, rebolando. Roland decidiu que devia pensar mais naquele caso, mas, como terminara a torta, tinha que fazê-lo em outro lugar. De qualquer maneira, Gleason estava indo embora, deixando o pagamento pelo café na mesa.

Talvez o investigador dirigisse até a casa de Lowery para entender melhor o panorama.

Fazendo um intervalo, Abigail analisou algumas receitas da internet. Aquilo afastava as preocupações. Quase afastava as preocupações. Ela sabia que Brooks iria querer conversar sobre o que havia acontecido quando chegasse. Tinha medo do que ele achava que deveria acontecer.

Então trabalhou, botou as roupas para lavar, trabalhou, tirou as ervas daninhas do jardim, trabalhou, procurou novas receitas. Parecia não conseguir se acalmar, se esforçando para se concentrar em uma única tarefa até terminá-la.

Aquilo não era típico dela.

Queria que ele chegasse.

Queria ficar sozinha.

Queria saber o que realmente queria. Odiava aquela indecisão, aquela ansiedade que a carcomia. Não era produtiva.

Quando o alarme soou, virou a cadeira, certa de que contar a história a Brooks — contar a qualquer pessoa — havia trazido os Volkov à sua porta.

Ilógico. Na verdade, ridículo, admitiu. No entanto, seu coração acelerou enquanto observava o homem de boné no monitor.

357

Uma boa câmera, notou. Botas que haviam sido bem usadas. Uma mochila.

Um trilheiro ou turista que havia entrado em sua propriedade, apesar das placas. Provavelmente era isso.

Quando ele sacou os binóculos e os voltou para o chalé, sua ansiedade aumentou.

Quem era ele? O que estava fazendo?

Aproximando-se. Ainda mais.

Ele parou outra vez, analisou o terreno com os pequenos binóculos, virando-os até Abigail sentir que encarava uma das câmeras. E então continuou, fechando o círculo.

O homem tirou o boné e esfregou o cabelo, antes de tirar uma garrafa d'água da mochila e beber grande parte dela. Pondo a mão no bolso, ele sacou uma bússola, deu um passo, tropeçou. Mexeu na bússola, deixou-a cair. Abigail viu a boca do homem se abrir enquanto pulava para pegá-la e a arrancava do chão.

Ele a sacudiu, ergueu o rosto para o céu, depois se sentou no chão e baixou a cabeça até os joelhos.

Ficou assim por vários segundos, até se levantar. Limpou o rosto e continuou andando até o chalé.

Depois de conferir a arma, Abigail levou o cachorro para fora de casa e deu uma volta pelo terreno.

Ela podia ouvi-lo chegar. Não havia nada de sutil na chegada dele, pensou. O homem murmurava para si mesmo, respirando ofegante, rapidamente. Da lateral da estufa, ela o viu aparecer e o ouviu dizer, de forma muito clara:

— Graças a Deus! — enquanto andava diretamente para a porta dos fundos da casa.

Ele bateu, enxugou o suor do rosto e esperou. Bateu de novo, com mais vontade.

— Olá! Tem alguém aí? Por favor, que haja alguém em casa.

Ele andou pela varanda, tentando enxergar o interior do chalé.

E ela surgiu, com o cachorro ao seu lado.

— O que você quer?

Ele pulou como um coelho assustado, virando-se.

— Caramba, você me assus... — Os olhos dele se arregalaram quando viram a arma, e suas mãos imediatamente se ergueram. — Caralho, não atire. Estou perdido. Me perdi. Só estou procurando o caminho para voltar ao meu carro.

— O que está fazendo na floresta, na minha propriedade? Existem placas bastante visíveis na entrada.

— Desculpe. Desculpe. Eu estava tirando fotos. Sou fotógrafo. Só ia tirar algumas fotos, dar uma olhada no lugar e me distraí, fui mais longe do que deveria. Desculpe, eu não deveria ter ignorado as placas de "Propriedade Particular". Pode chamar a polícia. Só não atire em mim. Meu... Meu nome é Roland Babbett. Estou ficando na Pousada das Ozarks. Pode conferir.

— Por favor, tire a sua mochila, ponha no chão e se afaste.

— Está bem, claro.

Ele não estava com uma arma. Ela o vira dar a volta e teria visto. Mas talvez tivesse uma arma na mochila.

— Pode ficar com a mochila — disse ele, quando a pôs no chão. — Minha carteira está aí. Pode ficar com o dinheiro.

— Não quero o seu dinheiro.

— Escute, escute, eu me perdi. Deixei minha bússola cair e ela quebrou. Vi o chalé com os binóculos quando analisei a região. Só vim pedir ajuda. Chame a polícia.

— Onde você deixou o seu carro?

— Se eu soubesse, não estaria perdido. Não estou querendo ser espertinho — acrescentou ele, imediatamente. — Saí de Bickford, andei para o sul por cerca de um quilômetro e meio e estacionei. A luz estava muito boa, assim como as sombras. Eu queria tirar umas fotos. Fotografias só — disse ele, com outro olhar cuidadoso para a arma.

— Você deveria respeitar propriedades particulares.

— A senhora está certa. Eu realmente sinto muito.

Ela apontou.

— Se for para lá, vai chegar à estrada. Vire à esquerda. Vai encontrar o seu carro daqui a uns duzentos metros.

— Está bem. Obrigado. Eu só vou...

— Leve a sua mochila — pediu ela, quando ele começou a descer da varanda.

— Está bem. — Ele a pegou, ergueu os olhos até o rosto da moça, até a arma, o cachorro e de volta para o rosto dela. — Obrigado.

— De nada.

Ela viu o homem se afastar com bastante pressa, até desaparecer. De volta à casa, continuou observando-o pelo monitor enquanto ele subia quase correndo até a rua principal, lançando olhares por sobre o ombro a cada cinco minutos.

Ela o havia assustado. Bom, ele a assustara. Imaginou que estavam quites.

ROLAND SABIA EXATAMENTE onde seu carro estava estacionado.

Não esperara as armas. Também não esperara as câmeras. Ele sabia que a moça tinha um sistema de segurança, que incluía câmeras em torno da casa. Mas ninguém mencionara que ela as havia colocado na floresta também.

Se não tivesse visto uma delas, teria estragado o disfarce.

Ela aceitou a história do trilheiro perdido e assustado. Por que não aceitaria? Ele *realmente* ficara com medo. Ela segurara a Glock como alguém que sabia como usá-la. Como alguém que a usaria.

Teve que admirar a postura dela, agora que não estava do lado errado da situação.

E o cachorro. Ele sabia sobre o cachorro, mas, *caralho*, era um bicho enorme.

E as trancas na porta dos fundos. As melhores que existiam, pensou, enquanto jogava a bolsa da câmera no banco traseiro. Ele era muito bom com trancas, mas nunca conseguiria passar por aquelas. Observação útil, já que também não conseguiria passar pelas câmeras — não sem muito equipamento.

Tanta segurança? Era exagero.

O caso havia acabado de ficar mais interessante. Uma pessoa com aquele tipo de sistema de segurança, com aquele cachorro, com aquela arma, com aquele comportamento?

Ela devia ter algo a esconder. E ele adorava descobrir o que as pessoas queriam esconder.

# 24

BROOKS ENTROU NA COZINHA UM BUQUÊ CARREGADO DE MARGARIDAS brancas, com lindos centros amarelos, e um osso para Bert.

— Você me trouxe flores de novo.

— Meu pai leva flores para minha mãe uma ou duas vezes por semana. Descobri que é porque elas a fazem sorrir, assim como você está sorrindo agora.

— Fiquei com medo de as coisas não estarem bem quando você chegasse hoje, de tudo parecer estranho ou incômodo. E você me trouxe margaridas.

— Então você pode parar de se preocupar.

Ela pegou um vaso, desejou ter um jarro bonito e jurou comprar um da próxima vez que fosse à cidade.

— Sempre que chego, alguma coisa está cheirando bem aqui, além de você.

— É o alecrim — disse ela, enquanto arrumava as flores. — Tem um aroma delicioso. Encontrei uma receita de frango nova que queria experimentar.

— Fico extremamente feliz em ser a sua cobaia.

— Deve combinar bem com o Pouilly-Fumé.

— Já que está dizendo.

Ele pôs o cabelo da moça para trás, depois se presenteou com um leve roçar do nariz no pescoço dela.

— Como foi o seu dia?

— Eu estava inquieta e distraída, mas terminei parte do trabalho. E fui interrompida por um trilheiro perdido, um fotógrafo. Não consigo entender por que as pessoas não respeitam limites. Há tanto terreno aberto ao público; não é preciso entrar numa propriedade particular.

— A grama do vizinho é sempre mais verde. Ele veio até a sua casa?

— Veio. Fez o alarme disparar e eu o vi pelo monitor. Ele derrubou e quebrou a bússola que carregava e, aparentemente, viu o chalé pelo binóculo.

Brooks parou de servir o vinho.

— Binóculo?

Ela conferiu o frango.

— É. Eu me perguntei se ele tinha visto a câmera por ele, mas, aparentemente, estava apenas procurando o caminho certo ou algum tipo de ajuda. Fui lá para fora, dei a volta na estufa e surgi por detrás dele.

— Você foi lá fora com um cara estranho no seu terreno?

— Eu sei cuidar de mim mesma. Venho fazendo isso há algum tempo, lembra? Ele estava sozinho. Eu estava com a minha arma e com o Bert. Ele bateu, chamou por alguém. E ficou muito nervoso quando apareci com a arma.

Brooks terminou de servir o vinho e tomou um longo gole.

— É, deu para ver.

— Não me importei com o fato de tê-lo assustado. Ele não devia ter entrado numa propriedade particular. Eu o interroguei rapidamente, depois dei indicações para o local onde ele havia deixado o carro, caso tenha me explicado corretamente. Ele foi embora rapidamente.

— Uma mulher armada e com um cachorro enorme? Ele teria sido um idiota se não tivesse feito isso. O que estava fazendo aqui?

— Fotografando. Disse que o nome dele era Roland Babbett e que estava ficando no hotel dos Conroy.

— Isso é fácil de conferir. — Brooks pegou o celular. — Como ele era?

— Tinha trinta e poucos anos, entre 1,70 e 1,75 de altura e cerca de 77 quilos. Tinha a pele mais ou menos morena, cabelo castanho claro, olhos castanhos e o queixo proeminente. Usava um boné marrom do Greenpeace, uma camiseta preta com o nome da banda R.E.M., bermuda cargo cáqui e botas de caminhada. Tinha uma mochila azul-marinho e uma Nikon pendurada no pescoço. A fita que a segurava tinha símbolos da paz de diversas cores.

— É, você teria sido uma boa policial — respondeu Brooks. — Eu vi esse cara na lanchonete mais cedo. Torta de cereja *à la mode*.

— O que isso significa?

— Nada. Só estou curioso. Que horas ele chegou aqui?

— O alarme tocou às 16h18.

— É, isso é estranho. Eu vi o cara na lanchonete perto das 16h. Menos de meia hora depois, ele estava aqui.

A mão dela apertou a base da taça com mais força.

— Você acha que eles me encontraram.

— Querida, ele parecia ser da máfia russa? E seria do estilo deles mandar um cara para investigar a floresta?

— Não. — Os ombros dela relaxaram. — Ele não estava armado. Pelo menos, não estava carregando uma arma. Os Volkov não teriam mandado um único homem desarmado para cá.

— Acho que podemos ter certeza disso.

Mas ele queria ser cuidadoso, por isso digitou um número no teclado do celular.

— Oi, Darla, tudo bem? É. Essas gripes de primavera pegam a gente de jeito. Descanse. É, é aquela época do ano, eu sei. Escute, vocês têm um hóspede chamado Roland Babbett registrado aí? Sem problema. Entendi, hummm. Vocês aceitam todo mundo, não é? É. — Ele virou os olhos para Abigail. — É, Roland Babbett. Em que quarto ele está? Bom, Darla, não sou qualquer um. Sou o delegado. Só estou seguindo uma pista. Você sabe que posso ligar para o Russ e perguntar. Entendi. É mesmo? Hummm. Não, não é nenhum problema. Só rotina. Cuide dessa gripe, está bem? Tchau.

Ele pegou o vinho outra vez.

— A Darla costuma enrolar um pouco. Ele está lá mesmo. Pediu um quarto — na verdade, exigiu — bem do lado da suíte Ozarks.

— A que Justin Blake e os amigos vandalizaram?

— Isso mesmo. Não é curioso que eu tenha visto Babbett na cidade, que ele tenha vindo até aqui, com uma câmera e um binóculo, e esteja ficando bem nessa suíte?

— Pode ser coincidência, mas parece planejado.

— "Planejado" é uma boa palavra. Planejado por Blake. — Encostando o quadril no balcão, ele pegou sua taça de vinho. — Quer apostar que, se eu investigar um pouco, vou descobrir que Roland Babbett é um detetive particular muito caro?

— Acho que ganharia a aposta. Quando viu a câmera, pensou muito rápido e fingiu que estava perdido. — E a enganou, pensou ela, com uma irritação considerável. — Mas não sei o que ele conseguiu ao vir aqui.

— Um pouco de informação. Ele veio ver onde você mora, sondar um pouco o terreno. Teve alguma sorte hoje; viu uma das suas câmeras e aproveitou a oportunidade para entrar em contato. Foi a mesma coisa quando fui tomar um café e ele estava na lanchonete. Ele ficou lá sentado, comendo uma torta, dando uma boa olhada e... merda.

— Não entendi.

— Aposto que tem ouvidos treinados também. Aposto que ouviu cada uma das palavras que eu disse para a Sylbie. Nem ia falar nisso — acrescentou Brooks, quando Abigail não disse nada. — E agora percebi que isso seria errado porque, eu acho, foi uma conversa importante. E você foi mencionada.

— Você falou com ela sobre mim?

— E esse tom de voz e esse olhar eram as razões para eu não te contar.

— Não sei o que quer dizer. — Ela se virou para colocar no fogo as vagens que havia comprado no início da semana e já preparara. — Não fiz nenhum tom de voz.

— Daria para destruir uma parede com ele. Não que eu me importe. — Ele não se preocupou em esconder o sorriso enquanto dava um leve cutucão na lombar dela. — É praticamente um elogio.

— Eu não ficaria feliz com isso. Não me importo com o fato de você ter conversado sobre mim com a sua antiga... amizade.

— Sylbie e eu nunca fomos amigos. Ela entrou quando eu estava tomando café e se sentou. Em parte para pedir desculpas pelo incidente, que vamos chamar de infeliz, de março. E em parte para fazer uma pergunta. Ela queria saber por que você e não ela.

Pensando, Abigail tirou o frango do forno.

— É uma pergunta legítima, do ponto de vista dela. Foi isso que você pensou. Do meu, é tanto estranha quanto irritante. Uma mulher com aquela beleza deve estar acostumada a conseguir todos os homens que quer e provavelmente não me vê com os mesmos olhos, e está certa. Mas, por mais que isso seja verdade, ainda é incômodo. Você está feliz porque estou incomodada, e isso só me incomoda mais.

— Antes que você fique realmente irritada, não quer saber o que eu disse a ela?

— O que você disse numa conversa particular não é da minha conta. — Abigail tirou os pratos do armário e os pôs na mesa bruscamente. — Está bem, quero saber.

— Eu disse a ela que, quando estou com você, me sinto bem. Sinto como se estivesse no lugar em que deveria estar. Tudo faz sentido. Disse que eu não sei por que uma pessoa se apaixona por outra. Ela simplesmente se apaixona.

Ela se virou, olhou nos olhos dele.

— Você disse a ela que me ama.

— Disse, porque amo.

— Estou menos incomodada.

— Ótimo. Estamos seguindo na direção certa. Eu não queria ter essa conversa com a Sylbie, mas, depois que tive, percebi que foi bom. Acho que nós nos entendemos melhor agora, e isso vai tornar as coisas mais fáceis para os dois.

— Seria mais fácil para mim se ela não fosse tão atraente. E isso é ser mesquinha. Não gosto de ser mesquinha nem superficial.

— Como cresci com duas irmãs, posso dizer com certeza que ela deve estar pensando a mesma coisa sobre você. Mas o que queria dizer é que Roland Babbett ouviu muita coisa interessante.

— Nada disso tem a ver com as acusações contra Justin Blake, se Babbett for realmente um detetive particular trabalhando para o pai dele.

— Não, mas é combustível. Assim como o fato de você carregar uma arma e ter um sistema de segurança de primeira. Os documentos que você inventou vão segurar o cara?

— Meus documentos e meu histórico acessível passam por uma checagem padrão da polícia. Não haveria motivo para questioná-los.

— Um detetive não é um policial — lembrou Brooks.

— Acredito que aguentariam mesmo uma análise mais profunda. Nunca tive problema nenhum.

— Já foi presa e levada para interrogatório?

— Não, mas meu histórico costuma ser analisado por meus clientes antes do fechamento do contrato. Devido à natureza sensível do meu trabalho e ao valor cobrado, meus documentos e referências são conferidos de forma profunda por todos os clientes novos.

— Isso é bom. — Satisfeito, ele fez que sim com a cabeça. — É bom saber. A minha questão, e é só uma suspeita por enquanto, é que esse tal de Babbett não está trabalhando para um cliente que quer contratar você, mas para alguém que quer saber dos seus podres, de alguma coisa que possa usar para desacreditar ou ameaçar você.

— Ele teria que ser muito talentoso e muito determinado.

— Talvez seja melhor tomarmos algumas precauções.

— Você poderia intimidá-lo. Tem a autoridade e as armas para isso. Poderia confrontá-lo, intimidá-lo e fazê-lo ir embora.

— Talvez, mas isso é o tipo de coisa que provavelmente só deixaria o cara mais curioso depois que fosse embora. A não ser que eu tenha alguma outra arma.

— Não quero ir embora.

— Não vamos deixar isso acontecer.

Ela odiava aquele problema novo, aquela complicação adicional que não tinha nada, *nada*, a ver com os Volkov.

— Se eu tivesse ficado na casa, se eu não tiver atendido à porta ou simplesmente passado as indicações para ele...

— Não acho que teria feito muita diferença. Ele está num caso. O que vamos fazer... Ou melhor, você, porque é melhor e mais rápida nisso, é descobrir o que puder sobre ele. Veja que tipo de homem vamos ter que enfrentar. Enquanto isso, vou pegar uma das suas câmeras emprestada.

— Por quê?

— Por precaução. O Departamento de Polícia de Bickford pode pegar parte do seu equipamento emprestada por um ou dois dias?

— Pode. — Ela tirou o molho de chaves do bolso. — Pegue o que quiser.

— Obrigado. Vou pedir para o Ash ou o Boyd vir até aqui pegar, se você não se importar. Preciso dar alguns telefonemas para montar o esquema da precaução.

— Está bem. Tenho que terminar o jantar. — Ela esperava que aquilo a acalmasse. — Não quero cozinhar demais os legumes.

Abigail tinha que fazer alguma coisa, continuar fazendo alguma coisa, para que o pânico não a tomasse. Se fizesse as tarefas costumeiras — e acrescentasse tomilho fresco e manteiga à vagem, regasse o frango com molho madeira e o distribuísse nos pratos, junto com as batatas assadas —, poderia manter a ilusão de normalidade.

A moça preparou e serviu uma ótima refeição, mas mal conseguiu engolir alguns bocados.

Tinha um plano emergencial. Sempre tinha. Todos os documentos que precisava para a identidade seguinte estavam dentro do quarto do pânico, trancados. Esperando.

Mas ela não queria usá-los, não queria se tornar outra pessoa de novo. Aquilo significava que teria que lutar para proteger quem era agora. O que tinha agora.

— Mesmo que esse detetive seja muito talentoso e determinado, ainda assim vai levar tempo para invalidar meus documentos e meu histórico — começou ela. — Preciso de mais tempo para planejar e organizar qualquer tipo de contato com a agente especial Garrison.

— Ela mora em Chicago?

— Eu queria alguém de Chicago, a base dos Volkov. Ela teria mais motivos para ir atrás deles e mais acesso à família. A resposta dela seria mais rápida, depois que aprendesse a confiar na minha informação.

— Foi uma boa ideia.

— Mas, a não ser que consiga pensar numa alternativa, se eu fizer contato direto, ela será obrigada a me prender. Se isso acontecer, não acho que terei tempo nem chance de limpar meu nome antes que seja eliminada.

Ele estendeu os braços e pegou ambas as mãos da moça.

— Você não vai ser presa e com certeza não vai ser eliminada. Olhe para mim. Vou fazer o que for preciso. E já pensei em algumas alternativas e métodos.

— Pensei em mandar um e-mail para a conta pessoal da agente especial Garrison dizendo quem eu sou, contando toda a história, todos os detalhes. Posso enviá-lo de forma que passe por vários servidores, como faço com as informações que envio para ela. Seria impossível rastreá-lo.

Mas ele poderia vazar. Se essas informações caírem nas mãos erradas, os Volkov vão saber que não só eu ainda estou viva...

— Ilya Volkov viu você. Eles sabem que você está viva.

— Eles sabem que eu estava viva cinco anos atrás em Nova York. Eu posso ter sofrido um acidente ou contraído uma doença terminal.

— Está bem. É uma possibilidade mínima, mas entendi.

— Também vão saber que acessei as contas e os arquivos eletrônicos deles e que passei a informação para o FBI. Naturalmente, tomariam medidas para bloquear meu acesso, o que me exigiria tempo e esforço a mais. Eles também tomariam muito mais cuidado com o que põem em e-mails e arquivos eletrônicos. Para piorar, ficariam muito irritados e aumentariam os esforços para me localizar e me eliminar. Eles têm técnicos em computação muito talentosos. Parte da renda deles vem de fraudes e esquemas digitais e de roubo de identidade.

— Você é melhor que os técnicos deles.

— É, sou, mas também tive muito tempo para analisar e programar, para hackear firewalls, evitar alertas de segurança... Com um sistema mais recente e seguro, poderia demorar muito para fazer isso de novo. No lugar deles, eu deixaria armadilhas. Se eu cometesse um erro, eles poderiam me localizar. O tempo, mais uma vez, é importante. Se e quando eu entrar em contato com o FBI, o processo de prisão de Keegan e Cosgrove, de identificação de outros infiltrados, de prisão de Korotkii e de Ilya... Tudo isso teria que acontecer muito rápido.

— Como uma fila de dominós caindo — sugeriu ele.

— É, mais ou menos isso. Instituições burocráticas, em geral, não operam de maneira rápida. E, para que o processo possa começar, a agente e os superiores dela teriam que acreditar em mim.

— E vão acreditar.

— A palavra de uma fugitiva, suspeita, pelo para menos algumas pessoas, de assassinato ou de causar a morte de dois subdelegados federais. Contra a palavra de dois outros subdelegados, um dos quais foi condecorado e promovido.

Brooks cobriu a mão inquieta da moça com a sua.

— A palavra de uma mulher que, aos 16 anos, entregou de bandeja para a polícia um dos maiores assassinos da máfia. Foram eles que estragaram tudo.

— A sua opinião é suspeita porque você me ama.

— Eu amo você, mas tenho um bom instinto. Você acha que o FBI, o Serviço de Delegados dos Estados Unidos e o Departamento de Polícia de Chicago não se esforçariam para acabar com a família Volkov? Eles vão aceitar você, Abigail.

Ela fez um esforço para não tirar as mãos das dele.

— Está me pedindo para confiar minha segurança a eles?

— Não. Estou pedindo que confie em si mesma e em mim.

— Acho que posso fazer isso.

— Então precisamos, primeiro, de um representante.

— Não entendi.

— Alguém que fale por você, que faça contato e abra a porta para negociações.

— Você não pode...

— Não — concordou ele, antes que ela terminasse de falar. — Não posso. Estou próximo demais de você, emocional e geograficamente. Vão investigar a nossa ligação. Mas não teriam por que associar você ou a mim ao meu ex-capitão, na polícia de Little Rock.

— Eu não o conheço.

— Eu conheço. Me escute. É o capitão Joseph Anson. Pode fazer uma pesquisa sobre ele. É um policial correto, condecorado, com 25 anos na polícia. Tem esposa e dois filhos. Só se casou uma vez. Era um bom chefe e é um policial inteligente. Segue as regras, mas não tanto que não possa pular algumas páginas do código se achar que é a coisa certa a fazer. Tem a confiança e o respeito do departamento porque é confiável e respeitável. E tem coragem.

Ela se levantou e andou até a janela para pensar na possibilidade. Um representante era uma boa ideia, manteria uma proteção razoável. Mas...

— Por que ele iria acreditar em mim?

— Ele vai acreditar em mim.

— Mesmo que acreditasse, por que a agente especial Garrison acreditaria nele?

— Por causa do histórico dele, dos serviços que prestou, porque é honesto. Porque não teria nenhum motivo para mentir. Ele ainda tem alguns anos até completar trinta de serviço, até se aposentar. Por que arriscaria tudo mentindo para o FBI?

Ela fez que sim com a cabeça, entendendo a lógica.

— Mas por que ele se arriscaria e se envolveria nessa situação?

— Porque é um bom homem e um bom policial. — Brooks se levantou e foi até ela. — Porque já criou duas filhas, e se não imaginar as meninas no seu lugar, eu vou fazer com que imagine.

— Você está me pedindo para confiar em um homem que não conheço e nunca conheci.

— Eu sei e não ache, nem por um segundo, que não sei o quanto estou pedindo. Se não puder fazer isso, vamos dar outro jeito.

Ela se virou para a janela outra vez. O jardim estava indo muito bem. A vida correra de forma muito tranquila no último ano. No entanto, nada realmente florescera até que ela abrira a porta para Brooks.

— Você confiaria a sua vida a ele?

— Eu realmente estaria confiando. Você é minha vida agora.

— Meu Deus... Você diz isso e eu sinto que morreria se perdesse o que encontrei em você. Você me faz querer arriscar a tranquilidade, Brooks, e eu achei que tranquilidade fosse tudo que eu sempre quis.

— Você não pode continuar fugindo, Abigail. — Pegando-a os ombros, ele a virou para que o encarasse. — Não pode continuar se fechando, se escondendo.

— Achei que pudesse, mas não, não posso. Não agora. Como vai fazer isso?

— Vou até Little Rock. Não podemos nos arriscar a ligar ou mandar um e-mail. Tem que ser cara a cara, não só para não deixar traço de nada, mas também porque Anson é o tipo de homem que gosta de um papo cara a cara. Posso chegar lá em até duas horas, começar o processo e voltar amanhã de manhã.

— Hoje?

— Para que adiar isso? Posso garantir que temos um detetive trabalhando no laptop agora, investigando. Temos uma vantagem, por que desperdiçar? — Ele se levantou. — Pegue o seu laptop ou o iPad. Faça a pesquisa sobre o capitão. Se não ficar satisfeita, voltamos atrás.

— Quer que eu vá com você?

— Sempre. Mas, nesse caso, quero que ele veja você, ouça você. Quero que conte a ele o que me contou. Você está com medo. Não te culpo por isso. — Ele pegou os braços dela. — Quer mais tempo para analisar, calcular, pensar nos detalhes. Mas não foi isso que fez quando saiu da casa de proteção à testemunha. Não foi o que fez quando perseguiram você em Nova York. Você seguiu o seu instinto e derrotou todo mundo.

— Vou levar uma outra identidade e dinheiro. Minha mala. Se isso der errado, não posso voltar.

— Se der errado, eu vou com você.

— Eu sei que está sendo sincero agora...

— Agora é o que temos. Pegue tudo que acha que vai precisar.

— Quero levar o Bert.

Brooks, então, sorriu.

— Eu não pensaria em outra cosia.

ELE DIRIGIA O CARRO DELA. Os vizinhos não falariam nada sobre uma SUV na garagem de Anson, mas se lembrariam de um carro da polícia de Bickford se um policial fizesse perguntas mais tarde.

Enquanto Brooks dirigia, Bert fez o que cachorros fazem em carros: pôs a cabeça para fora da janela com um sorriso bobo no rosto. Abigail trabalhava no laptop.

— O capitão Anson tem um histórico excelente.

— É um bom policial.

Vantagem ou desvantagem, pensou Abigail.

— Se ele concordar em ajudar, você vai saber se ele está falando a verdade?

— Vou. Confie em mim.

— Eu confio. — Ela olhou pela janela lateral, para a paisagem borrada. — Mais do que já confiei em alguém em doze anos. Se isso der certo e outras pessoas acreditarem em mim, virão prisões, julgamentos, meu depoimento. E vão haver repercussões. Tem que entender isso.

— Poderíamos deixar as coisas como estão, deixar para lá. Mas nós dois, acho que nós dois nunca nos sentiríamos bem com isso. Estaríamos seguros, mas nunca nos sentiríamos bem.

— Estar segura foi o bastante por muito tempo. — Ela olhou de volta para ele, ainda impressionada com o modo como uma única pessoa podia ter mudado tudo. — Agora não é mais. Mesmo assim, não vai ser o bastante para acabar com os Volkov; só vai causar danos a eles. Para ficarmos bem, seguros, temos que destruir a família.

— Estou pensando em como fazer isso.

— Tenho algumas ideias. Mas nem todas são completamente legais.

Ela observou o sorriso se espalhar pelo rosto dele.

— Isso não me surpreende. No que está pensando?

— Venho trabalhando numa coisa, mas tenho que refiná-la. É algo técnico.

Ele olhou para ela e para o laptop.

— Uma coisa de nerd.

— Acho que sim. É, uma coisa de nerd. Se fizermos isso, vou levar mais tempo e me esforçar mais para completar os programas que venho desenvolvendo. Enquanto isso e, mais uma vez, se o seu capitão concordar, você vai ter que se decidir sobre a comunicação. Quando ele entrar em contato com o FBI, vão começar a rastrear as ligações dele.

— Vamos parar no caminho e comprar celulares pré-pagos. Isso deve resolver a situação por enquanto.

— Deve.

Ele estendeu a mão e a pôs rapidamente sobre as dela.

— Vamos dar um jeito.

Ela acreditava nele. Não fazia sentido nenhum, desafiava toda a lógica, mas ela ainda acreditava nele.

Os nervos de Abigail ficaram em pandarecos quando Brooks entrou numa rua calma de um bairro bonitinho. Velhas árvores folhosas, gramados verdejantes, luzes brilhando nos vidros das janelas.

O capitão Anson poderia tentar prendê-la ali mesmo. Poderia insistir em entrar em contato com os federais.

Ele poderia não estar em casa, o que seria anticlimático e muito estressante.

Poderia...

— Relaxe — pediu Brooks, parando em frente a uma casa de dois andares, bem-cuidada, com uma garagem geminada e um lindo bordo avermelhado no jardim da frente.

— Não consigo.

Ele se virou para encará-la.

— Vamos ou não vamos, Abigail? A escolha é sua.

— Vamos, mas não consigo relaxar.

Se tivesse que fugir, ela não permitiria que ele fugisse com ela. Não permitiria que ele desistisse da vida, da família, do mundo dele. Tinha outro molho de chaves na bolsa e podia sair e fugir, se fosse necessário. Caso isso acontecesse...

— Seja lá o que aconteça, preciso que você saiba que as últimas semanas foram as melhores da minha vida. Estar com você me fez mudar. Nada vai ser igual na minha vida, e fico feliz por isso.

— Vamos vencer essa parada e vamos começar agora.

— Está bem.

Ela ordenou que Bert ficasse e saiu do carro.

Depois que deu a volta, Brooks pegou a mão de Abigail. Ela fez o que pôde para se concentrar naquele contato, enquanto o coração começava a bater forte em sua boca.

Luzes brilhavam na janela, e a moça podia sentir o aroma da primavera e do verão que se avizinhava: a grama, as hortênsias, os craveiros, algumas rosas... Ela sentiu a ansiedade aumentar, um peso em seu peito, e fechou os olhos por um segundo enquanto Brooks batia à porta.

O homem que a atendeu tinha ombros largos e um cabelo negro com muitos fios brancos nas têmporas. Usava bermuda cáqui e uma camisa polo azul, além de óculos de leitura presos ao bolso pela haste.

Tinha os pés descalços e, vindo de algum lugar atrás dele, Abigail ouviu a narração de um jogo.

Os olhos do capitão eram de um azul frio, até que um sorriso explodiu em seu rosto.

— Puta que pariu. O delegado Gleason veio me visitar.

— É bom ver você, capitão.

— Puta que pariu — repetiu Anson, abraçando Brooks com apenas um braço enquanto analisava Abigail. — Vai me apresentar a moça?

— Abigail Lowery, capitão Joe Anson.

— É um prazer, Abigail. Cara, a Nadine vai ficar muito chateada por não ter visto você. Ela levou a mãe para uma viagem, um spa ou coisa assim, para comemorar o aniversário dela. Só vai voltar no domingo. Bom, entrem.

A sala de estar parecia confortável, pensou Abigail, muito usada e aconchegante, com fotos de família numa prateleira e vasinho de plantas na janela.

— Eu estava vendo o jogo no escritório. Vou desligar a TV.

— Desculpe interromper, aparecer assim.

— Não precisa. É a minha segunda noite sozinho. Estava entediado pra caralho.

Ele entrou numa saleta que dava para a sala de estar. Segundos depois, o som foi desligado e um velho labrador seguiu Anson de volta.

— Ele não vai machucar você — disse Anson a Abigail.

— Eu gosto de cachorros. Ele tem cara de ser muito inteligente.

— O Huck sempre foi. Está quase cego agora e praticamente surdo, mas ainda é esperto. Por que não vamos até o salão e nos sentamos? Como está o seu pai, Brooks?

— Bem. Muito bem.

— Que ótimo. E o trabalho?

— Eu gosto, capitão. Gosto de onde estou e de quem eu sou lá.

— Ele é um bom policial — afirmou Anson a Abigail. — Odiei perder o cara. Que tal uma cerveja?

— Eu não recusaria.

— Eu recusaria — disse Abigail, notando que a verdade soava grosseira. — Quer dizer, prefiro um copo d'água.

— Claro. Tenho limonada também. Não está ruim.

— Seria ótimo, obrigada.

Seguindo a indicação de Anson, eles se sentaram numa sala próxima da grande cozinha americana. Nos fundos, portas de vidro largas levavam a uma varanda, onde ela viu o que supôs ser uma enorme churrasqueira sob uma lona e várias cadeiras e mesas.

Anson pegou as bebidas e o cachorro foi até ela, cheirou-a e pousou a cabeça no joelho de Abigail.

Ela acariciou a cabeça e as orelhas do cão.

— Se ele incomodar você, mande ele sentar.

— Ele não está me incomodando.

— A Abigail tem um cachorro. É ótimo. O Bert; está no carro.

— E por que vocês deixaram o coitado lá? Vá buscar o pobrezinho. Vamos lá para fora, deixar os dois se conhecerem e brincarem.

— O Bert adoraria. Se não se importar mesmo, vou pegá-lo. Pedi que ele ficasse lá, então ele não vai sair se o Brooks chamar.

— Pode ir buscá-lo. Dê a volta. O portão lateral fica à esquerda.

— Obrigada.

Quando ela saiu, Anson entregou a cerveja a Brooks e apontou com o polegar para a porta de vidro.

— O que houve, Brooks? — perguntou Anson quando os dois saíram.

— Muita coisa.

— A sua namorada disfarça bem, mas está tão nervosa que parece que vai explodir.

— Ela tem razão para isso. Convenci a Abigail a vir até aqui, falar com você, porque ela precisa de ajuda. E porque estou apaixonado por ela.

Anson suspirou, tomou um longo gole de cerveja.

— Em que tipo de problema ela se envolveu?

— Quero que ela conte e preciso que você escute. Até o fim. Conto com você, capitão.

— Ela não é daqui nem da sua cidade.

— Não, mas mora em Bickford agora. E nós dois queremos que isso continue assim.

Eles ouviram o portão se fechar e se abrir. A cabeça de Huck se ergueu — não pelo som, soube Anson, mas pelo cheiro.

— Nossa, que cachorro enorme e lindo!

— Ele é muito bem-comportado — garantiu Abigail. — *Ami* — disse ela, quando Huck foi, tremendo, cheirar o recém-chegado. — *Ami. Jouer.*

Com os rabos cortando o ar, os cães se cheiraram. Huck andou até a cerca e ergueu a porta. Bert o seguiu. Depois os dois começaram a brincar.

— O Huck ainda tem muita energia.

Anson ofereceu limonada a Abigail e apontou para uma cadeira.

— O Brooks me disse que você tem uma história para me contar, Abigail.

— Tenho. Eu deveria começar dizendo que meu nome não é Abigail Lowery. Tecnicamente. É Elizabeth Fitch. Quando eu tinha 16 anos,

375

testemunhei um homem chamado Yakov Korotkii, um tenente da família mafiosa dos Volkov, assassinar o primo, Alexi Gurevich, e minha amiga Julie Masters.

Anson recostou na cadeira. Depois de um instante, olhou para Brooks.

— Você disse que muita coisa havia acontecido.

Depois virou os olhos frios de volta para Abigail.

— Por que não me conta a história toda?

# 25

ELA NÃO CONSEGUIA SABER SE ELE HAVIA ACREDITADO NELA. O ROSTO do capitão não demonstrava surpresa, dúvida nem compreensão. Assim como Brooks, ele havia interrompido a história algumas vezes para fazer perguntas, depois apenas fizera que sim com a cabeça para que continuasse.

Antes que ela terminasse, os cães voltaram pedindo carinho. Já estavam esparramados no chão, exaustos de tanto brincar, quando ela parou de falar.

— Eu me lembro de algumas coisas do que você me contou — começou Anson. — Foi uma notícia muito divulgada, especialmente entre os policiais. Dois subdelegados mortos, outro ferido, a testemunha de um duplo assassinato cometido pela máfia desaparecida. O seu nome e seu rosto apareceram em todos os jornais por algumas semanas e recebemos alguns relatórios sobre você.

— É, eu sei.

— E um mandado de busca por fugir da cena de um crime. Você era procurada para interrogatório por causa da morte dos agentes e da explosão da casa protegida.

A moça tinha as mãos unidas, quase de forma dolorosa, no colo.

— A comunicação entre agências indicava que as declarações de Keegan e Cosgrove haviam sido consideradas corretas. "Procurada para interrogatório" é apenas um artifício para me acusar por assassinato ou por cumplicidade em assassinato.

— Como você sabe o que a comunicação entre agências diz?

Sem dizer nada, Brooks estendeu a mão, enlaçou os dedos da moça, segurou a mão dela.

— Sou cientista da computação, especializada em segurança. E também sou hacker.

— E está me dizendo que pode acessar arquivos confidenciais e relatórios do Serviço de Delegados e do FBI?

— Estou. Sou muito talentosa e isso tem sido uma prioridade. Tanto Keegan quanto Cosgrove deram declarações dizendo que entraram, encontraram Terry caída na cozinha, sem a arma. Quando tentaram chamar reforço, receberam tiros de pessoas desconhecidas, e Cosgrove sofreu uma ferida. Quando Keegan respondeu, as luzes se apagaram. Keegan conseguiu levar Cosgrove para fora e avisar a base sobre o problema. Antes que pudesse voltar para buscar Terry ou para tentar encontrar a mim e ao John, a casa explodiu. Ele também afirmou que pensou ter visto alguém fugir.

— Isso resume o que eu me lembro sobre o caso — concordou Anson.

— Uma das principais teorias dizia que entrei em pânico ou que fiquei entediada e entrei em contato com os Volkov para fazer um acordo. Eles rastrearam minha localização, e eu briguei com Terry quando tentei sair. Eu, ou pessoas desconhecidas associadas aos Volkov, teria atirado em John, em Keegan e Cosgrove, e eu ou fugi no meio da confusão ou fui levada. Os assassinos explodiram a casa para cobrir possíveis vestígios. Ou eu mesma fiz isso.

— Uma menina de 16 anos que ataca dois subdelegados *e* explode uma casa. — Brooks balançou a cabeça. — Eu não acreditaria.

— Uma menina extremamente inteligente, que havia aprendido a atirar com um dos subdelegados, que havia pedido e recebido cinco mil dólares em dinheiro de seu fundo, que falsificava identidades, que havia passado o verão pensando no que aconteceria quando testemunhasse, enquanto a lei andava lentamente. — A lógica da teoria se mantinha firme para Abigail. — É razoável acreditar que essa menina tenha surtado e tentado fazer com que tudo aquilo fosse esquecido.

— Razoável — comentou Anson — quando não há nada que contradiga os depoimentos e fatos, como, por exemplo, um testemunho contraditório de uma testemunha ocular.

— Não acho que a teoria de que matei John e Terry ou de que participei do assassinato deles vai se manter — afirmou Abigail. — Mas acredito que, se for presa, isso não vai importar. Estarei morta em vinte e quatro horas. Podem fingir que foi suicídio, mas acredito que seria uma eliminação direta.

— Você aceita isso muito friamente — observou Anson.

— Tive alguns anos para pensar no que fariam comigo se pudessem.

— Por que se entregar agora?

Ela olhou para Brooks.

— Se não fizer isso, nada vai mudar. E muita coisa já mudou. Brooks me pediu que confiasse nele e, ao fazer isso, confiasse no senhor. Estou tentando.

— Ela tem passado, anonimamente, informações sobre a família Volkov para uma agente do FBI de Chicago.

— E você tem essas informações porque hackeou a rede dos Volkov? — Bufando, Anson se recostou na cadeira. — Deve ser uma hacker e tanto.

— Sou. A organização dos Volkov depende muito de computadores e eles acreditam que estão muito seguros, muito protegidos. Tem técnicos em computação excelentes — acrescentou Abigail. — Sou melhor do que eles. Além disso, o Ilya frequentemente é descuidado nessa área. Acredito que seja um tipo de arrogância. Ele usa e-mails e mensagens de texto rotineiramente, tanto para correspondência pessoal quanto para os negócios.

— Já fizeram algumas prisões com essas informações, capitão — disse Brooks.

— Quem é o seu contato no FBI?

Abigail olhou para Brooks, viu que ele fazia que sim com a cabeça.

— A agente especial Elyse Garrison.

— Por que não procurou a moça para contar a sua história?

— Se isso vazasse, e eu sei que existe pelo menos um funcionário dos Volkov infiltrado no FBI, ela poderia ser sequestrada, torturada e morta. Ou simplesmente assassinada. Poderiam usá-la para me atrair. Ninguém conseguiu ligar as informações a mim. Quando fizerem isso, a minha vida e a dela estarão seriamente em risco.

— Você quer alguém que faça esse contato por você. Alguém que não possa ser ligado a Elizabeth Fitch, pelo menos por nenhuma checagem direta.

— Alguém — continuou Brooks — com um histórico brilhante na polícia, com a posição, a autoridade e a credibilidade necessárias. Alguém em quem Garrison vai acreditar.

— E se eu acreditar nisso tudo e for para Chicago fazer o contato?

— Isso vai abrir uma porta para marcarmos um encontro entre ela e Abigail, num local que escolhermos.

— Eu poderia monitorar as conversas e os memorandos das agências para saber se tentariam criar uma armadilha ou se alguma das pessoas que acredito ou suspeito que estejam ligadas ao Volkov ficaria sabendo da reunião.

— Está ultrapassando muito os limites nesse caso. — Ele voltou os olhos frios para Brooks. — Vocês dois estão.

— Me diga uma coisa, capitão: quais você acha que são as chances de ela viver para testemunhar se for direto à polícia, apesar de todos os infiltrados e da família Volkov?

— Eu acredito no sistema, Brooks. Acredito que protegeriam sua namorada. Mas não posso condenar a moça por não acreditar. Se fosse alguém que amasse, não sei se acreditaria também.

Anson soltou um longo suspiro.

No jardim silencioso, ao som do leve ronco dos cães e do borbulhar de uma pequena fonte, Abigail se perguntou se os nervos agitados sob sua pele não soavam agudos, como unhas passando por um quadro-negro.

— Talvez a gente consiga fazer as coisas do seu jeito; acabar com Keegan, Cosgrove e os companheiros deles — começou Anson. — Talvez a gente consiga prender algumas pessoas e ferir seriamente a família Volkov. Mas e depois? Vai querer entrar para o Programa de Proteção a Testemunhas? — perguntou a Brooks. — Desistir de onde gosta de estar, de quem gosta de ser?

— Vou.

— Não — disse Abigail, no mesmo instante. — Não. Eu não teria concordado em vir aqui se achasse que isso aconteceria. Elizabeth Fitch vai encontrar a agente especial Garrison e testemunhar. Só três pessoas sabem que Elizabeth Fitch e Abigail Lowery são a mesma pessoa, e isso tem que se manter assim. Se uma ligação for feita entre as duas, eu vou desaparecer. Sei fazer isso.

— Abigail.

— Não — repetiu ela, baixinho, firme, para Brooks. — Você tem que fazer a coisa certa e precisa me proteger. Pode fazer as duas coisas. Confio que você vai fazer as duas coisas. Tem que confiar em mim. Voltarei a ser Elizabeth para isto, e depois ela vai embora. Vai desaparecer, e Abigail vai poder viver a própria vida. Sei como acabar com os Volkov de uma maneira que acho que não permitirá que se recuperem. Não tem a ver com armas, facas e sangue. Tem a ver com teclas.

— Vai acabar com eles por meio de um computador? — quis saber Anson.

Os olhos dela, calmos e verdes, encontraram os dele.

— Exatamente. Se puder fazer o que planejei e as autoridades me ouvirem e agirem, tudo isso vai acabar. Estou pondo a minha vida nas suas mãos, capitão Anson, porque o Brooks confia no senhor e o respeita inteiramente.

— Vamos entrar, tomar um café — pediu Anson, depois de alguns segundos — e conversar sobre isso.


ELA INSISTIU EM DIRIGIR na volta. Brooks mal dormira nas 36 horas anteriores e teria que trabalhar nas próximas horas. Por isso ele baixou o banco e dormiu um pouco durante a viagem.

E deu tempo a ela para rever o plano, outra vez.

Joseph Anson iria a Chicago para fazer contato. Ele não usaria nem revelaria o nome Abigail Lowery, mas diria à agente Garrison que Elizabeth Fitch tinha ido até ele, contado a história e passado o nome dela. Mencionaria também informações que Abigail já havia dado a Garrison.

Se a agente seguisse o padrão anterior, mencionaria o assunto apenas ao seu superior direto. E então o processo começaria.

Tantas coisas podiam dar errado...

Mas se dessem certo...

Ela poderia ficar com o homem que dormia ao seu lado. Poderia aprender o que fazer em churrascos. Poderia se tornar Abigail, e tudo que acontecesse a partir dali seria real.

Ela finalmente observaria o tribunal sentada na cadeira de testemunhas, olharia nos olhos de Korotkii, Ilya e Sergei Volkov e falaria a verdade. Como Elizabeth.

Não, como Liz, pensou. Pelo menos em sua mente, ela falaria como Liz, por Julie, John e Terry.

E usaria tudo que havia aprendido nos doze anos anteriores para desmantelar a organização dos Volkov.

ELE SE MEXEU QUANDO ela virou e entrou na rua que levava ao chalé.

— Andei pensando — disse Brooks.

— Achei que você estivesse dormindo.

— Um pouco dos dois. — Ele ergueu o banco de novo e esfregou o rosto com as mãos. — Andei pensando que você devia me chamar para morar com você. Já estou praticamente morando aqui — acrescentou, quando ela não disse nada. — Mas talvez você pudesse tornar oficial.

— Quer morar aqui para me proteger?

— Isso seria um benefício colateral. Outros benefícios incluiriam ter minhas coisas por perto, certo espaço no armário e nas gavetas e fácil acesso ao sexo. Tudo isso são benefícios, mas a principal razão para eu querer vir morar aqui é o fato de eu amar você e querer ficar com você.

Ela ficou sentada por um instante, olhando para o chalé. Era dela, pensou. A casa, o jardim, a estufa, o riacho, a floresta. Tinha começado a pensar em tudo aquilo como algo que a pertencia, ter a sensação de propriedade. Pela primeira vez, começara a pensar naquele lugar como sua casa.

Dela.

— Se você se mudasse, precisaria dos códigos de segurança e das chaves.

— Seriam muito úteis.

— Gostaria de pensar sobre isso, se não houver problema.

— Claro.

A única palavra, dita de forma tão tranquila enquanto ele saía do carro e abria a porta traseira para o cachorro sair, mostrava a Abigail que Brooks tinha certeza de que acabaria com quaisquer objeções que ela pudesse demonstrar e que faria o que queria.

Aquilo deveria tê-la irritado, pensou. Até mesmo feito com que a moça se sentisse insultada. No entanto, não fez nenhum dos dois. Simplesmente fez com que ela se lembrasse de quem ele era.

Deles. Ela experimentou usar a palavra, deixou-se imaginar enquanto os dois esperavam que Bert se aliviasse depois da viagem.

Deles. Naquela linda noite estrelada, com o brilho das flores, o murmúrio do riacho e a brisa suave que incentivava as folhas a sussurrarem uma resposta.

A casa deles, o jardim deles, a estufa, o riacho e a floresta deles.

Dela era mais seguro. Mais calmo.

Deles. Cheio de concessões e perguntas.

E promessas.

Ela destrancou a porta e religou o alarme.

— Quer morar comigo?

— Bom, é um passo importante. Vou ter que pensar no assunto.

— Você acabou de dizer...

Ela se virou e viu o sorriso dele. Sentiu os próprios lábios se curvarem enquanto trancava a porta.

— Está brincando.

— Me pegou.

Brooks pôs as mãos nos ombros de Abigail, virou-a para que o encarasse.

— Mas sei que é um grande passo para você.

— Para você, é mais uma progressão natural. Você cresceu num lar tradicional, com mãe e pai.

— Cara, minha mãe vai ficar muito irritada por ter sido chamada de "tradicional". — Ele pôs um braço em torno dos ombros dela para levá-la para o andar de cima. — Vamos manter isso entre a gente.

— Nunca pensei em dividir uma casa com alguém. E acabo de começar a acreditar que talvez seja possível que eu fique aqui, que construa um lar aqui.

— Acredite nisso e continue acreditando. Não adianta mandar vibrações negativas para o universo.

— Pensamentos positivos ou negativos não influenciam acontecimentos.

— Como você sabe? — Brincando, ele deu um leve puxão no cabelo dela. — Não pode saber o que as outras pessoas estão pensando nem desejando nem acreditando, a não ser que contem. E a história de que a fé pode mover montanhas?

— Nunca vi uma montanha se mover, muito menos por causa de fé.

— Cérebro literal. — Ele deu um peteleco na testa da moça. — E os vulcões? Vulcões fazem as montanhas se moverem para lá e para cá.

— É ridículo pensar que uma ruptura na crosta da Terra, o movimento das placas tectônicas e a liberação de lava, gases e cinzas através dessas rupturas podem ser causados pela fé. Ou pela falta dela.

— Eu sugeri isso? Não sei o que me deu. — Ele a viu virar os olhos enquanto andava até o banheiro. — Fiz um vulcão para a feira de ciências na sexta série. Foi muito legal.

Pela primeira vez ela não fechou a porta. Simplesmente continuou a conversa com ele enquanto se preparava para dormir.

— É um projeto muito bom para alguém tão novo.

— E muito legal.

Ele entrou no banheiro e pegou a escova de dentes enquanto ela lavava o rosto.

— Eu queria chamar o vulcão de Peido do Diabo, mas meu pai me convenceu de que minha nota poderia ser afetada por isso.

— Foi esperto da parte dele.

— Mas eu o chamava assim na minha cabeça, o que fez com que a lava feita de fermento, corante alimentício e vinagre que saía da garrafa de refrigerante coberta de massa de farinha se tornasse mais memorável. Aposto que você arrasava nas feiras de ciência.

— Eu ia bem.

Era estranho, mas muito interessante, dividir a pia do banheiro com ele.

— Construí um vulcão subaquático sob placas tectônicas convergentes para demonstrarem como as ilhas se formavam.

Ele baixou a escova de dentes e olhou para os olhos dela no espelho, estreitando os próprios.

— Vulcão subaquático.

— É. A água quente sempre sobe para a superfície e flutua. Com uma maquete de argila cozida...

— Argila cozida.

— É, e placas controladas remotamente, eu consegui criar uma erupção satisfatória.

— Quantos anos você tinha?

— Nove.

— Metida.

— Eu gostava mesmo de me sair bem na escola. Você está falando de feiras de ciências para eu relaxar e dormir melhor.

— Está funcionando para mim.

Ao se deitar ao lado dele, no escuro, quase dormindo, Abigail percebeu que estava funcionando para ela também.


Como primeira tarefa oficial da manhã, Brooks resolveu prender Roland Babbett. Sentiu-se muito bem ao bater na porta de Babbett às sete da manhã. E melhor ainda quando um Babbett de pálpebras pesadas e descabelado atendeu a porta.

— Roland Babbett?

— Sou eu. Algum problema?

— Isto é para o senhor. Sou o delegado Gleason, da polícia de Bickford, e este é o meu assistente, Boyd Fitzwater. Tenho um mandado de prisão para o senhor.

— Como?

— E outro para vasculhar o seu quarto, seus pertences e seu veículo. O senhor vai ter que se vestir e vir conosco.

— O que houve? Preso? Isso é maluquice.

— Não, levando em consideração o fato de o senhor ter em sua posse ferramentas para invasão e de tê-las usado às duas e quinze desta manhã para entrar ilegalmente na suíte Ozarks. Que está trancada e fechada.

Os olhos de Roland, agora não mais sonolentos, analisaram o rosto de Brooks longamente.

— Quero fazer um telefonema.

— Sem problema. Pode fazer quando chegarmos à delegacia. Estou dando ao senhor a chance de se vestir ou podemos levá-lo usando o roupão do hotel. É um belo roupão.

— Eu gostaria de me vestir.

— Está bem, então. Boyd, por que não lê os direitos do Sr. Babbett enquanto ele veste a calça? — Brooks ergueu o mandado de busca antes de começar a andar pela suíte. — É uma bela vista. O Sr. Conroy mantém tudo direitinho. Foi até o restaurante jantar?

— Pedi serviço de quarto. — Roland vestiu uma calça e uma camiseta. — Comi o bife.

— Como estava?

— Malpassado e saboroso.

— É, eles fazem tudo direitinho.

Brooks abriu a mochila azul-marinho, remexeu nela, depois pôs o conjunto de chaves mestras numa sacola de provas.

— Está de visita?

Apesar das circunstâncias, Roland riu, fazendo barulho pelo nariz.

— Todo mundo pergunta isso. Já sabe que vim a trabalho.

— Stuben-Pryce, de Little Rock.

Enquanto punha um minigravador numa sacola de provas, Brooks manteve o tom de voz suave, fácil e caloroso.

— Eu trabalhava lá. O senhor também já deve saber disso. É uma empresa chique, com preços chiques, Sr. Babbett.

— Fazemos um bom trabalho.

— Não duvido. — Brooks lançou um sorriso amistoso para Roland. — É uma pena que vocês não tenham bom gosto na escolha dos clientes.

— Não é decisão minha. O senhor se importa se eu escovar os dentes e esvaziar a bexiga?

— Eu me importaria se não fizesse isso.

Brooks continuou a vasculhar o quarto enquanto Boyd ficou parado ao lado da porta do banheiro, aberta.

— Estamos numa cidade tranquila — disse Brooks, simpático. — Bom, temos alguns problemas de vez em quando, especialmente nessa época do ano e no verão. Muitos turistas, muitas personalidades contrastantes, por assim dizer, cozinhando no calor. Mas não costumamos ter detetives particulares de firmas chiques invadindo quartos do nosso principal hotel.

— Vou levar um esporro por causa disso. — Num gesto que espelhava sua irritação, Roland cuspiu a pasta de dente na pia. — Vou perder meu bônus. Queria trazer minha esposa até aqui para um fim de semana sem filhos depois que ela tiver o bebê.

— Quando ele nasce?

— No dia 15 de agosto.

— Outubro é uma época bonita nas Montanhas Ozarks — comentou Brooks, enquanto Roland saía do banheiro. — Ficaríamos felizes em receber vocês quando vierem de visita. Boyd, pode terminar a busca. Eu levo o Sr. Babbett.

— Não vai me algemar?

Brooks abriu o sorriso amistoso outra vez.

— Quer que algeme?

— Não. Obrigado.

— Imagino que não vá fugir. E se fugisse, para onde iria?

Não fugiu. Mesmo se tivesse algum lugar para se esconder, ele tinha sido pego, o disfarce havia sido descoberto, o caso estava em caquinhos.

Na delegacia, Brooks deu a ele uma boa xícara de café, um telefone e alguns minutos de privacidade — em uma mesa, não em uma cela.

Depois que fez a ligação, Roland ficou sentado, pensando.

— Já terminou? — perguntou Brooks.

— Já terminei.

— Por que não conversamos na minha sala? Jeff? — Brooks chamou o oficial que trabalhava meio período. — Não vá até a minha sala nem transfira nenhuma ligação, está bem? A não ser que seja muito importante.

— Sim, senhor, delegado.

— Sente-se.

Brooks fechou a porta da sala e andou até a mesa, apoiando o quadril nela.

— Bom, vou ser direto. Você está encrencado, Roland.

— Tem um advogado chegando.

— Um advogado chique de uma firma chique, eu imagino. Mesmo assim, temos um flagrante da invasão. A câmera pegou você no corredor e na porta, e as outras câmeras pegaram você mexendo na suíte. Achei suas chaves mestras. — Como se tivesse pena, Brooks soltou um suspiro, balançou a cabeça. — Até um advogado chique vai ter dificuldade para resolver isso, não acha? Pode acabar ficando um tempo na cadeia ou ter problemas com a sua licença. E tem um bebê a caminho. Eu odiaria que a sua mulher tivesse que visitar você na cadeia na atual condição dela.

— Duvido que vá para a cadeia, mas a licença... Droga. — Roland pressionou os dedos contra os olhos. — Talvez tenha problemas com isso. Seria o primeiro da minha carreira.

Brooks ergueu os ombros, deixou-os cair.

— Talvez.

— Não costumo ser tão descuidado. Achei que seria fácil. Não vi as câmeras.

— Não seja tão duro consigo mesmo. Não estavam lá até você dar aquela passada na casa da Abigail.

— Entendi. — Os olhos de Roland encontraram os de Brooks, agora compreendendo a situação. — Ela, o cachorro e a Glock me assustaram para caralho.

— Você a assustou. Ela ainda é uma moça da cidade — mentiu Brooks, alegre. — Sozinha naquela casa, sem vizinhos próximos. Para completar, tem o trabalho dela. Tenho certeza de que já sabe qual é. Ela mexe com segurança, está sempre se preocupando com as maneiras que as pessoas encontram para enganar os sistemas... Ela é meio assustada.

— Teria que ser para pôr câmeras de segurança na floresta.

— Ah, está sempre experimentado coisas novas, testando programas e o que chama de cenários. Você acabou entrando num deles. Deixou a moça nervosa o bastante para fazê-la se trancar em casa até que eu chegasse. Sabe, no caso de você ser um assassino em série e não um fotógrafo perdido.

— Ela não pareceu abalada — murmurou Roland.

— Bom, a Abigail disfarça bem, e o cachorro a ajuda a se sentir mais segura. Ela me falou de você e eu tive que desconfiar. Deu a ela seu nome verdadeiro.

— Minha identidade estava na mochila. Ela tinha uma arma. Eu não queria perturbar a moça com uma mentira, caso ela conferisse meus pertencentes. Mas não achei que ela nem você iriam conferir a minha ficha.

— Policiais são naturalmente céticos e desconfiados. Então, Roland, o negócio é o seguinte. Eu sei quem contrataria um detetive particular de uma firma chique para investigar a Abigail, a mim, os Conroy e o hotel.

— Não posso confirmar nem negar nada sem meu advogado.

— Não estou pedindo que faça isso, estou apenas dizendo. Lincoln Blake faria quase tudo para livrar a cara daquele idiota do filho dele, inclusive contratar alguém para plantar provas falsas e dar depoimentos falsos.

Apesar de estar encolhido e de ombros caídos na cadeira, Roland ajeitou as costas.

— Escute. Não faço isso por cliente nem por dinheiro nenhum. Nem a minha firma. Não teríamos a reputação que temos se fizéssemos.

— Extra-oficialmente, eu diria que acredito nisso. Mas se tiver que dar uma declaração? — Brooks deu de ombros, displicente.

— Vai me oferecer um acordo?

— Talvez. Russ Conroy é meu melhor e mais antigo amigo. Os pais dele são quase minha família e a mãe dele acabou chorando quando viu o que aquele filho da puta e os amigos dele fizeram na suíte. Ela está bem melhor agora, mas...

Brooks pegou um arquivo e entregou a Roland.

— Tiramos isso depois que Justin Blake e os amigos idiotas dele tinham acabado com o lugar.

— Caraca — murmurou Roland, enquanto examinava as fotos.

— Esse tipo de dano? Não é descuido, estupidez nem infantilidade. É maldade pura. É isso que Justin Blake faz.

Brooks estendeu a mão para pegar o arquivo de volta.

— E, quando aquele filho da puta conseguiu a fiança, foi até a casa da mulher por quem estou apaixonado, armado e doidão, no meio da noite. Foi burro o bastante para me atacar com a faca que tinha levado para cortar meus pneus. Deixou minha namorada chateada, e, Roland, isso me chateia. Pode entender por que ela reagiu daquele jeito quando você chegou na casa dela.

— É, talvez. É.

— Justin causou danos de mais de cem mil dólares na suíte, furou meu pneu, tentou me furar e assustou minha namorada. E isso sem contar o fato de vir criando problemas desde que assumi o cargo. Ele vai ser preso pelo que fez, Roland. Fiz disso minha missão de vida. O garoto merece ser preso e, se eu desse a mínima para isso, diria que precisa ser preso. Tem alguma coisa errada nele, o tipo de coisa que nós dois já vimos em pessoas que acabaram mortas ou matando alguém.

— Quero dizer uma coisa extra-oficialmente.

— Está bem, então. Fica entre mim e você.

— Não gosto de trabalhar para o Blake. Ele é um filho da puta. Não tem nada que você tenha dito sobre o filho dele com que eu não concorde. Vou aceitar a punição que tiver que aceitar por isso, mas odeio que seja por causa daqueles dois babacas.

— Não culpo você nem um pouco. Então vou propor um acordo, antes que o advogado chegue aqui. Vá embora, Roland. Não estou pedindo apenas para você sair da cidade. Se quiser voltar para nos visitar, junto com a sua esposa, como eu disse, ficaremos muito felizes em receber vocês. Estou pedindo que se afaste dessa história. Isso está incomodado meus amigos, minha namorada... E está perdendo seu tempo, porque Justin Blake não vai escapar dessa. Não vou culpar ninguém por fazer um trabalho que foi contratado para fazer, seguindo as regras da lei. Mas isso pode causar problemas sérios para você e um grande prejuízo para a sua firma. Talvez não seja muito, levando a situação em conta, mas não sei por que iriam querer uma propaganda ruim.

— Tenho que entregar um relatório.

— Faça isso. Você não encontrou nada sobre mim, sobre a Abigail, sobre os Conroy, porque não há nada a encontrar. Mas, se continuar investigando a gente, vou descobrir, e aí coisa vai mudar. Já foi longe o bastante para saber que computadores são o parquinho de diversões da Abigail.

— Está me ameaçando disfarçadamente.

— Não estou disfarçando nada. Estou listando os fatos do modo que eu vejo. Posso esquecer isso. Você vai manter a sua ficha limpa, vai entregar seu relatório e voltar para casa, para a sua esposa. O seu advogado não vai conseguir um acordo melhor.

— Por que está fazendo isso?

— Pelas razões que já mencionei e mais uma. Não quero prender você, Roland. Isso é um fato. Se tivesse notado que você é diferente, se achasse que você é o tipo de cara que gosta de trabalhar para um homem como

Blake, que se arriscaria a fazer mais do que invadir uma propriedade ou entrar num quarto trancado para dar uma olhada, você já estaria numa cela. Eu trabalharia para manter você aqui.

— Gostaria de ligar para o meu chefe e passar a situação para ele.

— Fique à vontade.

Brooks se levantou da mesa.

— Conheci a sua mãe.

Brooks se apoiou de novo.

— Foi?

— Fui até lá. Dar uma olhada, como você percebeu. A casa é incrível.

— Nossa opinião é parcial. Pode fazer o telefonema — disse Brooks, saindo da sala.

# 26

ABIGAIL DEIXOU TUDO DE LADO E SE CONCENTROU INTEIRAMENTE NA criação do vírus. Ela havia feito várias tentativas de introduzi-lo no cavalo de Troia que já construíra, mas o resultado fora insatisfatório.

Podia causar um dano considerável com o cavalo de Troia, mas, se ele abrisse entradas na rede dos Volkov, o vírus que se seguiria e se espalharia por essas entradas seria devastador.

Para conseguir fazer tudo que precisava, teria que ser muito rápido, completo e não acionar nenhum alerta.

Abigail sempre considerara o projeto como um tipo de hobby, que ela esperava que um dia fosse útil.

Agora era uma missão.

Se tivesse tempo para montar mais equipamentos ou o luxo de contratar outro técnico ou dois... Mas não tinha, então especular seria inútil. Aquilo era tarefa dela.

De qualquer forma, com o tempo, criara a própria linguagem de programação — a melhor coisa para impedir que pessoas tentassem hackear seus arquivos —, e, mesmo se pudesse contratar alguém, teria que ensinar a linguagem e as técnicas a ele primeiro.

Era mais rápido, e mais eficiente, fazer sozinha.

A moça fez o teste seguinte, observou os códigos passarem voando pela tela e pensou: "Não, não, não." Ainda era fraco demais, disperso demais, levava tempo demais.

Ela se recostou na cadeira, o cabelo enrolado num coque preso por um lápis. Enquanto analisava a tela, tomava chá verde gelado para relaxar a cabeça.

O chá, as duas pausas para ioga que se obrigara a fazer, o silêncio absoluto, nada daquilo parecia ajudar.

Quando o alarme soou e Bert ficou alerta, ela conferiu o monitor. Não esperava Brooks tão cedo, pensou, quando viu o carro de polícia e olhou para o relógio.

Tinha trabalhado durante toda a manhã e até o meio da tarde.

Seis horas, pensou, e não avancei quase nada.

Talvez fosse incapaz de fazer aquilo.

Ela se levantou e destrancou a porta para ele. Depois se lembrou de que tinha dado as chaves e os códigos de segurança ao delegado. Fora algo difícil, admitiu, mas a vantagem era que não tinha que parar de trabalhar para deixá-lo entrar.

Mesmo assim, haveria alguém na casa, no espaço dela. Como ela poderia se concentrar em alguma coisa tão complexa, tão delicada, se não estivesse sozinha?

Aquilo acabava com o sonho do laboratório de computação perfeito e da equipe de técnicos extremamente competentes. Mas era apenas um sonho porque sempre trabalhava sozinha até...

— Oi. — Brooks entrou, pôs uma sacola no balcão. — Tudo bem?

— Não tão bem quanto eu gostaria. Preciso experimentar outra sequência e testá-la de novo.

— Há quanto tempo está trabalhando?

— Não importa. Não está pronto.

— Está bem. Vou sair do seu caminho enquanto guardo minhas coisas. Trouxe algumas coisas minhas; vou guardar tudo lá em cima. Se não tiver terminado quando eu descer, vou achar outra coisa para fazer.

"Hum" foi a única resposta dela. Abigail tentou não ficar tensa com o barulho da geladeira, das portas do armário se abrindo e se fechando. Quando o silêncio voltou, soltou um suspiro relaxante e mergulhou no vírus de novo.

Acabou se esquecendo de que ele estava lá. Nas duas horas seguintes, perdeu-se em códigos e sequências. Quando a dor de cabeça e nos olhos finalmente a fez parar, ela se levantou para pegar um remédio e beber alguma coisa.

E se lembrou dele.

Foi até o andar de cima. O silêncio era tão absoluto que achou que ele devia estar dormindo, mas não o encontrou no quarto. Curiosa, Abigail abriu o armário.

As roupas dele estavam lá, junto com as dela. Camisas, calças. Um terno.

Ela nunca vira Brooks de terno. Passou os dedos pela manga enquanto analisava os sapatos e botas no chão do armário.

Estavam dividindo um armário, pensou. Era, de certa forma, muito mais íntimo e vital do que dividir uma cama. Depois de atravessar o quarto, abriu as gavetas da cômoda. Queria tê-la reorganizado para dar espaço a ele, mas tinha se esquecido por causa do trabalho.

Ele mesmo arrumara tudo. Ela teria que alterar algumas das escolhas dele, mas seria fácil.

Fechando as gavetas, deu um passo para trás e uma olhada no quarto. Será que deveria comprar outra cômoda, outro armário?

Será que iriam precisar de outra?

Será que ele iria ficar?

Um movimento do lado de fora chamou sua atenção. Aproximando-se, ela o viu tirando ervas daninhas da horta. Ele tinha reunido os pés de batata, outra coisa que ela queria ter feito naquela tarde. O suor umedecia a camiseta dele, brilhava, molhado, em seus braços, e um boné protegia seu rosto.

Que alegria ao ver aquilo. A inesperada e impressionante alegria ao ver aquilo. As roupas de Brooks estavam no armário, junto com as dela, enquanto ela estava parada à janela do quarto, observando o namorado trabalhar sob um céu azul como jeans lavado.

Ela se afastou da janela, virou-se, abraçando o próprio corpo, depois correu para o andar de baixo.

Na cozinha, encontrou na geladeira a comida que Brooks havia trazido e os doze limões que ela comprara alguns dias antes.

Abigail preparou limonada, encheu dois copos grandes com gelo picado e serviu a bebida. Pôs a jarra e os copos numa bandeja e carregou para fora.

— Está quente demais para capinar — gritou ela. — Você vai ficar desidratado.

— Estou quase acabando.

Abigail andou até Brooks com os copos cheios, enquanto ele terminava de limpar a primeira fileira de plantas da horta.

394

— Está bem fresca.

Com o suor escorrendo pelas têmporas, ele engoliu metade do copo sem fazer nenhuma pausa.

— Obrigado.

— Você já trabalhou muito.

Apoiando-se na enxada, ele analisou a horta.

— Quero experimentar esses feijões-manteiga quando for a época de colher. Gosto de feijão-manteiga.

— São feijões-verdes.

— Você está no Sul, querida.

Depois de girar os ombros, alongando-se, ele bebeu o resto da limonada.

— Não mexo numa horta desde que fui morar em Little Rock. Não sabia o quanto sentia falta disso.

— Mesmo assim. Está quente e abafado. — Abigail encostou na mão de Brooks para que ele voltasse a olhar para ela. — Não fui muito simpática mais cedo.

— O trabalho vai atrapalhar a gente de vez em quando. O meu já faz isso e vai continuar fazendo.

— O meu, nesse caso, está frustrante. Achei que estaria mais perto de terminar.

— Não posso ajudar com isso. Não entendo nada do que você está fazendo. Mas sei mexer na horta e grelhar os bifes que trouxe para você ter mais tempo. — Ele inclinou a cabeça enquanto analisava a moça. — Mas diria que é hora de nós dois darmos uma parada, e eu realmente preciso de um banho.

— Você está todo suado — concordou ela, tirando a enxada da mão dele para levá-la para o pequeno quartinho de ferramentas. — Posso colher um pouco de alface e algumas outras coisas para fazer uma salada quando você terminar.

— Eu diria "nós".

— Você já fez mais do que deveria no jardim.

— Não nós no jardim. — Ele pegou Abigail pela mão e a puxou para a casa. — Nós no banho.

— Eu realmente deveria...

— Tomar banho comigo. — Ele fez uma pausa para tirar as meias suadas e as botas sujas. — Já contei a você sobre um poço em que eu costumava nadar?

— Não.

— Não é longe daqui. Basta subir um pouco mais as colinas. É mais uma curva do rio do que um poço, mas funcionava muito bem.

Pegando o copo dela, ele pôs os dois no balcão enquanto a puxava pela cozinha.

— A água é fresca. É mais ou menos da cor de tabaco, mas é limpa. Russ, eu e outros amigos costumávamos ir de bicicleta para lá nos longos dias de férias de verão, tirar a roupa e relaxar na água. A primeira vez que nadei pelado com uma menina foi lá, no lugar que os moradores daqui chamam de Fiddlehead Pool, porque há samambaias fortes como bambus lá. Vou levar você um dia.

— Parece muito interessante, mas agora...

Ele conseguira levá-la até o quarto e começava a puxá-la para o banheiro.

— Você precisa ficar pelada e molhada. Vou ajudar um pouquinho.

— Você parece estar muito determinado — comentou ela, quando ele puxou a camiseta dela, tirando-a.

— Ah, estou mesmo. Estou mesmo — disse ele, abrindo o fecho do sutiã de Abigail.

— Acho que não vai adiantar discutir.

— Não mesmo.

Pondo uma das mãos atrás da moça, ele abriu o chuveiro e, em seguida, o botão da calça dela.

— Então eu devia cooperar.

— É a coisa sensata a se fazer.

— Prefiro fazer coisas sensatas.

Ela tirou a camiseta dele e deixou que caísse no chão.

— Aleluia.

No entanto, ele a segurou quando ela tentou se aproximar dele.

— Me deixe tirar um pouco desse suor primeiro.

— Não me importo. É básico, natural e... — Ela pressionou os lábios contra a lateral do pescoço dele. — Salgadinho.

— Você vai me matar, Abigail. Pelo amor de Deus.

Ela queria, queria fazê-lo querer, desejar e tremer tanto quanto ele a fazia. Ela acolheu o aroma terroso dele, o suor do trabalho físico, enquanto tirava a calça de Brooks e ele tirava a dela.

E a água correu fria por sua cabeça, por seu corpo.

— Que delícia — murmurou ela.

Era tão delicioso quando a boca de Brooks tomava a dela, quando as mãos dele tomavam o corpo dela. Quando ela sentia a fome, o desejo dele por ela.

Abigail imaginou os dois mergulhados na água fria, cor de tabaco, na curva do rio em que as samambaias cresciam fortes e muito verdes, enquanto o luar brilhava por entre a copa das árvores.

— Quero ir nadar com você no poço.

— Nós vamos.

— À noite — explicou, deixando a cabeça cair enquanto os lábios dele deslizavam pelo pescoço dela. — Nunca fui romântica, não antes de você. Mas você me faz querer o luar, flores selvagens e sussurros no escuro.

— Eu vou te dar tudo isso e muito mais. — Ele pôs o cabelo molhado de Abigail para trás, ergueu o rosto da moça até o seu. — Muito mais.

— Promessas e segredos e todas as coisas que nunca entendi. Quero isso com você. Eu te amo tanto. Eu te amo. Já é muito mais do que tinha sentido na vida.

— E muito mais.

Ele a puxou para um beijo longo, lento e profundo, enquanto a água os lavava. Teria dado a própria lua a ela se pudesse, um oceano de flores selvagens.

Promessas. Aquilo ele podia fazer. Prometeria amá-la, ajudá-la a encontrar paz de espírito, um lugar seguro.

E momentos como aquele, sozinhos, enquanto poderiam cuidar um do outro, dar prazer um ao outro. Esquecer o mundo e todos os seus problemas, mandar as pressões e exigências para longe.

Ela o lavou e ele a lavou — centímetro por centímetro. Excitando, demorando, prolongando. O aroma de mel e amêndoas surgia, o deslizar rápido e escorregadio de mãos, de corpos, o rápido arfar, o suspirar longo, profundo.

Por isso, quando ele a ergueu, quando ele a penetrou, ela sentiu o luar e flores selvagens, ouviu sussurros e promessas. E mais.

Ela tinha tudo, pensou ao se entregar.

A SENSAÇÃO DE CONTENTAMENTO não se dissipou quando ela estava parada na cozinha, pensando em fazer alguma coisa interessante com as batatas — Brooks gostava de batatas — para combinar com o bife e a salada. Olhou, sentindo certa culpa, para o computador enquanto servia vinho para os dois.

— Eu deveria tentar de novo, agora que já fizemos um intervalo.

— Dê uma folga a esse seu cabeção. Vamos nos sentar por um instante. Tenho algumas informações novas para contar.

— Novas? Por que não me contou antes?

— Você estava absorta quando cheguei em casa — lembrou ele. — Depois me distraí com o sexo no chuveiro.

Ele se sentou no balcão e, como ela já havia servido, pegou o segundo copo de limonada.

— Vou seguir a ordem cronológica. Tive uma conversa com Roland Babbett. As câmeras que peguei com você fizeram o trabalho e pegaram o cara entrando na suíte Ozarks depois de arrombar a porta.

— Você o prendeu?

— De certa forma. Devo dizer que gostei do cara, depois que ele explicou tudo.

Brooks contou toda a história a Abigail, mas ela não se sentou. Em vez disso, manteve as mãos ocupadas esfregando e cortando pequenas batatas Asterix.

— Você disse que ele tinha me assustado.

— Talvez eu tenha exagerado a sua reação um pouco, mas imagino que seu orgulho aguente isso.

— Você... adulterou a verdade para que ele sentisse pena de mim e menos curiosidade em relação às câmeras, à arma e às outras coisas.

— Gosto de "adulterar". É uma palavra chique e mais classuda do que "mentir".

— E você também acreditou nele. Acreditou que ele iria embora e não continuaria a investigação.

— Acreditei. É um homem de família, Abigail, e a mulher dele está esperando o terceiro filho. Ele não queria arriscar o emprego nesse caso nem passar pela chateação e a pressão de um julgamento. A firma não iria querer lidar com a propaganda ruim que isso poderia gerar, especialmente porque um de funcionários viu as fotos dos danos no hotel. Além disso, ele não gosta do Blake nem do moleque.

— Mas trabalha para eles.

— É paradoxal, eu sei. Eu também trabalho para eles, de certa forma, porque sou um oficial da Justiça. Mas também não quer dizer que eu goste dele.

— Você está certo, é claro.

— Fiz um bom acordo, com o qual ele poderia dormir tranquilo. Ele vai poder entregar um relatório, cumprir o contrato com o cliente e passar para o próximo caso.

— Se não há mais nenhum problema nesse caso, a lógica que você usou para entrar em contato com as autoridades e me fazer testemunhar não faz mais sentido.

Ele estendeu a mão para tocar as dela, levar os olhos dela aos dele.

— Faz se você considerar que, com o passar do tempo, alguma coisa parecida pode voltar a acontecer. Se você considerar que nunca vai poder criar raízes aqui, do jeito que nós dois queremos que crie, até encerrar esse assunto.

— É verdade, mas talvez a gente possa esperar, usar mais tempo para... — Ela parou de falar quando ele não respondeu, apenas olhou para ela. — Atrasar a situação seria uma desculpa. Seria medo, não coragem.

— Nunca vou questionar a sua coragem nem criticar o jeito com que você lidou com as coisas.

— Isso significa muito para mim. Quero que isso acabe, Brooks. Quero mesmo. E dar passos largos nessa direção é assustador, mas também é um alívio.

— Então espero que fique aliviada em saber que o capitão Anson está em Chicago. Ele pretende entrar em contato com a agente Garrison hoje.

— Ele ligou para você?

— Hoje à tarde, com o celular pré-pago.

— Me sinto grata.

Ela começou a picar o alho, os olhos fixos nas próprias mãos, na faca, enquanto sentia a pressão aumentar em seu peito.

— Espero que ela acredite nele.

— Você escolheu uma mulher inteligente, capaz e honesta.

— É, fui muito cuidadosa na minha seleção.

— O Anson é um homem inteligente, capaz e honesto. Não poderíamos ter escolhido melhor.

— Nós dois fizemos escolhas lógicas. É bom que isso esteja acontecendo de forma rápida. Atrasar uma ação não é sensato depois que tomamos a decisão, então é melhor que tudo esteja andando rápido.

Ela pôs azeite e uma colher de mostarda Dijon numa tigela. Depois de alguns segundos de distração, acrescentou um pouco de azeite balsâmico.

— Tirando a minha parte.

— Você vai chegar lá.

— Não tenho muita certeza disso agora.

— Eu tenho, então pegue um pouco da minha.

Brooks observou Abigail adicionar à tigela molho inglês e um pouco do molho italiano que sabia que ela usava em marinadas. Ela acrescentou o alho, um pouco de pimenta e manjericão fresco picado.

— O que está fazendo, Abigail?

— Vou cobrir as batatas com isto e assar tudo. Estou inventando — acrescentou ela, enquanto começava a misturar o molho. — É ciência, e a ciência mantém meus pés no chão. Experimentar é bom quando os resultados são satisfatórios. Mesmo quando não são, o processo de experimentação é interessante.

Ele não conseguia tirar os olhos dela.

Ela misturou, cheirou, estreitou os olhos, acrescentou outro ingrediente.

Linda como um quadro, pensou Brooks, com o cabelo ainda molhado do banho e preso num rabo de cavalo curto e brilhante. Ela vestira uma blusa sem mangas, de um cinza claro, e jeans dobrados casualmente até os joelhos.

Uma das .9mm estava ao alcance das mãos da moça, no balcão, ao lado da porta dos fundos.

O rosto dela e os grandes olhos verdes mantinham-se muito sóbrios, muito sérios, enquanto ela punha as batatas numa grande tigela, derramava a mistura experimental sobre elas e pegava uma colher de pau.

— Quer casar comigo, Abigail?

Ela deixou a colher cair. Bert foi cheirá-la, saltitando educadamente.

— Desculpe, simplesmente saiu — disse ele, quando ela apenas o encarou.

— Você estava brincando. — Ela pegou a colher, pousou-a na pia e tirou outra do vaso de cerâmica. — Porque estou cozinhando e isso é uma tarefa doméstica.

— Não estou brincando. Queria criar um cenário muito melhor quando pedisse você em casamento. Ao luar, como você quer, com flores e talvez um pouco de champanhe. Tinha pensado num piquenique. Um piquenique ao luar naquele lugar que você gosta, com vista para as colinas. Mas estava sentado aqui, olhando para você, e a pergunta saiu.

Ele deu a volta no balcão, pegou a colher e a deixou de lado para poder pegar ambas as mãos da moça.

— Então, você quer se casar comigo, Abigail?

— Você não está pensando direito. Não podemos pensar nisso, muito menos conversar sobre isso, especialmente porque a minha situação con· tinua instável.

— As coisas são sempre instáveis. Isso, não — acrescentou ele. — Eu juro que vamos solucionar tudo, vamos consertar tudo. Mas sempre vai haver algum problema. E acho que agora é a hora perfeita. Antes que tenha acabado, que esteja resolvido, porque deveríamos conseguir fazer promessas um para o outro quando as coisas não estiverem perfeitas.

— Se der errado...

— Então vai dar errado. Nós não vamos.

— Casamento... — Ela soltou as mãos e as usou para mexer as batatas e cobri-las com o molho. — É um contrato civil rompido pelo menos 50% das vezes por outro documento. As pessoas começam prometendo a eternidade quando, na realidade...

— Estou prometendo a eternidade a você.

— Você não pode *ter certeza*.

— Eu confio nisso.

— Você... Você acabou de se mudar para cá. Acabou de pendurar as roupas no armário.

— Ah, então você notou!

— Notei. Nós nos conhecemos há menos de três meses. — Ela sacou uma caçarola e, parecendo muito concentrada, passou as batatas temperadas para ela. — Temos que lidar com uma situação muito difícil. Se você tiver uma opinião muito forte sobre esse assunto e mantiver essa opinião, eu estou disposta a debater numa época em que ambos estivermos mais racionais.

— Atrasar uma situação seria uma desculpa.

Ela bateu com a caçarola no forno e se virou para olhar para ele.

— Você se acha muito inteligente, usando as minhas palavras contra mim.

— Acho que elas se encaixam.

— E por que está fazendo com que eu me descontrole? Não gosto de me descontrolar. Por que não se descontrola?

— Não me importo de me descontrolar. — Ele deu de ombros, pegou a limonada de novo. — Não estou irritado agora. Estou mais interessado no fato de você estar arrancando os cabelos porque amo você e quero me casar com você.

— Não estou arrancando os cabelos. Já expliquei claramente a minha opinião sobre o casamento e...

— Não, você me explicou claramente a opinião da sua mãe sobre o casamento.

Com muito cuidado, ela pegou um pano de prato e enxugou as mãos.

— Isso era totalmente desnecessário.

— Eu não acho, e não disse para te machucar. Você está me dizendo coisas frias com base em lógica e estatísticas. Isso é coisa da sua mãe.

— Sou uma cientista.

— É, é mesmo. E também é uma mulher gentil e carinhosa. Que quer o luar e as flores selvagens. Me diga o que essa parte de você quer, o que essa parte sente, não o que a sua mãe enfiou na sua cabeça enquanto pôde.

— Como pode ser tão fácil para você?

— Porque você é a mulher para mim. Porque nunca senti por ninguém o que sinto por você. Quero uma vida com você, Abigail. Quero uma casa, uma família com você. Quero ter filhos com você, criar todos eles com você. Se você sinceramente não quer nada disso comigo, vou tentar me dedicar ao máximo e esperar que você mude de ideia. Só preciso que você me diga que não quer isso.

— Eu *quero*! Mas...

— Mas?

— Não sei! Como alguém pode pensar envolta em tantos sentimentos?

— Você pode. Você tem um cabeção que combina com o seu coração enorme. Quer se casar comigo, Abigail?

Ele estava certo, era claro. Ela conseguia pensar. Podia pensar no que a vida dela seria sem ele e no que aconteceria se ela escondesse aqueles sentimentos e se baseasse apenas na lógica pura e fria.

— Eu não poderia pôr o meu nome verdadeiro na certidão de casamento.

Ele ergueu as sobrancelhas.

— Bom, nesse caso, vamos esquecer tudo.

Uma risada apressada saiu dela.

— Não quero esquecer. Quero dizer "sim".

— Então diga "sim".

— Sim. — Ela fechou os olhos, sentindo-se zonza de alegria. — Sim — repetiu, jogando os braços em torno dele.

— Agora, sim — murmurou ele, virando os lábios para as bochechas molhadas da moça. — Sou o homem mais feliz do mundo. — Ele a puxou para si outra vez, beijou a outra bochecha de Abigail. — Minha mãe diz que as mulheres choram quando estão felizes porque estão tão cheias de sentimento que precisam colocar para fora, dividir. E que as lágrimas espalham a felicidade.

— Parece verdade. Espero que as batatas fiquem boas.

Rindo, ele apoiou a testa na dela.

— Está pensando nas batatas? Agora?

— Porque você me pediu em casamento enquanto eu estava inventando a receita. Se saírem boas, vai ser uma receita muito especial. Vamos contar essa história para os nossos filhos.

— Se ficarem péssimas, ainda vamos poder contar a história.

— Mas eles não vão gostar das batatas.

— Cara, eu realmente amo você.

Ele a abraçou com força até que ela perdesse a respiração.

— Eu nunca acreditei que teria isso, nem mesmo uma parte disso. E agora tenho tanto... Vamos começar uma vida juntos e construir uma família. Fomos feitos um para o outro. — Ela deu um passo para trás e agarrou as mãos dele. — E mais. Vamos unir as nossas vidas. É impressionante que as pessoas façam isso. Elas continuam sendo indivíduos, com as próprias características, e ainda assim se tornam uma unidade que funciona. O seu, o meu, mas também, e de forma mais forte, o nosso.

— "Nosso" é uma boa palavra. Quero usar muito.

— Eu deveria sair e colher alface para a salada. Aí nós vamos poder jantar.

— "Nós" é outra boa palavra. Nós vamos sair.

— Gosto mais assim. — Ela começou a andar até a porta e ficou paralisada enquanto os pensamentos se encaixavam. — Feitos um para o outro. Unidos.

— Se quiser se unir a mim de novo, é melhor desligar o forno.

— Não atrelados, em camadas ou anexados. Integrados. Fusionados. Características diferentes, códigos diferentes, mas fusionados em uma única coisa.

— Acho que você não está mais falando da gente.

— Essa é a resposta. Uma ameaça mista... É, já tentei isso, mas tenho que tentar de novo. Tem que ser diferente de uma simples combinação. Tem que ser uma *fusão*. Por que não pensei nisso antes? Vou conseguir. Acho que vou conseguir. Tenho que tentar fazer uma coisa.

— Vá tentar. Eu cuido do jantar. Só não sei quando tenho que tirar as batatas do forno.

— Ah. — Ela olhou para o relógio, calculou. — Misture tudo e vire-as daqui a 15 minutos. Aí deixe cozinhar mais trinta minutos.

Em uma hora, ela recalculou, reescreveu códigos e reestruturou o algoritmo. Fez testes preliminares e percebeu que havia áreas que precisava ajustar ou melhorar.

Quando conseguiu afastar a cabeça do trabalho, não tinha ideia de onde Brooks e Bert estavam, mas viu que ele havia deixado o forno em fogo baixo.

Ela encontrou os dois na varanda dos fundos. Brooks segurava um livro e Bert, um osso.

— Fiz você esperar para jantar.

— Vou pôr os bifes no fogo. E então?

— Preciso trabalhar mais no programa. Está longe de ficar perfeito. Mesmo que termine, vou precisar romulanizar tudo.

— Oi?

— Ah, é um termo que uso quando faço programação. Os romulanos são uma raça alienígena ficcional. Do *Jornada nas estrelas*. Gosto de *Jornada nas estrelas*.

— Todo nerd gosta.

A maneira como Brooks usou a palavra "nerd" parecia um carinho e nunca deixava de fazer Abigail sorrir.

— Não sei se é verdade, mas eu gosto. Os romulanos têm uma capa que torna a espaçonave deles invisível.

— Então você vai ter que tornar o seu vírus invisível. Romulanizar o programa.

— Isso. Disfarçar o vírus de forma que pareça algo bobo, como um cavalo de Troia, por exemplo. É uma opção, mas tornar o programa invisível é melhor. E é a coisa certa a se fazer. Tenho *certeza* de que vai funcionar.

— Então temos muito o que comemorar.

Eles observaram o pôr do sol e comeram o que Abigail considerou como um jantar de noivado.

Quando a lua surgiu, o telefone tocou no bolso de Brooks.

— É o capitão.

Abigail uniu as mãos no colo, apertando-as com força. Esforçou-se para respirar lentamente enquanto ouvia Brooks falar e interpretava o que Anson dizia.

— Ele entrou em contato com a detetive — disse ela, quando Brooks desligou o telefone.

— Entrou. Ela ficou desconfiada. Eu não confiaria muito nela se não tivesse ficado. A detetive conferiu as credenciais dele e fez muitas perguntas. Interrogou o cara, basicamente. Ela conhece o seu caso. Imagino que todo agente e delegado de Chicago conheça. O capitão não pode garantir que a detetive tenha acreditado que ele não sabe onde você está, mas ela não pode fazer muita coisa sobre isso, já que não há uma ligação entre vocês.

— Mas vão precisar que eu vá até lá. Vão querer me interrogar, interrogar Elizabeth Fitch em pessoa.

— Você vai decidir isso. — Olhando nos olhos dela, ele pôs a mão sobre as mãos tensas da moça. — Vai dar o depoimento quando estiver pronta. Eles conversaram durante duas horas e combinaram de se encontrar amanhã. Aí vamos saber mais.

— Ela já deve ter entrado em contato com o superior dela.

— Dez minutos depois que Anson foi embora, ela saiu e entrou no carro. O Anson também não podia jurar que ela não havia percebido, mas ele a seguiu até a casa do diretor assistente do FBI. E me ligou para avisar assim que ela entrou na casa. Agora ele está saindo de lá. Achou que seria ruim ficar parado perto da casa.

— Agora eles sabem que eu ainda estou viva. Sabem que sou *tvoi drug*.

— Do ponto de vista deles, as duas coisas ajudam você.

— Logicamente. — Ela respirou fundo. — Não posso desistir agora.

— Nós dois não podemos.

— Quero trabalhar. Pelo menos mais uma ou duas horas.

— Tudo bem, mas não trabalhe demais. A gente tem um churrasco amanhã.

— Mas...

— É uma coisa fácil e normal e acho que vai ser bom para nós dois nos distrairmos um pouco. Vamos ficar algumas horas longe disso tudo. — Ele fez carinho no cabelo dela. — Vai ficar tudo bem, Abigail. E a gente tem uma boa notícia. Estamos noivos.

— Ai, meu Deus...

Rindo, ele puxou o cabelo que havia acabado de acariciar.

— Acho que minha família vai dar piruetas. Eu tenho que comprar uma aliança para você — acrescentou.

— Será que não seria melhor esperar para contar? Se alguma coisa der errado...

— Vamos garantir que nada vai dar errado. — Brooks deu um leve beijo na moça. — Não trabalhe até muito tarde.

É bom trabalhar, pensou Abigail, quando ele a deixou sozinha. Pelo menos ali ela sabia o que estava fazendo, o que estava enfrentando. Não podia mais desistir, lembrou a si mesma, enquanto se sentava à mesa do computador. Nenhum dos dois podia desistir de mais nada.

Mesmo assim, ela se sentia mais confiante em relação à ideia de enfrentar a máfia russa do que ao fato de ter que ir a um churrasco.

# 27

ELA DESPERTOU DO SONHO COM UM SUSTO E ACORDOU NO ESCURO.

Percebeu que não era um tiro, mas uma trovoada. Não era uma explosão, mas um relâmpago.

Era só uma tempestade, pensou. Só a chuva e o vento.

— Teve pesadelo? — murmurou Brooks, pegando a mão dela no escuro.

— A tempestade me acordou.

Mas ela saiu da cama, incomodada, e andou até a janela. Querendo sentir o vento frio, escancarou o vidro e deixou as rajadas passarem por sua pele, por seu cabelo.

— Eu tive mesmo um pesadelo. — Com a claridade de outro relâmpago, ela observou as árvores balançarem e baterem. — Você uma vez me perguntou se eu tinha pesadelos ou *flashbacks*. Eu não respondi direito. Não costumo ter tantos quanto tinha antes. E os sonhos são mais uma volta àquele dia do que um pesadelo.

— Não acaba sendo a mesma coisa?

— Acho que, no fim das contas, sim.

Abigail ficou parada onde estava. O vento era uma rajada de frescor. O céu, um ovo escuro rachado por trovões e relâmpagos.

— Sempre estou no meu quarto na casa de proteção à testemunha. É meu aniversário. Estou feliz. Acabei de pôr os brincos e a blusa que o John e a Terry me deram de presente. E, no sonho, penso em como estou bonita, como pensei naquele dia. Estou pensando em usar os presentes quando testemunhar, porque me passam sensações boas, fortes. Então ouço os tiros.

Ela deixou a janela escancarada enquanto se virava para vê-lo sentar-se na cama e observá-la.

Bondade, pensou a moça outra vez. Ela nunca queria desdenhar da bondade inata de Brooks.

— Tudo acontece de forma muito lenta no sonho, apesar de não ter sido assim. Eu me lembro de tudo, de todos os detalhes, de todos os barulhos, de todos os gestos. Se eu tivesse talento para isso, poderia desenhar tudo, cena por cena, e repassar o que aconteceu como uma animação.

— Lembrar com tanta clareza deve ser difícil para você.

— Eu... — Abigail nunca havia pensado naquilo. — Imagino que sim. Era uma noite de tempestade, como a de hoje. De trovões, raios, vento e chuva. O primeiro tiro me assustou. Fiquei com medo, receosa, mas corri para encontrar o John. Só que, no sonho de hoje, não era o John que me empurrava de volta para o quarto, que tropeçava atrás de mim, já morrendo, ensanguentado, encharcando a camisa que pressionei contra a ferida. Não era o John. Era você.

— Não é difícil de entender isso.

Ela pôde vê-lo com a ajuda de um raio. Os olhos claros e calmos olhando para os dela.

— Não é difícil interpretar seu sonho.

— Não, não é. O estresse, minhas emoções, o fato de ter relembrado tudo que aconteceu. O que eu sentia pelo John e pela Terry, mas especialmente pelo John, era um tipo de amor. Acho que, agora que entendo melhor essas coisas, eu sentia uma paixonite por ele. Era inocente, não havia nada de sexual, mas era forte, de certa forma. Ele jurou me protegeu e eu confiava que faria isso. Ele tinha um distintivo, uma arma, um dever. Assim como você.

Ela andou até a cama, mas não se sentou.

— As pessoas dizem para aqueles que amam: "Eu morreria por você." Elas não esperam fazer isso, é claro. Não planejam fazer. Talvez acreditem no que disseram e sejam sinceras, ou talvez seja simplesmente uma expressão de devoção. Mas eu sei o que significa, agora entendo a profundidade incrível dessa emoção. E sei que você morreria por mim. Você consideraria a minha vida mais importante do que a sua. E isso me deixa apavorada.

Ele pegou as mãos dela. As suas estavam tão firmes quanto seus olhos.

— Ele não soube de nada antes. Não conhecia o inimigo que tinha. Nós conhecemos. Não vamos entrar numa armadilha, Abigail. Vamos armar uma.

— É. — Já chega, disse a si mesma. Já chega. — Quero que saiba que, se você se machucar nessa armadilha, vou ficar muito decepcionada.

Ela se surpreendeu quando ele riu.

— E se for um ferimento leve?

Ele pegou a mão da moça e a puxou para a cama.

— Muito decepcionada. — Ela se virou para ele e fechou os olhos. — E não vou ficar com peninha.

— Você é muito durona e direta. Acho que vou evitar os ferimentos leves.

— É melhor assim.

Ela relaxou, abraçada ao corpo dele, e ouviu a tempestade trovejar para o oeste.


De manhã, com o céu claro e azul e a temperatura mais alta, ela trabalhou durante uma hora.

— Tem que descansar um pouco — pediu Brooks.

— É. Tenho que acertar algumas coisas. Está perto, mas não perfeito. Não quero fazer mais nada até pensar em algumas outras opções. Estou vendo outra coisa agora. Não tem nada a ver com o vírus.

— Falei com o Anson. Ele vai encontrar a Garrison e o diretor-assistente Cabot daqui a uns noventa minutos.

— Pela minha estimativa, vou precisar de mais um dia de trabalho no programa. — Ela olhou para trás rapidamente. — Não posso falar com as autoridades sobre o que estou planejando fazer. É ilegal.

— Eu já entendi. Por que não fala sobre isso comigo?

— Prefiro esperar até terminar, até ter certeza de que posso fazer o que espero fazer. — Ela começou a se explicar, mas balançou a cabeça. — Isso pode esperar. Não sei o que devo vestir para hoje de tarde nem... — Ela se interrompeu, horrorizada, e virou a cadeira. — Por que você não me contou?

— O quê? — O incômodo repentino e desesperado da moça o fez quase derrubar a tigela de cereal que havia acabado de servir. — O que eu não contei?

— Tenho que levar algum prato para a sua mãe. Você sabe muito bem que não conheço as regras. Você devia ter me dito.

— Não existem regras. É só...

— Está dizendo bem aqui. — Ela enfiou o dedo na tela. — "Os convidados costumam levar um prato para a festa, talvez uma especialidade."

— Onde está dizendo isso?

— Neste site. Estou pesquisando sobre a etiqueta em churrascos.

— Ave Maria. — Dividido entre o riso e a admiração, ele pôs leite na tigela. — É só uma reuniãozinha, não uma coisa formal, com uma certa etiqueta. Eu comprei mais cerveja para levar. Podemos comprar uma garrafa de vinho.

— Vou fazer alguma coisa agora mesmo.

Ela correu para a cozinha e começou a analisar a geladeira e os armários.

Ele ficou parado, observando a moça e mexendo no cereal.

— Abigail, fique calma. Você não precisa fazer nada. Vai ter muita comida lá.

— Isso não importa! Um risoto. Tenho tudo que preciso para fazer um risoto.

— Tudo bem, mas para quê?

— Levar um prato preparado por mim é uma cortesia e um sinal de agradecimento. Se eu não tivesse conferido, não saberia, porque você não me disse.

Ela pôs uma panela de água no fogão e acrescentou sal.

— Eu deveria tomar umas palmadas.

— Você acha isso divertido. — Ela pegou tomates secos, azeite e azeitonas pretas. — Talvez eu não saiba como esse tipo de coisa funciona, mas entendo perfeitamente bem que a opinião da sua família sobre mim vai ser importante.

— Minha mãe e minhas irmãs já gostam de você.

— Elas podem tender a gostar de mim, até eu ser grosseira o bastante para chegar num churrasco sem um prato. Vá lá fora e pegue uma cabeça de *radicchio* da horta.

— Eu adoraria, mas não sei o que é isso.

Ela lançou um olhar fulminante para ele antes de sair, batendo a porta, para pegar a verdura.

Isso realmente tirou a cabeça dela dos vírus de computador e do fato de estar se entregando à polícia, pensou ele. Como Abigail estava estressada, Brooks achou que seria mais inteligente ficar longe da moça por algumas horas. Quando ela entrou, também batendo a porta, ele guardou na memória que *radicchio* era um vegetal folhoso roxo, caso precisasse dessa informação mais tarde.

— Tenho que ir à delegacia por algumas horas — começou Brooks.

— Ótimo. Vá embora.

— Você precisa de alguma coisa? Posso comprar o que precisar quando estiver voltando.

— Tenho tudo aqui.

— Vejo você depois, então.

Brooks virou os olhos para Bert enquanto saía, como se quisesse dizer: "Boa sorte com ela."

Mal tinha saído da casa quando o telefone tocou.

— Gleason.

— Oi, delegado. Tivemos um probleminha na Igreja Batista — explicou Ash.

— Não lido com probleminhas nos meus dias de folga.

— Bom, foi um probleminha entre o Sr. Blake e os Conroy, então achei que quisesse saber.

— Droga. Estou indo para aí agora. — Ele entrou rapidamente no carro e deu ré com o telefone ainda no ouvido. — Que tamanho de probleminha?

— Gritos, acusações e insultos, com grandes chances de a situação piorar. Também estou indo para lá.

— Se chegar lá antes de mim, comece a impedir que piore.

Ele pensou: "Droga", antes de ligar a sirene e pisar fundo no acelerador ao entrar na estrada principal.

Brooks chegou rápido à igreja e parou de frente para o carro de Ash, já que ambos vinham de direções opostas.

— Você tirou a sua... — Ele não podia chamar aquilo de barba, pensou Brooks. — Os seus pelos.

— É, estava quente demais.

— Entendi.

Brooks percebeu que o probleminha havia se tornado um drama, e o drama estava a um passo de se tornar uma comoção, então decidiu deixar as brincadeiras sobre a suposta barba que Ash havia retirado para depois.

Lincoln Blake e Mick Conroy podiam ser o motivo da confusão, mas estavam cercados por muitas pessoas, em suas melhores roupas, que estavam irritadas e tomavam partido de um dos dois no gramado recém-cortado em frente à igreja de tijolos vermelhos.

Até o reverendo Goode, ainda de Bíblia na mão, estava vermelho como um pimentão — um forte contraste com o cabelo branco como a neve.

— Por favor, acalmem-se! — gritou Brooks.

Algumas das vozes se interromperam e alguns dos peitos estufados se encolheram enquanto Brooks passava.

Blake levara o assistente de rosto impávido e Brooks não tinha dúvidas de que o homem estava armado. O Arkansas ainda tinha leis contra o porte de armas em igrejas — e só Deus sabia por quanto tempo ainda teria —, mas era muito provável que aquelas pessoas reunidas no gramado carregassem armas, além das gravatas e dos sapatos bem-engraxados.

Com uma arma, pensou Brooks, um probleminha se torna um drama, uma comoção e um banho de sangue em um piscar de olhos.

— Todos vocês estão na frente de uma igreja — começou ele, demonstrando desaprovação e uma fina camada de decepção. — Espero mais das pessoas que vieram à missa hoje. Ouvi um linguajar quando cheguei que não combina com este lugar nem com este momento. Agora quero que todos vocês demonstrem respeito.

— Foi o Lincoln que começou. — Jill Harris cruzou os braços. — O Mick mal saiu da igreja e o Lincoln começou a atacar o coitado.

— Ele tem o direito de dizer o que acha. — Mojean Parsins, a mãe de Doyle, enfrentou a outra senhora. — E você não deveria meter esse seu nariz de papagaio na conversa dos outros.

— Eu não precisaria me meter se você não tivesse criado um valentão.

— Senhoras.

Sabendo que estava arriscando a própria vida — mulheres costumavam atacar e morder e podiam estar armadas como seus maridos —, Brooks se meteu entre as duas.

— Seria melhor que vocês e todos os outros fossem para casa agora.

— Você meteu meu menino nessa história. Você e aquela tal da Lowery. O Lincoln acabou de me contar o que você fez. E os Conroy estão tentando ganhar dinheiro com umas bobagens infantis.

Hilly Conroy afastou o marido com uma cotovelada. Pelo olhar que lançava, Brooks percebeu que a mulher finalmente encontrara sua raiva.

— Mojean Parsins, você sabe que isso é mentira. Conheço você desde pequena e estou vendo na sua cara que sabe que isso é mentira.

— Não me chame de mentirosa! O seu filho acabou com aquele hotel e vocês estão querendo fazer o meu menino pagar por isso.

— É melhor você não colocar o seu filho contra o meu, Mojean. Se fizer isso e tentar espalhar essas mentiras, vai se arrepender.

— Vai para o inferno.

— Chega. — O marido de Mojean, Clint, deu um passo para frente. — Já chega, Mojean. Vamos para casa.

— Você tem que defender o nosso menino!

— Por quê? Você vem defendendo o garoto a vida inteira. Me desculpe Hilly, Mick, pela participação que tive em fazer do Doyle a vergonha que ele é. Mojean, eu vou para o carro e para casa. Você pode vir comigo ou ficar. É problema seu. Se quiser ficar, não vou estar em casa quando você chegar.

— Não se atreva a falar comigo a...

Mas ele se virou e foi embora.

— Clint!

Depois de lançar um olhar rápido e arregalado para as pessoas à sua volta, ela saiu correndo atrás do marido.

— Essa história me deixou cansada — afirmou Jill. — Vou andando para casa.

— Por que não pega uma carona com a gente, Sra. Harris? — Mick deu um passo para a frente e pegou o braço da senhora. — Sinto muito por isso tudo, Brooks.

— Leve a Sra. Harris para casa.

— Isso não acabou, Conroy.

Mick lançou um olhar frio e cheio de cansaço para Blake.

— Vou dizer pela última vez: não vou fazer nenhum acordo com você. Fique longe de mim, da minha família e da minha propriedade. Mande o seu assistente e todos os seus comparsas ficarem longe de mim, da minha família e da minha propriedade.

— Se você acha que pode arrancar mais dinheiro de mim, está enganado. Fiz a oferta final.

— Vá para casa — pediu Brooks a Mick.

Ele se virou para Blake.

Ao falar, o delegado não se importou em sofrer desaprovação ou causar decepção. Demonstrou todo o seu nojo.

— Vou falar com o Sr. e a Sra. Conroy depois.

— Vão acertar as historinhas de vocês?

— Também vou falar com o reverendo e com a Sra. Goode. Quer insinuar que o seu pastor e a mulher dele são mentirosos também? A verdade é que meus homens e eu vamos falar com todo mundo que testemunhou ou participou dessa confusão de hoje. E se eu descobrir que houve algum tipo de assédio da sua parte, vou aconselhar os Conroy a pedir uma ordem de restrição contra o senhor e contra qualquer pessoa que esteja usando para provocá-los. O senhor não vai gostar disso. E vai gostar muito menos depois que eles pedirem a ordem e o senhor desrespeitar o documento.

— Não pode me intimidar.

— O senhor sabe muito sobre intimidação, então sabe que não é isso que estou fazendo. Estou explicando a situação. Talvez queira conversar sobre isso com os seus advogados antes de fazer alguma coisa da qual se arrependa. Por enquanto, estou pedindo que vá embora. A sua esposa parece chateada e envergonhada.

— A minha esposa não é da sua conta.

— É verdade. Vai ser da minha conta se o senhor causar outra comoção.

— Lincoln. — Já com a cor normal e a voz calma, o reverendo Goode deu um passo para frente. — Entendo que esteja preocupado. Estou aqui se quiser desabafar. Mas peço que leve a Genny para casa. Ela parece chateada.

E devo pedir que não volte a esta casa de Deus com um motivo não cristão. Vá para casa, Lincoln, e cuide da sua mulher. Vou rezar por você e pela sua família.

— Fique com as suas orações para você.

Blake saiu andando para o carro, deixando o assistente ajudar Genny a descer a rampa até o veículo que os esperava.

— Vai precisar de orações fortes, reverendo.

Goode suspirou.

— Vou fazer o melhor que puder.

ELA TROCOU DE ROUPA TRÊS VEZES. Toda aquela preocupação com o vestuário não era típica de Abigail, a não ser que fosse para estabelecer uma nova identidade ou para se misturar. A pesquisa que fizera afirmara que a roupa deveria ser casual, a não ser que o convite indicasse outra coisa. Mas aquilo podia indicar um vestido ou uma saia casual, peças que ela não possuía.

Abigail agora achava que teria que comprar peças assim.

Se tudo desse certo... Não, *quando* tudo desse certo — já que não custava nada usar o pensamento positivo de Brooks —, ela iria precisar de um guarda-roupa mais extenso e variado.

Ela optou por uma calça capri azul-escura e uma camisa vermelha, além de sandálias, que quase nunca usava e que comprara num momento de fraqueza. Gastou certo tempo se maquiando, algo que ela também raramente fazia desde que se tornara Abigail, já que se misturar e passar despercebida tinham sido seus objetivos. Mas tinha jeito para aquilo, podia dizer sem falsa modéstia.

Usaria aquele jeito se — *quando* — se transformasse em Elizabeth, para cooperar com as autoridades e testemunhar contra os Volkov.

Enquanto olhava para o monitor para ver Brooks chegando, ela pôs os brincos de John, que usava sempre que precisava se sentir confiante.

Abigail desceu a escada e encontrou Brooks na cozinha, encarando uma lata de Coca-Cola.

— Aconteceu alguma coisa.

— Não tem nada a ver com a nossa coisa. — Ele abriu a lata e tomou o refrigerante. — Tivemos um probleminha na Igreja Batista que quase virou uma comoção.

— As religiões organizadas têm um passado infeliz de incentivo à violência.

Ele apenas esfregou a lata fria contra a testa.

— Não teve a ver com religião. O Blake está incomodando os Conroy e acabou fazendo isso na igreja hoje. Se ele está se expondo dessa forma e passando vergonha assim, é porque está descontrolado. Não vai deixar isso para lá. Vou ter que conversar com os Conroy sobre tomar medidas legais para...

Brooks finalmente se concentrou em Abigail.

— Você está muito bonita.

— Eu me maquiei. Achei que seria apropriado.

— Muito bonita mesmo.

Quando Brooks sorriu, a raiva e o estresse que Abigail vira nos olhos do namorado se dissiparam.

— Como você consegue fazer isso? Relaxar tão rápido?

— Vou levar uma mulher bonita a um churrasco. Isso tira meu mau humor rapidinho. Cadê o prato que você fez?

Ela tirou a comida e uma caixa de cerveja da geladeira.

— Se tiver que resolver esse problema agora, tenho certeza de que a sua família vai entender.

— Você não vai se safar assim tão fácil. É colorido — comentou ele, enquanto pegava a tigela. — Está pronta?

— Acho que sim. — Ela pôs a coleira em Bert. — Você poderia me contar sobre os hobbies das pessoas que vão estar lá. Isso me ajudaria a manter uma conversa.

—Acredite em mim: não vai ter problema para arranjar assunto. — Ele pegou a cerveja enquanto saía. — Assim que a gente anunciar que vai se casar, todas as mulheres vão encher o seu saco com os planos para o casamento.

— Não planejamos nada ainda.

— Pode acreditar, minha linda: vai ter planejado até o fim do dia.

Ela pensou um pouco naquilo enquanto estava no carro, com a tigela no colo e o cachorro cheirando cada cantinho do banco traseiro.

— Talvez eles não fiquem felizes.

— Com o quê? Com o casamento? — Ele lançou um olhar rápido para ela. — Vão ficar.

— Não acho que ficariam se soubessem de toda a situação.

— Eu queria poder contar a eles para provar que está errada, mas é melhor não contar.

— Você parece tão calmo... Aprendi a ficar calma quando alguma coisa tem que mudar, mas isso é diferente. É difícil me manter calma, esperar o capitão Anson ligar, pensar no que a polícia vai dizer ou fazer. Pensar em testemunhar e estar quase terminando o vírus.

— Não importa o que aconteça, vamos continuar juntos. Isso me deixa calmo.

Ela não podia dizer o mesmo. O estômago estava embrulhado, o coração, disparado e, a cada quilômetro que andavam, a moça tinha que lutar para não se desesperar. Tentava pensar naquilo como uma chegada a uma nova cidade, a apresentação inicial de uma nova identidade. O nervosismo sempre era um problema, mas ela sabia disfarçá-lo. Sabia se misturar de forma que quem quer que a notasse visse exatamente o que ela queria que visse.

Aquela técnica funcionara durante doze anos. Funcionara até conhecer Brooks. Ele vira outra coisa, algo a mais, e ela agora achava que havia recebido uma bênção. Se ele não tivesse visto, ela não teria uma chance real de ter uma vida verdadeira.

E churrascos fariam parte da vida verdadeira que teria.

Quando Brooks estacionou, Abigail achou que já havia se acalmado.

— Calma — pediu ele.

— Eu pareço nervosa?

— Não, mas está. Eu levo isso. Você pega o Bert.

Ele pôs a tigela embaixo do braço e ergueu a caixa de cerveja. Com a moça segurando a coleira do cachorro com firmeza, os dois andaram até a casa, na direção da música e das vozes, do aroma de carne grelhada.

Ela reconheceu três das mulheres — a mãe e as irmãs de Brooks —, mas não as outras mulheres, os homens, as crianças. A ideia de ser jogada no meio de tantos estranhos secava sua garganta e fazia seu coração disparar.

Antes que pudesse se controlar, Sunny pousou uma bandeja e correu até eles.

— Agora, sim.

— Tive que lidar com um probleminha — explicou Brooks.

— Eu soube.

Sunny fez Abigail quase engolir a própria língua com um abraço rápido e forte, antes de fazer carinho em Bert.

— Você está linda. E o que é isto?

— Risoto — conseguiu dizer Abigail. — Espero que combine com o cardápio que você preparou.

— Já que o cardápio é uma mistura disso com aquilo, vai combinar perfeitamente. E está lindo. Vá colocar isto na mesa, Brooks, e pegue uma bebida para a Abigail. O liquidificador já está fazendo hora extra com tantas margaritas.

— Vou trazer uma para você — afirmou Brooks a Abigail. — Eu já volto.

— Minha filha, Mya... Você conheceu a Mya e a Sybill. Ela faz margaritas ótimas. Por que não solta o Bert da coleira para ele brincar com o Platão?

Abigail se agachou, enquanto os cães se cheiravam e balançavam os rabos.

— *Ils sont amis. Amis*, Bert. *C'est tout.*

— Ele não se incomoda com crianças? — perguntou Sunny.

— Não. É muito carinhoso e paciente. Não ataca a não ser que eu mande. Ou que eu seja atacada.

— Pode deixar que ninguém vai atacar você. Venha conhecer Mick e Hilly Conroy. Eles são velhos amigos. E aquele é o filho deles, o Russ. É o melhor amigo do Brooks. Aquelas são a mulher dele, Seline, e a filha, CeeCee. Eles tiveram um probleminha — continuou Sunny enquanto caminhava. — Quero tentar animar os quatro.

— Foi uma situação chata. O Brooks está muito preocupado.

— Todos nós estamos. Esta é a Abigail — anunciou Sunny, quando as duas se juntaram ao grupo.

— Finalmente. — A mulher mais jovem tinha uma pele escura e macia, que salientava os olhos verde-claros que usava para analisar Abigail. — Eu estava começando a achar que o Brooks tinha inventado você.

— Não, ele não inventou.

Eu inventei, pensou Abigail.

— Esta é a Seline, a CeeCee e o nosso Russ. Os pais do Russ, nossos amigos Mick e Hilly.

— Vi você uma ou duas vezes na cidade. É bom finalmente te conhecer.

— Obrigada. Sinto muito pelo seu hotel. É um prédio lindo.

— É gentileza sua dizer. — Hilly apoiou a cabeça no braço do marido, como se buscasse conforto. — Vamos consertar tudo e deixar o quarto melhor do que antes. Não é, Mick?

— Pode contar com isso. Soube que o garoto do Blake causou problemas para você também.

— Ele quis provocar o Brooks, mas não conseguiu. Parece ser uma pessoa muito irritada e muito inconsequente, com tendência à violência. Deveria pagar pelo que fez.

— Um brinde a isso — afirmou Mya, enquanto andava com uma margarita em cada mão. — O papai sequestrou o Brooks por alguns minutos, então vim entregar a sua bebida.

— Ah, obrigada. Parece... espumante.

Abigail experimentou um gole da bebida e percebeu que a tequila estava forte e deliciosa sob a espuma.

— Está muito boa.

— É uma delícia, não é? — Enquanto falava, Sunny pôs o braço nos ombros de Abigail. — Você estava certa sobre o Bert.

Seguindo o olhar de Sunny, Abigail viu Bert sentado comportadamente enquanto Platão dançava em torno dele, uma menina de pernas compridas agarrava seu pescoço e um menino louro fazia carinho em suas costas.

— Ele é muito bem-comportado — garantiu Abigail. — E acho que está gostando da atenção.

— É do tamanho de um cavalo — comentou Seline.

Abigail começou a discordar. Afinal, um cavalo médio seria muito maior do que Bert. Depois teve que lembrar a si mesma que não devia ser tão literal.

— O tamanho dele foi escolhido para intimidar invasores.

— Os caras devem sair correndo — comentou Russ. — Agora que vamos ter um segundo filho, estou tentando convencer a Seline a pegar um labrador.

— Um poodle.

— É um cachorro de menininha.

— Nós somos meninas. — Ela deu um beijo na bochecha da filha. — Você está perdendo nessa.

— Talvez o próximo deixe as coisas iguais. — Russ deu um tapinha na barriga da mulher. — Um homem precisa de um *cachorro*, não de um brinquedo francês.

— Poodles são espertos.

— São uma raça extremamente inteligente — concordou Abigail. — Só o border collie é mais inteligente. São ágeis e, se bem treinados, muito talentosos e obedientes.

— Viu?

— Um labrador é um *cachorro*. Eles são inteligentes também — acrescentou Russ, apelando para Abigail.

— Claro. São a raça mais popular do país e do Reino Unido. São ótimos cães-guia. São leais e têm um instinto para brincadeiras muito desenvolvido. São ótimos com crianças pequenas.

— Crianças pequenas. — Ele pegou CeeCee e fez a garota rir enquanto a jogava para o alto. — Temos uma e vamos ter outra.

— Poodles também são bons com crianças.

Quando Seline se virou para Abigail, Sunny riu.

— Pronto. Esses dois vão considerar você a juíza dessa briga. Vou te salvar e te levar para conhecer minha horta. A comida vai estar pronta daqui a alguns minutos.

— Talvez eles devessem pensar num labradoodle — murmurou Abigail, enquanto Sunny a levava para longe.

Não era muito difícil, percebeu. Durante cerca de vinte minutos, ela caminhou pelos jardins e falou sobre eles, conversou com os amigos e a família de Brooks e respondeu perguntas animadas sobre Bert, feitas por crianças de olhos arregalados.

Quando todos se juntaram em volta das mesas de piquenique, ela já se sentia mais à vontade. E relaxou ainda mais quando a atenção foi voltada para a comida e se afastou dela.

Um churrasco tem suas vantagens, pensou. Era um ambiente casual para a socialização, com uma grande variedade de comida preparada por uma grande variedade de mãos. Percebeu que era um tipo de ritual, quase tribal, com adultos ajudando a servir ou alimentar as crianças — as suas e as dos outros —, com cães por perto que — apesar de sua desaprovação — aproveitavam os restos de comida que eram jogados para eles.

Ela também gostava das margaritas, com sua deliciosa espuma.

— Está se divertindo? — perguntou Brooks.

— Estou. Você estava certo.

— Continue pensando isso. — Ele se inclinou para beijar Abigail, depois pegou o copo de cerveja. — Acho que todos vocês vão querer saber — disse, sem erguer a voz para abafar as conversas que atravessavam a mesa — que eu e a Abigail vamos nos casar.

E todas as conversas, absolutamente todas, pararam imediatamente.

— O que você disse? — indagou Mya.

— O que importa é o que ela disse. — Brooks pegou a mão de Abigail. — E ela disse "sim".

— Meu Deus, Brooks! — O rosto de Mya se iluminou com um sorriso. Ela pegou a mão do marido e apertou, depois se levantou num pulo para dar a volta na mesa e dar um abraço nas costas de Brooks. — Meu Deus!

Então pareceu que todos estavam falando ao mesmo tempo: com Brooks, com ela, uns com os outros... Ela não sabia a quem responder nem o que dizer. O coração da moça disparou de novo quando percebeu que, ao lado dela, Brooks olhava para sua mãe e ela olhava para ele.

— Mãe — disse Brooks.

Sunny fez que sim com a cabeça, soltou um longo suspiro e se levantou. Ele se ergueu junto com ela e, quando ela estendeu os braços, a abraçou.

— Meu bebê — murmurou ela, fechando os olhos.

Quando os abriu de novo, Sunny olhou diretamente para Abigail e estendeu a mão.

Insegura, Abigail se levantou.

— Sra...

Sunny apenas balançou a cabeça, agarrou a mão de Abigail e a abraçou também.

— Eu vou chorar, só por alguns segundos — afirmou Sunny. — Posso fazer isso. Depois vou entrar e pegar aquela garrafa de champanhe que sobrou do Ano-Novo para fazermos um brinde à altura da novidade.

Ela os abraçou com muita, muita força. Depois se afastou lentamente para dar dois beijos nas bochechas de Brooks. Para a surpresa de Abigail, Sunny segurou o rosto da moça e deu duas beijocas em suas bochechas.

— Estou muito feliz. Vou pegar o champanhe.

— Ela precisa de um instante. — Loren se levantou e andou até o filho. — Está feliz, mas precisa ficar sozinha um instante.

Ele abraçou o filho e se virou para abraçar Abigail.

— Bem-vinda à família.

O homem riu, depois apertou a moça, erguendo-a até que ficasse na ponta dos pés.

Todos voltaram a falar, e Abigail se viu sendo abraçada, gaguejando respostas para perguntas sobre onde e quando a festa seria, sobre o vestido...

Ela ouviu o *pop* da rolha do champanhe sobre as perguntas, as risadas, os parabéns. Deixou-se abraçar por Brooks, olhou para cima, encontrou os olhos dele.

Família, pensou.

Poderia ter uma família e, agora que podia senti-la, percebeu que faria qualquer coisa, tudo, para mantê-la.

# 28

OS PLANOS PARA O CASAMENTO. ABIGAIL VIU AQUILO COMO UMA PEQUENA bola de neve brilhante que começou a rolar por uma montanha. Ela cresceu e cresceu, ganhando peso, velocidade e massa, até produzir uma avalanche imensa, forte e trovejante.

Na tarde ensolarada no jardim dos Gleason, a avalanche a dominava.

— E então? Que tal a próxima primavera? — perguntou Mya a Abigail.

— Primavera? Eu...

— Não. — Sob a mesa de piquenique, Brooks deu um tapinha na coxa de Abigail. — Não vou esperar tanto tempo.

— Falou como um homem que não tem ideia do que um casamento exige. Tivemos dez meses para preparar o da Sybill e do Jake e trabalhamos pra caramba para terminar tudo a tempo.

— Mas foi lindo — lembrou Sybill.

— Achei que a gente iria simplesmente até o cartório — começou Abigail, mas foi interrompida pela clara indignação das mulheres.

— Morda a língua — disse Mya, apontando para ela.

Sybill deu uma cotovelada nas costelas da irmã.

— Você quer uma coisa simples.

— Quero. Bem simples. — Abigail olhou para Brooks.

— Claro, simples. Imagino que tenha muitos "simples" entre uma ida ao cartório e a festa cheia de diamantes que está se formando na cabeça da Mya. Estou pensando no outono. É tempo suficiente para algumas frescuras, mas não o bastante para alugar uma tenda de circo.

— Mas são menos de seis meses! Menos de seis meses para encontrar o vestido perfeito, alugar o espaço certo, entrevistar bufês, fotógrafos...

— Fotógrafos? — interrompeu Abigail.

— É claro. Não pode deixar que o seu tio Andy tire as fotos do seu casamento.

— Não tenho um tio Andy.

E ela sempre evitava fotos. Ilya a havia reconhecido em Nova York em questão de segundos, na rua. Se uma foto dela fosse para a internet ou para um jornal, poderia levar — e provavelmente levaria — à sua descoberta e a uma tragédia.

— O que nos leva de volta à lista de convidados. Posso ajudar com o seu lado. Tenho a lista do meu casamento e do da Syb. Quantas pessoas vai convidar?

— Ninguém.

— Ah, mas...

Mya não precisou de uma cotovelada nem do olhar mortal de Brooks para se interromper. Ela continuou como se "ninguém" fosse absolutamente normal.

— Isso realmente vai deixar as coisas mais simples. Precisamos de uma sessão de planejamento e de um almoço entre mulheres. Porque você não tem nada a ver com isso — disse ela a Brooks com um sorriso largo. — O casamento é o dia da noiva.

— Por mim, tudo bem.

— Conheço uma loja de noivas maravilhosa em Little Rock — continuou Mya.

— A White Wedding — acrescentou Seline. — É *mesmo* maravilhosa. Encontrei meu vestido lá.

— Só temos que tirar um dia, todas nós, meninas, para ir até lá, dar uma olhada, almoçar, pensar direitinho. Vou ter que conferir minha agenda. — Mya sacou o telefone e começou a analisar telas. — Talvez a gente possa marcar para semana que vem.

— Semana que vem... — conseguiu dizer Abigail.

— Você sempre foi mandona. — Sunny se recostou na cadeira, bebendo uma margarita. — É uma das coisas que amamos nela, Abigail, mas demora um tempo para se acostumar. Por que não dá alguns dias a ela, Mya, para que ela se acostume ao fato de estar noiva?

— Eu sou mandona. — Mya riu e jogou o cabelo para trás quando o marido riu, fazendo barulho com o nariz. — E quando formos irmãs? Vou ser ainda pior.

— Ela está falando sério — afirmou Sybill.

Abigail ouviu o zumbido baixo do celular vibrando no bolso de Brooks. Quando ela olhou para baixo, ele o sacou e observou a tela.

— Desculpem, tenho que atender.

Os olhos dele encontraram os dela rapidamente enquanto ele se levantava e andava para longe.

Parecia surreal. Mya continuava a falar sobre lojas de noivas, flores, serviço à francesa ou bufê e, ao mesmo tempo, Brooks conversava com Anson sobre decisões que colocariam a vida dela em risco.

Era a mesma bola de neve, pensou Abigail, rolando, rolando, crescendo, ganhando peso e tamanho até englobar toda a montanha.

Ela não podia desistir agora, lembrou a si mesma. Estava determinada a continuar.

— Você está bem? — perguntou Sybill.

— Estou. Estou bem. É que é muita coisa ao mesmo tempo.

— E só estamos começando.

— É. — Abigail olhou para Brooks. — Começou.

Brooks voltou e pôs a mão no ombro dela.

— Desculpem. Tenho que resolver um problema.

— Vá cuidar do seu trabalho, então — aconselhou Mya. — Podemos deixar a Abigail em casa.

— Bom... — Por um instante, a cabeça de Abigail ficou sem ideias. — Obrigada, mas realmente tenho que voltar para casa e terminar um trabalho.

— Então vou ligar para você amanhã. Ou vou mandar um e-mail. Acho que o e-mail é melhor porque posso mandar uns links. Me dê...

— Mya. — Sunny arqueou as sobrancelhas. — O que aconteceu com os dias para ela se acostumar?

— Está bem, está bem. O que eu posso fazer se nasci para planejar e organizar festas? Me mande um e-mail quando se sentir pronta.

Pegando um guardanapo de papel, Mya escreveu o próprio e-mail.

Abigail tinha a sensação de que precisaria de mais do que alguns dias.

— Vou escrever. Muito obrigada pela tarde.

— Abigail. — Sunny foi até ela, deu um abraço forte na moça e sussurrou: — Não se preocupe. Vou segurar a Mya por uma ou duas semanas.

Levou algum tempo para irem embora. Aparentemente, as pessoas não se despediam do modo normal em um churrasco; elas se abraçavam ou estendiam a conversa, faziam outros planos, brincavam com os cachorros. Todos davam adeus e acenavam quando as pessoas chegavam ao carro.

— Antes que você me conte o que o capitão Anson disse, quero dizer que a sua família é...

— Barulhenta, mandona?

— Não. Bom, é, mas não era isso que eu queria dizer. Carinhosa. Naturalmente. Entendo você melhor, agora que passei a tarde com eles. A sua mãe... Não sinta pena de mim. Não gosto disso.

— Está bem.

— Sua mãe pôs a mão nos meus ombros. Foi um gesto natural. Duvido que ela tenha pensado antes de fazer e sei que já fez isso milhares de vezes com outras pessoas. Mas quando fez isso comigo, senti... Pensei: "É isso que uma mãe faz. Ela toca em você ou abraça você, simplesmente porque quer. Sem precisar de motivo." Depois pensei: "Se a gente tiver filhos, quero aprender a ser o tipo de mãe que toca ou abraça sem pensar, sem um motivo especial. Espero ter a chance de fazer isso."

— Vai ter.

— O Anson conversou com o FBI.

— Quase o dia todo. Ele acha que, inicialmente, queriam enrolar ele para chegar a você. Mas ele insistiu no contato a distância. Eles passaram poucas informações específicas para ele, mas ele tem certeza absoluta de que vão começar a vigiar o Cosgrove e o Keegan.

— Ele acha que acreditaram na minha história?

— Você explicou tudo, passo a passo, até o que o John disse para você. E tem sido uma fonte de informação valiosa nos últimos dois anos. Por que mentiria sobre Cosgrove e Keegan?

— Não seria lógico.

— Não, não seria. Querem falar com você ao vivo. Querem que você vá até lá. Prometeram te proteger.

— Querem me interrogar para ter certeza de que não fui cúmplice da morte do John e da Terry. Se e quando tiverem certeza disso, vão querer que eu concorde em testemunhar contra o Korotkii.

— É, e vão querer mais. Você tem acesso à rede dos Volkov, a informações que podem, e provavelmente vão, colocar grande parte da organização na cadeia e destruir o resto.

— Contanto que a informação venha de uma fonte anônima, as autoridades podem usá-la. Assim que souberem que veio por meios ilegais, não poderão mais usar.

— Não, não vão. Talvez consigam dar um jeito nisso.

Ela pensou na situação, em tudo aquilo.

— Não vou passar o vírus a eles, mesmo que não me prendam pela atividade de hacker. Preciso terminar o vírus para acabar com a rede. Eles não podem fazer o que quero, nem técnica nem legalmente. E eu vou ficar exposta de novo se não conseguir acabar com a rede e pegar o dinheiro deles.

— Pegar? Você tem esse tipo de acesso ao dinheiro deles?

— Posso ter, a grande parte dele. Andei pensando em onde colocaria esse dinheiro quando estivesse pronta para transferir os fundos de várias contas. Pensei em doações anônimas substanciais para instituições de caridade que me parecerem apropriadas.

Ele tirou os olhos da estrada e lançou um longo olhar para a moça.

— Vai rapar as contas deles.

— Vou. Achei que você tivesse entendido isso. Se tiverem os cerca de 150 milhões das contas, logo vão se reconstruir. Além do dinheiro, eles têm propriedades, mas tenho algumas ideias para acabar com isso.

— Acabar.

— Problemas com impostos, transferências de propriedade... Parte dos imóveis a polícia pode e vai simplesmente confiscar, já que foi usada para atividades ilegais. Mas os outros estão muito bem escondidos. Não vão estar quando eu terminar. Não basta eu testemunhar, Brooks — disse Abigail, enquanto ele estacionava na frente do chalé. — Não basta pôr o Korotkii, talvez o Ilya e até o Sergei na prisão. Com os recursos que têm, o dinheiro, eles vão se reagrupar, se reconstruir e vão saber que fui eu que causei tudo aquilo. Não quero que saibam como a rede foi comprometida. E não pretendo contar nada disso às autoridades. Elas não podem aceitar o que estou planejando fazer.

Ela saiu do carro e olhou para ele por sobre o veículo.

— Não vou voltar ao programa de proteção. Não vou deixar que saibam quem eu sou, mesmo se e quando concordar em testemunhar. Não confio na proteção deles. Confio em mim e em você.

— Está bem. — Ele abriu a porta para o cachorro e estendeu a mão para ela. — Vamos encontrar uma casa em Chicago quando for a hora. Você e eu vamos ser os únicos a saber onde vai ser. Vamos ficar lá. Você vai escolher um lugar para o encontro — eu imagino um hotel, talvez na Virgínia ou em Maryland — e não vai dizer a localização até estar lá.

— Isso é muito bom. Você não pode ir comigo.

— Posso, sim. Contanto que não me vejam.

Aquilo não iria para frente, nada daquilo aconteceria se ele não estivesse junto com ela.

— Acho que podemos colocar câmeras e escutas no quarto de hotel para que eu possa acompanhar. E a gente vai ter uma gravação, se precisar.

— Eu não tinha pensado nisso. Devia ter pensado, porque é a melhor opção.

— Você pensa e eu penso. É assim que funciona.

Ela se virou e deixou que ele a abraçasse.

— Tem que acontecer rápido depois que começar. Tudo vai ter que acontecer rapidamente e na ordem certa.

Ela não o afastaria da família se as coisas dessem errado. Também tinha percebido isso no churrasco.

— Preciso terminar o programa. Isso só vai ser parcial sem ele.

— Vá trabalhar nisso, e eu vou começar a fazer algumas pesquisas. Vou encontrar um local para o encontro.

— Na Virgínia — pediu ela. — No condado de Fairfax. É longe o bastante de Washington e a menos de uma hora do aeroporto regional de Maryland. Vou alugar um avião.

— Alugar? É sério?

— Acho que você se esqueceu de que tem uma namorada rica.

Ele riu.

— Não sei como isso foi acontecer.

— Se eles quiserem desistir do encontro e me seguir, vamos conseguir despistar todo mundo naquelas estradinhas. E eles provavelmente vão me procurar no aeroporto de Dulles ou no Reagan.

429

— Temos um plano. — Brooks deu um beijo nela. — Vá brincar com os seus vírus.

TENTOU NÃO ATRAPALHAR a moça. Mas, pelo amor de Deus, depois de duas horas ao computador, ele queria uma cerveja naquele domingo à noite. E batatas fritas, que teve que comprar, já que ela não tinha um pacote de salgadinhos na casa.

Quando ele entrou na cozinha, ela estava sentada, com as mãos no colo, encarando a tela. Abriu a geladeira com cuidado, tirou uma cerveja, olhou para ela e abriu o armário onde guardara os salgadinhos. Cebola e *sour cream*.

Então ela se virou.

— Já vou parar de atrapalhar você.

— Eu consegui.

Ele analisou o rosto dela, pousou a cerveja.

— Você conseguiu terminar o programa.

— Consegui. E funciona. Teoricamente. Já testei várias vezes. Não posso colocar o vírus para funcionar até a hora certa, então não posso ter certeza absoluta. Mas tenho. Certeza de que vai funcionar.

Ele sorriu, foi até ela, ergueu a moça pelos cotovelos e deu um beijo nela.

— Você é um gênio.

— Sou.

— Então por que não parece feliz?

— Estou. Estou... meio dormente, eu acho. Eu achava que iria conseguir, mas agora que está pronto, percebi que não acreditava de verdade que conseguiria. — Como a cabeça doía um pouco, ela pressionou a têmpora esquerda com a ponta dos dedos. — Isso não faz sentido.

— Faz, sim.

— Brooks. Eu posso acabar com a rede deles, corromper cada arquivo, cada programa. Posso destruir tudo, sem me importar com que sistema operacional ou computador cada pessoa use. Posso fazer isso e, se soltar o vírus depois que retirar o dinheiro das contas, eles vão estar arruinados. Falidos.

Ela pôs a mão no coração.

— E, antes que o faça, posso dar às autoridades o suficiente para acabar com várias operações e processar outros soldados e tenentes da organização, até que a *bratva* Volkov esteja num estado lastimável e nunca possa ser reconstruída.

— Vai demolir tudo.

Ela soltou uma risada sem fôlego.

— É. É. Eu não achava que iria conseguir — murmurou ela. — Se achasse, teria feito antes de concordar em testemunhar.

Ele manteve uma expressão impassível.

— Quer desistir dessa história?

— Você deixaria. — Como ele costumava fazer ela, Abigail pôs as mãos no rosto de Brooks. — Eu amo tanto você! Você me deixaria desistir, apesar de ir contra os seus princípios. Mas não, não vou desistir. Isso faz parte do plano, parte de quem quero ser. Parte de quem você espera que eu seja.

— Só espero que você seja quem você é.

— Eu espero mais agora. Espero mais da Elizabeth. Espero mais da Abigail. E quero que você espere mais de mim agora. Meu testemunho, minhas informações, o que consegui hackeando, o supervírus. É tudo uma coisa só. Quando isso tudo acabar, a Elizabeth vai poder sumir com a consciência tranquila.

Ela fechou os olhos, depois os abriu e sorriu.

— E a Abigail também vai poder se casar com você com a consciência tranquila. Quero tanto me casar com você. Talvez até vá a uma loja de noivas.

— Iiiih...

— Estou com um pouco de medo, mas talvez vá.

— *Agora* você parece feliz.

— E estou. Estou muito feliz. Assim que a gente encontrar um hotel, vou alugar o avião. Podemos pedir que o seu capitão marque o encontro. Podemos começar o próximo passo.

— Já achei o hotel. Fica em Tysons Corner, na Virgínia. É duas estrelas, bem na beira da estrada.

— Eu quero ver o site do hotel e um mapa da região.

— Imaginei que você iria querer. Deixei tudo salvo no meu laptop.

— Podemos fazer a reserva e marcar o encontro para amanhã ou para depois de amanhã. É menos tempo para as autoridades tentarem me encontrar.

— Para depois de amanhã. Tenho que reorganizar meus plantões para não ter problema.

— Melhor assim. Tenho que achar um lugar para deixar o Bert.

— Minha mãe pode ficar com ele.

— É. Mas... — Ela hesitou e olhou para o cachorro. — Pensei num canil, com profissionais.

— Vai colocar seu cachorro na cadeia?

— Um canil não é uma prisão.

Dois pares de olhos castanhos a encararam.

— Bom, ele realmente gostou de ficar lá hoje à tarde, mas parece um favor grande demais para pedir aos seus pais.

— Eles vão adorar. Além disso, é isso que famílias fazem. Vá se acostumando. Vá dar uma olhada no hotel. Vou ligar para ela.

— Está bem.

Brooks sacou o celular quando Abigail saiu da cozinha.

— Vai ficar me devendo essa — disse ele para Bert.


ESTÁ TUDO CERTO, DISSE Abigail a si mesma. Estava parada no quarto do pânico, selecionando cuidadosamente o que precisava para dar o próximo passo.

Ela fizera a reserva com dois nomes diferentes, em dois momentos diferentes, a partir de dois computadores diferentes. Brooks faria a reserva como Lucas Boman — o nome do primeiro treinador de baseball que tivera. Ela iria criar a nova identidade para ele no dia seguinte. A dela, que seria passada a Anson para que entregasse ao FBI depois que ela e Brooks tivessem chegado ao hotel e se preparado, seria Catherine Kingston — uma identidade que a moça já havia usado. Ela analisou a coleção de perucas e o estoque de tintas para cabelo.

— Vai de ruiva? — comentou Brooks, quando ela pegou uma peruca de cabelo curto e liso, de um vermelho com tons dourados.

— Minha cor natural tende para o ruivo. Não tenho uma peruca com essa cor.

— Espere aí. — Com a cabeça inclinada, ele analisou a moça. — Você é ruiva?

— Dizer que tenho cabelo castanho é mais preciso, mas os fios têm tons avermelhados.

— Só quero mencionar que vi seus outros cabelos e não são castanhos nem avermelhados.

— Seriam, mas sou muito cuidadosa quando mudo de aparência.

— Interessante. Muito interessante. Você devia ter tentado entrar para a CIA.

— A instituição não me atraía. Imagino que esperem que eu mude um pouco minha aparência para o encontro. Isso deve ser o bastante, junto com algumas alterações feitas com maquiagem e enchimentos. Vou usar seios maiores.

— Não dá para errar com seios maiores.

— Acho que meus seios naturais são mais do que adequados.

— Vamos ver. — Eles os pegou e pensou um pouco. — Extremamente.

— A obsessão com o tamanho dos seios é tão boba quanto a obsessão com o tamanho do pênis.

— Eu acho que meu pênis natural é mais do que adequado.

Ela riu e se virou para o espelho.

— Imagino que não vá conferir para ter certeza.

— Talvez mais tarde.

Ela pôs a peruca com tanta rapidez e destreza que ele percebeu que a moça com frequência.

— Você fica diferente.

Brooks pensou que preferia o cabelo dela mais longo e um estilo menos bem-cuidado.

— É. Posso dar um jeito. Vou ter que comprar uma peruca mais parecida com o meu cabelo natural, de um comprimento maior, que permita fazer vários penteados. Quero ficar parecida com as fotos que eles têm da Elizabeth, apesar de serem antigas. Posso usar lentes de contato e mudar a cor dos meus olhos. Só um tom, sutilmente. Um quadril mais largo, seios maiores. Um tom de pele mais escuro com loção bronzeadora. É, posso dar um jeito — repetiu ela.

Ela tirou a peruca e a recolocou no suporte.

— Agentes da CIA têm que mentir e enganar. Eu imagino que seja necessário para as tarefas que realizam. Menti e enganei muito nos últimos doze anos. Gostaria de ter uma vida em que a mentira e a enganação não fossem parte do meu dia a dia. Não posso abdicar de todas as mentiras, mas...

Ela se virou para ele.

— Terei uma pessoa que sempre vai saber de toda a verdade, de tudo, para quem nunca vou mentir. Isso é um presente. Você é um presente.

— Tenho uma pessoa que acredita tanto em mim que me contou a verdade, que confiou em mim o suficiente para me contar tudo. Isso também é um presente.

— Então nós dois temos muita sorte. — Ela andou até Brooks e pegou a mão dele. — Acho que a gente deveria ir dormir. Tenho que fazer alguns testes para saber se o seu pênis é adequado.

— Para a nossa sorte, eu sempre me dei bem nesses testes.


O TELEFONE DE BROOKS tocou às quinze para as duas da manhã. Ele rolou até a lateral da cama para atendê-lo.

— Delegado Gleason.

— Oi, Brooks, é o Lindy.

— O que houve, Lindy?

— Bom, tenho uma coisa para contar. O Tybal está aqui comigo.

— Merda.

— É, é uma bela merda, mas não do tipo que você está imaginando. Você vai querer ouvir o que o Ty tem a dizer.

Brooks empurrou o corpo para cima e se sentou.

— Onde você está?

— Agora estamos na minha caminhonete, a cerca de um quilômetro da casa da Lowery. Como o seu carro não está na cidade, imaginei que você estaria aí.

— Isso é trabalho para a polícia, Lindy. Por que a gente não se encontra na sua casa?

— Prefiro não fazer isso por causa da merda que mencionei. Vai ser melhor se a gente for até aí e conversar em particular. As pessoas tendem a ver as coisas na cidade, até mesmo a essa hora. Talvez especialmente a essa hora.

— Isso é verdade. Espere. — Ele pôs a mão sobre o bocal do telefone. — É o Lindy. Da lanchonete.

— É, eu sei quem ele é.

— Ele me disse que está com Tybal Crew e que os dois precisam conversar comigo em particular.

— Aqui?

— Se não fosse importante e não precisasse ser em particular, o Lindy não me ligaria às duas da manhã.

— Vou me vestir.

— Vou ficar com eles lá embaixo para não atrapalhar você.

— Acho que, se alguém precisa vir até aqui a essa hora para conversar com você, eu deveria ouvir o que ele tem a dizer.

— Está bem, então. — Ele pôs o telefone no ouvido de novo. — O Ty está sóbrio?

— Agora está. Ou quase.

— Podem vir.

Passando uma das mãos pelo cabelo, Brooks pousou o telefone na mesinha.

— Sinto muito.

— Poucos dias atrás, eu nunca deixaria alguém aparecer assim. Mas não estou nervosa, de verdade. Estou mesmo é curiosa. Quer que eu faça um café?

— Isso não me chatearia.

Aquilo a deixava feliz: pensar que, em seu futuro com Brooks, ligações no meio da noite e preparar café para pessoas com problemas seriam parte da sua rotina.

Ela esperava se tornar uma boa esposa de policial.

Ainda assim, ficava satisfeita ao saber que Bert, depois de receber ordens para relaxar, estava deitado num canto da cozinha. Abigail também tomou a precaução de ativar os descansos de tela nos monitores de seus computadores.

A moça não tinha certeza de como deveria cumprimentar os dois homens que estavam fazendo a visita no meio da noite, mas, quando ela levou o café para a sala de estar, Brooks os deixou entrar pela porta da frente.

Lindy, a longa trança grisalha pendurada sobre uma camisa velha da banda Grateful Dead, entrou primeiro.

— Senhora. — Ele acenou com a cabeça. — Desculpe por incomodar a senhora a essa hora da noite.

Ele bateu com o punho fechado na barriga de Tybal.

— Isso mesmo — respondeu Tybal. — Desculpe o incômodo.

— Tenho certeza de que tiveram boas razões para isso.

— É melhor terem mesmo — murmurou Brooks. — Droga, Ty, você está fedendo a Rebel Yell.

— Sinto muito. — As pontas das orelhas de Tybal ficaram vermelhas enquanto ele baixava a cabeça. — Mas as circunstâncias são atenuantes. Tinha recebido a minha ficha de sessenta dias sóbrio e agora vou ter que começar de novo.

— Todo mundo escorrega alguma vez, Ty — disse Lindy. — O seu primeiro dia começa agora.

— Eu tenho ido às reuniões. — Ty mexeu os pés e olhou para Abigail como um ursinho envergonhado. — O Lindy é o meu padrinho. Eu liguei para ele. Sei que devia ter ligado antes de beber, mas ainda assim liguei.

— Está bem. Está bem. Sentem-se, vocês dois — ordenou Brooks. — E me digam por que diabos vocês estão aqui às duas da manhã.

— A questão, Brooks, é que eu deveria matar você. — Ty deixou as mãos enormes caírem. — Mas não vou.

— Fico aliviado em saber disso. Agora sente.

— Eu não sabia o que fazer. — Ty se sentou no sofá e baixou a cabeça. — Mesmo depois que o efeito do uísque passou, continuei sem saber. Então eu liguei para o Lindy, que me ajudou a ficar sóbrio e conversou sobre tudo aquilo comigo. Ele disse que a gente tinha que vir contar a você. Talvez o Lindy possa contar a história. Não sei como começar.

— Beba um pouco de café, Ty, e eu vou começando. Parece que a mulher do Lincoln Blake deixou o cara.

— Quando? — Brooks franziu a testa enquanto pegava uma xícara de café. — Vi a mulher dele ainda hoje de manhã.

— Na igreja, não foi? Eu soube disso. Acho que todo mundo já está sabendo. Na minha opinião, foi por isso que a Sra. Blake saiu de casa. Pelo que eu soube, depois que eles chegaram em casa, ela simplesmente fez duas malas e foi embora. A neta da Sra. Harris, a Carly, estava no jardim e viu a mulher pôr as malas no carro. Ela perguntou se a outra ia viajar. A Sra. Blake respondeu, com toda calma, que estava deixando o marido e que nunca ia voltar. Simplesmente entrou no carro e foi embora. Parece que ele ficou enfiado no escritório o dia inteiro.

— Isso não vai acabar bem — comentou Brooks. — O orgulho do Blake já tinha levado uma porrada hoje de manhã.

— Merecido, não? Bom, a Birdie Spitzer trabalha para ele e não costuma fazer fofoca. Provavelmente é por isso que ela ainda estava trabalhando lá, na minha opinião. Ela mesma me contou. Eu achei que era uma história boa demais para não saber os detalhes. Ela disse que eles gritaram, mas, naquela casa, a gente sempre ouve gritos, normalmente dele. Então a mulher foi embora e ele se trancou. A Birdie bateu na porta um tempo depois para ver se ele queria jantar e ele berrou para que ela fosse embora da casa dele e nunca mais voltasse.

— O Blake demitiu a Birdie? — Surpreso, Brooks ergueu as sobrancelhas. — Ela trabalha naquela casa há vinte anos.

— Segundo ela, ia fazer 24 anos em agosto. Deve ter sido por isso que ela foi contar a história lá na lanchonete. Ela não sabe se tem um emprego ou não, não sabe se quer voltar, se ele deve estar esperando que ela volte, essas coisas.

— Agora ele está sozinho — afirmou Abigail, baixinho. — Desculpem. Eu não deveria interromper.

— Tudo bem. E a senhora está certa. Ele está sozinho naquela casa enorme, com o filho preso e sem a mulher. Pelo que imagino, diria que ficou lá sentado, pensando nisso, e chegou à conclusão de que o culpado por essa situação era o nosso Brooks aqui.

— É uma conclusão precipitada e baseada em noções falsas — começou a dizer Abigail. — A conclusão do Sr. Blake, não a sua.

— É, sim, senhora. — Lindy sorriu. — É um jeito bonito de dizer que ele está com merda na cabeça. Desculpe o palavreado.

— Não tem problema. É, ele está com merda na cabeça.

Brooks tomou um gole de café e voltou sua atenção para Ty.

— Quanto ele pagou a você para me matar, Ty?

— Minha Nossa Senhora — conseguiu dizer Abigail, levantando-se rapidamente.

— Calma, linda. O Ty não vai machucar ninguém. Vai, Ty?

— Não, senhor. Não, senhora. Vim contar a vocês. O Lindy achou melhor, então eu vim.

— Me conte o que aconteceu com o Blake.

— Está bem. Bom, ele me chamou para ir até lá, até a casa dele. Eu nunca tinha estado lá, e é uma maravilha. Parece coisa de cinema. Achei que tinha algum serviço para mim. Estou precisando. Ele me fez entrar direto no escritório dele e me sentar numa cadeira de couro enorme. Me ofereceu uma bebida. Eu disse: "Não, obrigado". Mas ele simplesmente serviu e pôs do meu lado. Era a marca que eu gosto. Eu tenho um defeito, Brooks.

— Eu sei.

— Mas não tinha tomado nem um gole desde que você me prendeu. Eu juro. Até hoje. Eu estava meio nervoso, sentado naquela casa chique. Ele não parava de dizer que um copinho não ia me fazer mal. Eu não era um homem? Eu não tomei nada.

— Tudo bem, Ty.

— Mas ele não parava de falar. Dizia que tinha um trabalho e que não contratava covardes nem... Qual era a palavra que eu contei, Lindy?

— Eunucos. Babaca. Desculpe o palavreado mais uma vez.

— Eu concordo com o senhor — disse Abigail. Em seguida ela olhou para Ty. — Ele ligou o seu defeito à sua masculinidade e uniu os dois à sua necessidade de trabalhar. Foi cruel e manipulador.

— Fiquei irritado, mas pareceu ser verdade quando ele disse. O jeito como você fez com que eu me sentisse menos homem, Brooks, e a forma me humilhou e me castrou. Ele disse que você tinha me castrado e aquilo fez com que me sentisse mal. E irritado. E o copo de Rebel Yell estava bem

438

ali. Eu ia tomar só um, só para provar que podia. Mas tomei outro e acho que um terceiro também.

Os olhos de Ty se encheram de lágrimas e, quando ele baixou a cabeça, seus ombros tremiam.

Abigail se levantou e saiu da sala.

— Eu simplesmente continuei bebendo. Porque o copo estava bem ali e parecia nunca esvaziar. Eu sou um alcoólatra e sei que não consigo beber um copo e não beber um segundo.

Carregando um prato com biscoitos, Abigail voltou. Ela pôs o prato na mesa.

Enquanto observava a moça pegar um biscoito e passá-lo para Tybal, Brooks sentiu que a amava com todo o seu coração.

— Ele foi cruel com você — disse Abigail. — Devia ter vergonha do que fez com você.

— Eu não parava de beber e de ficar irritado. Ele não parava de falar sobre o que o Brooks tinha feito, que tinha me feito parecer fraco e covarde na frente da minha mulher, que estava tentando acabar com essa cidade. Que era só eu ver como o Brooks tinha armado para o filho dele. Alguém tinha que fazer alguma coisa. Ele não parava de falar e eu continuava a beber. O Blake disse que precisava de alguém com muita coragem. Me perguntou se eu tinha coragem ou se era covarde. Eu disse: "É claro que tenho coragem. Acho que vou lá acabar com a raça do Brooks."

Ty balançou a cabeça e baixou de novo.

— Eu tenho ido às reuniões e ao AA. Já percebi que, quando eu bebo, eu simplesmente quero acabar com a raça de alguém. Machuquei a Missy por causa disso. Com o que ele disse e a bebida, eu estava prontinho. Pareceu uma coisa boa quando ele disse que não bastava acabar com a sua raça. Que tinha que ser permanente. Você tinha matado a minha masculinidade. Foi isso que você fez. O único jeito de me vingar era matar você. Como ficaria muito agradecido, ele me daria cinco mil dólares. Disse que seria uma recompensa. E me deu metade do dinheiro na hora.

— Ele pagou você? — perguntou Brooks.

— E eu aceitei. Tenho vergonha de dizer que era dinheiro vivo e que eu peguei. Mas não fiquei com nada. Está com o Lindy. Ele disse, o Sr. Blake, para eu ir para casa e pegar minha arma. Que eu devia esperar até escurecer e ficar sentado aqui, na estrada. Depois eu devia ligar para você e avisar que alguma coisa está acontecendo. Eu peguei o meu rifle e carreguei e comecei a me perguntar por que porra a Missy não estava em casa. Comecei a pensar que ela ia ganhar umas boas porradas. Não sei como explicar, mas me ouvi pensando aquelas coisas e fiquei enjoado. Fiquei com medo. Então liguei para o Lindy e ele foi para a minha casa.

— Você fez a coisa certa, Ty.

— Não, não fiz. Eu bebi. E peguei o dinheiro.

— Mas ligou para o Lindy.

— O senhor tem uma doença, Sr. Crew — disse Abigail. — Ele explorou a sua fraqueza, usou seu defeito contra o senhor.

— O Lindy disse a mesma coisa. Obrigado. Estou com vergonha de contar para a Missy. Ela ainda está irritada com você, Brooks, mas está feliz porque não estou mais bebendo. As coisas melhoraram entre a gente e ela sabe disso. Vai ficar ainda mais irritada se você me prender. O Lindy disse que você não iria fazer isso.

— O Lindy está certo. Vou precisar do dinheiro, Lindy.

— Está na minha caminhonete.

— E vou ter que pedir que você vá à delegacia para dar um depoimento oficial, Ty.

— A Missy vai ficar irritada.

— Acho que ela vai ficar um pouco irritada com a bebedeira, mas, depois que ouvir tudo, do início ao fim, acho que vai ficar orgulhosa de você.

— É mesmo?

— Acho. Eu estou orgulhoso de você. E feliz por você não ter tentado me matar.

— Eu também. O que você vai fazer, Brooks?

— Vou juntar todas essas informações, amarrar tudo bem amarradinho e depois vou prender o Blake como mandante do assassinato de um policial.

# 29

O PRÓXIMO PASSO, PENSOU ABIGAIL QUANDO CHEGOU EM CASA, DEPOIS de levar Bert para a casa de Sunny. Parecia estranho e um pouco triste, percebeu ela, voltar para casa sem Bert. Mas lembrou a si mesma que era por pouco tempo. Seria uma viagem rápida — que mudaria tudo.

Quando Brooks voltasse para casa, eles iriam para o aeroporto, pegariam o avião particular para a Virgínia e fariam check-in em dois quartos separados. Ela teria tempo suficiente para instalar as câmeras e começar a transmissão.

Tempo suficiente para repensar, se preocupar, exagerar, caso se permitisse.

Mas não se permitiria. Ela se concentraria na missão e começaria a se transformar em Catherine Kingston.

Sorriu quando Brooks chegou gritando:

— Cadê a minha mulher?

Ela era a mulher de alguém.

— Estou aqui em cima. Está tudo bem?

— Dentro do possível. O Blake fez os advogados dele trabalharem duro e imagino que eles ofereçam um acordo. Talvez ele até consiga escapar dessa, já que o Ty estava claramente embriagado, mas, mesmo assim, não vai conseguir mais nada nessa cidade. Imagino...

Ele se interrompeu quando chegou na porta e a viu.

— Repito: "Cadê a minha mulher?"

— Fiz um bom trabalho — decidiu ela, analisando a própria imagem no espelho.

O penteado e a maquiagem cuidadosamente aplicada aumentava o ângulo do rosto. Lentes de contato escureciam o verde dos olhos da moça. Os enchimentos faziam com que passasse de magra a curvilínea.

— Provavelmente vão pedir que o hotel passe o sistema de segurança para eles, depois que souberem onde o encontro vai acontecer. Nós já vamos estar hospedados, mas eles vão analisar os registros para saber quando fiz o check-in e se cheguei sozinha. Por isso temos que tomar táxis diferentes do aeroporto e chegar ao hotel em momentos diferentes.

— Você parece mais alta. — Olhando para ela, ele andou até Abigail e a beijou. — Bem mais alta.

— Pus palmilhas nos sapatos. É só um centímetro, mas cria outra imagem. Se alguma informação sobre esse encontro vazar para os Volkov, eles não vão conseguir me achar. A Abigail não está no sistema e vai ser muito difícil ligar Catherine Kingston ou Elizabeth Fitch a Abigail Lowery. Já estou pronta. Só esperando você.

— Vou pegar as malas.

Ele nunca tinha voado num avião particular, mas decidiu que podia se acostumar àquilo. Não havia filas, atrasos, multidões e o voo em si foi tranquilo e silencioso.

E ele gostava da posição das grandes cadeiras de couro, que permitiam que encarasse Abigail — ou Catherine —, e da maneira como a luz brincava pelo rosto dela enquanto voavam para o norte.

— Eles abriram uma nova investigação sobre Cosgrove e Keegan — disse Abigail enquanto trabalhava no laptop. — Pediram mandados para monitorar os computadores e as comunicações deles. Talvez encontrem alguma coisa. O Cosgrove costuma ser bem descuidado. Ele joga — acrescentou ela. — Tanto online quanto em cassinos.

— E como ele se sai?

— Perde mais do que ganha, pelo que notei a partir da conta dele. E foi o vício no jogo e as perdas que permitiram que os Volkov pressionassem o Cosgrove a trabalhar para eles enquanto eu estava no programa de proteção.

— Vício em jogo — especulou Brooks. — E ele cede facilmente sob pressão. Como ele responderia a uma fonte anônima que dissesse que tem informações sobre a ligação dele com os Volkov?

Ela olhou para cima e baixou os grandes óculos escuros que acrescentara para montar o personagem.

— É uma pergunta interessante.

— Se ele cede facilmente à pressão, algum tipo de chantagem pode fazer o cara cometer um erro.

— Ele não é tão esperto quanto o Keegan. Por isso não subiu tanto na carreira, eu acho. Tanto na polícia quanto na organização dos Volkov. Eu achava que os Volkov já teriam eliminado o Cosgrove, mas, aparentemente, ele é visto como alguém importante.

— Você já jogou alguma isca? — perguntou Brooks.

— Não. Parece um hobby ou uma atividade chata. E não sei o que a pesca tem a ver com o Cosgrove nem com os Volkov.

Ele apontou para ela.

— Primeiro: um dia vou te levar para pescar e você vai entender a diferença entre "calmo" e "chato". Segundo: às vezes podemos jogar uma isca para um peixe pequeno e pegar um bem maior.

— Eu não acho... Ah. É uma metáfora. O Cosgrove é o peixe pequeno.

— Isso mesmo. Talvez valha a pena tentar pescar o cara.

— É, talvez. A cobiça sempre responde à cobiça, e a principal motivação dele é dinheiro. Uma ameaça, alguma coisa que simplesmente prove que a fonte tem informações. E, se ele usa o computador ou o telefone para se comunicar, vão ter o bastante para interrogá-lo.

— O que poderia levar aos peixes maiores. E daria mais peso ao seu testemunho. — Ele estendeu o saquinho de pretzels que tinha aberto, mas Abigail balançou a cabeça.

— Que isca vai usar?

— Porque precisamos de uma isca até para pegar um peixe pequeno.

Fazendo que sim com a cabeça, ele mordeu um pretzel.

— Espere até você jogar a primeira minhoca.

— Não gosto nem do som disso. Bom, há uma mulher que entrou no programa de proteção depois de testemunhar contra o ex-namorado, um gângster pé-rapado envolvido com o esquema de prostituição dos Volkov em Chicago. Ela foi estuprada e morta a pauladas em Akron, Ohio, três meses depois da condenação.

— Foi o Cosgrove quem fez isso?

— Não, ele não era o responsável por ela, mas tudo que reuni na época indica que foi ele que passou as informações sobre ela para um contato da *bratva*. Sei o bastante para criar uma mensagem concreta e ameaçadora.

— Outra pedrinha no rio.

— Que rio? O que tem os peixes?

Rindo, ele deu um leve chute no pé da moça.

— Pode ser, mas, se continuarmos com essa metáfora, é melhor não jogarmos pedra nenhuma. Talvez elas afastem os peixes.

— Não entendi.

— Neste rio metafórico, vamos jogar pedrinhas, porque queremos muitas reverberações.

— Ah. Uma pedrinha, então.

Ela pensou naquilo por um instante e começou a escrever.

*Anya Rinki testemunhou contra Dimitri Bardov. 8 de julho de 2008. Entrou para o Programa de Proteção a Testemunhas. Nova identidade: Sasha Simka. Transferida para Akron, Ohio. Emprego de vendedora na Monique's Boutique.*

*Caso designado para o subdelegado federal Robyn Treacher. Arquivos do caso acessados por William Cosgrove em 12 e 14 de outubro de 2008. Não havia permissão oficial para que ele tivesse acesso aos registros.*

*Cópia de e-mail partindo da conta pessoal de William Cosgrove para Igor Bardov, irmão de Dimitri, enviada em 15 de outubro de 2008, em anexo.*

*US$ 15 mil depositados numa conta em nome de William Dwyer, ou William Cosgrove, em 16 de outubro de 2008.*

*Anya Rinki, ou Sasha Simka, foi encontrada estuprada e morta em 19 de outubro de 2008.*

*Essas informações serão enviadas para o administrador Wayne Powell dentro de 48 horas, a não ser que você concorde em me pagar US$ 50 mil. Detalhes do envio do dinheiro serão passados na próxima mensagem.*

— ACHO QUE É UMA pedrinha muito bem moldada — disse ela, virando a tela para que Brooks pudesse ler a mensagem.

O sorriso dele se espalhou lentamente, antes que tirasse o olhar da tela e o desviasse para o rosto da moça.

— Tem um bom tamanho e um bom peso. Você se lembrava de todas essas datas?

— São precisas.

— O que tem no e-mail que você vai anexar?

— Diz: "Sasha Simka, Akron, 539 Eastwood, Apartamento 3B."

O sorriso desapareceu do rosto de Brooks enquanto ele se afastava do computador.

— Então o Cosgrove matou a moça por 15 mil dólares.

— É. Não tê-la espancado até a morte pessoalmente não tira a responsabilidade dele. Acho que ele vai responder. Acho que vai concordar em pagar. Assim que eu souber que a polícia está vigiando o Cosgrove, vou mandar a mensagem.

— Quanto pagaram a ele por você?

O tom, frio e duro, fez a moça parar um instante antes de fechar o laptop.

— Ele devia cinquenta mil por causa de apostas. O Ilya comprou... São chamados de agiotas. Ele comprou a dívida do Cosgrove com os agiotas e a usou para ameaçar o subdelegado.

— E depois que você não foi... eliminada?

— Metade da dívida foi perdoada e o resto teria que ser pago com trabalho. O pagamento, apesar de eu ter sobrevivido, foi muito maior do que o feito por Anya Rinki. A partir disso, tive que concluir que Korotkii vale muito mais para Sergei Volkov do que Dimitri Bardov.

Brooks então falou baixinho e com uma certeza absoluta.

— Eles vão pagar, Abigail, pelo que fizeram com você, com Anya Rinki e com todos os outros. Eu juro.

— Você não pode jurar por uma coisa que não pode controlar.

Os olhos dele não se afastaram dos dela.

— Custe o que custar, seja quando for.

Como aquilo a emocionou e a assustou um pouco, Abigail olhou pela janela.

— Estamos começando a descer.

— Está nervosa?

— Não. — Ela fez uma pausa para ter certeza. — Não, não estou nervosa com o que vai acontecer. Fico impressionada, de verdade, com a ideia de que estava convencida de que nunca conseguiria fazer isso. E com como agora estou totalmente convencida de que posso e devo fazer. A diferença é que... — Ela pegou a mão de Brooks e uniu com a dela. — É isto. Só isto.

— Isto — ele apertou a mão dela — é muito importante.

ABIGAIL CHEGOU AO HOTEL quase trinta minutos antes de Brooks; por isso, quando ele bateu à porta, ela já havia posicionado as câmeras e os microfones na sala de estar do que o hotel chamava de "suíte executiva". No quarto dele — do outro lado do corredor, a duas portas de distância —, ela instalou os monitores e ajustou todo o equipamento.

Em pouco mais de uma hora ela havia instalado, programado e testado tudo aquilo.

— Assim que fizermos contato, os federais vão pôr policiais no hotel — disse Brooks.

— Eu sei. Mas quanto mais cedo melhor. — Não havia mais nada a fazer, determinou ela. Nenhuma outra precaução a tomar. — Vamos ligar para eles.

Ela tinha que esperar sozinha, mas percebeu que era tranquilizador saber que ele podia vê-la. Assim, trabalhou enquanto esperava e, quando teve a confirmação sobre o mandado para os computadores de Cosgrove e Keegan, programou o envio da nota de ameaça para duas horas depois — era tempo suficiente para que o grampo fosse colocado pela polícia.

Uma pedrinha no rio, pensou, antes de olhar diretamente para a câmera e sorrir.

Como estava monitorando as atividades, soube exatamente quando o avião que levava o diretor-assistente Gregory Cabot e a agente especial Elyse Garrison teve a decolagem liberada.

— Estão vindo para cá agora — disse Abigail de forma clara — e devem pousar no aeroporto de Dulles daqui a uma hora e quarenta minutos.

Ela conferiu o relógio e fez alguns cálculos.

— Imagino que consigam chegar ao hotel às dez. Ainda podem parar para observar e esperar até de manhã, mas acho que vão querer me encontrar hoje, já que isso pôs o controle nas mãos deles. Ou pelo menos é no que eles acreditam.

Ela se levantou, quis poder abrir as cortinas. Mas, com o equipamento certo, com o ângulo certo de um prédio vizinho, alguém podia observá-la dentro do quarto.

— Acho que vou pedir uma refeição. Isso vai dar a eles a chance de fazer um agente disfarçado se passar pelo garçom. Vão poder conferir meu quarto e a mim. A confirmação de que estou aqui, sozinha, pode ajudar.

Ela pediu uma salada, uma garrafa grande de água e uma chaleira de chá. Depois continuou o diálogo unilateral com Brooks, achando aquilo tudo estranhamente íntimo, enquanto ligava a TV e baixava o volume, como imaginou que alguém sozinho num hotel faria.

Abigail conferiu a maquiagem e a peruca — pensando que adoraria retirar ambas. Analisando a situação, desarrumou um pouco a cama para parecer que tinha se deitado para ver TV.

Quando a comida chegou, abriu a porta para o garçom e apontou para a mesa da sala de estar.

O homem tinha cabelos escuros, um corpo atarracado e o que ela definiu como olhos rápidos.

— Veio à cidade a negócios, senhora?

— Vim, sim.

— Espero que se divirta enquanto estiver aqui. Aproveite o jantar — acrescentou ele, depois que ela assinou a conta. — Se precisar de alguma coisa, é só ligar.

— Pode deixar. Obrigada. Na verdade... Talvez o senhor possa trazer mais água, ou café, se preferirem, quando o diretor-assistente e a agente especial Garrison chegarem.

— Não entendi.

— Os seus sapatos, seus olhos e a arma embaixo do seu paletó de garçom. Espero que diga ao diretor-assistente e à agente que posso conversar com eles ainda hoje se eles concordarem.

Aquilo, pensou ela, demonstrava claramente que o controle estava nas mãos *dela*.

— Posso esperar até amanhã se eles preferirem me manter sob vigilância por mais tempo, mas não pretendo ir a lugar nenhum. Pouparíamos tempo se conversássemos hoje à noite. E obrigada por trazer a refeição. A salada parece ótima.

Ele lançou um longo olhar para ela.

— Com licença — disse, deixando-a sozinha.

— Não foi só um impulso e não foi uma tentativa de me mostrar. Exatamente. Achei que, se eles entendessem que eu entendo, talvez ajam com mais tranquilidade durante o processo. A pedrinha caiu no rio enquanto eu estava falando com o garçom do FBI — acrescentou ela. — Acho que vou comer. A salada parece boa.

Em seu quarto, mastigando nozes do minibar, Brooks apenas balançou a cabeça.

Que mulher ele tinha.

Quando terminou, Abigail pôs a bandeja do lado de fora do quarto. Havia muitas digitais, pensou, e DNA suficiente. Podiam analisar as digitais dela e poupar ainda mais tempo.

Ela se sentou e tomou chá, enquanto monitorava os alertas programados e pensava no quanto queria estar em casa com Brooks, Bert e seu jardim. Agora ela sabia — de verdade — o quanto era bom querer voltar para casa.

Quando ouviu a batida na porta, ela desligou o computador, se levantou, andou até a porta e viu, pelo olho mágico, um homem alto e magro e uma mulher de físico atlético.

— Olá.

— Elizabeth Fitch?

— Podem mostrar as identificações, por favor?

Ela conhecia os rostos deles, é claro, mas pareceu bobeira não pedir. Abigail abriu a porta.

— Entrem, por favor.

— Diretor-assistente Cabot. — Ele estendeu a mão para cumprimentá-la.

— Olá, obrigada por vir. E agente especial Garrison. É um prazer conhecer a senhora.

— E eu, a senhora, Srta. Fitch.

— Elizabeth, por favor. Ou Liz. Vamos nos sentar. Se quiserem café...

— Soubemos que você já pediu. — Cabot sorriu levemente. — Já está subindo. O agente que a senhora descobriu está enfrentando muitas brincadeiras dos colegas.

— Sinto muito. Eu já imaginava que vocês iriam mandar alguém se tivessem a chance. E sou muito observadora.

— Conseguiu se esconder durante muito tempo.

— Eu não queria morrer.

— E agora?

— Agora quero viver. Percebi que existe uma diferença.

Cabot fez que sim com a cabeça.

— Vamos gravar este depoimento.

— Claro, prefiro que seja assim.

— Monte o equipamento, agente Garrison. Pode deixar — disse ele, ao ouvir a batida na porta.

Garrison tirou um computador da pasta.

— Eu gostaria de perguntar por que me escolheu como contato.

— Claro. A senhora tem um histórico exemplar. Vem de uma família sólida e, apesar de ter se saído muito bem na escola, também tinha tempo para atividades extracurriculares e para formar amizades duradouras. Concluí que era uma pessoa inteligente, de interesses variados, com uma boa noção de certo e errado. Eram características importantes nesse caso. Além disso, ao analisar a sua formação superior e o seu histórico em Quântico e depois em Chicago, concluí que, apesar de a senhora ser ambiciosa, queria avançar em sua carreira a partir de seus próprios méritos. Tem um respeito saudável pelas autoridades e pela cadeia de comando. Pode passar por cima de algumas regras, mas respeita todas como a base do sistema e o sistema como um meio de fazer justiça.

— Uau.

— Sinto muito, já que parte da minha pesquisa teve que incluir certa invasão de privacidade. Justifiquei isso para mim mesma como uma vontade de servir de fonte sobre a organização dos Volkov. Os fins justificam os meios. Isso costuma ser apenas uma desculpa para fazer alguma coisa errada, mas, nesse caso, na época, achei que era a única opção possível.

— Quer que eu sirva o café, diretor-assistente?

— Pode deixar.

Abigail ficou um instante em silêncio para se autoavaliar. Ela estava nervosa, admitiu. O coração batia rápido, mas sem a pressão do pânico.

— Imagino que tenham verificado minha identidade a partir da louça do meu jantar.

Cabot quase sorriu mais uma vez.

— Imaginou certo. Agente?

— Sim, senhor. Está tudo pronto.

— Pode dizer seu nome para termos na gravação?

— Sou Elizabeth Fitch.

— Srta. Fitch, a senhorita entrou em contato com o FBI, por intermédio de um ajudante, porque gostaria de dar um depoimento sobre os acontecimentos do verão e do outono de 2000.

— Isso mesmo.

— Temos o seu depoimento por escrito, mas a senhorita poderia, mais uma vez, com suas próprias palavras, contar o que aconteceu?

— Claro. Em 3 de junho de 2000, eu briguei com a minha mãe. Isso é importante, porque nunca havia brigado com ela até aquele momento. Minha mãe tinha, e ainda tem, eu imagino, uma personalidade dominante. Eu era submissa. Mas, naquele dia, desafiei a vontade e as ordens dela e isso provocou os acontecimentos posteriores.

Enquanto ouvia Abigail contar a história outra vez, o coração de Brooks se partiu novamente pela menina jovem e desesperada. Ela falava com cuidado, mas agora ele a conhecia. Conhecia as breves pausas que a moça usava para manter a compostura, as mudanças sutis no tom de voz, na respiração.

Quantas vezes ela ainda teria que contar aquela história?, perguntou a si mesmo. Para os promotores, o juiz e o júri. Quantas vezes teria que reviver aquilo?

Quantas vezes ela teria que parar e recomeçar, parar e recomeçar, sempre que a pessoa que estivesse ouvindo a interrompesse, pedindo esclarecimentos?

Mas ela não desistia.

— Os subdelegados Cosgrove e Keegan declararam, e a maioria das provas corrobora esses depoimentos, que a subdelegada Norton estava no andar de baixo quando eles entraram na casa, receberam e revidaram tiros dados por alguém desconhecido. Que não conseguiram chegar ao segundo andar da casa. E que, como Cosgrove estava ferido, Keegan o carregou para fora da casa. Quando pedia reforços, viu alguém fugir da casa. Não conseguiu determinar a identidade da pessoa, já que chovia e a visibilidade estava prejudicada. Naquele instante, a casa explodiu, devido ao que depois descobrimos ter sido uma sabotagem do aquecedor a gás.

— É. — Esperando parecer calma, Abigail assentiu com a cabeça. — É um resumo preciso dos depoimentos deles. Ambos mentiram.

— Está dizendo que dois subdelegados federais dos Estados Unidos deram um depoimento falso?

— Estou afirmando sob juramento que esses dois homens, com o apoio da organização Volkov, mataram Theresa Norton e John Barrow.

— Srta. Fitch...

— Eu gostaria de terminar minha declaração. William Cosgrove e Steven Keegan, sob as ordens da *bratva* Volkov, queriam me matar para evitar que eu testemunhasse contra Yakov Korotkii e outras pessoas. Os dois causaram a explosão para apagar provas contra si mesmos. Afirmo sob juramento que eles continuam na folha de pagamento dos Volkov. John Barrow morreu nos meus braços tentando me proteger. Ele deu a própria vida pela minha. Me salvou ao pedir que fugisse. Se não tivesse feito isso, eu teria morrido naquela casa.

Ela se levantou, foi até a mala aberta sobre a cama e tirou um saco plástico selado.

— Este é o suéter e a blusa que Terry me deu de aniversário naquela noite. Eu tinha ido até o segundo andar para experimentá-los quando Cosgrove e Keegan chegaram. Estava usando essas peças quando abracei John, que sangrava por ter levado vários tiros. Este é o sangue dele. É o sangue do John.

Abigail fez uma pausa quando a voz falhou, emocionada.

Ela entregou a sacola a Garrison.

— John e Terry merecem justiça. As famílias deles merecem toda a verdade. Levei muito tempo para encontrar coragem para contar a verdade.

— Não existe uma prova concreta que estabeleça quem foi o atirador naquele dia, mas existem provas que podem ser interpretadas de modo que pareça que uma menina, levada a um nível extremo de estresse, matou seus protetores tentando fugir da situação.

Abigail voltou a se sentar e juntou as mãos sobre o colo.

— Vocês não acreditam nisso. Não acreditam que eu poderia ter atacado e matado dois subdelegados experientes, ferido outro, explodido uma casa e fugido. É possível, mas não lógico.

— John Barrow ensinou por você a mexer com uma arma e a atirar — comentou Garrison.

— É, e me ensinou por muito tempo, considerando o pouco tempo que teve. E, sim, eu pedi e recebi cinco mil dólares do meu fundo, em dinheiro — acrescentou Abigail, antes que Garrison pudesse fazê-lo. — Eu queria segurança e uma ilusão de independência. Sei que a explosão danificou as provas, mas vocês provavelmente conseguiram analisá-las. Sabem que a Terry morreu na cozinha e o John, no segundo andar. Também sabem, pelos relatórios deles e pelos relatórios, entrevistas e depoimentos do Serviço de Auxílio à Criança que eu não demonstrava nenhum sinal de estresse.

Ela fez outra pausa antes de continuar.

— Se analisaram o meu histórico, se sabem alguma coisa sobre a minha vida antes daquele junho, então entendem que não estava estressada. Na verdade, eu estava mais feliz do que já estivera na vida.

— Se Cosgrove e Keegan são responsáveis pelas mortes dos subdelegados Norton e Barrow, eles serão julgados. O seu depoimento sobre o assassinato de Alexi Gurevich e Julie Masters e sobre a morte dos subdelegados Norton e Barrow é essencial para as investigações. Vamos colocar a senhorita sob proteção e levá-la de volta a Chicago.

— Não.

— Srta. Fitch, a senhorita é uma testemunha-chave e uma suspeita.

— "Suspeita" é um exagero, e todos nós sabemos disso. Se me puserem sob proteção, vão me matar. Eles vão me encontrar e matar quem quer que vocês ponham no caminho.

— Elizabeth. Liz — disse Garrison, inclinando-se para frente. — Você confiou a mim informações essenciais que levaram a prisões, a condenações. Confie em mim agora. Vou liderar pessoalmente a equipe responsável pela sua proteção.

— Não vou ser responsável pela sua morte, nem pela tristeza dos seus pais. Prometo que, se sobreviver, vou fugir outra vez e não vou testemunhar. Sou boa em me esconder. Vocês nunca vão ter o meu depoimento.

— A senhorita tem que acreditar que não vamos deixar nada acontecer.

— Não, não tenho. A quem vocês vão confiar a minha vida? Que tal o agente Pickto?

Garrison se recostou na cadeira.

— O que tem o agente Pickto?

— Agente especial Anthony Pickto, 38 anos, do escritório de Chicago. Divorciado, sem filhos. Tem uma fraqueza por mulheres. Gosta mais quando elas relutam. Ele passou informações sobre investigações para os Volkov em troca de acesso às mulheres que a *bratva* traz da Rússia para os Estados Unidos e transforma em prostitutas. Também recebe dinheiro deles, mas isso não é tão importante. Está pesquisando o contato no FBI. A senhora, agente Garrison. E está chegando perto. Se souber quem está recebendo as informações que levaram a essas prisões, a essas condenações, a senhora vai ser pega. Questionada, torturada e estuprada. Vão ameaçar a senhora com a tortura e a morte de todos que a senhora ama e talvez escolham uma pessoa para demonstrar que estão falando sério. Quando não precisarem mais da senhora, vão matá-la. O agente Pickto é seu subordinado, diretor-assistente.

— É — confirmou Cabot. — A senhorita está fazendo acusações muito sérias sobre um agente com ótimo histórico.

— Não são acusações. São fatos. E é só uma das razões para eu não colocar a minha vida nas suas mãos. Vou ajudar a colocar essas pessoas na cadeia, a destruir a organização dos Volkov, mas não vou dizer onde estarei. Se não souberem, não poderão passar a informação sob tortura. — Ela pôs a mão no bolso e tirou um pen drive. — Confira as informações que reuni sobre Pickto e depois pergunte a si mesmo se, antes de ler e conferir tudo, o senhor teria confiado a minha vida, a vida desta agente e de outros sob o seu comando, outros subdelegados, a este homem. "Vocês nunca teriam me encontrado, mas eu vim até vocês. Darei tudo que precisarem e tudo que peço é que me deixem viver. Deixem Elizabeth Fitch viver para ajudar

453

a fazer justiça por Julie, Terry e John. E, quando isso acabar, deixem que ela morra."

— Não posso prometer fazer isso do seu jeito. Tenho que responder a outras pessoas.

A impaciência tomou Abigail.

— Acha que eu teria procurado o senhor se não *soubesse* que pode autorizar exatamente o que estou pedindo? O senhor tem o poder, tem provas e influência suficiente. Se fizermos do meu jeito, a *bratva* Volkov será exterminada em Chicago, Nova York, Nova Jersey e Miami. O senhor vai encontrar agentes e outros oficiais da polícia e do judiciário que trabalharam para eles, por escolha ou por medo.

Sem conseguir continuar sentada, fingindo uma calma que não sentia, Abigail se levantou.

— Eu tinha 16 anos e, é verdade, julguei mal uma situação. Fui descuidada. Em uma única noite, quebrei as regras. Mas não mereço morrer por causa disso, assim como Julie não merecia. Se me levarem sob custódia contra a minha vontade, essa história vai chegar à imprensa. E eles vão falar daquela menina, que passou doze anos no exílio e se apresentou para ajudar, mesmo correndo grande risco.

— Isso é uma ameaça?

— É, é uma ameaça. Os seus superiores não vão ficar felizes com as notícias, especialmente no momento em que estão trabalhando para acabar com a *bratva* Volkov, especialmente porque agentes de confiança do FBI, como Anthony Pickto, estão envolvidos. Talvez ter que explicar isso às pessoas a quem o senhor deve alguma satisfação ajude a fazer as coisas do meu jeito.

— Pause a gravação, agente Garrison.

— Sim, senhor.

— Preciso fazer uma ligação.

Ao dizer isso, Cabot saiu do quarto.

Abigail voltou a se sentar, juntou as mãos sobre o colo e pigarreou.

— Quer que eu peça mais café?

— Não, obrigada. Estou satisfeita. Você é durona, Liz.

— Estamos falando da minha vida.

— É. Pickto. Tem certeza disso?

— Não prejudicaria o nome, a reputação nem a carreira de alguém se não tivesse.

— Está bem. Ele tem feito algumas perguntas. Nada que tenha me deixado desconfiada, nada fora do comum, mas eu soube que ele andou fazendo algumas perguntas sobre as últimas prisões que fizemos dentro dos Volkov. E, quando ponho essas perguntas no contexto que você mencionou, fico extremamente desconfiada. Teria confiado nele — admitiu Garrison.

— É claro.

— Se mandarem a gente levar você, o Cabot vai te colocar em algum lugar de onde você não vai conseguir fugir. Quero que saiba que, se isso acontecer, *vou* manter você segura.

— Se ele me levar, vou fugir, não importa onde ele me prenda. Vou achar um jeito. Vocês nunca mais vão me ver nem ouvir falar de mim.

— Eu acredito em você — murmurou Garrison.

— Sou muito inteligente.

Cabot levou vinte minutos para voltar. Ele se sentou.

— Acho que podemos fazer um acordo.

— É mesmo?

— Uma equipe de dois homens, conhecida apenas por mim, vai vigiar você numa localização conhecida também apenas por mim.

— E, quando eles ficarem sabendo, e vão ficar, que o senhor tem a informação e pegarem a sua mulher ou um dos seus filhos, quando te enviarem uma das mãos ou das orelhas deles, quem o senhor vai salvar?

Cabot fechou as mãos com força.

— A senhorita tem uma opinião muito ruim sobre a nossa segurança.

— Eu tenho o seu endereço, sei em que escola os seus filhos estudam, onde a sua mulher trabalha e onde ela prefere fazer compras. O senhor acha que eles não podem acessar as mesmas informações, que não vão fazer de tudo para acessá-las quando a organização deles for ameaçada? Vou cooperar. Vou falar com os promotores e com seus superiores. Vou testemunhar. Mas não vou para uma casa protegida nem vou entrar no Programa de Proteção a Testemunhas depois que tudo acabar. Esse é o meu preço e é muito pouco pelo que estou oferecendo.

— E se começarmos esse processo, começarmos a investigação, e a senhorita fugir de novo?

Ela estendeu o braço e pegou a sacola contendo o suéter manchado de sangue.

— O suéter da Terry com o sangue do John. Guardei isso durante doze anos. Onde quer que eu tenha ido, quem quer que eu tenha me tornado, isto me acompanhou. Preciso deixar tudo isso para trás. Pelo menos parte da dor, da culpa e da tristeza. Mas não vou conseguir até fazer o que preciso pela Julie, pelo John, pela Terry. Posso manter contato diário via computador. Quando for anunciado que fui encontrada e que vou testemunhar, eles vão fazer tudo que puderem para descobrir quem sabe onde eu estou, quem está me protegendo. Mas não vão encontrar nada, porque não vai haver nada para encontrar. E, quando eu entrar naquele tribunal, tudo vai acabar para eles. Para todos nós. Esse é o acordo.

Quando os dois finalmente foram embora, finalmente deixaram Abigail sozinha, ela se deitou na cama.

— Será que ele vai manter a promessa? — Ela fechou os olhos, imaginou Brooks ao lado dela e não do outro lado de uma tela. — Será? Estou tão cansada... Mas tão feliz por você estar aqui. Bem aqui — disse, fechando a mão e pousando-a sobre o coração.

Brooks observou a moça cair no sono e pensou que, se Cabot não cumprisse a promessa, ele iria pagar. E seria Brooks quem exigiria o pagamento.

Mas, por enquanto, ele apenas ficou parado, observando Abigail dormir.

# 30

Brooks viu os agentes do FBI pouco depois de se sentar para tomar café no bufê do hotel. Mal olhara para o local em que Abigail estava sentada, lendo o jornal. Observando casualmente o salão, ele fingia fazer e receber ligações no celular — apenas outro homem ocupado passando por ali. Com o telefone ainda no ouvido, saiu carregando a mala.

E acionou o alarme de incêndio no caminho.

Fez uma pausa, como qualquer homem faria — surpreso e levemente incomodado —, e observou a multidão sair correndo das mesas, ouviu o nível de barulho aumentar enquanto todas as pessoas começavam a falar ao mesmo tempo.

Ela era boa naquilo, observou Brooks. Abigail se misturou à multidão. Enquanto ele ziguezagueava entre ela e os agentes que a perseguiam, se juntando às pessoas que saíam do salão, ela virou uma esquina e entrou num banheiro. Se não a estivesse observando e não soubesse do plano, não teria visto o movimento.

Brooks diminuiu a velocidade um pouco.

— Alarme de incêndio — disse ele ao telefone. — Não, não vai me atrasar. Já estou saindo — acrescentou, enquanto despistava os agentes.

Depois que guardou o telefone no bolso, tirou um boné da mala. Ainda andando, pôs óculos escuros, guardou o paletó que usara no café da manhã na mala, estendeu a alça e a pendurou no ombro.

Estão procurando por ela agora, notou Brooks, vendo um dos agentes recuar, analisando a multidão e andando até o saguão e a saída principal.

Menos de dois minutos depois que ele acionou o alarme, ela saiu do banheiro e se juntou a ele. O cabelo louro e longo estava preso a um boné como o dele. Ela usava chinelos e um moletom rosa e emagrecera cerca de cinco quilos.

457

Os dois saíram do hotel juntos, de mãos dadas, depois se afastaram da multidão e entraram num táxi.

— Aeroporto de Dulles — pediu Brooks ao motorista. — American Airlines.

— Nossa, você acha que é um incêndio de verdade? — perguntou Abigail, com um leve sotaque de Nova York.

— Não sei, meu amor, mas agora a gente já saiu de lá.

No aeroporto, eles saíram do terminal, voltaram a entrar, deram uma volta e saíram para pegar outro táxi rumo ao terminal de voos particulares.

— Era de se imaginar que o FBI ia querer seguir você — comentou Brooks, depois que eles embarcaram.

— Era.

— E você está uma loura muito gostosa.

Ela sorriu um pouco, depois virou o laptop para si.

— O Cosgrove respondeu.

— Já? — Brooks inclinou a cabeça.

*Não sei quem você é, mas lembre-se de que está tentando chantagear um agente federal. Uma investigação será iniciada imediatamente.*

— Blefe padrão.

— É — concordou Abigail. — Mas eu vou pagar para ver. — Ela olhou para ele. — Sou uma ótima jogadora de pôquer, e o mais irônico é que foi ele que me ensinou.

Brooks observou o texto aparecer na tela.

— A aluna se tornou o mestre.

*Rudolf Yankivich era o seu contato entre os Volkov para o caso. Ele, nesse momento, está cumprindo entre dez e quinze anos em Joliet. Tenho certeza de que o seu superior vai ficar interessado nessa informação. O pagamento acabou de subir para US$ 75 mil e vai subir mais US$ 25 mil a cada merda que você tentar fazer. Agora você tem 37 horas.*

— Merda?

— É, acredito que uma linguagem de baixo calão seja apropriada.

— Eu te amo tanto!

A ideia a fez sorrir.

— Eu sei falar "merda" em várias línguas. Vou te ensinar.

— Mal posso esperar.

Ela enviou o e-mail, suspirou.

— Mal posso esperar para pegar o Bert e ir para casa.


PODERIA SER ASSIM — seria assim, corrigiu ela — enquanto se sentava na varanda dos fundos de casa, com uma taça de vinho nas mãos e o cachorro a seus pés.

Tranquilo, silencioso, sim — mas não solitário. Não com Brooks sentado na segunda cadeira, que ele havia comprado no caminho para casa.

— Você acha que vou me acostumar? A ser uma pessoa só, a estar segura, a ficar com você?

— Espero que se acostume até, um dia, achar que é tudo normal.

— Não consigo imaginar isso. — Ela pegou a mão dele. — Agora tudo deve acontecer bem rápido.

— Vamos estar prontos.

Ela ficou mais um instante sentada, segurando a mão dele, olhando para o jardim florido, a floresta silenciosa. Mais uma noite tranquila, pensou, enquanto a primavera se transforma em verão.

— Vou fazer o jantar.

— Não precisa. Podemos comprar alguma coisa.

— Estou com vontade de cozinhar. Criar uma rotina. Um "todo dia".

Ela viu compreensão quando ele olhou para ela.

— Um "todo dia" parece bom.

Para ela, ninguém que nunca tivesse precisado ficar sem rotina conseguiria realmente entender o quanto ela era preciosa.

Ela reuniu o que precisava e ficou feliz quando ele veio se sentar ao balcão para conversar enquanto ela trabalhava. Abigail picou tomates e manjericão, esmagou um pouco de alho, ralou mozarela, acrescentou pimenta e regou tudo com azeite para marinar. Por diversão, ela começou a preparar uma bela bandeja de *antipasti*.

— Estava pensando que a gente podia pegar outro cachorro, um filhote, para fazer companhia ao Bert. Você poderia escolher o nome dele, já que escolhi o do Bert.

— Dois cachorros, com certeza. — Ele parou para pensar. — Teria que ser Ernie.

— Por quê?

Ele pescou uma das pimentas da bandeja.

— Bert e Ernie. Dos Muppets?

— Ah. É um programa infantil. O Bert e o Ernie são amigos?

— E talvez mais. Mas como é um programa infantil, vamos pensar só em amigos.

— O Bert tem esse nome por causa do Albert Einstein.

— Eu devia ter imaginado.

— Ele é muito inteligente.

O computador dela apitou.

— Chegou um e-mail — disse ela, afastando-se da rotina.

Abigail andou até o computador, se inclinou e leu o e-mail.

— É o Cosgrove.

— Ele pegou a isca.

*Se me chantagear, se chantagear os Volkov, não vai viver para gastar o dinheiro. Desista agora e mantenha-se vivo.*

— Ele está criando um elo com os Volkov nessa resposta. Não é nada concreto, é claro, mas é um começo.

— Me deixe responder dessa vez — pediu Brooks, sentando-se.

— Ai... — Mas a incerteza de Abigail se tornou um assentimento. — Ficou muito bom.

*Se contar aos Volkov que está sendo chantageado, vai ser tornar um problema. E eles eliminam problemas. Pague agora e se mantenha vivo. Agora o pagamento é de US$ 100 mil. Você tem 29 horas.*

— Vou rotear o e-mail.

Ele cedeu a cadeira e ficou parado atrás da moça, esfregando os ombros dela, enquanto Abigail fazia o que ele considerava uma mágica estranha com o teclado.

— Ele pode perceber o blefe. Pode deixar o prazo passar e esperar.

— Não, ele não vai fazer isso. — Brooks se inclinou e beijou a cabeça de Abigail. — Ele deixou de usar a lei como argumento e passou a usar os Volkov. Está com medo. A próxima resposta vai exigir uma garantia. Como ele vai saber que não vamos pedir mais?

— Isso é irracional. — Depois que a mensagem foi enviada, ela virou a cadeira para olhar para Brooks. — Tudo é desonesto, é extorsão. Pedir uma garantia é irracional e custaria mais US$ 25 mil. Ele deveria concordar com o pagamento ou ignorar novas mensagens.

— Vamos apostar. Dez dólares.

— Não entendi.

— Aposto dez dólares que ele vai responder pedindo uma garantia.

As sobrancelhas dela se uniram.

— Quer apostar com base na resposta dele? Não parece apropriado.

Ele sorriu para ela.

— Está com medo de arriscar o seu rico dinheirinho?

— Isso é uma expressão ridícula e não, não estou. Dez dólares.

Ele a puxou até que se levantasse, a abraçou. Balançou o corpo da moça como se dançasse.

— O que está fazendo?

— Garantindo que nossa primeira valsa de casados vai ser bonita.

— Eu danço muito bem.

— Dança mesmo.

Ela pôs a cabeça no ombro dele e fechou os olhos.

— Deveria parecer estranho: dançar sem música, fazer apostas, enquanto estamos montando um esquema tão importante.

— E não parece?

— Não, não parece mesmo. — Ela abriu os olhos, surpresa, quando o computador avisou que outro e-mail havia chegado. — Que rápido!

— Ele está nervoso. É tudo tática.

— Não entendi.

— É coisa de baseball. Eu explico depois. Vamos ver o que ele disse.

*Como eu vou saber que você não vai querer mais depois? Vamos fazer um acordo.*

— É uma resposta muito boa — reclamou Abigail.

— Que te custou dez dólares. Mande uma resposta curta. Diga: "Não vai saber. Nada de acordo. Agora são US$ 125 mil e o tempo está passando."

Ela analisou Brooks por um instante: o nariz torto, os olhos cor de mel, agora manchados de verde, o cabelo preto bagunçado, precisando de corte.

— Você é muito bom em extorsões.

— Obrigado, meu amor.

— Vou pôr a massa para cozinhar enquanto ele pensa. É isso que ele está fazendo agora? Pensando?

— Suando, servindo uma bebida e tentando descobrir quem está acabando com a vida dele. — É, pensou Brooks, ele podia imaginar a cena.

— Provavelmente está pensando em fugir. Não tem tempo suficiente para planejar a fuga, então vai pagar e começar a planejar.

No balcão, ele pescou uma azeitona da bandeja e serviu mais vinho a ela. E, enquanto Abigail estava de costas, jogou uma fatia de pepperoni para Bert.

Quando ela terminou de cozinhar e escorrer a massa, o sinal do e-mail tocou.

*Um pagamento. Se vier atrás de mais, vou me arriscar a contar para os Volkov. E gaste rápido, porque vou pegar você.*

— Falastrão.

— Você entende bem esse tipo de gente — notou Abigail.

— Faz parte do trabalho. Tenho que entender os caras maus para pegar os caras maus. Você estava planejando fazer com que ele mandasse o dinheiro para onde?

— Tenho uma conta preparada. Depois que ele transferir o dinheiro, vou repassar tudo para uma instituição que ajuda filhos de policiais mortos.

— Isso é muito louvável e não gosto de prejudicar crianças, mas...

— Está pensando em outra pessoa?

— No Keegan. Você pode transferir o pagamento do Cosgrove para a conta do Keegan?

— Ah. — O rosto dela se iluminou como o de uma mulher que acabou de ganhar rubis. — Claro, isso é *brilhante*!

— Eu tenho meus momentos de brilhantismo.

— Mais do que momentos. Isso vai implicar os dois. E vai dar ao FBI motivos para interrogar ambos.

— Meu amor, isso vai foder a vida deles.

— É. Vai mesmo. E, é, eu consigo fazer isso. Vou precisar de alguns minutos.

— Leve o tempo que quiser. O Bert e eu vamos dar uma volta enquanto você trabalha.

Ele pegou outras duas fatias de pepperoni enquanto saía: uma para ele e outra para o cachorro. Era uma bela noite para um passeio, pensou, com tempo para conferir o avanço do jardim e pensar no que ia fazer no terreno no próximo dia de folga.

— Este é o nosso lugar — disse ao cão. — Ela estava destinada a vir para cá e eu estava destinado a encontrar a Abigail aqui. Eu sei o que ela diria sobre isso. — Brooks pôs a mão na cabeça de Bert e a esfregou com carinho. — Mas ela está errada.

Quando Bert se apoiou na perna dele, como costumava fazer com Abigail, Brooks sorriu.

— É, a gente é que sabe, não é?

Quando davam a volta, ele viu Abigail vir até a porta e sorrir.

— Pronto. O jantar está pronto.

Olhe para ela, pensou Brooks, parada ali com uma arma no quadril, um sorriso no rosto e massa na mesa. É, era ele quem sabia.

— Vamos, Bert. Vamos comer.


BROOKS PASSOU PARTE DA MANHÃ — uma parte grande demais na opinião dele — com o promotor, conversando sobre o caso dos Blake.

— O garoto está louco para fazer um acordo.

O Grande John Simpson, escorregadio ao extremo e com certo olho num futuro político, se instalou confortavelmente no escritório de Brooks. Talvez confortavelmente demais.

— Vai fazer um acordo com ele?

— Isso economiza dinheiro dos contribuintes. Vou deixar que se declare culpado por agredir um oficial, por resistir e pela invasão. Com isso vou prender o garoto por vandalismo no hotel e pelas agressões. Só conseguimos provar que ele comprou uma arma. Nunca conseguiríamos manter as acusações de tentativa de assassinato. Ele vai pegar cinco a sete anos, com terapia obrigatória.

— E vai ficar preso uns dois anos e meio, talvez três.

John cruzou os tornozelos acima dos sapatos bem-encerados.

— Se ele se comportar e cumprir as exigências. Pode conviver com isso?

— E isso importa?

John ergueu os ombros, tomou um gole de café.

— Estou perguntando mesmo assim.

Não, eles nunca conseguiriam manter a acusação de tentativa de assassinato, admitiu Brooks. Dois anos na cadeia teria dois resultados possíveis, analisou Brooks: transformariam Justin Blake num ser humano minimamente decente ou acabaria de arruinar a vida do menino.

De qualquer maneira, Bickford ficaria livre dele por dois anos.

— Posso viver com isso. E o velho?

— Advogados de cidade grande estão fazendo um escândalo de cidade grande, mas, na verdade, temos provas concretas. Temos os registros telefônicos provando que ele ligou para Tybal Crew. Temos três testemunhas diferentes que viram a caminhonete de Crew na frente da casa naquele dia. Temos o dinheiro que ele entregou e as digitais do Blake estão em várias das notas.

Ele fez uma pausa e recruzou os tornozelos.

— Ele está alegando que o contratou para fazer reparos na casa e pagou adiantado porque o Ty precisava do dinheiro.

— *Kosseh sher*.

— Oi?

— Isso é "merda nenhuma" em farsi.

— Não é genial? — John soltou uma risada. — É, é merda nenhuma em qualquer língua. Temos um monte de testemunhas que juram que Blake nunca paga adiantado, nunca paga em dinheiro e *sempre* pede que assinem um recibo. É claro que o Ty estava bem perturbado no fim de tudo, mas ele não mudou a história nem um milímetro. Então...

Ele deu de ombros e bebeu mais café.

— Se Lincoln Blake forçar a barra para conseguir um julgamento, não vou ficar chateado. Vai ser um belo escândalo. Ele foi acusado de mandar matar um policial. Vão querer resolver tudo logo. De qualquer forma, já está certo; ele vai para a cadeia.

— Eu posso conviver com isso também.

— Ótimo. — John se levantou, chegando ao alto de seus dois metros. — Vou fazer um acordo com o advogado do garoto. Você se saiu bem. Fez um trabalho bom, direto, em ambas as prisões.

— Ótimo. Sempre tento fazer um bom trabalho.

— Tentar e fazer nem sempre são a mesma coisa. Eu vou manter contato.

Não, nem sempre são a mesma coisa, pensou Brooks. Mas ele queria voltar a fazer apenas um bom trabalho, direto. Só isso. Queria que o resto acabasse, não importando se houvesse partes intrigantes nele.

A rotina, dissera Abigail. Ele ficou surpreso ao perceber o quanto ele valorizava aquela rotina.

Brooks saiu do escritório. Lá estava Alma na recepção, um lápis atrás da orelha, uma caneca rosa de chá doce perto do braço. Ash estava sentado à mesa dele, as sobrancelhas unidas enquanto digitava. A voz de Boyd soava pelo rádio, relatando um pequeno acidente em Mill's Head.

Ele gostava daquilo, percebeu Brooks. É, ele gostava exatamente daquilo. Da rotina.

Abigail entrou na delegacia.

Ele a conhecia, então percebeu a tensão, apesar de a moça estar mantendo o rosto impassível.

Alma a viu.

— Olá. Eu soube da notícia. Queria desejar o melhor do mundo para você, Abigail, porque agora você é da família. O Brooks é um bom homem.

— Obrigada. É verdade. Um homem muito bom. Olá, policial Hyderman.

— Pode me chamar de Ash. É bom ver a senhora.

— Abigail. Agora é Abigail. Desculpe interromper, mas você tem um minutinho? — perguntou a Brooks.

— Ou dois. Venha.

Ele pegou a mão da moça e a continuou segurando depois que fechou a porta do escritório.

— O que aconteceu?

— O que aconteceu é bom. — A coisa boa a deixava levemente sem fôlego. — Garrison entrou em contato comigo. O relatório dela foi breve, considerando a gravidade da situação, mas completo.

— Conte logo.

— Eu... Ah. É. Eles prenderam Cosgrove e Keegan. Estão interrogando os dois e talvez isso leve algum tempo. Ela não mencionou a chantagem, mas acompanhei algumas mensagens trocadas pelo FBI, sendo discreta. Naturalmente, eles acreditam que Keegan chantageou Cosgrove e vão usar isso para pressionar os dois. E mais. Mais importante. Prenderam o Korotkii e o Ilya. Prenderam Korotkii pelos assassinatos da Julie e do Alexi e o Ilya como cúmplice.

— Sente, meu amor.

— Não consigo. Está acontecendo. Está acontecendo de verdade. Eles pediram para eu me encontrar com o promotor federal e com a equipe dele, para preparar meu testemunho.

— Quando?

— Agora mesmo. Tenho um plano. — Abigail pegou ambas as mãos de Brooks. — Preciso que confie em mim.

— Me conte.

Numa manhã clara de julho, doze anos e um mês depois que havia testemunhadc os assassinatos, Elizabeth Fitch entrou no tribunal. Usava um terninho preto simples, uma camisa branca e o que parecia ser uma maquiagem leve. Dois lindos brincos de pressão eram as únicas joias que usava.

Ela subiu ao banco, jurou contar a verdade e olhou diretamente nos olhos de Ilya Volkov.

Ele realmente mudara muito pouco, pensou. Estava um pouco mais gordo e tinha o cabelo mais arrumado. Mas ainda era muito bonito, muito suave.

E muito frio sob aquela armadura. Ela podia ver agora o que a menina não pudera. O gelo sob todo o polimento.

Ele sorriu para ela, e os anos desapareceram.

Ele achava que o sorriso a intimidaria, percebeu ela. Em vez disso, a fazia se lembrar e a ajudava a se perdoar por ter ficado tão encantada naquela noite, por beijar o cúmplice do assassinato de sua amiga.

— Por favor, diga seu nome.

— Meu nome é Elizabeth Fitch.

Ela contou a história que já havia contado tantas vezes. Não pulou detalhe nenhum e, como fora instruída, permitiu que todos notassem suas emoções.

— Esses eventos aconteceram doze anos atrás — lembrou o promotor federal. — Por que levou tanto tempo para testemunhar?

— Dei meu depoimento naquela mesma noite. Conversei com os detetives Brenda Griffith e Sean Riley, do Departamento de Polícia de Chicago.

Eles também estavam no tribunal. Abigail olhou para os dois e viu pequenos acenos de cabeça, concordando.

— Fui levada para uma casa de proteção à testemunha e depois transferida para a proteção dos delegados federais dos Estados Unidos e levada para outro local, onde permaneci sob a proteção dos subdelegados John Barrow, Theresa Norton, William Cosgrove e Lynda Peski por três meses, já que o julgamento fora adiado. Até a noite do meu aniversário de 17 anos.

— O que aconteceu naquela data?

— Os subdelegados Barrow e Norton foram mortos enquanto me protegiam quando o subdelegado Cosgrove e o subdelegado Keegan, que havia armado para substituir a subdelegada Peski, tentaram me matar.

Com as mãos fechadas com força sobre o colo, ela aguentou as objeções, as negociações.

— Como sabe disso? — indagou o promotor.

Ela contou e continuou a falar sobre o lindo suéter e o par de brincos, sobre o bolo de aniversário. Sobre gritos e tiros, sobre os últimos instantes com John Barrow e as últimas palavras dele.

— Ele tinha uma esposa e dois filhos que amava muito. Era um homem bom, gentil e corajoso. Deu a vida para salvar a minha. E, quando percebeu que estava morrendo, que não podia me proteger, me mandou fugir, porque dois homens em quem confiava, dois homens que haviam feito os mesmos juramentos que ele, traíram aquele juramento. Ele não podia saber se haviam outros nem em quem eu podia confiar. Passou os últimos momentos de vida fazendo tudo que podia para me manter segura. Então eu fugi.

— E, por doze anos, você viveu com um nome falso e se manteve escondida das autoridades.

— É, e dos Volkov. E das pessoas infiltradas na polícia que trabalhavam para os Volkov.

— O que mudou, Srta. Fitch? Por que está testemunhando aqui e agora?

— Enquanto eu continuasse fugindo, a vida que John e Terry morreram para salvar estava segura. Mas, se eu continuasse fugindo, não haveria justiça para eles nem para Julie Masters. E a vida que eles salvaram só poderia ser uma sobrevida. Eu queria que as pessoas soubessem o que foi feito e queria que a vida que eles salvaram fosse valiosa. Cansei de fugir.

Ela não foi abalada pelas perguntas da defesa. Imaginara que se sentiria ferida ao ser chamada de mentirosa, de covarde, ao ver a veracidade de seu testemunho, de seus motivos, ser distorcida.

Mas não se sentiu. Aquilo apenas a fez ir mais fundo, falar com mais precisão. Ela manteve os olhos e a voz firmes.

Depois que encerrou o testemunho, foi escoltada para uma sala de conferências.

— Você foi perfeita — disse Garrison.

— Espero que sim.

— Você foi forte, deu respostas claras. O júri acreditou em você. Viram você aos 16 anos, Liz, e aos 17, assim como viram você agora. Fez que todos a vissem.

— Se viram, vão condenar os dois. Tenho que acreditar que vão fazer isso.

— Acredite em mim, você deu a partida. Está pronta para o resto?

— Espero que sim.

Garrison pegou o braço dela por um instante e falou baixinho.

— Tenha certeza de que podemos tirar você daqui em segurança. Podemos te proteger.

— Obrigada. — Ela estendeu a mão para Garrison. — Por tudo. Estou pronta para ir embora.

Garrison fez que sim com a cabeça e se virou para dar o sinal combinado. Pôs o pen drive que Abigail havia lhe dado no bolso e perguntou a si mesma o que iria encontrar.

Vários guardas a cercaram, levando-a rapidamente para fora do prédio, em direção a uma entrada nos fundos, onde um carro esperava. Tinham tomado todas as precauções possíveis. Apenas uma pequena equipe de agentes conhecia a rota dela e o momento em que sairia.

Os joelhos da moça tremiam um pouco. Uma mão pegou o braço de Abigail quando ela tropeçou.

— Calma. Peguei você.

Ela virou a cabeça.

— Obrigada. Agente Pickto, não é?

— Isso mesmo. — Ele deu um leve apertão no braço dela. — Vamos manter você em segurança.

Ela saiu do prédio, ladeada, e andou rapidamente até o carro que a esperava.

Brooks, pensou.

O tiro soou como uma martelada numa pedra. O corpo dela estremeceu e o sangue manchou a camisa branca. Por um instante, ela observou o líquido se espalhar. Vermelho sobre branco, vermelho sobre branco.

Ela caiu sob o corpo protetor de Garrison, ouviu os gritos, o caos, sentiu seu corpo ser erguido, a pressão em seu peito.

Brooks, pensou outra vez, deixando-se levar.

Garrison se estendeu sobre o corpo de Abigail no banco traseiro.

— Vamos! Vamos! Vamos! — gritou para o motorista. — Tire a menina daqui. Não estou sentindo o pulso dela. Vamos, Liz! Pelo amor de Deus.

Brooks, pensou Abigail de novo. Brooks. Bert. O lindo jardim que atrairia borboletas, o lugar onde o mundo se abria para as colinas.

A vida dela.

Ela fechou os olhos e se deixou levar.

Elizabeth Fitch foi declarada morta ao chegar, às 15h16.

ÀS 17H EM PONTO, ABIGAIL LOWERY embarcou num jato particular para Little Rock.

— Deus. Deus. — Brooks pegou o rosto dela, a beijou. — Aqui está você.

— Você não para de falar isso.

Pousando a testa na dela, ele a abraçou com tanta força que a moça não pôde respirar.

— Aqui está você — repetiu. — Acho que vou dizer isso para o resto da vida.

— Era um bom plano. Eu disse que era um bom plano.

— Não era você que tinha que puxar o gatilho.

— E em quem mais eu confiaria para me matar? Para matar Elizabeth?

— Era uma bala de festim e ainda assim minhas mãos tremeram.

— Eu mal senti o impacto com o colete.

Mesmo assim, o instante a havia chocado. Vermelho sobre branco, pensou ela outra vez. Mesmo sabendo que as cápsulas de sangue haviam sido liberadas por ela mesma, a mancha que se espalhara a havia chocado.

— A Garrison e o diretor-assistente se saíram muito bem. Ele estava dirigindo como um louco. — Ela riu, um pouco envergonhada. — Ter o Pickto bem ali, ao meu lado, e saber que ele vai avisar aos Volkov que Elizabeth está morta, sem sombra de dúvida...

— Como você ficou sabendo da recompensa oferecida por eles pela sua cabeça, alguém provavelmente vai assumir o crédito pelo assassinato. E, mesmo que ninguém faça isso, já é oficial. Elizabeth Fitch foi morta esta tarde depois de testemunhar num tribunal federal.

— O promotor foi muito gentil com Elizabeth. — Agora Elizabeth tinha ido embora, pensou ela. Ela deixaria Elizabeth partir. — Fico triste por ele não saber sobre mim.

— Ele vai trabalhar mais para conseguir as condenações se não souber.

— Além de você, só o capitão Anson, Garrison, o diretor-assistente e o médico do FBI que declarou a Elizabeth morta, sabem o que foi feito. Já é gente o bastante par confiar. Mais do que já confiei em toda a minha vida.

Como ele precisava tocar na moça, sempre tocar na moça, ele levou a mão dela aos lábios.

— Está triste porque ela se foi?

— Não. Ela fez o que tinha que fazer e pôde ir embora feliz. Agora tenho que fazer uma última coisa por ela.

Abigail abriu o laptop.

— Passei à Garrison um pen drive com cópias de tudo que descobri sobre os Volkov. Os registros financeiros, as mensagens, os endereços, os nomes, as operações... Agora, por Elizabeth, Julie, Terry e John, vou tirar tudo isso deles.

Ela mandou o e-mail para Ilya, usando o endereço da amante atual do mafioso, com um textinho sensual como os que a moça costumava escrever.

O anexo não apareceu. Isso, pensou Abigail com bastante orgulho, era apenas parte da beleza do plano.

— Quanto tempo vai demorar?

— Vai começar assim que ele abrir o e-mail. Imagino que 72 horas até tudo estar corrompido, mas o processo começa imediatamente.

Ela suspirou.

— Sabe do que eu ia gostar? Eu gostaria de abrir uma garrafa de champanhe quando chegarmos em casa. Tenho uma, e parece ser a ocasião perfeita.

— Vamos fazer isso, e tenho uma outra coisa para você.

— O quê?

— Uma surpresa.

— Que tipo de surpresa?

— Do tipo que é uma surpresa.

— Não sei se gosto de surpresas. Acho que... Ih, olha só. Ele já abriu o e-mail. — Satisfeita, ela fechou o laptop. — Uma surpresa, então.

# Epílogo

ELE QUIS LEVAR O CHAMPANHE PARA O CANTINHO DELA, COM VISTA PARA as colinas.

— Como num piquenique? Quer que eu leve comida?

— O champanhe já é o suficiente. Vamos, Bert.

— Ele te escuta, te segue. Acho que gosta de você porque dá comida para ele quando acha que não estou vendo.

— Me pegou.

Ela riu e pegou a mão dele.

— Gosto de segurar a sua mão quando caminhamos. Gosto de tantas coisas... Gosto de estar livre. Estou livre por sua causa.

— Não, não é por minha causa.

— Você está certo, não é verdade. Estou livre por causa da gente. É melhor assim.

— Você ainda está carregando uma arma.

— Devo demorar um pouco para me livrar dela.

— Devo demorar um pouco para apontar uma arma de novo.

— Brooks.

— Já acabou. Funcionou, então posso dizer que mirar em você foi a coisa mais difícil que já fiz. Mesmo sabendo o porquê e o como, foi quase como morrer.

— Você fez uma coisa muito difícil porque me ama.

— Amo mesmo. — Ele levou a mão dela aos lábios outra vez. — Você tem que saber que eu teria amado a Elizabeth, a Liz ou quem quer que você fosse.

— Eu sei. É a melhor coisa que eu sei, e eu sei muita coisa.

— Espertinha.

Ela riu e percebeu que podia passar horas rindo.

— Eu andei pensando.

— Como espertinhas costumam fazer.

— A Global Network vai ser fechada. A dona da empresa resolveu viver como eremita. Quero começar de novo.

— Fazendo o quê?

— Quero voltar a desenvolver softwares. E jogos. Eu gostava muito disso. Não quero que o meu mundo gire em torno de segurança agora. — Abigail sorriu e, dessa vez, levou a mão de Brooks aos lábios. — Vou ter você para isso.

— É isso mesmo. Sou o delegado da cidade.

— Talvez, um dia, o Departamento de Polícia de Bickford precise ou queira ter uma unidade contra crimes digitais. Sou muito qualificada e posso forjar todos os documentos e diplomas necessários. Eu estava brincando sobre essa última parte — explicou, quando ele lançou um longo olhar para ela.

— Chega de forjar coisas.

— Chega.

— E de hackear.

Os olhos dela se arregalaram.

— Mesmo? Nunca? Podemos negociar? Quero ver como o vírus vai funcionar nos próximos dias e depois disso... Só vou hackear se a gente conversar sobre isso e concordar.

— Podemos conversar sobre isso.

— Eu estou cedendo. Casais conversam e cedem. Quero conversar com os seus amigos e sua família num jantar e fazer planos para o casamento e aprender a...

Ela se interrompeu e parou de andar.

— Tem um banco — murmurou. — Tem um banco lindo onde eu queria pôr.

— Surpresa. Bem-vinda à sua casa, Abigail.

A visão dela ia ficando embaçada à medida que a moça caminhava para passar as mãos pela curva suave das costas, dos braços do banco. Parecia um tronco oco, polido até ganhar a textura de cetim. E, no meio das costas, havia um coração gravado com as iniciais A. L. e B. G.

— Brooks!

— É brega, eu sei, mas...

— Não, não é! Isso é uma palavra besta. Prefiro "romântico".

— Eu também.

— É uma surpresa linda. Obrigada. Obrigada. — Ela se jogou para ele, abraçando-o.

— De nada. Mas também vou poder me sentar nele.

Ela se sentou e o puxou.

— Olhe só para as colinas. Estão tão verdes com o pôr do sol... E o céu está começando a ficar com toques vermelhos e dourados. Ai, eu adoro este lugar. A gente pode se casar aqui? Bem aqui?

— Eu não poderia pensar num lugar melhor. E como não posso — ele sacou uma caixinha do bolso —, vamos tornar nosso noivado oficial.

— Você comprou uma aliança para mim.

— É claro que comprei. — Ele abriu a caixinha. — Gostou?

O anel brilhava à luz suave. Como a vida, pensou ela, como a celebração de tudo que era real e verdadeiro.

— Eu gostei muito. — Abigail ergueu os olhos, agora molhados, até os de Brooks. — Você esperou até agora para me dar a aliança porque sabia que seria ainda mais especial. Ninguém nunca me entendeu como você entende. Não acredito no destino nem em coisas predestinadas. Mas acredito em você.

— Eu acredito no destino e em coisas predestinadas. E acredito em você.

Brooks pôs a aliança no dedo de Abigail.

Ele a beijou para selar o compromisso e abriu o champanhe, fazendo um *pop* rápido e feliz.

Ela pegou a taça que ele ofereceu e esperou que ele enchesse a segunda taça de plástico. Depois franziu a testa quando ele serviu um pouco numa terceira e a pôs no chão para o cachorro.

— Ele não pode tomar isso. Não pode dar champanhe para um cachorro.

— Por que não?

— Porque... — Ela olhou para Bert, que havia inclinado a cabeça e a observava com seus lindos olhos castanhos. — Tudo bem, mas só dessa vez.

Ela brindou com Brooks.

— Logo, e para o resto da minha vida, vou ser Abigail Gleason.

E, enquanto o cachorro lambia alegremente o champanhe, ela apoiou a cabeça no ombro de Brooks e observou o sol se pôr sobre as colinas. Em sua casa.

Impresso no Brasil pelo
Sistema Cameron da Divisão Gráfica da
DISTRIBUIDORA RECORD DE SERVIÇOS DE IMPRENSA S.A.
Rua Argentina, 171 – Rio de Janeiro, RJ – 20921-380 – Tel.: (21) 2585-2000